Goethe-Jahrbuch 2023
Band 140

Goethe-Jahrbuch

Im Auftrag
des Vorstands der Goethe-Gesellschaft
in Kooperation mit der Klassik Stiftung Weimar
herausgegeben von
Frieder von Ammon, Jochen Golz,
Helmut Heit und Stefan Matuschek

140. Band
der Gesamtfolge
2023

WALLSTEIN VERLAG

Redaktion:
Anne Fuchs

Mit 30 Abbildungen

Gedruckt mit Unterstützung der Thüringer Staatskanzlei,
Abteilung Kunst und Kultur

Freistaat Thüringen Staatskanzlei

Bibliografische Information der Deutschen Nationalbibliothek

Die Deutsche Nationalbibliothek verzeichnet diese Publikation in der Deutschen Nationalbibliografie; detaillierte bibliografische Daten sind im Internet über http://dnb.d-nb.de abrufbar.

Gedruckt auf alterungsbeständigem Papier

www.wallstein-verlag.de
Vom Verlag gesetzt aus der Sabon
Umschlaggestaltung: Susanne Gerhards, Düsseldorf – © SG-Image
unter Verwendung des Goethe-Porträts von Friedrich Dürck nach Joseph Carl Stieler
(Klassik Stiftung Weimar, Museen, GGe/00439)
Druck und Verarbeitung: bookSolutions Vertriebs GmbH, Göttingen

ISBN 978-3-8353-5660-3
ISSN 0323-4207

Inhalt

Vorwort

Liebe Leserinnen und Leser,

Goethes *Werther*, der vor 250 Jahren auf die Welt kam, ist das erste deutschsprachige literarische Werk von internationalem Erfolg. Einzig *Lenore*, Gottfried August Bürgers Schauerballade aus demselben Jahr 1774, könnte man ihm zur Seite stellen. Doch ist Goethes Roman noch kräftiger beim Publikum und bei nachfolgenden Schriftstellern eingeschlagen als die in den Tod reitende Braut; auch ist er bis heute unvergleichlich präsenter geblieben. Der 140. Band unseres Jahrbuchs, den Sie in Händen halten, handelt nicht von Goethes Erstling. Denn er dokumentiert ja nicht das laufende (*Werther*-)Jahr 2024, sondern das gerade vergangene. In ihm fand unsere 88. Hauptversammlung statt, deren Beiträge hier gedruckt sind. Sie sind zwar nicht dem frühen Roman gewidmet, erfassen jedoch die Dimension, die Goethe mit ihm von Anfang an gewinnt: seine Internationalität. »Goethe international. Seine Rezeption und Wirkung jenseits der deutschen Grenzen«, lautete diesmal der Titel unseres nachpfingstlichen Treffens. Die dort gehaltenen Vorträge verfolgen das Thema in geographisch und sachlich sehr unterschiedlichen Richtungen. Es geht um Übersetzungen, um inspirierte Autoren, um Literaturtheorie und -wissenschaft, auch um Schulunterricht und Deutschlehrbücher. Wenn man das Thema »Goethe international« systematisch und übersichtlich angehen wollte, müsste man etliche dicke Bände füllen oder allzu allgemein und oberflächlich bleiben. Wenn man nur eine Handvoll Vorträge hat, wird man der Sache am ehesten gerecht, wenn man Schlaglichter setzt, um immerhin die ganz verschiedenen Dimensionen dieser Internationalität aufscheinen zu lassen: vom Goethe-Gedicht in fremder Sprache bis zur Frage, welche Rolle der Goethe-Bezug in den aktuellen postkolonialen Debatten spielen kann. Komplementär zu diesen Perspektiven finden Sie Stellungnahmen aus dem Podiumsgespräch, das auf die aktuelle Präsenz von Goethe im deutschen Schulunterricht, Buchmarkt und Theater zielte. Zur Dokumentation der Hauptversammlung gehören schließlich auch die Laudationes und der Dank der Goethe-Übersetzerin aus Spanien, der beiden Goethe-Übersetzer aus Brasilien und China, deren Arbeiten wir mit einer Goldmedaille geehrt haben, sowie der drei neuen Ehrenmitglieder.

Anstatt Ihnen nun das weitere Inhaltsverzeichnis zu erzählen, das Sie besser direkt in den Blick nehmen können, nur zwei besondere Hinweise: Unter den Abhandlungen geben zwei Beiträge die ersten Vorausblicke auf die im übernächsten Jahr beginnende Restaurierung des Goethehauses und die Neukonzeption des Goethe-Nationalmuseums; unter den Miszellen finden Sie eine Erinnerung an die Großherzogin Sophie von Sachsen-Weimar-Eisenach, deren Geburtstag 50 Jahre auf den *Werther*-Roman folgte und somit in diesem Jahr runde 200 erreicht. Das ist ein guter Anlass, um dieser für die Wissenschaft und für unsere literarische Gesellschaft so glücklich agierenden Goethe-Erbin zu gedenken. Vergnügtes Lesen wünscht Ihnen

Im Namen der Herausgeber
Stefan Matuschek

Dank an die Jahrbuch-Paten

Eine besondere Würdigung verdienen unsere Mitglieder

Manfred Klenk, Mannheim
Werner Löfflmann, Ramosch (Schweiz)
Ekkehard Taubner, Bergen/Vogtland.

Sie fördern das Erscheinen des *Goethe-Jahrbuchs* in sehr großzügiger Weise mit einer lebenslangen Jahrbuch-Patenschaft.

Nachfolgend danken wir sehr herzlich all jenen Damen und Herren, die Jahrbuch-Pate für drei aufeinanderfolgende Jahrbücher geworden sind und das *Goethe-Jahrbuch* 2023 mit 100 € gefördert haben:

Dr. Pjotr Abramow, Moskau (Russland)
Dr. Christina Althen, Frankfurt a. M.
Hartmut Bertram, Lüneburg
Volkmar Birkholz, Erfurt
Hildgard Bock, Nürnberg
Prof. Dr. Martin Bollacher, Tübingen
Erika Danckwerts, Berlin
Dr. Hans-Jürgen Danzmann, Bad Säckingen
Dr. Hans-Helmut Dieterich, Ellwangen/Jagst
Hartwig Dück, Coburg
Franz Dudenhöffer, Speyer
Prof. Dr. Udo Ebert, Jena
Dr. Gerd Eidam, Burgwedel
Dr. Arne Eppers, Hamburg
Uwe Ertel, Berlin
Peter Ewert, Mönchengladbach
Klaus Martin Finzel, Köln
Dr. Jens Giesdorf, Lasel
Dietrich Gneist, Bonn
Goethe-Gesellschaft Vest Recklinghausen
Dr. Renate Grumach, Berlin
Marion Heise, Halle/Saale
Dr. Mathias Iven, Potsdam
Wilhelm Kaltenborn, Berlin
Liselotte Klingsch-Alswede, Remscheid
Prof. Dr. Wolfram Klingsch, Remscheid
Prof. Dr. Lothar Köhn, Senden
Mario Kopf, Dessau-Roßlau
Dr. Joachim Krause, Gladbeck
Helmut Krumme, Bonn

Prof. Dr. Paul Laufs, Stuttgart
Dr. Gert Legal, München
Prof. Dr. Manfred Mörl, Schiffdorf
Dr. Karl Peter Müller, Marl
Hans-Günther Otto, Rudolstadt
Dr. Ruth Peuckert, Erfurt
Michael Plett, Dortmund
Prof. Dr. Karl Richter, St. Ingbert
Dr. Wolfgang Saalfrank, Wallhalben
Prof. Dr. Gerhard Sauder, St. Ingbert
Dr. med. Martin Schencking, Welschneudorf
Willi Schmid, Rosenheim
Dr. Thomas Schmitt, Fulda
Dr. Brigitte Seebacher, Rothenbach
Holger Spies, Frankfurt a. M.
Gertrud Staffhorst, Karlsruhe
Monika Steffens, Köln
Prof. Dr. Matthias Steinhart, Würzburg
Martin Strauch, Ilmenau
Stefan Tönjes, Nordenham
Dr. Markus Wallenborn, Worms
Kimberley Wegner, Gremersdorf
Prof. Dr. Reinhard Wegner, Heidelberg
Prof. Dr. Reiner Wild, Heidelberg
Gerd Ziegler, Weimar
Weimarer Zirkel e. V.
Alexander von Zweidorff, Hamburg

Im Abschnitt *Dank für Zuwendungen im Jahr 2023* danken wir namentlich all jenen Damen und Herren, die dem *Goethe-Jahrbuch* eine größere oder kleinere Spende zuteilwerden ließen.

Rede des Präsidenten der Goethe-Gesellschaft zur Eröffnung der 88. Hauptversammlung

Stefan Matuschek

Herr Minister und stellvertretender Ministerpräsident,
Herr Oberbürgermeister,
Liebe Mitglieder der Goethe-Gesellschaft,
Liebe Gäste,

seien Sie alle herzlich willkommen zu unserer 88. Hauptversammlung. Nach der Zwangspause und meinem einsamen Internetauftritt 2021 sind wir nun wieder lebendig beieinander, wie schön. Unser Treffen steht diesmal unter dem Titel *Goethe international. Seine Rezeption und Wirkung jenseits der deutschen Grenzen*. Das ist kein Rand- oder Ergänzungsthema, keine Zugabe zur germanistischen Binnenkompetenz; es führt vielmehr geradewegs zur eigentlichen Bedeutung Goethes. Denn er ist der erste deutschsprachige Autor, dessen Werke die internationale Entwicklung der Literatur mitgeprägt haben: *Werther* hat entscheidend zum Siegeszug des Prosaromans beigetragen, *Götz von Berlichingen* die Erfindung des historischen Romans inspiriert, *Faust* sowie einige Balladen eine ganz neue Verbindung von Volkstümlichkeit, Wunderbarem und intellektuell-künstlerischer Avantgarde geschaffen, wodurch die romantische zum Beginn der modernen Literatur geworden ist. Goethe ist eine der frühesten und resonanzstärksten Stimmen in dieser Modernisierung der europäischen Literatur um 1800 – und er selbst hat das durch seine Lektüre englischer, französischer und italienischer Literaturzeitschriften in seinen späteren Jahren so aufmerksam verfolgt wie kaum ein anderer in Deutschland. Die Aufnahme seiner eigenen Werke jenseits der deutschen Grenzen hat ihn dabei besonders interessiert und mit einer Art Hochachtung vor sich selbst erfüllt. Aus diesen Zeitschriftenlektüren ging bekanntlich sein Konzept der ›Weltliteratur‹ hervor, das damals radikal unzeitgemäß war. Es fiel in die Hochkonjunktur des gegenläufigen Konzepts, der Nationalliteratur, das noch lange den Ton angeben sollte und das mit seinem Klassik-Begriff Goethe (und Schiller) aus ihrer Zugehörigkeit zur europäischen Aufklärung und Romantik hinausinterpretiert hat. Das wirkt bis heute nach und stiftet Verwirrung.

Die Literatur ist so international wie die anderen Künste, die Malerei, Skulptur, Musik auch. Jedes Werk kommt zwar in einer bestimmten Sprache in die Welt, verbreitet sich aber, sobald es Erfolg hat, durch Übersetzungen über seine Sprachgrenzen hinaus. Goethes Werke hatten diesen Erfolg; nicht alle, aber einige. Welche genau und unter welchen Umständen, können Sie am Freitagvormittag in einer Reihe von Beispielen erfahren. Diese und viele andere mögliche Beispiele sind der Grund dafür, dass es über die Welt verteilt Goethe-Gesellschaften gibt und dass am zentralen Weimarer Standort kein lokaler, auch kein nationaler, sondern ein internationaler Verein sein Zuhause hat. Das war seit seiner Gründung so, doch wurde die Internationalität erst zur Zeit der deutschen Teilung als offizielles Merkmal genannt: damals in der Absicht, eine Teilung der Goethe-Gesellschaft durch ein vielleicht Frankfurter Konkurrenzunternehmen zu Weimar zu verhindern. Das ist ja auch gelungen und die Betonung der Internationalität ist über den damaligen Anlass hinaus bis heute richtig.

Was die Literatur grenzenlos macht, ist die Arbeit der Übersetzerinnen und Übersetzer. Es ist zu einem Gemeinplatz geworden, zu beklagen, dass man sie zu wenig ehrt. Wir wollen diese Klage nicht fortsetzen, sondern ihren Anlass verringern, indem wir heute drei von ihnen mit der Goldenen Goethemedaille auszeichnen. Helena Cortés Gabaudan, Maoping Wei und Marcus Mazzari haben Goethe ins Spanische, Chinesische und brasilianisch Portugiesische übersetzt – welche Werke, werden Sie gleich erfahren. Alle drei halten damit nicht nur den Transfer zwischen den Sprachen, sondern auch Goethes Werke selbst lebendig. Durch die immer neuen Übersetzungen klassischer Werke entsteht die bemerkenswerte Situation, dass diese Texte außerhalb ihrer Originalsprache frischer und publikumsnäher bleiben können als in ihrem Entstehungsland selbst. Die Übersetzungskunst besteht darin, das ästhetische Erlebnis eines Textes über die sprachlichen wie auch über die zeitlichen Distanzen hinweg zu vermitteln. Wo sie gelingt, fällt mit der sprachlichen auch etwas von der zeitlichen Fremdheit der alten Texte ab. Gute Übersetzungen blasen das, was durch den Sprachwandel angestaubt wirkt, wieder frei und machen evident, dass die alten klassisch gewordenen Texte nicht als Antiquitäten in die Welt gekommen sind. Am Samstagvormittag, zum Abschluss unseres Treffens, können wir dies mit den drei neuen Goldmedaillenträgern vertiefen. Die ersten beiden von ihnen wollten wir schon 2021 auszeichnen, was aus bekannten Gründen nicht oder nur ohne Publikum möglich gewesen wäre. Dass wir jetzt auf drei erhöhen, zeigt, dass unsere Verbeugung vor der Übersetzungsarbeit kein einmaliges Ereignis bleiben soll.

Bevor wir am Freitag und Samstag weit in die Welt blicken, wollen wir heute nachmittags auf die Zustände im eigenen Land sehen und mit Expertinnen und Experten über Goethes Gegenwart in Schulen, Universitäten, auf dem Buchmarkt, dem Theater, im Kino und in den Medien reden. Für den bildungsbürgerlichen Stoßseufzer, das Goethe-Interesse nähme zum Schaden der Gesellschaft stetig ab, sehe ich keinen Anlass. Es ist vielmehr bemerkenswert, wie stark sich Goethes Werke im stetig wachsenden Verdrängungswettbewerb immer neuer kultureller Produktion behaupten. Das ist überhaupt die prägnanteste Klassiker-Definition: Sie sind die Sieger im kulturellen Verdrängungswettbewerb. Nach der Abrufstatistik der deutschen *Wikipedia* zählt Goethe aktuell zu den nachgefragtesten Autoren. Die größeren historischen, kanonisierten Namen (E.T.A. Hoffmann, Heine, Thomas Mann) bewegen sich zumeist im Hunderterbereich der täglichen Aufrufe, Schiller und Shakespeare liegen bei etwa 1.000, Kafka klar davor mit ca. 1.400. Goethe hat durchschnittlich 2.000 Aufrufe am Tag; ein einsamer Spitzenwert unter den alten, historisch gewordenen Schriftstellern. Auch die meisten bekannteren aktuellen Autorinnen und Autoren bewegen sich im Hunderterbereich. Der einzige, der Mitte Mai Goethe an einzelnen Tagen übertraf, war Benjamin von Stuckrad-Barre; wer die Feuilletons verfolgt, weiß, warum. Schlüsselromanskandalpeaks sind aber etwas anderes als die Nachfrage nach einem Klassiker. Im Falle Goethe ist sie überraschend hoch. Es kommt darauf an – und das ist ja die Aufgabe unserer hier versammelten Gesellschaft –, sie auf der Höhe der Sache und der Höhe der eigenen Zeit zu beantworten.

Rednerisch eröffnen wird heute Bénédicte Savoy, die den meisten von uns durch ein ganz anderes Thema als *Goethe international* bekannt geworden ist. Sie ist Expertin für den kolonialen Kunstraub und hat aufgrund ihrer Forschungen und Kenntnisse zu diesem Thema u. a. offiziell den französischen Staat beraten, wie er mit dieser Beutekunst umgehen soll. Dieses Problem steht in mehreren europäischen Ländern heute hoch auf der Tagesordnung und Bénédicte Savoy ist dabei eine der kompetentesten wissenschaftlichen Stimmen. Sie ist aber, auch wenn sie jetzt Professorin für neuere Kunstgeschichte an der TU Berlin ist, von ihrem Studium her Germanistin und seit 2017 Mitglied der Deutschen Akademie für Sprache und Dichtung. Mit ihrer Rekonstruktion, wie und woran die Rückgabe der aus Afrika geraubten Kunstwerke trotz vieler beidseitiger Bemühungen jahrzehntelang gescheitert ist, hat Bénédicte Savoy einen neuen Standard gesetzt, in welchem Horizont und Problembewusstsein man die Restitutionsfrage heute behandeln muss. Wir wollen davon profitieren, indem wir unser Thema *Goethe international* mit dieser für die Goethe-Diskussion ganz neuen Horizonterweiterung beginnen.

Ich danke Ihnen sehr, Frau Savoy, dass Sie unserer Einladung nach Weimar gefolgt sind – und ebenso danke ich allen anderen Beiträgerinnen und Beiträgern, die es ihrerseits getan haben und uns allen drei inhaltsreiche Tage in Weimar bescheren. Ohne die Unterstützung durch die Klassik Stiftung wäre das alles freilich auch nicht möglich und ohne den ungewöhnlichen Einsatz unserer Geschäftsstelle schon gar nicht.

Im behaglichen Weimar sitzen und der Resonanz des ersten international durchschlagenden deutschsprachigen Schriftstellers nachlauschen: das war eine Lieblingsbeschäftigung des alten Goethe. Wir wollen es ihm drei Tage lang nachtun. Ich wünsche uns allen viel Freude dabei.

Vorträge während der 88. Hauptversammlung

Bénédicte Savoy

Goethe, Afrika und wir dazwischen

Für viele Menschen ist Goethe Teil ihres beruflichen Lebens. Sie kennen sich in je dem Winkel seines reichen Œuvres und seiner Biographie aus. Und so bin ich mir der akuten Gefahr bewusst, diese Menschen mit meinen Überlegungen zu langweilen oder mich gar zu blamieren. Ich hoffe, Sie verzeihen mir, was Ihnen ungenau, unfertig, unsauber gedacht erscheint. Ich nehme diesen auf meiner Festrede basierenden Beitrag dankend zum Anlass, eine Erfahrung mit Ihnen, liebe Leserinnen und Leser, zu teilen, die in den letzten Monaten meinen Verstand, mein Sprachempfinden und viele vermeintliche Selbstverständlichkeiten gehörig durcheinandergebracht hat.

Eurozentrik?

Goethe, der sich doch für alles interessierte, interessierte sich nicht für Afrika. Auch über das, was Goethe nicht interessierte, ist so viel geschrieben worden, dass es mir nicht schwerfällt, diesen Satz mit Aplomb auszusprechen. Literaturwissenschaftlerinnen und -wissenschaftler sind sich einig: Zwar hat Goethe den sogenannten Orient und seine Literatur in den Blick genommen und sich anverwandelt, doch obwohl er glaubte, Afrikas Küste von Sizilien aus erspäht zu haben, interessierte er sich für den großen Kontinent mit seinen Bewohnerinnen und Bewohnern herzlich wenig. Afrika spielt über das Dekorative hinaus keine Rolle in Goethes Werk. Auch zeitgenössische Studien zu den Literaturen schwarzer Menschen rezipierte er nicht.[1]

Besonders auffällig ist das bei dem heute als Meilenstein der schwarzen Literaturgeschichte geltenden Werk des Franzosen Henri Grégoire, den Goethe kannte und mit dem er sogar einmal zu Abend gegessen hatte. *De la littérature des nègres*,[2] erschienen in Paris 1808 und bis 1810 ins Deutsche (zweimal!) und ins Englische übersetzt, entstand aus einem intensiven Austausch des Franzosen mit zahlreichen europäischen Intellektuellen – nicht zuletzt aus Weimar. Überdies erschien eine

1 Thomas Geider: *Afrika im Umkreis der frühen Weltliteraturdiskussion: Goethe und Henri Grégoire.* In: *Revue de littérature comparée* 314 (2005), H. 2, S. 241-260.

2 Henri Grégoire : *De la littérature des nègres. Ou recherche sur leurs facultés intellectuelles, leurs qualités morales et leur littérature; suivie des notices sur la vie et les ouvrages des nègres qui se sont distingués dans les sciences, les lettres et les arts.* Paris 1808.

(autorisierte) deutsche Fassung des Buches bei Goethes Verleger Johann Friedrich Cotta in Tübingen.[3]

Und doch nahm Goethe Experten zufolge das Werk nicht zur Kenntnis. Die Autorinnen und Autoren, die Grégoire darin vorstellt, jene Vertreterinnen und Vertreter einer frühen afrikanischen, afro-amerikanischen, karibischen und diasporischen Intelligentsia, die zur selben Zeit im deutschsprachigen Raum auch bei Blumenbach Beachtung fanden, spielen bei Goethe keine Rolle: Nicht der berühmte Philosoph Anton Wilhelm Amo (ca. 1703-nach 1753), geboren in »Guinea« (heute Ghana), der bereits 1751 mit einem eigenen biografischen Eintrag in den *Nöthige[n] Supplemente[n] zu dem Grossen vollständigen UNIVERSAL-LEXICON Aller Wissenschafften und Künste* von Johann Heinrich Zedler vorkommt;[4] nicht der ebenfalls in der Region des heutigen Ghana geborene Theologe Jacobus Elisa Johannes Capitein (ca. 1717-1747), der als erster Afrikaner in der niederländischen reformierten Kirche zum Geistlichen ordiniert wurde und als studierter Theologe verschiedene Abhandlungen in lateinischer Sprache hinterließ, darin eine von Grégoire ins Französische übersetzte bewegende Elegie für einen verstorbenen Freund; nicht der auf einem Schiff zwischen Afrika und der Karibik geborene Komponist Ignatius Sancho (1729-1780), der zu Goethes Lebzeiten in London Karriere machte, vom Maler Thomas Gainsborough porträtiert wurde und dessen Briefe, *The Letters of the Late Ignatius Sancho, an African*, als Bestseller zwischen 1782 und 1803 in fünf Auflagen erschienen;[5] nicht der berühmte Autobiograf Olaudah Equiano (1745-1797), geboren in Igbo (heute Nigeria), der mit seinem 1789 in London publizierten und bald ins Niederländische (1790) und Deutsche (1792) übersetzten Buch *The Interesting Narrative of the Life of Olaudah Equiano, Or Gustavus Vassa, The African* einen Schlüsseltext der abolitionistischen Bewegung schuf und die Gattung Autobiografie für schwarze Autorinnen und Autoren bis heute prägt;[6] schließlich auch nicht die in der Region Senegambia geborene Dichterin Phillis Wheatley (1753-1784), die mit 19 Jahren in London ihre *Poems on Various Subjects, Religious and Moral* (1773) mit dem selbstbewussten Frontispiz einer jungen Frau am Schreibtisch veröffentlichte – drei davon übersetzte Grégoire ins Französische.[7] Sie alle – und viele weitere – tauchen in Goethes Schriften nicht auf.

Goethe interessierte sich nicht für Afrika. Martin Luther interessierte sich nicht für Amerika. Die zu seinen Lebzeiten erfolgte epochale Erweiterung des geografischen Horizonts Europas ignorierte der Wittenberger Reformator. Daraus eine

3 Geider (Anm. 1).

4 Johann Heinrich Zedler: *Amo (Anton Wilhelm)*. In: Johann Heinrich Zedlers *Grosses vollständiges UNIVERSAL-LEXICON Aller Wissenschafften und Künste. Supplementum*. Bd. I: *A-An*. Leipzig 1751, Sp. 1369. https://www.zedler-lexikon.de/index.html?c=blaettern&seitenzahl=696&bandnummer=s1&view=150&l=de (zuletzt aufgerufen am 19.2.2024).

5 Jüngste Ausgabe von 1998: Ignatius Sanchà: *Letters of the Late Ignatius Sancho, an African*. Hrsg. von Vincent Carretta. New York 1998.

6 Jüngste Ausgabe von 2021: Olaudah Equiano: *The Interesting Narrative of Olaudah Equiano: The Black History Classic*. New York 2021.

7 Jüngste Ausgabe von 2000: Phillis Wheatley: *Poems on Various Subjects, Religious and Moral*. Cambridge 2000.

Kritik an ihrer Eurozentrik zu formulieren, ist wohlfeil. Denn sind wir nicht alle, meine Damen und Herren, durch Sozialisation und Studium in Europa a priori eurozentrisch? Und was heißt es konkret, Europa provinzialisieren zu wollen, um das großartige Buch des indischen Historikers Dipesh Chakrabarty aus dem Jahr 2011 zu zitieren?[8] Was heißt es wirklich, sich als Pariserin, als Berlinerin, als Weimarerin zu dezentrieren? Nicht nur um 1800, sondern hier und heute?

Wir lernen Deutsch

Ich bin 10 Jahre alt. *Wir lernen Deutsch*. So heißt das Lehrbuch mit Gisela und Rolf, das einer ganzen Generation junger Französinnen und Franzosen Goethes Sprache nahebringen sollte.[9] ›Guten Tag Vati, Guten Tag Rolf. Rolf, wo ist denn meine Pfeife? Hier ist deine Pfeife Vati. Danke Rolf.‹ Der Vater raucht. Die Mutter spült. Die Kinder spielen (Tischtennis), irgendwann in meiner Erinnerung erleidet eine Tante eine »Gehirnerschütterung auf der Wohlfahrtsveranstaltung« – vermutlich, damit wir die Aussprache von Komposita üben. »Streichholzschächtelchen«, »Hochhaus«, »die Gäste begehren Erdbeeren«.

Die Zeit verstreicht, Lehrkräfte wechseln, jetzt sind Themenschwerpunkte dran: Ich erinnere mich noch genau an »Türkische Gastarbeiter – ein Problem in Deutschland«, »Atomkraft nein danke« und »Republikflüchtlinge im Supermarkt«.

Und dann kommt Brechts *Kaukasischer Kreidekreis*, Borcherts *Draußen vor der Tür*, Wolf Biermann und Goethe, den wir auswendig lernen.

Es schlug mein Herz, geschwind, zu Pferde!
Es war getan fast eh' gedacht;
Der Abend wiegte schon die Erde
Und an den Bergen hing die Nacht:
Schon stand im Nebelkleid die Eiche,
Ein aufgethürmter Riese, da,
Wo Finsterniß aus dem Gesträuche
Mit hundert schwarzen Augen sah.
(WA I, 1, S. 68, V. 1-8)

Inzwischen bin ich 18. Fast alle deutschen Wörter, die ich bis zu diesem Zeitpunkt gelernt und gehört habe, sind in meinem Gehirn bis heute untrennbar verbunden mit den Personen, Räumen und Situationen, in denen ich sie zum ersten Mal gehört habe. Anders gesagt: Mein Deutsch, auch dasjenige, das ich hier und heute und im Alltag benutze, setzt sich zusammen aus präzise zurückzuverfolgenden Erinnerungsfetzen an Gisela, Rolf, Brecht, Luther, Goethe, Monsieur Blanchet, den Deutschlehrer usw. Sie alle bewohnen meine Synapsen wie meine Muttersprache, nur die deutschen Wörter sind viel persönlicher als die anderen, viel vernetzter, viel deutlicher verankert in einem Koordinatensystem von Raum und Zeit. Im Wissenschaftsjargon würde man sagen: Sie sind relational. So ist auch Goethe in meinen

8 Dipesh Chakrabarty: *Provincializing Europe: Postcolonial Thought and Historical Difference* [2007 edition]. Princeton 2008.
9 Georges Holderith (Hrsg.): *Wir lernen Deutsch*. Paris 1972-1979.

Synapsen untrennbar vom Kreide- und Holzfußbodengeruch des Klassenzimmers, in dem wir uns seine Worte einverleibten. Ich behaupte sogar, dass es vielen so ergeht, die erst als Teenager eine zweite Sprache erlernt haben: Diese Sprache bewohnen wir anders als die eigene, sie führt ein Eigenleben. Höre ich Wipfel, dann kommt gleich die Ruh. Besen kommt selten alleine. Und Gestalt reimt sich auf Gewalt.

Und Afrika? Afrika spielt keine Rolle. Als ich in Paris zur Schule gehe, liegt die Befreiungsbewegung des afrikanischen Kontinents von den französischen, britischen und belgischen Kolonialmächten noch keine 20 Jahre zurück. Die sogenannte »Françafrique«, also die anhaltende französische Dominanz in den ehemaligen Kolonien ist auf ihrem Höhepunkt.[10] Die Wunden des Algerienkriegs klaffen noch, und Rassismus ist allgegenwärtig. Aber in der Schule, unter Freunden, in meiner Familie spielt Afrika keine Rolle. Ich weiß nicht, wo die einzelnen Länder liegen, ich weiß nicht einmal, dass es dort überhaupt Länder gibt. 54, um genau zu sein, und mehr als 2.000 Sprachen.

Während ich in Frankreich Deutsch lerne, lernen in Kamerun, Togo, Senegal, Côte d'Ivoire, Mali und Burkina Faso Kinder in meinem Alter auch Deutsch. Viele sogar. Auch dort wählen nämlich die Eltern von Zehnjährigen Deutsch als erste Fremdsprache für ihren Nachwuchs, weil man damit in die besten Klassen kommt – Deutsch ist Elite, das Schulsystem noch ganz französisch. Deshalb sind es noch lange nach der Unabhängigkeit schizophrenerweise in Frankreich verlegte Deutschbücher, also Gisela, Rolf und Konsorten, die den Kindern Westafrikas Goethes Sprache vermitteln sollen. Sie lernen eine europäische Sprache (Deutsch) durch das Prisma einer anderen, während der Kolonialzeit in ihren Ländern systematisch und manchmal gewaltsam implementierten europäischen Sprache (Französisch), die auch im postkolonialen Kontext als Amts- und Schulsprache weiterbesteht und die Entwicklung der lokalen Sprachen, Literaturen und Epistemologien hemmt.

Bis endlich Yao kommt: *Yao lernt Deutsch*, das ist spätestens ab 1979 im frankophonen Westafrika das Gegenstück zu Gisela und Rolf meiner Generation.[11] Auch hier steht zunächst der Erwerb von Grundkenntnissen im Vordergrund. Auch hier werden Themenschwerpunkte gesetzt, um Schüler zu motivieren. Auch hier kommen irgendwann Brecht, Luther, Biermann und Goethe in Ausschnitten vor – wohlgemerkt neben Hitler.

Doch hören wir, was ein begeisterter Deutschlehrer aus Deutschland 1982 zu *Yao lernt Deutsch* zu sagen hatte: Erstens freute er sich darüber, dass mit dem neuen Lehrwerk die Didaktik der deutschen Sprache nicht mehr den Franzosen überlassen bleibt; zweitens, dass darin nicht die übliche deutsche, sondern eine vermeintlich afrikanische Lebensrealität vorgeführt wird: Die Kinder Afrikas »in ihrer Erfahrungswelt« zu belassen, erspare ihnen Verständnishürden: »Man kauft Bana-

10 Vgl. François-Xavier Verschave: *La Françafrique: le plus long scandale de la République*. Paris 1998.

11 Manfred Schröder, Rolf-Dieter Beissner: *Yao lernt Deutsch*. Dakar, Hamburg 1974 ff. Dank an Rainer Hauswirth, Direktor des Goethe Instituts in Abidjan, für die Bereitstellung von Scans des in europäischen Bibliotheken schwer aufzutreibenden Lehrbuchs.

nen und Mangos – und nicht Kirschen, Pflaumen – Es ist von Krokodilen die Rede – und nicht von Hirschen! – Man feiert ein Fest im Dorf im Busch – und nicht Karneval in Köln!«[12] Drittens schwärmte der Lehrer für die gelungene Wahl der thematischen Schwerpunkte: Geburtenkontrolle (Vorzüge der Pille)[13], Ernährungslage (»Müllers essen gern Schweinebraten oder Wiener Schnitzel, aber ihre Gäste mögen abends lieber Fisch, weil das nicht so schwer ist«[14]); Entwicklungshilfe (Wasserfilter aus Magdeburg), schädliche Traditionen (Buschfeuer in Madagaskar)[15] und vor allem, jawohl, die Arbeit:

> Die deutsche Arbeitswelt: der Leistungsstreß, der Arbeitskampf zwischen den Sozialpartnern, die soziale Sicherung, der Kampf um den Arbeitsplatz – vor allem aus der Sicht des ausländischen Arbeitnehmers – werden dem afrikanischen Schüler anschaulich vor Augen geführt. Dies kann ihn nicht zuletzt auch vor unerfüllbaren Illusionen bewahren.[16]

Ob eine Stelle aus *Mein Kampf*[17] in diesem afrikaweit eingesetzten Lehrwerk Ende der 1970er Jahre auch dazu dienen sollte, afrikanische Jugendliche vor der Illusion einer postrassistischen europäischen Gesellschaft zu bewahren, sei an dieser Stelle dahingestellt. Über die Funktion dieser verstörenden Passage, die wohl alle afrikanischen Schülerinnen und Schüler über sich ergehen lassen mussten, die in den 1980er Jahren Deutsch lernten, urteilte der begeisterte Exeget von 1982 jedenfalls: »Mit Sicherheit erfährt der Mythos Hitler als starker Mann einen starken Dämpfer, wenn die afrikanischen Schüler von der Einstufung der Negro-Afrikaner in der NS-Rassenlehre erfahren«.[18]

Insgesamt lugen zwischen den Zeilen von *Yao* – und in den Kommentaren des begeisterten Lehrers – verschiedene Formen von Abgrenzung, Widersprüchen und Überheblichkeit hervor. Nach der detailreichen Vorstellung eines neueren Automodells mit ganzseitiger Abbildung (»Herr Müller ist Besitzer eines OPEL Rekord 1700«),[19] einem Dialog mit seiner Frau über den neuen Elektrorasierer, den sie ihm zum Geburtstag versprochen hat (»Beruhige Dich Liebling, du hast doch bald Geburtstag«),[20] Überlegungen zum Kauf eines neuen Kühlschranks und etlichen Seiten über »Freu dich auf Kaufhof«, »Einkaufen macht Spaß« und »die kleine Karin im Supermarkt«,[21] tauschen sich Moussa und Samba über weiße Touristen in ihrer senegalesischen Kleinstadt aus: »Um so weit zu reisen, müssen sie sehr reich

12 Hans-Walter Mende: *Literatur und Sachtexte im Dienste interkultureller Verständigung – dargestellt anhand des regionalen Lehrwerks »Yao lernt Deutsch« (frankophones Schwarzafrika)*. In: *Informationen Deutsch als Fremdsprache* 9 (1982), H. 4, S. 35-47; hier S. 37.

13 Ebd., S. 38.

14 Schröder, Beissner (Anm. 11).

15 Beide genannten Beispiele finden sich bei Mende (Anm. 12), S. 38.

16 Ebd.

17 Ebd., S. 41

18 Ebd., S. 40.

19 Schröder, Beissner (Anm. 11).

20 Ebd.

21 Ebd.

sein«,[22] merkt Samba an – und zieht folgenden Kommentar des Exegeten von 1982 auf sich:

> Die afrikanischen Beobachter der Touristenszene laufen Gefahr, aus dem Verhalten der manchmal finanzkräftig auftretenden Fremden falsche Schlüsse zu ziehen. Sie wissen nicht – und wenn sie es wissen, bleibt es ihnen unverständlich – daß diese Touristen ein ganzes Jahr lang für diese Urlaubsreise sparen müssen, daß sie gar verschiedentlich auf Kredit reisen! – Diesen Texten kommt deshalb die wichtige Funktion zu, diese Scheinwelt zu durchleuchten. Es liegt beim Lehrer, sie entsprechend zu kommentieren.[23]

Man kauft Bananen und Mangos... Wären in Afrika gegen Ende von *Yao lernt Deutsch* den Jugendlichen von damals und Erwachsenen von heute nicht Fetzen von Brecht, Goethe, Biermann, Luther und einigen weiteren begegnet, wie auch mir in Paris nach Gisela und Rolf eines Tages, hätten unsere Lehrbücher bei ihren jugendlichen Benutzern den Eindruck erweckt, als drehe sich die deutsche ›Erfahrungswelt‹ und Sprache vor allem um den Konsum technischer Objekte und den Jahresurlaub. Was jungen Franzosen, nicht aber jungen Afrikanern, dabei erspart blieb, war die unterschwellige Demonstration der massiven Defizite des eigenen Kontinents im Vergleich zu den Errungenschaften Europas. Deutschlernen im französisch geprägten Schulsystem auf dem afrikanischen Kontinent war eine in vielfacher Hinsicht ›eurozentrische‹ Erfahrung.

Warum ich Ihnen das erzähle, meine sehr geduldigen Leserinnen und Leser? Nein, nicht nur, weil *Yao lernt Deutsch* ein Paradebeispiel für die tiefe Verwurzelung stereotyper, essenzialisierender, nicht selten rassistischer Muster in europäischen Lehrbüchern aus der Jugendzeit vieler Erwachsener von heute ist. Nicht nur, weil es – wie bei Gisela und Rolf – den Spracherwerb von Kindern und Jugendlichen politisch funktionalisiert, bestimmte Vorstellungen einbrennt und eine überholte Terminologie pflegt. Auch nicht nur, weil sich darin der eigene Eurozentrismus exemplarisch manifestiert, der Kindern schon in frühen Jahren als innerer Kompass mitgegeben wird. Nicht nur aus diesen Gründen, sondern, und das ist die gute Nachricht, weil Deutschlernen verbindet. Nicht das Meistern der deutschen Sprache an sich – das Lernen selbst, der Weg zur Sprache, die Lehrbücher, Frau Müller an der Kasse, Fausts letzte Worte, der *Kaukasische Kreidekreis* und all die anderen von Pädagogen wohlkalibrierten Themen und Texte, die Mnemotechniken, womit sich von Abidjan über Yaoundé, Dakar, Marseille, Paris, Genf und Ouagadougou Kinder und Jugendliche in französischgeprägten Schulsystemen merken, welche Vorsilben deutscher Verben (ge-, miss-, zer-, be-, er-, ent-, emp-, ver- usw.) von ihrem Stamm nicht zu trennen sind: J'ai mis Cerbère en enfer, ich habe Cerberus in die Hölle geschickt – die Poesie dieser absurden Sätze, die mentalen (Unter-)Welten, die sich dabei öffnen, die vielen Zungenbrecher und die damit verbundenen Lachanfälle, das erste auswendig gelernte Gedicht von Goethe, mehr phonetisch als mit Verstand, sein Rhythmus, die Kälte, Fanny Meunier (die das

22 Mende (Anm. 12), S. 39.
23 Ebd., S. 40.

Pferd spielen soll), Leila Vignal (den Vater), Katia Weidenfeld (den Knaben wohl in dem Arm). »Der ›Erlkönig‹ von Goethe hat für die dem Animismus und Fetichismus [sic], dem Naturglauben, sehr verbundenen Afrikaner gewiß seinen berechtigten Platz in diesem Lehrwerk«,[24] hieß es zu *Yao* 1982. Ich erinnere mich an das betretene Schweigen in meiner Klasse, als ein Lehrer mit uns den *Erlkönig* als Sexualverbrecher durchnehmen wollte.

Goethe verbindet, meine sehr geehrten Leserinnen und Leser, unabhängig von didaktischen Intentionen und Vorannahmen. Er verband mich in jungen Jahren bereits unwissentlich mit Gleichaltrigen auf dem afrikanischen Kontinent. Er verbindet mich heute auf besondere Weise mit Germanistinnen und Germanisten in Kamerun und Togo. Es dauerte allerdings lange, bis ich dessen gewahr wurde, ein halbes Leben.

Kulturelle Aneignung

Goethe, der sich für alles interessierte, interessierte sich auch für die Rückgabe von Kulturgütern. Er gehörte mit seinen Freunden in Weimar zu den ersten, die sich um 1800 mit dem massiven Abtransport von Gemälden, Statuen und Handschriften aus Norditalien und Rom nach Paris kritisch auseinandersetzten. Er verfasste wichtige Texte aus der Perspektive der Enteigneten, wozu er sich, als Italienkenner, ganz selbstverständlich zählte:

> Für die Bildung des Künstlers, für den Genuß des Kunstfreundes war es von jeher von der größten Bedeutung, an welchem Orte sich Kunstwerke befanden; es war eine Zeit in der sie, geringere Dislokationen abgerechnet, meistens an Ort und Stelle blieben; nun aber hat sich eine große Veränderung zugetragen, welche für die Kunst im Ganzen sowohl als im Besondern wichtige Folgen haben wird. (WA I, 47, S. 31)

Die »große Veränderung« war die ab 1794 militärisch unterstützte Zentralisierung der prominenten Kunstsammlungen aus allen von französischen Truppen besetzten Gebieten Europas in Paris. Die »wichtige[n] Folgen« waren die komplette Rekonfiguration der Kunst- und Museumsgeografie Europas im 19. Jahrhundert, mit der Abschwächung von Rom als Kunsthauptstadt zugunsten von Paris, und die Erfindung imperialer Museen, die sich bald auch außerhalb von Europa bedienen sollten.

Der Sieger schreibt die Geschichte. Im revolutionären Frankreich lautete die Rechtfertigung für die Translokation ganzer Kunstsammlungen und Bibliotheken, dass Kunst und Wissenschaft als Töchter der Freiheit ins Land der Freiheit gebracht werden sollen – nach Frankreich nämlich. Man sprach ganz selbstverständlich von ›befreitem Kulturerbe‹. Außerdem wüssten Italiener, Niederländer, Preußen, Österreicher usw. gar nicht, wie man Kunst fachgerecht zu restaurieren, aufzubewahren und zu präsentieren habe. Unter Napoleon perfektionierten Kulturbeauftragte diese aggressive Politik kultureller Aneignung. Sie legitimierten ihre Demontagen der Galerien in Berlin, Potsdam, Schwerin, Wien, Kassel, Braunschweig nun auch

24 Ebd., S. 43.

mit dem Erfolg des Musée Napoléon (Louvre) in Paris, seiner optimalen Lage für Reisende und seiner allgemeinen Zugänglichkeit. Doch nach Napoleons Abdankung 1814/15 zwangen die legitimen Eigentümer den wiedereingesetzten französischen König bekanntlich zur Restitution. Auch hier mischte Goethe mit: Er erhielt von den preußischen Behörden den Auftrag für eine Denkschrift über die Zukunft des Kulturerbes in den ihnen zugefallenen Rheinlanden. In seinem Entwurf plädierte Goethe anstelle von musealer Konzentration für die individuelle Rückgabe an die ursprünglichen Standorte. »Hauptgrundsatz soll darin sein«, soll er geäußert haben, »daß die Kunstwerke und Altertümer vielverbreitet, jede Stadt die ihrigen behalte und bekomme [...]. ›Laßt Düsseldorf wieder etwas haben, wie es in seinen Sälen aufgestellt war, wozu alles in München? laßt Köln Bonn ja Andernach etwas haben!«[25] Zu jener Zeit stand Goethe mit diesem Vorschlag zur Dispersion des zurückzuholenden Erbes in diametralem Gegensatz zur in Europa vorherrschenden Zentralisierungsdynamik. Doch seine Stimme, wie alle, die sich zu Beginn des 19. Jahrhunderts in den vom imperialen Frankreich besetzten oder verwalteten Gebieten Europas erhoben, ermöglicht es, neben der Geschichte der Sieger auch eine Geschichte der ›Verlierer‹ oder ›Verletzten‹ zu schreiben. Der Grund, warum ich mich als sogenannte Auslandsgermanistin immer stärker auf die Themen Kunstraub und Restitution konzentriert habe, hat mit der Geschichte der kulturellen Aneignung durch Frankreich zu tun: Die Beherrschung der deutschen Sprache versetzte mich als Französin in die Lage, die Siegerperspektive, die sich in der französischen Historiographie bis zum beginnenden 20. Jahrhundert eingeschrieben hatte, durch in Frankreich völlig unbekannte europäische Perspektiven – fragil, mal wütend, mal verzweifelt – zu ergänzen und zu korrigieren. Ich verglich meine Arbeitsweise damals mit einem Stereoskop, laut Wörterbuch »ein kleines optisches Instrument, das dazu dient, zwei zweidimensionale Bilder desselben Gegenstandes so zu kombinieren, dass beim Betrachter ein räumlicher Eindruck des Gegenstandes entsteht«.[26] Meine stereoskopische Arbeit erschien in französischer Sprache unter dem Titel *Patrimoine annexé*, annektiertes Kulturerbe. Fortan fühlte ich mich intellektuell am sichersten, wenn ich auf der Seite der Verlierer, der Enteigneten, der Verletzten, Verunsicherten und Wütenden stand. Doch dann kam Afrika – und mein Stereoskop zerbrach.

Meine Ruh' ist hin

In der aktuellen Debatte um die Restitution afrikanischer Kulturgüter, die während der deutschen Kolonialzeit *en masse* in den öffentlichen Museen namentlich von Berlin, Stuttgart, Leipzig, München, Köln, Hamburg und Bremen ›zentralisiert‹ wurden und bis heute den weltweit größten Bestand afrikanischer Objekte in öffentlicher Hand ausmachen, zählen die Stimmen afrikanischer Germanistinnen und Germanisten zu den wichtigsten. Die meisten sind mit *Yao* und Goethe großgewor-

25 Sulpiz Boisserée: *Tagebücher 1808-1854*. Hrsg. von Hans-Joachim Weitz. 5 Bde. Darmstadt 1978-1995, Bd. 1: *1808-1823*. Darmstadt 1978, S. 224.

26 Bénédicte Savoy: *Kunstraub: Napoléons Konfiszierungen in Deutschland und die europäischen Folgen*. Wien [u.a.] 2010.

den: Mein Forschungspartner Albert Gouaffo, Professor für Germanistik an der Université de Dschang (Kamerun), sitzt in allen wichtigen deutschen Gremien zum Thema und äußerte sich bereits auf Einladung des Bundestags zum Thema Restitution.[27] David Simo, emeritierter Professor für Germanistik an der Universität Yaoundé I (Kamerun), befasste sich früh mit postkolonialen Fragestellungen.[28] Kokou Azamede, Dozent für Germanistik an der Université de Lomé (Togo), erhielt 2022 als erster Germanist aus Afrika südlich der Sahara den angesehenen Jacob- und Wilhelm-Grimm-Preis für seine Forschungen zur evangelischen Missionierung junger Westafrikanerinnen und -afrikaner im 19. Jahrhundert sowie für seinen energischen Einsatz in Sachen Restitution von togoischen Kulturgütern in Deutschland.[29] Die Germanistin Maryse Nsangou, Dozentin für deutsche Sprache an der Universität von Yaoundé I, begleitet seit mehreren Jahren als Kulturbeauftragte der kamerunischen Botschaft in Berlin die immer zahlreicher werdenden Besuche staatlicher Delegationen und einzelner Repräsentanten traditioneller Königshäuser, deren Gebiete während der deutschen Kolonialzeit geplündert wurden und die heute in deutschen Museen Kontakt zu den entzogenen Insignien, spirituellen Entitäten, Gewändern und Waffen ihrer Vorfahren suchen. Die Liste ließe sich fortsetzen, denn gerade in der jüngeren Generation widmen sich immer mehr Absolventen der Germanistik in Afrika der deutschen Kolonial- und Kunstraubgeschichte.[30] Die Gründe für diese Entwicklung liegen auf der Hand: Das Beherrschen der deutschen Schrift und Sprache befähigt dazu, in deutschen Bibliotheken und Archiven historisch belegte und nicht selten unangenehme Fakten zu finden, die dominanten Narrativen widersprechen, diese ergänzen und korrigieren. An der Université de Lomé in Togo ist das Lesen von Sütterlinschrift im fünften Semester Pflichtfach.

Ich hatte das Privileg, in den vergangenen Monaten mit einigen dieser Kolleginnen und Kollegen Hand in Hand zu arbeiten. Es entwickelte sich daraus für alle eine schöpferische Zerstörung (destruction créative), besser gesagt: eine positiv erschöpfende Erschütterung. Durch das gemeinsame Schreiben an einem kollektiven Buch wurde das unsichtbare Koordinatensystem, in dem wir uns bewegten, zunehmend sichtbar, und begann gleichzeitig, sich aufzulösen. Dieser Vorgang dauert an. Er zeugt nicht etwa von einem Defizit, sondern er ist notwendig, damit Neues entstehen kann. Weil in diesem Prozess nicht nur die deutsche Sprache, sondern die

27 *Öffentliches Fachgespräch im Kulturausschuss des Bundestages* (12.10.2022). Vgl. https://www.bundestag.de/dokumente/textarchiv/2022/kw41-pa-kultur-909654 (zuletzt aufgerufen am 30.1.2024).

28 Vgl. Constantin Sonkwé Tayim, Hyacinthe Ondoa, Jean-Bertrand Miguoué und David Simo: *Postkoloniale Blickpunkte: Betrachtungen der Interkulturalität in Literatur, Film und Sprache: Festschrift für David Simo zum 65. Geburtstag*. Leipzig 2017.

29 Kokou Azamede: *Transkulturationen? Ewe-Christen zwischen Deutschland und Westafrika. 1884-1939*. Stuttgart 2010.

30 Vgl. z.B. Ohini Mawussé Toffa: »*Wissen ist wie ein Baobab*«. In: *Letter. Magazin für DAAD-Alumni und -Alumnae* 1 (2022), S. 40-43; Richard Tsogang Fossi, Mikaél Assilkinga, Yrine Matchinda (alle Mitglieder des DFG-Projektteams »Umgekehrte Sammlungsgeschichte. Ein kommentierter Atlas zum materiellen Erbe Kameruns in deutschen Museen«. Vgl. die Projekthomepage https://www.tu.berlin/go59293/ (zuletzt aufgerufen am 30.1.2024).

oben erwähnte Eurozentrik im Mittelpunkt standen, möchte ich schildern, was mit mir als Teil des Teams geschah.

Der *Atlas der Abwesenheit* sollte eine großangelegte Studie zur Präsenz des kamerunischen Kulturerbes in deutschen öffentlichen Museen sein, verfasst in deutscher Sprache von einer interdisziplinären, transkontinentalen Forschungsgruppe der Universität von Dschang in Kamerun und der TU Berlin in Deutschland. Acht Personen widmeten sich dem Projekt in Vollzeit: fünf in die deutsche Kolonialgeschichte abgedriftete Auslandsgermanistinnen und -germanisten wie ich, vier davon aus Kamerun, sowie drei in Deutschland sozialisierte Wissenschaftlerinnen und Wissenschaftler (eine Kunsthistorikerin, ein Ethnologe und eine Wissenschaftshistorikerin, die sogenannten Muttersprachlerinnen und Muttersprachler im Team). Die Gruppe arbeitete sich in Deutschland mehrere Monate lang durch kolonialzeitliche Publikationen und historische Bestände von Museums- und Militärarchiven, besuchte wiederholt die mit Pestiziden kontaminierten Depots ethnologischer Museen und versuchte mit Hilfe von Tabellenkalkulationsprogrammen, angesichts der mehr als 40.000 Inventarnummern kamerunischer Provenienz in deutschen Institutionen den Überblick nicht zu verlieren. In Kamerun unterhielten sich die Mitglieder des Teams in unterschiedlichen Regionen und Sprachen mit Interessengruppen über die Formen und Folgen der Abwesenheit von historischen Kulturgütern, darunter traditionelle Könige und deren Entouragen. Ihre Interviews dokumentierten sie mit Ton- und Videoaufzeichnungen. All dies resultierte in einem Atlas von über 500 Seiten, 50 Karten und zahlreichen Abbildungen.[31] Die gemeinsame Textarbeit an diesem Report glich einer unerwarteten Expedition in die Tiefenschichten europäischer Wissensordnungen und nie zuvor hinterfragte Gewissheiten – wahrlich eine verunsichernde, harte, an die Substanz gehende Arbeit.

Es begann mit einzelnen Worten. Von Anfang an rieb sich das Team an den unzähligen Euphemismen, die in deutschsprachigen Sammlungsgeschichten und Museumsräumen die Umstände und Akteure der systematischen und oft gewaltsamen Translokation kamerunischen Kulturguts nach Deutschland bezeichnen. Möglicherweise lag unsere sprachliche Idiosynkrasie auch darin begründet, dass deutsche Wörter, die man erst in der Schule kennengelernt hat, niemals ganz ihren ersten naiven Sinn verlieren, auch wenn sie neu kombiniert, euphemistisch oder metaphorisch gemeint sind – für mich wird ein Bürgersteig immer etwas bleiben, worauf die Bürger steigen, und die Skelettbürste, die ich vor Jahren in einem Darmstädter Drogeriemarkt erwarb, für immer eine sein, mit der ich bei Bedarf Skelette bürsten könnte. Wenn wir also lasen, dass der brutale deutsche Offizier Hans Glauning, dem das Humboldt Forum in Berlin ganze Palastarchitekturen, sakrale Statuen und zentnerschwere Attribute der Macht verdankt, in der kaiserlichen Schutztruppe für Kamerun *diente* und im Westen Kameruns auf dem Schlachtfeld *fiel*, waren wir auf der Hut. Ohne Zweifel wesentlich schneller, als wenn dieselben Wörter uns in unseren jeweiligen Muttersprachen begegnet wären, wo sie durch konventionellen

31 Mikael Assilkinga u.a.: *Atlas der Abwesenheit: Kameruns Kulturerbe in Deutschland.* Koordiniert von Andrea Meyer und Bénédicte Savoy. Berlin 2023. Vgl. https://doi.org/10.11588/arthistoricum.1219 (zuletzt aufgerufen am 28.2.2024).

Sprachgebrauch ihre simplen ersten Bedeutungen nicht so prominent vor sich hergetragen hätten. »Servir dans l'armée et tomber au champ de bataille« – auf Französisch hätte mich zumindest ein solcher Satz nicht unmittelbar irritiert. Aber auf Deutsch: Er diente und fiel. Wozu diente Glauning, und welche Kraft zog ihn abwärts? Ganz zu schweigen von seiner kaiserlichen Schutztruppe, die getarnt in »Schutz« und »Truppe« (in der für französische Ohren immer auch ein Theaterensemble mitschwingt) eine mit brutaler Härte und Vernichtungslogik vorgehende militärische Formation in den afrikanischen Kolonien war. Es war die Schutztruppe in Deutsch-Südwestafrika, die den Völkermord an den Herero und Nama im heutigen Namibia verübte. Weil in unserem Report solch beschönigendes Vokabular keinen Platz finden sollte, wollten wir den kolonialzeitlichen Sprachgebrauch nicht nolens volens reproduzieren. Da uns jedoch oft keine Alternativen einfielen, spickten wir unsere Texte zunächst mit Hunderten von Anführungszeichen und weiteren Hunderten »sog.« für sogenannt, so wird es genannt. Wir steckten nun einmal im Koordinatensystem dieser Sprache – was sollten wir machen?

Bis er plötzlich im Raum stand: der »Objektraffer«. Es handelt sich dabei um eine Wortschöpfung meines geschätzten Kollegen Richard Tsogang Fossi, eines distinguierten, promovierten Germanisten, der als Sohn eines traditionellen Apothekers am Hof des Königs von Batufam im Westen Kameruns aufwuchs und als Imker gewohnt ist, den heiligen Wald hinter dem Königspalast zu betreten. Der Objektraffer stand spätestens im Raum, als wir im Lesesaal der Alliance franco-camerounaise unweit des Universitätscampus von Dschang eine unserer letzten großen Redaktionssitzungen abhielten. Diese Wortschöpfung war einer von Tsogangs Versuchen, sich nicht nur vom kolonialzeitlichen, bis heute in Museen gängigen Sprachgebrauch zu distanzieren, sondern mit linguistischer Kreativität die Perspektive grundsätzlich zu drehen. Aus Sicht der geplünderten Könige und *communities* von Kamerun verbildlicht das neugeschöpfte Wort die gewaltsame kulturelle Aneignung und das Ausmaß der Wegnahmen, stellt also das simple »Raffen« von Objekten in den Vordergrund, statt es wie üblich als »Sammeln«, »Erwerben« oder gar »Schenken (an Museen)« zu beschönigen. Als »Objektraffer« sollten in unserem Report von nun an all jene kolonialzeitlichen Protagonisten der Translokation von Kulturgut von Kamerun nach Deutschland bezeichnet werden, die bislang »Akteure« oder »Sammler« genannt worden waren.

Mir persönlich ging dieser Neologismus zunächst gegen den Strich. »Objektraffer«, das klang für meine französischen Ohren nicht muttersprachlich, nicht wissenschaftlich, nicht elegant. Was würde der Lektor sagen? Außerdem schien nicht klar, dass der Objektraffer ein Mensch und nicht etwa eine Technologie sei, die Objekte schrumpfen lässt oder frisst, wie ein Zeitraffer etwa die Zeit verkürzt. Doch der Objektraffer kam nicht alleine, und die Begeisterung meines Kollegen für seine Wortschöpfung saß tief. Mit dem Objektraffer kam auch der »Eindringling«. Der Ausdruck, oft in der Kombination »der erste deutsche Eindringling«, bezeichnete in Tsogangs Beiträgen für das gemeinsame Buch nun all diejenigen, die in den deutschsprachigen Quellen sonst als »Entdecker« oder »Erschließer« kamerunischer Gegenden (und Objekte) galten. Dem Autor genügte es nach zwei Forschungsjahren offenbar nicht mehr, sich vom gängigen, selten hinterfragten, heroisierenden und eurozentrischen Vokabular zu distanzieren. Mit der neuen Wortwahl sollte im Kopf der (deutschsprachigen) Leserinnen und Leser ein geografischer und historischer Raum entstehen, der terminologisch anders gepolt war als alles, was bislang mit deutschsprachigen Quellen zu Kamerun um 1900 verknüpft war. Auf mich wirkte diese plötzliche Umpolung wie eine Vertreibung aus dem geschützten Garten der in der Schule systematisch erworbenen deutschen Sprache und der damit verbundenen Ordnungen. Der »Objektraffer« und der »Eindringling« wirkten befremdlich, unbeholfen und irritierend. Sie waren es aber nicht als Worte, sondern weil die mit ihnen verbundenen Kopfbilder nicht passten, weil die Veränderung des beim Lesen entstehenden mentalen Raums sich zunächst ungewohnt anfühlte, unelegant, deplatziert, unprofessionell, unwissenschaftlich – einfach nicht *deutsch* gedacht. Sie wirkten in mir wie abgekoppelt von dem, was die deutsche Sprache sonst auszudrücken fähig ist. Eindringlinge, überhaupt -linge, insbesondere wenn sie in der deutschen Sprache mit einem richtunggebenden Verbstamm (flüchten, eindringen) verknüpft sind, sind in der Regel keine Deutschen, oder wenn sie es sind, dann unerfreuliche Zeitgenossen (Flüchtlinge, Widerlinge, Schädlinge), keinesfalls jedoch hochdekorierte deutsche Offiziere der sogenannten Schutztruppe für Kamerun.[32] Sie als Eindringlinge zu bezeichnen, klang einfach schräg. Das war der erste (noch sanfte) Rauswurf aus der Komfortzone eines eurozentrischen Sprach- und Denkhabitus.

Die totale Verwirrung trat nur wenig später ein, es gibt davon ein Foto: Wir sitzen U-förmig im Seminarraum der Alliance franco-camerounaise von Dschang. Der Raum ist bequem, liegt perfekt neben dem Museum, an den Wänden Plakate des Eiffelturms und des Triumphbogens auf der Place de l'Etoile in Paris, verbunden mit der Einladung, sich für ein Studium in Frankreich zu bewerben. Es ist wegen der Regenzeit gerade etwas schummrig, doch die Gesichter sind hell erleuchtet vom Schein der Textverarbeitungsprogramme in den vor uns aufgeklappten Laptops: Schwarzer Text auf weißem Hintergrund, das gibt viel Licht und *reflexion*. Wir besprechen gerade zwei Dutzend biografische Notizen, die im Anhang des *Atlas* Platz finden sollen.

Um nicht einen kolonialzeitlichen und museumsgeschichtlichen Bias zu reproduzieren, haben die Autoren der Biografien[33] beschlossen, neben den üblichen deutschen sogenannten Sammlern auch Frauen zu berücksichtigen, vor allem aber auch die Eigentümer der Objekte selbst, nämlich Königinnen und Könige der von der sogenannten Schutztruppe bekriegten oder besetzten Gebiete, darunter bis heute in Kamerun verehrte Gegner des deutschen kolonialen Projekts. Da die Geschichte ihres Widerstands und der Plünderung ihrer Paläste und *communities* sich allerdings am detailliertesten aus deutschen Militär- und Museumsarchivalien rekonstruieren ließ, musste über den singulären Einsatz neuer und damit irritierender Begriffe hinaus etwas Grundsätzliches geschehen: eine bis in den Satzbau hineinreichende vollständige Umkehr, eine Übertragung des deutschsprachigen Archiv-

32 Vgl. Yann LeGall: *›Nur mit Gewalt zu erlangen‹. Militärgewalt und Museumssammlungen*. In: *Atlas der Abwesenheit* (Anm. 31), S. 113-137.

33 Richard Tsogang Fossi und Sebastian-Manès Sprute. Vgl. *Akteure*. In: *Atlas der Abwesenheit* (Anm. 31), S. 358-441.

materials in ein anderes, in diesem Fall kamerunisches Koordinatensystem, eine syntaktische Revolution im buchstäblichen Sinne des Wortes. Plötzlich sollten die Kameruner nicht mehr die grammatikalischen Objekte von Sätzen sein, deren Subjekte Deutsche waren, die in Form von Prädikaten ihre grammatikalische Handlungsmacht über sie ausübten. Nicht länger sollte Leutnant Hans Tappenbeck als erster Europäer bis zur Residenz des Ngrang Gomtsé in Ndumba vorstoßen, wie üblicherweise in deutschsprachigen Quellen zu lesen ist, sondern König Ngrang sollte es sein, der im Jahre 1889 Tappenbeck von weitem kommen sehen, ihm und seiner Truppe den Weitermarsch durch sein Land gen Norden verwehren und ihn zurück zur Küste zwingen sollte. Das *Agens*, lehrt uns die Linguistik, bezeichnet

> die semantische Rolle desjenigen Aktanten eines Satzes, der die vom Verb ausgedrückte Handlung kontrolliert bzw. ausführt, im typischsten Fall bewusst und absichtlich. Der Gegenpol zum Agens [von agere, handeln, Anm. BS] ist das Patiens [von pati: leiden, ertragen, aushalten, Anm. BS].[34]

Spätestens an diesem Gewittertag im Seminarraum von Dschang mutierten die historischen kamerunischen Akteure in unserem Report von Patienten zu Agenten.

Zu beschreiben, was dieser Vormittag in meinen von Deutsch als Fremdsprache, Gisela, Rolf, Goethe, Luther, den Türken als Problem für die Bundesrepublik, Atomkraft nein danke usw. bewohnten Synapsen auslöste, fällt mir auch nach mehreren Monaten schwer. Ich wachte mitten in den darauffolgenden Nächten ganz aufgewühlt auf, im verzweifelten Versuch, deutsche Sätze, die ich aus historischen Quellen oder Informationstafeln von Museen kannte, so zu drehen, dass ihre Syntax dem Punkt entsprach, an dem ich mich gerade raumzeitlich und intellektuell befand: Im Jahr 2022, mitten in einer intensiven, fruchtbaren, transkontinentalen Redaktionswoche nach zwei Jahren Projektarbeit über deutsche kolonialzeitliche Museumssammlungen an der Universitätsstadt Dschang im sogenannten frankophonen Teil von Kamerun, etwas nördlich vom Äquator und in 1.400 Metern Höhe. Dass meine syntaktischen Versuche scheiterten, hatte nichts mit der Nacht zu tun – sie scheiterten auch tagsüber. Nach ein oder zwei Sätzen war mein Gehirn regelmäßig am Ende seiner Kräfte, ich spürte förmlich physisch, wie mein Sprachgebrauch eine unüberwindbare Grenze erreichte. Ausgerechnet ich, die ich doch seit Jahren mühelos zwischen Frankreich und Deutschland oszilliere und jahrelang von meinem Stereoskop schwadroniert hatte, war offensichtlich noch nicht einmal in der Lage, syntaktisch von meinem europäisch geprägten Koordinatensystem in ein anderes zu wechseln. Mein Denkvermögen war überfordert.

Ich spürte und verstand auf einmal genau, was es bedeutet, dass Sprache das Denken formt. Gewiss, gerade in Deutschland befassten sich schon in der Goethezeit Johann Gottfried Herder und Wilhelm von Humboldt mit dieser fundamentalen Problematik. Doch es selbst zu erleben, besser gesagt: zu erleiden, als Patiens einer mich unbewusst agierenden Sprache, erschütterte mich nachhaltig. »Die Sprache«, so die Kognitionswissenschaftlerin Lera Boroditsky, präge »die grundlegenden Dimensionen menschlicher Erfahrung: Raum, Zeit, Kausalität und die

34 Vgl. https://de.wikipedia.org/wiki/Agens_(Linguistik) (zuletzt aufgerufen am 30.1.2024).

Beziehung zu anderen«.[35] Kollektiv über afrikanische Kulturgüter in deutschen Museen zu forschen erzwingt eine neue Ethik der Beziehung – zu Kolleginnen und Kollegen, zu »Objekten«, aber auch und vielleicht vor allem zu deren Sprache, ja zu Sprache überhaupt. Goethe, der sich für Afrika nicht interessierte, ahnte vielleicht: »Wer fremde Sprachen nicht kennt, weiß nichts von seiner eigenen« (MA 17, S. 737, V. 91). Fortsetzung folgt.

35 Lera Boroditsky: *Wie die Sprache das Denken formt*. In: *Spektrum* (15.3.2012). Vgl. https://www.spektrum.de/news/wie-die-sprache-das-denken-formt/1145804 *(zuletzt aufgerufen am 19.2.2024)*.

Charlotte Lee

Goethe und Arthur Hugh Clough[1]

In den Darstellungen der britischen Goethe-Rezeption kommen gewisse Namen konsequent vor: Thomas Carlyle, George Henry Lewes, George Eliot und Matthew Arnold. Ebenso konsequent aber fehlt ein Name, nämlich der von Arthur Hugh Clough (1819-1861). Zeit seines Lebens befand sich Clough im Zentrum der viktorianischen Literatur: Er kannte viele Schlüsselfiguren der Epoche und tauschte Ideen mit ihnen aus – von Matthew Arnold bis hin zum amerikanischen Essayisten Ralph Waldo Emerson. In seinem eigenen Werk setzte sich Clough mit vielen intellektuellen und dichterischen Tendenzen des Zeitalters auseinander. Allerdings löste sein Schreiben bei Zeitgenossen eher Verwirrung aus. In Verbindung mit seinem vorzeitigen Tod im Alter von 42 Jahren hat dieses mangelhafte Verständnis seiner Werke dafür gesorgt, dass er jahrelang eine Randfigur im englischsprachigen Kanon blieb. Auch heute wird er wenig gelesen, aber zumindest in der Forschung ist die Qualität seiner Werke nun anerkannt. Während sich Clough mit Goethe wohl nicht so intensiv beschäftigt hat wie einige seiner Zeitgenossen, existiert durchaus ein Widerhall dieser Auseinandersetzung in seinem Werk, ein Widerhall, der eigenartig und deshalb umso interessanter ist.

Clough wurde 1819 in England geboren, lebte aber zwischen dem vierten und dem neunten Lebensjahr in Amerika. Von 1829 bis 1837 besuchte er die Rugby School. Diese Schule wurde damals von dem viktorianischen Erzieher und Reformer Dr. Thomas Arnold geleitet, der in vieler Hinsicht Maßstäbe für das viktorianische Zeitalter setzte und dessen Einfluss auf Clough kaum zu überschätzen ist. Dort schloss Clough auch Freundschaft mit Matthew Arnold, der der Sohn des Schulleiters war. Die intellektuelle Beziehung zwischen Clough und Matthew Arnold entwickelte sich an der Universität Oxford weiter. 1837 – dasselbe Jahr, in dem Queen Victoria den Thron bestieg – begann Clough sein Studium am Balliol College und beobachtete die religiösen Kontroversen des Tractarian Movement aus der Nähe. Trotz seines enttäuschenden Hochschulabschlusses bekam Clough 1842 eine akademische Stelle am Oriel College und arbeitete dort sechs Jahre lang. 1848 zog er an die Universität London um und wanderte schließlich 1852 wieder nach Amerika aus. Im folgenden Jahr kehrte er nach England zurück, nahm eine Stelle im Bildungsministerium an und heiratete 1854 Blanche Smith. Sie war die Kusine der Krankenschwester und Statistikerin Florence Nightingale, der Clough bei ihrer Arbeit daran, die Verwaltung der Krankenhäuser zu verbessern, intensiv half. Clough starb 1861 in Florenz.

Goethe und die deutsche Literatur im Allgemeinen hatten auf Clough sowohl direkten als auch indirekten Einfluss. Clough war sprachbegabt und konnte ziemlich gut Deutsch. Er war Goethe sowohl im Originaltext wie in der Übersetzung

1 Für ihre Ideen und Unterstützung beim Schreiben dieses Artikels schulde ich John Guthrie, Fergus McGhee und Marie Isabel Matthews-Schlinzig Dank.

begegnet. In einem Brief von 1839 erwähnte er, dass er mit seiner Schwester Anne »our old friend, Dorothea and Herman [sic]«[2] gelesen habe. Anne wurde später Suffragette und erste Präsidentin des Newnham College der Universität Cambridge. 1849 schenkte ihm der Literat Francis Turner Palgrave eine Ausgabe von Goethes Werken. Auch kannte Clough Thomas Carlyle persönlich, der wesentlich zur Verbreitung von Goethes Werken in der englischsprachigen Welt beigetragen hat. Goethe lag überhaupt viel ›in der Luft‹: Er wurde beispielsweise in den Briefen Matthew Arnolds an Clough häufig erwähnt; zudem prägte Goethe zutiefst das Denken von Ralph Waldo Emerson, der ja auch mit Clough befreundet war. Clough hat sich selten direkt zu Goethe geäußert, und seine Bemerkungen sind nicht immer schmeichelhaft. 1853 schrieb er an Blanche Smith: »[…] as for Werter [sic], dear – Well – but it's so gone-by. I read it, or most of it, for I didn't get to the end, when I was 20. It is very eloquent, but not very much more. I think – however I shall hear your opinion […]«.[3] Aber ungeachtet dessen, was er von *Werther* hielt, zeugt Cloughs Arbeit doch von einer einfühlsamen Beschäftigung mit Goethe: Er hat, wie wir gleich sehen werden, etliche Gedichte Goethes übersetzt, und drei seiner wichtigsten Werke tragen die Spuren von Goethes Einfluss. Erstens ist Cloughs komisches Epos *The Bothie of Toper-na-fuosich* (später in *The Bothie of Tober-na-Vuolich* umbenannt) auf der formalen sowie (trotz des gegenteiligen Anscheins) gewissermaßen auch auf der inhaltlichen Ebene mit Goethes *Herrmann und Dorothea* verwandt. Zweitens bildet Cloughs ›Roman in Hexametern‹, *Amours de Voyage*, ein ironisches Gegenüber zu Goethes *Römischen Elegien*. Im ersten Gesang gibt die Hauptfigur Claude Folgendes bekannt: »Rome disappoints me much; I hardly as yet understand, but / *Rubbishy* seems the word that most exactly would suit it«.[4] Später revidiert Claude seine Meinung. Schließlich ist Cloughs poetischer Dialog *Dipsychus and the Spirit* gewissermaßen ein faustisches Gedicht, wobei die oberflächlichen Ähnlichkeiten eigentlich weniger interessant sind als die subtileren Resonanzen zwischen dem Denken von Goethe und Clough, vor allem in der thematischen Behandlung der Wissbegierde und der Gefahren des übermäßigen Ehrgeizes.[5]

Im Folgenden werden wir uns zuerst auf Cloughs Goethe-Übersetzungen konzentrieren, dann auf die Hexameter beider Dichter. In Bezug auf Cloughs theoretische Überlegungen zur Übersetzung, die viel über seine Einstellungen zur Sprache aussagen, insbesondere zur poetischen Sprache, wird dabei die Art und Weise von besonderem Interesse sein, wie beide Autoren die Ressourcen ihrer jeweiligen Sprache nutzen sowie ihr jeweiliges Verhältnis zum literarisch-historischen Zusammenhang, in dem (und manchmal gegen den) sie gearbeitet haben.

* * *

2 Clough an John Nassau Simpkinson, 11.8.1839. In: *The Correspondence of Arthur Hugh Clough*. 2 Bde. Hrsg. von Frederick L. Mulhauser. Oxford 1957, Vol. 1, S. 93.

3 Clough an Miss Smith, 4.3.1853. *The Correspondence* (Anm. 2), Vol. 2, S. 343.

4 *The Poems of Arthur Hugh Clough*. Hrsg. von Frederick L. Mulhauser unter Mitarb. von Jane Turner. Oxford ²1974, S. 95.

5 Vgl. Fergus McGhee: *Clough, Emerson and Knowingness*. In: *The Review of English Studies* 71 (2020), Nr. 300, S. 413-432, https://doi.org/10.1093/res/hgz145 (zuletzt aufgerufen am 5.2.2024).

Der Anlass zu einigen, vielleicht sogar zu allen Goethe-Übersetzungen Cloughs war das Erscheinen der englischsprachigen Anthologie *Poems and Ballads of Goethe*, die von William Edmondstoune Aytoun und Theodore Martin herausgegeben wurde.[6] Clough hat den Band 1859 (also gegen Ende seines Lebens) in der allgemeinen und literarischen Zeitschrift *Fraser's Magazine* rezensiert; der Aufsatz wechselt hin und her zwischen Bemerkungen zur spezifischen Arbeit Aytouns und Martins und allgemeineren Betrachtungen über die Übersetzung als Verfahren. An einigen Stellen bietet Clough eigene Übersetzungen an. Er lobt Aytoun und Martin, setzt sich aber gleichzeitig mit einzelnen Entscheidungen kritisch auseinander, nicht zuletzt mit ihrer Übersetzung von *Ein Gleiches*. Clough beschreibt das Originalgedicht als »this serene ether of a divine intelligence«.[7] Hier wie anderswo in der Rezension bietet er seine eigene Version an und bemerkt mit womöglich falscher Bescheidenheit: »Let one more be added to the list of failures«.[8]

Over every hill
All is still;
In no leaf of any tree
Can you see
The motion of a breath.
Every bird has ceased its song,
Wait; and thou too, ere long,
Shalt be quiet in death.[9]

Dies ist keineswegs ein gescheiterter Versuch. »In no leaf of any tree« mag etwas unbeholfen sein, aber die Komposition als Ganzes ist viel geschickter als diejenige von Aytoun und Martin:

Peace breathes along the shade
Of every hill,
The tree-tops of the glade
Are hush'd and still;
All woodland murmurs cease,
The birds to rest within the brake are gone.
Be patient, weary heart, anon –
Thou too shall be at peace.[10]

Clough hat Goethes Originaltext über seine Übersetzung drucken lassen und mit den einleitenden Worten »Listen to the original« versehen. Diese Aufforderung ist

6 *Poems and Ballads of Goethe*. Translated by W. Edmonstoune Aytoun and Theodore Martin. Edinburgh 1859.

7 Arthur Hugh Clough: *The Poems and Ballads of Goethe*. In: *Fraser's Magazine* 59 (June 1859), S. 710-717; hier S. 712.

8 Ebd., S. 712.

9 *The Poems of Arthur Hugh Clough* (Anm. 4), S. 545-556. Die Formatierung in der kritischen Ausgabe unterscheidet sich leicht von derjenigen der ursprünglichen Rezension; hier befolge ich die erstere.

10 Clough (Anm. 7), S. 712.

interessant, wenn man bedenkt, dass die Klangmuster seiner Übersetzung von denjenigen Goethes durchaus abweichen. In den ersten vier Zeilen hat er Goethes alternierende Reime durch Reimpaare ersetzt. Außerdem sind »hill« und »still« von »Ruh« und »du« weiter entfernt als unbedingt erforderlich. Der amerikanische Dichter Henry Wadsworth Longfellow (dessen Übersetzung Clough in der Rezension mit einbezieht und auch bemängelt) verwendet beispielsweise die Reime »now« und »thou«, die mit den deutschen Klängen »Ruh« und »du« viel enger verwandt sind. Allerdings versetzt Clough, ob bewusst oder unbewusst, diese für das Originalgedicht so typischen sonoren Klänge in seiner Version an andere Stellen: »The motion of a breath«, »Wait, and thou too«. Zudem legt sich Clough auf eine bestimmte Interpretation fest, was Longfellow nicht tut. Letzterer vermeidet es, »Hauch« mit »breath« zu übersetzen, und ist deshalb nicht vom Reimschema dazu ›gezwungen‹, die wesentliche Zweideutigkeit von Goethes Gedicht ins eindeutige Wort »death« aufzulösen. Cloughs Entscheidung diesbezüglich kann als Stärke oder Schwäche empfunden werden. Aber seine Übertragung von »Die Vögelein schweigen im Walde« als »Every bird has ceased its song« entspricht auf treffliche Weise der Atmosphäre des Originals. Zwar kommt die Version Longfellows den rhythmischen Bewegungen des Originals näher (Die Vögelein schweigen im Walde / The little birds are asleep in the trees), aber auf der semantischen Ebene ist Cloughs Zeile wohl subtiler. Die Formulierung »The motion of a breath« ist ebenfalls schön gelungen. Seine Übersetzung wirkt gleichermaßen kühn wie einfühlsam: Kühn ist das Neuordnen des Reimschemas und die Verwendung hellerer Töne wie »hill« und »still«, »see« und »tree«, einfühlsam die Wahrung der sonoren Schwerelosigkeit des Originals. In seinem Aufsatz *On Poetical Translation* von 1859 beschreibt Clough das Dilemma, dem Übersetzer und Übersetzerinnen aufgrund der Anforderungen von Metrik und Reim ausgesetzt sind: »Violent distortion of grammatical structure, turning from common words, because no others will fit, movements cramped and ungraceful are all but inevitable«.[11] *Over every hill* trägt die Spuren dieses Kampfes, aber das Ergebnis ist dynamisch und elegant. Clough hat Goethe mit allen Sinnen ›zugehört‹, und der Klang des Gedichts hat sich in der Übersetzung dementsprechend entwickelt.

Eine Übertragung Cloughs, die nicht in der Rezension von Aytoun und Martin vorkommt und die auch nicht zu seinen Lebzeiten erschien, ist seine Version von Goethes Hexametergedicht *Die Kränze*:

Klopstock will not allow our steps upon Pindus; we may not
Covet the laurel, but must with our native oak be contented.
Yet leads he himself with more than Epical state the
Pilgrims to Golgotha's hill to worship the gods of the strangers.
Yet on whatever height he chose to assemble the angels,
Let by the grave of the good all feeling hearts be affected,
Where died hero and saint, and poet the deed has narrated;
So in life and in death an example of noble achievement,

11 *The Poems of Arthur Hugh Clough* (Anm. 4), S. 552.

And of high human worth to give and bequeath us. Let all men
Duly from every land bow down in remembrance, and honour
Crown of thorn or of laurel, and all that honoured or pained him.[12]

Die Genese der Übersetzung ist trotzdem mit der Anthologie verbunden, da Aytoun das Original für das Buch übertragen hatte, und zwar unter dem Titel *The Wreaths* sowie in jambischen Pentametern. Obwohl er *The Wreaths* in seiner Rezension nicht erwähnt, steht Clough der Metrik von Aytoun und Martin im Allgemeinen etwas kritisch gegenüber: »Blank verse, which Mr. Martin has used most frequently, is, perhaps unavoidably, diffuse and explanatory. Mr. Aytoun's trochaics, on the other hand, are turgid, and indeed bombastic«.[13] Clough selbst dichtete schon seit einem Jahrzehnt in Hexametern: Sie waren ihm mittlerweile in Fleisch und Blut übergegangen. Daher kann es gut sein, dass er von Aytouns Verwendung des jambischen Pentameters irritiert und dadurch angespornt war, eine dem Original treuere Version zu verfassen. Clough hat auf keinen Fall dogmatisch darauf bestanden, dass das Versmaß der Übertragung demjenigen des Ausgangstexts gleichen müsse. Sowohl in seiner Rezension als auch im Aufsatz zur Übersetzung warnt er davor, metrische Gleichheit zwischen sehr unterschiedlichen Sprachen (wie beispielsweise dem Griechischen und dem Englischen) erzwingen zu wollen. Allerdings bemerkt er in seinen Überlegungen zur Übersetzung auch, dass man mit benachbarten Sprachen flexibler umgehen kann und dass: »If an Englishman does not think like a German, he thinks more like him than anyone else, and the languages, though they have parted company for some centuries, have not so far divided«.[14] Die Prosodie der Übersetzungen vom Deutschen ins Englische wird demnach zwar nie perfekt werden, kann aber ziemlich gut gelingen – und ist es in Cloughs Version von *Die Kränze* auch.

Seine Entscheidung, gerade diesen Text zu übersetzen, mag seltsam wirken: Das Gedicht ist für Goethes Verhältnisse relativ unbekannt; jedoch hat wohl seine Aufnahme in die Sammlung von Aytoun und Martin die Aufmerksamkeit der englischsprachigen Leserschaft darauf gelenkt. Clough muss das Gedicht aber etwas bedeutet haben, weil es die Spannungen zwischen Antike und Moderne, zwischen Christentum und Heidentum zum Inhalt hat. War in Deutschland das 18. Jahrhundert die Epoche der Innovation in Sachen Metrik, auch antiker Metrik, gewesen, war in Großbritannien die entsprechende Ära wohl die viktorianische und rhythmisches Experimentieren gerade in Mode.[15] Die Neubelebung der Hexameter-Dichtung wurzelte teils in der deutschen Poetik des vorangegangenen Jahrhunderts,[16] obwohl die theoretischen Diskussionen sich eher mit den Vorbildern aus der Antike als mit den deutschsprachigen Vorgängern aus neueren Zeiten befassten. Im

12 Ebd., S. 547.
13 Clough (Anm. 7), S. 715.
14 *The Poems of Arthur Hugh Clough* (Anm. 4), S. 550.
15 Michael D. Hurley: *Rhythm*. In: *The Oxford Handbook of Victorian Poetry*. Hrsg. von Matthew Bevis. Oxford University 2013, S. 19-35; hier S. 21.
16 Ernest Bernhardt-Kabisch: »*When Klopstock England defied*«: *Coleridge, Southey and the German/English Hexameter*. In: *Comparative Literature* 55.2 (2003), S. 130-163.

Zentrum von *Die Kränze* steht Klopstock, der große, aber zum Teil auch kontroverse Erneuerer der klassischen Versmaße:

Klopstock will uns vom Pindus entfernen; wir sollen nach Lorbeer
Nicht mehr geizen, uns soll inländische Eiche genügen;
Und doch führet er selbst den überepischen Kreuzzug
Hin auf Golgatha's Gipfel, ausländische Götter zu ehren!
(MA 6.1, S. 45)

Im eigenen Werk ging Clough mit den klassischen Vorbildern äußerst sensibel um, war aber gleichzeitig ein entschiedener Modernisierer. Mit der Anziehungs- und Abstoßungskraft »vom Pindus« (d.h. der bedeutendsten Bergkette Griechenlands, die hier eine Metonymie für die klassische Welt und insbesondere ihre Dichtung darstellt) hatten sowohl Goethe als auch Clough in ihren jeweiligen Hexameter-Dichtungen zu kämpfen. Wenden wir uns daher jetzt den Epen im sechshebigen Maß zu.

* * *

Man kann nicht behaupten, dass Cloughs komisches Heldengedicht, *The Bothie of Toper-na-fuosich*, auf Goethes *Herrmann und Dorothea* basiert; allerdings macht sich Goethes Einfluss auf verschiedene Art und Weise bemerkbar, vor allem in der Struktur (neun Gesänge) und in der Hexameter-Form. Der Schauplatz von Cloughs amüsantem, zuweilen auch ausgelassenem Gedicht könnte von demjenigen Goethes, wo der Krieg ständig im Hintergrund ist, nicht weiter entfernt sein. *The Bothie* folgt einer Gruppe von Studenten aus Oxford, die sich während der Sommerferien im schottischen Hochland aufhalten. Im Zentrum der Erzählung steht die Suche des Protagonisten, Philip Hewson, nach der perfekten Frau. Die weibliche Hauptfigur Elspie, die ihn schließlich heiratet, kann angesichts ihrer Unabhängigkeit als eine enge Verwandte von Goethes Dorothea gelten. Anders als letztere wird Elspie nicht auf die Probe gestellt und hat daher keine vergleichbare narrative Gelegenheit, zu zeigen, wie viel Courage in ihr steckt. Jedoch sind beide Frauen Verfechterinnen ihrer selbst. Elspie beansprucht, an Philips Gelehrtheit teilhaben zu dürfen, und geht ihn aufgrund seines Snobismus an:

What, she said, and if I have let you become my sweetheart,
I am to read no book! But you may go your ways then,
And I will read, she said, with my father at home as I used to.
If you must have it, he said, I myself will read them to you.
Well, she said, but no, I will read to myself, when I choose it;
What, you suppose we never read anything here in our Highlands [...].[17]

Dorothea ihrerseits behauptet sich robust gegen Herrmanns Vater, als sie glaubt, dass er sie verspotte:

17 Arthur Hugh Clough: *Selected Writings*. Hrsg. von Gregory Tate. Oxford 2020, S. 75, 120-125.

Und ich weiß, ich stehe vor Euch, dem gebildeten Manne,
Der sich klug mit jedem beträgt und gemäß den Personen.
Aber so scheint es, Ihr fühlt nicht Mitleid genug mit der Armen,
Die nun die Schwelle betritt und die Euch zu dienen bereit ist;
Denn sonst würdet Ihr nicht mit bitterem Spotte mir zeigen,
Wie entfernt mein Geschick von Eurem Sohn und von Euch sei.
(MA 4.1, S. 621, V. 95-100)

Die zwei Auszüge machen auch die Unterschiede zwischen den Gedichten deutlich. Es steht viel mehr auf dem Spiel, ist viel mehr zu verlieren in *Herrmann und Dorothea* als in *The Bothie*. Cloughs Gedicht ist aber auf keinen Fall trivial. Die Literaturwissenschaftlerin Isobel Armstrong lenkt unsere Aufmerksamkeit auf ein gewisses Wahrnehmungsvermögen für das schöpferische Potential im alltäglichen Leben, das in *The Bothie* und anderen Werken Cloughs zum Ausdruck kommt.[18] Ein entsprechendes Interesse ist auch bei Goethe zu merken. Im ersten Gesang beispielsweise treten die Themen des Krieges und der Flucht erst durch das liebevolle und stellenweise amüsante Prisma viel alltäglicheren Verhaltens hervor: Als Herrmanns Mutter ihrem Mann mitteilt, dass sie seinen Schrank geplündert und den Flüchtlingen seinen Schlafrock gespendet habe, oder als der Wirt selbst seine Erleichterung gesteht, von dem Konflikt nicht direkt betroffen zu sein. Die Charaktere werden in *The Bothie* konsequenter ironisiert als in *Herrmann und Dorothea*, aber auch Goethe stellt ihre Marotten zur Schau.

Eine Parallele zwischen Goethe und Clough, die für unsere Zwecke besonders relevant ist, betrifft ihre jeweiligen Einstellungen zum Schreiben in Hexametern. Beiden war es wichtig, einen möglichst plausiblen Sprachfluss für die Figuren zu schaffen und im Allgemeinen lebendige, dynamische Rhythmen zu komponieren. Insbesondere Goethe widerstrebte es, nach Vorschrift zu dichten: Vor allem in *Reineke Fuchs*, seinem ersten Text in kontinuierlichen Hexametern, experimentierte er lieber und spielte mit den Mustern der sechshebigen Standardzeile, die er verinnerlicht hatte.[19] Clough seinerseits wendete, wie Joseph Patrick Phelan gezeigt hat, eine vollkommen musikalische Auffassung des Hexameters an, laut der jede Zeile nicht allein von der Anzahl der Versfüße bestimmt wird, sondern von der Gesamtzahl der verwirklichten *und* unterdrückten Versfüße.[20] Es ist nicht möglich, hier auf die Einzelheiten der jeweiligen Methoden Goethes und Cloughs einzugehen, so auch zur ›musikalischen Auffassung‹. Beachtenswert ist aber vor allem, dass beide Dichter der Ansicht waren, dass der Hexameter sich entwickeln konnte und sollte, insbesondere in Verbindung mit den prosodischen Mustern der neuen Sprache, sei es Deutsch oder Englisch. Schauen wir uns dazu einen Auszug aus *The Bothie* an, der uns einen Eindruck der rhythmischen Kraft des Gedichts vermitteln soll. Hier, im ersten Gesang des Gedichts, sind die Oxforder Studenten während ihres Aufent-

18 Isobel Armstrong: *Arthur Hugh Clough*. London 1962, S. 32.
19 Erich Trunz: *Weimarer Goethe-Studien*. Weimar 1980, S. 110-155; hier S. 151.
20 Joseph Patrick Phelan: *Radical Metre: The English Hexameter in Clough's »Bothie of Toper-na-fuosich«*. In: *The Review of English Studies* 50 (1999), Nr. 198, S. 166-187; hier S. 181.

halts in den Highlands bei einem Festessen, zu dem sie der ortsansässige Landadel eingeladen hat. Die Studenten müssen sich entscheiden, wer den Trinkspruch erwidern wird; zur Beklommenheit der anderen jungen Männer fällt es dem Protagonisten, Philip Hewson, zu:

Hewson could, and would if they wished; Philip Hewson the poet,
Hewson the radical hot, hating lords and scorning ladies,
Silent mostly, but often reviling in fire and fury
[…]:
He could speak, and was asked-to by Adam, but Lindsay aloud cried
(Whiskey was hot in his brain) Confound it no, not Hewson,
A'nt he cock-sure to bring-in his eternal political humbug?[21]

In diesem Auszug sehen – oder, genauer, hören – wir Cloughs Begabung dafür, verschiedene Stimmen heraufzubeschwören, mehrere Perspektiven einzunehmen und vor allem uns zum Lächeln zu bringen. Die dichte Alliteration, vor allem des ›H‹-Lauts von Philips Nachnamen, Hewson, trägt zur Komik der Passage bei, aber wichtiger noch ist die Prosodie der Zeilen. Der Wechsel zwischen laufenden Daktylen und stampfenden Trochäen reflektiert und verulkt zugleich die strömenden Emotionen und leidenschaftlichen Meinungen der jungen Männer. Darüber hinaus kommt es einem oft so vor, als wollten die Worte das daktylische Maß durchbrechen und einen eher anapästischen Rhythmus stiften (»Philip Hewson the poet«, Whiskey was hot in his brain«) – eine Tendenz, die die Energie dieser Zeilen weiter steigert.

Insgesamt betrachtet unterscheiden sich die Haltungen Goethes und Cloughs der Metrik gegenüber in mancher Hinsicht. Obwohl, wie die rhythmische Vielfalt des *Faust* bezeugt, Goethe jedes beliebige Versmaß beherrschte, vermochte er keine große Leidenschaft für die technischen Einzelheiten der Poesie zu empfinden.[22] Vor allem hütete er sich davor, die Metrik das ganze Verfahren dominieren zu lassen, und sprach mit Verachtung von der »moderne[n] Rhythmik ohne Poesie«.[23] Hinzu kommt, dass Goethe sich nicht besonders intensiv mit der griechischen und lateinischen Metrik befasst hatte.[24] Nebst seinen eigenen Instinkten in Sachen Rhythmus war Klopstock sein wichtigstes Vorbild, was den Gebrauch des Hexameters anging; Letzterer wiederum war bereits aufgrund seiner liberalen Einstellung zum Nachschaffen antiker Versmaße heftiger Kritik ausgesetzt gewesen. Im Gegensatz dazu war Clough mit den Feinheiten der griechischen und lateinischen Prosodie innig vertraut und interessierte sich wohl mehr als Goethe für Fragen der Metrik an sich. Wie wir gesehen haben, hatten Goethe und Clough trotz ihrer Verschiedenheiten gemeinsame Ziele und Ansätze und scheuten sich nicht davor, gegen die Konventionen zu verstoßen, um zum Ziel zu gelangen. Dementsprechend erlitten ihre Hexa-

21 *Arthur Hugh Clough* (Anm. 17), S. 38, 130-133, 135-137.

22 Vgl. Charlotte Lee: *Rhythmus (Rhythm)*. In: *Goethe-Lexicon of Philosophical Concepts* 1.2 (2021), https://doi:10.5195/glpc.2021.42 bzw. https://goethe-lexicon.pitt.edu/GL/article/view/42 (zuletzt aufgerufen am 5.2.2024).

23 Goethe an Knebel, 14.3.1807, WA IV, 19, S. 283. Vgl. auch Trunz (Anm. 19), S. 131.

24 Trunz (Anm. 19), S. 151.

meter ein auffallend ähnliches Schicksal, nämlich eine gemischte und manchmal schmerzhaft kritische Rezeption seitens der Zeitgenossen. In Bezug auf *Reineke Fuchs* schrieb beispielsweise Johann Heinrich Voß seiner Frau im Juni 1794 Folgendes: »Goethe bat mich, ihm die schlechten Hexameter anzumerken; ich muß sie ihm alle nennen, wenn ich aufrichtig sein will« (BuG 4, S. 70).

Herrmann und Dorothea erging es nicht viel besser: So unterzogen vor allem Wilhelm von Humboldt und Heinrich Voss der Jüngere das Epos einer eingehenden metrischen Überprüfung.[25] Clough stand wegen der angeblichen Nachlässigkeit seiner Hexameter, insbesondere in *The Bothie*, ebenfalls unter Beschuss. Letzten Endes traf die Kritik Clough tiefer als Goethe. Goethes dichterischer Ansatz in *Herrmann und Dorothea* war konservativer als in *Reineke Fuchs*, aber er blieb schließlich standhaft: Entgegen einer früheren Absicht bezog er die Vorschläge von Voß dem Jüngeren aus dem Jahr 1805 nicht in die von Cotta zwischen 1806 und 1810 veröffentlichte Ausgabe seiner Werke mit ein.[26] Clough hingegen überarbeitete *The Bothie* während der 1850er Jahre intensiv. Er benannte das Gedicht um und kapitulierte vor der Kritik seiner Hexameter. Die glattere, herkömmlichere Poesie, die sich daraus ergab, betrachten Literaturwissenschaftler und -wissenschaftlerinnen heutzutage als weniger interessant.[27]

Die Debatten, die in Deutschland sowie etwas später in Großbritannien um das Hexameter-Schreiben tobten, trafen beide Dichter. Während Goethe ins Kreuzfeuer geriet, stürzte sich Clough direkt ins Gefecht. In beiden Ländern ging es jeweils um die Frage, inwiefern man bei der Übersetzung klassischer oder beim Dichten neuer Hexameter antiken Regeln folgen sollte. Bedeutsam war dabei die Spannung zwischen den Anforderungen der Längen (das Schlüsselprinzip der lateinischen und griechischen Prosodie) und denjenigen des Akzents (der das Deutsche sowie das Englische wesentlich prägt). In Bezug auf Fragen der Längen und der Quantität zeigte Klopstock großes Feingefühl, aber seine eigene Dichtung war entschieden akzentuell; für Voß stellte das einen Fehlgriff dar. Fast unvermeidlich war es, dass Goethes Ansatz, der von Klopstock sowie von seinem eigenen Misstrauen gegen die allzu regelmäßige Metrik geprägt wurde, puristische Naturen wie Voß, Humboldt und Schlegel beleidigen würde. In Großbritannien entfaltete sich die – zuweilen erbitterte[28] – Debatte vor dem Hintergrund eines sprachlichen und literarischen Konservatismus und erreichte in den 1840er und 1850er Jahren ihren Höhepunkt.[29] In einem Aufsatz von 1846, den Clough kannte, beobachtete der Dichter und Kritiker Francis William Newman Folgendes: »Our school method of pronouncing Greek is as untenable in argument, and as inconvenient in practice, as it

25 Vgl. Heidi Ritter: *»So ist […] der Weg zu verfolgen den uns Voß in seiner Luise so schön gezeigt hat«. Goethe, Johann Heinrich Voß und das homerische Epos*. In: Andre Rudolph, Ernst Stöckmann (Hrsg.): *Aufklärung und Weimarer Klassik im Dialog*. Berlin, New York 2009, S. 147-158.

26 Trunz (Anm. 19), S. 130.

27 Phelan (Anm. 20), S. 184-187.

28 Ebd., S.166.

29 Ebd., S. 168-170, 174.

is ludicrous to the ear of a cultivated native«.[30] Nicht zuletzt in Oxford, wo sich Clough zehn Jahre lang aufhielt, war diese Tendenz ausgeprägt. Clough und andere Literaten befürworteten bei Länge und Akzent einen aufgeschlosseneren Ansatz, sowohl beim Lesen der Originalsprachen als auch beim Schaffen neuer Verse im antiken Stil. Somit nahm Clough implizit eine gegen die Orthodoxien seiner eigenen Universität gerichtete Haltung ein. Als Übersetzungstheoretiker war er den Feinheiten der griechischen und lateinischen Prosodie gegenüber hochempfindlich; als Dichter neuer Hexameter im Englischen jedoch war er kühn, sogar provozierend. In den Augen vieler seiner Zeitgenossen, auch mancher gleichgesinnten, trieb er es zu weit.[31]

Am Ende dichteten Goethe und Clough lieber nach rhythmischem Instinkt als nach Regeln und Gesetzen, die willkürlich und womöglich auch unrichtig waren. Obwohl die dichterische Selbstsicherheit beider Männer manchmal nachließ, implizierte ihre Haltung der Metrik gegenüber, dass man sich mit den Unterschieden zwischen dem Griechischen und Lateinischen einerseits und dem Deutschen und Englischen andererseits abfinden müsse und dass der andersgeartete Eindruck der neuen Dichtung auf das Ohr eine erfreuliche Sache sei. Der schottische Gelehrte John Stuart Blackie, später Professor für Altgriechisch an der Universität Edinburgh, fasste 1847 (in einem Aufsatz, den Clough ebenfalls gelesen hat) die Unterschiede zwischen dem antiken und dem modernen Hexameter musikalisch auf: »while the ancient hexameter was, strictly speaking, march-time, our modern hexameter's musical correlative is rather jig-time, or waltz-time«.[32] Ein »jig« ist ein lebhafter Volkstanz im Sechsertakt; Blackie spielt hier also auf den oft hüpfenden Charakter des modernen Hexameters an, den sowohl Goethe als auch Clough sich zu eigen gemacht haben. Im Artikel äußert sich Blackie, der auch Goethe-Übersetzer war, des Weiteren zu den deutschen Verhältnissen: Er lobt die rhythmische Geschicklichkeit Goethes:

> [...] no man that has an ear for the melody of German poetry will deny that Goethe's elegies, written in the Ovidian stanza, are perfect models of rhythmical harmony, and fill the ear with as graceful a sweetness as anything in Tibullus or the Sulmonian himself.[33]

Blackie gibt aber seine Bedenken in Bezug auf gewisse deutsche Gelehrte bekannt, die, in ihrer Neuschaffung antiker Versmaße, »twist and turn and torture themselves with mimic minuteness after every iambic, trochaic or dactylic variation of which the Greek lyric is capable«.[34] Die robuste Weigerung Goethes und Cloughs, »mimic minuteness« auf ihre Verse anzuwenden, sowie die Aufgeschlossenheit für

30 Francis William Newman: *On the Pronunciation of Greek*. In: *The Classical Museum: a Journal of Philology, and of Ancient History and Literature* 3 (1846), S. 382-404; hier S. 403.

31 Vgl. Phelan (Anm. 20), S. 166.

32 John Stuart Blackie: *Miscellanies*. In: *The Classical Museum* 4 (1847), S. 319-330; hier S. 324.

33 Ebd., S. 327.

34 Ebd., S. 328.

die akustische Dynamik ihrer jeweiligen Muttersprachen wurden ihren Hexametern zum Verhängnis, waren aber gleichzeitig deren große Stärke.

Clough wurde von Goethe beeinflusst, die Resonanzen zwischen ihnen gehen jedoch über den bloßen Einfluss hinaus. Ihre Werke sind in mancher Hinsicht sehr unterschiedlich. Was sie aber verbindet, ist ihr Widerwille dagegen, abstrakte poetische Gesetze und Konventionen über die lebendige Realität der Sprache zu setzen. Diese Analyse hat sich vornehmlich mit der Materialität der Gedichte beider Autoren sowie den Übersetzungen Cloughs beschäftigt, mit Klang und Rhythmus. Die thematischen Resonanzen zwischen den Werken beider Dichter – beispielsweise zwischen *Dipsychus* und *Faust* – könnten aber durchaus weiter untersucht werden.

Die Bedeutung Goethes für die Viktorianer ist ein sehr weites Feld. Das Beispiel Cloughs – das heißt, eines Mannes, der vielen intellektuellen Netzwerken der Epoche angehörte, aber dessen Hauptbeschäftigung nicht Deutsch war – zeigt jedoch, inwiefern Goethe bereits in der Mitte des neunzehnten Jahrhunderts im intellektuellen Leben Großbritanniens aufgenommen worden war und dass er auf vielen verschiedenen Ebenen – durch seine eigenen Werke sowie durch diejenigen seiner Verehrer – das dortige literarische Schaffen prägte.

Andrea Meyer-Fraatz

Von in der Dunkelheit schlafenden Berggipfeln zum hohen Berg, auf dem alles schläft: Goethes »Über allen Gipfeln ist Ruh« in russischen Übersetzungen aus drei Jahrhunderten

I.

Wandrers Nachtlied II ist nicht nur eines der meistinterpretierten Gedichte Goethes in der Germanistik, sondern es ist auch eines der meistübersetzten ins Russische. Seit 1840 haben sich zahlreiche Autoren an einer russischen Version versucht, darunter einige namhafte Dichter wie Michail Lermontov, Valerij Brjusov oder Boris Pasternak. Die 1972 erschienene Bibliographie der Werke Goethes in russischer Übersetzung und der kritischen Literatur über ihn von Zinaida Žitomirskaja verzeichnet elf zwischen 1840 und 1966 erschienene Übersetzungen.[1] Im Internet finden sich zahlreiche weitere Versuche, dieses Gedicht, das als eines der schönsten deutschen Gedichte gilt, ins Russische zu übertragen.[2] Als kanonisch gilt bis heute eine der ersten Übersetzungen, die von Michail Lermontov aus dem Jahr 1840. Doch bevor ich auf einige ausgewählte Texte näher zu sprechen komme, möchte ich einen kurzen (und in der Kürze recht selektiven) Abriss der Goethe-Rezeption in Russland geben.

Die erste Übersetzung eines Goethetextes fällt in dasselbe Jahr, in welchem Goethe auf dem Kickelhahn oberhalb von Ilmenau den Text seines Gedichts *Über allen Gipfeln ist Ruh* in die Holzwand geritzt hat: 1780 wird Goethes Sturm-und-Drang-Drama *Clavigo* ins Russische übertragen.[3] Bald schließen sich die ersten *Werther*-Übersetzungen und Wertheriaden an: 1781 eine Übersetzung von Fedor Galčenkov (weitere Auflagen 1794 und 1796), 1796 eine Übersetzung von Ivan Vinogradov (Nachdruck 1816) und 1829 eine Übersetzung von Nikolaj Rožalin – um nur die zu Goethes Lebzeiten entstandenen und erschienenen zu nennen.[4] Das *Werther*-Thema hat zahllose Dichter und Prosaisten zu Wertheriaden inspiriert, darunter auch Michail Lermontov, der den Schluss des *Werther* in Verse überträgt (lange suchte die Literaturwissenschaft vergeblich nach Goethes Gedicht, das den

1 Zinaida Žitomirskaja: *Ioann Vol'fgang Gete. Bibliografičeskij ukazatel' russkich perevodov i kritičeskoj literatury na russkom jazyke*. Moskva 1972, S. 66f.

2 Olga Sazontchik verdanke ich eine erste Ausbeute von 13 Übersetzungen, unter denen sich auch die hier untersuchten finden. Weitere Übersetzungen lassen sich unter dem Link https://stihi.ru/2014/06/30/1536 (letzter Zugriff 28.11.2023) nachweisen und darüber hinaus durch allgemeine Recherche im Internet ermitteln.

3 Žitomirskaja (Anm. 1), S. 170, Pos. 1642-1644.

4 Vgl. Wolfram Eggeling, Martin Schneider: *Der russische »Werther«. Analysen und Materialien zu einem Kapitel deutsch-russischer Literaturbeziehungen*. München 1988, S. 123.

Versen Lermontovs vermeintlich zugrunde lag).[5] Spektakulärer jedoch war die Wertheriade des 16-jährigen Michail Suškov, der 1801 eine Adaptation von Goethes Roman vorlegte und sich anschließend wie der Protagonist selbst das Leben nahm.[6]

Im Laufe des 19. Jahrhunderts wurde Goethe umfassend übersetzt, und erste Werkausgaben erschienen bereits in den 1840er Jahren.[7] Eine zentrale Rolle spielt dabei selbstverständlich *Faust*. Zunächst wurden ab 1817 lediglich Fragmente nachgedichtet, u.a. von Vladimir Žukovskij,[8] einem der wichtigsten Vermittler der deutschen Literatur in Russland. Mit seinen drei Nachdichtungen von Gottfried August Bürgers *Lenore* hatte er die Gattung der Ballade in die russische Literatur eingeführt. Zudem war er in Weimar gewesen, traf Goethe aber schließlich in Jena.[9] Vollständig wurde Goethes *Faust* von zahlreichen mehr oder weniger namhaften Autoren nachgedichtet,[10] von denen der international bekannteste Boris Pasternak sein dürfte. Dessen Übersetzung wird bis heute an zahlreichen Theatern auf die Bühne gebracht. Aber auch die Versepen, etwa *Hermann und Dorothea* (Lew Kopelew legt dar, dass Lev Tolstoj von 42 Goethe-Bänden lediglich drei gelten lasse, nämlich die *Gedichte*, *Werther* und *Hermann und Dorothea*[11]), sowie seine Romane und Erzählungen wurden ins Russische übertragen. Die russische Literaturwissenschaft hat die Goethe-Rezeption umfassend aufgearbeitet. Darunter sticht das Standardwerk von Viktor Žirmunskij, *Goethe in der russischen Literatur*, besonders hervor.[12] Dass Goethe nicht nur ins Russische übersetzt, sondern zu einem Bestandteil russischer Kultur wurde, davon zeugen Anthologien wie die im Jubiläumsjahr 1999 erschienene Sammlung zu Goethe in der russischen Lyrik des 18. bis 20. Jahrhunderts. Von Werther über Gretchen, Faust und Mephisto bis zu Mignon wurden Figuren und Motive Goethes nicht nur Gegenstand von Variationen zu seinen Werken, sondern auch Bestandteil genuin russischer Gedichte.[13] Hinzu kommen Prosabearbeitungen wie Ivan Turgenevs Erzählung *Faust* in der Mitte des 19. oder intertextuelle Bezüge von Michail Bulgakovs Roman *Der Meister und Margarita* zu *Faust* in der Mitte des 20. Jahrhunderts.[14] Goethe ist offenbar zu

5 Ebd., S. 32f.

6 Ebd., S. 14-20.

7 Vgl. Žitomirskaja (Anm. 1), S. 39, Pos. 1-3.

8 Zu Žukovskijs Goethe-Übersetzungen vgl. Ulrike Kahlenborn: *Goethes Lyrik in russischer Übersetzung. V.A. Žukovskij und F.I. Tjutčev als bedeutendste Goethe-Übersetzer der russischen Romantik*. München 1985.

9 Vgl. ebd., S. 49.

10 Auf 25 Seiten verzeichnet die Bibliographie Žitomirskajas Fragmente und vollständige Übersetzungen von Goethes *Faust*. Vgl. Žitomirskaja (Anm. 1), S. 177-192. Die drei bedeutendsten stammen von den Dichtern Afanasij Fet aus dem Jahr 1883 (S. 183), Valerij Brjusov aus dem Jahr 1928 (S. 188) sowie von Boris Pasternak (S. 190).

11 Vgl. Lew Kopelew: *Zwei Epochen deutsch-russischer Literaturbeziehungen*. Übers. von Heddy Pross-Weerth. Frankfurt a.M. 1973, S. 20.

12 Viktor Žirmunskij: *Gete v russkoj literature*. Leningrad 1981.

13 Vgl. *Gete v russkoj poėzii vek VXIII – vek XX. Sost. N.I. Lopatina*. Moskva 1999.

14 Zur *Faust*-Rezeption in Russland über die Übersetzungen hinaus vgl. Kopelew (Anm. 11), S. 49-93.

allen Zeiten seit dem Erscheinen erster Übersetzungen in der russischen Literatur omnipräsent.[15] Es verwundert also nicht, dass einem der berühmtesten Gedichte Goethes besondere Aufmerksamkeit zuteilwurde.

II.

»Über allen Gipfeln ist Ruh« ist nicht nur eines der bekanntesten, sondern auch eines der am meisten erforschten Einzelgedichte Goethes. Wulf Segebrecht hat 2022 seine 1978 erstmals erschienene Monographie *Goethes Nachtlied »Über allen Gipfeln ist Ruh«. Ein Gedicht und seine Folgen* in aktualisierter Fassung herausgebracht (und dabei sogar ein Gedicht Albert Ostermaiers von 2021 aufgetan, *der gipfel*, das sich mit der Covid-Pandemie beschäftigt und in diesem Zusammenhang aus Goethes *Nachtlied II* zitiert).[16] Dieser Band enthält umfassende Informationen zur Entstehung, zur Textkritik, zu Vertonungen und zu verschiedenen Deutungen und schließlich auch zur Rezeption des Textes in Gestalt von Parodien, Aneignungen, Verhunzungen, Einsatz zu Werbezwecken, politischen Aktualisierungen, poetischen Analysen und vielem anderem mehr. Dies im Detail aufzuführen, ist hier nicht der Ort. Zu einer Übersetzungsanalyse gehört jedoch eine kurze Charakteristik des Ausgangstexts, die ich, teils von bestehenden Interpretationen inspiriert, teils auf der Grundlage eigener Beobachtungen geben möchte.

Goethes Gedicht erscheint auf den ersten Blick äußerst schlicht. Acht heterometrische Verse – nach Friedrich Kittler lassen sie sich keinem Metrum zuordnen,[17] andere Autoren, wie etwa Gerhard Kaiser, erkennen gleichwohl bestimmte metrische Elemente im grundsätzlich freien Metrum, »ein kaum fixierbares Ineinander jambischer, daktylischer und choriambischer Elemente«[18] – schildern das zur Ruhekommen von Natur und Mensch am Abend, wobei eine bestimmte Raumsemantik aufgebaut wird: Vom Himmel (»Über allen Gipfeln«) über die unbelebte Natur der Felsen, die Pflanzenwelt (»Wipfel«, »Wald«), schließlich die Fauna auf den Wipfeln (»Vögelein«) bewegt sich die Beobachtung von oben nach unten, und endlich zum Menschen am Boden hin. Wie Kaiser schreibt: »ein Gang von der Ferne, den Gipfeln, in die Nähe; vom Großen zum Kleinen; vom Unbelebten zum Belebten: Stein (Gipfel), Baum, Tier, Mensch«.[19] Auf den ersten Blick scheint es sich um eine vollkommen nicht-metaphorische Ausdrucksweise zu handeln. Wenn man

15 Einen kompakten Überblick bis 1949 vermittelt in deutscher Sprache Alexandra Wexler: *Goethe in Russland.* In: *The Goethe-Year. Das Goethe-Jahr. 1749-1949. Parts V-XII.* London 1949, S. 228-233.

16 Wulf Segebrecht: *Goethes Nachtlied »Über allen Gipfeln ist Ruh«. Ein Gedicht und seine Folgen.* 2., erweiterte Aufl. Göttingen 2022 (bes. S. 188). Vgl. auch die Rezension von Frieder von Ammon: *Wulf Segebrecht. Goethes Nachtlied »Über allen Gipfeln ist Ruh«. Ein Gedicht und seine Folgen.* In: GJb 2022, S. 262-265.

17 Vgl. Friedrich Kittler: *Lullaby of birdland.* In: Ders.: *Dichter. Mutter. Kind.* München 1991, S. 103-118; hier S. 113.

18 Gerhard Kaiser: *Geschichte der deutschen Lyrik von Goethe bis Heine. Erster Teil.* Frankfurt a. M. 1988, S. 263.

19 Ebd., S. 265 f.

aber, wie Kittler,[20] das Schweigen der Vögel mit der Abwesenheit von Sprache und den Hauch mit dem Atem gleichsetzt, treten doch Metaphern auf. Wesentlich erscheint mir, dass Visualität in diesem Gedicht keinerlei Rolle spielt, vielmehr stehen die Abwesenheit von Geräuschen (»Ruh«, »schweigen«) und taktilen Empfindungen (»spürest du / kaum einen Hauch«) im Mittelpunkt. Diese Abwesenheit wird jedoch ausschließlich mit affirmativen Sätzen beschrieben – in dem Gedicht treten keinerlei Verneinungen auf: »*kein* Hauch, das wäre ein anderes Gedicht«, schreibt Gerhard Kaiser.[21] Je länger man das Gedicht auf sich wirken lässt, desto weniger eindeutig wird es. Wer spricht überhaupt? Eine Frage, die auch Kaiser stellt: Handelt es sich um ein Zwiegespräch mit einem anderen Wanderer, oder spricht das lyrische Subjekt mit sich selbst? Kaisers Antwort lautet: »Hier spricht die Natur *durch* das lyrische Ich *zum* lyrischen Ich *von* sich und wieder *zu* sich«[22] – also gewissermaßen ein Selbstgespräch der Natur? Hinzu kommt die Uneindeutigkeit der Schlussverse. Zunächst scheinen sie sich lediglich auf das Einschlafen des müden Wanderers zu beziehen, vor dem Hintergrund der geradezu kosmischen Organisation der Raumstruktur (Himmel und Erde, tote und lebende Natur, Mensch und Tier) liegt es nahe, darin auch die ewige Ruhe zu verstehen.[23] Eine solche Unergründlichkeit macht nicht zuletzt das Faszinosum dieses Gedichts aus, mit seinem nur auf den ersten Blick einfachen, in Wirklichkeit aber höchst komplexen Aufbau, bei dem jedes Wort seine Funktion im Gefüge von Metrum, Reim, Phonik und Semantik erfüllt.

Lyrikübersetzungen werden nicht umsonst auch Nachdichtungen genannt, denn nur in äußerst seltenen Fällen, etwa bei der Übersetzung von einer slawischen Sprache in eine andere, kann es gelingen, die formalen Vorgaben des Ausgangstexts in den Zieltext zu übertragen. Es soll im Folgenden nicht darum gehen zu beurteilen, wem die beste Nachdichtung gelungen ist, vielmehr soll der Vergleich von Ausgangs- und Zieltext erhellen, was in die andere Sprache und damit Kultur transferiert und was womöglich angeglichen wird, letztlich aber auch, was unübertragen bleibt. Dies lässt häufig Rückschlüsse auf die spezifische literatur- und kulturgeschichtliche Situation zu, in der die Übersetzungen entstanden sind, womit wiederum Rückschlüsse darauf gezogen werden können, was den jeweiligen Übersetzer am Ausgangstext besonders interessiert hat.

III.

Besondere Aufmerksamkeit möchte ich der kanonischen Übersetzung Michail Lermontovs widmen, die weit bis ins 20. Jahrhundert an russischen Schulen auswendig gelernt wurde und auch mehreren Vertonungen als Grundlage diente. Michail Lermontov ist einer der bedeutendsten russischen Dichter der Romantik, der mit nur

20 Vgl. Kittler (Anm. 17), S. 105.

21 Kaiser (Anm. 18), S. 266.

22 Ebd.

23 Nicht zuletzt die Überlieferung von Goethes letztem Besuch auf dem Kickelhahn hat ebenfalls dazu beigetragen, wie z.B. Kittler (Anm. 17), S. 103 f. darlegt.

27 Jahren im Duell umkam. Sein Frühwerk ist noch sehr epigonal an verschiedenen russischen Dichtern, vor allem Puškin, und solchen der Weltliteratur orientiert. Erst mit Puškins Tod und Lermontovs Nachruf auf ihn, der ihm seine erste Verbannung in den Kaukasus einbrachte, befreit er sich von seinen Vorbildern und entwickelt sich eigenständig. Mit *Geroj našego vremeni* (*Ein Held unserer Zeit*) hat er einen der ersten auch international rezipierten russischen Romane geschrieben.[24]

Folgenden Wortlaut weist Lermontovs Nachdichtung des *Nachtlieds* unter der Überschrift *Iz Gete* [Aus Goethe] im Russischen auf:

Горные вершины
Спят во тьме ночной;
Тихие долины
Полны свежей мглой;
Не пылит дорога,
Не дрожат листы ...
Подожди немного,
Отдохнешь и ты.[25]

Die Verse sind isometrisch, es liegt ein dreifüßiger Trochäus vor (wie die russisch-ukrainische Musikwissenschaftlerin Elena Zin'kevič in ihrer Gedichtanalyse bemerkt, ein Sonderfall bei Lermontov), aber von Goethes erstem Vers gleichsam vorgegeben.[26] Diese Übersetzung liegt, wie bereits erwähnt, auch den zahlreichen Vertonungen zugrunde, die im Laufe des 19. und des 20. Jahrhunderts entstanden. Eine davon, die von Anton Rubinštejn, erwähnt auch Wulf Segebrecht in seiner Monographie über dieses Goethe-Gedicht. Allerdings ist die in diesem Zusammenhang erwähnte Rückübersetzung eigentlich keine, denn der auf Deutsch zu singende Text korrigiert gewissermaßen das, was Lermontov fortlässt:

Aller Berge Gipfel
Ruhn in dunkler Nacht.
Aller Bäume Wipfel
Ruhn, kein Vöglein wacht,
Rauscht kein Blatt im Walde,
Überall ist Ruh',
Warte Wandrer, balde,
Balde ruhst auch du![27]

24 Ein Überblick über Lermontovs Gesamtwerk und seine dichterische Entwicklung findet sich in Reinhard Lauer: *Geschichte der russischen Literatur. Von 1800 bis zur Gegenwart*. München 2000, S. 243-255.

25 Michail Lermontov: *Polnoe sobranie stichotvorenij v dvuch tomach. Tom vtoroj. Stichotvorenija i poėmy*. Leningrad 1989, S. 54.

26 Elena Zin'kevič: *»Gornye veršiny« Gete – Lermontova v russkoj muzyke XX veka*. In: Galina Jakuševa (Hrsg.): *Gete v russkoj kul'ture XX veka*. Moskva 2004, S. 219-229; hier S. 221.

27 Zit. nach Segebrecht (Anm. 16), S. 74.

Lermontovs Nachdichtung ist jedoch folgendermaßen wörtlich rückzuübersetzen:

Die Bergesgipfel
Schlafen in der nächtlichen Finsternis;
Stille Täler
Sind voll frischen Nebels;
Der Weg staubt nicht,
Die Blätter zittern nicht …
Warte ein wenig,
Ruhen wirst auch du.[28]

Abgesehen von der Abweichung im Metrum gibt es bei Lermontov, wie bereits Zin'kevič festgestellt hat, nur drei Verse, die tatsächlich semantisch mit Goethes Gedicht mehr oder weniger übereinstimmen, nämlich den ersten und die letzten beiden.[29] Alle übrigen bringen Aspekte hinein, die bei Goethe nicht auftauchen (die nächtliche Finsternis, die stillen Täler, den frischen Nebel) bzw. lassen einen Vers vollkommen unübersetzt, nämlich den mit den im Walde schweigenden »Vögelein«. Damit ergibt sich weder die absteigende räumliche Bewegung von der Höhe der Berggipfel über die Baumwipfel hinunter zum lyrischen Subjekt noch die Linie der zunehmenden Belebtheit (Felsen – Bäume – Vögel – Mensch).[30] Vielmehr ergibt sich hinsichtlich der räumlichen Dimensionen bei Lermontov so etwas wie eine Parabel: von den Berggipfeln ins Tal, vom Weg wieder hoch zum Laub. Man könnte darin gewissermaßen die Abbildung eines engen Tals erkennen. Zudem ändert Lermontov die Reimfolge in der zweiten Hälfte des Gedichts, was allerdings bei Nachdichtungen nicht ins Gewicht fallen dürfte, denn aufgrund der unterschiedlichen phonischen Gegebenheiten ist es besonders schwierig, in Nachdichtungen spezifische Reimfolgen zu erhalten. Lermontovs Metaphorik unterscheidet sich stark von der Goethes. Während sich in *Wandrers Nachtlied*, wie bereits erwähnt, die Metaphorik erst auf den zweiten Blick als solche erschließt, liegt bei Lermontov gleich zu Beginn eine Belebung der Berggipfel vor, die in der nächtlichen Finsternis schlafen. Vor allem erscheint jedoch wesentlich, dass Goethes »Ruhest du auch« mehrdeutig ist und sowohl als das Einschlafen am Abend als auch als ewige Ruhe verstanden werden kann, während sich Lermontovs »otdochneš' i ty« aufgrund des gewählten Verbs im vollendeten Aspekt eindeutig auf die ewige Ruhe beziehen muss. Wenn es sich um ein lediglich nächtliches Einschlafen handeln sollte, müsste der unvollendete Aspekt gewählt werden (der sich allerdings nicht ins Metrum fügen würde). Trotz solch signifikanter Abweichungen gilt Lermontovs *Iz Gete* (»Gornye veršiny«) als unübertroffen, wie auch der Symbolist Brjusov bemerkt hat, auf dessen Nachdichtung ich anschließend ebenfalls eingehen werde. Zin'kevič zitiert Kommentare russischer Literaturwissenschaftler, die in Lermontovs Übersetzung vor allem ein genuines Gedicht ihres Autors nach Motiven Goethes

28 Rückübersetzungen auch im Folgenden von Andrea Meyer-Fraatz.
29 Vgl. Zin'kevič (Anm. 26), S. 220.
30 So auch beschrieben etwa bei Kaiser (Anm. 18), S. 265.

erkennen, etwa Aleksej Fedorov oder Michail Gasparov.[31] Die semantischen Abweichungen rechtfertigt Zin'kevič gewissermaßen damit, dass Lermontov den Titel nicht übersetzt und die nächtliche Finsternis sowie der Weg letztlich die Angaben aus dem Titel in das Gedicht hineintragen[32]. Zudem erkennt die Kulturwissenschaftlerin in Lermontovs Gedicht einen Bildaufbau mit Vorder- und Hintergrund, und durch die Wörter Dunkelheit und Nebel kommen Lichtschattierungen zum Ausdruck.[33] Goethes Original hingegen lässt die Lichtverhältnisse vollkommen unbeachtet; an Sinneseindrücken finden sich ausschließlich akustische (implizit, durch die Ruhe und das Schweigen der Vögel) und taktile Empfindungen. Die Landschaftsschilderung wirkt, nicht zuletzt durch ihre Vertikalität und die Verbindung mit verschiedenen Gegebenheiten der Natur, eher abstrakt, während Lermontov ein anschauliches Bild entwirft. Matthias Freise, der seinen Vergleich von Goethes Gedicht und Lermontovs Nachdichtung vor allem auf lautlichen und semantischen Äquivalenzen aufbaut, kommt zu dem Schluss, dass Lermontov aus einem klassischen ein romantisches Gedicht gemacht habe.[34]

Valerij Brjusov hat den Symbolismus in Russland auf dem Wege der Mystifikation eingeführt: In einem Sammelband mit dem Titel *Russkie simvolisty* stellte er Gedichte und deren vermeintliche Autoren mit Kurzbiographien vor, bis er sich, nachdem die Gedichte erfolgreich waren, schließlich selbst zur Autorschaft bekannte.[35] Zudem hat er Goethes *Faust* übersetzt. Er ist ein Dichter, der das Zusammenspiel von Form und Inhalt zum Programm gemacht und dies exemplarisch in metapoetischen Gedichten vorexerziert hat. In einem Band mit dem Titel *Opyty* [*Versuche*] experimentiert er mit den verschiedensten Gedichtformen.[36] So nimmt es nicht wunder, dass seine Nachdichtung zumindest die formalen Vorgaben von *Wandrers Nachtlied* einhält:

На всех вершинах –
Покой.
В листве, в долинах
Ни одной
Не вздрогнет черты ...
Птицы дремлют в молчании бора.
Погоди только: скоро
Уснешь и ты![37]

31 Vgl. Zin'kevič (Anm. 26), S. 227.
32 Vgl. ebd., S. 222.
33 Vgl. ebd.
34 Vgl. Mattias Frajze [Matthias Freise]: *Zdvig strukturnoj semantiki v poètičeskom perevode: »Ein Gleiches« (»Wanderers [sic!] Nachtlied II«) i »Iz Gete«*. In: Marija Virolajnen u. Aleksandr Karpov (Hrsg.): *Mir Lermontova*. Sankt Petersburg 2015, S. 228-233.
35 Vgl. Lauer (Anm. 24), S. 458.
36 Vgl. ebd., S. 459 f.
37 *Zarubežnaja poèzija v perevodach Valerija Brjusova*. Hrsg. von Sergey Iosifovič Gindin. Moskva 1994, S. 630 f.

Die Rückübersetzung lautet:

Auf allen Gipfeln
Ist Ruhe.
Im Laub, in den Tälern
Wird nicht eine
Linie erzittern …
Die Vögel schlummern im Schweigen des Waldes.
Warte nur: bald
Wirst einschlafen auch du!

Auch diese Nachdichtung kommt dem Original rhythmisch kaum näher als Lermontovs isometrische Version. Lediglich die letzten beiden Verse ähneln dem Versrhythmus Goethes. Gleichwohl sind die unterschiedlichen Verslängen eingehalten, das Reimschema entspricht dem des Goethe-Gedichts, und auch Enjambements sind zu verzeichnen. In der zweiten Zeile mutet die Hinzufügung »in den Tälern« wie eine Hommage an Lermontov an, dessen Übersetzung Brjusov, wie bereits erwähnt, für unübertrefflich hielt. Die nicht zitternden Linien wirken allzu sehr um des Reimes willen gewählt (als Entsprechung für »kaum einen Hauch«). Das Schweigen bezieht sich nicht mehr auf die Vögel, sondern auf den Wald, jedoch erscheint das Verb »schlummern« durchaus ähnlich anthropomorphisierend wie das Schweigen der Vögel. Als äußerst treffend erweist sich der Reim »bora/skoro«, der semantisch wie rhythmisch genau dem Reim »Walde/balde« entspricht. Auch verzichtet Brjusov auf die Darstellung von Lichtverhältnissen, dafür fehlt wiederum die lineare räumliche Bewegung von oben nach unten, wenn nach der Erwähnung der Täler wiederum die Vögel erwähnt werden.

Zin'kevič urteilt über Brjusovs Übersetzung im Vergleich zu derjenigen Lermontovs, dass Brjusov »wie manche Porträtisten zwar die Gesichtszüge, aber nicht den Gesichtsausdruck« getroffen habe – ein Vergleich, den Brjusov selbst im Hinblick auf eine andere literarische Übersetzung eines Kollegen gezogen hat. Dagegen habe Lermontov die Gesichtszüge zwar nur angedeutet, dafür aber den Gesichtsausdruck und damit die Seele des Textes erfasst.[38] Es soll in diesem Beitrag nicht um Bewertungen gehen, aber es steht außer Zweifel, dass bei Brjusov vor allem die Einhaltung formaler Merkmale im Vordergrund steht. Zudem lässt sich eine für einen Symbolisten erstaunliche Eindeutigkeit erkennen, die wie bei Lermontov darin gipfelt, dass das Einschlafen am Schluss ebenfalls eines für immer ist.

Noch vor Brjusov hat Innokentij Annenskij sich an *Wandrers Nachtlied II* versucht. Annenskij war ein Modernist, der zu den »Überwindern des Symbolismus« (Viktor Žirmunskij)[39] gehörte und der den Akmeisten, einer sich Dichtergilde nennenden Gruppe, der zwei der bedeutendsten russischen Dichter und Dichterinnen des

38 Vgl. Zin'kevič (Anm. 26), S. 224.

39 Der Titel von Viktor Žirmunskijs Aufsatz *Preodelevšie simvolizm* (Die den Symbolismus Überwindenden; 1916) ist mittlerweile sprichwörtlich geworden. Viktor Žirmunskij: *Preodelevšie simvolizm*. In: ders.: *Teorija literatury. Poètika. Stilistika*. Leningrad 1977, S. 106-133.

20. Jahrhunderts, nämlich Anna Achmatova und Osip Mandel'štam angehörten, als Vorbild diente.[40] Seine Prinzipien waren vor allem Klarheit im Ausdruck und in der Form. Hier seine Nachdichtung und die Rückübersetzung:

Над высью горной
Тишь.
В листве, уж черной,
Не ощутишь
Ни дуновенья.
В чаще затих полет ...
О, подожди! ... Мгновенье –
Тишь и тебя возьмет.[41]

Über der Bergeshöhe
Ist Stille.
Im Laub, dem schon schwarzen,
Wirst du empfinden
Nicht einen Hauch.
Im Dickicht ist der Flug verstummt ...
O, warte! ... Ein Augenblick –
Und die Stille wird auch dich ... ergreifen.

Diese Nachdichtung hält zwar auch die Heterometrie von Goethes Versen ein. Dass in der zweiten Gedichthälfte weiterhin Kreuzreim verwendet wird, erscheint angesichts der Herausforderungen der fremden Sprachstruktur wenig gravierend. Befremdlich aber ist der Tempusgebrauch. Das semantisch durchaus angemessene »oščutit'« gibt die Futurform wieder – ebenfalls ein Tribut, der dem Reim gezollt werden muss, denn »oščuššaeš'« (Präsens) reimt sich nun einmal nicht auf »tiš'«. In manchen Details wird der Ausgangstext sehr genau erfasst (»Über der Bergeshöhe«), an anderen Stellen ergeben sich semantische Verschiebungen, z. B. in der metonymischen Verwendung des Wortes »polet« (»Vogelflug«) oder auch in der Passivität des »Du«, das von der Stille ergriffen wird. Zudem ist dieser Gedichtschluss in umgekehrter Weise eindeutig, denn die Stille lässt sich kaum mit der ewigen Ruhe (večnyj pokoj) gleichsetzen.[42]

Boris Pasternaks Nachdichtung von *Wandrers Nachtlied II* lässt sich, wenngleich nur auf den ersten Blick, eher als Jugendsünde bezeichnen. Datiert auf die Jahre 1912-1918,[43] könnte sie in seiner Marburger Zeit (Sommersemester 1912) entstanden sein oder aber, was wahrscheinlicher ist, parallel zu seinen futuristischen Anfängen während des Ersten Weltkriegs und der Revolutionszeit.

40 Zum Akmeismus vgl. Lauer (Anm. 24), S. 480-495.

41 Innokentij Annenskij: *Stichotvorenija i tragedii*. Leningrad 1959, S. 232.

42 Gleichwohl bezeichnet Freise (Anm. 34), S. 229, jedoch ohne nähere Untersuchung, diese Übersetzung als die semantisch genaueste.

43 Diese Datierung findet sich in folgender Quelle: https://stihi.ru/2014/06/30/1536 (zuletzt aufgerufen am 16.7.2023).

Мирно высятся горы.
В полусон
Каждый листик средь бора
На краю косогора
Погружен.
Птичек замерли хоры.
Погоди: будет скоро
И тебе угомон.[44]

Friedlich erheben sich die Berge.
In den Halbschlaf
Ist jedes Blättchen inmitten des Waldes
Am Rande des Abhangs
Versenkt.
Der Vögelchen Chöre erstarben.
Warts ab: bald wird
Auch für dich Ruhe / mit dir Feierabend sein.

Auffällig an Pasternaks Übersetzung ist vor allem der Gebrauch umgangssprachlicher Wörter wie »pogodi« (»warts ab«) oder auch »ugomon« (umgangssprachlich für »Ruhe«), was in einer weiteren umgangssprachlichen Bedeutung als Verb (ugomonit') auch die Bedeutung »jemanden umbringen« haben kann. Zumindest wäre auf diese Weise die Doppeldeutigkeit von Ruhe erhalten geblieben. Auch die »Vögelchen« kommen zur Geltung, wobei sie nicht nur schweigen, sondern ihre Chöre sind erstorben, eine in doppelter Hinsicht hyperbolische Wendung. Das Metrum lässt sich als drei- und eintaktige Verse beschreiben, in der letzten Zeile ist es ein zweitaktiger Vers. In den Zeilen zwei bis vier liegen jeweils starke Enjambements vor. Die Reimfolge ist unkonventionell: Auf den ersten Vers reimt sich erst der sechste, der mit dem siebten Vers zudem einen Paarreim bildet; dazwischen ist ein umschlingender Reim angebracht, und der letzte Vers reimt sich auf den zweiten und fünften. Die Reimwörter »poluson« – »pogružen« und »ugomon« stehen nicht nur lautlich, sondern auch semantisch zueinander in Beziehung: »Halbschlaf« und »versenkt« im Sinne einer Kontiguität, »Halbschlaf« und »Ruhe« im Sinne einer Äquivalenz. Bei allen semantischen Abweichungen kann Pasternaks Nachdichtung die nach unten führende Vertikale von den Berggipfeln über den Wald und die Vögel hin zum lyrischen Subjekt wiedergeben. Zwar fehlt die Dimension »über allen Gipfeln«, aber die allgemeine Richtung stimmt. Der sehr umgangssprachlich gehaltene Schluss ist dem des Goethe-Gedichts nicht unähnlich (auch das »warte nur« klingt ja durchaus umgangssprachlich). Die vermeintliche Jugendsünde entpuppt sich letztlich als ein Versuch, Goethes Gedicht in die Poetik der Avantgarde zu übersetzen, die ja gerade von Dissonanzen semantischer, lautlicher und rhythmischer Art geprägt ist.[45] Mit dem Gedichtschluss kehrt gewissermaßen der Alltag in

44 I. V. Gete: *Lirika*. Hrsg. von Nikolaj Vil'mont. Moskva 1966, S. 168.
45 Zur Poetik der russischen Avantgarde vgl. Aleksandar Flaker: *Die russische Avantgarde*. In: ders. (Hrsg.): *Glossarium der russischen Avantgarde*. Graz, Wien 1989, S. 11-47.

die hohe Kunst ein. Als ein dichterisches Zeugnis einer Umbruchszeit erfährt auch diese Nachdichtung ihre Berechtigung.

Im Laufe des 20. Jahrhunderts sind zahlreiche weitere Nachdichtungen von »Über allen Gipfeln ist Ruh« entstanden, die hier nicht alle analysiert werden können. Insbesondere zu Beginn der 2000er Jahre gab es eine erneute Blüte, möglicherweise infolge des Goethe-Jubiläums 1999. Da ich mich auf Nachdichtungen von Dichtern konzentriere, lasse ich die meisten, häufig von professionellen Übersetzern erstellten, aus.

Um aber dem Titel dieses Beitrags gerecht zu werden, werfe ich noch einen Blick auf die 2008 entstandene Übersetzung von German Lukomnikov, 1962 in Baku in einer jüdisch-armenischen Familie geboren und später in Moskau aufgewachsen. Er schreibt eigene minimalistische und experimentelle Lyrik (auch Palindrome), die er häufig auf Poetry Slams vorträgt,[46] und hat sich in letzter Zeit gegen den russischen Angriffskrieg auf die Ukraine positioniert.[47] Seine Nachdichtung von *Wanderers Nachtlied II* lautet:

На горе высокой
Все спит,
Покой глубокий
Не возмутит
Ни листьев дрожь,
Ни птах на ветках пенье.
Чуть-чуть терпенья –
И ты уснешь.[48]

Auf dem hohen Berg
Schläft alles,
Die tiefe Stille
Wird nicht aufrühren
Weder das Zittern der Blätter
Noch den Vogelgesang auf den Zweigen.
Ein kleines bisschen Geduld –
Und auch du schläfst ein.

Ähnlich wie Brjusov gelingt es Lukomnikov, das Reimschema zu bewahren. Auch sind seine Verse heterometrisch. »Warte nur, balde« wird – ähnlich wie bei Pasternak – mit der umgangssprachlichen Partikel »čut'-čut'« in Verbindung mit dem Substantiv »Geduld« (also in etwa: »ein kleines bisschen Geduld«) wiedergegeben. Wie Brjusov und Pasternak gelingt es ihm auch, die nach Unten führende Vertikale vom Berg hinab über die Bäume, die Vögel hin zum Menschen nachzuzeichnen.

46 https://www.svoboda.org/a/german-lukomnikov-neofitsialjnaya-kuljtura-vyzhivet-v-podpolje-/32237402.html (zuletzt aufgerufen am 16.7.2023).

47 https://www.memorial.de/index.php/8078-stimmen-gegen-den-krieg (zuletzt aufgerufen am 16.7.2023).

48 https://lukomnikov-1.livejournal.com/480152.html (zuletzt aufgerufen am 16.7.2023).

Dabei fehlt jedoch das, was man sich »über allen Gipfeln« denken muss, denn alles, was schläft, befindet sich »auf dem hohen Berg« und nicht darüber. Der Hauch wird lediglich metonymisch durch das, was er (nicht) bewirkt, wiedergegeben, nämlich »das Zittern der Blätter«. Das Schweigen der Vögel wird ebenfalls negativ ausgedrückt durch die Konstruktion, dass die tiefe Stille nicht den Vogelgesang aufrühren werde. Das Einschlafen am Ende des Gedichts ist wiederum eindeutig auf den Tod zu beziehen.

IV.

Welche Schlüsse lassen sich aus den untersuchten Übersetzungen ziehen? Gibt es allgemeine Tendenzen? Worin liegt die zeitgebundene Spezifik der jeweiligen Nachdichtungen?

Die kanonisch gewordene Übersetzung Lermontovs gibt offenbar für viele Nachdichter die Vereindeutigung der Schlussverse im Sinne der sich nahenden ewigen Ruhe vor. Bis auf Annenskijs und Pasternaks Nachdichtungen lässt das jeweilige Gedichtende keinen Zweifel daran, dass mit dem Einschlafen oder dem Ausruhen der Tod gemeint ist. Dies gilt auch für die Mehrzahl der mir bekannten weiteren, hier nicht in den Blick genommenen Übersetzungen. Zielsprachlich bedingt sind bisweilen hinzugefügte Verneinungen, die in Goethes Versen nicht vorkommen, jedoch gelingt es einigen Übersetzern auch, auf Verneinungsstrukturen zu verzichten. Unter den hier nicht untersuchten Texten finden sich einige weitere, die den dreifüßigen Trochäus Lermontovs verwenden – möglicherweise, weil sich Goethes erster Vers als solcher lesen lässt oder auch, weil er sich als sangbar erwiesen hat.

Interessanter scheint das Zeittypische der jeweiligen Übersetzungen zu sein. Bei Lermontov liegt eine romantische Anthropomorphisierung der Natur in Gestalt der schlafenden Berggipfel vor. Mit dem Weg, der nicht staubt, wird die Perspektive des Wanderers eingenommen, um dessen Nachtlied es sich bei diesem Gedicht ja auch handelt. Was bei Lermontov jedoch irritiert, ist der jähe Bruch von der Darstellung einer durchaus als angenehm empfundenen Umgebung durch die letzten beiden Zeilen, die den baldigen Tod verkünden.

Die beiden Übersetzungen aus der Zeit des Modernismus zeichnen sich vor allem durch eine formale Angleichung an das Original aus. An die Stelle des isometrischen dreifüßigen Trochäus treten heterometrische tonische Verse. Während Brjusov die Schlichtheit der Goethe'schen Worte durchaus wiedergeben kann, versteigt sich Annenskij, ganz im Gegensatz zur eigenen Verskunst, zu befremdlich klingenden Metonymien wie dem verstummten Vogelflug oder auch zur emphatischen Apostrophe in Gestalt des »o«. Zudem wird sein lyrisches Subjekt zum Objekt, wenn es von der Stille ergriffen wird.

Auch Pasternaks Übersetzung ist durchaus von Zeiterscheinungen geprägt. Zum einen gelingt es ihm, ohne jegliche Verneinung die allumfassende Stille zum Ausdruck zu bringen, zum anderen kommt auch bei ihm in diesem Zusammenhang eine anthropomorphisierende Metaphorik zum Tragen, die ihre Entsprechung bei Goethe hat. Eine Neigung zu hyperbolischen Ausdrücken wie dem erstorbenen Chor der Vögel und die Verwendung dezidiert umgangssprachlicher Ausdrücke am Gedichtende wirken stilistisch dissonant, kommen aber dem Ausgangstext semantisch dennoch nahe. Zur Avantgardepoetik gehört schließlich auch das kühn gestaltete Reimschema.

Geradezu minimalistisch wirkt die zuletzt betrachtete Übersetzung aus dem Jahr 2008. Hier kommen erneut verneinende Konstruktionen zum Tragen, um das »kaum« aus Goethes Gedicht wiederzugeben. Auf jeden Fall werden auch hier verschieden lange Verse eingesetzt, das Reimschema entspricht dem des Ausgangstexts. Aber auch in diesem Text werden die Subjekte des Originals zu Objekten. Ebenfalls mit einem umgangssprachlichen Ausdruck (čut'-čut') eingeleitet, steht auch in diesem Gedicht dem lyrischen Subjekt die ewige Ruhe bevor.

Woran liegt es, dass Lermontovs Übersetzung kanonisiert wurde, während die übrigen eher als Fingerübungen durchaus etablierter Dichter angesehen werden? Am ehesten wohl daran, dass Lermontov ein durch und durch eigenständiges Gedicht geschaffen hat, das mit Goethes Gedicht nicht mehr allzu viel gemein hat, sich aber aufgrund der metrischen Struktur gut vertonen lässt und mit dem jähen Umschlagen ins Unheimliche offenbar auf viele Generationen eine nachhaltige Wirkung ausgeübt hat.

Auf jeden Fall zeugt die geradezu massenhafte Übersetzung des Gedichts vom frühen 19. Jahrhundert bis in die unmittelbare Gegenwart davon, dass Goethe in Russland eine feste literarische Größe darstellt. Ob dies auch weiterhin der Fall sein wird (insbesondere nach Schließung von Goethe-Instituten in jüngster Zeit), muss sich erst noch erweisen.

Nadjib Sadikou

Fremde Ähnlichkeiten. Zur Rezeption Goethes in Westafrika

Einleitung

Das Rahmenthema der diesjährigen Hauptversammlung besticht mindestens durch zwei Erkenntnismöglichkeiten: Es besticht einerseits durch die transkontinentale räumliche Erforschung von Goethes Wirkung ›jenseits der deutschen Grenzen‹ und andererseits dadurch, dass die Internationalität Goethes gleichermaßen seine Interkulturalität bedeutet, d.h. seine kulturelle Öffnung und sein inklusives, an Transfers und Übergängen orientiertes Verständnis von Poetik und Literatur. Im Gespräch mit Eckermann am 31. Januar 1827 beklagt Goethe, dass die »Deutschen nicht aus dem engen Kreise« der »eigenen Umgebung hinausblicken«, und empfiehlt hinsichtlich dessen jedem, sich »bei fremden Nationen« umzusehen (FA II, 12, S. 223-228; hier S. 224 f.). Dabei prägt er einen Satz, der in die Geschichte der Literatur eingeht: »National-Literatur will jetzt nicht viel sagen, die Epoche der Welt-Literatur ist an der Zeit und jeder muß jetzt dazu wirken, diese Epoche zu beschleunigen« (ebd.). Stefan Matuschek zufolge stand dieses Bekenntnis zur Weltliteratur im Widerspruch zu einer überwältigenden Mehrheit, die vor allem seit den napoleonischen Besatzungen und den Befreiungskriegen genau im Gegenteil auf Nationalliteratur setzte. Goethes rhetorische Unstrittigkeit zeuge vom sachkundigen Weitblick dessen, der sich von der nationalen Euphorie und Horizontverengung seiner Zeitgenossen nicht hat anstecken lassen.[1] Diese »Idee der Weltliteratur«[2] scheint, mit Dieter Lamping gesprochen, im 21. Jahrhundert angemessener zu sein als im 19. Jahrhundert. Denn durch die politischen, ökonomischen, technischen und kulturellen Veränderungen, die man mit dem schillernden Begriff der ›Globalisierung‹ verbindet, habe Goethes Begriff heute neue Aktualität gewonnen und eine erstaunliche Renaissance und Relevanz erfahren, über den deutschen Sprachraum hinaus.[3]

Gerade diese Internationalität von Goethes Poetik will ich anhand ihrer Rezeption in der westafrikanischen Literatur und Philosophie aufzeigen. Im ersten Schritt meiner Argumentation wird es darum gehen, das im Titel herausgehobene Wortpaar ›fremde Ähnlichkeiten‹ zu beleuchten. Hierbei wird in Anlehnung an Anil Bhattis Konzept der ›Ähnlichkeit‹ die Hypothese überprüft, dass eine Parallelität zwischen Goethes Weltwahrnehmung und dem westafrikanischen Literaturverständnis darin liegen kann, das ›Andere‹ nicht als eine unverrückbare Differenz zu betrachten, sondern in ihm ein Erkenntnispotential zu sehen. Im zweiten Schritt wird

1 Vgl. Stefan Matuschek: *Goethe im Streit*. In: GJb 2021, S. 17-29; hier S. 27 f.

2 Dieter Lamping: *Die Idee der Weltliteratur. Ein Konzept Goethes und seine Karriere*. Stuttgart 2010.

3 Vgl. ebd., S. 10.

die Rezeption Goethes am Beispiel von westafrikanischen Autoren und Autorinnen wie Senghor, Chinua Achebe, Chimamanda Ngozie Adichi dargelegt. Im dritten Teil werden Spuren von Goethes Philosophie in postkolonialen Ansätzen westafrikanischer Theoretiker wie Kwame Anthony Appiah, Achille Mbembe, Felwine Sarr, Taiye Selasi und Leonora Miano aufgezeigt.

Fremde Ähnlichkeiten und Internationalität

Die oben genannte ausdrückliche Empfehlung Goethes, man solle ›sich bei fremden Nationen umsehen‹, scheint ein unmissverständliches Zeichen dafür zu sein, dass ›fremde‹ Literaturen durch ihre Motive und Sujets eine Ähnlichkeit zu ›eigenen‹ vertrauten Literaturen aufweisen können. Demzufolge fokussiert der Haupttitel *Fremde Ähnlichkeiten* eine Sichtbarmachung von fremden Nationen und Literaturen in ihrem erkenntnisleitenden und erkenntnisgenerierenden Potential. Denn das, was wir gemeinhin als ›fremdartig‹ kategorisieren oder gar ablehnen, könnte beim näheren Hinsehen einen interkulturellen oder literarischen Mehrwert haben, der uns anregen kann, die »Schätzung des Ausländischen« (FA II, 12, S. 223-228; hier S. 224 f.) zu betreiben und für Austausch bereit zu sein. Diese Wechselseitigkeit könnte einen kulturellen Mehrwert produzieren, der sich, so Leo Kreutzer in seinem Buch *Goethe in Afrika*, aus der hermeneutischen Wirkungsfähigkeit eines Blicks mit fremden Augen gewinnen ließe.[4]

Diese Sachlage ist ernst zu nehmen: Wenn von Internationalität als einer Anerkennung von Vielfalt die Rede ist, stellt sich die Frage, ob und inwieweit internationales Denken asymmetrisch ist oder ob die Rede von Vielfalt größtenteils eine Fassade der europäischen Hegemonie darstellt. Welchen Mehrwert hat das kulturelle Gedächtnis anderer Kulturwelten, z. B. der Yoruba, Igbo oder Dogon in Westafrika? Können wir ihnen eine, mit Albrecht Koschorke gesprochen, »Seinslogik eigenen Rechts«[5] zugestehen, die gleichrangig neben dem hegemonialen Geltungsanspruch des Westens stehen soll? Oder hängt die Anerkennung ihrer Weltsicht von einer unausgesprochenen sympathisierend-sozialromantischen Fürsorglichkeit ab?[6]

Um diesen hegemonialen Ansprüchen zu entkommen, plädiert der indische Kulturwissenschaftler Anil Bhatti (vgl. *In memoriam*, S. 337-339) für einen Übergang vom ›Differenzdenken‹ zu einem ›Denken in Ähnlichkeiten‹.[7] Der Mehrwert dieses Denkens in Ähnlichkeiten besteht darin, dass es mit Elementen des Unscharfen und des Ungefähren operiert: »Das Ähnlichkeitsdenken erlaubt uns, eine ›Unschärferelation‹ in unsere Analyse einzuführen. Wir nehmen weite Flächen der Überlappungen wahr […]«.[8] Denn: »Im Ähnlichkeitsdenken werden Zusammenhänge

4 Vgl. Leo Kreutzer: *Goethe in Afrika*. Hannover 2009, S. 51.

5 Albrecht Koschorke: *Linksruck der Fakten*. In: *Zeitschrift für Medien- und Kulturforschung* 9 (2018), H. 2, S. 107-118; hier S. 118.

6 Vgl. ebd.

7 Vgl. Anil Bhatti, Dorothee Kimmich (Hrsg.): *Ähnlichkeit. Ein kulturtheoretisches Paradigma*. Konstanz 2015.

8 Ebd., S. 26.

und Netzwerke betont. Es kommt auf das Gesamtgewebe an«.[9] Gerade dieser Gewebe-Charakter der Kultur (Clifford Geertz)[10] und der Literatur sowie die produktive Suche nach ähnlich-differenten Motiven sind Kernelemente von Goethes Begriff der ›Weltliteratur‹. Der Publizist Walther Victor, der auch in Weimar und Bad Berka lebte, schrieb schon 1949, dass die große Bedeutung Goethes nicht nur darin lag, dass er die deutsche Kultur bereicherte, sondern darin, dass er über den Rahmen der nationalen deutschen Kultur hinauswuchs und dass er einen ungeheuren Schritt vorwärts in der künstlerischen Entwicklung der Menschheit bedeute.[11] Anne Bohnenkamp zufolge beabsichtigt Goethe mit dem Begriff einen »lebendigen Kontakt der Gegenwart« sowie »einen Prozess des Austauschs und des Gesprächs«.[12]

Ein solcher poetischer Austausch z. B. durch intertextuelle oder intermediale Bezüge zeichnet internationale Literaturen aus. Denn sie können unter den Bedingungen von globalen Netzwerken dazu dienen, (a) neue Selbst- und Weltentwürfe zu ermöglichen, da sie gewohnte kulturelle Unterteilungen verschieben, überlagern, in Frage stellen oder gar auflösen, (b) nationalistische oder eindimensionale Perspektiven zu entgrenzen und zu überschreiten und (c) länderspezifische Ausprägungen zu erkennen und kulturelles Wissen zu rekonfigurieren.

Goethes Rezeption in Westafrika

Eine solche Rekonfiguration von Goethes Poetik und Philosophie lässt sich bei dem aus dem westafrikanischen Senegal stammenden Dichter Léopold Sédar Senghor finden, die den sprachlich-kulturellen Einfluss Goethes und der deutschen Literatur auf ihn bekundet. Als Senghor in seiner Rede bei der Verleihung des Friedenspreises des Deutschen Buchhandels im September 1968 von der »expérience allemande«[13] sprach, meinte er seine persönlichen Erfahrungen mit der deutschen Literatur:

9 Ebd., S. 17.

10 »Der Kulturbegriff, den ich vertrete […], ist wesentlich ein semiotischer. Ich meine mit Max Weber, dass der Mensch ein Wesen ist, das in selbstgesponnene Bedeutungsgewebe verstrickt ist, wobei ich Kultur als dieses Gewebe ansehe. Ihre Untersuchung ist daher keine experimentelle Wissenschaft, die nach Gesetzen sucht, sondern eine interpretierende, die nach Bedeutungen sucht. Mir geht es um Erläuterungen, um das Deuten gesellschaftlicher Ausdrucksformen, die zunächst rätselhaft scheinen.« Clifford Geertz: *Dichte Beschreibung. Beiträge zum Verstehen kultureller Systeme*. Frankfurt a. M. 1983, S. 9.

11 Walther Victor: *200 Jahre Goethe 1749-1949. Goethe als Spiegel seiner Zeit und Künder der Zukunft*. Bukarest 1949, S. 17.

12 Anne Bohnenkamp: *»Versucht's zusammen eine Strecke«. Goethes Konzept einer Weltliteratur als Form europäischer Geselligkeit?* In: Susanne Schmid (Hrsg.): *Einsamkeit und Geselligkeit um 1800*. Heidelberg 2008, S. 177-191; hier S. 186.

13 Léopold Sédar Senghor: *›L'Accord conciliant‹. Discours de remerciement pour le prix de la paix* [*Dankesrede für den Friedenspreis des Deutschen Buchhandels*]. Frankfurt a. M. 1968, S. 42; der Text ist zweisprachig auch online als PDF abrufbar (künftig zitiert als Senghor zweisprachig) unter: https://www.friedenspreis-des-deutschen-buchhandels.de/alle-preistraeger-seit-1950/1960-1969/leopold-sedar-senghor (zuletzt aufgerufen am 8.2.2024).

> Cette double découverte des civilisations négro-africaines et du mouvement du Sturm und Drang fut d'une importance décisive dans la formation du concept de la Négritude. Du moins pour moi.[14]
>
> (Diese Doppelentdeckung der nordafrikanischen Zivilisationen und der Sturm- und Drang-Bewegung war von entscheidender Bedeutung für die Entstehung des ›Négritude‹-Begriffs. Zumindest für mich.)

Für Senghor war die gleichzeitige Entdeckung der schwarzafrikanischen Kulturen und der deutschen Bewegung des Sturm und Drang während seiner Pariser Studienzeit »von entscheidender Bedeutung für die Herausbildung des Begriffs der Négritude«.[15] Die ›Négritude‹-Bewegung wurde von Senghor und dem karibischen Dichter Aimé Césaire ins Leben gerufen. Ihr Hauptanliegen bestand darin, den von Sklaven abstammenden Schwarzen in der Karibik und in der Diaspora das Bewusstsein zu vermitteln, dass ihre in Afrika wurzelnden kulturellen Traditionen der sie diffamierenden und unterdrückenden Kultur der Weißen nicht etwa unterlegen, sondern in all ihrem Reichtum ebenbürtig seien.[16] Um der Exotisierung und unterstellten Kulturlosigkeit Afrikas im damaligen Paris entgegenzuwirken, studierte Senghor akribisch Texte Goethes und schöpfte aus der kulturellen Sprengkraft dieser Texte, die er dann im Sinne eines ›Writing Back‹ als Waffe gegen die Hegemonie der Franzosen nutzte.

Somit appellierte die ›Négritude‹ an alle Schwarzen, ihren Minderwertigkeitskomplex gegenüber der Kultur der Weißen abzulegen, sich von der Hegemonie der (ehemaligen) Kolonialmächte zu befreien und durch eine Rückkehr zu den afrikanischen Ursprüngen ihre schwarze Identität zu finden bzw. wiederzufinden. János Riesz hat den internationalen Charakter und die globale Dimension der ›Négritude‹ aufgezeigt, indem er sie als »literarischen Panafrikanismus« mit »universaler Geltung«[17] bezeichnet. Weiterführend sieht er in der ›Négritude‹ eine Art Brücke zwischen Afrika und dem Westen:

> Man kann die Négritude genannte Bewegung als Brückenschlag zwischen den beiden Welten beschreiben, insofern es ihr darum ging, den historischen Schaden [...] des Sklavenhandels und des Kolonialismus gemeinsam aufzuarbeiten und zu reparieren: indem man sich auf die Suche nach dem Verbindenden machte, sich auf die gemeinsamen historischen Wurzeln besann, den anderen an den je eigenen Erfahrungen partizipieren ließ [...].[18]

Gerade diese Suche nach dem Verbindenden zwischen Nord und Süd begründet Senghors Lektüre deutscher Schriften. Seine Rezeption Goethes war unter anderem begünstigt durch folgenden Unglücksfall: Senghor geriet 1940 als Soldat der fran-

14 Ebd., S. 62.

15 Ebd., S. 63.

16 Vgl. Aimé Césaire: *Über den Kolonialismus.* Aus dem Französischen mit einer Vorbemerkung und Anmerkungen von Heribert Becker. Berlin ²2017, S. 7 f.

17 János Riesz: *Südlich der Sahara. Afrikanische Literatur in französischer Sprache.* Tübingen 2013, S. 79, 91.

18 Ebd., S. 82.

zösischen Armee in deutsche Kriegsgefangenschaft und lernte Deutsch. Er besuchte einen Deutschkurs für Fortgeschrittene und konnte Ähnlichkeiten und Differenzen zwischen westafrikanischer und ›germanischer‹ Weltvorstellung beobachten:

> Prisonnier des Allemands, je fus bien obligé de les regarder, de les étudier de plus près, en confrontant les deux visions que je m'étais faites de ce grand peuple: l'une livresque, mais exaltante, l'autre concrète […] mais déprimante.[19]

> Als Gefangener der Deutschen musste ich ihnen notwendigerweise ins Auge blicken, mich näher mit ihnen befassen und die beiden Bilder einander gegenüberstellen, die ich mir von diesem großen Volk gemacht hatte: das eine war ein romantisches, aber übertriebenes, das andere ein konkretes […] aber ein recht bedrückendes Bild.[20]

Vor dieser Rede von 1968 hatte Senghor bereits 1949 einen Aufsatz für eine Publikation der UNESCO zum 200. Geburtstag von Goethe verfasst, in dem er sein Verhältnis zu Goethe darlegt. Der Aufsatz trägt den Titel *Die Botschaft Goethes an die »Neuen Neger«* (*Message de Goethe aux Nègres nouveaux*) und Senghor listet dort eine Reihe von Texten auf, mit denen er sich als Kolonisierter identifizieren könne:

> Mit *Götz von Berlichingen* und *Egmont* liefen wir Sturm gegen den kapitalistischen Imperialismus und forderten für die schwarzen Völker die politische Unabhängigkeit – und mehr die Autonomie der Négritude. Als neue Prometheuse, als Fausts mit Ebenholzgesichtern stellten wir den Platitüden der Vernunft die hohen Stämme unserer Wälder, der lächelnden Weisheit des ›bleichgesichtigen Gottes mit den rosa Ohren‹ das Buschfeuer unserer Köpfe entgegen, vor allem aber den unstillbaren Schwung des Blutes in unserer Brust. Wir zitierten: Hast Du's nicht alles selbst vollendet, / heilig glühend Herz?[21]

Hier liegt eine produktive Intertextualität vor: Senghor zitiert aus Goethes Ode *Prometheus* als Absage an den Göttervater Zeus und bedient sich dieser mythologisch gesteigerten Fundamentalkritik der Macht. Eine solche Rezeption der Abrechnung mit Willkürherrschaft verleiht dieser Ode neuen Glanz und die Würde eines antikolonialistischen Manifests.[22] Bei Senghor geschieht im Sinne Theodor Adornos eine »Revolte des Subjekts und seine verblendete Hoffnung, von sich aus, durch die pure Bekundung seiner ursprünglichen Kraft, dem Kunstwerk jene Sinnhaftigkeit einzuhauchen«.[23] Senghor hebt am Ende seiner Dankesrede hervor, was ihn bei Goethe besonders fasziniert: »Bevor ich einen Schluß aus meinen Über-

19 Senghor zweisprachig (Anm. 13), S. 11.

20 Senghor zweisprachig (Anm. 13), S. 18.

21 Léopold S. Senghor: *Die Botschaft Goethes an die »Neuen Neger«. Ehrenschrift der UNESCO zu Goethes 200. Geburtstag 1949*. In: Janheinz Jahn (Hrsg.): *Léopold Senghor – Négritude und Humanismus*. Düsseldorf, Köln 1967, S. 81-85; hier S. 81. Vgl. auch Kreutzer (Anm. 4), S. 104.

22 Kreutzer (Anm. 4), S. 104.

23 Theodor W. Adorno: *Zum Klassizismus von Goethes Iphigenie*. In: Hans Mayer (Hrsg.): *Goethe im zwanzigsten Jahrhundert. Spiegelungen und Deutungen*. Frankfurt a.M. 1987, S. 134-156; hier S. 142.

legungen zu ziehen versuche, möchte ich nochmals auf die Harmonie der Gegensätze (l'accord conciliant) zurückkommen, die Goethe in seiner Person zu erreichen vermochte«.[24] Diese Gegensätzlichkeit zeige sich einerseits beim rebellierenden Goethe (z. B. in seinem »shakespearisierende[n] Drama aus der deutsch-ritterlichen Vergangenheit«[25] *Götz von Berlichingen*) und andererseits beim für humanistische Werte plädierenden Goethe (z. B. in seinem Drama *Iphigenie auf Tauris*). Der kamerunische Germanist David Simo hat diese Humanität Goethes in seinem Aufsatz *Modelle der Fremdwahrnehmung in Goethes »Iphigenie auf Tauris«*[26] deutlich hervorgehoben. Die Lektüren und die daraus entstandene Begegnung mit dem Sturm und Drang sowie später mit der Weimarer Klassik und Jenaer Romantik wurden von Senghor in Form eines flankierenden Ideologems in sein ›Négritude-Konzept‹ und das Konzept der ›Civilisation de l'Universel‹, einer ›Zivilisation des Universellen‹, eingearbeitet.

Gerade das Bloßstellen einer radikalen Trennung der Welt in Schwarz und Weiß findet man bei dem nigerianischen Dichter Chinua Achebe. Als Chronist einer sich auflösenden Zivilisation war es Achebes Anliegen, »seinen europäisch beeinflussten Landsleuten wieder ein Gefühl der Selbstachtung zu geben, das auf dem Bewusstsein der Werte ihrer traditionellen Kultur basiert«.[27] Allerdings intendiert er mit dieser Schöpfung aus afrikanischen Wertvorstellungen keineswegs eine absolute Grenzziehung oder gar Trennung. Vielmehr geht er über das Lokale hinaus und verfolgt universellere Fragen nach Machtasymmetrien und hierarchischen (Un)Ordnungen.[28] In seinem Roman *Things fall apart* (1958) lässt er die Hauptfigur Okonkwo sterben und damit scheitern, weil er von einer radikalen afrozentrischen Ideologie geleitet ist und jeglichen Kompromiss ablehnt. Da es ihm nicht gelingt, die Macht der Flexibilität zu nutzen, fällt er in die Ohnmacht der afrozentrischen Eindimensionalität. Man könnte sagen, dass Achebe eine Kompromissbildung verfolgt, weil er nicht essentialistisch vorgeht. Die Unmöglichkeit bzw. der Unsinn einer absoluten Grenzziehung ergibt sich Michael Hofmann zufolge daraus, dass ein Zurück zur ursprünglichen, originären einheimischen Kultur durch die gewaltigen Transformationsprozesse der kolonialen Erfahrungen nicht mehr machbar sei.[29] Im Idealfall könnte es eine kulturelle Selbstbestimmung geben, die an Elemente der eigenen Tradition und Vergangenheit anknüpft, ohne von der Prägung durch die europäische Kultur der Kolonialherren abstrahieren zu können. Hierin liege Hofmann zufolge ein interkulturelles Potential der afrikanischen Literatur des 20. Jahrhunderts, weil die Reflexion auf die Wurzeln der eigenen Kultur unauflöslich mit einem

24 Senghor zweisprachig (Anm. 13), S. 19.

25 Thomas Mann: *Goethes Werther*. In: Mayer (Anm. 23), S. 9-25; hier S. 9.

26 David Simo: *Modelle der Fremderfahrung in Goethes »Iphigenie auf Tauris«*. In: *Comparativ* 12 (2017), H. 2, S. 12-25. https://www.comparativ.net/v2/article/view/1003 (zuletzt aufgerufen am 5.10.2023).

27 Ulrich Fleischmann: *Chinua Achebe*. In: *Kindlers Neues Literatur Lexikon. Studienausgabe*. Hrsg. von Walter Jens. Bd. 1: *AA–AZ*. München 1988, S. 51-55; hier S. 51.

28 Ebd.

29 Vgl. Michael Hofmann: *Interkulturelle Literaturwissenschaft. Eine Einführung*. Paderborn 2006, S. 162.

Durcharbeiten der kolonialen Vergangenheit und einer Neubestimmung des interkulturellen Verhältnisses zu den ehemaligen Kolonialherren verbunden ist.[30] Achebe geht es im Sinne von Senghor und Goethe darum, Elemente anderer Kulturen nicht als zerstörerisches Konstrukt abzuwerten, sondern als bereichernde Faktoren wahrzunehmen. Diese Suche nach einer Erweiterung der Perspektive legt er einem Protagonisten im Roman *The Arrow of God* (1964) wie folgt in den Mund: »The world is like a mask dancing. If you want to see it well you do not stand in one place« (»Die Welt ist wie eine Maske, die tanzt. Wenn man sie gut sehen will, bleibt man nicht an einem Ort stehen«).[31] Der Terminus »Maske« im Maskentanz deutet auf die (noch) versteckte, also nicht unmittelbar sichtbare Facette der Welt. Um daran teil zu haben, ist es erforderlich, sich auf Veränderung und Überlappung eigener Traditionen mit anderen Kulturen einzustellen und so eine multiperspektivische Einstellung zu gewinnen.

Goethes Spuren in westafrikanischen postkolonialen Ansätzen

Spuren von Goethes Plädoyer für eine derartige kritische Erweiterung der Perspektive lassen sich in vielen postkolonialen Ansätzen westafrikanischer Intellektueller finden.[32] Hier sei zunächst Kwame Anthony Appiah angeführt. Appiah, am 8. Mai 1954 in London geboren und in der Stadt Kumasi im westafrikanischen Ghana aufgewachsen, studierte in Cambridge und hat, nach Stationen in Yale, Cornell, Duke und Harvard, seit 2014 einen Lehrstuhl für ›Philosophy and Law‹ an der New York University inne. In seinem Buch *Cosmopolitanism. Ethics in a world of strangers* propagiert Appiah die These eines ›modernen Kosmopolitismus‹, der zum einen gegen das Bild vom ›Kampf der Kulturen‹ und zum anderen gegen einen naiven Multikulti-Relativismus gerichtet sei. Appiahs weltbürgerliche Ethik sucht, so der Klappentext der deutschen Übersetzung, »eine Balance zwischen unserem Glauben an universelle Werte und dem Respekt vor der Andersartigkeit nicht-westlicher Welterfahrung«.[33] Appiah demonstriert anhand vieler Geschichten aus seinem Familienkreis, inwiefern Kosmopolitismus ein der gegenwärtigen postmodernen und postkolonialen Weltlage gerecht werdendes Projekt ist. Das erste Kapitel von Appiahs Buch trägt einen Titel, der Goethes Weltanschauung entspräche. Er lautet: »Das Gespräch suchen«. Denn die Idee der Weltliteratur ist nichts anderes als eine Gespräch-suchende Kommunikation mit anderen Literaturen und anderen Nationen. Appiah schreibt:

30 Vgl. ebd.

31 Chinua Achebe: The *Arrow of God*. New York 2016, S. 47.

32 Dem Projekt des *postcolonial Turns* geht es u. a. darum, »kritische Analysekategorien zu entwickeln, mit denen die anhaltende und weiterhin problematische Konstruktion des ›Anderen‹ (›Othering‹) aufgearbeitet werden kann«. Vgl. Doris Bachmann-Medick: *Cultural Turns. Neuorientierungen in den Kulturwissenschaften.* 5Hamburg 2014, S. 185.

33 Siehe Klappentext der deutschen Fassung: Kwame Anthony Appiah: *Der Kosmopolit. Philosophie des Kosmopolitismus*. Aus dem Englischen von Michael Bischoff. München 2007.

> Zu den Merkmalen des europäischen Kosmopolitismus vor allem seit der Aufklärung gehört natürlich eine besondere Empfänglichkeit für die Kunst und Literatur fremder Kulturen und ein gesteigertes Interesse am Leben der Menschen in anderen Weltgegenden.[34]

Hier führt er neben Voltaire und David Hume ausdrücklich Goethe an:

> Da ist Goethe in Deutschland, dessen dichterische Laufbahn sich über eine Sammlung Römische Elegien, die Ende der 1780er Jahre entstand, bis hin zum West-östlichen Divan von 1819 erstreckt, seinem letzten Gedichtzyklus, zu dem er sich von Hafiz, dem persischen Dichter des vierzehnten Jahrhunderts, inspirieren ließ [...].[35]

Ein weiteres Beispiel postkolonialer Theoretiker, bei denen man Spuren von Goethes Gedanken finden kann, ist der kamerunische Philosoph und Historiker Achille Mbembe. In seinem Buch *Kritik der schwarzen Vernunft* stellt er die These auf, dass dem europäischen Denken in seiner gesamten Geschichte die Tendenz innewohne, Identität nicht im Sinne einer gemeinsamen Welt-Zugehörigkeit zu verstehen, »sondern im Sinne eines selbstbezüglichen Verhältnisses«, genauer: »im Spiegel seiner selbst«.[36] Ähnlich wie Goethe, der mit dem Konzept der Weltliteratur für eine Wertschätzung ›fremder‹ Literaturen plädiert und die Horizontverengung seiner Zeitgenossen kritisiert, wendet sich Mbembe mit dem Begriff der *Schwarzen Vernunft* gegen die Zementierung von Differenzen in der postkolonialen Gegenwart. Mbembe selbst bezieht sich auf Senghor und Césaire folgendermaßen:

> Wer behauptet, die Welt reduziere sich nicht auf Europa, der rehabilitiert Singularität und Differenz. Darin ist Césaire sehr nahe bei Senghor [...]. Beide lehnen abstrakte Visionen des Universellen ab. Sie machen geltend, dass das Universelle sich stets im Register des Besonderen dekliniere. In ihren Augen ist das Universelle der Ort einer Vielzahl an Besonderheiten [...].[37]

Diesem Zitat kann man entnehmen, dass Universalität keineswegs mit einem Verschwinden der Singularität einhergeht. Im Gegenteil ist das Universelle eine Art Kreuzpunkt von Besonderheiten und Unterschieden.

In eine ähnliche Richtung geht der senegalesische Schriftsteller und Wirtschaftswissenschaftler Felwine Sarr in seinem Buch *Afrotopia*. Ihm zufolge sei es im globalen Kontext erforderlich,

> einem anderen Zusammenleben den Weg zu bahnen sowie die Beziehungen zwischen den verschiedenen Elementen des Kulturellen, des Sozialen, des Wirtschaftlichen und des Politischen **neu** zu bestimmen und dabei **neue** Bedeutungszusammenhänge und eine ebenso **neue**, auf den Kulturen und fruchtbaren Onto-Mythologien Afrikas beruhende Werteskala zu etablieren. Es gilt, Gesellschaften

34 Ebd., S. 25.

35 Ebd.

36 Vgl. Achille Mbembe: *Kritik der schwarzen Vernunft*. Aus dem Französischen von Michael Bischoff. Berlin 2014, S. 11 f.

37 Ebd., S. 288.

> aufzubauen, die für die Menschen, die in ihnen leben, einen Sinn ergeben. Gegen den Strom, in See stechend.[38]

Aufschlussreich für meine Überlegungen ist die dreifache Verwendung des Adjektivs »neu«, die auf die Dringlichkeit und Unabwendbarkeit einer solchen Erneuerung und Transformation verweist. Sarrs Bezug auf Goethe kann in seinem Plädoyer für neue Bedeutungszusammenhänge gesehen werden: Ähnlich wie Goethe, der in seiner und durch seine Poetik andere Deutungshorizonte jenseits der deutschen Grenzen ermöglicht, plädiert Sarr genauso für eine Inklusion von verschiedenen Elementen, aus denen neue Sinnzusammenhänge entstehen. Sie beruhen auf der Vorstellung einer ›Gleichzeitigkeit‹ oder ›Transversalität‹ verschiedener Welten:

> Die Vorstellung einer Gleichzeitigkeit verschiedener Welten scheint uns die afrikanischen Gesellschaften der Gegenwart zutreffend zu beschreiben. Diese Gesellschaften zeichnen sich durch einen Prozess politischen, gesellschaftlichen und kulturellen Wandels aus, durch den Übergang vom Alten zu einem noch unerreichten Neuen, durch das Nebeneinander [oder Ineinandergreifen] unterschiedlicher Zeitlichkeiten und Episteme innerhalb ein und derselben Gesellschaft, manchmal sogar ein und desselben Menschen, so dass verschiedene Referenzsysteme koexistieren, miteinander verhandeln, miteinander in Konflikt geraten oder sich wechselseitig befruchten.[39]

Eine nationalistische Abschottung kritisiert Taiye Selasi. In ihrem Essay *Bye Babar* erfand sie den Begriff »Afropolitan« und bezeichnet damit Menschen mit afrikanischen Wurzeln, die sich in den Metropolen der Welt zu Hause fühlen:

> They (read: we) are Afropolitans – the newest generation of African emigrants, coming soon or collected already at a law firm/chem lab/jazz lounge near you. You'll know us by our funny blend of London fashion, New York jargon, African ethics, and academic successes. Some of us are ethnic mixes, e.g. Ghanaian and Canadian, Nigerian and Swiss; others merely cultural mutts: American accent, European affect, African ethos. Most of us are multilingual: in addition to English and a Romantic or two, we understand some indigenous tongue and speak a few urban vernaculars. There is at least one place on The African Continent to which we tie our sense of self: be it a nation-state (Ethiopia), a city (Ibadan), or an auntie's kitchen. Then there's the G8 city or two (or three) that we know like the backs of our hands, and the various institutions that know us for our famed focus. We are Afropolitans: not citizens, but Africans of the world.[40]

> (Sie [also wir] sind Afropoliten: die neueste Generation afrikanischer Auswanderer, demnächst oder schon längst – in einer Anwaltskanzlei, einem Chemielabor, einer Jazz-Lounge in ihrer Nähe. Sie erkennen uns an der lustigen Kombination von Londoner Mode, New Yorker Jargon, afrikanischen Wertvorstellungen und

38 Felwine Sarr: *Afrotopia*. Aus dem Französischen von Max Henninger. 4Berlin 2019, S. 28 (Hervorhebung N. S.).

39 Ebd., S. 41.

40 https://thelip.robertsharp.co.uk/2005/03/03/bye-bye-barbar/ (zuletzt aufgerufen am 29.1.2024).

akademischen Erfolgen. Einige von uns sind ethnische Mischungen, z.B. ghanaisch und kanadisch, nigerianisch und schweizerisch; andere sind bloß kulturelle Promenadenmischungen: amerikanischer Akzent, europäisches Gemüt, afrikanisches Ethos: Die meisten von uns sind mehrsprachig: Neben Englisch und zwei romanischen Sprachen verstehen wir eine indigene Sprache und sprechen den Jargon von einigen Großstädten. Wir sind Afropoliten: nicht Weltbürger, sondern Weltafrikaner.)

Demnach wird mit *Afropoliten* eine neue weltafrikanische Elite bezeichnet, die ein transkontinentales Leben zwischen Afrika, England und den USA führt und somit eine afropolitische Identität besitzt. Selasi führt das Beispiel ihrer eigenen Person an: Sie sei Britin, weil sie in London auf die Welt gekommen sei, Amerikanerin, weil sie einen amerikanischen Pass besitze; dazu sei sie noch Ghanaerin, weil ihr Vater aus Ghana sowie Nigerianerin, weil ihre Mutter aus Nigeria komme.

In eine ähnliche Richtung der Ablehnung einer vereinfachenden nationalen Identität geht die kamerunische Autorin Léonora Miano in ihrer Essaysammlung *Eine Grenze bewohnen – Erinnerung dekolonisieren.* Miano verwendet den Begriff »Afropäer« und meint damit Menschen mit einer weltafrikanischen Identität: »Sie besitzen multiple Zugehörigkeiten und dürfen nicht vor eine Wahl gestellt werden, die sie zwingen würde, einen Teil ihrer selbst abzuspalten«.[41] Weiterführend heißt es:

> Heute verweigern sich schwarze Europäer*innen dem Zwang, zwischen ihren subsaharischen bzw. karibischen und ihren europäischen Anteilen wählen zu müssen. Sie wollen beide Anteile in sich tragen, sie in Ehren halten, sich zwischen ihnen hin- und hertreiben lassen, sie vermischen, ohne sie zu hierarchisieren. Sie fühlen sich in diesem Dazwischen wohl, vollständig, verwirklicht.[42]

Eine solche Verwirklichung der Subjektbildung ohne absolutes Beharren auf nationalen Verengungen wird bei Miano sehr relevant:

> Dieses allmähliche Reifen ihrer Identität nenne ich *Afropea*, ein immaterieller, innerer Ort, wo Traditionen, Erinnerungen und Kulturen, deren Verwahrende sie sind, gleichwertig ineinander aufgehen. *Afropea*, das ist in Frankreich die innere Heimat […]. Es ist ein Anerkennen der Zugehörigkeit zu Europa, aber vor allem zu dem Europa von morgen, dessen Geschichte in diesem Moment geschrieben wird. Es ist die Ablehnung einer vereinfachenden und unerträglichen nationalen Identität. Es ist die Einheit in der Diversität.[43]

Gerade diese »Einheit in der Diversität« lässt sich nicht nur als eine Spur der pantheistischen Philosophie Goethes betrachten, sondern auch als eine deutliche Kritik der nationalistischen Horizontverengung, die Goethe seinerzeit überwinden wollte.

41 Léonora Miano: *Eine Grenze bewohnen – Erinnerung dekolonisieren.* Aus dem Französischen von Lisa Wegener. Hiddensee 2020, S. 41.

42 Ebd., S. 41 f.

43 Ebd., S. 44.

Ausblick

Die Frage der internationalen Rezeption von Goethes Poetik und Philosophie hat eine hohe Tragweite, insbesondere mit Blick auf das Erbe des Kolonialismus bzw. Postkolonialismus. Denn Literaturen haben sich weltweit Blicken und Gegenblicken aus verschiedenen Sprachen, Kulturen und Überlieferungszusammenhängen ausgesetzt. In dieser Hinsicht ist ein ›nachgeholter Dialog‹ mit Literaturen anderer Kontinente, insbesondere Afrikas, dessen Erbe zumindest in Europa zum Verstummen gebracht wurde, unabdingbar. Ein solcher Dialog kann zweierlei beitragen: Zum einen kann er uns ermöglichen, unser Goethe-Verständnis mit inklusiver, an Übergängen orientierter Wahrnehmung von Poetik und Literatur sowie einer Horizonterweiterung zu bereichern. Denn die Beschleunigung von Weltliteratur kann besser gelingen, wenn Aspekte und Artefakte aus anderen Kulturen und Literaturen in unser abendländisches Literaturverständnis hineinfließen. Somit kann dieser Dialog, zum zweiten, weltafrikanische Texte in ihrer Relevanz für Globalität und Horizonterweiterung sichtbar machen.

Sophie Picard

Goethe im Spiegel französischer Literaturtheorie

Dass Goethe in Frankreich intensiv rezipiert wurde, ist vielfach belegt worden:[1] Der Schriftsteller wurde in den letzten zweihundert Jahren durch zahlreiche Übersetzungen und Adaptionen seiner Werke zu einem selbstverständlichen Teil des kulturellen Repertoires, aber auch des Schul- und Universitätskanons.[2] Im kulturpolitischen Diskurs waren die Bezugnahmen auf Goethe lange Zeit ein zuverlässiges Barometer für den Zustand der deutsch-französischen Beziehungen.[3] Heutzutage sorgen geläufige Phraseologismen wie ›le pacte faustien‹ oder ›la langue de Goethe‹ sowie verstreute Bezüge auf einzelne Plots und Figuren in der Populärkultur (etwa auf Gounods *Faust*-Vertonung in dem beliebten Comic-Klassiker *Tintin*) für die anhaltende – wenn auch diffuse – Präsenz des Schriftstellers in Frankreich. Was Gonthier-Louis Fink 1999 für den Zeitraum zwischen 1870 und 1949 festhielt, gilt zum Teil bis heute: Goethe war und ist »Teil des französischen Bildungshorizonts«.[4]

Angesichts der hohen Verfügbarkeit Goethes und seiner Werke in Frankreich erscheint es naheliegend, dass der deutsche Schriftsteller ebenfalls eine Rolle in den Debatten spielt, die sich seit der zweiten Hälfte des 19. Jahrhunderts mit dem Wesen und der Funktionsweise des Literarischen befassen. Die französische Literaturtheorie, die diese Fragen immer wieder aufgreift, genießt sowohl national als auch international hohes Ansehen. Das belegt etwa die Verbreitung des Begriffs ›French Theory‹, mit dem eine Reihe poststrukturalistischer Autoren und Autorinnen gemeint sind, die im Zuge ihrer transatlantischen Rezeption zur eigenständigen Gruppe stilisiert wurden.[5] Auch einzelne Ansätze wie die Roland Barthes', Gérard Genettes oder Pierre Bourdieus können als regelrechte Exportschlager bezeichnet werden.[6] Doch wenn sie allgemeine Ansichten über das, was Literatur sei, ent-

1 Vgl. zuletzt die Übersicht zu *Goethes Wirkung in Frankreich* von Theo Buck: *Goethe und Frankreich*. Köln 2019, S. 261-398.

2 Goethes Werke sind nicht nur fester Bestandteil der französischen Deutschlehrer- und -lehrerinnenausbildung, sondern werden in regelmäßigen Abständen als Pflichtlektüre für die *Agrégation de lettres modernes* empfohlen, die der Rekrutierung der Französischlehrer und -lehrerinnen dient.

3 Gonthier-Louis Fink: *Goethe, der andere Deutsche? Die französische Goethe-Rezeption zwischen 1870 und 1949*. In: GJb 1999, S. 54-74.

4 Ebd., S. 54.

5 Vgl. François Cusset: *French Theory. Foucault, Derrida, Deleuze, & Cie et les mutations de la vie intellectuelle aux Etats-Unis*. Paris 2003; Johannes Angermuller: *Why there is no poststructuralism in France. The making of an intellectual generation*. London, New York 2015.

6 Zur (verzögerten) Rezeption des französischen Strukturalismus und insbesondere Genettes in Deutschland vgl. Michael Scheffel: *Gérard Genette et la narratologie allemande: l'exemple du »Discours du récit«*. In: *Nouvelle revue d'esthétique* 26 (2020), S. 119-125.

wickeln, greifen Barthes, Genette, Bourdieu sowie ihre weniger prominenten Kollegen und Kolleginnen bevorzugt auf den nationalen – französischen – Kanon zurück. So allgemeingültig und international sich die Literaturtheorie versteht, beruht sie zumeist doch auf einem nationalen Fundament. Die Heroen des Strukturalismus, der Narratologie und der Literatursoziologie heißen Racine, Balzac, Proust und Flaubert, aber eben nicht oder deutlich seltener Melville, García Lorca, Fontane – oder Goethe. Es gibt selbstverständlich Ausnahmen. Zuletzt hat John T. Hamilton geschildert, wie Franz Kafka in unterschiedlichen französischen Theorie-Bewegungen des 20. Jahrhunderts ein »zweites Leben«[7] entwickelte. Folgt man seinem Befund, muss man schlussfolgern: Der deutsche Klassiker der französischen Literaturtheorie heißt Kafka, nicht Goethe.

Zwei Faktoren könnten das offenkundige Desinteresse der französischen Literaturtheorie an Goethe begünstigt haben. Der erste hat etwas mit dem Selbstverständnis der Autoren und Autorinnen von Theorie zu tun, die sich mehrheitlich als Akteure und Akteurinnen einer Avantgarde verstehen und am Rande der etablierten akademischen Forschung wirken. Wenn sie überhaupt auf den klassischen Kanon zurückgriffen, dann interpretierten sie die Texte entgegen den etablierten Lesarten und sorgten oftmals für Kontroversen, wie etwa Barthes mit seiner Essay-Sammlung zu Racine.[8] Goethe, der in der Politik und der breiten Öffentlichkeit zeitweise als ›grand homme‹ geehrt wurde, gilt diesen Autoren und Autorinnen als Inbegriff des langweiligen, staubigen Klassikers. Selbst Tzvetan Todorov, einer der wenigen Theoretiker, der sich eingehender mit goetheschen Texten auseinandergesetzt hat, beginnt seine Einführung zu den *Ästhetischen Schriften* mit der Bemerkung:

> Je pense qu'il y a un vrai problème, pour celui qui aborde aujourd'hui l'œuvre de Goethe par tel ou tel bout, un problème de manque de sympathie spontanée.[9]
>
> (Wer sich heute mit welchem Teil auch immer von Goethes Werk auseinandersetzen möchte, sieht sich meines Erachtens mit einem gravierenden Problem konfrontiert: einem Mangel an spontaner Sympathie.)

Ähnlich wie der französische Nationalklassiker Victor Hugo, der geradezu stiefmütterlich von der Literaturtheorie behandelt wird, scheint Goethe zu klassisch – d.h. zu populär, zu etabliert – zu sein, um für innovative Überlegungen zu taugen.

Der zweite Faktor, der die weitgehende Abwesenheit Goethes in der Literaturtheorie begünstigt haben dürfte, ist die Zurückhaltung der französischen Germa-

7 John T. Hamilton: *France/Kafka. An Author in Theory*. New York 2023, S. 9.

8 Roland Barthes: *Sur Racine* (1963). Paris 2014. Zur Kontroverse zwischen Roland Barthes und dem Sorbonne-Professor Raymond Picard vgl. Christophe Prochasson: *Les espaces de la controverse. Roland Barthes contre Raymond Picard: un prélude à mai 68*. In: *Mil neuf cent. Revue d'histoire intellectuelle* 25 (2007), H. 1, S. 141-155.

9 Tzvetan Todorov: *Introduction. Goethe sur l'art* (1983). In: Johann Wolfgang Goethe: *Ecrits sur l'art*. Hrsg. u. übersetzt von Jean-Marie Schaeffer. Paris 1996, S. 5. Die Übersetzungen der französischen Textpassagen ins Deutsche stammen, wenn nicht anders gekennzeichnet, von Sophie Picard.

nistik in den literaturtheoretischen Debatten, die vornehmlich in Paris geführt wurden.[10] Zwar leisteten Forscher und Forscherinnen wie Fernand Baldensperger, Geneviève Bianquis, Gonthier-Louis Fink – um nur einige bedeutende Namen zu nennen – einen beachtlichen, oftmals international anerkannten Beitrag zur Goethe-Forschung; sie sorgten auch für die bessere Kenntnis von Goethes Werken in Frankreich. Doch Versuche, neue Theorieansätze am Fall Goethes und seiner Werke zu erproben, blieben Ausnahmen.[11] Gleichzeitig legten Germanisten und Germanistinnen nur selten ambitionierte Theorieentwürfe vor, in denen sie sich auf das Beispiel Goethe hätten stützen können.[12] Dies bedeutet keineswegs, dass keine lesenswerten literaturwissenschaftlichen Arbeiten in der französischen Germanistik entstanden sind. Nur war ihr primäres Interesse lange Zeit kein literaturtheoretisches, sodass genuin germanistische Beispiele selten Eingang in die literaturtheoretischen Diskussionen finden konnten.

Vor diesem Hintergrund sind die wenigen Versuche einer theoretischen Auseinandersetzung mit Goethe in Frankreich umso bemerkenswerter. Im Folgenden möchte ich zwei davon vorstellen. Der erste führt zurück zu den Anfängen der französischen Literaturtheorie im 19. Jahrhundert: Charles-Augustin Sainte-Beuve, der als Begründer des »l'homme-et-l'œuvre«-Paradigmas gilt, bezieht sich in seinem Werk auf die literarische Praxis des deutschen Schriftstellers, um sein eigenes Verständnis von Literatur zu legitimieren. Der zweite Moment lässt sich genauer datieren: Im Jahr 1977 erscheinen zwei Texte von zwei berühmten Strukturalisten, die bereits erwähnten Roland Barthes und Tzvetan Todorov, in denen Goethe eine prominente Stellung einnimmt. Obwohl die Zugänge der zwei Autoren zu dem

10 Vgl. Reinold Werner: *Verwaltungszwang vs. Innovationsdrang. Über Berührungsängste der französischen Germanistik am Beispiel der Strukturalismus-Debatte*. In: *Wie international ist die Literaturwissenschaft? Methoden- und Theoriediskussion in den Literaturwissenschaften: kulturelle Besonderheiten und interkultureller Austausch am Beispiel des Interpretationsproblems (1950-1990)*. Hrsg. von Lutz Danneberg u. Friedrich Vollhardt. Stuttgart, Weimar 1996, S. 329-336.

11 Hervorzuheben ist die Initiative des Germanisten Philippe Forget, der allerdings am Lycée Louis Le Grand lehrte und somit am Rande des universitären Systems forschte. 1981 organisierte er eine Begegnung zwischen Hans-Georg Gadamer und Jacques Derrida und veröffentlichte in der Folge einen Band, der die Konfrontation zwischen Hermeneutik und Dekonstruktion dokumentiert. In seinem eigenen Beitrag liefert Forget eine exemplarische Analyse von Goethes *Werther*, in der er sich auf poststrukturalistische Ansätze bezieht. Vgl. Philippe Forget: *Aus der Seele geschrie(b)en? Zur Problematik des Schreibens (écriture) in Goethes »Werther«*. In: *Text und Interpretation. Deutsch-französische Debatte mit Beiträgen von J. Derrida, Ph. Forget, M. Frank, H.-G. Gadamer, J. Greisch und F. Laruelle*. Hrsg. von Philippe Forget. München 1984, S. 130-180. Zu den Hintergründen vgl. auch Philippe Forget: *La rencontre historique entre Gadamer et Derrida (1981) et au-delà. Avoir raison (de l'herméneutique)*. Rennes 2022.

12 Eine Ausnahme bildet die Theorie des Kulturtransfers, die in den 1980er Jahren von Michel Espagne und Michael Werner begründet wurde. Als zentrales Beispiel fungiert hier u. a. Heinrich Heine. Vgl. u. a. Michael Werner: *Heine interprète en France de l'Allemagne intellectuelle. Conflits autour d'un cas modèle de transfert culturel*. In: *Romantisme* 73 (1991), S. 43-55.

deutschen Schriftsteller sehr unterschiedlich sind, ermöglichen sie Rückschlüsse über den Zustand der theoretischen Debatten nach dem Strukturalismus.

Goethe im »L'homme et l'œuvre«-Paradigma

Als Sainte-Beuve 1855, anlässlich der französischen Veröffentlichung der Briefe Goethes an Johann Christian Kestner,[13] *Die Leiden des jungen Werthers* in einer ausführlichen Rezension bespricht, verleiht er seiner Analyse exemplarischen Charakter. In der parallelen Lektüre des Briefromans und der Lebensdokumente sieht er eine Gelegenheit, die von ihm entwickelte biographische Methode[14] auf die Probe zu stellen und eine »Lektion über Kunst und Geschmack«[15] vorzulegen. Das erklärte Ziel ist es, durch das Abgleichen der beiden Quellen »die künstlichen Teile [des Werks] von denen zu trennen, die der Wahrheit selbst entsprechen«.[16] Sainte-Beuve kommt zu dem Schluss, dass es zwei Werther gebe: einen Goethe-Werther und einen Jerusalem-Werther. Im Goethe-Werther sieht er den »wahren Goethe«, der wie seine Hauptfigur im ersten Teil der Erzählung einen authentischen, freien und enthusiastischen Künstlerblick gepflegt habe. Der Jerusalem-Werther dagegen sei ein Zugeständnis Goethes an das Publikum seiner Zeit. Sainte-Beuve macht aus seinen Sympathien für den Goethe-Werther keinen Hehl:

> Ce n'est pas le désespoir, c'est plutôt l'ivresse bouillonnante et la joie qui président à la conception de *Werther*; c'est le génie de la force et de la jeunesse, l'aspiration, douloureuse sans doute, mais ardente avant tout et conquérante, vers l'inconnu et vers l'infini. Tout ce qui est sorti de cette source élevée et débordante y est sincère, et a jailli de l'imagination et de la pensée de Goethe. Voilà le vrai du livre et son cachet immortel; le reste, désespoir final, coup de pistolet et suicide, y a été ajouté par lui après coup pour le roman et pour la circonstance: c'est ce qui ressemble le moins à Goethe, et qui se rapporte à l'aventure de ce pauvre Jérusalem, le côté faux, commun, exalté.[17]

> (Nicht die Verzweiflung, sondern eher der sprudelnde Rausch und die Freude stehen bei dem Entwurf des *Werther* Pate; der Genius der Kraft und der Jugend, das sicherlich schmerzhafte, aber zuerst glühende und verwegene Streben nach dem Unbekannten und dem Unendlichen. Alles, was aus dieser hohen und überfließenden Quelle entsprungen ist, ist aufrichtig und ist Goethes Fantasie und seinem Denken zuzuschreiben. Hier liegt das Wahre des Buches, sein unsterb-

13 August Kestner (Hrsg.): *Goethe et Werther. Lettres inédites de Goethe, la plupart de l'époque de sa jeunesse, accompagnées de documents justificatifs*. Übersetzt von Ludwig Poley. Paris 1855.

14 Zu Sainte-Beuve und dem »L'homme et l'œuvre«-Paradigma vgl. José-Luis Diaz: *L'homme et l'œuvre. Contribution à une histoire de la critique*. Paris 2011.

15 »une leçon d'art et de goût«, Charles-Augustin Sainte-Beuve: *Werther. Correspondance de Goethe et de Kestner traduite par M. L. Poley*. In: Ders.: *Causeries du lundi*. Bd. 11: *Tome complémentaire*. Paris 1856, S. 289-315; hier S. 290.

16 »séparer les parties artificielles et factices d'avec celles qui étaient la vérité même«, ebd.

17 Ebd., S. 302.

licher Stempel; alles andere, die abschließende Verzweiflung, den Pistolenschuss und den Selbstmord hat er nachträglich hinzugefügt, mit Blick auf die Ökonomie des Romans und des Moments; es sind die Passagen, die am wenigsten Goethe gleichen und dem Abenteuer dieses armen Jerusalems entnommen sind, all jene künstlichen, gemeinen, schwärmerischen Aspekte des Textes.)

Über die stark vereinfachende Deutung des *Werther* kann man lächeln. Nicht nur die systematische Rückbeziehung des Fiktionalen auf das Biographische, auch die beinahe besessene Suche nach der vermeintlichen ›Wahrheit‹ des Romans haben wenig mit unserem heutigen Verständnis von Literatur zu tun. Für Befremden dürfte ebenfalls die Tatsache sorgen, dass Sainte-Beuve Fragen der narrativen Ökonomie ignoriert und literatursoziologische Aspekte schlichtweg aus dem Bereich des Literarischen verbannt. Sainte-Beuves Vorgehensweise führt zu einer reduktiven Lektüre des Romans, die durch die Abwertung des zweiten Teils evident gemacht wird. Solche Verzerrungen finden sich in zahlreichen Texten wieder, die in der Folge Sainte-Beuves Methode angewendet haben. Sie erklären die heute weit verbreitete Skepsis gegenüber dem »l'homme-et-l'œuvre«-Paradigma sowie dem Biographismus insgesamt.[18]

Trotzdem lohnt es, Sainte-Beuves Auseinandersetzung mit Goethe ernst zu nehmen und ihre Vorannahmen genauer zu untersuchen. Denn mit der Faszination für die Person des Schriftstellers geht ein Verständnis von Literatur als Praxis einher, das eine durchaus originelle Perspektive auf den deutschen Klassiker eröffnet.

Neben dem *Werther*-Beitrag hat sich Sainte-Beuve in zwei weiteren Rezensionen ausführlicher mit Goethe befasst. Er verfasst sie anlässlich des Erscheinens der französischen Übersetzungen des *Briefwechsels mit einem Kinde* (1850)[19] und der *Gespräche mit Goethe* von Johann Peter Eckermann (1862).[20] Die Auswahl der besprochenen Bücher ist bedeutsam. Zwischen 1850 und 1870 erscheinen zahlreiche Übersetzungen von Goethes dramatischen, epischen und lyrischen Werken. Diese interessieren Sainte-Beuve aber nicht oder, wie im Fall *Werthers*, nur am Rande. Bezeichnend ist eine Randbemerkung zum zweiten Teil des *Faust*-Dramas, den der Autor erwähnt, um die *Gespräche mit Eckermann* zu kontextualisieren:

Goethe, à cette époque où Eckermann commence à nous le montrer (juin 1823), était âgé de soixante-quatorze ans, et il devait vivre près de neuf années encore.

18 Tom Kindt u. Hans-Harald Müller: *Was war eigentlich der* Biographismus *– und was ist aus ihm geworden? Eine Untersuchung.* In: *Autorschaft. Positionen und Revisionen.* Hrsg. von Heinrich Detering. Stuttgart, Weimar 2002, S. 355-375.

19 Charles-Augustin Sainte-Beuve: *Lettres de Goethe et de Bettina.* Traduites de l'allemand par Sébastien Albin. In: *Causeries du lundi.* Bd. 2. Paris 1851, S. 311-331. Sainte-Beuve bezieht sich auf folgende Ausgabe: *Goethe et Bettina. Correspondance inédite de Goethe de Mme Bettina d'Arnim.* Übers. von Sébastien Albin [Hortense Cornu]. Paris 1843.

20 Charles-Augustin Sainte-Beuve: *Entretiens de Goethe et d'Eckermann.* In: Ders.: *Nouveaux lundis.* Bd. 3. Paris 1865, S. 264-329. Sainte-Beuve bezieht sich auf folgende Ausgabe: Johann Peter Eckermann: *Entretiens de Goethe et d'Eckermann.* Übersetzt von J.-N. Charles. Paris 1862.

[...] Il ne créait plus, je n'appelle pas création cette seconde et éternelle partie de Faust, mais il revenait sur lui-même.[21]

(Zu der Zeit, in der Eckermann beginnt ihn uns vorzuführen (Juni 1823), war Goethe vierundsiebzig Jahre alt und er sollte noch fast neun Jahre leben. [...] Er schuf nichts mehr – den zweiten und ewigen Teil des Faust nenne ich keine Schöpfung –, sondern besann sich auf sich selbst.)

Zu einer Zeit, in der *Faust II* in Deutschland zum unsterblichen Vermächtnis des Autors erhoben wurde, spricht Sainte-Beuve dem Drama seinen Werkcharakter ab. Doch die Aussage ist aus seiner Sicht weder herablassend noch chauvinistisch. Sie erklärt sich aus seinem primären Interesse für den Menschen Goethe. Dieses Interesse teilt Sainte-Beuve mit den Autoren und Autorinnen von biographischen Charakteristiken, die zur selben Zeit in Deutschland erscheinen, sowie mit der Goethe-Philologie, die für die sorgfältige Aufarbeitung aller Dokumente sorgt, die Auskünfte über das Leben des Schriftstellers geben. Was im Vergleich zur deutschsprachigen Goethe-Literatur der Zeit bei dem französischen Kritiker allerdings fehlt, ist der Topos vom Leben als Kunstwerk, der fester Bestandteil des Nationalklassiker-Diskurses ist.[22]

Sainte-Beuves Fokus ist dagegen auf Goethe als sozialen Menschen gerichtet. In seinen Rezensionen nähert er sich dem Schriftsteller stets über seine Beziehungen zu seinem Umkreis. In der bereits zitierten *Werther*-Besprechung steht die Freundschaft zu Johann Christian Kestner im Mittelpunkt; Bettina von Arnim und Johann Peter Eckermann widmet er in den entsprechenden Rezensionen ausführliche Porträts, als müssten die Leser und Leserinnen mit den vermittelnden Instanzen vertraut werden, bevor sie überhaupt mit dem Inhalt ihrer Aussagen über Goethe konfrontiert werden. Sainte-Beuve geht es dabei nicht darum, das Bewusstsein für eine spezielle Form von Autorschaft zu schärfen und auch keineswegs darum, den Wahrheitsgehalt der Zeitzeugnisse anzuzweifeln. Vielmehr bilden seine Ausführungen eine Vergleichsfolie: Nachdem Sainte-Beuve sich über mehrere Seiten hinweg mit der Biographie und den Charaktereigenschaften von Goethes Gesprächspartnern und -partnerinnen auseinandergesetzt hat, lässt er den Schriftsteller selbst auftreten, und zwar in dem Moment, in dem er sein eigenes Urteil über sie fällt. So zeigt der Kritiker, wie Goethe Eckermanns Persönlichkeit augenblicklich erfasst, als er seiner zum ersten Mal in Weimar ansichtig wird:

Il [Goethe] a jugé d'un coup d'œil le jeune homme [Eckermann] qui lui arrive. Il va l'essayer et se l'attacher comme auxiliaire.[23]

(Ein Blick genügt, um den jungen Mann [Eckermann], der ihn [Goethe] da aufsucht, einzuschätzen. Er will ihn austesten und ihn als Gehilfen einstellen.)

21 Sainte-Beuve (Anm. 20), S. 275.

22 Maximilian Nutz: *Das Beispiel Goethe. Zur Konstituierung eines nationalen Klassikers.* In: *Wissenschaftsgeschichte der Germanistik im 19. Jahrhundert.* Hrsg. von Jürgen Fohrmann u. Wilhelm Voßkamp. Stuttgart, Weimar 1994, S. 605-637.

23 Sainte-Beuve (Anm. 20), S. 280.

Die Besprechung der Briefdichtung zwischen Goethe und Bettina von Arnim endet mit einem vorgeblichen Zitat Goethes, das – so Sainte-Beuve – das Wesen der Briefpartnerin zusammenfasse:

> Goethe, un jour qu'il s'était longtemps promené avec Bettina dans le parc de Weimar, la comparait à la femme grecque de Mantinée, qui donnait des leçons d'amour à Socrate, et il ajoutait: ›Tu ne prononces pas une seule parole sensée, mais ta folie instruit plus que la sagesse de la Grecque.‹ Que pourrions-nous ajouter à un tel jugement?[24]
>
> (Goethe, der eines Tages lange mit Bettina im Weimarer Park spazieren gegangen war, verglich sie mit der griechischen Frau aus Mantineia, die Sokrates über die Liebe belehrte, und er fügte hinzu: ›Kein gescheutes Wort bringst Du vor, aber Deine Narrheit belehrt besser, wie ihre Weisheit.‹ Was könnten wir diesem Urteil hinzufügen?)

Bezeichnend ist der Gebrauch des Worts »jugement« / »Urteil« (bzw. »juger« / »einschätzen«): Sainte-Beuve verwendet es im Zusammenhang mit Goethe immer wieder, sodass es als Schlüsselbegriff seiner Auseinandersetzung mit dem deutschen Schriftsteller angesehen werden kann. Tatsächlich ist das erklärte Ziel der biographischen Methode nicht nur, den »Autor hinter der Maske des Werks«[25] ausfindig zu machen – um hier einen berühmten Leitsatz Sainte-Beuves zu zitieren –, sondern auch und vor allem diesen Autor zu definieren, indem er das eine Charakteristikum, den »neuralgischen Punkt« ausmacht, »in dem das Werk und die Person des Autors zusammenfallen«[26]. So schließt er auch seine Ausführungen zu Eckermanns *Gesprächen mit Goethe* mit der Behauptung, die Seele des deutschen Schriftstellers erfasst zu haben:

> Je m'arrête: j'ai fait résonner bien des touches, et, sur toutes, le génie de Goethe a répondu comme un orgue immense. Le livre d'Eckermann est la meilleure biographie de Goethe: celle de l'Anglais Lewes pour les faits, celle d'Eckermann pour le portrait du dedans et la physionomie. L'âme d'un grand homme y respire.[27]
>
> (Ich breche hier ab: Ich habe viele Tasten zum Klingen gebracht, und auf allen hallte das Genie Goethes wie auf einer riesigen Orgel wider. Eckermanns Buch ist die beste Biographie Goethes: die des Engländers Lewes für die Fakten, die von Eckermann für das innere Porträt und die Physiognomie. Darin atmet die Seele eines großen Mannes.)

24 Sainte-Beuve (Anm. 19), S. 351. Sainte-Beuve bezieht sich auf einen Brief Bettina Brentanos an Goethe (16.6.1807): »Du verglichst mich damals mit der weisheitsvollen Griechin, die den Sokrates über die Liebe belehrte, und sagtest: ›kein gescheutes Wort bringst Du vor, aber deine Narrheit belehrt besser, wie ihre Weisheit‹«, zit. nach: Bettina von Arnim: *Werke*. Hrsg. von Heinz Härtl. Bd. 1: *Goethes Briefwechsel mit einem Kinde*. Berlin, Weimar 1986, S. 280.

25 Vgl. José-Luis Diaz: *»Aller droit à l'auteur sous le masque du livre«. Sainte-Beuve et le biographique*. In: *Romantisme* 109 (2000), S. 45-67.

26 Michael Bernsen: *Die indirekte Kommunikation in Frankreich. Reflexionen über die Kunst des Impliziten in der französischen Literatur*. Berlin, Boston 2021, S. 283.

27 Sainte-Beuve (Anm. 20), S. 329.

Mit der Orgel-Metapher wird hier die Vorstellung einer Einheit in der Vielfalt der Ausdrucksformen artikuliert, die für Sainte-Beuve jede herausragende literarische Persönlichkeit definiert. Im Fall Goethes sieht der französische Kritiker den verbindenden Ton in seiner scharfen Urteilskraft, die Goethe nicht nur dazu führe, ihm nahestehende Menschen, sondern nahezu alle Phänomene seiner Zeit richtig einzuschätzen. So lobt Sainte-Beuve insbesondere Goethes Urteile über französische Persönlichkeiten, seien es Politiker – »Et sur Napoléon, que dire de plus grand que ce qu'a dit Gœthe? Il en comprend tout«[28] (»Und zu Napoleon, wie soll man Größeres sagen, als Goethe es tat? Er versteht alles an ihm«) – oder Intellektuelle – »Personne n'a mieux parlé que lui [Goethe] de Voltaire même, ne l'a mieux défini et compris comme le type excellent et complet du génie français«[29] (»Niemand hat besser von Voltaire gesprochen, ihn besser definiert und als den überragenden und vollkommenen Typus des französischen Genies aufgefasst, als Goethe«). Sainte-Beuves eigene Auffassung von Goethe sieht er im berühmten Rietschel-Denkmal bestätigt:

> Une statue, érigée à Weimar, et due au talent de Reitschel [sic], nous le montre rayonnant et heureux, imposant et doux, décernant la couronne à Schiller qui, debout à côté de lui, la reçoit de sa main presque sans y penser, le front inspiré et rêveur. Schiller a mérité la couronne, mais c'est Goethe qui la lui donne; et à quiconque la mérite il la donnera.[30]

> (Ein Standbild, das in Weimar errichtet wurde und das man dem Talent Rietschels zu verdanken hat, zeigt ihn [Goethe] glücklich strahlend, liebevoll imposant, wie er Schiller bekränzt, der neben ihm steht und den Kranz aus seiner Hand entgegennimmt fast ohne Notiz davon zu nehmen, mit inspirierter und verträumter Stirn. Schiller hat den Kranz verdient, aber Goethe ist es, der ihn schmückt; und er wird jeden schmücken, der es verdient.)

Die Überlegenheit Goethes, die Sainte-Beuve zu postulieren scheint, wird keineswegs auf seine literarischen Vorzüge zurückgeführt. Was Goethe in dieser Darstellung eindeutig zu dem Größeren der zwei Großen macht, ist seine Eigenschaft als Krönender – anders gesagt: als Literaturkritiker. Goethe ist in den Augen Sainte-Beuves der Literaturkritiker schlechthin, der eine große Neugier mit einem scharfen Urteilsvermögen vereine.[31] Diese zwei Grundeigenschaften finden sich etwa in einer Passage wieder, in der es um Goethes Entdeckung Manzonis geht:

> Paraissait-il un poète nouveau, un talent marqué d'originalité, un Byron, un Manzoni, Goethe l'étudiait aussitôt avec un intérêt extrême et sans y apporter aucun sentiment personnel étranger; il avait *l'amour du génie*. Pour Manzoni, par exemple, qu'il ne connaissait nullement, quand *Le Comte de Carmagnola* lui tomba entre les mains, le voilà qui s'éprend, qui s'enfonce dans l'étude de cette

28 Ebd., S. 325.
29 Sainte-Beuve (Anm. 19), S. 341.
30 Sainte-Beuve (Anm. 20), S. 324.
31 Vgl. Vincent Laisney: *»Notre maître en critique«. Sainte-Beuve et Goethe*. In: *L'art du comprendre* 14 (2005), S. 145-165.

pièce, y découvrant mille intentions, mille beautés, et un jour, dans son recueil périodique (*Sur l'art et l'Antiquité*), où il déversait le trop-plein de ses pensées, il annonce Manzoni à l'Europe.[32]

(Wenn ein neuer Dichter erschien, ein Talent, das sich durch Originalität auszeichnete, ein Byron, ein Manzoni, so studierte Goethe ihn sofort mit äußerstem Interesse und ohne fremde, persönliche Gefühle einzubringen; er hatte die *Liebe zum Genie*. So beispielsweise im Falle Manzonis, den er überhaupt nicht kannte: als *Der Graf von Carmagnola* ihm in die Hände fiel, ist er sofort ergriffen, er vertieft sich in das Studium des Stückes, entdeckt darin tausend Intentionen, tausend Reize und eines Tages, in seiner Zeitschrift (*Über Kunst und Altertum*), in die er seinen Überfluss an Gedanken fließen ließ, kündigt er ganz Europa Manzoni an.)

Dieses Porträt Goethes könnte genauso gut ein Selbstporträt Sainte-Beuves sein: Bis in die Details hinein – etwa die Tatsache, dass Goethe Manzonis Werk in einer Zeitschrift besprochen habe – wird das Wirken des Vorgängers auf das des Autors selbst abgestimmt. Tatsächlich, so hat es bereits Vincent Laisney ausgeführt, findet Sainte-Beuve in Goethe eine Bestätigung seiner eigenen Praxis der Literatur als Literaturkritik. Ab 1850 wird der deutsche Schriftsteller immer wieder in unterschiedlichen Zusammenhängen als »der Meister der Kritik«[33] gelobt und als Autorität zitiert. Laisney hat ausgeführt, wie sehr sich Sainte-Beuve im zweiten Teil seiner Karriere mit Goethe identifiziert und ihn als Legitimation genutzt hat. Was er allerdings übersehen hat, ist, dass Sainte-Beuve zu diesem Zweck ein ihm eigenes Goethebild modelliert. Denn dass Goethe in erster Linie Kritiker war, kann man zumindest als eine einschränkende Perspektive auf sein Werk bezeichnen.

Dass Sainte-Beuves Zugang zum Schaffen des deutschen Schriftstellers einseitig ist, bedeutet nicht, dass er gänzlich irrelevant sei. Goethes Tätigkeit im Feld der Literaturkritik ist erst spät in den Fokus der deutschen Goethe-Forschung geraten. 1948 veröffentlicht Ernst Robert Curtius einen Aufsatz mit dem Titel *Goethe als Kritiker*, in dem er auf diesen blinden Fleck aufmerksam macht.[34] Er beginnt mit der Bemerkung: »Die literarische Kritik hat im deutschen Geistesleben keine anerkannte Stelle. Deutschland hat keinen Sainte-Beuve gehabt und konnte ihn wohl

32 Sainte-Beuve (Anm. 19), S. 342.

33 »le grand Goethe, le maître de la critique«, zitiert nach: Laisney (Anm. 31), S. 149.

34 Ernst Robert Curtius: *Goethe als Kritiker*. In: *Merkur* 9 (1948), S. 333-355; online unter https://www.merkur-zeitschrift.de/ernst-robert-curtius-goethe-als-kritiker/ (zuletzt aufgerufen am 22.11.2023). In der Folge wurde das Thema wiederholt aufgegriffen: vgl. René Wellek: *Goethe*. In: Ders.: *A history of modern criticism 1750-1950* [1955]. Bd. 1: *The later eighteenth century*. Cambridge u.a. 1981, S. 201-226; Joachim Wohlleben: *Goethes Literaturkritik. Die Wandlungen der Grundeinstellung Goethes als Kritiker von der Rückkehr aus Italien bis zu seinem Tode*. Berlin 1965; Dieter Lamping: *Literaturkritik im Geist der Weltliteratur. Der alte Goethe als Rezensent*. In: *Transformationen literarischer Kommunikation. Kritik, Emotionalisierung und Medien vom 18. Jahrhundert bis heute*. Hrsg. von Jörg Schuster, André Schwarz, Jan Süselbeck. Berlin 2017, S. 55-66.

auch nicht haben«.[35] Wie Curtius es hier andeutet und wie mittlerweile zahlreiche Studien zu Sainte-Beuve belegt haben, hat der Literaturkritiker eine prägende Rolle für das Verständnis von Literatur in Frankreich gespielt. Für dieses Verständnis von Literatur spielt Goethe die Rolle einer nachträglichen Legitimation. Über ein Jahrhundert wird vergehen, bevor ihm die französische Literaturtheorie erneut eine so zentrale Funktion zuweist.

Nach dem Strukturalismus: Barthes, Todorov und Goethe

Im Jahr 1977 erscheinen gleich zwei Texte, in denen Goethe eine bedeutende, wenn nicht sogar die Schlüsselrolle spielt. Sie stammen von zwei Autoren, die maßgeblich zu den literaturtheoretischen Diskussionen der 1960er Jahre – Stichwort Strukturalismus – beigetragen hatten. Es handelt sich zum einen um Barthes' berühmten und sogar populär gewordenen Essay *Fragments d'un discours amoureux*;[36] zum anderen um die *Théories du symbole*, in denen Tzvetan Todorov den Versuch unternimmt, das für den Strukturalismus so wichtige Feld der Semiotik historisch zu perspektivieren.[37]

Obwohl sich beide Texte in die Tradition der Semiotik stellen, könnten sie unterschiedlicher kaum sein. In seinen *Fragmenten* widmet Barthes sich dem »Diskurs der Liebe«, genauer des Liebenden, den er nicht zu analysieren, sondern zu »simulieren« vorgibt.[38] Er stützt sich dazu auf die eigene Erfahrung und den Austausch mit seinem Umkreis, aber auch auf eine ganze Reihe literarischer, philosophischer und musikalischer Werke, die er teilweise zitiert, teilweise paraphrasiert.[39] Der Status dieser Quellen ist höchst ambivalent. Zwar bringt Barthes immer wieder Nachweise – teils versehen mit genauen Seitenangaben – für die evozierten Textstellen. Die wissenschaftliche Praxis des Belegens unterläuft er aber auch, indem er erstens äußerst unsystematisch verfährt und zweitens eine Zitierweise nutzt, die freundschaftliche Gespräche mit edierten Texten gleichsetzt.

Die Ambivalenz gipfelt im Umgang mit Goethes Briefroman *Die Leiden des jungen Werthers*, der Barthes als Hauptquelle bzw. als »texte-tuteur«[40] dient. Es ist der einzige Text, auf den Barthes nicht anhand des Autornamens verweist, sondern anhand des Titels – *Werther* –, wobei es sich ebenso um den Figurennamen handeln könnte, der dann einen ähnlichen Status wie die immer wieder angeführten freundschaftlichen Gesprächspartner und -partnerinnen hätte. Dies spiegelt sich in der *Werther*-Ausgabe wider, die Barthes in der *Tabula gratulatoria* anführt:[41] die zweisprachige Fassung von Henri Buriot Darsiles, die bereits 1931 erschienen und 1954

35 Curtius (Anm. 34), S. 333.
36 Roland Barthes: *Fragments d'un discours amoureux* [1977]. Paris 2020.
37 Tzvetan Todorov: *Théories du symbole* [1977]. Paris 2017.
38 Barthes (Anm. 36), S. 9: »On a donc substitué à la description du discours amoureux sa simulation, et l'on a rendu à ce discours sa personne fondamentale, qui est le *je*, de façon à mettre en scène une énonciation, non une analyse«.
39 Vgl. ebd., S. 15.
40 Roland Barthes: *Le discours amoureux. Séminaire à l'Ecole pratique des hautes études 1974-1976*. Hrsg. von Eric Marty. Paris 2007, S. 54.
41 Barthes (Anm. 36), S. 325.

neu aufgelegt worden war. Obwohl inzwischen neuere Übersetzungen (André Cœuroy, Marthe Robert und Jean-François Angelloz) verfügbar waren, zieht es Barthes vor, auf das immer wieder gelesene Buch zurückzugreifen, als handle es sich um einen alten Freund. Trotz dieser ungewöhnlichen Herangehensweise und obwohl der Autor jegliche Form von Diskurs über die Liebe und damit über *Werther* bestreitet,[42] wird Goethes Briefroman durch diesen Essay endgültig zum prototypischen Sprech-Ort der Liebe.[43]

Deutlich konventioneller gestaltet sich der Umgang mit Goethe in Todorovs *Symboltheorien*. Das Buch ist um einen Hauptteil strukturiert, der den Titel *Romantische Krise* trägt: Nach Todorovs Ansicht findet um 1800 ein grundsätzlicher Wandel statt, von einem Paradigma, in dem das Symbol höchstens als Abweichung in einem System existiert, das maßgeblich auf der Vorstellung einer richtigen Verbindung zwischen dem Zeichen und dem Bedeuteten beruht, hin zu einem Paradigma, in dem das Symbol zum eigentlichen Grundstein einer auf der Einzigartigkeit jeder Aussage beruhenden Ästhetik wird. In diesem Zusammenhang befasst sich Todorov auch mit einigen von Goethes ästhetischen Überlegungen, insbesondere dem Text *Über die Gegenstände der bildenden Kunst* (1797). Goethe nimmt in den *Symboltheorien* allerdings keine Hauptrolle ein. Seine Urheberschaft der auch für Todorov zentralen Unterscheidung zwischen Symbol und Allegorie wird zwar anerkannt, aber was die Auffassung der Nachahmung und damit die Definition des Symbols betrifft, steht ein anderer Akteur der Zeit im Mittelpunkt, nämlich der Schriftsteller Karl Philipp Moritz.[44] Das Kapitel *Romantische Krise* widmet sich darüber hinaus den Schriften August Wilhelm und Friedrich Schlegels, Novalis', Schellings, Creuzers und Solgers.

Dass der Hinweis auf Goethe im Kontext der »romantischen Krise« nicht nebensächlich ist, belegt ein anderer Text, der wenige Jahre später erscheint. 1983 verfasst Todorov eine ausführliche, siebzig Seiten umfassende Einführung zu Goethes *Ästhetischen Schriften*, einer Sammlung, die auch die in den *Symboltheorien* zitierten Texte enthält.[45] Er setzt sich darin mit der Frage auseinander, die er in den *Symboltheorien* nur gestreift hatte, nämlich die nach der epochen- und stilgeschichtlichen Einordnung des deutschen Schriftstellers. Die Kapitelüberschriften machen dies deutlich: *Goethe classique – Goethe romantique – Goethe moderne*. Auf den ersten Blick ist die Annäherung an Goethe nicht besonders originell: Todorov scheint ein klassisches dialektisches Argumentationsmuster zu übernehmen, das den Widerspruch zwischen klassischen und romantischen Aspekten in Goethes Werk durch das Prädikat »modern« aufzuheben versucht. Zudem hat die Volte im letzten Teil der Einführung etwas Artifizielles, hatte der Autor doch zu

42 Vgl. Barthes (Anm. 40), S. 61, 277-282.

43 Vgl. Wolfgang Müller-Funk: *Noch einmal: »Werther«. Roland Barthes und J. W. Goethe*. In: Ders.: *Die Dichter der Philosophen. Essays über den Zwischenraum von Denken und Dichten*. München, Paderborn 2013, S. 93-122.

44 Todorov (Anm. 37), S. 179-182.

45 Tzvetan Todorov: *Introduction. Goethe sur l'art*. In: Johann Wolfgang von Goethe: *Écrits sur l'art*. Hrsg., übers. u. komm. von Jean-Marie Schaeffer. Paris 1983, S. 5-71.

Beginn seine Abneigung gegenüber Goethe damit begründet, dass der Schriftsteller schlichtweg den Zug der Moderne verpasst habe, wie seine negativen Urteile über die Romantiker belegen:

> [Les] jugements [de Goethe sur ces contemporains] s'inscrivent [...] dans un système; or, c'est ce système que nous ne partageons plus. Pis: depuis cent cinquante ans nous n'avons fait qu'adhérer de plus en plus aux valeurs combattues par Goethe; il n'y a pas à s'étonner, dès lors, que nos préférences ne coïncident pas avec les siennes![46]
>
> (Diese Urteile [Goethes über seine Zeitgenossen] sind Teil eines Systems, und es ist dieses System, das wir nicht mehr verstehen. Schlimmer noch: In den letzten 150 Jahren identifizierten wir uns mehr und mehr mit den Werten, die Goethe anfocht; es ist also kein Wunder, dass unsere Präferenzen nicht mit den seinen übereinstimmen!)

Warum also die Bücher von Barthes und Todorov zusammennehmen, obwohl sie im Hinblick auf das Thema, aber auch die Methode und den Umgang mit Goethe so grundverschieden sind? Ich denke, dass beide Texte – nicht unbedingt an zentraler Stelle, aber a u c h – zu einem Begriff Stellung nehmen, der in dieser Zeit in den französischen Theoriedebatten Konjunktur hat: ›Romantik‹. Die Romantik, und zwar besonders die deutsche Frühromantik steht Ende der 1970er, Anfang der 1980er Jahre im Mittelpunkt von Publikationen, die im Kern das Verständnis von Literatur betreffen. Zu nennen ist an erster Stelle die kommentierte Anthologie von Texten aus dem *Athenäum* von Philippe Lacoue-Labarthe und Jean-Luc Nancy (1978), in der die Jenaer Romantik zum Gründungsmoment der modernen Auffassung von Literatur bestimmt wird: »[le romantisme] constitue [...] le moment inaugural de la littérature comme *production de sa propre théorie* – et de la théorie se pensant comme littérature«[47] (»Die Romantik ist genau genommen das Gründungsmoment der Literatur als *Produktion ihrer eigenen Theorie* – und der sich als Literatur verstehenden Theorie«). 1983 erscheint ein Essay, der trotz grundlegender Differenzen ähnlich argumentiert, wie bereits der Titel verrät: *La Naissance de la littérature. La Théorie esthétique du romantisme allemand* (*Die Geburt der Literatur. Die ästhetische Theorie der deutschen Romantik*).[48] Der Autor, der Philosoph Jean-Marie Schaeffer, ist auch der Herausgeber und Übersetzer der *Ästhetischen Schriften* Goethes, zu denen Todorov die bereits erwähnte Einführung verfasst hat.

Damit dürfte der erste Zusammenhang deutlich geworden sein. Goethe wird in den *Symboltheorien* als ein wesentlicher Akteur der Romantik, genauer der romantischen Poetik und Ästhetik angesehen. Auf den ersten Blick ist dies nicht verwunderlich: Schließlich wurde Goethe in Frankreich seit Germaine de Staël als Erz-Romantiker angesehen. Dies geschah allerdings auf der Grundlage eines Romantik-

46 Ebd., S. 7.

47 Philippe Lacoue-Labarthe, Jean-Luc Nancy: *L'absolu littéraire. Théorie de la littérature du romantisme allemand*. Paris 1978, Klappentext.

48 Jean-Marie Schaeffer: *La Naissance de la littérature. La Théorie esthétique du romantisme allemand*. Paris 1983.

Bildes, das den Ausdruck von Gefühlen und die Volkspoesie – verkürzt formuliert: *Werther* und *Erlkönig* – in den Mittelpunkt stellte. In der Zeit, in der Todorov sich für Goethe interessiert, hatten die französischen Germanisten bereits für die Verbreitung der ›germanistischen‹ Interpretation der Literaturgeschichte gesorgt, mit der klassischen Periodisierung Sturm und Drang – Weimarer Klassik – Romantik.[49] Doch Todorovs Auffassung von Romantik ist eine andere. Sie entspricht weder der staël'schen noch der germanistischen und legt den Akzent vielmehr auf die Produktion einer Theorie, genauer einer »Zeichentheorie«:

> On pourrait dire sans exagération que, s'il fallait condenser l'esthétique romantique en un seul mot, ce serait bien celui qu'introduit ici A. W. Schlegel: *symbole*; toute l'esthétique romantique serait alors, en fin de compte, une théorie sémiotique. Réciproquement, pour comprendre le sens moderne du mot »symbole«, il est nécessaire et suffisant de relire les textes romantiques.[50]

> (Wenn man die romantische Ästhetik in einem einzigen Wort zusammenfassen müsste, dann käme man nicht um den Begriff herum, den A. W. Schlegel hier einführt: *Symbol*. Damit wäre die ganze romantische Ästhetik letztlich eine semiotische Theorie. Umgekehrt braucht man, um die moderne Bedeutung des Wortes ›Symbol‹ zu verstehen, nur die romantischen Texte zu lesen.)

Obwohl sein Zugang ein anderer ist, kommt Todorov zu einem ähnlichen Schluss wie Lacoue-Labarthe und Nancy, nämlich dass in der Epoche um 1800 das moderne Verständnis von Kunst und Literatur seinen Gründungsmoment erfährt. Auch er beruft sich dabei ausschließlich auf Autoren der deutschsprachigen Romantik. Allerdings mit einem wesentlichen Unterschied: Für ihn ist Goethe Teil und Akteur des Epochenumbruchs.

Wie passt dies mit der Behauptung von Goethes Unmodernität in der Einführung zu den *Ästhetischen Schriften* zusammen? Wie bereits die Kapitelüberschriften verraten, wird die anfängliche Antipathie überwunden und im letzten Teil auf dialektische Weise Goethes Modernität behauptet. Todorov selbst ist mit dem Prädikat ›modern‹, das immer auch ein Werturteil ist, nicht glücklich:

> J'ai choisi, un peu à contrecœur, »moderne«. A contrecœur, car le mot n'a pas de valeur descriptive et qu'il est de plus prétentieux. Je le garde néanmoins, faute de mieux, car il me servira à désigner un ensemble d'idées qui n'est ni »classique«, ni »romantique«, mais qui en revanche a de nombreuses affinités avec l'évolution récente de l'art et de l'esthétique.[51]

> (Etwas widerwillig habe ich mich für »modern« entschieden. Widerwillig, weil das Wort keinen beschreibenden Wert hat und dazu noch anmaßend ist. In Ermangelung eines Besseren behalte ich es aber, denn es wird mir dazu dienen, eine

49 Vgl. Bénédicte Vauthier: *Bakhtine, lecteur de Goethe ou des ambiguïtés de la réception française (Todorov, Genette, Schaeffer, Rastier) d'un soi-disant romantisme bakhtinien.* In: *Die Romantik: ein Gründungsmythos der Europäischen Moderne*. Hrsg. von Anja Ernst u. Paul Geyer. Bonn 2010, S. 537-565; hier S. 550.

50 Todorov (Anm. 37), S. 235.

51 Todorov (Anm. 45), S. 17.

Reihe von Ideen zu bezeichnen, die weder »klassisch« noch »romantisch« sind, die allerdings zahlreiche Ähnlichkeiten zu den jüngsten Entwicklungen der Kunst und Ästhetik aufweisen.)

Hier wird sichtbar, worum es Todorov im Kern geht: Auch das romantische ›System‹, in das er anfänglich seine Gegenwart verortet, ist in seinen Augen in eine Sackgasse geraten. In Goethes Werk sieht er im Keim bereits die Möglichkeit einer Überwindung artikuliert. Um dies etwas genauer darzustellen: Die Bestimmung Goethes als ›Klassiker‹ und ›Romantiker‹ geschieht nicht auf herkömmliche Weise, also etwa mit Hinweisen auf die klassizistischen Dramen, denen die Verarbeitungen mittelalterlicher Stoffe gegenübergestellt würden. Todorov zitiert keinen der dramatischen, lyrischen oder auch epischen Texte und richtet den Fokus ausschließlich auf die *Ästhetischen Schriften*. Er greift dabei auf die Merkmale zurück, die er in den *Symboltheorien* herausgearbeitet hatte: Goethes Klassizität beruht für ihn auf der »Ablehnung jeglichen räumlichen oder zeitlichen Relativismus« und dem Festhalten an »absoluten Werten« sowie der »Auffassung von Kunst als Wissensform«.[52] Goethes Romantizität gründet in Todorovs Augen dagegen auf seinem Glauben an die »Autonomie der Kunst«, womit die Vorstellung des Kunstwerks als »Totalität« einhergehe, und seinem Verständnis des Symbols als »paradoxale Verschmelzung von Identität und Nicht-Identität«.[53]

Erst im letzten Teil der Einführung wird deutlich, was Todorov bereits am Ende der *Symboltheorien* angedeutet hatte, nämlich dass das romantische (Zeichen-) System für ihn ausgeschöpft sei. Eine mögliche Ausflucht sieht er bei Goethe angelegt, den er als »post- und nicht prä-Romantiker«[54] bezeichnet. Dem romantischen Individualismus und Subjektivismus habe der Schriftsteller ein »dialogisches Konzept vom Menschen« entgegengesetzt, wobei mit ›dialogisch‹ implizit auf die Theorien Michail Bachtins verwiesen wird, der ein wichtiger Referenzpunkt für Todorov ist:[55]

> Si je devais la désigner par un seul terme, je dirais que l'esthétique »moderne« est *intersubjective* alors que l'esthétique romantique sera dite maintenant *individualiste*. [...] Comme l'esthétique classique, l'esthétique »moderne« refuse l'isolement de l'être et de ses œuvres. Mais, comme l'esthétique romantique, elle renonce aux valeurs absolues. S'il y a transcendance ici, elle ne va plus vers le haut mais, pour ainsi dire, à côté: d'une littérature ou d'une œuvre à une autre, d'un homme à un autre, *latéralement*.[56]

> (Wenn ich mich auf einen Begriff festlegen sollte, würde ich sagen, dass die »moderne« Ästhetik *intersubjektiv* ist, während die romantische Ästhetik nun als *individualistisch* bezeichnet wird. [...] Wie auch die klassische Ästhetik lehnt die »moderne« Ästhetik die Isolation des Einzelnen und seiner Werke ab. Aber wie

52 Ebd.
53 Ebd., S. 50.
54 Ebd., S. 52.
55 Vgl. hierzu Vauthier (Anm. 49).
56 Todorov (Anm. 45), S. 65.

auch die romantische Ästhetik verzichtet sie auf absolute Werte. Wenn es hier noch eine Transzendenz gibt, dann weist sie nicht mehr nach oben, sondern gewissermaßen zur Seite: von einer Literatur oder einem Werk zu einem anderen, von einem Menschen zu einem anderen, *seitwärts*.)

Die Argumentation weist einige Schwächen auf, insbesondere, weil Todorov für die Abgrenzung zwischen romantischer und moderner Ästhetik auf eine Definition von Romantik zurückgreift, die nicht mehr viel mit der von ihm erarbeiteten gemein hat und Gemeinplätze aktualisiert. Tatsächlich verlässt der letzte Teil der Einführung das Feld der Ästhetik, um sich auf das der Ethik zuzubewegen. Goethes ›Modernität‹ beruhe auf einer ethisch-politischen Auffassung von Literatur, in dem u.a. das Konzept der Weltliteratur eine wichtige Rolle spielt. Dies entspricht dem Weg, den Todorov selbst in der Folge einschlagen wird: Seit Beginn der 1980er Jahre befasst er sich immer weniger mit semiotischen und literaturtheoretischen Fragestellungen und behandelt bevorzugt historische Sujets, die für ihn mit genuin ethischen Fragen einhergehen. Die Idee des Dialogischen – also des Verhältnisses zum Anderen – ist dabei zentral. Obwohl Goethe nicht der Einzige ist, der diese Neuausrichtung legitimiert, dient er ihm – ähnlich wie bei Sainte-Beuve – doch als Vorbild und Legitimation.

Was hat aber Barthes und insbesondere sein Umgang mit *Werther* in den *Fragmenten einer Sprache der Liebe* mit den Debatten über die Romantik und ihre Theorie zu tun? Die Antwort muss lauten: wenig. Barthes ebnet den Weg für poststrukturalistische Interpretationen von Goethes Briefroman, in denen Werther als Schreibender dargestellt wird, der in und durch schreibende bzw. »postalische« Strukturen existiert.[57] Die Frage nach der epochen- und stilgeschichtlichen Einordnung des Autors interessiert Barthes nicht.[58] An einer Stelle nur greift er den Begriff ›romantisch‹ auf, nämlich in der Figur *Eloge des larmes. Pleurer* (*Weinen. Lob der Tränen*). Dort fragt er, nachdem er auf Werthers Tendenz zum Weinen hingewiesen hat: »En Werther, est-ce l'amoureux qui pleure ou est-ce le romantique?«[59] (»Weint in Werther der Liebende oder der Romantiker?«[60]). Es handelt sich um eine rhetorische Frage: Weinen ist für ihn nicht nur selbstverständlicher Ausdruck des liebenden Subjekts, sondern des liebenden Körpers.[61] Doch obwohl die Tränen in Barthes' Auffassung fester Bestandteil der »Sprache der Liebe« sind, ist die Figur für den Autor ein Anlass, um auf die historischen Konventionen hinzuweisen, die das Weinen wie auch andere ›Figuren der Liebe‹ aus dem gesellschaftlich akzeptierten Kanon der Ausdrucksformen verbannt haben. In Klammern fügt er hinzu:

57 Vgl. etwa Johannes Ungelenk: *Werthers verbriefte Liebe*. In: *Arcadia* 52 (2017), H. 1, S. 116-140.

58 In seinen Seminaren zum »Discours amoureux« nimmt Barthes eine knappe sozial-politische Verortung des Werks vor, wobei für ihn nicht der Kontext der Romantik, sondern der des Sturm und Drang ausschlaggebend ist. Vgl. Barthes (Anm. 40), S. 278 f.

59 Barthes (Anm. 36), S. 247.

60 Roland Barthes: *Fragmente einer Sprache der Liebe*. Übersetzt von Hans-Horst Henschen. Frankfurt a.M. 1988, S. 251.

61 Barthes (Anm. 36), S. 248.

(Problème nietzschéen: comment Histoire et Type se combinent-ils? N'appartient-il pas au type de formuler – de former – l'inactuel de l'Histoire? Dans les larmes mêmes de l'amoureux, notre société réprime son propre inactuel [...].)[62]

(Ein Nietzsche'sches Problem: wie wirken Geschichte und Typus zusammen? Ist es nicht die Aufgabe des Typus, das Unzeitgemäße der Geschichte zu formulieren – zu formen? Gerade in den Tränen des Liebenden unterdrückt unsere Gesellschaft ihr eigenes Unzeitgemäßes [...].)[63]

Das Romantische wird von Barthes doppelt negiert. Als Epochenbegriff verhindert es die Perspektive auf das Weinen als Bestandteil der Sprache der Liebe. Als systematischer Begriff gleicht es einem Klischee, das die Vielschichtigkeit der Figur des Weinens verkennt. Ob Barthes damit in irgendeiner Weise auf die Debatten im Umfeld von Todorov, Lacoue-Labarthe/Nancy und Schaeffer reagiert, ist fraglich.

Allein im Unbehagen, das der Begriff des Romantischen offensichtlich bei ihm verursacht, lässt sich eine Gemeinsamkeit mit Todorov ausmachen. Vielmehr als in der Diagnose entsteht allerdings in der Überwindung, die in Aussicht gestellt wird, eine Parallele zu Todorov. Denn mit den *Fragmenten* leitet Barthes eine neue Form des Sprechens über, aber vor allem mit der Literatur ein. Das Buch simuliert ein Gespräch zwischen literarischen, philosophischen, musikalischen, aber auch popkulturellen oder einfach intimen Stimmen und lässt sich auf diese Weise als Ort einer neuen, performativen Praxis der Literatur als Intertextualität bzw. als Dialogisches auffassen. Freilich ist Barthes' Verständnis des Dialogischen ein ganz anderes als das Todorovs. Maßgebend für ihn ist Julia Kristevas an Bachtin geschultes Konzept der Intertextualität. *Werther* als Intertext bestimmt er als »Sprachpartner« (»compagnon de langage«[64]), ohne den kein Diskurs der Liebe möglich sei: »pour parler, il faut quelqu'un en face, mais aussi quelqu'un à côté, surtout pour parler d'amour; ainsi fait Werther avec Homère et Ossian«[65] (»um zu sprechen, bedarf es jemandes gegenüber, aber auch jemandes zur Seite, vor allem, um von Liebe zu sprechen; so tut es Werther mit Homer und Ossian«). So unterschiedlich die Konsequenzen für beide Autoren auch sind: Was sich sowohl in Barthes' als auch in Todorovs Auseinandersetzung mit Goethe wiederfindet, ist die Vorstellung einer lateralen Form der Kommunikation – zwischen den Texten, genauer den Sprechakten (intertextuell) beim ersten, zwischen den Menschen (dialogisch) beim zweiten. In beiden Fällen findet die Auseinandersetzung mit Goethe aber im Zusammenhang mit einer Neubestimmung der eigenen Praxis der bzw. neben der Literatur statt.

Fazit

Wenn sich die französischen Literaturtheoretiker ausnahmsweise mit Goethe auseinandersetzen, dann erfüllt der deutsche Schriftsteller für sie eine Legitimationsfunktion. Sowohl bei Sainte-Beuve als auch bei Todorov – und im geringeren Maße

62 Ebd.
63 Barthes (Anm. 60), S. 252.
64 Barthes (Anm. 40), S. 58.
65 Ebd.

bei Barthes – wird er zum Wegweiser für ein neues Verständnis von Literatur. Natürlich geschieht das über eine gezielte Funktionalisierung Goethes und seiner Werke: Der Schriftsteller wird entsprechend dem argumentativen Bedarf modelliert und präsentiert, wovon allein die jeweils sehr beschränkte Werkauswahl zeugt. Goethe interessiert die französischen Theoretiker immer nur punktuell, niemals als Ganzes. Trotzdem oder gerade deshalb werden jedes Mal Aspekte seines Wirkens in den Vordergrund gerückt, die in der deutschen Goethe-Forschung nicht vordergründig Beachtung gefunden haben. Bei Sainte-Beuve ist dies die Tätigkeit als Literaturkritiker; bei Todorov wird die Frage der Zugehörigkeit Goethes zur Romantik, wie sie aktuell nach wie vor diskutiert wird, auf originelle Weise vorweggenommen. In beiden Fällen wurden die einschlägigen Texte allerdings kaum oder nur verspätet von der deutschsprachigen Goethe-Forschung wahrgenommen.[66]

Diese Undurchlässigkeit zwischen deutschen und französischen Debatten hat in den letzten Jahrzehnten nachgelassen. Die produktive Rezeption von Barthes' *Fragmenten* (nicht nur) im Bereich der Goethe-Forschung gibt hiervon ein Beispiel. Auch Bourdieus Feldtheorie kann in diesem Zusammenhang genannt werden. Der französische Soziologe und seine Nachfolger haben sich bekanntlich wenig mit Goethe befasst. Dass seit Mitte der 2000er Jahre trotzdem eine ganze Reihe an produktiven Analysen, insbesondere des *Wilhelm Meister*, aber auch neue Perspektiven auf das Konzept Weltliteratur auf der Grundlage der Feldtheorie eröffnet werden konnten,[67] hat meines Erachtens maßgeblich mit der verstärkten Zusammenarbeit zwischen den jeweiligen Auslandsphilologien zu tun. Die deutsche Germanistik hat sich im Austausch mit der französischen Literaturwissenschaft und -Soziologie den theoretischen Ansatz Bourdieus angeeignet und auf kanonische Texte angewendet. Zugleich hat die deutschsprachige Romanistik dazu beigetragen, die Theorien des französischen Soziologen in Deutschland zu verbreiten und produktiv zu machen. Den Auslandsphilologien kommt eine wichtige Mittlerrolle zu, wenn es um die Erneuerung und Präsenthaltung Goethes geht. Die französische Germanistik, aber spiegelbildlich dazu auch die deutsche Romanistik, haben sich lange dieser Rolle verweigert. Hoffen wir, dass sie sie in Zukunft weiterhin ernst nehmen.

66 Todorovs *Symboltheorien* erscheinen erst 1995 in deutscher Sprache (Tzvetan Todorov: *Symboltheorien*. Übers. von Beat Gyger. Tübingen 1995). Die *Einführung* zu den *Ästhetischen Schriften* ist bisher nicht in deutscher Sprache zugänglich.

67 Vgl. u. a. Markus Joch, Norbert Christian Wolf (Hrsg.): *Text und Feld. Bourdieu in der literaturwissenschaftlichen Praxis*. Tübingen 2005; Stefanie Stockhorst: *Pierre Bourdieus Theorie des literarischen Feldes: eine methodenorientierte Fallstudie am Beispiel der frühen Wilhelm Meister-Rezeption*. In: *Theorien der Literatur. Grundlagen und Perspektiven*. Bd. 4. Hrsg. von Günter Butzer. Tübingen 2009, S. 55-80; Joseph Jurt: *Das Konzept der Weltliteratur – ein erster Entwurf eines internationalen literarischen Feldes?* In: *»Die Bienen fremder Literaturen«: der literarische Transfer zwischen Großbritannien, Frankreich und dem deutschsprachigen Raum im Zeitalter der Weltliteratur (1770-1850)*. Hrsg. von Norbert Bachleitner u. Murray G. Hall. Wiesbaden 2012, S. 23-44; Katrin Dennerlein: *Wielands »Geschichte des Agathon« oder »Wilhelm Meisters Lehrjahre«. Die Frage der Gattungsgenese des Bildungsromans aus Sicht der Bourdieu'schen Feldtheorie*. In: *Der Bildungsroman im literarischen Feld*. Hrsg. von ders. u. Elisabeth Böhm. Berlin 2016, S. 13-54.

Sam-Huan Ahn

Ein unscheinbarer Nährboden für die koreanische Goethe-Forschung – anlässlich des 30-jährigen Jubiläums des koreanischen Goethe-Lesekreises

Mit diesem Beitrag möchte ich Ihnen einen kleinen Teilaspekt der koreanischen Germanistik vorstellen, der sich sicherlich von dem unterscheidet, was den meisten von Ihnen als Wissenschaftsbetrieb Ihrer heimatlichen Germanistik vertraut ist. Ich hoffe, dass die Darstellung Ihnen anschaulich vor Augen führt, welche Wege der Annäherung an Goethe wir in Korea gegangen sind.

Das Königreich Choseon, Land der Morgenfrische im Fernen Osten, war bis zum Ende des 19. Jahrhunderts ideell und gesellschaftlich vom Neokonfuzianismus geprägt und schloss sich in einer Art zufriedener Genügsamkeit, abgesehen von China, der übrigen Welt gegenüber ab, was natürlich eine selbstbestimmte Form der Modernisierung zu lange ausgeschlossen hatte. Infolgedessen wurde Choseon am Ende des 19. Jahrhunderts zum Ziel der imperialistischen Weltmächte. Schließlich geriet es 1910 unter die Kolonialherrschaft Japans und wurde dabei fremdbestimmt mit der westlichen Moderne konfrontiert, was aber nicht verhinderte, dass aufgeschlossene Koreaner nach eigenen Wegen der Rezeption westlicher Kultur und Literatur suchten. Auch im besetzten Land wurde das Goethe-Jahr 1932 gefeiert: Der Dichter Yong-Cheol Bak, der sein Germanistik-Studium in Tokyo abgebrochen hatte und nach Seoul zurückgekehrt war, publizierte im März-Band seiner Zeitschrift *Munyewolgan* (Monatszeitschrift für Literatur und Künste) eine Sondernummer zu Goethe. Bak verfasste den größten Teil der Beiträge selbst, darunter Übersetzungen von acht Gedichten wie *Heidenröslein*, *Nur wer die Sehnsucht kennt* und *Harfenspieler*, eine Nachschöpfung des *Werthers* als verkürzte Ich-Erzählung sowie eine Chronologie von Goethes Leben.

Während der japanischen Herrschaft war an der damaligen Kaiserlichen Universität in Seoul auch eine deutsche Abteilung entstanden, die natürlich japanisch geprägt war. Nach der Befreiung von der Kolonialherrschaft, also nach 1945, entwickelte sich aus dieser Universität die heutige Seoul National University, die auch von Anfang an eine deutsche Abteilung hatte. Sie wurde zur Wiege der koreanischen Germanistik, die sich seit 1945 mit der Gründung von weiteren deutschen Abteilungen an verschiedenen Universitäten langsam, aber stetig entwickelte. Von den Mitgliedern der ersten Germanistengenerationen wurden hin und wieder Werke Goethes übersetzt, wie z. B. *Faust, Werther, Wilhelm Meisters Lehrjahre* und einige Gedichte. Aber insgesamt erschien Goethe ihnen weniger interessant und lesenswert als etwa modernere Autoren wie Thomas Mann, Rainer Maria Rilke, Hermann Hesse, Franz Kafka und Bertolt Brecht. Sie hielten den frühen Schiller mit seinen sozialkritischen Dramen für zeitgemäßer als den ›adligen‹ Goethe. So erschien Goethe während der Zeit der Militärdiktatur in Korea nicht nur den Studierenden als zu machtkonform.

Dennoch gab es schon seit 1982 eine Koreanische Goethe-Gesellschaft, die allerdings wenig in Erscheinung trat. Erst nachdem im Jahr 1992 Herr Prof. Du-Hwan Choi, ein glühender Goethe-Verehrer, neuer Präsident der Koreanischen Goethe-Gesellschaft geworden war und in dieser Funktion einen Goethe-Lesekreis ins Leben gerufen hatte, nahm das Interesse an Goethe und an Forschungen zu seinem Werk langsam, aber konstant zu. Zunächst war es Herrn Choi und seinem Vize Sam-Huan Ahn nur mit viel Mühe gelungen, ein Dutzend jüngerer Germanistinnen und Germanisten für die Teilnahme an diesem Lesekreis zu gewinnen. Man traf sich am vierten Donnerstag jeden Monats, um Goethes Werke kapitelweise gemeinsam zu lesen. ›Lesen‹ ist dabei eigentlich kein ganz zutreffendes Wort, denn man liest bei den Sitzungen nicht nur den Originaltext, sondern auch eine Übersetzung. Die Übersetzungen werden jeweils von einem Mitglied des Lesekreises vorbereitet. Bei der Auseinandersetzung mit der Übersetzung diskutiert man gleichzeitig über den Originaltext und dessen Bedeutung im werkimmanenten sowie biografisch-literatursoziologischen Kontext. Die Arbeit des Lesekreises begann 1992 mit Goethes Roman *Wilhelm Meisters Wanderjahre*.

Die gemeinschaftliche Arbeit gestaltete sich zunächst etwas kompliziert, denn die jüngeren Mitglieder waren zwar alle Germanisten, aber keine Goethe-Spezialisten und hatten meistens auch kein besonderes Interesse an Goethe. Sie waren der Bitte um Mitarbeit eher etwas widerwillig gefolgt, weil es in Korea eben immer noch schwierig war, einem älteren Kollegen oder gar einem ehemaligen Lehrer eine Bitte abzuschlagen, und Herr Choi und sein Vize waren doch um einiges älter als die übrigen Mitglieder des Kreises, die der Goethe-Begeisterung von Herrn Choi eher ein wenig ironisch distanziert oder mit einer Prise Humor gegenüberstanden. Was den Lesekreis dennoch zusammenhielt, war anfangs wohl vor allem die soziale Komponente, nämlich das gemeinsame Abendessen und der sogenannte zweite Gang, der nicht nur zum weiteren Trinken, sondern manchmal auch zum gemeinsamen Singen oder Tanzen führte. Daher habe ich mich doch hin und wieder gefragt, ob sich die Arbeit im Lesekreis wissenschaftlich überhaupt lohnen würde und ob die Gründung des Goethe-Lesekreises, die ich intensiv unterstützt hatte, nicht doch eine falsche Idee von Herrn Choi gewesen war.

Allmählich konnten die Mitglieder sich aber doch der Ausstrahlung Goethes nicht entziehen und wurden sensibler für die Besonderheiten seiner Werke: Mehr Sensibilität zeigte sich bald auch hinsichtlich der sprachlichen Probleme beim Übersetzen. Hier sei ein Beispiel angeführt. Schon im zweiten Kapitel des ersten Buchs der *Wanderjahre* stößt man auf den Titel *Die Heimsuchung* und später auf den Satz: »Frau Elisabeth, Ihr werdet heimgesucht!« (FA 9, S. 37). War man früher über solche Stellen kaum gestolpert, wurde die Frage, wie man den Titel und den zitierten Satz angemessen übersetzen könnte, bald zu einem viel diskutierten Problem, denn es gibt im Koreanischen kein Äquivalent, das die Mehrdeutigkeit des deutschen Wortes »Heimsuchung«, vor allem seine religiöse Konnotation, angemessen wiedergeben könnte. Und eine wirklich überzeugende Lösung steht wohl immer noch aus. Danach wurden sich die Mitglieder des Lesekreises auch der modernen Struktur und Erzähltechnik des Romans *Wanderjahre* sowie der Weite und Tiefe des Dichters Goethe bewusst. Zwar ging man immer noch gerne auch zur zweiten Runde, aber man erkannte mit der Zeit, warum Goethe als »weltempfangend[er] und weltbeschenkend[er]« Geist[1] im Mittelpunkt der deutschen Literaturgeschichte steht und wieso es sowohl eine Herausforderung als auch eine unerlässliche Aufgabe jedes Auslandsgermanisten ist, Goethe zu lesen und sein Werk zu erforschen.

So wurde der kleine Goethe-Lesekreis mit der Zeit zum Kern der Koreanischen Goethe-Gesellschaft. Diese Gesellschaft begann dann entsprechend einer Vereinbarung, die zwischen Herrn Prof. Werner Keller (Köln), dem damaligen Präsidenten der Goethe-Gesellschaft in Weimar, und Herrn Prof. Du-Hwan Choi getroffen worden war, damit, Germanistinnen oder Germanisten als Botschafter bzw. als Stipendiaten und eventuelle zukünftige Goethe-Forscher nach Weimar zu schicken. Dabei fiel die Wahl in den meisten Fällen auf Mitglieder des Lesekreises. Dadurch bekamen viele koreanische Germanisten, auch wenn sie keine Goethe-Spezialisten waren, die Gelegenheit, sich nach Weimar zu begeben und sich dort mit Goethe zu beschäftigen: Es waren zum Beispiel S.H. Ahn (Thomas Mann), Mun-Yeong Ahn (Rilke), Minsuk Choe (E.T.A. Hoffmann), Young-Ae Chon (Rilke und Paul Celan), um hier nur einige frühere koreanische ›Botschafter‹ in Weimar zu nennen. Nur Herr Prof. Woo-Ho Cho, damals der Jüngste unter uns, hat dann in Jena über Goethe promoviert; eine Goethe-Forscherin, Frau Prof. Soon-Hi Oh, schloss sich erst später an.

Dieser Austausch blieb keine Einbahnstraße, sondern die Koreanische Goethe-Gesellschaft hat bald auch renommierte deutsche Goethe-Forscher nach Seoul eingeladen. Allerdings mussten die deutschen Gäste die Flugkosten bei der Deutschen Forschungsgemeinschaft (DFG) selbst beantragen, da die finanziellen Mittel der Koreanischen Goethe-Gesellschaft leider sehr begrenzt sind. Mit der Förderung durch die DFG waren natürlich auch einige Auflagen verbunden, weshalb die oder der Eingeladene nicht nur die Sitzungen des Lesekreises bereicherten, sondern die Gäste mussten auch Vorträge an einigen Universitäten des Landes halten. In den Sitzungen des Goethe-Lesekreises kommentierten die Eingeladenen dann selber das gerade behandelte Werk und diskutierten mit den Mitgliedern. So kamen z.B. Prof. Lothar Ehrlich (Weimar), Prof. Bernd Leistner (Chemnitz), Prof. Volkmar Hansen (Düsseldorf), Prof. Albert Meier (Kiel), Prof. Manfred Engel (Leipzig), Prof. Jochen Golz (Weimar), Prof. Werner Frick (Freiburg i.Br.), Dr. Petra Maisak (Frankfurt a.M.), Prof. Thorsten Valk (Jena/Bonn) und Prof. Anne Bohnenkamp-Renken (Frankfurt a.M.) nach Seoul, um nur einige von den mehr als zwanzig deutschen Gästen hier zu nennen.

In den dreißig Jahren seines Bestehens hat der Lesekreis inzwischen eine beträchtliche Anzahl von Goethe-Werken behandelt, es waren nach den *Wanderjahren* dann der Reihe nach *West-östlicher Divan, Die Wahlverwandtschaften, Faust I, Maximen und Reflexionen, Wilhelm Meisters Lehrjahre, Iphigenie, Tasso, Werther, Götz von Berlichingen, Egmont* und *Die natürliche Tochter.* In den Jahren der Pandemie von 2020 bis 2022 traf man sich meistens durch Zoom-Meetings und befasste sich dabei mit *Faust II*, um dann im Juni 2022 gleichzeitig die Beendigung des *Faust II* und den dreißigsten Geburtstag des Lesekreises feiern zu können. Dass dieser Lesekreis nach seinen bescheidenen Anfängen dreißig Jahre später immer

1 Thomas Mann: *Gesammelte Werke.* Bd. II: *Lotte in Weimar.* Frankfurt a.M. 1974, S. 664.

noch aktiv ist, darf man wohl als eine bemerkenswerte Erscheinung betrachten. Er hat auch Nachfolger gefunden, nämlich einen Thomas-Mann-Lesekreis, der inzwischen seit 16 Jahren besteht.

Natürlich hat sich in den dreißig Jahren seines Bestehens auch die Zusammensetzung des Goethe-Lesekreises immer wieder einmal geändert. Einige Mitglieder sind ausgeschieden, andere sind hinzugekommen, und der Initiator sowie die Mitstreiter der ersten Zeit sind inzwischen alle emeritiert worden. Trotzdem nehmen sie weiter an den Sitzungen teil und erleben dabei auch hautnah den Wandel in der Wissenschaft und den Elan einer jüngeren Generation, denn inzwischen haben sich einige jüngere Goethe-Forscherinnen und -Forscher dem Lesekreis angeschlossen und ihn neu aktiviert. Frau Prof. Dr. Hyang Cho (SNU) spielt dabei als Unterstützerin der neuen Präsidentin der Koreanischen Goethe-Gesellschaft, Frau Prof. Dr. Sinae Lee, eine zentrale Rolle. Seit August 2022 hat der verjüngte Lesekreis damit begonnen, *Wilhelm Meisters Wanderjahre* noch einmal zu lesen: Für Herrn Choi und für mich ist dies nun die zweite gemeinsame Lektüre dieses Werks und wir gewinnen in dem neuen Umfeld auch wieder neue Erkenntnisse. Trotz alledem hat man immer noch keine perfekte Lösung der koreanischen Übersetzung des deutschen Worts »Heimsuchung« gefunden.

Sicher fragen Sie sich, ob die Arbeit des Lesekreises auch in Veröffentlichungen ihren Niederschlag gefunden hat: Offiziell veröffentlichte der Lesezirkel zwei Übersetzungen, nämlich *Wilhelm Meisters Wanderjahre,* übersetzt und bearbeitet von Frau Prof. Suk-Hee Kim (Seoul: Minumsa 1999) und *West-östlicher Divan*, übersetzt und bearbeitet von Prof. Mun-Yeong Ahn (Seoul: Munhakgwajisungsa 2006). Übersetzt und bearbeitet bedeutet, dass die Teilübersetzungen der verschiedenen Teilnehmer von den in der Ausgabe Genannten so überarbeitet wurden, dass ein stilistisch homogener koreanischer Text entstanden ist. Dieses Vorgehen erwies sich als sehr mühsam und wurde daher aufgegeben. Jetzt kann jedes Mitglied des Lesekreises einen der dort behandelten Texte unter seinem Namen als Übersetzung herausbringen, auch mit Abweichungen von dem Erarbeiteten, aber man muss im Vorwort des Buches anmerken, dass man die Übersetzung zum Teil der gemeinsamen Arbeit und Diskussion im Goethe-Lesekreis verdankt. Insgesamt sind von 1992 bis 2022 nun viele Übersetzungen von Goethes Werken erschienen, die meist von Mitgliedern des Lesekreises erarbeitet wurden. Diese haben auch in den wissenschaftlichen Zeitschriften der koreanischen Germanistik zahlreiche Abhandlungen zu Goethe veröffentlicht. Es ist hier nicht der Ort, all diese Arbeiten aufzuzählen, erwähnt seien nur die Übersetzung von *Dichtung und Wahrheit* gemeinsam durch Frau Prof. Minsuk Choe und Frau Prof. Young-Ae Chon und die Übersetzung beider Teile des *Faust* von Young-Ae Chon.

Die Mitarbeit im Goethe-Lesekreis hat auch den fachlichen Horizont etlicher koreanischer Germanisten erweitert. Dafür bin ich selbst ein Beispiel, denn bis zur Mitarbeit in diesem Kreis hatte ich mich sehr einseitig hauptsächlich mit dem Werk Thomas Manns befasst, über den ich auch promoviert wurde. Durch die Mitarbeit im Goethe-Lesekreis habe ich Goethes Tiefe und Weite sowie seine Relevanz auch für die Auslandsgermanistik am eigenen Leib erfahren. Dies hat mich auch dazu veranlasst, Werke Goethes, *Werther*, *Lehrjahre* u.a., zu übersetzen und einige Aufsätze zu seinem Werk und seiner Wirkung zu verfassen.

Nun hoffe ich, dass deutlich geworden ist, wie viel der Goethe-Lesekreis zur Entwicklung der Goethe-Übersetzung und zur Goethe-Forschung in Korea beigetragen hat, indem er viele seiner Mitglieder dazu bewog, sich intensiv mit Goethe zu befassen. So kann man sagen, dass der koreanische Goethe-Lesekreis in den letzten dreißig Jahren sozusagen als ein zwar unscheinbarer, aber sehr fruchtbarer Nährboden für die koreanische Goethe-Forschung fungierte.

Zum Schluss möchte ich mir nun doch noch erlauben, ein bisschen über die Aktualität Goethes in der Gegenwart und Zukunft Koreas zu sprechen. Alle wissen, dass Korea ein geteiltes Land ist. Karl Marx wurde in Trier geboren, aber sein Einfluss ist so mächtig bis in den Fernen Osten gedrungen, dass die kleine Halbinsel durch den Kalten Krieg in Nord und Süd geteilt wurde. Und anders als im ehemaligen, geteilten Deutschland haben die Koreaner im Süden leider keinen Kontakt mit ihren nordkoreanischen Nachbarn und wissen wenig über sie. Daher sind heutzutage auch die Südkoreaner unter sich politisch und geopolitisch scharf gespalten in der Frage, ob man sich möglichst um gegenseitige Verständigung mit den Nordkoreanern, mit diesem regierungspolitisch unberechenbaren Partner, bemühen oder doch lieber beim Status quo bleiben sollte. Dies ist das eine Problem der gegenwärtigen Südkoreaner. Das andere Problem ist die Kehrseite der zu schnell errungenen Industrialisierung. Hier ist eine Humanisierung der amerikanisierten, brutal kapitalistischen Konsumgesellschaft dringend nötig.

Für die Lösung dieser beiden sehr schwierigen Probleme wäre meines Erachtens weniger der Schiller'sche Idealismus (so groß der Dichter Schiller auch ist!) als der Geist Goethes, seine Weite und Tiefe, seine Weltoffenheit, sein Anti-Chauvinismus und sein weiser Realismus, wenn nicht eine Alternative, so doch ein eventuell wichtiges Korrektiv für die gegenwärtige und zukünftige koreanische Gesellschaft.

Die Mitglieder des Goethe-Lesekreises sollten – den Geist Goethes ›empfangend‹ und ihre Politiker und Mitbürger mit seinem Geist ›beschenkend‹, um wieder mit Thomas Mann zu sprechen – von ihrem kleinen Lesekreis aus, von diesem bescheidenen Nährboden der Goethe-Forschung und dem derzeitigen, unscheinbaren Stützpunkt des Goethe'schen Geistes in Korea aus, weiter in die problembeladene koreanische Gesellschaft wirken, ohne gleich nach sichtbarem Erfolg dieses Wirkens zu fragen; im Sinne der Humanisierung der eigenen Gesellschaft und der Erhaltung des Friedens im Fernen Osten sowie in der ganzen Welt.

Wie präsent ist Goethe? Seine Gegenwart in Schule, Theater, Kino, Medien und Buchhandel

Juliane Köster/Dorothee Wieser

Allgegenwärtig und doch abwesend?! – Zur Präsenz Goethes im gegenwärtigen Deutschunterricht

Im gegenwärtigen Deutschunterricht ist Goethe durchaus präsent. Auch wenn *Faust* – mit Ausnahme von Sachsen, Mecklenburg-Vorpommern und dem Saarland[1] – keine Pflichtlektüre mehr ist, werden in aktuell genutzten Deutschbüchern beispielsweise zentrale Szenen aus *Faust I* und mehrere Briefe Werthers angeboten. Vor allem aber sind Goethe-Gedichte in fast jedem Lehrwerk zu finden: In der Unter- und Mittelstufe meist als Teil einer thematischen Reihe wie z.B. Natur, Liebe, Reisen etc., in der Oberstufe als typische Repräsentanten bestimmter Ideen bzw. Epochen. Der Autor Goethe jedoch erscheint hier jeweils als einer unter anderen.

Um zu ermitteln, welche Goethe-Texte im gegenwärtigen Deutschunterricht gelesen werden, sind Lehrbücher gerade angesichts der immer stärker reduzierten Lektürevorgaben in Lehrplänen die besten Zeugen. Allerdings ist keineswegs nur die Frage interessant, welche und wie viele Texte gelesen werden, sondern entscheidender dürfte sein, welche Perspektiven auf und durch die in den Schulbüchern präsentierten Goethe-Texte eröffnet werden und wie Goethe als Autor in Erscheinung tritt oder vielleicht hinter seinen Texten verschwindet. Damit sind recht grundlegende Fragen nach der Ausrichtung des Literaturunterrichts, gerade auch in der Sekundarstufe I verbunden, die sich am Beispiel der Goethe-Texte in besonders exemplarischer Weise zeigen.

Die Frage nach den Perspektiven soll deshalb im folgenden Beitrag im Fokus stehen, wobei ausgehend von einem kurzen historischen Rückblick das Angebot an Goethe-Gedichten auf der Basis einer exemplarischen Lehrbuch-Sichtung dargestellt, vor allem aber eben auch nach den damit verknüpften Unterrichtszielen

1 Während das Saarland für den Grundkurs *Faust I* und für den Leistungskurs auch *Faust II* im Abitur voraussetzt, ist in Sachsen und Mecklenburg-Vorpommern im 10. Jahrgang in allen Schularten *Faust I* ein verbindlicher Unterrichtsgegenstand. Für die Abiturprüfungen sind in den meisten Ländern wenige wechselnde Pflichtlektüren vorgesehen, zu denen auch *Faust* zählen kann. Dies ist in Hessen beispielsweise seit 2007 der Fall.

gefragt wird. Deren Diskussion fokussiert die Frage nach der Kontextualisierung der Goethe-Texte und der Thematisierung ihrer Wirkungsgeschichte vor dem Hintergrund der aktuellen literaturdidaktischen Diskussion.

1. Ein Blick zurück

Goethe gehört seit den 1860er Jahren zum Lektürekanon an deutschen Schulen. Ab 1867 (durch den Beschluss der Bundesversammlung vom 9. November 1856) konnten »sämtliche Werke aller vor dem 9. November 1837 verstorbenen Autoren ›frei‹ gedruckt werden«[2], sodass preisgünstige ›Klassikerausgaben‹ für den Unterricht zur Verfügung standen. Im Zuge der »Umfunktionierung der Klassiker im ›neuen Reich‹ vom utopischen Potential zum affirmativen Kulturbesitz« wurden »Werke wie *Hermann und Dorothea*, *Iphigenie* und der *Faust* [...] als ›Schatz vaterländischer Bildung‹ zunehmend in den gymnasialen Deutschunterricht integriert« und sollten der Jugend »›als ein heiliges Erbe der Nation überliefert werden‹«.[3]

Dass dieses Bildungsprogramm nach dem Ersten Weltkrieg allerdings zum schulischen Ritual erstarrte, darauf wirft Hans Mayer in *Ein Deutscher auf Widerruf*, seinen Lebenserinnerungen (1982), ein Schlaglicht:

> Später haben wir Schiller und Goethe systematisch zergliedert, übrigens nur die Dramen: mit Ausnahme des ›Faust‹ natürlich [...]. Alles spielte sich folgendermaßen ab: Nach der Lektüre der neuen Lesenummer im amtlichen Lesebuch, die irgendein Ausgerufener heruntergestottert hatte, kam stets die gleiche Frage: ›Was meint der Dichter damit?‹ Das wurde beamtenhaft dahingefragt; irgendeine geistige Neugierde wurde weder geboten noch erwartet. Alles war Schulpensum. [...] Die Reifeprüfung bestand ich gegen Ende des Winters 1924/25, noch mit siebzehn Jahren. Ich schrieb einen Aufsatz über das Thema ›Ist Goethes Egmont ein Freiheitsheld?‹ Es war das einzige zugelassene Thema. Wenn auf solche Weise gefragt wurde, das wussten alle, musste stets der Freiheitsheld herausgestellt werden, was ich auch tat. Im ganzen gut.[4]

2 Maximilian Nutz: *Das Beispiel Goethe. Zur Konstituierung eines nationalen Klassikers.* In: *Wissenschaftsgeschichte der Germanistik im 19. Jahrhundert.* Hrsg. von Jürgen Fohrmann u. Wilhelm Voßkamp. Stuttgart, Weimar 1994, S. 605-637; hier S. 627.

3 Nutz (Anm. 2), S. 627

4 Hans Mayer: *Ein Deutscher auf Widerruf. Erinnerungen.* 2 Bde. Frankfurt a. M. [3]1982; zit. nach: Eugen Burckhard Schmitz: *Die Geschichte des Schiller-Gymnasiums Köln 1899-2015. Ein Beitrag zur Alltagsgeschichte.* Köln [2]2015, S. 52. https://www.schillergymnasium-koeln.de/images/downloads/Geschichte_Schillergymnasium_gesamt.pdf (abgerufen am 21.11.2023). Dass *Faust* »natürlich« ausgenommen war, ließe sich damit erklären, dass Ende des 19. Jahrhunderts in didaktischen Zeitschriften heftig diskutiert wurde, ob *Faust* – u. a. aufgrund der Komplexität, aber auch angesichts der erotischen Aufladung und der durch den Text provozierten Konflikte mit den Eltern – als Schullektüre geeignet sei. Erst ab 1890 wuchs das Interesse an dem im 20. Jahrhundert dann so kanonischen Text. Vgl. Helge C. Liebsch: *Das Drama im Deutschunterricht um 1900. Der Diskurs über Lektürekanon und Literaturvermittlung.* Berlin u. a. 2020, S. 382-389.

Mayers retrospektive Kritik trifft letztlich die problematischen Folgen einer Entwicklung, die »Goethe nicht nur [zur] Identitätsdarstellung als Kulturnation, sondern vor allem [zur] geistigen Legitimation des neuen Machtstaates« instrumentalisierte[5]. Für die Nazi-Zeit hat Eugen Burckhard Schmitz in der *Geschichte des Kölner Schillergymnasiums* (2015), dessen Absolvent Hans Mayer war, folgendes Abiturthema dokumentiert: »Was sagt uns bei Beendigung unserer Schulzeit das Wort aus Goethes ›Faust‹: ›Zu neuen Ufern lockt ein neuer Tag‹?« und hat es mit folgender Anmerkung versehen: »Die Schüler schrieben in den Arbeiten über ihre Ziele im Abitur, den Übergang in den Reichsarbeitsdienst, dann in die Wehrmacht und schließlich in den Beruf«.[6]

Nach dem Zweiten Weltkrieg wird in beiden deutschen Staaten die *Faust*-Tragödie als Unterrichtsgegenstand kanonisiert. Während sich die Lektüre in den Gymnasien der Bundesrepublik weitgehend auf *Faust I* beschränkte, brauchte der DDR-Unterricht den V. Akt von *Faust II*, weil Fausts Schlussmonolog und insbesondere der Vers »Auf freiem Grund mit freiem Volke stehn« (WA I, 15.1, S. 316, V. 11580) als Programm verstanden wurde.

Dass es im aktuellen Deutschunterricht kaum noch Lektürevorschriften gibt, hat mit der Umstellung des Deutschunterrichts auf Kompetenzerwerb zu tun. Denn seit der Jahrtausendwende sind die Lehrpläne aller Bundesländer zunehmend durch die Orientierung an Kompetenzen geprägt. Die verbindlichen Anforderungen beziehen sich nicht mehr auf konkrete literarische Texte, sondern auf bestimmte Fähigkeiten und Fertigkeiten, die im Umgang mit Literatur erworben werden sollen. An welchen Gegenständen diese ausgebildet werden, wird in der Regel nur noch auf mittlerem Abstraktionsniveau formuliert: So heißt es z. B. im neuen Bayerischen Lehrplan (gültig ab 2024), dass im 12. Jahrgang »in der Auseinandersetzung mit Literatur die Grundideen von Klassik und Romantik (v. a. Humanitäts- und Harmonieideal, Bildungsidee, Formstrenge, Absolutsetzung des Subjekts und daraus resultierende Gefährdung, Universalpoesie)«[7] zu erschließen und zu reflektieren sind. Damit entfällt die bis dahin verpflichtende ›Klassenlektüre‹ von »Goethes *Faust I*«.[8] Folglich liegt die konkrete Textauswahl weitgehend in der Hand der Lehrenden bzw. in der der Deutschbuch-Autoren und -Autorinnen. Da Deutschbücher nicht nur »Medium zwischen literarischer Kultur und pädagogischem Diskurs«[9], sondern auch Kanonisierungsinstanz sind, entscheiden sie, welche Texte für den unterrichtlichen Einsatz leicht zugänglich sind. Deshalb gibt das Angebot in aktuell häufig genutzten Deutschbüchern einigermaßen verlässlich darüber Aufschluss, welche Goethe-Texte im Unterricht gelesen werden. Für diesen Beitrag haben wir exemplarisch vier Lehrbuch-Reihen für die Sekundarstufe I und sechs

5 Nutz (Anm. 2), S. 628.

6 Schmitz (Anm. 4), S. 87.

7 https://www.lehrplanplus.bayern.de/fachlehrplan/gymnasium/12/deutsch/regulaer (zuletzt aufgerufen am 31.1.2024).

8 Vgl. https://www.gym8-lehrplan.bayern.de/contentserv/3.1.neu/g8.de/id_26539.html (zuletzt aufgerufen am 31.1.2024).

9 Hermann Korte, Ilonka Zimmer (Hrsg.): *Das Lesebuch 1800-1945. Ein Medium zwischen literarischer Kultur und pädagogischem Diskurs.* Frankfurt a.M u. a. 2006.

Bände für die Oberstufe hinsichtlich der präsentierten Goethe-Texte und ihrer Kontextualisierung gesichtet.[10] Es wurde also keine systematische Erhebung durchgeführt. Wir haben bei der Auswahl aber darauf geachtet, dass es sich zum einen um häufig in den Schulen eingesetzte Lehrbücher handelt, zum anderen haben wir bewusst etwas ältere und ganz aktuelle Ausgaben gewählt, da davon auszugehen ist, dass auch in der Schullandschaft eine breite Palette von Ausgaben anzutreffen ist.

2. *Was wird in aktuellen Deutschbüchern angeboten?*

Was Auszüge aus Dramen und Erzähltexten betrifft, so zeigt die Lehrbuchsichtung, dass *Iphigenie* und vor allem *Faust I* verbreiteter Unterrichtsgegenstand sind. Spitzenreiter ist jedoch Goethes Roman *Die Leiden des jungen Werthers*. Die Lehrmittel für die Gymnasiale Oberstufe bieten eine Auswahl von zwei bis drei Briefen, die allerdings unterschiedliche Untersuchungsaspekte bedienen. Es geht sowohl um den Umschwung des Liebesglücks, den Zusammenhang von Werthers Gefühlslagen und seiner Naturwahrnehmung als auch um Werthers Ruf nach Freiheit, seine Gesellschaftskritik und die von ihm bevorzugte Lebensweise sowie um Wirkungen des *Werther*-Romans.

Ähnlich verhält es sich mit Szenen aus *Faust I*. Angeboten werden die ›Rahmenszenen‹ *Vorspiel auf dem Theater* und *Prolog im Himmel* sowie zentrale Szenen aus der Gelehrten- und der Gretchen-Tragödie (*Straße, Martens Garten, Kerker*).

Anders als zur dramenlastigen Zeit Hans Mayers gibt es heute vermutlich sehr viele Abiturienten und Abiturientinnen, denen im Literaturunterricht Goethe ausschließlich als Autor von Gedichten begegnet. Denn die Zahl der Dramen und längeren Erzähltexte, die im Deutschunterricht gelesen werden, ist gering – mitunter sind es nur insgesamt vier während der zweijährigen Qualifizierungsphase bis zum Abitur. Gedichte lassen sich hingegen in ein bis zwei Unterrichtsstunden erschließen. Wie eingangs bereits erwähnt, werden sie häufig mit Gedichten anderer Autoren und Autorinnen thematisch gebündelt. Auch in der Abiturprüfung sind Gedichte oder Gedichtvergleiche beliebter Gegenstand. Nicht zuletzt deshalb liegt ein Schwerpunkt dieses Beitrags auf der Auswahl der Goethe-Gedichte und den damit verknüpften Zielsetzungen.

10 Für die Sekundarstufe I wurden die Lehrbuchreihen *Deutschbuch* (Cornelsen 2011-2017 und 2020-2023) und *deutsch.kompetent* (Klett 2011-2016 und 2021-2023) in einer älteren und der aktuellen Ausgabe sowie je eine Ausgabe der Lehrbuchreihen *P. A. U. L. D* (Schöningh 2013-2015) und *Praxis Sprache* (Westermann 2010-2015) gesichtet. Für die Oberstufe wurden die Bände *deutsch.kompetent* (Klett 2009 und 2017) und *Texte, Themen und Strukturen* (Cornelsen 2009 und 2016) in zwei unterschiedlichen Ausgaben und die Bände *Facetten* (Klett 2002), *Blickfeld Deutsch* (Schöningh 2010), *Deutsch S II* (Schroedel 2009) und *P. A. U. L. D* (Schöningh 2013) geprüft.

3. Rekonstruktion der Auswahlkriterien und Zielsetzungen

In den von uns konsultierten Deutschbüchern scheint die Auswahl vorrangig dem didaktischen Kriterium der Gegenwartsbedeutung zu folgen. Das bedeutet, dass es insbesondere in den Lehrbüchern für die Sekundarstufe I in erster Linie um das Erfahrungs- und Erlebnisangebot der Gedichte geht. Im Rahmen des Kompetenz-Paradigmas lässt sich als weiteres Kriterium erschließen, dass die Texte bestimmte sprachliche bzw. formal-klangliche Merkmale in besonderer Weise repräsentieren. Zugleich ist das Textangebot vermutlich stark durch den Bekanntheitsgrad der Gedichte sowie die schulische Tradition bestimmt.

Zu den meistgewählten Gedichten in den Lehrbüchern für die Sekundarstufe I zählen *Willkommen und Abschied*, *Maifest/Mailied* sowie *Glückliche Fahrt*. Spitzenreiter ist jedoch die Ballade *Der Zauberlehrling* und auch der *Erlkönig* findet sich immer noch häufig. In der Sekundarstufe II ist ebenfalls *Maifest/Mailied* sehr prominent. Zudem belegen *Ganymed* und *Prometheus* ebenso wie *Das Göttliche* Spitzenplätze bei der quantitativen Sichtung der Lehrbücher.

Ein eher unbeabsichtigter Effekt dieser Auswahl besteht darin, dass sie neben der Anknüpfung an lebensweltliche Themen der Lernenden und dem Erwerb fachlichen Wissens auch auf intergenerationelle Verständigung zielt. Das heißt konkret, dass die Generation der Lernenden mit den Eltern und Großeltern einen ›Gedichtschatz‹ teilt. Die kontextlose Präsentation beispielsweise der Balladen lässt allerdings offen, ob eine solche intergenerationelle Verständigung angestoßen wird, da ein Hinweis auf die lange schulische Tradition fehlt.[11] Zugleich ist natürlich zu bedenken, dass viele Schüler und Schülerinnen mit Blick auf den *Zauberlehrling* oder *Erlkönig* nicht auf entsprechende familiale Erfahrungen zurückgreifen können, was wiederum Anlass sein könnte, sich allgemeiner über in Familien geteilte Texte – oder auch Lieder – auszutauschen.

Sichtet man in den Deutschbüchern für die Sekundarstufe I etwa die Aufgaben zum *Zauberlehrling*, so zeigt sich eine weitgehende Übereinstimmung des Vorgehens. Um den zentralen Konflikt zwischen jugendlichem Autonomiestreben – in Verbindung mit der Lust am Experimentieren – und der daraus resultierenden Verantwortungsübernahme zu erschließen, durchlaufen die Schüler und Schülerinnen in der Regel eine ähnliche Abfolge von Aufgaben, die sich von der Rekonstruktion des Inhalts über die Bewertung des Verhaltens des Zauberlehrlings bis zu Aktualisierungen erstreckt und meist am Ende in die Rezitation bzw. eine szenische Darstellung mündet. Angereichert wird die Präsentation des Textes und der Aufgaben durch unterschiedliche Illustrationen, die allerdings hinsichtlich ihres interpretativen Potentials nicht aufgegriffen werden.[12] Diese Tendenz erscheint mit Blick auf eine *Zauberlehrling*-Illustration aus der Mitte des 19. Jahrhunderts im Lehrbuch *P.A.U.L.D 7* besonders ausgeprägt. Deren Aussage gäbe zahlreiche Anlässe für die

11 Eine entsprechende Lehrbuchaufgabe könnte lauten: Fragt eure Eltern und Großeltern, ob sie diese Ballade auch kennen und was sie noch aus ihrer Schulzeit erinnern.

12 Vgl. Maike Loehden: *Bilder in Lesebüchern – Dekoration oder didaktisches Element?* In: Ina Karg, Holger Runow (Hrsg.): *Germanistik – ein Blick von »draußen«. Mitteilungen des Deutschen Germanistenverbandes* (2010), H. 3, S. 341-353.

Auseinandersetzung mit der Ballade. Interessant daran ist weniger die Vermenschlichung des wasserschöpfenden Besens und seiner ›Multiplikationen‹ als die Darstellung des alten Meisters als eine Art Heilandsfigur, dessen rechte Hand dem Treiben Einhalt gebietet, während die Linke schützend auf das Zuflucht suchende Kind gerichtet ist.[13]

In den Deutschbüchern für die Oberstufe hat, wie bereits erwähnt, die *Prometheus*-Hymne einen prominenten Platz. Wie *Der Zauberlehrling* bringt sie eine ›Grenzüberschreitung‹ zur Sprache, allerdings auf ›höherer‹ Ebene und in anderer Absicht. Einige Bücher bieten *Prometheus* zusammen mit *Ganymed* an, sodass – durch dessen Vereinigung mit der göttlichen Natur – die Revolte eine gewisse Relativierung erfährt und mehrere Perspektiven eröffnet werden. Den Schwerpunkt der Aufgaben bildet dabei immer der Vergleich mit dem griechischen Mythos: Was hat Goethe weggelassen? Das ist eine Frage mit didaktischem Potential sowohl für die Interpretation des Einzeltextes als auch mit Blick auf allgemeinere Fragen der Mythenrezeption.

Auffällig ist, dass in den Lehrbüchern für die Sekundarstufe I die Texte nur in wenigen Fällen durch biographische Informationen zu Goethe (z.B. zum biographischen Kontext der Sesenheimer Lieder) ergänzt werden und andere Bezüge zum historischen Kontext vollständig fehlen. Teilweise findet sich noch nicht einmal eine Information zum Erscheinungsjahr, so dass für die Schüler und Schülerinnen keinerlei zeitliche Einordnung möglich ist.

Auch wenn sich in den Oberstufen-Lehrwerken insbesondere mit Blick auf die *Werther*-Rezeption teilweise historische Dokumente finden,[14] zeichnet sich insgesamt ab, dass die Gedichte vorrangig zum Erwerb von Fähigkeiten und Fertigkeiten der Gedicht-Analyse und des dazu benötigten Instrumentariums genutzt werden.

Resümierend betrachtet entspricht die Verbindung von aktuellem Lebensweltbezug und Kompetenzerwerb weitgehend den didaktischen Konventionen für den Umgang mit literarischen Texten.[15] Unterrepräsentiert sind hingegen Kontextualisierungsangebote, die ein Textverständnis befördern, das über subjektive und/oder aktualisierende Lesarten hinausgeht. Natürlich sind den Deutschbüchern durch curriculare und den Umfang betreffende Vorgaben Grenzen gesetzt. Der Verzicht

13 Markus Apel et al. (Hrsg.): *P.A.U.L.D* 7. Paderborn 2014, S. 192. Als Bildquelle ist lediglich »Bildarchiv Preußischer Kulturbesitz Berlin« angegeben.

14 Im Vergleich der älteren und neueren Ausgaben der Oberstufenlehrwerke lässt sich allerdings beobachten, dass die Kontextualisierung durch historische Texte (z.B. zur Rezeption oder zur Poetologie) reduziert wird.

15 Vgl. auch die vertiefenden Analysen zur Präsentation von *Willkommen und Abschied* von Irene Pieper: *Zur Gegenstandskonstitution im Lese- und Deutschbuch am Beispiel von Goethes »Willkommen und Abschied«*. In: Daniel Scherf (Hrsg.): *Inszenierungen literalen Lernens: kulturelle Anforderungen und individueller Kompetenzerwerb*. Hohengehren 2017, S. 62-78, sowie dies.: *Zur spezifischen Rahmung des Interpretierens in der Schule. »Willkommen und Abschied« als Unterrichtsgegenstand in der Mittelstufe*. In: Marie Lessing-Sattari, Maike Löhden, Almuth Meissner u. Dorothee Wieser (Hrsg.): *Interpretationskulturen. Literaturdidaktik und Literaturwissenschaft im Dialog über Theorie und Praxis des Interpretierens*. Frankfurt a.M. 2015, S. 185-217.

auf historische und biographische Kontexte suspendiert jedoch die Möglichkeit, »Text und Kontext in systematische Verweisungszusammenhänge [zu] bringen«[16]. Deshalb soll im Folgenden reflektiert werden, wie sich die Zurückhaltung der Lehrbücher mit Blick auf die historische Kontextualisierung der Texte erklären lässt und inwiefern es diesbezüglich – insbesondere in der Sekundarstufe I – Lernpotentiale wieder- bzw. neu zu entdecken gilt.

4. Das Kontext-Defizit – Texte ohne Autor

Dass biografische oder historische Bezüge in den aktuellen Deutschbüchern eher selten sind, hängt wohl in erster Linie mit dem Kompetenzparadigma zusammen, dem es gerade nicht um das Individuelle, sondern um das übertragbare Allgemeine geht.[17] Denn der wirksame Gebrauch historischen und biografischen Wissens ist immer an den jeweiligen – individuellen – Text gebunden und entzieht sich deshalb der Übertragbarkeit auf andere Texte. Zugleich dürften auch Nachwirkungen der Abkehr vom Konzept ›l'homme et l'œuvre‹ zugunsten sachlich-detaillierter und strukturalistischer Lektüreansätze eine Rolle spielen. Was dabei verloren geht, ist die historische und kulturelle Dimension der Texte, die zu erfassen nicht nur hermeneutische, sondern auch aktuelle kulturwissenschaftliche Ansätze bestrebt sind.

Dabei soll keineswegs die um 1900 vorherrschende Überzeugung stark gemacht werden, dass für eine sinnvolle Lektüre von Goethes Texten »das Wissen um Goethes Person und um die Kontexte seiner Werke«[18] unabdingbar sei. Denn der damit verbundene Anspruch, »Parallelen und Verbindungen zwischen Goethes Leben und seinem Werk [aufzuspüren]«[19], führte letztlich dazu, Goethes Biographie als sein wichtigstes Werk zu betrachten und ihn als Vorbild für die Jugend zu idealisieren – mit dem Ergebnis, dass die Texte hinter dem Autor verschwanden.

Auch im Literaturunterricht der DDR wurden ab Klasse 8 »die einzelnen literarischen Werke in historische Zusammenhänge gestellt, vor allem im Hinblick auf das Verhältnis von Werk – Schriftsteller – gesellschaftlicher Wirksamkeit«[20]. Die Zielsetzung war hier jedoch eine zweiseitige: Es ging sowohl um »[d]ie komplexe Betrachtung des klassisch-humanistischen Erbes [...] unter dem Aspekt der Weiter-

16 Ralf Klausnitzer: *Literaturwissenschaft. Begriffe – Verfahren – Arbeitstechniken*. Berlin, Boston ²2012, S. 73.

17 Vgl. Juliane Köster: *Gegenstandsorientierter Literaturunterricht – aktuelle Chancen eines alten Modells*. In: Ingrid Barkow, Michael Gans, Roland Jost (Hrsg.): *»Es ist eine alte Geschichte doch bleibt sie immer neu«. Begegnung(en) in und mit Literatur(en)*. Hohengehren 2020, S. 35-43; hier S. 39f.

18 Kristina Popp: *Goethe: Vorbild oder Denkbild? Goetherezeption im Deutschunterricht des späten 19. Jahrhunderts und im aktuellen Literaturunterricht*. Frankfurt a. M. 2005, S. 40.

19 Ebd., S. 42.

20 Vgl. Autorenkollektiv unter der Leitung von Gerhart Neuner: *Allgemeinbildung. Lehrplanwerk. Unterricht*. Berlin 1972, S. 289-377; hier S. 335. Wilfried Bütow: *Kanon und Literaturunterricht in der DDR*. In: Gabriele Czech (Hrsg.): *»Geteilter« deutscher Himmel?* Frankfurt a.M. u.a. 2007, S. 71-93; hier S. 82.

führung und Aufhebung humanistischer Traditionen sowie unter dem Aspekt der fortschreitenden Differenzierung der bürgerlich-humanistischen Literatur« als auch darum, die »Bedeutung des Erbes für die sozialistische Gesellschaft«[21] zu erfassen.

Jenseits dieser politisch motivierten Intentionen wäre es aus gegenwärtiger Perspektive zielführend, im Literaturunterricht das Prinzip der Aktualität mit dem der Historizität zu verbinden. Daraus ergäben sich dann Wechselwirkungen zwischen Text und Kontext, sodass die Kontexte das Textverständnis erweitern und durch die Texte mehr Wissen über die Kontexte erzeugt wird. Insofern wären die Goethe-Texte für die Schüler und Schülerinnen eben auch ein erster Zugang zu einer ihnen sehr fremden Zeit.[22] Wünschenswert wäre es folglich, die Präsentation der Goethe-Texte in den Deutschbüchern der Sekundarstufe I um solche historische und biographische Kontext-Angebote zu erweitern, die auch die kulturelle Dimension der Texte in den Blick rücken. Gemeint sind in erster Linie Denkweisen, Vorstellungen und kulturelle Referenzen, die sich in den Texten niederschlagen.[23] Beispielsweise könnten Kontextinformationen über das ›Balladenjahr‹ und die reiche Balladenproduktion um 1800 die Perspektive auf die in den Lehrbüchern präsentierten Goethe-Balladen erweitern: Sie erscheinen dann eingebettet in das Gemeinschaftsprojekt von Schiller und Goethe, das aus deren 1794 begründeter Freundschaft erwuchs, Wettstreitcharakter hatte und auf eine gewisse Volkstümlichkeit zielte. Denn durch die Verbindung von hohem Niveau und Zugänglichkeit der Balladen sollte in Zeiten politischer Verunsicherung ein großes Publikum erreicht werden. Durch die Auseinandersetzung mit diesem Kontext könnte eine Vorstellung von der Schreib- und Lesekultur um 1800 entwickelt und könnten Vergleiche zur Gegenwart gezogen werden. Zugleich ließe sich auch die Reflexion von sich wandelnden oder eben auch beständigen kulturellen und ethischen Konzepten anbahnen.

5. Aspekte der Wirkungs- und Aneignungsgeschichte

Was in den aktuellen Unterrichtsmedien jedoch fast gänzlich fehlt, sind Hinweise auf die Wirkungs- und Aneignungsgeschichte Goethes und der im Unterricht gelesenen Texte. Hier lässt sich geradezu von einem Gegenprogramm zur Instrumentalisierung des Autors und seiner Texte am Ende des 19. Jahrhunderts, aber natür-

21 Autorenkollektiv (Anm. 20), S. 335.

22 Dies ist natürlich keineswegs eine neue Einsicht. Auch in den aktuellen Bildungsstandards für den Mittleren Schulabschluss wird gefordert, dass die Schüler und Schülerinnen »an ausgewählten Beispielen Zusammenhänge zwischen Text und Kontext [...] (insbes. Entstehungszeit, Epoche, Leben des Autors/der Autorin)« herstellen (Beschluss der Kultusministerkonferenz i. d. F. vom 23.6.2022, Dokument abrufbar unter: https://www.kmk.org/fileadmin/veroeffentlichungen_beschluesse/2022/2022_06_23-Bista-ESA-MSA-Deutsch.pdf, S. 31). Es fragt sich aber, ob es in den Lehrbüchern hierfür überhaupt entsprechende Angebote gibt.

23 Vgl. Wolfgang Hallet: *Methoden kulturwissenschaftlicher Ansätze:* Close Reading *und* Wide Reading. In: *Methoden der literatur- und kulturwissenschaftlichen Textanalyse. Ansätze – Grundlagen – Modellanalysen.* Hrsg. von Vera Nünning u. Ansgar Nünning unter Mitarb. v. Irina Bauder-Begerow. Stuttgart, Weimar 2010, S. 293-316; hier S. 293.

lich auch in der ersten Hälfte des 20. Jahrhunderts sprechen. Dies zu thematisieren und zu reflektieren, wäre in der Oberstufe ein äußerst ertragreicher Lerngegenstand: In wohl mehr als exemplarischer Weise kann man an diesem Beispiel die Verflechtung von literarischem und (bildungs-)politischem Feld untersuchen und vor diesem Hintergrund aktuelle Kanonisierungstendenzen kritisch reflektieren. Aber auch der historische Goethe-Kult[24] und die Strategien Goethes bei der »Arbeit am eigenen Denkmal«[25] regen dazu an, über gegenwärtige Phänomene nachzudenken: Gibt es heute etwas Vergleichbares in Literatur, Musik, Film? Was zeigt sich mit Blick auf die kulturelle Diversifizierung?

Wie bereits angedeutet, wird die Wirkungsgeschichte der Goethe-Texte in den Lehrbüchern ausschließlich bei *Die Leiden des jungen Werthers* thematisiert. Dabei wäre es gerade für junge Leser und Leserinnen bedeutsam, Richard Alewyns Statement zu reflektieren, dass nach dem Zivilisationsbruch des Holocaust »alle Wege nach Weimar über Buchenwald [führen]«.[26] Das heißt, dass die unterrichtliche Beschäftigung mit Goethe auch die Frage provoziert, ob die Shoah nicht ein Scheitern des kulturellen Erbes der deutschen ›Klassik‹ und insbesondere Goethes bedeutet.[27] Um diesen Zusammenhang zwischen Weimar und Buchenwald zu debattieren, erscheint ein Beitrag, den Ruth Klüger 2013 in der österreichischen Zeitung *Der Standard* publiziert hat,[28] besonders geeignet. Sie entfaltet das Dilemma zwischen Weimar und Buchenwald, indem sie zwei Positionen gegenüberstellt. Während Imre Kertész in seiner Stockholmer Preisrede davon überzeugt sei, dass »Auschwitz […] die Literatur [aufhebe]«, sieht sie ihren Weg zu Goethe in der Extremsituation des Konzentrationslagers »mit Empfindungen [verbunden], die dem Potenzial von Weimar, nämlich der Lebensbejahung, gemäßer sind«:[29]

> [A]ls Dreizehnjährige im Spätherbst oder frühen Winter 1944 im Lager Groß-Rosen habe ich, halb verrückt vor Hunger, […] endlich wieder ein Buch ergattert, ein altes, halb zerrissenes Schulbuch war es, ohne Deckel und mit fehlenden Seiten. Es war ein Schatz; mein bestes Buch je. Ich hatte einen Zugang zu der Welt da draußen gefunden. Es enthielt vor allem einen unvergesslichen Text, den *Osterspaziergang* aus dem *Faust*, dieses Gedicht, das schon im Auftakt Kälte und Gefangenschaft gleichsetzt. ›Vom Eise befreit sind Strom und Bäche.‹ Man muss Atem holen, um diesen Vers richtig zu sagen. Ich holte Atem. Es war der

24 Nutz (Anm. 2), S. 609-613.

25 Nutz (Anm. 2), S. 615.

26 Richard Alewyn: *Goethe als Alibi*. In: *Hamburger Akademische Rundschau* 3 (1948/49), Nr. 8-10, *S.* 685-687; hier *S.* 686.

27 Vgl. hierzu auch: Michael Kämper-van den Boogaart: *Kleinschrittiges Lesen als Kompetenz. Zu Johann Wolfgang Goethe »Das Göttliche«*. In: Clemens Kammler (Hrsg.): *Literarische Kompetenzen – Standards im Literaturunterricht. Modelle für die Primar- und Sekundarstufe*. Seelze 2006, S. 158-175.

28 Ruth Klüger: *Weimar und Buchenwald*. In: *Der Standard* (25.10.2013). Online unter: https://www.derstandard.at/story/1381369753512/weimar-und-buchenwald (zuletzt aufgerufen am 21.11.2023). Vgl. auch Ruth Klüger: *Weiter leben. Eine Jugend*. Göttingen 1992, S. 159-161.

29 Klüger: *Weimar und Buchenwald* (Anm. 28).

Wind eines großen Aufbruchs oder Ausbruchs, der mich direkt ansprach: ›Aus dem hohlen finstern Tor / Dringt ein buntes Gewimmel hervor‹.[30]

Während in Klügers Text die Lektüre des *Osterspaziergangs* mit einem sehr individuellen Befreiungserlebnis verbunden wird, geht es in dem 1946 erstmals publizierten Erlebnisbericht des Niederländers Nicolaas Rost mit dem Titel *Goethe in Dachau* darum, dass »eine antifaschistische Gemeinschaft [...] in der Gefangenschaft dem Nationalsozialismus die Errungenschaften der humanistischen Kultur entgegenhielt«.[31] Diese zwei Seiten aus Rosts Bericht sind als Diskussionsgrundlage für den Unterricht nicht zuletzt deshalb geeignet, weil darin, so John Hennig schon 1950 in den *Monatsheften*, »von dem unerschütterlich objektiven Standpunkte des Todes aus [...] umrissen w[erde], was denen, die mit seinem [Goethes] Werk lebten und leben, im Angesicht des Todes davon bleibt«[32]. Im Jahr 1950 dürfte es Hennig zufolge »das einzige Buch seiner Art sein, in dem Goethe an einer Grenzsituation gemessen w[erde]«.[33]

Eine unterrichtliche Debatte ließe sich durch die Frage provozieren, welche der drei zitierten Positionen – Kertész, Klüger, Rost – den Schülern und Schülerinnen am nachvollziehbarsten erscheint bzw. welche der drei Perspektiven sie in einer öffentlichen Debatte vertreten würden. Einen anderen Zugang eröffnete die Frage, warum in einer auf das Äußerste reduzierten Existenz der Wunsch nach geistigem Leben so stark ausgeprägt ist, wie es auch Robert Antelme, Primo Levi und Jorge Semprun bezeugen.[34] Auf jeden Fall sollte deutlich sein: Das hat nichts mit Goethe-Kultus zu tun, dessen Zeit Karl Jaspers 1947 in seiner Rede zur Verleihung des Goethepreises der Stadt Frankfurt als »vorbei« bezeichnet hat. Angesichts der technischen Entwicklungen und der menschlichen Katastrophe des Zweiten Weltkrieges geht es nach Jaspers vielmehr um das, was »Goethe selbst verbarg, den Blick auf die Abgründe zu werfen«.[35]

Es geht also nicht darum, die curriculare Verankerung von Goethe-Texten zu fordern, um seine Präsenz im Deutschunterricht zu sichern, denn dies widerspricht aktuellen curricuralen Entwicklungen, die auf Lektürevorgaben abseits des Abiturs verzichten, und erscheint angesichts der Prominenz gerade der lyrischen Texte

30 Ebd.

31 Nico Rost: *Goethe in Dachau. Literatur und Wirklichkeit*. Berlin 1948, S. 134 f. Vgl. dazu auch Markus Wegewitz: *Kategorienfehler: Antifaschismus im öffentlichen Diskurs und transnationaler Biografik*. In: *Studia Litteraria et Historica* 10 (2021), S. 1-28; hier S. 10, online unter: https://doi.org/10.11649/slh.2569, Article 2569 (zuletzt aufgerufen am 21.11.2023). Vgl. auch Markus Wegewitz: *Antifaschistische Kultur. Nico Rost und der lange Kampf gegen den Nationalsozialismus 1919-1965*. Göttingen 2023.

32 John Hennig: *Goethe in der Grenzsituation*. In: *Monatshefte für deutschen Unterricht, deutsche Sprache und Literatur* 42 (1950), H. 2, S. 101-104; hier S. 103.

33 Ebd. Vgl. dazu auch Stephan Pabst: *Der Weg zu Goethe. Goethe in Texten Buchenwald-Überlebender*. Unveröffentlichtes Typoscript.

34 Vgl. Robert Antelme: *Das Menschengeschlecht*. München 1987, S. 271-276; Primo Levi: *Ist das ein Mensch?* München 1979, S. 108-111; Jorge *Semprun: Schreiben oder Leben*. Frankfurt a. M. 1995, S. 33 f., 229 f.

35 Karl Jaspers: *Unsere Zukunft und Goethe*. Bremen 1949, S. 29 (Erstdruck in: *Die Wandlung* 2 [1947], H. 7, S. 559-578).

Goethes in aktuellen Deutschlehrbüchern auch gar nicht als notwendig. Wichtig erscheint aber eine literaturdidaktische Diskussion darüber, welche Ziele in der Auseinandersetzung mit den Goethe-Texten verfolgt werden sollen. Die weitgehend textimmanenten bzw. aktualisierenden Zugriffe in den Lehrbüchern erscheinen als fragliche Eingrenzung des Lernpotentials (Stichworte: Kontextualisierung und Wirkungsgeschichte): Die Goethe-Texte sind zwar sehr präsent in Lehrbüchern, doch gleichzeitig zeigt sich eine irritierende Abwesenheit des Autors. Dies liegt, wie gezeigt, nicht nur an den in Lehrbüchern – aufgrund des begrenzten Umfangs – sehr eingeschränkten Möglichkeiten, eine breite Kontextualisierung vorzunehmen, sondern auch an einer stark kompetenzorientierten Ausrichtung.

Kritisch anzumerken ist aber auch, dass Fragen nach der Anbahnung historischen Bewusstseins und einer stärker kulturwissenschaftlichen Reflexion der Texte gegenwärtig eher selten in der Literaturdidaktik verfolgt werden. Zudem ist zu fragen, welche Kompetenzen Lehrende benötigen, um professionell mit entsprechenden Lehrbuchangeboten umzugehen, und welche Konsequenzen sich daraus für die Lehrer- und Lehrerinnenausbildung ergeben. Gerade weil die Lehrbücher nur ein knappes Angebot unterbreiten können, braucht es Lehrende mit einem breiten Wissen, welche die Texte kontextualisieren und in den angedeuteten Richtungen entfalten können.

Das hier Ausgeführte gilt keineswegs nur für die Texte von Goethe, auch wenn dieser Autor hinsichtlich seiner Wirkungs- und Aneignungsgeschichte ohne Frage in besonderer Weise einen exemplarischen Fall darstellt, was sich wiederum auch in der Präsenz seiner Texte in den Lehrbüchern – trotz seiner Abwesenheit – zeigt.

Jonathan Landgrebe

Goethe – Der Autor schlechthin

Wir wurden gebeten, einführend einen kurzen persönlichen Eindruck davon zu geben, wie Goethe seine Präsenz in unserem eigenen Leben entfaltet hat. Als selbstverständlicher Teil des bürgerlichen Bildungs-Kanons hat mich Goethe, wie viele andere auch, schon früh begleitet; durch die *Faust*-Lektüre, natürlich auch im Deutsch-Leistungskurs, aber insbesondere und eindrücklich auch aus Erzählungen über Gustaf Gründgens' spektakuläre *Faust*-Inszenierung im Hamburger Schauspielhaus 1960. Lesend habe ich mich dem Werk zunächst auch über *Werther*, die *Wahlverwandtschaften*, später den *West-östlichen Divan*, den *Gesprächen mit Eckermann* und natürlich immer wieder auch über Goethes Gedichte angenähert. Zu keiner Zeit ist dies in eine spezifische Lese-Episode gefallen, sondern Goethe war anhaltend interessant, ohne dass man ihm so ›verfallen‹ wäre, wie es einem mit anderen Autoren ergangen ist. Als Leser habe ich bei Goethe von Anfang an den Eindruck gehabt, mich dem Werk gegenüber als neugieriger Erwachsener zu verhalten, nicht aber als Leser, der nicht mehr aufhören kann.

In der Verlagsarbeit war es dann für mich, sehr viel später, eine schöne Erfahrung, Goethes *West-östlichen Divan*, Höhepunkt des dichterischen Austauschs zwischen Orient und Okzident und inspiriert von den Werken des persischen Dichters Hafis, aufgreifen und einen ›neuen‹ *Divan* veröffentlichen zu können.[1] Dieser Band entstand in einem intensiven Prozess mit den Herausgebern und war eine besondere Erfahrung im Umgang mit Goethes Werk. 24 Dichterinnen und Dichter – je 12 aus dem ›Westen‹ und aus dem ›Osten‹ – hatten hierzu in ihrer Muttersprache ein Gedicht verfasst und Übertragungen ins Deutsche erstellt. Alle Gedichte wurden sowohl in der Originalsprache als auch in der Übersetzung abgedruckt und die Auseinandersetzung mit Goethes *Divan* spiegelte sich in den Texten unserer Autorinnen und Autoren der Gegenwart; ein Beispiel dafür, wie Goethe noch heute das Lesen, Denken und Dichten prägen kann.

Aus Verlagssicht ist heute einerseits die editorische Perspektive zu beachten. Mit der großen *Frankfurter Ausgabe* in 40 Bänden, einschließlich der amtlichen Schriften und der Zeichnungen, mit Kommentar und Registern, hat der Suhrkamp Verlag im Deutschen Klassiker Verlag die maßgebliche vollständige aktuelle Gesamtausgabe der Werke Goethes veröffentlicht. Diese Arbeit wurde im Jahr 2013 endgültig abgeschlossen, man kann auch sagen: voller Stolz vollendeter Abschluss des großen Unterfangens dieser Ausgabe. Festzuhalten ist gleichzeitig, dass die Präsenz Goethes in der Gesellschaft mit dieser editorischen Arbeit höchstens indirekt verknüpft ist. Wie viel Goethe tatsächlich gelesen wird, ist kaum zu erfassen. Betrachtet man die Verkaufszahlen von Büchern als geeigneten Indikator (die allerdings weder Wiederlektüre noch Ausleihzahlen noch die elektronische Lektüre erfassen),

1 *Ein neuer Divan. Ein lyrischer Dialog zwischen Ost und West*. Hrsg. von Barbara Schwepcke u. Bill Swainson. Mit Vorworten von Daniel Barenboim u. Mariam Said. Berlin 2019.

so kann einerseits festgehalten werden, dass – bedingt durch entsprechende Schullektüre – *Faust* mit Abstand das meistverbreitete Werk darstellt.[2] Allerdings ist quer durch alle Werke seit 2015 in etwa eine Halbierung der Verkaufszahlen festzustellen, und zwar in Summe aller verfügbaren Ausgaben. Wir sprechen von einem Rückgang von rund 400.000 verkauften Büchern pro Jahr auf ca. 200.000 Exemplare pro Jahr. Gerade seit 2020 (Covid-Krise) haben sich die Absätze noch einmal stark verringert. Eine Erholung ist zurzeit nicht ersichtlich, wobei, wie gesagt, die Effekte der Covid-Krise einerseits, andererseits aber auch signifikante Veränderungen der Schullektüre eine große Rolle spielen. Da höherwertige Ausgaben jenseits der Schullektüre schon seit vielen Jahren nur eine äußerst untergeordnete Rolle bei Verkauf und Verbreitung von Goethes Werk spielen, schlagen sich Veränderungen in den Schulen sofort sehr deutlich nieder; eine Tendenz, die wir spätestens seit 2016 feststellen können. Im Übrigen aber eine Entwicklung, die nicht nur Goethe trifft, sondern viele Autorinnen und Autoren, deren Werke wir bisher als selbstverständlichen Teil des Bildungskanons betrachtet haben und die nun nach und nach nicht mehr Teil der Schullektüre bzw. des Abiturstoffes sind.

Umgekehrt muss und darf man über diese Entwicklungen nicht nur klagen. Viel editorische Arbeit ist über lange Zeit getan worden und die Bücher sind nach vielen Jahren hoher Buchverkäufe überall verfügbar, sei es in öffentlichen oder privaten Bibliotheken, im Buchhandel und in (Online-)Antiquariaten. In den vergangenen 75 Jahren hat die Zahl an Buchpublikationen in der Gesellschaft, die Anzahl verfügbarer Bücher, in einem so großen Ausmaß zugenommen, dass es bestimmt nicht richtig wäre, im Vergleich zur Vergangenheit eine mangelnde Verbreitung von Büchern zu beklagen. Denn so zahlreich wie heute waren Bücher noch nie zuvor, das zeigt jede Statistik und das gilt auch für Goethes Werk.

So bleibt es unsere Aufgabe, auf dieses Werk und diese Bücher immer wieder aufmerksam zu machen, das Werk nicht nur verfügbar zu halten, sondern es zu vermitteln und anhand der Lektüre gerade jungen Menschen begreiflich zu machen, dass Goethe auch bald 200 Jahre nach seinem Tod literarisch weiterhin Maßstäbe setzt. Unanfechtbar bleibt, dass Goethe – vielleicht für manchen jungen Menschen unerwartet – sogar gesellschaftliche Aktualität für sich in Anspruch nehmen kann, selbst wenn man ›andere Zeiten‹ bei der Lektüre in Abzug bringen will. Eine klare Leseempfehlung würden heute Rezensenten schreiben, und für das Theater sei er immer wieder neu zu erfinden, wie es auch der Beitrag von Enrico Lübbe so schön zeigt.[3] Trotz aller ›Aufs‹ und ›Abs‹ ist Goethe ein Autor, ja eigentlich der Autor schlechthin, mit einem Werk von anhaltender, langfristiger Präsenz. Zum Glück!

2 Vgl. auch den Beitrag von Juliane Köster und Dorothee Wieser in diesem Band.
3 Vgl. S. 104-106.

Enrico Lübbe

»Mein Leipzig lob ich mir! Es ist ein klein Paris […]«[1]

Im Jahr 2018 inszenierte ich am Schauspiel Leipzig Johann Wolfgang Goethes *Faust I & II*. Es war meine zweite Regiebegegnung mit Goethes *Faust*-Stoff, nach einer vorherigen Inszenierung des *Urfaust* 2009 am Schauspiel Chemnitz, der 2011 in überarbeiteter Form noch einmal am Volkstheater in Wien zur Premiere kam. Davor, und dies war für beide Arbeiten prägend, lagen meine eindrücklichen Erfahrungen als Schüler mit Johann Wolfgang Goethes Werken – vor allem dessen *Faust*. Meine Schulzeit fiel größtenteils in die DDR der 1980er Jahre, meine Abiturzeit in die Nachwendejahre 1991-1993 am Goethe-Gymnasium in Schwerin – mit einer Deutsch-Klassenlehrerin, die den ›Dichterfürsten‹, wie auch sie ihn nannte, nicht nur verehrte, sie vergötterte ihn.

Die *Faust*-Rezeption meiner Schuljahre war sowohl in der DDR als auch in der Nachwendezeit in meiner Wahrnehmung eine eher eindimensionale. Ich empfand ein kritisches Hinterfragen des ›deutschen Nationaldramas‹, das ›unser‹ Goethe uns Nachgeborenen hinterließ, als eher unerwünscht und es wurde mir mehrfach als ›zu kleinkariert‹ gespiegelt. Heutige Fragen etwa nach den Kollateralschäden, die Faust bei seiner Suche nach dem, »was die Welt / Im Innersten zusammenhält« (WA I, 14, S. 28, V. 382 f.), hinterlässt, oder nach Goethes Frauenbild im *Faust I* oder dem Großherrscherdenken der Titelfigur am Ende von *Faust II* – »Daß sich das größte Werk vollende / Genügt Ein Geist für tausend Hände« (WA I, 15.1, S. 312, V. 11509 f.) – stellten wir uns nicht oder sie wurden mit der epochalen Größe und visionären Weitsicht des Übermenschen Faust (und des ›Dichterfürsten‹ Goethe) beantwortet und nivelliert.

Für meine Beschäftigung mit Goethes *Faust* und für die Konzipierung der Leipziger Inszenierung 2018 verfolgte ich einen geerdeteren Ansatz: Trotz jahrzehntelanger Arbeitsphasen Goethes an dem *Faust*-Stoff gibt es eine Szene, die die Jahrzehnte unverändert überstand – es ist die Szene *Am Brunnen* zwischen Margarethe und Lieschen (WA I, 14, S. 179-181). Eine Schlüsselszene, die den Blick der Leipziger Neuinszenierung auf den Text leitete: das spannungsgeladene Verhältnis von gesellschaftlicher Norm und individueller Entfaltung. Ein Spannungsverhältnis, das auch die Titelfigur prägt. In Faust steht sich eine Doppel-Struktur widerstrebender, ja, widersprechender Impulse gegenüber: Akzeptiertes und Verbotenes, Unterdrücktes und sozial Erwünschtes, Norm und Individuum finden sich hier in einer Figur zusammengespannt. »Zwei Seelen wohnen, ach! in [s]einer Brust« (ebd., S. 57, V. 1112). Mindestens zwei.

Die Leipziger Inszenierung wiederholte die Szene *Am Brunnen* mehrfach. Immer wieder wurde – nach zuerst Sibylle – eine neue, weitere Person, die die gesellschaft-

1 WA I, 16, S. 103, V. 2171 f.

liche Norm verletzte und sich außerehelich, wie es in der Szene heißt, »bethören« (ebd., S. 179, V. 3547) ließ, geächtet. Davor und danach exerzierte ein mehrstimmiger Chor der bürgerlichen Gesellschaft verschiedene Auszüge aus dem *Osterspaziergang* – hochartifiziell mit Gegenbetonungen, Überlagerungen, Clustern: ein seit Generationen zum Bildungskanon gehörender Text als gesellschaftlich normiertes Kraftzentrum. Die Form überlagerte und entleerte hier zusehends den Sinn. So, wie nicht wenige Texte über die Zeiten aus *Faust* zu reinen Zitaten geronnen sind, losgelöst von Inhalt und Kontext. Exemplarisch für diese Sinnverschiebungen von *Faust*-Zitaten steht in der Stadt von Auerbachs Keller auch das Stadtmarketing-Signet »Mein Leipzig lob ich mir ...«[2] – mit der weniger löblichen und gerne unterschlagenen Zusatzzeile »Es ist ein klein Paris, und bildet seine Leute« (WA I, 14, S. 103, V. 2172).

Es ist eine enge, streng normierte Welt, eine Kleinbürgerhölle, die im *Faust I* 2018 am Schauspiel Leipzig gezeigt werden sollte; eine Welt, die Goethe selbst 1827 als ›kleine Welt‹ beschrieb, als einen »Wust mißverstandener Wissenschaft, bürgerlicher Beschränktheit, sittlicher Verwirrung, abergläubischen Wahns« (WA I, 15.2, S. 215).

Sehr präsentes Thema der Inszenierung war der Konflikt zwischen Gruppe und Individuum, zwischen dem Bedürfnis persönlicher Entfaltung im Gegensatz zu gesellschaftlichen Erwartungen und Konventionen. Hierin ähneln sich Faust und Margarethe sogar, die, bei aller Verschiedenheit ihrer jeweiligen Situationen, sehr deutlich spüren und von der Gesellschaft zu spüren bekommen, was von ihnen erwartet wird – und was ihnen nicht erlaubt ist. Beide begegnen sich vor allem in ihrem Wunsch nach Auf- und Ausbruch.

Goethes *Faust II* setzte in der Leipziger Interpretation dann einen größeren Horizont. Geographisch wird bei Goethes Vorlage die weite Welt erfahren, zeitlich und inhaltlich werden Jahrtausende abgeschritten. Weit eher ein Groß-Essay als Drama nach ›klassischer‹ Anforderung, dehnte Goethe damit hergebrachte theatrale Genres und Klassifikationen deutlich über das zu seiner Zeit Gewohnte. Während die Handlung einerseits bis in die griechische Antike zurückreicht, werden andererseits zukunftsweisende ökonomische, wissenschaftliche und ethische Fragestellungen aufgeworfen: Den Text grundieren Spuren der aufziehenden Moderne und der Industrialisierung. Spuren, die weit vorausgreifen und bis in unsere Gegenwart reichen, was zur Entscheidung führte, den Leipziger *Faust II* nicht als klassische Theateraufführung im Schauspielhaus zu inszenieren, sondern die großen Themen des *Faust II* als Themen-Touren umzusetzen, hinein in die Stadt Leipzig und in unser aller Gegenwart. Mit *Die Erfindung des Reichtums*, *Schöpfungsträume* und *Die Umsiedler* waren die drei Touren überschrieben, die das Publikum in die Alte Handelsbörse, den Historischen Hörsaal der Anatomie der Universität Leipzig und zum Völkerschlachtdenkmal führten und Fragen nach der Geschichte des ›Werte‹-Wandels, künstlichen Lebens und künstlicher Intelligenz sowie Heimatverlust und Zwangsumsiedlung stellten.

2 Vgl. https://www.leipzig.de/news/news/mein%20leipzig%20lob%20ich%20mir%20-%20bekannte%20leuchtreklame%20strahlt%20wieder (letzter Zugriff am 29.11.2023).

Die Rezeptionsgeschichte von Goethes *Faust* ist sehr umfangreich. Auch andere Zeiten haben sich von diesem Text angesprochen gefühlt, auf jeweils andere Weise. Verschiedenste Rezeptions(ge)schichten haben sich über den Text gelegt. Die Rezeptionsgeschichte des *Faust* ist auch eine lange Geschichte von Wertungen, Umwertungen und nicht zuletzt ideologischen Inbesitznahmen eines Werkes, das ziemlich bald zum ›deutschen Nationaldrama‹ ausgerufen wurde. Dabei aufgelaufene kanonisierte Etikettierungen und Figurenwertungen werden heute und hoffentlich auch zukünftig hinterfragt oder gelten inzwischen schon mit dem Text selbst als widerlegt, etwa Margarethes Reduzierung auf ein ›blondes Gretchen‹ oder Fausts Entschuldung und Erhebung zum strebenden Groß-Wissenschaftler auf der Suche nach der Weltformel.

Goethes *Faust* hat es im deutschsprachigen Theater heute schwer. Er ist, aus vielen Schulplänen gestrichen, kaum noch Bestandteil des föderalen Bildungskanons der Bundesrepublik Deutschland. Ich bin überzeugt, dass die Theater den *Faust*-Stoff verstärkt als qualitativ und quantitativ hochwertiges Material betrachten müssen, ihn neu hinterfragen und bearbeiten müssen. Das war auch Ansatz unserer Inszenierung am Schauspiel Leipzig 2018. Verbunden mit der Hoffnung, dass dieser Stoff ein moderner bleiben und damit auch weiter eine Zukunft auf den Spielplänen der Theater haben wird.

Abhandlungen

ULRIKE LORENZ

Goethe für das 21. Jahrhundert. Die Klassik Stiftung Weimar restauriert ab 2026 Goethes Wohnhaus am Frauenplan und denkt das Goethe-Nationalmuseum neu

In Weimar bündeln sich Kontinuitäten und Diskontinuitäten der deutschen und europäischen Geschichte auf engstem Raum. Von der Reformation über die Aufklärung und Klassik bis zur ersten parlamentarischen Republik auf deutschem Boden und dem Zivilisationsbruch des Nationalsozialismus, gefolgt von zwei weiteren Umstürzen diametraler Gesellschaftssysteme im 20. Jahrhundert – immer schien sich in dem kleinformatigen Machtzentrum an der Ilm geschichtliches Geschehen mit programmatischen Sinnüberschüssen aufzuladen, die bis heute und weit über nationale Grenzen hinaus wirksam sind. Dabei gingen Macht und Kunst enge Partnerschaften ein. Künstler und Intellektuelle erhielten hier reale Einflusschancen und lieferten Rohstoff und Bausteine für die nationalpolitische Memorialkonstruktion des späteren 19. Jahrhunderts, die Weimar zum herausragenden Symbolort der Deutschen machte. Tatsächlich ist hier durch die transepochalen Überlieferungen und Überschreibungen, Rezeptionen und Revisionen ein besonders dichtes, aufschlussreiches Gewebe aus historischen Tiefenbezügen und Querverbindungen entstanden. Und es sind vor allem dessen Ambiguitäten und Antagonismen, die Weimar im Rückblick als ein konzentriertes Experimentierfeld für visionäre Zukunftsideen sowie deren Kehrseiten im Spektrum des Menschenmöglichen erscheinen lassen.

Die disparaten materiellen und immateriellen Erbschaften vor allem zweier Kernepochen der deutschen Kulturgeschichte – der sogenannten Weimarer Klassik und der frühen Bauhaus-Moderne – dominieren das Tätigkeitsspektrum einer der komplexesten Kulturinstitutionen Deutschlands: der Klassik Stiftung Weimar. Getragen und finanziert von der Bundesregierung Deutschlands, dem Freistaat Thüringen und der Stadt Weimar, vereint die öffentliche Stiftung mehr als 20 Museen und Schlösser in und um Weimar, das Goethe- und Schiller-Archiv, die Herzogin Anna Amalia Bibliothek und 140 Hektar historischer Parklandschaften – darunter zwölf UNESCO-Welterbestätten. Damit ist die Stiftung zuständig für Schauplätze und Sammlungen, aber auch Ideen und Weltbilder in Literatur und Philosophie, die für das Selbstverständnis unserer Gesellschaft bis heute zentral sind. In ihrer historisch gewachsenen Netzstruktur aus Kultur- und Forschungsinstitutionen versteht sie sich als eine Wissenstopographie, in der sich physische Orte und Denksysteme in Zeit und Raum verknüpfen.

Im Zentrum dieses programmatischen Koordinatensystems steht das 1885 gegründete Goethe-Nationalmuseum – einst der Prototyp für Dichtergedenkstätten als nationalkulturelle Symbolorte. Herzstück des Museums ist Goethes Wohnhaus-Ensemble am Frauenplan mitsamt seinen historischen Ausstattungsschichten, der Bibliothek und den Sammlungen. Für das hier nachgelassene Riesenkonvolut an literarischen und wissenschaftlichen Handschriften, Tagebüchern und Briefen wurde ab 1892 ein eigenes Archiv jenseits der Ilm gebaut. Goethe hat sein ursprünglich barockes Wohnhaus mit Garten ein halbes Jahrhundert tatkräftig als Lebens- und Arbeitsmittelpunkt gestaltet. Mit den unermüdlich zusammengetragenen Beständen an Büchern, Kunst- und naturwissenschaftlichen Sammlungen, Handschriften und Postsendungen wurde es die unverzichtbare Voraussetzung seiner Existenz als Schriftsteller, Naturforscher und Staatsmann – eine Art ›epistemisches Werkzeug‹ des weltweit vernetzten Zeitgenossen und hochgradig (selbst)reflektierten Zeitzeugen eines Epochenumbruchs, der für Lebenswirklichkeit, Handlungsrahmen und Denkhorizonte auch im 21. Jahrhundert grundlegend ist.

Es gibt weltweit keinen vergleichbaren Ort, an dem sich materielles und immaterielles Kulturerbe, Kunst und Politik, Provinz und Weltgeschichte so unauflöslich verknüpfen und trotz immenser Umbrüche in den gesellschaftlichen Rahmenbedingungen eine bis heute immer noch überzeugende Wirkungskraft entfalten. Hinzu kommt, dass Goethes Wohnhaus untrennbar verbunden ist mit zwei Ergänzungsbauten von 1913 und 1935, die unverzichtbare Museumsfunktionen beherbergen: Ausstellungsflächen, Studienräume, Vortragssaal und Publikumsempfang. Jährlich besuchen rund 140.000 Menschen das Goethe-Nationalmuseum, die Hälfte davon Schulklassen und Jugendgruppen. Seit 1998 ist der Komplex der Wesenskern des UNESCO-Weltkulturerbes »Klassisches Weimar«.

Nach einer Teilsanierung in der DDR der 1980er Jahre wurde bereits 2008 erkannt, dass eine umfassende denkmalgerechte Instandsetzung des Baukomplexes am Frauenplan unumgänglich ist. Doch erst seit 2019 packt die Klassik Stiftung Weimar als Bauherrin und Trägerinstitution die nur im großen Zusammenhang erfolgreich zu bewältigenden Restaurierungsmaßnahmen in einem strategischen Sonderprojekt konzentriert an. In dessen Zentrum steht das stark sanierungsbedürftige historische Wohnhaus mit Hausgarten und angrenzenden Pavillons. Die Museumsbauten des 20. Jahrhunderts, die bereits vor einem Jahrzehnt überarbeitet wurden, sind dezidiert nicht Bestandteil des jetzt angelaufenen Sanierungsprojekts. Da die unterschiedlichen Elemente des Goethe-Nationalmuseums eine untrennbare Einheit bilden, werden diese jedoch selbstverständlich in die Überlegungen zur Neukonzeption der musealen Flächen und Funktionsbereiche einbezogen. Die geplanten baulichen und technischen Maßnahmen betreffen einerseits

- die Sanierung der historischen Gebäudehüllen, vor allem der Fassaden, Dächer und Fenster,
- die Trockenlegung der Erdgeschossräume und bislang nicht zugänglichen Kellergewölbe,
- die Restaurierung sämtlicher Innenräume mit ihren Farbfassungen, Tapeten, Holzfußböden, Wand- und Deckengestaltungen, andererseits
- die behutsame Erneuerung der technischen Anlagen, insbesondere der Heizung von 1913, der Elektroinstallationen und Beleuchtung,

- die Verbesserung der raumklimatischen Verhältnisse und die Optimierung der Sicherheitsinstallationen sowie nicht zuletzt
- die denkmalgerechte Wiederherstellung des Hausgartens, einschließlich der Wirtschaftsflächen Christiane von Goethes.

Zusätzlich wird eine barrierearme Erschließung und die Neuordnung differenzierter Besucherrundgänge zur künftigen Schonung der Interieurs verwirklicht. Darüber hinaus stehen anspruchsvolle Restaurierungen der mobilen historischen Ausstattungen und nicht zuletzt der Sammlungen Goethes an.

Auf der Basis einer mehr als sechsjährigen Vorbereitung durch wissenschaftliche Archivforschungen und ingenieurtechnische Bauuntersuchungen hat der Prozess der denkmalgerechten Instandsetzung mit einem mehrstufigen internationalen Architektenwettbewerb 2022 und der Auswahl des erfahrenen Berliner Büros Bruno Fioretti Marquez im April 2023 begonnen. Bis Herbst 2023 wurde das komplette Planungsteam mit den Fachplanern für Haustechnik, Tragwerk, Baurestaurierung und Freianlagen zusammengestellt. Derzeit wird auf Grundlage einer denkmalpflegerischen Zielstellung für Haus und Garten die Vorentwurfsplanung erstellt, die im Frühjahr 2024 fertiggestellt wird. In einem Parallelprozess konnte Ende 2023 endlich auch eine Vorphase der Museumsgestaltung mit der Designagentur chezweitz starten. Künftig werden die Architekten und Ausstellungsdesigner den eng verknüpften Planungsprozess gemeinsam gestalten. Gesteuert wird dieser von einem direktionsübergreifenden Kuratoren- und Architektenteam der Klassik Stiftung unter Federführung der Präsidentin – in engster Abstimmung mit den öffentlichen Zuwendungsgebern und den Denkmalbehörden des Landes unter einem strengen ICOMOS-Monitoring. Das Jahr 2025 ist ein wichtiger Meilenstein im Gesamtprojekt. Die Stiftung gestaltet das Jubiläum der 250-jährigen Ankunft Goethes in Weimar mit einem Themenjahr zum *Faust*, während hinter den Kulissen die Entwurfsplanung vollendet und die Ausführungsplanung begonnen wird.

Der eigentliche Baubeginn ist Mitte 2026 geplant. Für den vorangehenden Auszug aller Mobilien müssen Goethes Wohnhaus und Garten für den Publikumsverkehr schon im Januar 2026 schließen. Während der gesamten Bauzeit bleiben jedoch Haupteingang und Dauerausstellung des Goethe-Nationalmuseums geöffnet. Ein Bündel von analogen und digitalen Kompensationsmaßnahmen ist geplant, darunter die *Faust*-Literaturausstellung im nahegelegenen Schiller-Museum und das Virtual-Reality-Projekt »Goethe Live 3D« im hoffentlich rechtzeitig wiedereröffneten Ostflügel des Residenzschlosses, das derzeit ebenfalls saniert wird. Vorausgesetzt, dass die Sanierungsmaßnahmen im Goethewohnhaus-Ensemble Zug um Zug ungestört umgesetzt werden können, wird seine Wiedereröffnung aktuell im Laufe des Jahres 2029 prognostiziert.

Die Finanzierung der Architekturplanung ist im Moment durch Investitionsmittel des Freistaats Thüringen sichergestellt. Die Gesamtfinanzierung des ambitionierten, baulich-programmatischen Strukturprojekts erhielt erst im November 2023 mit der Entscheidung des Deutschen Bundestags zu einer Sonderinvestition verlässliche Konturen. Für die Denkmalsanierung sind – laut der Machbarkeitsstudie von 2021 zuzüglich aktueller Preissteigerungen – rund 35 Millionen Euro notwendig. Weitere 10 Millionen Euro fließen in die Planung, Erprobung und Umsetzung zeitgemäßer Präsentations-, Vermittlungs-, Aktivierungs- und Beteiligungskonzepte, die eine breite Rezeption Goethes im 21. Jahrhundert absichern und auch bislang wenig beachtete Aspekte – etwa seine von tiefem Respekt getragene, existentielle Auseinandersetzung mit der Natur – neu beleuchten sollen. Nach den Finanzierungszusagen von Bund und Land haben jetzt auch vier private Stiftungen eine massive Unterstützung des Vorhabens in Höhe von insgesamt 10 Millionen Euro bestätigt. Die Klassik Stiftung Weimar ruft mit ihrer zum Goethe-Geburtstag 2023 gestarteten Spendenkampagne »Wo ist Goethe?« deutschlandweit und international zu weiteren unentbehrlichen Spenden auf (vgl. *Spendenaufruf*, S. 112).

Das in seiner organisatorischen Komplexität und internationalen Bedeutung singuläre Sanierungsprojekt ist für die Stiftung Anstoß und Grundlage, das programmatische Konzept des Goethe-Nationalmuseums unter den Rahmenbedingungen und zugeschnitten auf die Bedürfnisse des 21. Jahrhunderts neu zu denken. Mit dem physischen Denkmal wird zugleich seine gesellschaftliche Wirkung im 21. Jahrhundert zukunftsfest gemacht. Dafür denkt die Klassik Stiftung Weimar in interdisziplinären Konstellationen mit Wissenschaftlern, Künstlerinnen und dem Publikum über Wege und Methoden nach, den auratischen Charakter des Schauplatzes aufzubrechen und zur Diskussion zu stellen. Museale Präsentationen und Bildungsangebote werden mit kulturwissenschaftlichen Perspektiven und frischen Ansätzen der Publikumspartizipation aktualisiert. Dabei rückt auch eine wirksame Literaturvermittlung, in Weimar bis dato vernachlässigt, neu in den Fokus. Die komplementäre Verflechtung von denkmalgerechter Instandsetzung und musealer Neukonzeption bedeutet zweifellos die anspruchsvollste intellektuelle und organisatorische Herausforderung, die die Klassik Stiftung Weimar im nächsten Jahrzehnt nicht nur beschäftigen, sondern auch verändern wird.

Bezogen auf das Dichterhaus selbst sollen einerseits der ursprüngliche Werkstattcharakter des zentralen Lebens- und Arbeitsorts Goethes sowie die lebensprallen Alltagsbedingungen seiner außergewöhnlichen Produktivität als »être collectif« – jenes Kollektivwesens, als das er sich selbst beschrieb – wieder spürbar und zum Anknüpfungspunkt für das Weiterdenken und Weiterproduzieren im herausfordernden Zeitalter der Gegenwart werden. Sodann wird aber auch quasi archäologisch freigelegt und begreifbar gemacht, wie und warum alle nachgeborenen Generationen diesen Ort mit ›ihrem‹ Bild von Goethe überformt und zunehmend fiktionalisiert haben. Im Bewusstsein dieses einzigartigen Überlagerungskomplexes voller Widersprüche und blinder Flecke, loser Gedankenfäden und offener Denkräume wird die Wahrnehmung Goethes als deutschen Nationaldichters selbst historisch. Dennoch kommen kulturinteressierte Gäste und Fachwissenschaftler aus aller Welt mit positiven Erwartungen an ein essentielles Kulturerbe der Deutschen hierher. Statt einer weihevollen Nationalgedenkstätte werden sie künftig ein Goethe-Nationalmuseum erleben, das sich als überraschend lebendiger, herausfordernd ambivalenter und zugleich vielfältig anschlussfähiger Ort wiedererfunden hat. Ein Denkraum, in dem vor allem auch junge Generationen unterschiedlichster Herkunft und Prägung ihre Perspektiven und Ansprüche wiederfinden, um hier Motivation und Inspiration für ihre eigenen Wege ins Offene der Zukunft zu gewinnen (vgl. Petra Lutz: *Zur Neukonzeption des Goethe-Nationalmuseums*, S. 113).

Das Goethehaus nach seiner Sanierung wird – im rechtzeitigen Anlauf auf den 200. Todestag Goethes 2032 – ein für das Abwägen und Genießen von Widersprüchen offener Gedächtnisort und zugleich ein Zukunftslabor sein. Die Klassik Stiftung Weimar wagt damit den ernsthaften Versuch, eine alternative Erinnerungskultur zu etablieren, die sich nicht in Fiktionalisierung, Identifikation und Emotionalisierung erschöpft, sondern auf die differenzierende Wahrnehmung von Mehrdeutigkeit und ein lustvolles Exerzitium der Urteilskraft zielt. Das geistesgegenwärtige Dichterhaus Goethes soll sanft überzeugend ein Geschichtsbewusstsein evozieren, das reflektierend statt restaurativ ist und eher von einer möglichen Zukunft als von imaginären Vergangenheiten träumt – kurz und paradox formuliert: Erinnerung nach vorn ermöglicht.

Petra Lutz

Zur Neukonzeption des Goethe-Nationalmuseums

Traurig ist es, wenn man das Vorhandne als fertig und abgeschlossen ansehen muß. Rüstkammern, Galerien und Museen, zu denen nichts hinzugefügt wird, haben etwas Grab- und Gespensterartiges; man beschränkt seinen Sinn in einem so beschränkten Kunstkreis, man gewöhnt sich solche Sammlungen als ein Ganzes anzusehen, anstatt daß man durch immer neuen Zuwachs erinnert werden sollte, daß in der Kunst, wie im Leben, kein Abgeschlossenes beharre, sondern ein Unendliches in Bewegung sei. (WA I, 46, S. 49 f.)

Ausgangspunkt

2026 beginnt die Sanierung des Goethe-Wohnhaus-Ensembles. Sie ist seit langem geplant, da sie für den Erhalt der baulichen Substanz des UNESCO-Welterbes notwendig ist. Die Klassik Stiftung Weimar nimmt dies zum Anlass, auch die museale Präsentation des Ensembles einer Überprüfung zu unterziehen. Seit den 1950er Jahren wurde diese in weiten Teilen nicht mehr entscheidend verändert.

Die im 20. Jahrhundert ergänzten Museumsbauten mit Foyer und Servicebereichen, Ausstellungsflächen und Studiensälen sollen in dieser Zeit geöffnet bleiben, sind also nicht Teil der Baumaßnahme. In die konzeptionellen Überlegungen werden sie trotzdem einbezogen, da sie als Teil des Ganzen wahrgenommen werden. Der Ort muss im Gesamtzusammenhang räumlich und historisch vermittelt werden.

Der vorliegende Beitrag spiegelt die bisherigen Überlegungen und Befunde – und damit einen Zwischenstand, denn das Projekt befindet sich im laufenden Planungsprozess, an welchem Viele beteiligt sind. Alle notwendigen Expertisen in Planung und Reflexion einzubeziehen, ist eine Gelingensbedingung dieser einzigartig komplexen Aufgabe. Aktuell sind neben der Klassik Stiftung mit ihren unterschiedlichen Abteilungen, dem wissenschaftlichen Beirat sowie einem eigenen Projektbeirat[1] das Architekturbüro Bruno Fioretti Marquez und etliche Fachplaner für die bauliche Realisierung beteiligt, die Gestalter des Ausstellungsbüros chezweitz für die Erstellung einer Machbarkeitsstudie, Matthias Knigge vom Büro Grauwert für eine möglichst inklusive Zugänglichkeit, auch die Denkmalbehörden sind wichtige Gegenüber. Expertinnen und Experten beraten zu inhaltlichen Fragen[2], und die

1 Wissenschaftlicher Beirat der Klassik Stiftung Weimar: https://www.klassik-stiftung.de/ueber-uns/profil/struktur/wissenschaftlicher-beirat/ (zuletzt aufgerufen am 19.1.2024); die Mitglieder des Projektbeirats für die Neukonzeption des Goethe-Nationalmuseums sind: Anne Bohnenkamp, Daniela Bystron, Heinrich Detering, Hartmut Dorgerloh, Dieter Höhnl, Nicola Lepp, Jan Philipp Reemtsma und Sabine Schulze.

2 Bislang unter anderem Lothar Ehrlich, Francesca Fabbri, Caroline Gille, Christiane Holm, Paul Kahl, Kristin Knebel, Thomas Schmidt, Gerhard Schuster und Diana Stört.

Kustodinnen und Kustoden sowie weitere Mitarbeiterinnen des Goethe-Nationalmuseums arbeiten an der Konzeption mit.[3]

Auch temporäre ›Testfelder‹ mit begleitender Besucherbefragung gehören zur Vorbereitung. So wurden im Jahr 2022 bislang verschlossene Flächen im Erdgeschoss des Ensembles für literarische Interventionen geöffnet, deren Besucherresonanz ebenso ausgewertet wurde wie die eines Animationsfilms, der seit 2021 in die Geschichte des Ensembles einführt. Des Weiteren gehören zum mittlerweile begonnenen Austausch über das Goethe-Nationalmuseum und damit zum Prozess der Neukonzeption Tagungen, Gespräche – etwa mit Lehrerinnen und Lehrern – und die Möglichkeit, im Goethe-Nationalmuseum »Fragen zu Goethe« zu hinterlassen, von denen manche dann in einem Podcast der Goethe-Gesellschaft und der Klassik Stiftung Weimar behandelt werden.[4] Geplant sind weitere Besucherbefragungen und die Arbeit mit Fokusgruppen; Anregungen und Anmerkungen – auch von Leserinnen und Lesern dieses Beitrags – sind jederzeit erwünscht.

Warum eine Neukonzeption des Goethe-Nationalmuseums – und warum gerade jetzt?

Das Großprojekt Goethe-Nationalmuseum zielt darauf ab, das Denkmal für möglichst lange Zeit zukunftsfest zu machen: baulich, inhaltlich, konzeptionell. Ohnehin sind bauliche Entscheidungen und solche der Präsentation untrennbar miteinander verwoben. So wurden etwa in der frühen Museumszeit ursprünglich rötlich lasierte Sammlungsschränke hellgrau überstrichen, möglicherweise um sie den bereits seit der Museumsgründung überwiegend weiß gestrichenen Türen, Fenster- und Türrahmungen anzunähern. Eine Entscheidung mit gravierenden ästhetischen Konsequenzen, die man heute nicht mehr treffen würde – schon gar nicht im Haus des Autors einer *Farbenlehre*. Ob aber die ursprüngliche Fassung wiederhergestellt werden kann und ob sie das gegebenenfalls sollte, das muss natürlich für Schränke und Türen übergreifend entschieden werden.

Ein zweiter Grund: Heute ist wahrscheinlich mehr Wissen zu diesem Ort verfügbar als je zuvor seit der Öffnung des Museums im Jahr 1886. In den letzten Jahren sind wichtige Studien zum Goethe-Nationalmuseum und seinen Sammlungen erschienen.[5] Goethezeitliches Leben, Wohnen, Arbeits- und Alltagspraktiken wur-

3 Boris Roman Gibhardt (bis 2023), Ira Klinkenbusch, Anne Greenwood MacKinney (bis 2022), Christoph Orth, Nanny Schedler, Laura Stieg, Thomas Schmuck, Bettina Werche.

4 Mitschnitte der Tagungen finden Sie auf dem Youtube-Kanal der Klassik Stiftung, die Podcasts können Sie hier abrufen: https://www.klassik-stiftung.de/goethe-nationalmuseum/fuenf-minuten-goethe/ (zuletzt aufgerufen am 19.1.2024) oder unter https://www.goethe-gesellschaft.de/podcast/ (zuletzt aufgerufen am 19.1.2024).

5 Vgl. u.a. Christian Hecht: *Goethes Haus am Weimarer Frauenplan. Fassade und Bildprogramme*. München 2020; Christiane Holm: *Raumordnungen des Nachlasses. Das »litterarische Archiv« in Goethes Wohnhaus*. In: Kai Sina u. Carlos Spoerhase (Hrsg): *Nachlassbewusstsein. Archiv, Literatur, Philologie 1750-2000*. Göttingen 2016, S. 132-154; Christiane Holm: *Goethes Gipse. Präsentations- und Betrachtungsweisen von Antikenabgüssen im Weimarer Wohnhaus*. In: Charlotte Schreiter (Hrsg.): *Gipsabgüsse und antike Skulpturen. Aufstellung und Ausstellung seit der Renaissance*. Berlin 2012, S. 117-134;

den erforscht und waren bereits auch Gegenstand von Ausstellungen.[6] Des Weiteren hat die Klassik Stiftung in Vorbereitung von Sanierung und Neukonzeption gemeinsam mit der Wüstenrot Stiftung eine umfangreiche Machbarkeitsstudie erarbeitet, für die in diesem Zusammenhang relevantes Wissen zusammengetragen wurde. Auch die aktuellen denkmalpflegerischen Zielstellungen für das Haus-Ensemble und den Garten basieren auf dieser Studie.[7] Schließlich gibt es mittlerweile einen umfangreichen fachlichen Diskurs über Geschichte und Gestaltung von Dichterhäusern und ein stark verändertes Selbstverständnis von Museen.[8] Beides ist in die aktuelle Präsentation des Wohnhaus-Ensembles noch kaum eingeflossen.

Verändert haben sich auch das Publikum des Goethe-Nationalmuseums einerseits und die museumsfachliche Perspektive auf Besucherinnen und Besucher andererseits. Dialogische Formate statt reiner Sender-Empfänger-Kommunikationen und eine zielgruppenorientierte Entwicklung differenzierter Vermittlungsformen sind besonders, aber nicht ausschließlich mit Blick auf die Schulklassen wichtig, die derzeit knapp 30 % der Gesamtbesucherinnen und -besucher ausmachen und ein wesentlicher Teil des Zukunftspotentials der Institution sind. Der Hauptanlaufort für das klassische Weimar steht im 21. Jahrhundert erstmals in einer Zeit, in der Goethe nicht mehr für alle unangefochtener Teil eines unangefochtenen Kanons ist. Was bedeutet das für das Goethe-Nationalmuseum? Es verschärft zum einen die Herausforderungen, die schon immer mit der Breite und Diversität seines Publikums verbunden waren. Dieses reicht von Forschenden, die im Goethe- und Schiller-Archiv recherchieren, bis zu Neulingen, die ihre erste Goethe-Lektüre noch vor

Paul Kahl: *Die Erfindung des Dichterhauses. Das Goethe-Nationalmuseum in Weimar. Eine Kulturgeschichte*. Göttingen 2015 (zit. als Kahl: *Erfindung*); ders. u. Hendrik Kavelage (Hrsg.): *Das Goethe-Nationalmuseum in Weimar*. Bd. 1: *Das Goethehaus im 19. Jahrhundert. Dokumente*. Göttingen 2015; Paul Kahl (Hrsg.): *Das Goethe-Nationalmuseum in Weimar*. Bd. 2: *Goethehaus und Goethe-Museum im 20. Jahrhundert*. Göttingen 2019; Diana Stört: *Goethes Sammlungsschränke. Wissensbehältnisse nach Maß*. Dresden 2020. In zwei vom Bundesministerium für Bildung und Forschung (BMBF) geförderten Forschungsprojekten zur Materialität der Weimarer Klassik (2009-2012) und zu Parerga und Paratexten (2015-2018) entstanden fünf Kurzfilme, die sich mit der Rekonstruktion der Einrichtung des Hauses befassen: *Goethe als Gestalter seines Wohnhauses* (2012); *Wie Dinge zur Sprache kommen* (2018).

6 Vgl. etwa Sebastian Böhmer, Christiane Holm, Veronika Spinner u. Thorsten Valk (Hrsg.): *Weimarer Klassik. Kultur des Sinnlichen*. Berlin, München 2012.

7 Adam Sevens, Stefanie Harnisch, IWB Ingenieurbüro für Bauwerkserhaltung, Oliver Hahn, Cora Pischke u. Holger Reinhardt: *Ensemble Goethe-Wohnhaus Weimar. Machbarkeitsstudie der Wüstenrot Stiftung zur Instandsetzung* (2020).

8 Zu Dichterhäusern vgl. u. a.: Christiane Holm: *Dichterhäuser. Überlegungen zu Bedingungen und Möglichkeiten eines unterschätzten Formats*. In: *Jahrbuch der Deutschen Schillergesellschaft* 64 (2020), S. 349-372; Thomas Schmidt: *Authentische Atmosphären. Zur Theorie und Praxis des Dichterhauses*. In: *Jahrbuch der Deutschen Schillergesellschaft* 64 (2020), S. 373-393; zum Museum ebenfalls unter vielen anderen die neue Museumsdefinition von ICOM (International Council of Museums): https://icom-deutschland.de/de/component/content/category/31-museumsdefinition.html?Itemid=114 (zuletzt aufgerufen am 19.1.2024); schnittpunkt u. Joachim Baur (Hrsg.): *Das Museum der Zukunft. 43 neue Beiträge zur Diskussion über die Zukunft des Museums*. Bielefeld 2020.

sich haben und das Werk vielleicht auch zuhause nicht vorfinden. Hier geht es also nicht nur darum, Goethes Haus zu vermitteln, sondern auch darum, Goethe zu vermitteln, soweit dies im Rahmen eines Museumsbesuchs möglich ist.

Das Goethe-Nationalmuseum als Palimpsest: goethezeitliche und museale Überlieferungen

Die Überlegungen zur Neukonzeption gehen von einer umfassenden Auseinandersetzung mit der Geschichte des Ortes einschließlich bisheriger musealer Schichten aus, die seinen aktuellen Status maßgeblich geprägt haben.

Bis Ende des 20. Jahrhunderts haben alle nachfolgenden Generationen das Goethe-Nationalmuseum als nationalen Kulturort gedeutet. Indem sie ihn im Sinne ihrer jeweiligen Perspektive auf Goethe gestaltet haben, haben sie einen Palimpsest geschaffen, an dem im Grunde schon der nachlassbewusste Goethe gearbeitet hat, in dem aber die präzise geformte Werkstatt eines europäischen Dichters, Sammlers, Künstlers, Wissenschaftlers und Politikers, zu der Goethe sein Haus entwickelt hat, nicht mehr überall erkennbar ist.

Direkt nach Goethes Tod wurde minutiös verzeichnet, was sich an Mobiliar, Objekten und Schriftstücken im Arbeitsbereich befand. Bibliothek, Vorzimmer, Arbeitszimmer sowie Schlaf- und Sterbezimmer wurden verschlossen. Schon damals gab es die Idee, ein Museum zu gründen.[9] Ebenfalls genau verzeichnet wurden in den Folgejahren Goethes Sammlungen der Natur und Kunst, insgesamt über 50.000 Objekte, die sich heute vollständig im Wohnhaus-Ensemble selbst und in den Museumsdepots befinden.

Der gesamte Arbeitsbereich, die Sammlungen, die Bibliothek und natürlich der bis 1885 ebenfalls noch im Haus befindliche schriftliche Nachlass bilden eine in Dichte und Bedeutung weltweit einzigartige Überlieferung und den Kern des klassischen Weimarer Kulturerbes. Mit ihrer präzisen Arbeit legten die Nachlassverwalter den Grundstein dafür – orientiert am Jahr 1832, was zugleich bedeutet, dass wir über die 50 Jahre vorher, in denen Goethe das Haus bewohnt und auch immer wieder verändert hat, weniger detailliert informiert sind.

Stühle, Tische und sonstige Gebrauchsgegenstände, der Wein im Keller, Wirtschaftsräume, Toiletten und Ställe wurden hingegen nicht mit Blick auf ihren Erhalt für die Nachwelt, sondern summarisch als künftiges Eigentum der noch unmündigen Erben erfasst.[10] Das entsprach durchaus Goethes eigener Unterscheidung, der 1830 von der Bedeutung seines Nachlasses »für ganz Deutschland« sprach und dabei Manuskripte, Korrespondenz und »Sammlungen jeder Art« als die Bereiche nannte, die »der genauesten Fürsorge werth« seien. Haus und Garten wollte er dagegen lediglich die ersten 20-25 Jahre nicht verkauft sehen.[11] Diese Gewichtung führte dazu, dass viele Räume weit weniger präzise überliefert sind als Arbeitsbereich und Sammlungen. Bis zum Tod des letzten Enkels, Walther von Goethe, der

9 Kahl: *Erfindung* (Anm. 5), S. 49-53.
10 GSA 38/I,3 (*Acta privata, die Aufzeichnung des von Goetheschen Nachlasses in allen seinen Theilen betr.* Weimar 1832).
11 Kahl: *Erfindung* (Anm. 5), S. 45 f.

1885 Haus und Sammlungen dem Großherzogtum, den schriftlichen Nachlass der Großherzogin Sophie persönlich vererbte, wurde das Haus von der Familie weitergenutzt und auch vermietet.[12]

Bei der Museumsgründung 1885 waren einige Bereiche des Hauses stark überformt. Teile des Mobiliars konnten nicht mehr eindeutig identifiziert oder spezifischen Räumen zugeordnet werden. Letzteres gilt auch für die genaue Verortung vieler Sammlungsbestände.[13]

Auf die Veränderungen durch die Nutzung als Wohnhaus folgten museale Überformungen – aus ganz unterschiedlichen Gründen. Zum Ersten wurde der schriftliche Nachlass zunächst ins Schloss, später ins eigens dafür neu gebaute Goethe- und Schiller-Archiv verlagert. Das Ergebnis dieser Trennung bezeichnete der frühere Direktor des Goethe-Nationalmuseums Gerhard Schuster als »Schisma«[14], die Literaturwissenschaftlerin Christiane Holm konstatiert: »Das Museum zog ein, nachdem die Literatur ausgezogen war«.[15]

Zum Zweiten bezog sich der Anspruch auf historische Genauigkeit nur auf die Beletage mit Arbeitsbereich, Repräsentations- und Sammlungsräumen sowie den Garten. Die Mansarde, in der Ottilie und August von Goethe mit ihren Kindern und zuvor immer wieder wichtige Mitarbeiter Goethes gewohnt hatten, war 1886 noch leer und bot laut dem Goetheforscher Robert Keil »nur ein geschichtliches Interesse«.[16] Das Interesse an Objekten der Familienmitglieder war lange gering. Später wurde die Mansarde mit einer biographisch orientierten Ausstellung mit vielen Erinnerungsstücken Teil der musealen Präsentation, eine Funktion, die nach der Fertigstellung des Ausstellungsbaus 1935 auf die neuen Museumsflächen verlagert wurde.[17] Von den ehemaligen Wirtschaftsräumen im Erdgeschoss ist – etwa

12 Kahl: *Erfindung* (Anm. 5), S. 129-137.

13 Laut Kahl: *Erfindung* (Anm. 5), S. 134, wurde die »Einsicht, dass diese erste Einrichtung keine genaue Wiederherstellung sein könnte«, öffentlich erörtert. Marie Schuette, die sich 1910 mit der Neuordnung des Goethe-Hauses befasste, fasste knapp zusammen: »Anspruch auf geschichtliche Genauigkeit haben in der Goethischen Wohnung nur das Arbeits- und das Sterbezimmer«. Vgl. auch Marie Schuette: *Zur Neuordnung des Goethehauses*. Weimar 1910, S. 336. Schon 1886 verwies die Fotopublikation *Goethes Heimstätte in Weimar. 20 Ansichten aus dem Goethe-National-Museum*. Weimar 1886, unpaginiert, darauf, dass das Urbinozimmer mangels Informationen »nicht in den ursprünglichen Zustand versetzt werden« konnte.

14 Vgl. Gerhard Schuster: *Wiederholte Spiegelungen*. In: *Wiederholte Spiegelungen. Weimarer Klassik 1759-1832. Ständige Ausstellung des Goethe-Nationalmuseums*. Hrsg. von Gerhard Schuster u. Caroline Gille. 2 Bde. München, Wien 1999, Bd. 1, S. 21-31; hier S. 25.

15 Christiane Holm: *Goethes Haus. Wohnraum und Gedächtnisort*. In: Daniel Fulda, Elisabeth Décultot (Hrsg.): *Weimar als Gedächtnisort und Ort der Gedächtnispolitik* (erscheint 2024). Wie sie zeigt, gehört es generell zu den institutionslogischen Voraussetzungen, dass »die Dichtung aus den Dichterhäusern ausgelagert« wurde. Vgl. dies. (Anm. 8), S. 351.

16 Robert Keil: *Das Goethe-Nationalmuseum in Weimar*. Weimar 1886, S. 58.

17 Vgl. *Führer durch das Goethe-Nationalmuseum in Weimar I*. Weimar 1916; *Kurzer Führer durch das Goethehaus und das Goethe-Nationalmuseum*. Weimar 1939.

in frühen Goethehaus-Führern – kaum die Rede. Bevor es die Museumsanbauten gab, wurden dort der Kassenbereich und sonstige Besucherlogistik untergebracht. Auch in der Beletage gab es Räume unklarer Zuordnung, die umgenutzt wurden; im heutigen Kleinen Esszimmer etwa wurde das Direktorenzimmer eingerichtet. Drei weitere Räume im Hinterhaus, deren goethezeitliche Nutzung ebenfalls nicht sicher überliefert ist, tauchen früh als »Christiane(n)zimmer« in Grundrissen auf. Öffentlich zugänglich wurden sie vermutlich erst, als in den 1950er Jahren der feste Rundgang eingeführt wurde, dem die Besucherinnen und Besucher noch heute folgen – dieser wäre ohne diese Räume nicht herstellbar gewesen.[18] Seitdem wird in diesen Räumen mit Mobiliar und Werken aus Goethes und dem familiären Nachlass an Christiane von Goethe und die engere Familie erinnert – ein wichtiger Schritt, denn hier werden Mitwohnende und Mitarbeitende sichtbar. Die Präsentation ist allerdings eher an Familienbildern der 1950er Jahre orientiert. Der interessanten Vita Christiane von Goethes, dem großen Wirtschaftsbetrieb, den sie führte, den literarisch-journalistischen Projekten Ottilie von Goethes oder der Betreuung von Teilsammlungen durch August von Goethe, der fast sein ganzes Leben in dem Haus verbrachte, werden sie kaum gerecht. Goethes Besucherinnen und Besucher, sein umfassendes literarisches, wissenschaftliches und politisches Netzwerk fehlen weitgehend. Eine stärkere Präsenz der Familie, der Mitarbeitenden, enger ›Wahlverwandter‹ ist ein wichtiges Thema für die Neukonzeption, ein Ort dafür könnten die jetzigen Christianezimmer sein.

Neben logistischen gab es – zum Dritten – auch technische Anpassungen. Elektrisches Licht gab es an einigen Stellen offenbar bereits seit 1886,[19] später folgte eine Heizung. Beides steht als museale Schicht heute seinerseits unter Denkmalschutz. Vor allem textile Objekte wurden zu Opfern der Zeit, ein Großteil der Grafik wurde (oft schon erheblich verblasst) durch Faksimiles ersetzt. Andere Objekte wurden verändert, etwa die oben bereits genannten Sammlungsschränke. Polstermöbel wurden neu überzogen, Vorhänge und Draperien neu geschaffen, nicht immer auf Basis belastbarer Informationen. In einigen Räumen weicht nach bisherigen restauratorischen Befunden die Wandfarbe von der goethezeitlichen Situation ab.

Es gab – zum Vierten – museale, aber auch politische Setzungen. Eine lag bereits in der Benennung, denn anders als das Schillerhaus, das Frankfurter Goethehaus, sogar der nachgebaute Hölderlinturm und viele andere Dichterhäuser wurde Goethes Weimarer Stadthaus, sobald es öffentlich zugänglich war, zum Goethe-Nationalmuseum – eine Benennung, die heute Wohnhaus-Ensemble und museale Anbauten des 20. Jahrhunderts umschließt, sich aber damals ausschließlich auf Ersteres bezog. Natürlich unterscheiden Goethes große Sammlungen, die von Anfang an zum Haus gehörten, dieses von üblichen Dichterhäusern (von denen es seinerzeit

18 Vgl. *Führer I* (Anm. 17), S. 42 f.; *Kurzer Wegweiser durch Goethes Wohnhaus*. Weimar 1955.

19 Siehe Robert Keil: *Das Goethe-Nationalmuseum in Weimar*. In: *Vom Fels zum Meer. Spemann's Illustrirte Zeitschrift für das Deutsche Haus* 2 (1886), S. 255-283; hier S. 270; *Goethes Heimstätte* (Anm. 13).

im deutschsprachigen Raum nur das 1847 eröffnete Weimarer Schillerhaus gab), auch war er eben nicht nur Dichter und Sammler, sondern auch Wissenschaftler und Politiker. Aber mit der Benennung setzte Großherzog Carl Alexander von Sachsen-Weimar-Eisenach, der das Museum 1885 als Landesfürst allein gründete, auch einen Anspruch auf Repräsentation der deutschen Kulturnation in Weimar gegen das politische Zentrum Berlin. Dieser nationale Bezugsrahmen wurde im 20. Jahrhundert beibehalten und immer wieder politisch aktualisiert.[20]

Mit Blick auf die Neukonzeption besonders wichtig ist die historische Entwicklung der Hängungen und sonstigen Objektpräsentationen – also der grundsätzlichen musealen Entscheidungen, die von den Verantwortlichen vielleicht gar nicht immer als solche wahrgenommen wurden. Versuchte Carl Ruland als erster Direktor noch, Goethes kunsthistorische und naturwissenschaftliche Sammlungen im Haus auszubreiten und damit »von der Illusion des Rekonstruierbaren« für die historischen Raumsituationen abzusehen,[21] so beseitigten seine Nachfolger Karl Koetschau und Wolfgang von Oettingen ab 1907/8, was als »Überfüllung der Goethschen Wohnräume« wahrgenommen wurde.[22] Ab 1915 wurde ein Großteil der Bestände in den neuen Sammlungsbau verlagert. Heute sind das Grafische wie das Naturwissenschaftliche Kabinett nur noch im Rahmen von Veranstaltungen zugänglich und auch auf der 1935 hinzugekommenen Ausstellungsfläche werden die Sammlungen nicht in ihrem Gesamtzusammenhang vermittelt. Gerade der Teil, den Goethe hinterlassen wollte, wurde also überwiegend für das Publikum unsichtbar und ist das bis heute. Die Integration seiner Sammlungen in die Wohnhaus-Präsentation bleibt ein Desiderat, dem die Neukonzeption gerecht werden will.

Seit dem frühen 20. Jahrhundert war die Präsentation der Beletage zwar nicht völlig statisch, folgte aber im Grunde immer dem Ziel, den Eindruck zu erwecken, der Hausherr sei kurz unterwegs, was es Besucherinnen und Besuchern erlaube, sich umzusehen. Die Literaturwissenschaftlerin Anna Bers hat dafür den Begriff eines »fixierten Erinnerungsbilds« geprägt.[23] Die grundsätzlich nicht beschrifteten Exponate werden von denjenigen Besucherinnen und Besuchern, die sie nicht deuten können, eher als Teil des Wohnhaus-Interieurs wahrgenommen denn als oft systematisch gesammelte Objekte. In den meisten Räumen sind sie entsprechend musealer Sehgewohnheiten präsentiert – und damit anders als in der späten Goethezeit, in der die Räume schon wegen der schieren Objektfülle ganz anders organisiert waren und in der die Sammlungszimmer eher Depot- als Ausstellungscharakter gehabt haben müssen.

20 Vgl. Kahl: *Erfindung* (Anm. 5), S. 113-115.

21 Schuster (Anm. 14), S. 25.; laut Kahl: *Erfindung* (Anm. 5), S. 134, wurde die bereits oben zitierte »Einsicht, dass diese erste Einrichtung keine genaue Wiederherstellung sein könnte«, öffentlich verhandelt.

22 Schuette (Anm. 13), S. 335.

23 Schuster (Anm. 14), S. 26; Anna Bers: *»Laute Dinge« – Konzeptionelle Fragen im Vorfeld der Sanierung von Goethes Wohnhaus in Weimar*. In: *Das Immaterielle ausstellen. Zur Musealisierung von Literatur und performativer Kunst*. Hrsg. von Lis Hansen, Janneke Schoene u. Levke Teßmann. Bielefeld 2017, S. 200-222; hier S. 200.

Die Suggestion, man befinde sich im unveränderten Haus Goethes, steuert die Wahrnehmung.[24] In einer rückblickenden Imagination des Autors Durs Grünbein liest sich das so:

> Der Dichter speiste also wieder allein mit den Seinen. Da ein Großteil der Möbel im Goethe-Haus unverrückt dasteht, wie festgefroren in der Sterbestunde, läßt sich die Szene leicht ausmalen. [...] Bekam der Hausherr so, in Momenten der Einsamkeit, schon einen Vorgeschmack auf die künftige Musealisierung seines Besitzes?[25]

Der musealen Starre, die er wahrnimmt, stellt Grünbein sein Bild von Goethes Leben in diesem Haus gegenüber: Spieltrieb, Musik, Tanz, Kartenlegen,[26] »muntere Freizeitpoeten« beim Reimen und so weiter,[27] oder einfach: »Teufel, hier war was los«.[28] Dieses überbordende Leben ist in einem Museum kaum herzustellen – der Eindruck der Bewegungslosigkeit allerdings täuscht. Er ist Ergebnis einer musealen Inszenierung, die herzustellen intensive Tätigkeit erfordert – und kuratorische Entscheidungen, die Besucherinnen und Besucher oft nicht als solche wahrnehmen, denn es handelt sich eben um ein »Haus nicht letzter, sondern anderer Hand«.[29] In welchem konservatorischen Zustand werden Objekte gezeigt? Wovon sind Kopien anzufertigen? Soll man Nichterhaltenes weglassen oder Ergänzendes hinzufügen, weil es so hätte sein können und weil man die Raumfolge erhalten will? Soll man Geschehnisse des 20. Jahrhunderts ausblenden, etwa die Zerstörung eines Teils des Ensembles durch eine Bombe 1945? Den Willen zur scheinbar bruchlosen Rekonstruktion, der mit der Wiedereröffnung des Hauses in Goethes 200. Geburtsjahr 1949 manifestiert wurde?

Selbst Besucherinnen und Besucher, die das Wohnhaus-Ensemble schon lange kennen, wissen oft wenig von solchen nachgoethezeitlichen Schichten. Es wird eine Herausforderung für die künftige Präsentation, einerseits die Begegnung mit Goethe in seinen – wo möglich goethezeitlich präzisierten – Räumen, mit seinen Sammlungen und auch mit seiner Literatur zu ermöglichen, ohne dabei wichtige spätere Brüche auszublenden und damit Goethes Haus gerade unlesbarer zu machen.

24 Eine Beobachtung, die es auch aus anderen Dichterhäusern gibt: »Ein altes Bett im Kindheitshaus von Hebel ist, obgleich dieses Möbel nie überliefert wurde, Hebels Bett – solange nicht das Gegenteil angezeigt wird«. Thomas Schmidt, der zahlreiche Dichterhäuser konzipiert hat, leitet daraus einen »ethischen Imperativ« des Kuratierens ab, demzufolge »das, was der Besucher ohne Markierung als echt wahrnimmt, tatsächlich echt ist, sodass er der Atmosphäre im Dichterhaus auch vorbehaltlos trauen kann«. Schmidt (Anm. 8), S. 390 f.

25 Durs Grünbein: *Reimereien in Weimar/Rimucce a Weimar.* Hrsg. von Maria Gazzetti. Bonn, Rom 2013, S. 12.

26 Ebd., S. 9 f.

27 Ebd., S. 10.

28 Ebd., S. 16.

29 Schmidt (Anm. 8), S. 389.

Überlegungen zur Neukonzeption

Die Neu-Erschließung wird als Öffnungsprozess verstanden. Dazu gehören die Erschließung neuer Flächen für die öffentliche Nutzung, eine diversifizierte Adressierung der Besucherinnen und Besucher, eine Erweiterung der vermittelten Themen, eine Einbeziehung des digitalen Raums und eine Freizügigkeit der Besucherlenkung, die ein Verständnis der Struktur des Hauses und seiner historischen Nutzung sowie eigenständige Entdeckungen ermöglicht. Gleichwohl wird sich, was goethezeitlich verlässlich überliefert ist, allenfalls im Sinne einer weiteren Präzisierung ändern.

Die Neukonzeption sucht also unterschiedliche Formen der Annäherung, wobei die Beibehaltung (bzw. Schaffung) der gebotenen Deutungsoffenheit essentiell ist. Wo es möglich ist, soll etwas von der Bewegung gezeigt werden, in die Goethe und die mit ihm Arbeitenden das Haus versetzt haben, auch von den goethezeitlichen Veränderungen. Wichtige kuratorische Entscheidungen und Perspektiven sollen für Interessierte offengelegt werden bzw. erkennbar sein.

Goethe hat sein Ensemble zu einem immer wieder neu angepassten differenzierten Instrument seiner Arbeit und seines Lebens geformt, zum Behältnis immer wieder neu arrangierter Sammlungen, zu einem Ort in Bewegung, einem Ort der künstlerischen, wissenschaftlichen und politischen Arbeit, einem Ort permanenter Experimente und Gespräche, kurz: zu einem höchst lebendigen und gegenwartsorientierten Erkenntnisort. Als solcher, also mit Blick auf das Werk, soll das Ensemble möglichst präzise erkennbar werden, als Werkstatt und Bühne. Vor allem die Beletage hatte spezifische Funktionen, die wieder stärker sichtbar werden sollten: Sammlungsräume, die immer mehr zum Depot wurden, repräsentative Räume – für die meisten Besucherinnen und Besucher das Einzige, was sie vom Haus sahen –, der Arbeitsbereich, Schreibwerkstatt und Forschungslabor, in dem auch gegessen wurde – und das Schlafzimmer, zwischen Arbeits- und Schreiberzimmer gelegen.

Das Wohnhaus-Ensemble war Knotenpunkt eines europäischen Netzwerks von Personen, Texten, Bildern und Gedanken. Es war eine präzise gestaltete Werkstatt zur Bearbeitung von Welt, in der Wissen und Denken der Zeit, aber auch der europäische Überlieferungsbestand, angesaugt, bewegt und in Form eines Werks wieder nach außen gegeben wurde, dessen Aufteilung in literarisch, künstlerisch, wissenschaftlich und politisch vielleicht vor allem heutigen Rezeptions- und Bearbeitungsgewohnheiten geschuldet ist.

»J'ai tout reçu, tout accueilli, j'ai assimilé tout ce qui passait à ma portée. Mon œuvre est celle d'un être collectif qui porte un nom: Goethe« (»Ich empfing alles, nahm alles auf, assimilierte alles, was in meiner Reichweite lag. Mein Werk ist das eines Kollektivwesens, das einen Namen trägt: Goethe«), sagte Goethe laut Sorets Erinnerungen am 17. Februar 1832.[30] Auch dieses Selbstverständnis sollte im Goethe-Wohnhaus aufscheinen.

30 Frédéric Soret: *Conversations avec Goethe*. Hrsg. von Robinet de Cléry. Paris 1932, S. 146. Die wörtliche deutsche Übersetzung ist von Anne Fuchs. Vgl. dazu auch die freiere Übersetzung von Houben in Frédéric Soret: *Zehn Jahre bei Goethe. Erinnerungen an Weimars klassische Zeit 1822-1832. Aus Sorets handschriftlichem Nachlass, seinen Tagebüchern und seinem Briefwechsel*. Zusammengestellt, übers. u. erl. von H. H. Houben. Leipzig 1929, S. 630.

Einige Ansatzpunkte der künftigen Präsentation

1. ›Authentizität‹. Das Goethe-Nationalmuseum als historischer Ort

Entscheidendes Merkmal des Goethe-Wohnhaus-Ensembles ist die Dichte seiner Überlieferung. Hiervon muss die Neupräsentation ausgehen, allerdings auf der Basis heutigen Wissens und heutiger musealer Standards. Bei grundsätzlicher Beibehaltung der Wohnhaus-Präsentation in der Beletage muss also auch sichtbar werden, wo es keine gesicherten Überlieferungen gibt. Gerade dadurch kann die einzigartige Bedeutung dicht überlieferter Räume hervorgehoben werden. Räume ohne belastbare goethezeitliche Überlieferung werden daher künftig für museale Präsentationen genutzt, die zurückhaltend, aber erkennbar vom Rest der Beletage unterschieden werden.

2. Ein Haus in Bewegung

Goethe bewohnte einen Teil des Hauses vor seiner Italienreise als Mieter. Später zog er mit seiner Familie in das ganze Haus ein, das er mit einigen kühnen architektonischen Setzungen veränderte. Nach dem Tod Christiane von Goethes veränderte sich die Nutzung des Hauses erneut. Darauf sollte hingewiesen werden, vor allem aber muss deutlich werden, wie Goethe, seine Mitbewohner und Besucher das Haus nutzten und in Bewegung hielten: als Ort zum Sammeln, Ordnen, Umordnen, Befragen und Zeigen von Objekten, als Forschungslabor, Archiv und Bibliothek, als Werkstatt zum Schreiben, Diktieren, Korrigieren, Lesen, Kritisieren, zum Empfangen und Versenden von Texten, Waren und Objekten, ein Ort der Kunst, der Debatte und natürlich auch des gemeinsamen Essens und Trinkens.

3. Goethes Sammlungen im Wohnhaus

Seit 60 Jahren habe er jährlich mindestens 100 Dukaten »auf den Ankauf von Merkwürdigkeiten gewandt«, schrieb Goethe 1830, noch mehr habe er geschenkt bekommen.

> Es wäre Schade, wenn dieß alles auseinander gestreut würde. Ich habe nicht nach Laune oder Willkühr, sondern jedesmal mit Plan und Absicht zu meiner eignen folgerechten Bildung gesammelt und an jedem Stück meines Besitzes etwas gelernt.[31]

Goethes Sammlungen sind im Wohnhaus an vielen Stellen präsent, aber oft ohne dass der Kontext sicht- oder erkennbar wird. Besonders gilt dies für die naturwissenschaftlichen Sammlungen. So sind etwa Sammlungsschränke, die Teile von Goethes geowissenschaftlicher Sammlung in ihrer ursprünglichen Anordnung enthalten, verschlossen und werden wahrscheinlich oft gar nicht als solche erkannt. Auch der Sammlungszusammenhang der präsentierten Gipse, Graphiken (bzw. Faksimiles), Gemälde usw. wird nur mit Vorkenntnissen erkennbar, denn sie fügen sich scheinbar als Dekorationen in das Wohnambiente ein.

31 Zit. nach Kahl u. Kavelage (Anm. 5), S. 41 f.

Zugleich sind diese Sammlungen im Hinblick auf Goethes Denken, sein Forschen und seine literarische Produktion von besonderem Interesse, denn sie sind konkret an seinen Fragen und Erkenntnisinteressen orientiert und stehen ganz im Gesamtzusammenhang seiner literarischen, wissenschaftlichen, künstlerischen und technologischen Arbeit. Dass Wissenschaft und Poesie vereinbar seien, stand für Goethe außer Frage. Für den älter werdenden Goethe wurden das Haus und seine Objekte zudem zunehmend zum Erinnerungsmaterial.[32]

In der Beletage sollen insbesondere die drei Sammlungsräume künftig stärker auf den Sammlungszusammenhang verweisen. Die beiden Pavillons im Garten werden museal erschlossen. Im Steinpavillon wird ein kleines Schaudepot für die geowissenschaftliche Sammlung eingerichtet, der Gartenpavillon wird Einblick in die botanische Sammlung sowie die Fragen, die Goethe damit bearbeitet hat, geben.

4. Literatur

Zu den Besonderheiten des Goethe-Nationalmuseums gehört die Tatsache, dass die historischen Wohngebäude zwar, wie viele andere Dichterhäuser auch, im 20. Jahrhundert durch Museumsbauten erweitert wurden, dass Literatur aber – anders als in vielen anderen Fällen – aktuell auch dort eine untergeordnete Rolle spielt. Zugleich war es unstrittig die Literatur, die vor 200 Jahren Weimars kulturelle Rolle und damit später auch die Bedeutung des Goethe-Nationalmuseums begründete. Dies soll künftig in der Ausstellungs- und Vermittlungsarbeit wesentlich stärker thematisiert werden, nicht zuletzt für die Schülerinnen und Schüler, die einen beträchtlichen Teil des Publikums ausmachen.

Bereits jetzt wird erprobt, wie Literatur stärker in Führungen und Begleitmedien eingebunden werden kann. Im Mansardgeschoss wird Raum für eine Literaturausstellung entstehen.

5. Neue Flächen, neue Wege

Neben den neuen Flächen in den Pavillons und dem Mansardgeschoss soll in den stark überformten Erdgeschossräumen im Vorderhaus in das Wohnhaus-Ensemble und seine Geschichte eingeführt werden. Erdgeschoss-Räume im Hinterhaus sollen mit guter technischer Ausstattung und in einer schlichten Gestaltung, die den ehemaligen Charakter als Wirtschaftsräume durchscheinen lässt, wechselnde Präsentationen ermöglichen.

Der Garten soll stärker goethezeitlich profiliert werden, indem seine ursprünglichen Funktionen als Wirtschafts- und Forschungsgarten wieder nachvollziehbar werden.

Eine neue Vielfalt von Wegen und Erschließungsmöglichkeiten (auch durch das Öffnen heute verschlossener Türen und Treppen) soll Besucherinnen und Besuchern

32 Vgl. Johannes Grave: *Erstarrung im Bild oder verlebendigende »Erinnerungs-Erbauung«? Goethe und das Bild im Interieur*. In: Frauke Berndt, Daniel Fulda (Hrsg.): *Die Sachen der Aufklärung. Beiträge der DGEJ-Jahrestagung 2010 in Halle a.d. Saale*. Hamburg 2012, S. 402-412; hier S. 406-410.

künftig eigene Schwerpunktsetzungen und ein eigenständiges Erkunden der Räume ermöglichen. Hierzu dient ein differenziertes Spektrum digitaler Angebote und persönlicher Führungen, auch im Sinne einer inklusiven Zugänglichkeit.

7. Unabschließbar

Abgeschlossen sei »die Neuordnung des Hauses noch bei weitem nicht«, schrieb Marie Schuette 1910, damals mit eben dieser Neuordnung befasst. Insbesondere sei »die mühevolle Ausstellung und Bearbeitung der vielseitigen naturwissenschaftlichen Sammlungen« erst für die mineralogische Sammlung in Angriff genommen, die künftig, wie zu Goethes Zeit, in den Pavillons »ihr Heim finden« werde.[33] Wer weiß, wie nahe das an aktuellen Plänen ist – und wieviel weiterhin für die Erschließung der Sammlungen zu tun ist, muss einsehen: Auch die Präsentation von Goethes Haus bleibt »ein Unendliches in Bewegung« (WA I, 46, S. 50).

33 Schuette (Anm. 13), S. 340.

Gloria Colombo

»Und das Genie es will gleich obenaus«. Plutarchs Einfluss auf Goethes Darstellung vom Sitz der Seele und deren Aufstieg aus Fausts Körper

Am Anfang der Szene *Grablegung* liegt Fausts Körper bereits im Grabe. Der Höllenrachen öffnet sich. Um ihn herum stehen die zwei Teufelsgruppen, die ihn hergebracht haben: Dickteufel mit kurzen, geraden Hörnern, und Dürrteufel mit langen, krummen Hörnern. Mephistopheles befiehlt Ersteren, Fausts »Seelchen, Psyche mit den Flügeln« (WA I, 15.1, S. 319, V. 11660) zu ergreifen, wenn diese den Körper durch den Bauchnabel verlässt, und Letzteren, Fausts »Genie« (ebd., V. 11675) zu schnappen, wenn dieses »obenaus« (ebd.) will. Die Teufel sollen schneller als die Engel sein, denn auch diese stehen bereit, Fausts Seele zu ergreifen.

Zahlreich sind die möglichen Inspirationsquellen dieser Szene. Albrecht Schöne verweist auf die Zeichnung *Streit des Erzengels Michaelis mit Satan über den Leichnam Mosis*, die Goethe vom Maler-Dichter Friedrich Müller erhielt,[1] und auf das Fresko *Il trionfo della morte* (*Der Triumph des Todes*), das Buonamico Buffalmacco 1336-1341 für den Campo Santo in Pisa malte und von dem Goethe einen Reproduktionsstich besaß.[2] Auf dem Stich entfährt die Seele dem Mund der Toten, um gleich danach von einem Engel oder einem Teufel geschnappt zu werden. Erich Trunz stellt hingegen einen Bezug zu Goethes Brief an Heinrich Meyer vom 6. September 1826 her, in dem der Dichter von einem Gemälde des Orcagna berichtet, das Dantes Hölle darstellt.[3] Nach Trunz könnte es sich um die *Tavola XIII. Giudizio universale e inferno* (*Tafel XIII. Jüngstes Gericht und Hölle*) aus dem Werk *Pitture a fresco del Campo Santo di Pisa intagliate dal Cav. Carlo Lasinio* handeln, das Goethe Ende 1818 in seinem Tagebuch erwähnte.[4] Guido Manacorda – um ein letztes Beispiel zu nennen – verweist auf zwei Stellen aus Dantes *Göttlicher Komödie*, die vom Tod des Guido da Montefeltro (*Hölle*, XXVII, V. 67-132) und des Bonconte da Montefeltro (*Fegefeuer*, V, V. 88-129) handeln.[5]

1 Goethe bezieht sich auf die Zeichnung in seinem Brief vom 21.6.1781 an Friedrich Müller (vgl. WA IV, 5, S. 140-142; vgl. auch *Goethe. Faust.* Hrsg. von Albrecht Schöne. Frankfurt a. M., Leipzig 2003, S. 764 f.).

2 Es handelt sich um den Reproduktionsstich der *Tafel XIV*. In: Carlo Lasinio: *Pitture a Fresco del Campo Santo di Pisa.* Florenz 1812-1822, S. 764. Vgl. *Goethe. Faust* (Anm. 1); vgl. auch Gisela Henckmann, Dorothea Hölscher-Lohmeyer: *Kommentar.* In: MA 18.1, S. 393-1187; hier S. 1146.

3 Vgl. Erich Trunz: *Anmerkungen.* In: Johann Wolfgang von Goethe: *Werke, Kommentare und Register. Hamburger Ausgabe.* Bd. 3: *Dramen* I. Textkrit. durchges. u. komm. von Erich Trunz. München 1993, S. 403 f., S. 421-761; hier S. 726.

4 Vgl. ebd., S. 727.

5 Vgl. den Kommentar von Guido Manacorda in: Johann Wolfgang Goethe: *Faust.* Übers. u. komm. von Guido Manacorda. Mailand 2005, S. 911-1062; hier S. 1047. Vgl. auch Dante Alighieri: *Die Göttliche Komödie.* Übers. von Hermann Gmelin. Stuttgart 2001.

In keiner der erwähnten Quellen finden sich jedoch Angaben zum genauen Ort der Seele im menschlichen Körper, so dass die Suche nach weiteren Inspirationsquellen des Dichters erforderlich wird.

In den Gelehrtenkreisen des 18. Jahrhunderts wurde weithin angenommen, dass die Menschenseele ihren Sitz im Kopf habe. Nach ihrer großen Verbreitung in der Renaissance – nicht zuletzt dank der ersten lateinischen Übersetzungen der Werke Platons[6] und Plutarchs[7] – war diese Idee im 17. Jahrhundert wieder aufgeblüht. Das findet Bestätigung in den Werken angesehener Philosophen der Zeit, wie beispielsweise in denen des Briten Robert Fludd[8], des Franzosen René Descartes[9] und des Holländers Baruch de Spinoza[10]. Die Idee des Nabels als Sitz der Menschenseele war hingegen wenig verbreitet. Die Hauptzeugnisse dieser Vorstellung gehen auf die Antike und auf deren Wiederaufnahme in der Renaissance zurück, wie Goethe selbst durch die Verwendung des Wortes »Psyche« unterstreicht. Auch die Gegenüberstellung der beiden Ausdrücke »Seelchen, Psyche mit den Flügeln« und »Genie« erinnert an die Antike, insbesondere an das Werk Plutarchs.

Der vorliegende Beitrag beabsichtigt, die Bedeutung von Goethes Anspielungen auf die möglichen Orte der Seele im Körper ans Licht zu bringen. Dadurch verweist der Dichter, genau wie Plutarch in seinen *Moralia*, auf die unterschiedlichen, vom Menschen erreichbaren Entwicklungsstufen. Der Einfluss des griechischen Philosophen auf die letzten zwei Szenen im *Faust II* lässt sich auch an anderen Aspekten ablesen. Besonders interessant sind in diesem Zusammenhang die bereits erwähnte Verwendung der Ausdrücke »Psyche« und »Genie«, die dreiteilige Menschenauffassung, die Idee des Doppeltodes und der Entelechiebegriff. Plutarchs Einfluss verbirgt sich aber vor allem im Bild von Fausts Genie, das »obenaus will«. Dieser Beitrag setzt sich zum Ziel, eine neue Interpretation des Adverbs »obenaus« anzubieten: Fausts Seele ist im Begriff – so die hier vertretene These –, den Körper durch den Scheitel und nicht – wie es die bisher betrachteten Inspirationsquellen des Dichters vorgeben – durch den Mund zu verlassen.

6 Die lateinische Übersetzung von Platons Werken, die Marsilio Ficino zwischen 1463 und 1497 verfasste, blieb bis zum 19. Jahrhundert die in Deutschland verbreitetste. Vgl. Eugenio Garin: *Marsilio Ficino e il ritorno di Platone*. In: Gian Carlo Garfagnini (Hrsg.): *Marsilio Ficino e il ritorno di Platone. Studi e documenti*. 2 Bde. Florenz 1986, Bd. 1, S. 3-13; hier S. 5; Paul Oskar Kristeller: *Marsilio Ficino and His Work After Five Hundred Years*. In: ebd., Bd. 1, S. 15-30; hier S. 30; vgl. *Platonis Timaeus*. Hrsg. von August Ferdinand Lindau. Leipzig 1828, S. 131, 73c-e; S. 171, 90a-b; S. 131, 73c-e.

7 1570 erschien Xylanders Übersetzung der *Moralia*, 1573 Cruserius' Übersetzung der *Vitae parallelae*.

8 Vgl. Robert Fludd: *Utriusque Cosmi Historia*. 4 Bde. Oppenheim 1617-1621; hier *Tomus secundus. De supernaturali, naturali, praeternaturali et contranaturali Microcosmi historia*. Oppenheim 1619, S. 217.

9 Vgl. René Descartes: *Les passions de l'âme*. In: *Œuvres de Descartes*. Hrsg. von Charles Adam u. Paul Tannery. 11 Bde. Paris 1996. Bd. 11, S. 301-497; hier S. 351, Art. XXXIV.

10 Vgl. Benedictus de Spinoza: *Ethica Ordine Geometrico demonstrata*. In: *Benedicti de Spinoza Opera Posthuma: Quorum Series Post Praefationem Exhibetur*. Amsterdam 1677, S. 234 f.

1. Goethes Vertrautheit mit Plutarchs Darstellung vom Sitz der Seele im menschlichen Körper

1811 lieh sich Goethe die Schriften Plutarchs in der deutschen Übersetzung von Johann Friedrich Salomon Kaltwasser aus und nahm sie nach Karlsbad mit, wo er sie mit großem Interesse las.[11] Die Lektüre von Plutarchs Werk setzte er bis kurz vor seinem Tod fort.[12] Beachtenswert ist, dass Kaltwassers Übersetzung, obwohl meistens auf dem griechischen Originaltext fußend, das griechische Wort *Daimonion* (*δαιμονίου*) mit dem lateinischen *Genius* wiedergibt.[13] Emblematisch ist in dieser Hinsicht das Werk *Ueber den Genius des Sokrates*, dessen deutscher Titel sich auf den lateinischen *De genio Socratis*, und nicht auf den griechischen *περὶ Σωκράτους δαιμονίου πρὸς Ἀλκιδάμαντα* bezieht.[14]

Der Text *Ueber den Genius des Sokrates* besteht aus mehreren Reden über das Verhältnis zwischen den Tugenden des Einzelnen und dessen Schicksal. Es geht also um dasselbe Thema wie in Goethes hier analysierten Versen. Eng damit verbunden ist die dämonologische Thematik, die vor allem in der Darstellung von Timarchus' Mythos Ausdruck findet: Seinem Wunsch folgend, die Kraft des Genius des Sokrates zu entdecken[15], steigt Timarchus in Trophonius' Höhle hinab, wo er zwei Nächte und einen Tag lang bleibt. Hier verlässt seine Seele den Körper und erhebt sich durch die Nähte der Hirnschale in die Höhe. In der klaren, reinen Luft sieht Timarchus' Seele viele Gestirne um sich herum. Eine Stimme erklärt ihr, dass diese eigentlich Genien sind, und verweilt lange bei dem Unterschied zwischen den Begriffen »Genius« und »Seele«.[16]

Obwohl mit Verstand und Vernunft versehen, werden alle Seelen – so die Stimme – durch die Vermischung mit dem Fleisch und den Leidenschaften etwas vernunftlos. Diese Verwandlung findet auf unterschiedliche Weise statt. Einige Seelen versenken sich vollständig in den Körper, so dass sie zerrüttet und verdorben werden. Andere vermischen sich hingegen nur teilweise. Das, was an ihnen am reinsten ist, bleibt außerhalb des Körpers. Es schwebt sozusagen auf dem Kopf, als

11 Vgl. *Plutarchs Moralische Abhandlungen*. Aus dem Griechischen übersetzt von Johann Friedrich Salomon Kaltwasser. 9 Bde. Frankfurt a. M. 1783-1800. Vgl. WA III, 4, S. 208; WA IV, 22, S. 171 f.

12 Vgl. WA III, 13, S. 226, 233; Benedikt Jeßing, Bernd Lutz, Inge Wild (Hrsg.): *Metzler Goethe Lexikon*. Stuttgart, Weimar 2004, S. 338.

13 »Genius (Dämonion)«, vgl. Plutarch: *Ueber den Genius des Sokrates*. In: *Plutarchs moralische Abhandlungen* (Anm. 11), Bd. 5, S. 115-201; hier S. 133, 179 f.

14 Es sei daran erinnert, dass Plutarchs Schriften üblicherweise auf Latein zitiert wurden, da es in der Spätantike keine griechische Gesamtausgabe davon gab. Die erste Gesamtausgabe erschien 1599, als Henricus Stephanus zwei Bände veröffentlichte, in denen er Cruserius' Übersetzung der *Vitae parallelae* und Xylanders Übersetzung der *Moralia* zusammensetzte. Stephanus' Bände stellten bis 1800 die Hauptausgabe von Plutarchs Schriften dar; vgl. Emanuele Lelli, Giuliano Pisani: *La prima traduzione italiana completa dei »Moralia«*. In: Plutarco: *Tutti i Moralia*. Hrsg. von Emanuele Lelli, Giuliano Pisani. Mailand 2017, S. XXXV-XLVIII; hier S. XLI-XLII; Laura Fanton: *Il demone di Socrate. Περὶ τοῦ Σωκράτους δαιμονίου. De genio Socratis*. In: ebd., S. 2696-2703; hier S. 2698.

15 Eigentlich bietet Timarchus' Mythos nicht so sehr eine genaue Darstellung des Genius des Sokrates, sondern eher eine allgemeine Erklärung der Genien und ihrer Macht an.

16 Vgl. Plutarch (Anm. 13), S. 176, 591d.

sichtbares Zeichen des im Inneren des Menschen versenkten Teils der Seele. Die Stimme beendet die Erklärung wie folgt:

> Dasjenige nun, was in den Körper versenkt ist, nennt man Seele, und was von Verderbniß frei bleibt, heißen die mehresten Verstand und bilden sich ein, daß dieser in ihnen selbst liege, gleichsam als wenn die Gegenstände, die man vermittelst des Wiederscheins in Spiegeln sieht, auch wirklich darin wären. Andere aber, die bessere Einsichten haben, glauben, daß er ausser dem Menschen befindlich sey, und nennen ihn Genius.[17]

Der Teil, der in den Körper versenkt ist, wird also »Seele« (ψυχή, *Psyche* im griechischen Originaltext) genannt, der Teil hingegen, der nicht verdirbt und von den meisten Menschen als »Verstand« (griech. νοῦς, *Nous*) bezeichnet wird, ist der »Genius« (griech. δαιμονίον, *Daimonion*). Die Stimme beschließt ihre Rede, indem sie die Sterne, die in der Höhe schweben, als »die Genien der weisen und verständigen Menschen«[18] bezeichnet.

Angesichts dieser Passagen aus Plutarchs *Moralia* scheinen die von Goethe dargestellten »grotesk-komischen Figuren von *altem Teufelsschrot und Korne*«[19] nicht nur einer »Gattungsparodie«[20] anzugehören: Ihre ungleichen Physiognomien dienen vielmehr dazu, die unterschiedlichen vom Menschen erreichbaren (und von Mephistopheles mit Sarkasmus betrachteten) Entwicklungsstufen zu unterstreichen.

2. *Körper, Psyche, Genie und der Doppeltod*

Die klotzartigen, dicken Teufel mit kurzen, geraden Hörnern müssen – wie bereits erwähnt – Fausts »Seelchen, Psyche mit den Flügeln« bewachen. Die dürren, riesigen Teufel mit langen, krummen Hörnern müssen hingegen auf Fausts »Genie« aufpassen. Genau wie Plutarch greift Goethe auf die Ausdrücke »Psyche« und »Genius«, besser gesagt, »Genie«[21] zurück, um zwei unterschiedliche Seelenteile zu bezeichnen.[22]

17 Ebd., S. 177, 591d-e.

18 Ebd., 591f.

19 *Goethe. Faust* (Anm. 1), S. 765.

20 Ebd.

21 Die Entscheidung, das Substantiv »Genie« anstelle von »Genius« zu verwenden, macht eine grundlegende Veränderung in der Sicht des Dichters deutlich: Damit unterstreicht Goethe seine Abwendung vom Vorbild des schöpferischen Genies in einem innerweltlichen Horizont (vgl. WA I, 29, S. 146). »Genie« ist hier nicht mehr der Mensch, der als Künstler oder kühner Denker nach Selbstbestimmung strebt. Um es mit den Worten von Jochen Schmidt auszudrücken: Dem Klassiker Goethe gilt nun der genialische Anspruch auf mehr als Menschenmaß als »Zeichen juveniler Unreife«. Jochen Schmidt: *Die Geschichte des Genie-Gedankens in der deutschen Literatur, Philosophie und Politik. 1750-1945*. 2 Bde. Heidelberg 2004, Bd. 1, S. 254-269, S. 316; vgl. auch Alexander Košenina: *Genie*. In: Carsten Rohde, Thorsten Valk, Mathias Mayer (Hrsg.): *Faust-Handbuch. Konstellationen – Diskurse – Medien*. Stuttgart 2018, S. 202-210; hier S. 209f.

22 In seinen Anmerkungen zu Goethes Begriffen der Psyche und des Genies verweist Albrecht Schöne auf Benjamin Hederichs *Gründliches Mythologisches Lexikon*, in dem die Verwendung des Ausdrucks »Psyche« auf Aristoteles und Plutarch und die Verwen-

Auch in *Faust* verweist das Wort »Psyche« auf die Seele, die in »die niedern Regionen« (WA I, 15.1, S. 319, V. 11664) des Körpers versenkt und durch die Vermischung mit den Leidenschaften etwas vernunftlos geworden ist. Der Dichter betont diesen Seelenzustand durch die Verwendung des Diminutivs »Seelchen« und des abwertenden Ausdrucks »garstiger Wurm« (ebd., V. 11661), genauso wie durch die genaue Angabe des Seelensitzes im Körper: »Im Nabel ist sie gern zu Haus« (ebd., V. 11668). Unter metrischem Gesichtspunkt findet dieser Vers seine Entsprechung einige Zeilen später: »Es ist ihr sicher schlecht im alten Haus« (ebd., V. 11674).

Das Pronomen »ihr« bezieht sich auf die Substantivierungen »die Flatternde« und »die Flüchtige« (ebd., V. 11673), die als Synonyme von »Genie« verwendet werden, um den reinsten Seelenteil darzustellen. Goethe verbindet hier die doppelte Seelenbezeichnung (Verstand/Genius) und den doppelten Seelensitz (im Kopf/auf der Kopfoberfläche), die in Timarchus' Mythos zu finden sind: Er nennt den reinsten Seelenteil »Genie« und verlegt ihn in den Kopf.

Der Unterschied zwischen Psyche und Genie bringt – sowohl in Goethes als auch in Plutarchs Werk – den Begriff des Doppeltodes mit sich. In der letzten Szene von *Faust II* beklagen sich die vollendeteren Engel, die dabei sind, Fausts Unsterbliches in die Höhe zu erheben, über einen Erdenrest, den sie noch zu tragen haben:

Uns bleibt ein Erdenrest
Zu tragen peinlich,
Und wär' er von Asbest
Er ist nicht reinlich.
Wenn starke Geisteskraft
Die Elemente
An sich herangerafft,
Kein Engel trennte
Geeinte Zwienatur
Der innigen Beiden,
Die ewige Liebe nur
Vermag's zu scheiden.
(WA I, 15.1, S. 331, V. 11954-11965)

Bisher hat Faust nur den physischen Tod erlebt: Seine Seele hat sich zusammen mit dem Genie vom Körper getrennt. Nun steht er vor dem zweiten Tod: Sein Genie wird sich bald von der Seele trennen, denn Letztere ist, als Bindeglied zwischen dem Körper und dem Genie, überflüssig und daher »peinlich« zu tragen geworden.

dung des Ausdrucks »Genie« auf Augustinus zurückgeführt werden. Vgl. Benjamin Hederich: *Gründliches Mythologisches Lexikon*. Leipzig 1770, S. 1145, 2119; *Goethe. Faust* (Anm. 1), S. 769 f. Es sei jedoch angemerkt, dass weder Aristoteles noch Augustinus eine Existenz der Menschenseele unabhängig vom Körper annehmen. Vgl. Aristoteles: *De Anima*. In: *Aristotelis Opera*. 6 Bde. Rom 1668, Bd. 4, S. 210-331; hier S. 242-244; Aurelius Augustinus: *De civitate Dei*. 22 Bde. Mainz 1473, Bd. 13, Kap. 16.1, o. S.; ebd., Bd. 14, Kap. 5, o. S.

Diese Idee fußt auf einem dreiteiligen Menschenbegriff, der auf Pythagoras, Platon und Aristoteles zurückgeht und in Plutarchs Werk eine seiner höchsten Ausprägungen findet.[23]

In *Ueber das in der Mondscheibe erscheinende Gesicht* erklärt Plutarch, dass der Mensch aus Körper (σῶμα), Seele (ψυχή) und Verstand (νοῦς) bestehe und daher zwei Tode erleben müsse: »Der eine Tod nun, den wir sterben, macht aus dreyen zwey, der andere aber aus zweyen eins«.[24] Die Trennung des Verstandes von der Seele geschieht durch die Liebe:

> […] Dieß geschieht bey einigen früher, bey anderen später, wenn der Verstand von der Seele getrennt wird. Diese Trennung aber bewirkt die Liebe und das Verlangen nach dem Bilde der Sonne, durch welches das Liebenswürdige, das Schöne, das Göttliche und Selige, wonach jede Natur, wiewohl auf verschiedene Art, strebt, hervorglänzt.[25]

So ähnlich schreibt Goethe, dass nur die ewige Liebe die »Geeinte Zwienatur / Der innigen Beiden« (WA I, 15.1, S. 331, V. 11962 f.) – also die innere Verbindung von Seele und Genie – scheiden kann.[26] Es sei hier noch einmal an die Stelle aus Timarchus' Mythos erinnert, in der Plutarch präzisiert, dass das, was die meisten Menschen »Verstand« nennen, eigentlich der »Genius« sei.

Den Begriff des Doppeltodes unterstreicht Goethe am Ende der Tragödie noch einmal, wenn er beschreibt, wie sich Fausts Unsterbliches von jedem Erdenband befreit:

> Sieh! wie er jedem Erdenbande
> Der alten Hülle sich entrafft,
> Und aus ätherischem Gewande
> Hervortritt erste Jugendkraft.
> (WA I, 15.1, S. 336, V. 12088-12091)

Als Mephistopheles die Seele Fausts mit Phosphor assoziiert und »garstigen Wurm« (ebd., S. 319, V. 11661) nennt, missversteht er also nicht im Geringsten deren inniges Wesen.[27] Vielmehr betont er ihr wandelbares Verhältnis zur physischen Welt

23 Dass dieser dreiteilige Menschenbegriff auf Pythagoras, Platon und Aristoteles zurückgeht, stellt Plutarch selbst in der Schrift *Ueber die moralische Tugend* fest. Vgl. Plutarch: *Ueber die moralische Tugend*. In: *Plutarchs moralische Abhandlungen* (Anm. 11), Bd. 4, S. 194-240; hier S. 198-200, 441c-442c.

24 Plutarch: *Ueber das in der Mondscheibe erscheinende Gesicht*. In: *Plutarchs moralische Abhandlungen* (Anm. 11), Bd. 7, S. 202-303; hier S. 290 f., 943a-b.

25 Ebd., S. 298, 944c.

26 Auch Plutarchs Identifizierung der Liebe mit dem Sonnenbild, durch das das Göttliche hervorglänzt, kommt in Goethes *Faust* vor, nicht zuletzt, weil die Gegenwart Gottes von Pater Seraphicus als »Ewigen Liebens Offenbarung« (WA I, 15.1, S. 330, V. 11924) bezeichnet wird.

27 Anderer Meinung sind Gisela Henckmann und Dorothea Hölscher-Lohmeyer: »Mephisto, der im Phosphor die Seele zu fassen hofft, nimmt sie als materielles Wesen und verkennt damit ihre geistige (›geflügelte‹) Natur: ein ›garstiger Wurm‹ (WA I, 15.1, S. 319, V. 11661)«. Henckmann, Hölscher-Lohmeyer (Anm. 2), S. 1146.

und ihre damit verbundene Entwicklungsstufe. Diese These findet Bestätigung in den *Paralipomena* zum 5. Akt der Tragödie, wo Fausts Unsterbliches als »Entelechie« bezeichnet wird.[28]

3. Goethes Entelechiebegriff

Für eine gewisse Zeit verwendete Goethe den Ausdruck »Entelechie« als Synonym für »Monade« – ein Wort, auf das er in seinen letzten Jahren lieber verzichtete.[29] Im Gegensatz zum Begriff »Monade«, der den Akzent auf den in jedem Wesen lebenden geistigen Kern legt, betont »Entelechie« den Entwicklungsprozess, der es dem geistigen Kern ermöglicht, zur Vollendung zu gelangen und sich von jeder Verbindung mit dem Körper zu befreien.[30] »Entelechie« (aus dem griech. *ἐντέλεχεια*, »das Ziel, die Vollendung in sich haben«, *ἐν* + *τέλος* + *ἔχειν*) suggeriert das Erreichen eines Ziels.[31]

Die akademische Forschung neigt dazu, den Goethe'schen Entelechiebegriff von Aristoteles herzuleiten.[32] Nach Aristoteles kann aber die Entelechie nur in Verbindung mit einem Körper existieren, dessen Form oder Seele sie darstellt.[33] Es handelt sich *daher* um ein Konzept, das mit dem in *Faust* dargestellten Menschenbegriff unvereinbar ist.

Der Entelechiebegriff als rein geistiges Konstrukt findet einen besonders deutlichen Ausdruck in Plutarchs Werk *Die Lehrmeynungen der Philosophen.* In dieser Schrift bezeichnet der griechische Philosoph die Entelechie als »Form, Prinzip« und präzisiert, dass sie – wie jedes Prinzip – vor und unabhängig von allen Elementen (Körpern eingeschlossen) existiert, weil sie aus nichts entstanden ist.[34]

Zur Zeit Goethes war diese Entelechieauffassung weit verbreitet, wie Klaudia Hilgers darlegt: »Bis ins 18. Jahrhundert [...] wird die Entelecheia vom aristotelischen Hylemorphismus ganz abgelöst und als ›Lebenskraft‹ bzw. als eine ›nicht bloß ü b e r, sondern auch a u ß e r der Materie stehende Kraft‹ aufgefaßt«.[35] Goethe

28 »Chor der Engel. Faustens Entelechie heran bringend« (Johann Wolfgang Goethe: *Paralipomena zum Faust.* In: Ders.: *Faust. Texte.* Hrsg. von Albrecht Schöne. Frankfurt a.M., Leipzig 2003, S. 733, V H[d]).

29 Vgl. Klaudia Hilgers: *Entelechie, Monade und Metamorphose. Formen der Vervollkommnung im Werk Goethes.* München 2002, S. 65.

30 Das Wort »Entwicklung« ist hier im ursprünglichen Sinn zu verstehen, als Prozess, in dem sich das bereits Vorgegebene entwickelt (vgl. Jochen Schmidt: *Goethes Altersgedicht »Urworte. Orphisch«. Grenzerfahrung und Entgrenzung.* Heidelberg 2006, S. 18).

31 Aus dem Stamm *tel* »umherlaufen, eine vollständige Umdrehung machen« kommt das Verb *teleo*, »zur Vollendung führen«, im Lateinischen mit *perficere* übersetzt, daraus *perfectum*, »vollendet, abgeschlossen«. Zum *telos* gelangen heißt, das Ende und damit die Form erreichen; vgl. Joachim Ritter, Karlfried Gründer (Hrsg.): *Historisches Wörterbuch der Philosophie.* 13 Bde. Basel 1971-2007, Bd. 2, S. 506-509; Umberto Galimberti: *Idee: Il catalogo è questo.* Mailand 2013, S. 160.

32 Vgl. Schmidt (Anm. 30), S. 19; MA 17, S. 1205.

33 Vgl. *Aristotelis De Anima* (Anm. 22), S. 242-244.

34 Vgl. Plutarch: *Die Lehrmeynungen der Philosophen.* In: *Plutarchs moralische Abhandlungen* (Anm. 11), Bd. 7, S. 1-141; hier S. 5, 875c-d.

35 Hilgers (Anm. 29), S. 30; vgl. auch ebd., S. 13-37, 177-289.

selbst drückte diese Idee in einem Gespräch mit Eckermann so aus: »Jede Entelechie [...] ist ein Stück Ewigkeit, und die paar Jahre, die sie mit dem irdischen Körper verbunden ist, machen sie nicht alt« (FA II, 12, S. 656).[36]

Das Wort »Unsterbliches« (WA I, 15.1, S. 330), das in der Endfassung der Tragödie das vorhergehende »Entelechie« ersetzte, ist genau in diesem Sinne zu verstehen.[37]

4. *Der Genieaufstieg durch den Scheitel*

Mit dem Ausdruck »Unsterbliches« spielt Goethe darauf an, dass Fausts Seele ihr *télos* (*τέλος*), ihre Vollendung, ihre Form erreicht hat. Die Ersetzung des philosophischen Ausdrucks »Entelechie« durch den umfangreicheren Terminus »Unsterbliches« findet eine Parallele in Goethes häufiger Verwendung des Wortes »Seele«: Nur unter bestimmten Umständen bezeichnet der Dichter (genauso wie Plutarch in Bezug auf Timarchus) den reinsten Teil von Fausts innerem Wesen mit spezifischen Ausdrücken wie »Genie«, »hohe Seele« (WA I, 15.1, S. 325, V. 11830) oder »Geist«[38]. Umso auffallender ist daher die Betonung des Wortes »Genie« mit der Andeutung von dessen Sitz im Kopf: »Und das Genie es will gleich obenaus« (ebd., S. 319, V. 11675).

Das Lokaladverb »obenaus« spielt nicht nur auf den Ort an, in den sich Fausts Genie erheben möchte (die reine Luft), sondern auch auf die genaue Stelle, an der es sich vom Leib trennen wird: »Obenaus« heißt – wie das Grimm'sche Wörterbuch berichtet – »oben hinaus, eigentlich und übertragen« bzw. »auf der obern Seite, obenher (der ganzen ausdehnung nach)«.[39] Fausts Genie ist im Begriff, den Körper durch den oberen Teil des Kopfes, genauer gesagt, durch den Scheitel zu verlassen.

36 Goethe führte dieses Gespräch am 11.3.1828. Kaum eine Woche später verfasste er das fünfzehnte Kapitel des Romans *Wilhelm Meisters Wanderjahre*, in dem er das Wort »Entelechie« verwendete, um die Gestalt der Makarie zu bezeichnen (vgl. WA I, 25.1, S. 284). Besonders interessant ist in diesem Zusammenhang die Geste, mit der Makarie die junge Lydie/Lucie segnet: Sie küsst »ihr Haupt zwischen den gescheitelten Haaren« (ebd., S. 267). Die prompte und einzigartige Reaktion des Mädchens scheint eine weitere Bestätigung der Idee anzubieten, dass die Seele ihren Sitz im Kopf hat. Vgl. ebd.; Gloria Colombo: *Goethe e la trasmigrazione delle anime*. Bern u.a. 2013, S. 156-167.

37 Die Ersetzung des Wortes »Unsterbliches« mit »Entelechie« könnte – wie Gisela Henckmann und Dorothea Hölscher-Lohmeyer bereits angemerkt haben – auf das Bedürfnis zurückgeführt werden, einen »allzu philosophischen Terminus in die sonst herrschende christliche Bildersprache des poetischen Textes zu übersetzen« (Henckmann, Hölscher-Lohmeyer [Anm. 2], S. 1176). Bezeichnenderweise wechselte Goethe nicht zu »Seele«, denn darin wäre die Idee der Erreichung einer höheren Existenzform nur latent vorhanden gewesen.

38 Vgl.: »Geist« (WA I, 15.1, S. 328, V. 11885; S. 332, V. 11990), »Geisterschaar« (ebd., S. 329, V. 11893), »Geister Nahrung« (ebd., S. 330, V. 11922), »das edle Glied / Der Geisterwelt« (ebd., S. 330, V. 11934 f.), »Geisteskraft« (ebd., S. 331, V. 11958), »Geister=Leben« (ebd., S. 332, V. 11969), »Geisterchor« (ebd., S., 336, V. 12084).

39 Jacob Grimm, Wilhelm Grimm: *Deutsches Wörterbuch*. 133 Bde. München 1999, Bd. 13, Sp. 1070.

Diese Interpretation stützt sich nicht nur auf Goethes Vertrautheit mit der Idee, dass je reiner ein Seelenteil desto höher seine Lage im Körper sei, sondern auch auf Goethes Vertrautheit mit dem Bild der aus dem Scheitel hervortretenden Seele. Eine sorgfältige Darstellung davon fand der Dichter in Plutarchs *Ueber den Genius des Sokrates*, denn die Erzählung von Timarchus' Mythos beginnt wie folgt:

> Nachdem er [Timarchus] zu dem Orakel hinabgestiegen war, gerieth er zuerst, wie er sagte, in eine dicke Finsterniß. [...] Doch däuchte ihm, als wenn er einen Schlag [...] vor den Kopf bekäme, wovon sich sogleich die Nähte der Hirnschale öffneten, und die Seele herausgehen ließen. Diese schwang sich alsbald in die Höhe, und nachdem sie sich zu ihrem großen Vergnügen mit der reinen durchsichtigen Luft vermischt hatte, schien sie sich erst eine Zeitlang von der vorigen Einpressung zu erholen, und gleich einem auseinander gewickelten Segel immer größer zu werden.[40]

In dem Bild von Fausts Genie, das »obenaus« will, klingt Timarchus' Seele an, die durch die Nähte der Hirnschale den Körper verlässt. Diese Interpretation findet auch darin Bestätigung, dass sich Fausts Genie, genauso wie Timarchus' Seele, zusammengedrückt fühlt, solange es im Körper verweilt (»Es ist ihr sicher schlecht im alten Haus«, WA I, 15.1, S. 319, V. 11674) und dass es ihm besser geht, sobald es sich in die reine Luft erheben kann (»Luft ist gereinigt, / Athme der Geist!«, ebd., S. 325, V. 11823 f.).

Zwischen Goethes Tragödie und Plutarchs moralischer Abhandlung besteht dennoch ein relevanter Unterschied: In Timarchus' Mythos geht der Philosoph ausdrücklich auf die Differenz zwischen Seele und Genius ein und erklärt diese eingehend. Im Gegensatz dazu behandelt Goethe diese Differenz als eine bereits etablierte Vorstellung – genauso wie die damit verbundene Idee, dass die Seele unter gewissen Umständen ihren Sitz im Kopf hat.

5. *Schlussbemerkungen*

Durch seinen Rückgriff auf die Idee der Seelenposition im Kopf und auf den damit verbundenen Genie-Begriff unterstreicht Goethe mit Nachdruck das Verhältnis des Menschen zu einer höheren Dimension. Hinter dem deutschen Wort »Genie« (und dem lateinischen *Genius*) verbirgt sich der griechische *Daimonion*, jene »angeborne Kraft und Eigenheit«, die »mehr als alles übrige des Menschen Schicksal bestimme« (MA 13.1, S. 500 f.).[41] In seinem Altersgedicht *Urworte. Orphisch* – und noch mehr in seinen Erläuterungen dazu – verweilt Goethe lange bei dem Zusammenhang zwischen der angeborenen Kraft des Einzelnen und den mannigfaltigen Bewegungen und Beziehungen der Himmelskörper und präzisiert, dass daraus das Schicksal jedes Individuums entstehe (vgl. ebd.).

40 Plutarch (Anm. 13), S. 171 f., 590b-c.

41 Unter den zahlreichen Studien zum Begriff des Dämonischen in Goethes Werk und Denken vgl. bes. Angus Nicholls: *Goethe's Concept of the Daemonic after the Ancients*. New York 2006.

Goethes Darstellung des Sonnen- und Sphärengesangs, mit dem der *Prolog im Himmel* beginnt,[42] ist – genauso wie Plutarchs eingehende Beschreibung der Sphärenharmonie am Anfang von Timarchus' Mythos[43] – auch in Anbetracht dessen zu interpretieren: Die Erzählung der Abenteuer der Hauptgestalten beider Schriften wird von Anfang an in eine günstige kosmische Dimension eingeordnet.[44] Das Bild von Fausts Genie, das den Körper durch den Scheitel verlässt, um sich »zu höhern Sphären« (WA I, 15.1, S. 337, V. 12094) zu erheben, erhält im Kontext der inneren Verbindung zwischen Mensch und Kosmos ihre volle Bedeutung. Um es sinngemäß nach Plutarch auszudrücken: Der Genius ist jener Seelenteil, der imstande ist, die Rede eines höheren Wesens zu vernehmen und damit den Menschen zu seinem Schicksal zu führen.[45] Ein Schicksal, das immer in Harmonie mit dem Weltall steht, denn: »Da ist's denn wieder, wie die Sterne wollten« (FA 1.2, S. 502).

42 »Die Sonne tönt nach alter Weise / In Brudersphären Wettgesang, / Und ihre vorgeschriebne Reise / Vollendet sie mit Donnergang« (WA I, 14, S. 19, V. 243-246).

43 Vgl. Plutarch (Anm. 13), S. 172 f., 590b-f.

44 Die günstige Dimension wird durch die Worte des Herrn weiter betont: »Weiß doch der Gärtner, wenn das Bäumchen grünt, / Daß Blüth' und Frucht die künft'gen Jahre zieren« (WA I, 14, S. 22, V. 310 f.).

45 Vgl. Plutarch (Anm. 13), S. 165 f., 588c-589a.

Astrid Dröse

»Divan«-Apokryphen und Weltliteratur. Ottilie von Goethes Zeitschrift »Chaos« (1829-1831)*

1. Gründungsszene und weibliches Weimar

In ihren Erinnerungen an ihre Jugendjahre im Weimar der späten 1820er Jahre beschreibt Jenny von Gustedt, geborene von Pappenheim (1811-1890), folgende Begebenheit:

> Wir saßen ziemlich einsilbig bei Ottilie im Mansardenstübchen, Emma Froriep, Hofrath Soret, Mr. Parry und ich. Eckermann, den sein Herr und Meister eben losgelassen hatte, kam ebenfalls hinauf und sah betrübt aus dem Fenster. »Es regnet«, sagte er. »It rains!« wiederholte Parry. »Il pleut!« lachte Soret. Ottilie, ärgerlich über diese animierte Unterhaltung schlug vor, irgend etwas zu erfinden, um die einschlafende Gesellschaft wieder aufzurütteln. Nach langem Hin- und Herreden wurde ein »Musenverein« feierlich gegründet. Er sollte regelmäßig zusammenkommen und dichtend, singend, malend den Musen dienen. Goethe aber sollte unser Oberhaupt, unser Apoll sein; davon wollte er jedoch nichts wissen, und der Musenverein als solcher kam nur noch einmal zusammen, um dann dem »Chaos« Platz zu machen, das nun während fast zwei Jahren im Mittelpunkt unseres Interesses stand.[1]

Die hier dargestellte Szene aus dem Jahr 1829 ist im Detail vermutlich frei erfunden; immerhin liegen auch fast fünf Jahrzehnte zwischen Ereignis und Niederschrift im Jahr 1887.[2] Zumindest befand sich weder der Prinzenerzieher Frédéric Soret noch Johann Peter Eckermann in diesen Wochen am Ort des Geschehens, in der Mansarde in Goethes Wohnhaus am Frauenplan, wo Ottilie, Freiin von Pogwisch (1796-1872), seit ihrer Hochzeit mit August von Goethe im Jahr 1817 lebte.[3]

* Der vorliegende Aufsatz basiert auf einem Vortrag (*Chaos. Ottilie von Goethes Journalpoetik*), den ich am 17. November 2022 anlässlich der Ausstellung *Ottilie von Goethe. Mut zum Chaos* im Goethe- und Schiller-Archiv Weimar gehalten habe. Zu dieser Ausstellung vgl. den von Francesca Fabbri herausgegebenen Katalog: *Ottilie von Goethe. Mut zum Chaos*. Wiesbaden 2022.

1 Jenny Baronin von Gustedt: *Aus Goethes Freundeskreise. Erinnerungen*. Hrsg. von Lily von Kretschmann. Braunschweig 1892, S. 123 f.

2 1891/92 publizierte Jenny von Gustedts Tochter, Lily von Kretschmann, einen Artikel mit dem Titel *Weimars Gesellschaft und das »Chaos«* in *Westermann's illustrirte deutsche Monats-Hefte* (November 1891), S. 235-264, der diese Gründungsszene in leicht variierter Form ebenfalls beschreibt (S. 245).

3 Zur intellektuellen Biographie vgl. Karsten Hein: *Ottilie von Goethe (1796-1872). Biographie und literarische Beziehungen der Schwiegertochter Goethes*. Frankfurt a. M. u. a. 2001; Elisabeth Mangold: *Ottilie von Goethe*. Köln, Graz 1965. Vgl. auch die historisch

Dennoch stellt der zitierte Bericht ein wichtiges Zeugnis für die Konstellationen im Weimar der späten 1820er Jahre dar. Die damals 19-jährige Jenny von Pappenheim gehörte zu jenem geselligen Kreis um Ottilie von Goethe, der im Sommer 1829 beschloss, ein eigenes, exklusives Journal mit dem Namen *Chaos* zu gründen.[4] Am 28. August 1829, an Goethes 80. Geburtstag, war der Plan gefasst worden. In einem Brief an ihre Freundin Adele Schopenhauer berichtete Ottilie über das neue Projekt:

> Seit vorgestern liebe Adele habe ich den Leuten, damit sie nicht wie ich gänzlich einschlafen, vorgeschlagen eine weimarische Zeitung in Manuscript herauszugeben. Sie wird Chaos genannt, und die Artikel bestehen in allen Sprachen; jeder hat einen angenommenen Nahmen. Ich bin natürlich Redacteur. […] Da ich Direktor bin, so wähnst Du wohl, daß ich selbst in einem Chaos Gesetze gebe. Das Erste ist das nur Mitarbeiter das Blatt lesen können, das Zweite […], das nur Personen, die in Weimar einmal gewesen sind, Beiträge liefern dürfen.[5]

Die Mitteilung irritiert: Ein Journal »in Manuscript«, d.h. ein in nur kleiner Auflage verbreiteter Privatdruck[6] mit anonym oder unter Pseudonym verfassten Artikeln »in allen Sprachen«? Ein Periodikum, das nur von seinen eigenen Beiträgern gelesen werden soll? Diese Programmatik widerspricht all dem, was man von einer Zeitschrift erwarten würde. Das Journalwesen hatte seit Ende des 18. Jahrhunderts einen enormen Aufschwung erlebt. Man denke an wirkmächtige Projekte wie Schillers *Horen*, an Literatur- und Kulturzeitschriften wie Bertuchs *Journal des Luxus und der Moden* oder Cottas *Morgenblatt für gebildete Stände*.[7] Doch Ottilies Zeitschrift sollte sich offenbar in mehrfacher Hinsicht von diesen Periodika unter-

informierten Darstellungen: Ruth Rahmeyer: *Ottilie von Goethe. Eine Biographie*. Frankfurt a.M., Leipzig 2002; Dagmar von Gersdorff: *Die Schwiegertochter. Das Leben der Ottilie von Goethe*. Berlin 2021.

4 Die Zeitschrift liegt in einem Nachdruck vor, nach dem im Folgenden unter dem Kürzel *Chaos* zitiert wird: *Chaos. Unter Einschluss der Fortsetzungen Création und Creation*. Hrsg. von Ottilie von Goethe. Bern 1968. (Anhang: Reinhard Fink: *Das Chaos und seine Mitarbeiter. Nachdruck des Aufsatzes aus der Festgabe Wissenschaft und Bibliothek. Otto Glauning zum 60. Geburtstag*. Leipzig 1936, S. 43-53). Zu *Chaos* vgl. zudem Carl Georg Brandis: *Zu Ottilie von Goethes »Chaos«*. In: *Zeitschrift für Bücherfreunde*. N.F. 5 (1913/14), Nr. 8, S. 241-252; Nr. 9, S. 272-285; Amalie Winter: *Das »Chaos«, eine Zeitschrift in Weimar, 1830, 1831*. In: *Weimars Album zur vierten Säcularfeier der Buchdruckerkunst am 24. Juni 1840*. Weimar 1840, S. 205-224.

5 Ottilie von Goethe an Adele Schopenhauer, 30.8.1829, zit. nach Francesca Fabbri: *Ottilie von Goethes Nachlass in Weimar – Schätze aus dem Goethe- und Schiller-Archiv*. In: dies.: *Ottilie von Goethe. Mut zum Chaos*. Wiesbaden 2022, S. 9-74; hier S. 26.

6 Vgl. Carlos Spoerhase: *»Manuscript für Freunde«. Die materielle Textualität literarischer Netzwerke, 1760-1830 (Gleim, Klopstock, Lavater, Fichte, Reinhold, Goethe)*. In: DVjs 88 (2014), S. 172-205.

7 Mit der Zeitschrift als Medium der Literatur um 1800 befasst sich meine 2022 abgeschlossene Habilitationsschrift: *Journalpoetik. Literatur im Medienwandel (1770-1840). Mit Studien zu Wieland, Goethe, Schiller, A. W. und F. Schlegel, Mereau, Hölderlin, Kleist, Droste-Hülshoff* (erscheint 2025).

scheiden. *Chaos* zielte nicht auf Popularität und den literarischen Markt. Es ging gerade nicht um Kommerz und Werkpolitik, nicht um die Präsentation neuer poetologischer oder ästhetischer Konzepte und die strategische Platzierung im umkämpften literarischen Feld. Eine Rezeption durch das allgemeine Publikum sollte offenbar sogar verhindert werden. Vorläufer gibt es gleichwohl: Das ungewöhnliche Konzept von *Chaos* erinnert an eine Zeitschrift, die in den 1780er Jahren in Weimar kursierte: Das *Journal von Tiefurth* (1781-1784), ein »hermetisches Gesellschafts- und Literaturereignis«,[8] an dem Goethe in seinem ersten Weimarer Jahrzehnt beteiligt war.[9] Das handschriftlich verfasste Journal kursierte ausschließlich im engen Kreis der Anna Amalia.[10] Adressiert wurde ein »selbstgewähltes Publikum«,[11] d.h. Leserschaft und (anonyme) Beiträger waren weitgehend identisch: Mitglieder des Hofadels und der Hofgesellschaft, dazu bürgerliche Gelehrte wie Herder, Wieland und eben Goethe. Mit Herzogin Anna Amalia, Louise von Göchhausen, Sophie von Schardt und Caroline Herder war auch eine größere Anzahl von Frauen beteiligt.

Genau wie dieses erste Weimarer Journal war nun rund fünfzig Jahre später auch Ottilies Zeitschrift *Chaos* nur für einen vertrauten Kreis bestimmt. Kollektive Autorschaft und gesellige Rezeption waren signifikanter Bestandteil dieser Journalpraxis, die auf Exklusivität zielte, die Verbreitung des Periodikums durch den regulären Buchmarkt unterlief und damit auch jede Form öffentlicher Wahrnehmung zu unterbinden suchte. Hinzu kommen weitere Spezifika: Alle Mitwirkenden publizierten anonym oder versteckten sich hinter einem Pseudonym. Der autorschaftliche Anspruch ist durch die Halböffentlichkeit, in der der Privatdruck zirkuliert, weniger normativ. Weder die Zeitschrift selbst noch die hier zusammengetragenen Texte sind werkförmig.[12] Das entlastet und sorgt im erlesenen Kreis für ästhetische Unterhaltung: Die Vorliebe der Weimarer Gesellschaft für Maskerade wird in ein journalpoetisches Grundprinzip übersetzt. Maskenball und Mummenschanz verlagern sich vom Ballsaal in die Zeitschrift.[13] »Es ist und bleibt ein weimarisches Maskeradenspass«, heißt es in einem Artikel, der selbstreferenziell auf Poetik und Praxis der Zeitschrift eingeht (*Chaos* I/5, S. 18). Bis heute ist im Einzelnen noch nicht geklärt, wer sich hinter den Pseudonymen, Chiffren und anonym gezeichneten Gedichten, Liedern und Briefen verbirgt, die in anarchischer Anordnung vom

8 Joachim Wohlleben: *Goethe als Journalist und Essayist.* Frankfurt a.M., Bern 1981, S. 12f.

9 Das Journal liegt in einer neuen kommentierten Ausgabe vor: *»Es ward als ein Wochenblatt zum Scherze angefangen«. Das Journal von Tiefurt.* Hrsg. von Jutta Heinz u. Jochen Golz unter Mitarbeit von Cornelia Ilbrig, Nicole Kabisius u. Matthias Löwe. Göttingen 2011. Vgl. auch Günter Oesterle: *Maskerade und Mystifikation im »Tiefurter Journal«. Prinz August von Gotha – Johann Wolfgang Goethe – Jacob Michael Reinhold Lenz.* In: *Poesie als Auftrag. Festschrift für Alexander von Bormann.* Hrsg. von Dagmar Ottmann u. Markus Symmank. Würzburg 2001, S. 43-54.

10 Jutta Heinz: *Einleitung.* In: *Journal von Tiefurt* (Anm. 9), S. 11-44.

11 Ebd.

12 Vgl. Spoerhase (Anm. 6), S. 198.

13 Vgl. Fabbri (Anm. 5), S. 20-22.

13. September 1829 bis zum 7. November 1831 in siebzig Heften und auf rund 280 Seiten erschienen. Zunächst wurde *Chaos* dabei sonntags in anfangs nur 28 Exemplaren ausgeliefert, später kursierte die Zeitschrift in weiteren Exemplaren auch unter auswärtigen Freunden.

Chaos stellt eine wichtige Quelle für das gesellige und kosmopolitische Weimar dieser Phase dar. Doch das Privatjournal ist auch – wie ich im Folgenden zeigen möchte – für die Zeitschriften- wie für die Goethe-Forschung allgemein von Interesse. Drei Aspekte sind hervorzuheben: (1.) *Chaos* bleibt als bemerkenswertes Zeugnis für die Aktivitäten des ›weiblichen Weimars‹ zu entdecken. Mehr als ein Viertel der rund hundert Mitwirkenden waren Frauen. Mindestens zwölf Beträge stammen außerdem von der Organisatorin selbst, die im Medium des Journals somit auch als Dichterin greifbar wird. Darüber hinaus ist *Chaos* (2.) ein Medium der transkulturellen Literaturkommunikation und ein Laboratorium der Goethe-Übersetzung: Übertragungen ins Spanische, Italienische, Französische und vor allem ins Englische füllen das Journal. Als Übersetzer fungierten v. a. junge Briten, die sich in Weimar aufhielten. Sie waren auch im Literaturbetrieb ihrer Heimat gut vernetzt, so dass sie – motiviert durch die Mitarbeit in *Chaos* – nach ihrer Rückkehr zur Rezeption der Weimarer Klassik in Großbritannien beitrugen. Schließlich steht das Journal (3.) im intertextuellen Bezug zu Goethes Spätwerk. *Chaos* ist durchzogen von einem polyphonen Gespräch zwischen Goethe, Ottilie und dem Freundeskreis über den *West-östlichen Divan* und den *Faust*, dessen Vollendung Goethe in den *Chaos*-Monaten intensiv vorantrieb. Vor diesem Hintergrund kann *Chaos* auch Aufschluss über die Arbeit an diesen Werkkomplexen geben.

2. *Chaos-Programmatik und Journalpraxis*

Blicken wir zunächst auf die Zeitschrift insgesamt. Das Titelblatt, das vermutlich Ende 1830 gestaltet wurde, zeigt eine allegorisch-mythologische Szene. Im Zentrum findet sich ein Gedicht (Abb. 1).[14]

Es stammt von Robert Froriep (1804-1861), Mitglied des Freundeskreises und Enkel des Verlegers Friedrich Justin Bertuch. Links am Bildrand sehen wir eine satyrartige männliche Figur, die durch einen breiten Felsspalt getrennt eine Nymphe beobachtet. Diese ist in einen Dornröschenschlaf gefallen und ruht in lasziver Pose unter einem ausgedünnten Lorbeerbaum. Der Satyr wird von einem Hahn und einem Leoparden begleitet, ein Stachelschwein schlingt sich um sein Haupt. Im Zentrum wird der Blick freigegeben auf die Ansicht einer Stadt, die sich mit ihrer markanten Silhouette als Weimar identifizieren lässt. Die Zeichnung ist anspielungsreich und vieldeutig: Der Hahn könnte als gallischer Hahn für die französische Komponente des Journals stehen, der Leopard symbolisiert womöglich als englisches Wappentier den englischsprachigen Anteil. Die Satyrfigur weist zudem Merkmale der deutschen Sagenfigur des ›Wilden Mannes‹ auf. Vielleicht will er mit Hilfe des Leoparden und des Hahns die Nymphe der Poesie aus dem Schlaf

14 Vgl. ebd., S. 31 f.

Abb. 1
Titelblatt zu *Chaos* (1830)

erwecken?[15] Im Mittelpunkt des Titelblatts steht ein Gedicht in einer arabeskenhaften Handschrift. Es formuliert in einer magischen Beschwörungsformel mit suggestiven Imperativen und Geboten die Grundregeln der Redaktion: Nur bislang Ungedrucktes darf eingereicht werden. Die Verfasser dürfen ihre Identität niemals an anderer Stelle preisgeben, Zweitpublikation in einem »fremden Blatt« mit Na-

15 Ebd., S. 33.

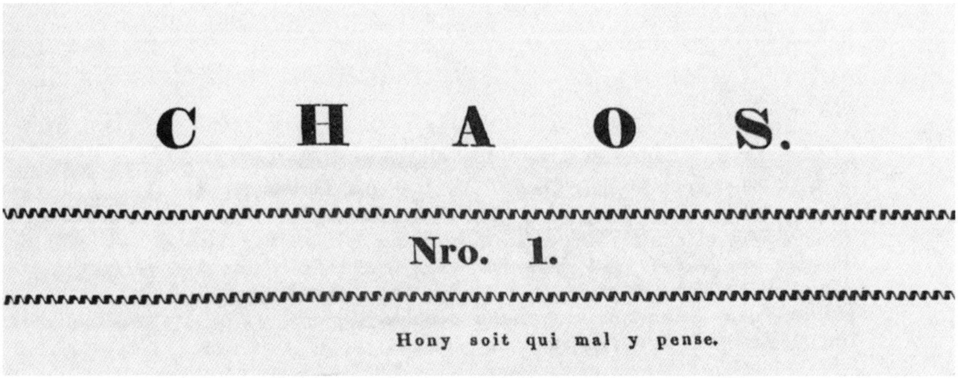
CHAOS.

Nro. 1.

Hony soit qui mal y pense.

Abb. 2
Titelleiste mit Wahlspruch des englischen Hosenbandordens

mensnennung ist untersagt. Vor allem das »Birg«-Gebot wird durch mehrfache Wiederholung eindringlich hervorgehoben. Wenn man dann noch die Voraussetzung erfüllt, sich schon einmal in Weimar aufgehalten zu haben, könne man in die geheime *Chaos*-Loge aufgenommen werden.

Wie wurde diese esoterische Programmatik konkret umgesetzt? Mustert man das Konvolut, findet man Gedichte, kurze Prosatexte, Briefpost und anekdotische Lokalberichte über die Weimarer Gesellschaft, zudem Charaden, Rätsel, Aphorismen und Lieder in anarchischer Anordnung und in etwa gleichen Anteilen auf Deutsch, Französisch und Englisch. Einige Beiträge sind auf Italienisch, Spanisch, Latein und Altgriechisch verfasst. Die typographische Gestaltung der einzelnen Lieferungen verleiht dem Periodikum eine professionelle Anmutung. In breiter Antiqua-Schrift wird der Journalname markant sichtbar. Darunter ist die Nummer gesetzt. Es folgt als Motto der Wahlspruch des englischen Hosenbandordens »Honi soit qui mal y pense« – sowohl eine Anspielung auf die geheimbundartige Kommunikation im Journal als auch auf die Anglophilie des *Chaos* (Abb. 2).

Unter den einzelnen Beiträgen findet man die Pseudonyme der Verfasserinnen und Verfasser: »Elvira«, »Henry Daventry«, »Adoro«, »Perigrinator«, »Plainpalais«, »Romito«, »Honorius«, »Calabri«, »Philochaoticus«, »Chaokles« u.v.m. Manche Beiträge sind auch nur mit einem Kürzel oder einer Zahlenkombination gezeichnet.

Einige der erhaltenen *Chaos*-Exemplare weisen handschriftliche Notizen auf, die einzelne Beiträge bestimmten Autorinnen und Autoren zuweisen.[16] Solche entschlüsselnden Notizen erkennt man auch auf jenen Manuskripten, die sich im Nachlass Ottilies in Weimar befinden. Sie geben Aufschluss über einige der Codierungen: So verbirgt sich hinter »Adoro« August von Goethe, der eine Reihe melancholischer Gedichte verfasste, die autobiographische Züge tragen und die er zum

16 Reinhard Fink (Anm. 4), S. 46-53, hat eine entsprechende Liste angelegt; seine Informationen beruhen auf sechs ausgewerteten Exemplaren von *Chaos* sowie auf den Briefwechseln verschiedener Personen, die an diesem Zeitschriftenprojekt beteiligt waren. Vgl. auch die Arbeit von Karsten Hein (Anm. 3).

Teil kurz vor seinem Tod aus Italien nach Weimar gesandt hatte.[17] Noch eine Reihe weiterer prominenter Beiträger sind identifizierbar, darunter Adelbert von Chamisso, William Makepeace Thackeray, Friedrich de la Motte Fouqué, Friedrich von Matthisson, Karl Ludwig von Knebel, August von Platen und der im Mai/Anfang Juni 1830 in Weimar weilende Felix Mendelssohn. Bei den rund 25 Autorinnen handelt es sich meist um junge Frauen wie Herders Enkelin Natalie, Friedrich Heinrich Jacobis Enkelin Auguste, die Schwestern Caroline, Julie und Auguste von Egloffstein, Friederike Robert, Adele Schopenhauer oder Jenny von Pappenheim.

Was die Wahl des Zeitschriftennamens betrifft, gibt das Prolog-Gedicht von Karl von Holtei im ersten Heft verschlüsselte Hinweise. Hier spricht die Zeitschrift selbst:

> Ihr staunt vielleicht, dass ich mich Chaos nenne?
> Ihr Menschen!? – Weil Ihr Form und Regel sucht
> Und zweifelnd lächelt, wo die beiden fehlen.
> (Obgleich Ihr gegen beide gern verstosst,
> Dürft Ihr es heimlich nur und sicher thun.) –
> Hier ist kein Wählen mehr. In's offne Meer
> Des wüsten, bunten Dranges müsst Ihr springen;
> Hier gilt kein Ansehn des Geschlechts, des Landes,
> Kein Name selbst; denn unbekannt muss jeder,
> Vermummt in fremden Namen muss er schwimmen,
> Und auch den kühnsten Schwimmer lohnt kein Ziel.
> »Ein planlos Treiben, ein fantastisch' Drängen!«
> Und nie ertönt der Ruf: es werde Licht!
> Nie werden sich die weiten Massen sondern,
> Chaotisch liegt die Zukunft vor uns da.
> (*Chaos* I,1, S. 1)

Das personifizierte Journal lockt in diesem Rollengedicht mit einem Angebot: Im postklassischen Weimar bekennt man sich zu einer Ästhetik im Zeichen von »Form und Regel«, trotzdem lieben alle das ›Offene‹. Das Schreiben unter markierter Pseudonymität entlaste von gesellschaftlichem und ästhetischem Zwang. Name, Geschlecht, Nationalität gegenüber sei *Chaos* indifferent. Der Zeitschriftenname ist mit Bedacht gewählt: ›Chaos‹ ist in den 1820er Jahren ein besonders schillernder, ambivalenter Begriff. Im Sinne von »Urgemisch«[18] hat ›Chaos‹ im Griechischen vor allem eine kosmologische Bedeutungsdimension, als Gegenbegriff zum geordneten Kosmos; »Wahrlich, als erstes ist Chaos entstanden«, heißt es in der

17 Exemplarisch sind die beiden Gedichte *Die Schwalbe* und *Dem Inselfreunde* im ersten Heft (*Chaos* I/1, S. 4) oder auch die Verse: »Ich will nicht mehr am Gängelbande / Wie sonst geleitet seyn, / Und lieber an des Abgrunds Rande / Von jeder Fessel mich befreien (*Chaos* I/27, S. 108).

18 Vgl. Johann Christian August Heyse (neu bearb. von Karl Wilhelm Ludwig Heyse): *Allgemeines verdeutschendes und erklärendes Fremdwörterbuch* […]. 9Hannover 1844, S. 123.

Theogonie des Hesiod (V. 116),[19] dem Epos von der Entstehung der Götterwelt. Auch die biblische Genesis beschreibt den Zustand vor der Schöpfung als *Tohuwabohu*, was mit Griechisch ›χάος‹ übersetzt wurde; Luther wählte die Formel »wüst und leer« (Gen 1,2). In seiner *Allgemeinen Naturgeschichte und Theorie des Himmels* erklärt Immanuel Kant hingegen seine teleologische Vorstellung eines mechanischen Weltbaus, der für seine Entstehung aus dem Chaos einer göttlichen Instanz gar nicht bedarf: »Ich nehme die Materie aller Welt in einer allgemeinen Zerstreuung an und mache aus derselben ein vollkommenes Chaos«.[20] Wirrwarr und Schöpfung sind in allen zitierten Chaos-Konzepten aufeinander bezogen, aus dem aorgischen Chaos entspringt durch organische Bildung die Welt. »Vor den Alpen«, teilt Hölderlin seinem Freund Landauer 1801 mit, »stehe ich immer noch betroffen, [...] sie sind wie eine wunderbare Sage aus der Heldenjugend unserer Mutter Erde und mahnen an das alte bildende Chaos, indes sie niedersehn in ihrer Ruhe«.[21] Für die Romantiker ist Chaos schließlich eine ästhetische Leitkategorie: »Chaos ist wohl die beste Erklärung des Romantischen«, schreibt Friedrich Schlegel in den *Fragmenten zur Poesie*.[22]

Der *Chaos*-Prolog spielt mit dieser Vieldeutigkeit und proklamiert auch in den folgenden beiden Strophen die kreativen Potenziale des Konzepts ›Chaos‹. Am Ende des Gedichts gerät die sich selbst erklärende Zeitschrift in eine metaphysische Ekstase; ganz im Sinne Goethes tut sich die Vision eines Europas der Kosmopoliten auf, die Idee einer durch Weltliteratur verbundenen Gesellschaft wird greifbar: »Im Chaos klingen wonnetrunkne Sphären« – aber es ist nur ein Traum, doch »Kommt! Träumet, liebe Freunde«, lautet der Schlussappell.

In den folgenden Heften wird ›Chaos‹ zur journalpoetischen Leitmetapher. Nahezu jede Folge bietet spitzfindige oder philosophische Deutungen des Zeitschriftentitels, die Beiträger potenzieren in sprachlichen Spielen das chaotische Verwirrspiel: »Der Wahnsinn, welcher im Prologe angekündigt ward, bewährt und bestätigt sich schon an mir, erstes Opfer des Chaos« schreibt ein/e »Hugo v. R.« im fünften Heft (*Chaos* I/5, S. 19). Im 15. Heft präsentiert ein gewisser »Chaokles« ein *Chaos*-Akromesotelostichon (also ein ›Vornmittehinten-Vers‹; Abb. 3; *Chaos* I/15, S. 59), das auf Hesiods *Theogonie* anspielt und sprachmagische Assoziationen weckt. Gleich die zweite Ausgabe eröffnet mit einem englischen Prolog, der auf den biblischen Schöpfungsbericht referiert: »In twilight Chaos struggled day and night, A voice said, be there light! and there was light!« (*Chaos* I/2, S. 5). Genau so entstehe aus dem Nichts die Zeitschrift.

19 Hesiod: *Theogonie. Werke und Tage. Griechisch – Deutsch*. Hrsg. u. übers. von Albert Schirnding. 5. überarb. Aufl. Berlin 2012, S. 15.

20 Immanuel Kant: *Allgemeine Naturgeschichte und Theorie des Himmels*. In: ders.: *Vorkritische Schriften bis 1768*, Bd. 1. Hrsg. von Wilhelm Weischedel. Frankfurt a.M. 1991, S. 232.

21 Friedrich Hölderlin: *Sämtliche Werke. Große Stuttgarter Ausgabe*. Hrsg. von Friedrich Beißner, Adolf Beck u. Ute Oelmann. Stuttgart 1943-1985, Bd. 6.1, S. 416.

22 *Kritische Friedrich-Schlegel-Ausgabe*. Hrsg. von Ernst Behler unter Mitwirkung von Jean-Jacques Anstett u. Hans Eichner. Paderborn 1958 ff., Bd. 16, S. 272, Nr. 226.

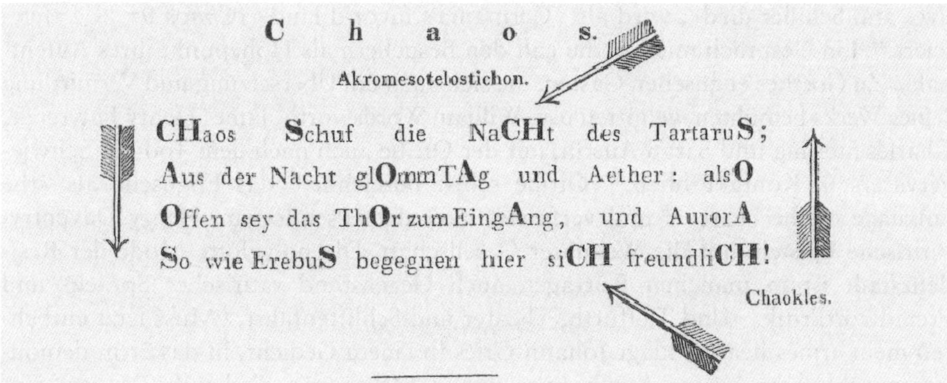

Abb. 3
Chaos-Akromesotelostichon

3. *Übersetzungslabor und Weltliteratur*

In nahezu jedem Heft sind verschiedene Sprachen nebeneinander vertreten, so dass man von *Chaos* als einem multilingualen bzw. ›multikulturellen Unternehmen‹[23] sprechen könnte. Diese Polyglossie spiegelt die Zusammensetzung der Mitwirkenden: Repräsentanten der internationalen *community* Weimars dieser Zeit, Intellektuelle aus ganz Europa, Diplomaten, Verwandte der fürstlichen Familie, Studenten u. v. m., zu denen Ottilie von Goethe enge Verbindungen pflegte. Bei den fremdsprachigen Beiträgen handelt es sich um Originalbeiträge und viele Übersetzungen, vor allem von Texten Goethes, wie eine italienische Übersetzung von *Die Braut von Korinth* (*La Sposa di Corinto*, *Chaos* I/39, S. 155; I/46, S. 184). Aber auch produktive Auseinandersetzungen werden geboten: Unter dem Titel *Les regrets de Goethe* (*Chaos* I/21, S. 81 f.) findet man z. B. eine auf Französisch verfasste lyrische Reflexion über das Gedicht *An die Entfernte*. Auf diese Weise erweist sich *Chaos* als »transkulturelle[ ] Plattform für kreative und kollaborative Prozesse«.[24] Das Journal beförderte – ganz im Sinne Goethes – den sprachübergreifenden »Wechseltausch« durch Übersetzung und präsentiert sich als dynamisches Organ einer künftigen Weltliteratur.[25]

Die Übersetzungen ins Englische wurden vor allem von den in Weimar anwesenden Engländern verfasst. Verbindungen des Fürstentums mit der Insel sowie die Germanophilie der jungen englischen Elite, die sich zu Bildungszwecken gern in das kleine Zentrum der deutschen Hochkultur begab, hatten dazu geführt, dass man in Weimar und Jena seit den 1810er Jahren viel Englisch hörte. Weimar, wo »Goethe

23 Karl S. Guthke: *Opening Goethe's Weimar to the World: Travellers from Great Britain and America*. In: ders.: *Exploring the Interior. Essays on Literary and Cultural History*. Cambridge 2018, S. 117-152; hier S. 123, DOI: https://doi.org/10.11647/OBP.0126.
24 Fabbri (Anm. 5), S. 29.
25 Vgl. Anne Bohnenkamp: *»Den Wechseltausch zu befördern«. Goethes Entwurf einer Weltliteratur*. In: Johann Wolfgang Goethe: *Ästhetische Schriften 1824-1832. Über Kunst und Altertum V-VI*. Hrsg. von Anne Bohnenkamp. Frankfurt a. M. 1999, S. 937-964.

lives and Schiller died«, wird als »Germania's favor'd land« (*Chaos* I/7, S. 27) gefeiert.[26] Ein Gespräch mit Goethe galt den Besuchern als Höhepunkt ihres Aufenthalts. Zu Goethes englischen Gästen, die sich auch um Übersetzung und Vermittlung seines Werks bemühten, gehörten u. a. William Wordsworth, James Henry Lawrence, Charles Sterling und Sarah Austin, mit der Ottilie auch nach dem Tod des Schwiegervaters in Kontakt blieb.[27] Ottilie selbst bezeichnete das Englische als »the language of the heart«[28] und verfasste unter dem Pseudonym ›Henry Daventry‹ satirische Episteln auf die Weimarer Gesellschaft. Die polyglotte Mode der Residenzstadt ist in manchen Beiträgen auch Gegenstand satirischer Sprach- und Fremdwortkritik. »Und Tieffurth, Theater und Schlittenfahrt, / Muss jetzt entbehren mein armes heart«, klagt Johann Gries in einem Gedicht, in das er in demonstrativ schlechten Versen Anglizismen wie »Gentlemen«, »Pickenik (!)« usw. einflickt (*Chaos* I/3, S. 11).

Aber *Chaos* präsentiert sich darüber hinaus auch als Laboratorium und Medium der englischen Goethe-Übersetzung.[29] So liegen beispielsweise Übersetzungen der Gedichte *Meeresstille* und *Glückliche Fahrt* vor, als deren Verfasser sich James Henry Lawrence (unter dem Pseudonym »Saint Ives«) identifizieren lässt (*Chaos* I/34, S. 133).[30] Bei diesen Übersetzungen (mit den Anfangsversen »O'er the melancholly Ocean« bzw. »The clouds disappearing«) orientiert sich Lawrence nur locker am Wortlaut der Vorlagen. Offenbar kommt es dem Übersetzer vor allem darauf an, die charakteristischen metrischen Formen der Gedichte in die Zielsprache zu übertragen. Darauf verweist auch die beigefügte Angabe »Translated from Goethe for the Music of J. F. Reichardt«. Man sollte also den englischen Text auch für die vorliegende Vertonung – gemeint sind Reichardts Kompositionen in der Sammlung *Lieder der Liebe und der Einsamkeit* (1798) – nutzen können. Die in *Chaos* präsentierten Übersetzungen geben somit auch Hinweise auf mediensoziale Praktiken wie gesanglicher Vortrag von Journallyrik. Neben einzelnen Lyrica werden auch Szenen aus Goethe-Werken in englischer Übersetzung geboten: Vermutlich reichte Goethe eine von Thomas Carlyle angefertigte Übersetzung von Passagen aus der Studierzimmer-Szene in *Faust I* (WA I, 14, S. 77 f., V. 1583-1606) an Ottilie weiter, die Carlyle nach Weimar geschickt hatte. Unter dem Titel *Faust's Curse* erscheint diese Übersetzung im Heft 30 (*Chaos* I/30, S. 120).[31] In einer anderen Lieferung findet man eine englische Teilübersetzung des Geisterchors der Studierzimmer-

26 Vgl. auch Guthke (Anm. 23); Trevor D. Jones: *English Contributors to Ottilie von Goethe's »Chaos«*. In: *Publications of the English Goethe Society* 9.1 (2016), S. 68-91, DOI: https://doi.org/10.1080/09593683.1933.11785914; Douglas F. Scott: *English Visitors to Weimar*. In: *German Life and Letters* 2.4 (1948/49), S. 330-341.

27 H. G. Fiedler: *A Letter from Ottilie von Goethe to Sarah Austin*. In: *The Modern Language Review* 14.3. (1919), S. 330-333.

28 Zitiert nach Fabbri (Anm. 5), S. 23.

29 Jones (Anm. 26); vgl. auch Georg Trübner: *Ottilie von Goethe und die Übersetzung deutscher Werke ins Englische*. In: *Babel. Revue Internationale de la Traduction. International Journal of Translation* 29.3 (1973), S. 133-141.

30 Jones (Anm. 26), S. 77.

31 Vgl. ebd., S. 78.

Szene aus *Faust I* (WA I, 14, S. 78 f.; *Chaos* I/41, S. 163 f.), in Heft 12 von 1830 einige Verse aus dem *Vorspiel auf dem Theater* (*Chaos* II/12, S. 48).

Exemplarisch für die Übersetzungspraxis der *Chaos*-Autoren sind die Beiträge des Engländers Samuel Naylor (1809-1865).[32] Der damals 22-jährige Student, der sich in Ottilie verliebt hatte und ihr nach Augusts Tod vergeblich Heiratsanträge machte, beteiligte sich am *Chaos*-Projekt mit englischen Originalgedichten und einer Reihe von Goethe-Übersetzungen. Seine Versionen des Mignon/Harfner-Duetts aus *Wilhelm Meister* (»None, the soul-yearning save, / Shape what my sufferings be«, *Chaos* II/1, S. 4) und von *Gretchen am Spinnrad* (Abb. 4.1 u. 4.2; *Chaos* I/52, S. 207) zeichnen sich dadurch aus, dass sie die metrische Form beibehalten und zugleich semantisch eng an der Sprache Goethes orientiert sind. Für den privaten Gebrauch ließ Naylor nach seiner Rückkehr nach England 1839 einen Band drucken, der u. a. übersetzte Szenen aus *Faust* enthielt.[33] Das anrührende Vorwort bietet eine kleine Übersetzungspoetik des Autors, in der er die in Weimar entstandenen Übersetzungen als ›Experimente‹ bezeichnet. Der Band bezeugt, dass die Weimarer Erfahrungen und die Auseinandersetzung mit Goethe für die junge englische Elite ein gemeinschaftsstiftendes Erlebnis waren.[34] Naylors Beteiligung an *Chaos* ist also ein bemerkenswertes Beispiel für die langfristige Wirkung der Zeitschrift. Die Möglichkeit, hier Übersetzungen zu veröffentlichen, motivierte ambitionierte junge Autoren zur experimentellen Auseinandersetzung mit Goethe und belebte auf diese Weise einen nachhaltigen Kulturtransfer. Auch Ottilie blieb zeitlebens eine wichtige »literarische Agentin der englischsprachigen Welt«.[35]

32 Zu Naylor vgl. Leonard Ashley Willoughby: *Samuel Naylor and »Reynard the Fox«. A Study in Anglo-German Literary Relations*. Oxford 1914.

33 Im Goethe- und Schiller-Archiv (Signatur 40/XII,1,2) findet sich ein Konvolut mit Briefen von Naylor an Ottilie. Ottilies Briefe an Naylor befinden sich vermutlich in Privatbesitz; sie wurden 1994 bei einer Auktion versteigert, siehe https://www.christies.com/en/lot/lot-3113442 (zuletzt aufgerufen am 1.11.2023). Der Teilnachlass ist ediert: Heinz Bluhm (Hrsg.): *Ottilie von Goethe. Tagebücher und Briefe von und an Ottilie von Goethe*. 5 Bde. Wien, Bern 1962-1979. Naylors Übersetzung *Reynard the Fox* basiert nicht primär auf Goethe, sondern auf der niederdeutschen Version aus dem Jahr 1498. Dennoch bezieht sich Naylor im Vorwort ausdrücklich auf Goethes *Reineke Fuchs* (Samuel Naylor: *Reynard the Fox. A Renowned Apologue of the Middle Age, Reproduced in Rhyme*. London 1845).

34 Naylor geht hier auch auf die inspirierende Atmosphäre im Umfeld Goethes und Ottilies ein: »The Translations, for the most part, were undertaken by way of experiment, during a residence at Weimar, – a name fragrant with pleasurable recollections to all Englishmen who have had the happiness to sojourn there, and ever to be honored and cherished by One, for the many last in recollections associated with that, to him, endeared home«. Samuel Naylor: *Ceracchi, a Drama, and Other Poems*. Maidenhead 1839, *Preface*, S. VIII.

35 Waltraud Maierhofer: *Ottilie von Goethe als literarische Agentin der englischsprachigen Welt*. In: *Ottilie von Goethe. Mut zum Chaos*. Hrsg. von Francesca Fabbri. Wiesbaden 2022, S. 75-84.

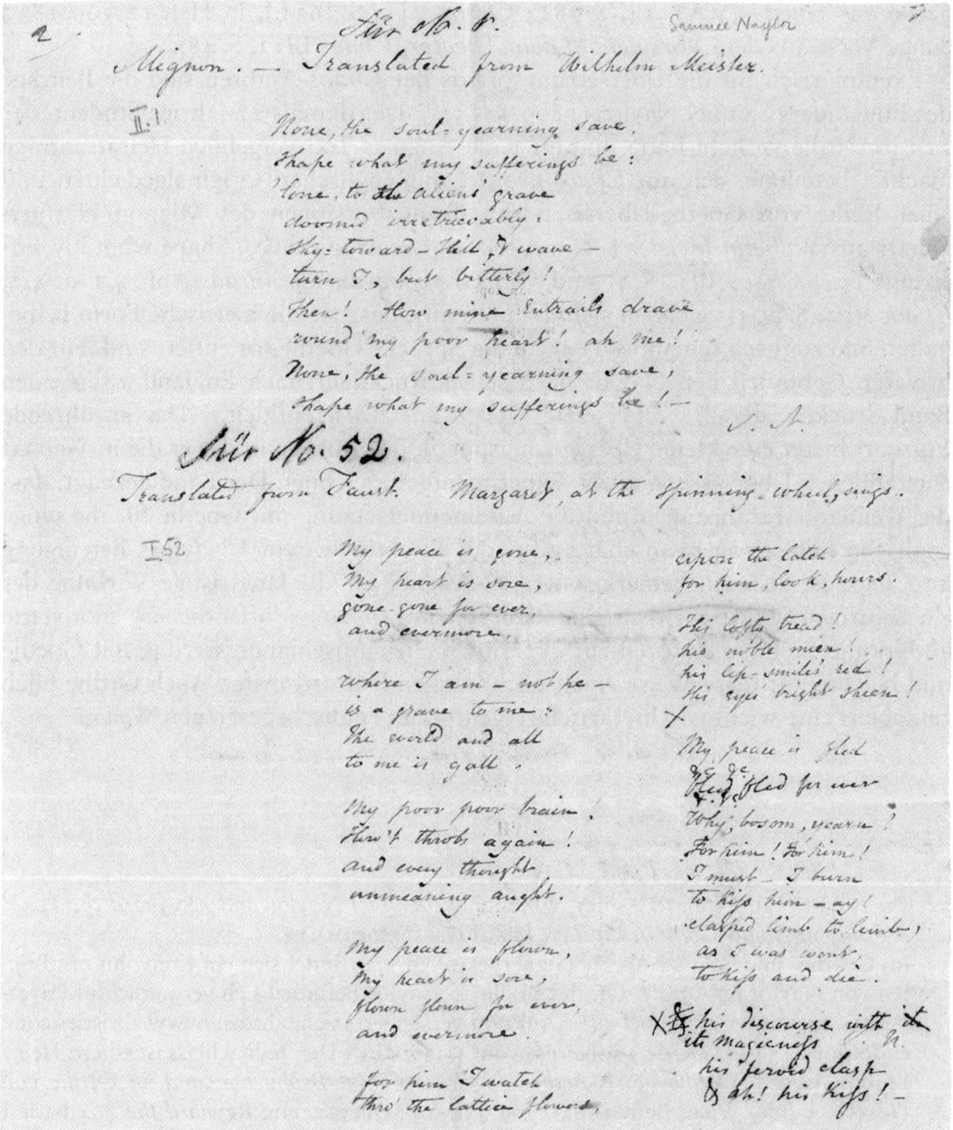
2 Air No. 8. Samuel Naylor

Mignon. – Translated from Wilhelm Meister.

II. 1

None, the soul-yearning save,
Shape what my sufferings be:
Lone, to the aliens' grave
doom'd inextricably.
Sky-toward-Hill, I wave –
turn I, but bitterly!
Then! How mine Entrails drave
round my poor heart! ah me!
None, the soul-yearning save,
Shape what my sufferings be! –
S. N.

Air No. 52.

Translated from Faust. Margaret, at the Spinning-wheel, sings.

I 52

My peace is gone,
My heart is sore,
gone gone for ever,
and evermore.

where I am – not he –
is a grave to me:
the world and all
to me is gall.

My poor poor brain,
How't throbs again!
and every thought
unmeaning aught.

My peace is flown,
My heart is sore,
flown flown for ever,
and evermore.

For him I watch
thro' the lattice flowers,
upon the latch
for him, look, hours.

His lofty tread!
his noble mien!
his lip-smiles red!
his eyes' bright sheen!
X

My peace is fled
&c. &c.
fled fled for ever
&c. &c.
Why, bosom, yearn?
For him! for him!
I must – I burn
to kiss him – ay!
clasped limb to limb,
as I was wont,
to kiss and die.

X & his discourse with its magicness S. N.
his fervid clasp
& ah! his kiss! –

Abb. 4.1
Gretchen am Spinnrad / Margaret at the spinning Wheel. Übersetzt von Samuel Naylor

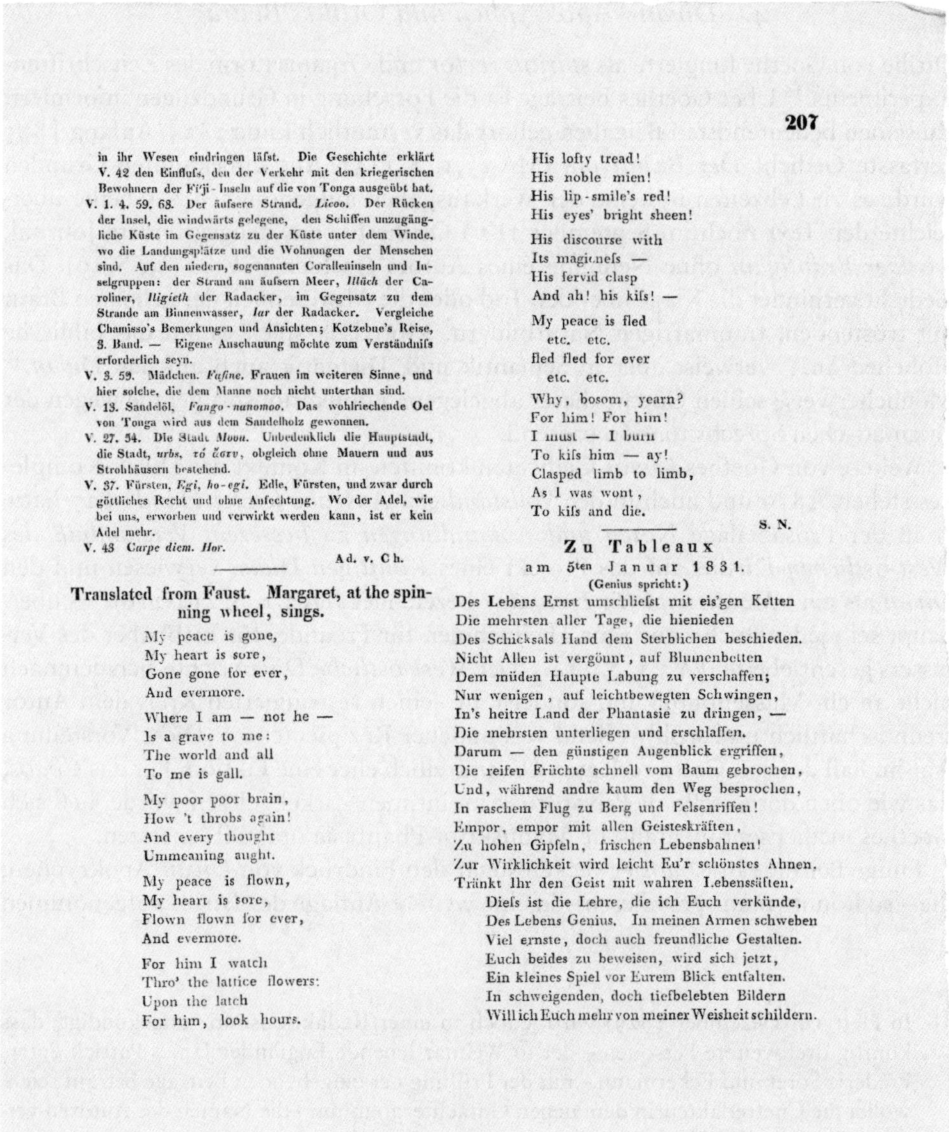
207

in ihr Wesen eindringen läſst. Die Geschichte erklärt
V. 42 den Einfluſs, den der Verkehr mit den kriegerischen Bewohnern der Fi'ji-Inseln auf die von Tonga ausgeübt hat.
V. 1. 4. 59. 63. Der äuſsere Strand. *Licoo.* Der Rücken der Insel, die windwärts gelegene, den Schiffen unzugängliche Küste im Gegensatz zu der Küste unter dem Winde, wo die Landungsplätze und die Wohnungen der Menschen sind. Auf den niedern, sogenannten Coralleninseln und Inselgruppen: der Strand am äuſsern Meer, *Illäch* der Caroliner, *Iligieth* der Radacker, im Gegensatz zu dem Strande am Binnenwasser, *Iar* der Radacker. Vergleiche Chamisso's Bemerkungen und Ansichten; Kotzebue's Reise, 3. Band. — Eigene Anschauung möchte zum Verständniſs erforderlich seyn.
V. 3. 59. Mädchen. *Fafine.* Frauen im weiteren Sinne, und hier solche, die dem Manne noch nicht unterthan sind.
V. 13. Sandelöl, *Fango-nanomoo.* Das wohlriechende Oel von Tonga wird aus dem Sandelholz gewonnen.
V. 27. 54. Die Stadt *Moou.* Unbedenklich die Hauptstadt, die Stadt, *urbs*, *τό ἄστυ*, obgleich ohne Mauern und aus Strohhäusern bestehend.
V. 37. Fürsten, *Egi, ho-egi.* Edle, Fürsten, und zwar durch göttliches Recht und ohne Anfechtung. Wo der Adel, wie bei uns, erworben und verwirkt werden kann, ist er kein Adel mehr.
V. 43 *Carpe diem. Hor.*

Ad. v. Ch.

Translated from Faust. Margaret, at the spinning wheel, sings.

My peace is gone,
My heart is sore,
Gone gone for ever,
And evermore.

Where I am — not he —
Is a grave to me:
The world and all
To me is gall.

My poor poor brain,
How 't throbs again!
And every thought
Unmeaning aught.

My peace is flown,
My heart is sore,
Flown flown for ever,
And evermore.

For him I watch
Thro' the lattice flowers:
Upon the latch
For him, look hours.

His lofty tread!
His noble mien!
His lip-smile's red!
His eyes' bright sheen!

His discourse with
Its magicneſs —
His fervid clasp
And ah! his kiſs! —

My peace is fled
etc. etc.
fled fled for ever
etc. etc.

Why, bosom, yearn?
For him! For him!
I must — I burn
To kiſs him — ay!
Clasped limb to limb,
As I was wont,
To kiſs and die.

S. N.

Zu Tableaux
am 5ten Januar 1831.
(Genius spricht:)

Des Lebens Ernst umschlieſst mit eis'gen Ketten
Die mehrsten aller Tage, die hienieden
Des Schicksals Hand dem Sterblichen beschieden.
Nicht Allen ist vergönnt, auf Blumenbetten
Dem müden Haupte Labung zu verschaffen;
Nur wenigen, auf leichtbewegten Schwingen,
In's heitre Land der Phantasie zu dringen, —
Die mehrsten unterliegen und erschlaffen.
Darum — den günstigen Augenblick ergriffen,
Die reifen Früchte schnell vom Baum gebrochen,
Und, während andre kaum den Weg besprochen,
In raschem Flug zu Berg und Felsenriffen!
Empor, empor mit allen Geisteskräften,
Zu hohen Gipfeln, frischen Lebensbahnen!
Zur Wirklichkeit wird leicht Eu'r schönstes Ahnen,
Tränkt Ihr den Geist mit wahren Lebenssäften.
Dieſs ist die Lehre, die ich Euch verkünde,
Des Lebens Genius. In meinen Armen schweben
Viel ernste, doch auch freundliche Gestalten.
Euch beides zu beweisen, wird sich jetzt,
Ein kleines Spiel vor Eurem Blick entfalten.
In schweigenden, doch tiefbelebten Bildern
Will ich Euch mehr von meiner Weisheit schildern.

Abb. 4.2
Gretchen am Spinnrad/Margaret at the spinning Wheel. Übersetzt von Samuel Naylor

4. »*Divan*«-Apokryphen und Ottilies Beitrag

Ottilie von Goethe fungierte als *spiritus rector* und Organisatorin des Zeitschriften-Experiments.[36] Über Goethes Beiträge ist die Forschung in Grundzügen informiert. Zu seinen bedeutendsten Beigaben gehört das vermutlich Ende 1824/Anfang 1825 verfasste Gedicht *Der Bräutigam* (MA 13,1, S. 115). Aus unbekannten Gründen wurde es zu Lebzeiten in keine der Werkausgaben aufgenommen.[37] Goethe überreichte den Text noch im September 1829 Ottilie für das neugegründete Journal, wo *Der Bräutigam* ohne Nennung eines Autors erschien (*Chaos* I/3, S. 10). Das Gedicht verbindet die Klage über den Tod oder die Abwesenheit der geliebten Braut mit tröstenden, traumartigen Naturbildern. Motivisch spielt es auf das biblische Hohelied an,[38] verweist aber in Semantik und Thematik auch auf den *Divan*.[39] Möglicherweise schien Goethe dieser abgelegene Publikationsort gerade wegen der enigmatischen Sprechsituation passend.

Weitere von Goethes *Chaos*-Gedichten könnten im Kontext des *Divan*-Komplexes stehen. 1819 und auch in der *Vollständigen Ausgabe letzter Hand* 1827 hatte er in der Prosabeilage *Noten und Abhandlungen zu besserem Verständniß des West-östlichen Divans* auf das Projekt eines *Künftigen Divan* verwiesen und den *Divan* als ein »*Manuscript für Freunde*« bezeichnet (FA 3.1, S. 214-216)[40] – überhaupt sei »jedes Buch« nur »für Theilnehmer, für Freunde, für Liebhaber des Verfassers geschrieben« (FA 3.1, S. 214.). Der *West-östliche Divan* richte sich demnach nicht an ein Massenpublikum, sondern an »einen restringierten Kreis dem Autor freundschaftlich und wohlwollend verbundener Rezipienten«.[41] Diese Vorstellung war im Fall des von Cotta verlegten *Divan* freilich eher eine Fiktion. Für das *Chaos*, das wie oben dargestellt als Privatdruck im intimen Zirkel gelesen wurde, ließ sich Goethes mediensentimentalische Manuskript-Phantasie optimal umsetzen.

Einige Beiträge in *Chaos* erwecken sogar den Eindruck von *Divan*-Apokryphen, die – so könnte man spekulieren – in eine weitere Auflage des *Divan* aufgenommen

36 In Heft 16 (Dezember 1829) wird jedoch in einer Redaktionsnotiz angekündigt, dass künftig drei weitere Personen – der in Weimar lebende Engländer James Patrick Perry, Frédéric Soret und Eckermann – mit der Prüfung der eingehenden Beiträge betraut seien, wobei die Chefredakteurin dem neuen Gutachtergremium »die Namen der Autoren verschweigen« wolle. *Chaos* I/16, S. 64.

37 John Williams: *Der Bräutigam*. In: *Goethe Handbuch*. Bd. 1: *Gedichte*. Hrsg. von Regine Otto u. Bernd Witte. Stuttgart, Weimar 1996, S. 499-501.

38 Walter Müller-Seidel: *Goethes Gedicht »Der Bräutigam«. Ein Beitrag zur Form seiner Alterslyrik*. In: ders.: *Die Geschichtlichkeit der deutschen Klassik. Literatur und Denkformen um 1800*. Stuttgart 1983, S. 262-273.

39 Vgl. das Motto zu *Buch Hafis* (»Sey das Wort die Braut genannt, / Bräutigam der Geist [...]«; FA 3.1, S. 27). Die Hohelied-Anklänge werden durch den Titel und einzelne Verse (»Um Mitternacht, ich schlief, im Busen wachte / Das liebevolle Herz, als wär' es Tag«) annonciert. Handschriftlich ist das Gedicht auf demselben Blatt wie die Lykeus-Verse aus *Faust II* überliefert; thematische Parallelen sind erkennbar. Vgl. MA 13.1, S. 688 f. (Kommentar).

40 Vgl. hierzu Spoerhase (Anm. 6).

41 Ebd., S. 173.

werden sollten. Freilich gibt es hierfür keinerlei Quellenbelege. Die in Frage kommenden Verse lassen sich nicht einmal alle mit Sicherheit Goethe zuschreiben.[42] Bekannt ist allerdings, dass Ottilie schon seit 1817 von Goethe in die Arbeiten am *Divan* einbezogen worden war und das Gespräch im Medium der Zeitschrift fortgesetzt werden sollte.[43] So würde sich z.B. der pointierte Vierzeiler *Mit einem Blatt Bryophyllum calycinum* (MA 13.1, S. 190), den Goethe kurz vor seinem Abdruck in *Chaos* im April 1830 an Marianne von Willemer gesandt hatte, gut in das *Buch der Liebe* oder das *Buch der Sprüche* fügen. Für eine Erweiterung des *Buchs Suleika* käme das Gedicht *Das Heidelberger Schloß*[44] in Frage (*Chaos* II/3, S. 9). Es stammt von Marianne von Willemer, die es 1824 Goethe zu dessen 75. Geburtstag geschickt hatte. 1830 zog er es hervor, korrigierte es und überreichte es seiner Schwiegertochter für *Chaos*.

Auch Ottilie betätigte sich als Beiträgerin. Bei ihren Gedichten und Prosastücken handelt es sich um bemerkenswerte Zeugnisse, denn zwar hat Ottilie von Goethe als Akteurin im literarischen Feld des 19. Jahrhunderts bereits einige Beachtung gefunden, selten jedoch wird sie als Dichterin wahrgenommen. Schon zu ihren Lebzeiten sprach man von ihrem »passiven Dichterleben«.[45] *Chaos* zeigt eine andere Seite: Bei etwa einem Dutzend Beiträgen kann man davon ausgehen, dass sie von Ottilie stammen. Oft ist es ein spielerisch-ironischer Ton, den sie in ihren Texten anschlägt, aber auch empfindsame Liebesgedichte sind vertreten. Unter anderem beteiligte sie sich mit einem launigen Gedicht (*Die dritte an Ihn; Chaos* I/23, S. 89 f.) an einem wiederum an den *Divan* erinnernden Chiffrenspiel, das Goethe durch ein Gedicht mit dem Titel *An Sie* (*Chaos* I/11, S. 43; I/16, S. 59, unterzeichnet mit »6.7.8.«) angestoßen hatte: Auguste Jacobi antworte mit *An Ihn* (*Chaos* I/13, S. 51; I/18, S. 69 f.) ebenso wie Caroline von Egloffstein (*Chaos* I/18, S. 69).[46] So entsteht eine lyrische Serie (vgl. auch *Chaos* I/23, S. 89; I/25, S. 97), die durch ihren Fortsetzungscharakter zwischen den Heften Kontinuität stiftet.

In einem anderen Gedicht mit dem Titel *Noch einmal Paganini* (*Chaos* I/18, S. 70) nimmt Ottilie auf den Besuch und das Privatkonzert des Virtuosen am 30. Oktober 1829 in Weimar Bezug, der in *Chaos* mehrfach thematisiert wird. Ottilies Gedicht bringt Begeisterung und Mitgefühl für den umstrittenen Künstler zum Ausdruck:

42 Eva Hoffmann hat den Versuch unternommen, 13 anonyme Beiträge im *Chaos* Goethe zuzuschreiben und sie als unpublizierte Texte eines neuen *Divan* zu identifizieren. Eva Hoffmann: *Goethe aus Goethe gedeutet*. Tübingen 2009, S. 559. Vgl. dazu die kritische Rezension des Buches von Jochen Golz in: GJb 2010, S. 304-307.

43 Fabbri (Anm. 5), S. 20.

44 Klaus Manger: Der *westöstliche Garten. Marianne von Willemer, ihr Gedicht ›Das Heidelberger Schloß‹ und Goethe*. In: ders. (Hrsg.): *Heidelberg im poetischen Augenblick*. Heidelberg1987, S. 175-209.

45 Edgar Pierson (Hrsg.): *Gustav Kühne, sein Lebensbild und Briefwechsel mit Zeitgenossen*. Dresden, Leipzig 1889, S. 178.

46 Fabbri (Anm. 5), S. 36-38; Walther Döbritz: *Die Weimarer Zeitschrift »Chaos« und Goethes Beitrag »An Sie«*. In: *Scripta Manent* 2 (1957), S. 8-11.

Die Hölle nicht, – es ist das Leben
Mit seiner stummen, tausendfachen Quaal,
Die ihm den wilden Schmerzenslaut gegeben,
Den Seufzerhauch, – der Tonkunst lichten Strahl.
Sein Daseyn glich wohl jener trüben Sage,
Die man von ihm, von seiner Kunst erzählt,
[...]

Ein kleines Prosastück aus Ottilies Feder mit dem Titel *Byron, ein Traum* erinnert indes an den *Dream*-Zyklus des englischen Romantikers. Erotische Phantasien und archetypische Bilder verbinden sich hier: Ein großer dunkler Vogel »umhüllte das blühend schöne Mädchen mit den dunklen Flügeln«, »küsste sie und schloss immer fester und fester seine nächtlichen Schwingen um sie« (*Chaos* I/6, S. 22). Bekanntlich hatte auch Goethe Byron bereits 1827 im Helena-Akt des *Faust II* in der Figur des Euphorion porträtiert.

Immer wieder sieht man, wie eng die intertextuellen Bezüge zwischen *Chaos* und dem *Faust*-Komplex gestrickt sind. So taucht z. B. die Helena-Figur in diversen Beiträgen auf, die Übersetzungen betreffen häufig Passagen aus *Faust I*, andersherum ist ›Chaos‹ ein Schlüsselbegriff des gesamten *Faust*-Dramas (vgl. Art. *Chaos*, GWb 2, Sp. 978 f.). Mephistopheles, »der Geist der stets verneint« (FA 7.1, S. 65, V. 1338), sieht in der Macht der Zerstörung sein »eigentliches Element« (ebd., V. 1344) und macht Faust mit der Genese des Bösen bekannt: »Ich bin ein Theil des Theils, der Anfangs alles war / Ein Theil der Finsterniß, die sich das Licht gebar« (ebd., V. 1349 f.). Faust erkennt daraufhin in Mephistopheles »[d]es Chaos wunderliche[n] Sohn« (ebd., S. 66, V. 1384). Es gibt sogar einen Entwurf zur Schlussszene des *Faust II*, die Goethe als »Epilog im Chaos auf dem Weg zur Hölle« konzipiert hatte (Goethe an Schiller, 5. Mai 1798; MA 8.1, S. 570). Hier wird jedoch auch deutlich, dass Goethe das Chaos nicht als finsteren Gegner und Abgrund versteht, sondern als Wurzel der Gestaltungskraft. So auch in der *Klassischen Walpurgisnacht*: Dort erscheinen »in eigenwilliger Vermischung und Umgestaltung antiker u(nd) christl(licher) Vorstellungen« und »zur Legitimation der gemeinsamen uranfänglichen Abstammung« (GWb 2, Sp. 978) die Parzen als des »Chaos Schwestern«, die Phorkyaden als »[d]es Chaos Töchter« (FA 7.1, S. 319, V. 8028) und Mephistopheles als »[d]es Chaos vielgeliebter Sohn« (ebd., V. 8027). Im »Chaos« vereinigt sich Hässliches und Schönes, es ist eine Reflexionsfigur des Hybriden. Nochmals ist daran zu erinnern, dass Ottilie von Goethe zu den wichtigsten Gesprächspartnern ihres Schwiegervaters in dieser letzten Arbeitsphase am *Faust*-Projekt gehörte, während beide parallel an der Redaktion des *Chaos* arbeiteten. Vielleicht liegen bislang unentdeckte Schlüssel zu Goethes *opus magnum* in dieser ungewöhnlichen Zeitschrift? Fest steht, dass Goethe dem Projekt seiner Schwiegertochter sehr zugetan war. »Es ist doch hübsch von meiner Tochter«, teilte er Eckermann mit, »und man muß sie loben und es ihr Dank wissen, daß sie das höchst originelle Journal zustande gebracht« hat (5. April 1830, MA 19, S. 672).

Arne Eppers

Goethes Romane aus der Perspektive der Spätmoderne

Zwischen 1774 und 1829 erscheinen vier Romane Goethes: vor 250 Jahren der fulminante Erstlingserfolg *Die Leiden des jungen Werthers*, zwanzig Jahre später *Wilhelm Meisters Lehrjahre*, 1809 dann die *Wahlverwandtschaften* und abermals zwanzig Jahre später die zweite Fassung von *Wilhelm Meisters Wanderjahren*. Die Entstehungszeit aller vier Texte deckt sich mit der Zeit ihrer fiktiven Handlung und bewegt sich damit in der von Reinhart Koselleck so getauften »Sattelzeit«, also der Epochenschwelle vom Absolutismus zur bürgerlichen Moderne. Die Romane setzen sich mit gesellschaftlichen Umbruchprozessen auseinander, präfigurieren bürgerliche Identitätskonzepte und können als diachrone Entwicklungsanalyse gelesen werden: Im *Werther* ist das Ständesystem feudaler Ordnung noch weitgehend intakt, in den *Lehrjahren* versucht der Titelheld eine bürgerliche Kopie feudalen Lebens auf dem Theater zu finden, in den *Wahlverwandtschaften* scheitert eine Gruppe Landadliger daran, eine feudale Idylle in die neue Zeit hinüberzuretten, und in den *Wanderjahren* rückt bereits die moderne bürgerliche Gesellschaftsordnung in den Vordergrund und die Industrialisierung steht bevor. Goethes Romane erzählen von Individuen und Gemeinschaften, die den für sie richtigen Weg inmitten gesellschaftlicher Wandlungsprozesse suchen, und loten mit diesen Suchbewegungen Entwicklungskorridore bürgerlichen Lebens aus.

Dies geschieht häufig im Kontrast zur alten, feudalen Welt, die als Folie dient, um das Neue jener sich herausschälenden bürgerlichen Moderne zu zeigen und kritisch zu beleuchten. Deutlich wird dabei die Ambivalenz dieses historischen Prozesses: der Zugewinn an individueller Freiheit und die wachsende Bedeutung des Bürgertums, aber auch der Verlust von sozialen Selbstverständlichkeiten und der Zwang, sich in dieser neuen Welt, die ihre Ordnung erst noch finden muss, zu orientieren und so etwas wie einen Lebensentwurf zu entwickeln und erfolgreich umzusetzen.

Die Rezeption von Goethes Romanen geschieht dann im Wesentlichen in einer Epoche, in der die bürgerliche Ordnung sich bereits vollständig ausgebildet, homogenisiert und gefestigt hat. »Der Mensch versteht nichts als was ihm gemäß ist« (MA 17, S. 265), sagt Jarno in den *Wanderjahren*, und so bestimmt die Rezeptionsperspektive der bürgerlichen Moderne denn auch die Auslegung der Romane.

Werther wird gedeutet als kompromissloser Bürgertumsverweigerer, der sich einem Leben innerhalb der »fatalen bürgerlichen Verhältnisse« entzieht (MA 1.2, S. 250). Statt in Amt und Beruf zu resignieren, setzt er die Liebe zu Lotte absolut und unterwirft seinen Lebensweg, ja buchstäblich seine Existenz einzig dieser Instanz. Anders macht es Wilhelm Meister, der sich im Laufe seiner *Lehrjahre* zu einem nützlichen Mitglied der bürgerlichen Gesellschaft mausert oder, wie Hegel es formuliert, »die Hörner abläuft, mit seinem Wünschen und Meinen sich in die bestehenden Verhältnisse und die Vernünftigkeit derselben hineinbildet, in die Verkettung der Welt eintritt und in ihr sich einen angemessenen Standpunkt erwirbt«.[1] Die *Wanderjahre* werfen die Frage auf, wieviel individueller Eigensinn in einer sich homogenisierenden bürgerlichen Gesellschaft noch möglich ist und wie gemeinschaftliche Lebenszusammenhänge sich unter diesen Bedingungen erhalten können, eine »Projektstudie gemeinschaftlichen Überlebens«[2], wie Adolf Muschg das genannt hat. Und in den *Wahlverwandtschaften* bemühen sich die Protagonisten »im ökonomisch gesicherten Rahmen feudalen Wohlstands, der es ihnen erlaubt, ihren Vorlieben ungestört nachzugehen«, darum, sich in die neuen Räume bürgerlicher Freiheit vorzutasten und ihre privilegierte Stellung gleichwohl in die neue Zeit hinüberzuretten:

> In solch verschwenderischer Lebensweise wird ein sozialgeschichtliches Phänomen sichtbar: die zunehmende Verarmung des Landadels, der, politisch längst entmachtet, durch übertriebenen Aufwand und seine Unfähigkeit, sich dem ökonomischen Wandel anzupassen und rentabler hauszuhalten, selber die Basis seiner gesellschaftlichen Position langsam zerstört.[3]

Die von Goethe in seinen Romanen entworfenen Figuren und Handlungsstränge leuchten also aus unterschiedlichen Richtungen einen Raum aus, in dem sich jene Welt konstituiert, die retrospektiv als die *klassische Moderne* bezeichnet werden kann. Sie ist gekennzeichnet durch Säkularisierung und Rationalisierung, Ökonomisierung und Leistungsethos, Individualisierung und bürgerlichen Lebensstil – in den Worten Hans-Ulrich Wehlers eine

> Gesellschaft rechtlich gleicher, durch Besitz und Bildung ausgezeichneter, wirtschaftlich frei konkurrierender, besitzindividualistischer, politisch handlungsfähiger, das ›vernünftige‹ Gemeinwohl ermittelnder und mit Hilfe von Gesetzen verwirklichender Bürger.[4]

In der Goethezeit gibt es diese Gesellschaft so noch nicht, sie ist noch Tendenz, nicht Existenz. Aber die Rezeptionsperspektive auf Goethes Romane wird dann wesentlich von der fortgeschrittenen und im 20. Jahrhundert vollständig entwickelten bürgerlichen Gesellschaft gelenkt. Dieser Umstand führt dazu, dass die Vorstellungen und das Handeln der Protagonisten innerhalb jenes bürgerlichen Koordinatensystems vermessen werden, das sich historisch durchgesetzt hat, dass ihre Sozialisation und ihre persönliche Entwicklung von einem Standpunkt der vollständig entwickelten klassischen Moderne aus betrachtet und bewertet werden. Dies trübt den Blick für die relative Offenheit, mit der die Texte in ihrer Zeit erkunden, welche Konturen eine bürgerliche Gesellschaft auch hätte annehmen können. »Wir reden über die Moderne in der Sprache und im Rahmen der Denk-

1 Georg Wilhelm Friedrich Hegel: *Vorlesungen über die Ästhetik II*. Frankfurt a.M. 1986, S. 220.

2 Adolf Muschg: *Goethe als Emigrant*. Frankfurt a.M. 1986, S. 13.

3 Christoph Siegrist: *Kommentar zu »Die Wahlverwandtschaften«*. In: MA 9, S. 1202-1258; hier S. 1205.

4 Hans-Ulrich Wehler: *Deutsche Gesellschaftsgeschichte*. Bd. 1: *Vom Feudalismus des Alten Reiches bis zur Defensiven Modernisierung der Reformära 1700-1815*. München 1989, S. 236f.

schemata der Moderne. Uns fehlt in der Regel die Distanz, die Möglichkeit, einen anderen Standpunkt einzunehmen«.[5]

Heute scheint die *klassische* Moderne jedoch an ein Ende gekommen zu sein und wir erleben erneut einen Strukturwandel. Zuerst haben gegen Ende des 20. Jahrhunderts Ulrich Beck und Anthony Giddens einen gesellschaftlichen Wandel diagnostiziert, der die Moderne auf eine neue Entwicklungsstufe führt, und dafür Begriffe wie *reflexive-*, *zweite-* oder *Spät*moderne verwendet.[6] Aber erst nach einigen Jahrzehnten dieser Entwicklung hat Andreas Reckwitz die Qualität dieses Wandels als einen radikalen Umbruch beschreiben können, der die Spätmoderne zu einer eigenen sozialgeschichtlichen Epoche macht, die sich von der klassischen Moderne strukturell unterscheidet. Der Soziologe beschreibt einen Übergang von einer Logik des Allgemeinen zu einer sozialen Logik des Besonderen und spricht von einer spätmodernen *Gesellschaft der Singularitäten*:

> Der strukturelle Kern der klassischen Moderne, wie sie sich seit dem 18. Jahrhundert zunächst in Westeuropa ausgebildet hat, ist *zunächst* eine *soziale Logik des Allgemeinen*, die auf eine Standardisierung, Formalisierung und Generalisierung sämtlicher Einheiten des Sozialen drängt.[7]

Es handelt sich um

> eine Gesellschaft der Gleichen, der rechtlichen Egalität und sozialen Gleichförmigkeit. Eine solche Kultur der Egalität korreliert mit einer Gleichförmigkeit der Subjekte: Das Individuum ist bemüht, sein eigenes Leben gemäß der ›Normalbiografie‹ zu gestalten, mit klaren Stationen und als erstrebenswert vorgegebenen Zielen.[8]

Anders die Spätmoderne: in ihr kehrt sich diese Normvorstellung um:

> Nicht an das Standardisierte und Regulierte heften sich die Hoffnungen, das Interesse und die Anstrengungen von Institutionen und Individuen, sondern an das Einzigartige, das Singuläre.[9]

Damit ist mehr gemeint als Individualisierung, die – verstanden im Sinne Ulrich Becks als Enttraditionalisierung, Auflösung kollektiver Erfahrungen und Entstehung neuer Entscheidungsoptionen und -zwänge – ja durchaus ein Phänomen der klassischen Moderne ist. Im Kontext der Individualisierung meint das Besondere die *Auswahl* aus dem bürgerlichen Optionenkanon oder auch ein *Abweichen* davon, im Sinne eines als Egozentrik bewerteten ›Aussteigens‹. Beides bestätigt die normative Erwartung, die eigene Identität an einer Logik des Allgemeinen auszurichten.

5 Claudia Schwamborn: *Individualität in Goethes »Wanderjahren«*. Paderborn 1997, S. 11.

6 Im Gegensatz zu den Vertretern einer ›Postmoderne‹ betont diese Denkrichtung das Hervorgehen der neuen Phase aus der Entwicklungsgeschichte der Moderne und erklärt diese nicht für beendet.

7 Andreas Reckwitz: *Die Gesellschaft der Singularitäten. Zum Strukturwandel der Moderne*. Berlin 2017, S. 28.

8 Ebd., S. 45.

9 Ebd., S. 7.

In einer Gesellschaft der Singularitäten hingegen ist das persönlich Besondere »nicht nur subjektiver Wunsch, sondern paradoxe gesellschaftliche *Erwartung*«. Gefordert wird nun gerade die Abweichung von der Normalbiografie – und zwar die sichtbare: »Im Modus der Singularisierung wird das Leben nicht einfach gelebt, es wird *kuratiert*. Das spätmoderne Subjekt *performed* sein (dem Anspruch nach) besonderes Selbst vor den Anderen, die zum Publikum werden«.[10]

Ein solcher sozialer Strukturwandel eröffnet der Rezeption von Goethes Romanen 250 Jahre nach Erscheinen des *Werther* einen neuen hermeneutischen Horizont. Wenn es richtig ist, dass literarische Texte in einer sozial veränderten Rezeptionsumgebung neue Bedeutung erlangen, stellt sich die Frage, inwiefern Goethes Romane aus der Perspektive dieser Spätmoderne anders mit der Wirklichkeit kommunizieren als aus der Perspektive der klassischen Moderne. Der vorliegende Aufsatz versteht sich – und kann auch nicht mehr sein – als eine Einladung zu einer neuen Lektüre und Auslegung von Goethes Umbruchsromanen aus einer spätmodernen Blickrichtung.

»O, wenn ich Fürst wäre!« – Die feudale Welt als Folie

Goethes Romane präsentieren die Welt des Adels durch die bürgerliche Brille als ein unerreichbares Ideal von Individualität. Es charakterisiert sie eine strenge Hermetik, die Bürgerliche ausschließt: exklusive Zugangsvoraussetzung ist die Geburt. Innerhalb der ständischen Gesellschaftsordnung ist diese Welt mit Privilegien ausgestattet, die sie als attraktiv erscheinen lassen, allen voran die Unabhängigkeit von alltäglichen ökonomischen Zwängen. Adlige in Goethes Romanen müssen sich nicht um ihren Lebensunterhalt sorgen, die Basis ihrer Existenz ist die Verfügungsmacht über Landbesitz, der von Generation zu Generation weitervererbt wird. Wilhelm Meister beschreibt dieses Privileg voller Neid:

> Dreimal glücklich sind diejenigen zu preisen, die ihre Geburt sogleich über die untern Stufen der Menschheit hinaus hebt; die durch jene Verhältnisse, in welchen sich manche gute Menschen die ganze Zeit ihres Lebens abängstigen, nicht durchzugehen, auch nicht einmal darin als Gäste zu verweilen brauchen. Allgemein und richtig muß ihr Blick auf dem höheren Standpunkte werden, leicht ein jeder Schritt ihres Lebens! Sie sind von Geburt an gleichsam in ein Schiff gesetzt, um bei der Überfahrt, die wir alle machen müssen, sich des günstigen Windes zu bedienen und den widrigen abzuwarten, anstatt daß andere, nur für ihre Person schwimmend, sich abarbeiten, vom günstigen Winde wenig Vorteil genießen, und im Sturme mit bald erschöpften Kräften untergehen. (MA 5, S. 153)

Auf der Grundlage dieser ökonomischen Unabhängigkeit folgt der Adel einem Rollenbild, in dessen Mittelpunkt die freie und ganzheitliche Ausbildung und Entfaltung der Persönlichkeit steht. Dies manifestiert sich zuvörderst an dem Primat des Könnens über das Müssen. Über die eigene Zeit frei und sorgenfrei disponieren zu können, verschafft Mitgliedern des Adels Möglichkeiten zu vielfältiger Beschäfti-

10 Ebd., S. 9.

gung und enthebt sie der Notwendigkeit, sich für *einen* Lebensentwurf entscheiden zu müssen.

Goethe entwirft die höfische Gesellschaft als einen Mikrokosmos multipler, aber ausgewählter Interessen und ihrer Repräsentation: Adlige beschäftigen sich mit Garten- und Landschaftsbau und einer dem Zeitgeist entsprechenden Gestaltung ihrer Güter, wie etwa dem Übergang vom *Französischen* zum *Englischen Garten*. Sie dilettieren in den Naturwissenschaften, in Kunst und Architektur, sammeln Gemälde und Skulpturen und verfügen über gut sortierte Bibliotheken. Sie kommen gesellschaftlichen Verpflichtungen nach, treffen und besuchen einander auf ihren Gütern und sorgen, geleitet von Zeremoniell und Etikette, für die vornehme Unterhaltung ihrer Gäste. Männliche Adlige verfügen zudem über militärische Kenntnisse und debattieren über Angelegenheiten feudaler Herrschaft, während die Frauen sich mit Fragen der Erziehung und Haushaltsführung befassen. Verbindungen von Mann und Frau münden in dynastisch motivierte Konventionsehen, die den Bestand an Landbesitz sichern und vergrößern sollen. Freie Partnerwahl gibt es lediglich bei außerehelichen Beziehungen, die geduldet werden, solange sie die Ehe nicht in Frage stellen.

Von diesem, durchaus klischeehaft konturierten Verhaltensmuster gibt es jedoch auch Abweichungen (die als solche das Rollenprofil bestätigen): In den *Lehr-* und *Wanderjahren* entwickelt sich die Turmgesellschaft zu einem multilateral operierenden Unternehmen, das sich vom Modell einer an der lokalen Gemeinschaft ausgerichteten Philanthropie verabschiedet und ein Bewusstsein für gesellschaftliche Verantwortung ausbildet, über die Abschaffung des »Lehns-Hokus-Pokus« (MA 5, S. 153, S. 509), die Nützlichkeitsorientierung ihres Handelns und die Legitimität von Steuerabgaben philosophiert. In den *Wahlverwandtschaften* wird es für den Hauptmann zum Problem, ja zur »Qual«, dass er die feudale Rollenerwartung nicht erfüllen kann und ihm lediglich beschränkte Tätigkeiten angeboten werden: »Er soll nicht wirken; er soll sich aufopfern, seine Zeit, seine Gesinnungen, seine Art zu sein, und das ist ihm unmöglich« (MA 9, S. 288). Auch Eduard und Charlotte weichen vom feudalen Muster ab: Sie erwägen eine Auflösung ihrer Ehe zugunsten einer Liebesheirat und nehmen mit der Veräußerung eines Teils ihres Landbesitzes an bürgerlich-ökonomischen Tauschprozessen teil, um sich Liquidität für ein Bauprojekt zu verschaffen. Bei diesen Abweichungen von den ständischen Normen geht es allerdings nicht um die grundsätzliche Aufgabe feudaler Privilegien, sondern um deren komplementäre Ergänzung um Elemente bürgerlicher Freiheit zum eigenen Vorteil – um das Beste aus beiden Welten. Es bleibt beim Primat des Könnens über das Müssen.

Die Privilegierung zeigt sich durchgängig im Umgang des Adels mit den bürgerlichen Protagonisten: Wie dicht ein Bürger der feudalen Gesellschaft kommen darf, entscheidet allein jene. Werther wird als gebildeter Gesprächspartner geschätzt, aus der adligen Abendgesellschaft wird er jedoch – zu seinem Unmut – hinauskomplimentiert, man möchte unter sich sein. Und als der Begleiter eines Fürsten, der »viel Geschmack an meiner Gesellschaft findet«, Werther bittet, »mit ihm auf seine Güter zu gehen«, und ihm verspricht, er solle ganz sich »selbst gelassen sein« (MA 1.2, S. 257), muss er ebenfalls enttäuscht feststellen, dass das Miteinander Grenzen hat, die allein der Fürst bestimmt. Ähnliche Erfahrungen macht Wilhelm Meister, der von der Turmgesellschaft beobachtet und gelenkt und wohl auch mit operativen Aufgaben betraut wird, der aber in Entscheidungen über die Zukunft der Gesellschaft von Lothario und Jarno nicht einbezogen wird. Und als Mitglied der Schauspieltruppe von Serlo auf dem Schloss des Barons bedient man sich seiner zur Umsetzung der spleenigen Theatervorstellungen des Hausherrn, und er wird in ein amouröses Abenteuer mit der Gräfin verwickelt, das diese jedoch abrupt beendet. Augenhöhe ist das nicht.

Dort, wo Bürgerliche in höfische Repräsentationsmuster integriert werden können, gewährt man ihnen Zugang, aber niemals Zugangsrechte. Die Hermetik der feudalen Welt wird ihnen gerade durch das ausnahmsweise Herunterlassen der Zugbrücke vor Augen geführt. Anlässlich einer Reise an den Berliner Hof spricht Goethe einmal davon, »wie die Grosen mit den Menschen, und die Götter mit den Grosen spielen«[11], und bringt das Machtgefälle zwischen Adel und Bürgertum damit pointiert zum Ausdruck. Seine Romane tun es ebenfalls.

Bürger zwischen den Welten – um Orientierung bemüht

Die bürgerliche Gesellschaft der klassischen Moderne ist Substrat einer Reihe von unabgeschlossenen und prinzipiell unabschließbaren Prozessen, die homogenisierend und standardisierend auf die Lebenswirklichkeit und den Habitus von Menschen wirken und die soziale Struktur prägen. Zu diesen Prozessen gehören Säkularisierung, Rationalisierung, Ökonomisierung, Individualisierung, Spezialisierung und funktionale Differenzierung. Ihre Wirkungsmacht realisiert sich prägnant in der sukzessiven Formierung einer Normalbiografie, die grosso modo durch folgende Faktoren determiniert ist: Bildung, Ausbildung, Leistungsethos, berufliche Spezialisierung, Bedürfnisverschiebung und Karriereentwicklung, Partnerwahl und Familiengründung, ökonomischen Erfolg und Wohlstandszuwachs. Es entspricht dem Rollenbild bürgerlicher Menschen der klassischen Moderne, ihr Leben möglichst entlang dieser Komponenten zu organisieren.

Die Rezeptionsgeschichte von Goethes Romanen gestaltet sich, zumal im 19. und 20. Jahrhundert, überwiegend als eine Horizontverschmelzung mit diesen bürgerlichen Vorstellungen, die das soziale Koordinatensystem bestimmen, aus dem heraus die Interpreten in den *fiktionalen* Texten Entsprechungen mit und Abweichungen von den *historischen* Modernisierungsprozessen nachspüren und deuten.

Die Zeit, in der die Handlung von Goethes Romanen spielt, ist aber nicht die klassische Moderne. Sie liegt vielmehr in einer Übergangsphase von der ständischen zur bürgerlichen Ordnung, und der Autor zeichnet seine bürgerlichen Protagonisten vor der Folie feudalen Lebens. Ihr Denken und Handeln verleiht seiner fiktiven bürgerlichen Gesellschaft ihre Kontur. Goethes Figuren können sich also noch nicht nach jener Normalbiografie richten, wie sie sich historisch im Laufe der Sattelzeit entwickelt hat. Sie sind soziale Pioniere auf der Suche nach bürgerlicher Orientierung: Werther begehrt noch auf gegen den Zwang, sein Leben um eine Berufstätigkeit herum zu organisieren, wie es Lottes Verlobter Albert in konformistischer Einförmigkeit tut:

11 Brief an Charlotte von Stein vom 14.5.1778. In: FA II. 2, S. 130.

Wenn ich die Einschränkung so ansehe, in welche die tätigen und forschenden Kräfte des Menschen eingesperrt sind, wenn ich sehe, wie alle Würksamkeit dahinaus läuft, sich die Befriedigung von Bedürfnissen zu verschaffen, die wieder keinen Zweck haben, als unsere arme Existenz zu verlängern [...]. Das alles, Wilhelm, macht mich stumm. (MA 1.2, S. 203)

Auch der Wilhelm Meister der *Lehrjahre* ist nicht bereit, den ihm zugewiesenen Weg in Richtung einer bürgerlichen Kaufmannstätigkeit, die er für ein »niedriges Geschäft« hält (MA 5, S. 32), anzutreten, ja überhaupt das Ideal einer umfassenden Entfaltung seiner Persönlichkeit zugunsten einer Spezialisierung aufzugeben. Vielmehr strebt er eine Kopie feudaler Selbstverwirklichung an:

Ein Bürger kann sich Verdienst erwerben und zur höchsten Not seinen Geist ausbilden; seine Persönlichkeit geht aber verloren, er mag sich stellen wie er will. Indem es dem Edelmann, der mit den Vornehmsten umgeht, zur Pflicht wird, sich selbst einen vornehmen Anstand zu geben, indem dieser Anstand, da ihm weder Tür noch Tor verschlossen ist, zu einem freien Anstand wird, da er mit seiner Figur, mit seiner Person, es sei bei Hofe oder bei der Armee, bezahlen muß, so hat er Ursache etwas auf sie zu halten, und zu zeigen, daß er etwas auf sie hält. [...] Nun denke dir irgend einen Bürger, der an jene Vorzüge nur einigen Anspruch zu machen gedächte; durchaus muß es ihm mißlingen, und er müßte nur desto unglücklicher werden, je mehr sein Naturell ihm zu jener Art zu sein Fähigkeit und Trieb gegeben hätte. Wenn der Edelmann im gemeinen Leben gar keine Grenzen kennt, wenn man aus ihm Könige oder königähnliche Figuren erschaffen kann; so darf er überall mit einem stillen Bewußtsein vor seines gleichen treten; er darf überall vorwärts dringen, anstatt daß dem Bürger nichts besser ansteht, als das reine stille Gefühl der Grenzlinie die ihm gezogen ist. Er darf nicht fragen: was bist du? sondern nur: was hast du? Welche Einsicht, welche Kenntnis, welche Fähigkeit, wieviel Vermögen? Wenn der Edelmann durch die Darstellung seiner Person alles gibt, so gibt der Bürger durch seine Persönlichkeit nichts und soll nichts geben. Jener darf und soll scheinen; dieser soll nur sein, und was er scheinen will ist lächerlich oder abgeschmackt. Jener soll tun und wirken, dieser soll leisten und schaffen; er soll einzelne Fähigkeiten ausbilden, um brauchbar zu werden, und es wird schon voraus gesetzt, daß in seinem Wesen keine Harmonie sei, noch sein dürfe, weil er, um sich auf Eine Weise brauchbar zu machen, alles übrige vernachlässigen muß.

An diesem Unterschiede ist nicht etwa die Anmaßung der Edelleute und die Nachgiebigkeit der Bürger, sondern die Verfassung der Gesellschaft selbst Schuld. [...] Ich habe nun einmal gerade zu jener harmonischen Ausbildung meiner Natur, die mir meine Geburt versagt, eine unwiderstehliche Neigung.[12] (MA 5, S. 289 f.)

12 Franziska Schößler macht darauf aufmerksam, dass schon Wilhelms Vater mit seiner Neigung zum Prunk den Drang hatte, sich dem feudalen Repräsentationsstil anzulehnen, vgl. dies.: *Goethes Lehr- und Wanderjahre. Eine Kulturgeschichte der Moderne.* Tübingen, Basel 2002, S. 44.

Wilhelms Antagonist ist Werner, der von Goethe als ein Prototyp des einseitig gebildeten rationalistischen und nutzenorientierten Bürgers porträtiert wird und der Wilhelm ein »lustiges Glaubensbekenntnis« entgegenhält: »[...] seine Geschäfte verrichtet, Geld geschafft, sich mit den Seinigen lustig gemacht und um die übrige Welt sich nicht mehr bekümmert, als in so fern man sie nutzen kann« (MA 5, S. 286).

In den *Wanderjahren* macht Goethe seine Titelfigur dann zu einem Forschungsreisenden kollektiver sozialer Entwicklung, der durch teilnehmende Beobachtung Gemeinschaften erkundet, die in einer historisch noch offenen Situation Modellvorstellungen bürgerlichen Lebens konzipieren – »Entwürfe der praktischen Vernunft zur Organisation des menschlichen Zusammenlebens«.[13] Neben dem Bezirk des Oheims, der eine Art feudales Reservat bildet, und der quasi protofaschistischen Gruppe der Binnenwanderer um Odoardo, in der das Individuum sich vollständig gemeinschaftlicher Nützlichkeit zu unterwerfen hat[14], steht die Turmgesellschaft als Modell einer sich ins Globale ausdehnenden Genossenschaft, die bemüht ist, Individualität mit gemeinschaftlichem Leistungsethos zu vermitteln. Spezialisierung und Beruf sind auch hier Voraussetzung für eine Mitgliedschaft: »[...] in irgend einem Fache muß einer vollkommen sein, wenn er Anspruch auf Mitgenossenschaft machen will« (MA 17, S. 565). Chefideologe der Einseitigkeit ist Jarno, der Wilhelm von seiner Vorstellung einer breiten Persönlichkeitsentfaltung abzubringen versucht:

> ›Narrenpossen‹, sagte er, ›sind eure allgemeine Bildung und alle Anstalten dazu. Daß ein Mensch etwas ganz entschieden verstehe, vorzüglich leiste, wie nicht leicht ein anderer in der nächsten Umgebung, darauf kommt es an, und besonders in unserm Verbande spricht es sich von selbst aus.‹ (MA 17, S. 511)

Goethes bürgerliche Helden sind dem Druck ausgesetzt, sich für einen Lebensentwurf zu entscheiden, der um eine Spezialisierung zentriert ist, und ihr Leben der Pfadabhängigkeit einer solchen Entscheidung anheim zu geben. Ihr Heldentum besteht darin, diesem normativen Druck nicht nachzugeben. Werther weicht ihm aus, indem er seine Mutter in dem Glauben lässt, er werde »ihr Geschäfte bestens betreiben« (MA 1.2, S. 198), und sich gegenüber dem Empfänger seiner Briefe über die »Lumperei« auslässt, die darin bestehe, dass ein Mensch »um anderer willen, ohne daß es seine eigene Leidenschaft ist, sich um Geld, oder Ehre, oder sonst was, abarbeitet« (MA 1.2, S. 228). Wilhelm Meister erhält sich seine Vorstellung von Selbstverwirklichung bis ans Ende der *Wanderjahre*. Und auch wenn er schließlich Wundarzt wird und sich spezialisiert, bewahrt er sich die Aura eines »problematischen Mannes« (MA 17, S. 682), der der Turmgesellschaft zwar weiterhin assoziiert ist, sich aber nicht bruchlos in sie einfügt, sondern weiter als autonomes Individuum seiner Wege geht.

13 Henriette Herwig: *Das ewig Männliche zieht uns hinab: »Wilhelm Meisters Wanderjahre«. Geschlechterdifferenz, Sozialer Wandel, Historische Anthropologie*. Tübingen, Basel 1997, S. 16.

14 Vgl.: Arne Eppers: *Miteinander im Nebeneinander. Gemeinschaft und Gesellschaft in Goethes »Wilhelm Meister«-Romanen*. Tübingen 2003, S. 183-208.

In der Lesart der klassischen Moderne wird der Anspruch von Goethes Helden auf ihren individuellen Eigensinn als Widerstand gedeutet. Sie widersetzen sich bürgerlichen Erwartungen und legen so Verlusterfahrungen offen, die mit der historischen Entwicklung der bürgerlichen Gesellschaft einhergehen. Aber deuten sie nicht auch Alternativen für eine *andere* bürgerliche Gesellschaft an?

Der neue Blick der Spätmoderne

Der bürgerliche Emanzipationsprozess hat neben neuen Freiheiten auch Herausforderungen gebracht: Da die Lebensgrundlage nicht länger durch eine feudale Ordnung (fremd-)bestimmt wurde, mussten Bürger sich in der neu entstehenden marktwirtschaftlichen Umgebung positionieren und ihre Arbeitskraft in einem System von Angebot und Nachfrage einsetzen, um ihren Lebensunterhalt zu erwirtschaften. Die Position am Markt ließ sich durch Spezialisierung und Leistungsbereitschaft verbessern, und daraus resultiert der Umstand, dass bürgerliches Leben und die Entstehung einer Normalbiografie sich im Wesentlichen um die Berufstätigkeit herum organisiert haben. Mit Erfolg: Der bürgerliche Kapitalismus hat binnen 200 Jahren einen enormen technischen und wirtschaftlichen Fortschritt hervorgebracht, das allgemeine Wohlstandsniveau angehoben und den Lebensstandard um ein Vielfaches erhöht – das meint Ulrich Beck, wenn er von einem »Fahrstuhleffekt«[15] spricht.

Der Übergang von der klassischen Moderne zur Spätmoderne besteht nun darin, dass diese Entwicklung sich nicht einfach quantitativ fortsetzt, sondern zu einer gesellschaftlichen Neubewertung der Modernisierungsprozesse und einem epochalen Strukturwandel führt. Andreas Reckwitz erkennt ihn vor allem in einer Auflösung sozialer Standardisierung und der Abkehr von der Normalbiografie. Stattdessen entsteht eine neue zentrale Kategorie: die der individuellen kulturellen *Bedeutung*, deren Wertmaßstab das Besondere, Singuläre ist. Diese Logik des Besonderen »widerspricht im Prinzip vollständig dem, was über nahezu 200 Jahre hinweg den Kern der modernen Gesellschaft ausgemacht hat«.[16] Menschen, Dingen, Orten und Ereignissen wird ein kultureller Wert jenseits ihres funktionalen Zwecks zugeschrieben, und zwar von jedem einzelnen Individuum, das ihnen affektional begegnet und eine Bedeutung zumisst. Das, was in der klassischen Moderne der *Nutzen* ist, wird in der Spätmoderne durch das kulturelle *Erleben* ersetzt:[17]

> Während die Logik des Allgemeinen mit Prozessen gesellschaftlicher Rationalisierung und Versachlichung zusammenhängt, ist die Logik des Singulären mit Prozessen gesellschaftlicher Kulturalisierung und Affektintensivierung verknüpft.[18]

Das Streben des Individuums, sein Leben so zu gestalten, wie die anderen es tun, wird von der Norm zum Gegenteil der Norm; die Normalbiografie wird durch eine unverwechselbare kreative Bastelbiografie ersetzt:

15 Ulrich Beck: *Risikogesellschaft. Auf dem Weg in eine andere Moderne*. Frankfurt a.M. 1986, S. 124.
16 Reckwitz (Anm. 7), S. 14.
17 Vgl. ebd., S. 70.
18 Ebd., S. 17.

> Die alten, rationalistischen Maßstäbe der Lebens*standards* werden in der neuen Mittelklasse von den Maßstäben der Lebens*qualität* überlagert. Die Authentizität des Selbst gewinnt für sie enorm an Signifikanz: Das eigene Selbst soll in seiner Besonderheit entfaltet werden, und die Suche nach entsprechenden authentischen Erfahrungen (im Beruf, im Privatleben, in der Freizeit) wird zum Leitmotiv.[19]

Und es genügt nicht, diese Erfahrungen zu machen. Geltung im Sinne dieses Leitmotivs erlangen sie erst, wenn sie mitgeteilt werden. Das Subjekt der Spätmoderne verschafft sich Singularitätsprestige durch eine performative Selbstverwirklichung, also dadurch, dass es die Besonderheit seiner Individualität zur Schau stellt. Gegenwärtige Phänomene dieser Entwicklung sind etwa die Entwertung des Faktors Berufsarbeit und eine wachsende Bedeutung der Work-Life-Balance; eine Aufwertung von »Wahlverwandtschaften« – gewählter und zum Teil befristet bestehender sozialer Zusammenhänge (z.B. Wohngemeinschaften und Patchwork-Familien) – gegenüber Gemeinschaften biologischer Abstammung; der sozialmediale Präsentationseifer mit dem Trend, Privates öffentlich zu machen und so ein persönliches Profil zu inszenieren und Identität zu gewinnen aus der ostentativen Präsentation eines möglichst originellen Ernährungs-, Wohn- oder Mobilitätsstils sowie des eigenen Konsumverhaltens.

Aus der Perspektive dieser, von Reckwitz ausführlich und differenziert dargestellten Gesellschaft der Spätmoderne wird sich die Wahrnehmung von Goethes Romanen möglicherweise insbesondere im Hinblick auf die Gegenüberstellung feudaler und frühbürgerlicher Lebenswelten verändern. Denn die performative Selbstverwirklichung weist eine große Nähe zu der von Goethe entworfenen, auf Repräsentation ausgerichteten feudalen Persönlichkeitsentfaltung auf, die auch seine bürgerlichen Helden für sich reklamieren. Während der klassischen Moderne konnte die Antwort auf die Frage, »wie die bürgerliche Gesellschaft über ihre beschränkte Wirklichkeit hinausgelangen kann, ohne sich als bürgerliche Gesellschaft aufzugeben«, nur die sein, die Heinz Schlaffer gegeben hat: »indem man die Wirklichkeit aufgibt«[20], sie also im fiktionalen Kunstwerk sucht. Heute könnte das anders sein.

Goethes Romane zeigen Haupt- und Nebenfiguren, die das Besondere, Eigensinnige verkörpern, und erzählen von den Schwierigkeiten, die sie haben, sich in einer gesellschaftlichen Umbruchphase zu orientieren, ihre Identität zu finden und zu behaupten. Einige, wie Wilhelm Meister, arrangieren sich mit den gesellschaftlichen Normen, andere scheitern und gehen zugrunde: Werther, Ottilie und Eduard, Mariane, Mignon, der Harfner, Aurelie. Aus der Perspektive der klassischen Moderne werden sie als nichtintegrierbare Opfer der sich entwickelnden Gesellschaftsform interpretiert. Aus der Perspektive der Spätmoderne verkörpern sie Singularitäten, die Möglichkeitssinn besitzen, also das Potenzial, den Diskurs für eine *andere* Vorstellung modernen Lebens zu öffnen, eine, in der Eigensinn die Forderung des Tages ist.

19 Ebd., S. 104.
20 Heinz Schlaffer: *Der Bürger als Held. Sozialgeschichtliche Auflösungen literarischer Widersprüche.* Frankfurt a.M. ³1981, S. 133.

Jochen Golz/Sebastian Schlegel

Julius Wahle – ein Leben für Goethe

Soll man von Julius Wahle sprechen? An eine Persönlichkeit erinnern, die in der Geschichte der Goethe-Gesellschaft und des Goethe- und Schiller-Archivs einen Ehrenplatz beanspruchen muss, dessen Leben aber vom Staub der Geschichte bedeckt erscheint? Es gibt Anlass genug, diese Frage zu bejahen. Die Klassik Stiftung Weimar ist insofern vorangegangen, als sie am 22. September 2022 in Dresden Stolpersteine für Julius Wahle und die Familie seiner Nichte verlegen ließ, die das Geschick der Verfolgten und Ermordeten ins Bewusstsein heben. Zudem gab es in der jüngsten Vergangenheit einen triftigen Grund, sich mit dem Erbe des Archivars Julius Wahle zu befassen, weil er vor seiner Übersiedlung von Weimar nach Dresden 1936 Bücher aus seiner Privatbibliothek der Thüringischen Landesbibliothek übereignete, über deren Restitution zu befinden war. Von seiner gewiss umfangreichen persönlichen Büchersammlung, von seinem persönlichen Nachlass aber fehlt jede Spur. Man muss annehmen, dass sein materielles Eigentum den nationalsozialistischen Behörden in die Hände fiel, als sie die Deportation seiner Nichte, bei der er lebte, und deren Familie nach Ausschwitz befahlen. Julius Wahles Korrespondenz ist nur dann überliefert, wenn sie in amtliche Bestände aufgenommen worden ist oder im Ausnahmefall den Weg in persönliche Archivnachlässe gefunden hat. Unser Bild von seiner Persönlichkeit muss unvollständig bleiben.

Gleichwohl sind biographische Spuren ausfindig zu machen. Nachdem Jutta Hecker, Tochter von Wahles Kollegen Max Hecker, im *Goethe-Jahrbuch* 1997 aus persönlichem Erinnern ein Bild von Wahle – wenngleich nicht in allen Punkten korrekt – gezeichnet hatte[1], war es vor allem eine Abhandlung von Sigrid Schulz-Beer und Volker Wahl in dessen verdienstvoller Zeitschrift *Weimar-Jena. Die große Stadt*[2], die eingehend über Julius Wahle informiert und der die nachfolgende Studie dankbar verpflichtet ist (nur in Klammern sei hinzugefügt, dass dies auch für meinen Artikel über Julius Wahle in der *Neuen Deutschen Biographie* zutrifft). Da Sebastian Schlegel sich im *Jahrbuch der Klassik Stiftung Weimar* 2018 speziell mit Fragen der Restitution von Wahles in Weimar vorhandenen Büchern befasst hat[3], ergab sich daraus für den vorliegenden Text eine ›natürliche‹ Arbeitsteilung. Mir fiel Wahles Weimarer Zeit bis zur faschistischen Machtergreifung zu, Sebastian Schlegel widmete sich der Schreckenszeit danach.

1 Jutta Hecker: *Julius Wahle (1861-1940) – Archivdirektor in schwieriger Zeit*. In: GJb 1997, S. 327-333.

2 Sigrid Schulz-Beer, Volker Wahl: *Der Literaturarchivar Julius Wahle (1861-1940). Leben und Werk im Dienst an der Weimarer Klassik*. In: *Weimar-Jena. Die große Stadt* 9 (2016), H. 1, S. 51-87. Zitate aus dieser Studie werden im laufenden Text mit Seitenangabe nachgewiesen.

3 Sebastian Schlegel: *Warum schenken Verfolgte? Bücher und Zeichnungen aus dem Vorbesitz Julius Wahles und Heinrich Mayers in den Sammlungen der Klassik Stiftung Weimar*. In: *Jahrbuch der Klassik Stiftung Weimar* (2018), S. 107-127.

I.

Julius Wahle entstammt einer Familie, die ihre Wurzeln in Böhmen hatte, dann aber ihr wirtschaftliches Heil in Wien suchte; sein Vater Jakob Wahle, seines Zeichens ›Handelsagent‹, stammte aus Prag, seine Mutter Barbara aus Rosenberg. Am 15. Februar 1861 wurde er in Wien geboren; zwei Brüder und drei Schwestern kamen danach noch zur Welt. Die offenbar nicht geringen Einkünfte des Vaters ermöglichten dem begabten Erstgeborenen eine gute Schulbildung. Den Traditionen des assimilierten österreichischen Judentums folgend, besuchte er das renommierte »k. k. Obergymnasium zu den Schotten in Wien«, wo er 1880 das Abitur ablegte. Für den Übergang an die Universität stellten ihm seine Lehrer das Prädikat »reif mit Auszeichnung« (S. 54) aus. Vom Wintersemester 1880/81 bis zum Sommersemester 1884 studierte Wahle an der Wiener Universität klassische und deutsche Philologie, Literaturgeschichte, Anglistik und Philosophie. Von Anton Bruckner wurde er zusätzlich in den Fächern Kontrapunkt und Harmonielehre unterwiesen. Zu seinen akademischen Lehrern zählten der Anglist Alois Brandl sowie die Germanisten Richard Heinzel, Jacob Minor und Erich Schmidt, bei dem Wahle am 23. Mai 1885 mit einer (niemals gedruckten) Arbeit zum Thema *Sprickmanns Eulalia und das literarische Nachleben der Emilia Galotti* summa cum laude promoviert wurde. Aufschlussreich ist das von Heinzel und Schmidt stammende Promotionsgutachten, das Wahles Dissertation zunächst bescheinigt, sie zeuge »von guter Beobachtung, treffender Kritik und ausgebreiteter Belesenheit«, werde jedoch beeinträchtigt durch »seine Methode, den Text mit großen Anmerkungen auszustatten und in Form von Excursen und Übersichten von dem geraden engeren Pfad abzuschweifen« (S. 55).

Aus der historischen Distanz wahrgenommen, scheint die im Gutachten überlieferte kritische Einschränkung den beruflichen Weg Wahles vorauszuentwerfen. Erich Schmidt – aus Jena stammend, jung nach Wien berufen –, den sein Weg über die kurze Station als Direktor des Goethe-Archivs in Weimar (Oktober 1885 / September 1886) an die Berliner Universität auf den renommiertesten germanistischen Lehrstuhl führen sollte – von 1906 bis 1913 war er zudem Präsident der Goethe-Gesellschaft –, wird mit sicherem Blick Wahles eminente Begabung für das philologische Geschäft erkannt haben. Schmidt schreibt am 6. Januar 1886 an Wilhelm Scherer:

> Es wird Sie freuen, daß mir die Großherzogin auf meine Bitte einen – natürlich nur von Monat zu Monat besoldeten – Hilfsarbeiter bestellt hat, meinen Wiener Seminarsenior Dr. Wahle, einen braven, sehr zuverlässigen armen Menschen, der eine gute Arbeit über Sprickmanns Drama gemacht hat. Er soll Inventarisierung und Kataloge fördern und Abschriften etc. vorarbeiten.[4]

In Schmidts Handeln begegnen wir jener Ambivalenz, die im Verhältnis der deutschen Germanisten zu ihren jüdischen Kollegen eine große Rolle spielen sollte. Auf der einen Seite zögerte Schmidt nicht, seinen Schüler als wertvolle Verstärkung nach Weimar zu holen. Auf der anderen Seite mobilisierte er Jahre später in seiner Eigenschaft als Präsident der Goethe-Gesellschaft alte antijüdische Ressentiments

4 *Wilhelm Scherer. Erich Schmidt. Briefwechsel*. Hrsg. von Werner Richter u. Eberhard Lämmert. Berlin 1963, S. 224.

wie geschäftige Betriebsamkeit, Geldgier und Geltungsdrang, um Ludwig Geiger, den Herausgeber des *Goethe-Jahrbuchs*, aus seiner Position zu vertreiben[5]. Dass Schmidt 1888 einen Privatdruck mit der Widmung »Für Julius Wahle, den hilfreichen Freund« versah, sei bei alledem nicht vergessen.

Nach einem Zwischenaufenthalt im oberschlesischen Gleiwitz trat Wahle am 15. Januar 1886 seine Stelle als wissenschaftlicher Hilfsarbeiter, so die offizielle Bezeichnung, am Goethe-Archiv an, das nach dem Tod des letzten Goethe-Enkels Walther Wolfgang im Jahr zuvor von Großherzogin Sophie als Alleinerbin des Goethe'schen Nachlasses im Weimarer Stadtschloss eingerichtet worden war; der heutige Archivbau, von Sophie finanziert, wurde 1896 eingeweiht – als Goethe- und Schiller-Archiv (seit 1889) der wissenschaftlichen Welt ein Begriff. Über Wahles Anfangsbesoldung schweigen die Akten. Seit dem 1. Juli 1894 war er (wenigstens) als besoldeter Archivassistent angestellt. Am 28. Juni 1896, dem Tag der Eröffnung des Archivneubaus, wurde ihm der Titel eines Archivars verliehen, mit dem sich eine feste Besoldung und der Pensionsanspruch verband; die Pension ist ihm bis an sein Lebensende von der Großherzoglichen Schatullverwaltung gezahlt worden.

Mit ihrer Goethe-Erbschaft hatte Großherzogin Sophie die Absicht verbunden, eine vollständige Ausgabe von Goethes Werken anzuregen (und zu finanzieren), bei deren Realisierung das Weimarer Archiv eine Schlüsselstellung einnahm. Von hier aus wurde ein wissenschaftliches Konzept für die Ausgabe entworfen, wurden Bandherausgeber gewonnen, deren Manuskripte anhand des Goethe'schen Nachlasses von Redaktoren zu überprüfen und zu revidieren waren. Als Weimarer oder Sophienausgabe erschien sie zwischen 1887 und 1919 in 143 Bänden – eine bis auf den heutigen Tag beispiellose wissenschaftliche Leistung, möglich geworden durch die Mitwirkung zahlreicher deutscher Germanisten und die mühevolle Manuskriptbetreuung durch die Weimarer Archivare. 1887 wurde Julius Wahle zum Generalkorrektor der Weimarer Ausgabe ernannt; gemeinsam mit dem jeweiligen Redaktor hat er nicht nur die eingehenden Manuskripte in vielen Fällen mit den autographen und gedruckten Quellen verglichen, sondern auch von zahlreichen Bänden selbst Korrektur gelesen und mehr als einmal die nicht immer einfache Korrespondenz mit Herausgebern geführt – allein dies schon eine respektgebietende entsagungsvolle Lebensleistung. Wenn es zu Konflikten mit Herausgebern kam, musste Wahle helfend einspringen, so im Falle der ohnehin schwierigen Edition von *Wilhelm Meisters Wanderjahren*, wo der Herausgeber Eugen Joseph sich widerspenstig zeigte und Wahle die Edition weithin selbständig – und qualitätvoll – bewältigen musste. Die Edition der *Italienischen Reise* ist ebenso sein Werk wie die Redaktion der Bände 5/II und 53 der ersten Abteilung, mit denen die Edition von Goethes Lyrik ihren Abschluss fand. Die Bände der dritten Abteilung (mit Goethes Tagebüchern) sind von ihm nahezu vollständig als Herausgeber bearbeitet worden. Dass er darüber hinaus noch Zeit fand, 1892 in den Schriften der Goethe-Gesellschaft eine grundlegende Untersuchung mit dem Titel *Das Weimarer Hoftheater*

5 Vgl. dazu Jochen Golz: *Klassisches Erbe und deutsches Nationalempfinden. Die Kulturpolitik der Goethe-Gesellschaft*. In: *Jahrbuch der Klassik Stiftung Weimar* (2014), S. 117-135.

unter Goethes Leitung. Aus neuen Quellen bearbeitet vorzulegen, Adolf Schölls Edition von Goethes Briefen an Frau von Stein kritisch zu revidieren, zahlreiche Quellentexte und literaturwissenschaftliche Abhandlungen im *Goethe-Jahrbuch* zu veröffentlichen, eine Reihe von Bänden in den Schriften der Goethe-Gesellschaft mit herauszugeben, mutet beinahe unglaublich an. In den 1920er Jahren konnte Wahle seine bescheidenen Einkünfte durch die Beteiligung an Studienausgaben wie der Festausgabe von Goethes Werken oder Meyers Klassiker-Ausgaben aufbessern.

Blieb ihm bürgerlicher Wohlstand auch versagt, so sorgte das Maß der ihm zuteil gewordenen öffentlichen Ehrungen für einen gewissen Ausgleich. Bürgerliche Reputation verschaffte ihm der Professorentitel, den ihm Großherzog Wilhelm Ernst am 10. Juni 1908 verlieh. Zu seinem 60. Geburtstag erschien 1921 im Insel-Verlag ein in blaues Leder gebundenes Buch mit dem Titel *Funde und Forschungen. Eine Festgabe für Julius Wahle zum 15. Februar 1921.*[6] Max Hecker, sein Archivkollege, hat sein Geleitwort – sicher in geheimem Einverständnis mit dem Jubilar – »Weimar, am Geburtstage des Kaisers, 1921« datiert. Zu Wahles 70. Geburtstag hat Hecker ihm einen »Festgruß« in der *Weimarischen Zeitung* gewidmet.[7] Aus dem gleichen Anlass äußerten sich der Weimarer Bibliotheksdirektor Werner Deetjen in der *Allgemeinen Thüringischen Landeszeitung* und Julius Petersen, Präsident der Goethe-Gesellschaft, in der *Vossischen Zeitung.*[8] Die 1912 gegründete Stadelmann-Gesellschaft, ein exklusiver Klub von Goethe-Verehrern, in dem sich in der Klassikerstadt unter dem Patronat des Insel-Verlegers Anton Kippenberg – die Modalitäten der Goethe-Gesellschaft nicht ohne parodistische Absicht aufnehmend – Weimarer Goethe-Philologen und verwandte Geister zusammengefunden

6 Die Tabula gratulatoria der Beiträger, in alphabetischer Folge auf dem Haupttitel präsentiert, bietet ein eindrucksvolles Bild: *Dargebracht von Werner Deetjen, Max Friedlaender, Hans Gerhard Gräf, Max Hecker, Otto Heuer, Albert Leitzmann, Victor Michels, Wolfgang v. Oettingen, Otto Pniower, Gustav Roethe, August Sauer, Bernhard Seuffert, Armin Tille, Hans Wahl, Oskar Walzel, Georg Witkowski.* Dass der in Festschriften (damals) obligate huldigende Ton in keinem der Beiträge fehlt, ist dem offiziös waltenden Geist der Kollegialität, sicher auch dem Empfinden großer persönlicher Dankbarkeit gegenüber dem bewährten Helfer zuzuschreiben. Gleichwohl hebt sich der Text des jüdisch-deutschen Musikwissenschaftlers Max Friedlaender, der ein bislang unediertes Schubert-Autograph veröffentlicht, durch seinen persönlichen Duktus heraus. Seiner kleinen Edition hat Friedlaender einen Brief vorangestellt: »Lieber Freund Wahle, Daß ich Sie vor 35 Jahren kennen lernen konnte, ist eine der großen Freuden, die ich unserm unvergeßlichen Erich Schmidt verdanke. Seitdem haben Sie mir gute, in frohen und trüben Tagen bewährte Freundschaft gehalten. Sie sind dabei – die vielen Briefe, die ich von Ihnen aufbewahre, zeigen es – fast immer der Gebende gewesen, Ihre Liebenswürdigkeit aber läßt bei mir ein Gefühl der Beschämung nicht aufkommen, vielmehr denke ich als unverbesserlicher Egoist auch hier an das Weimarische Motto: Und so fortan!
Zum 15. Februar widme ich Ihnen ein Ineditum Ihres großen Landsmanns. Ich freue mich bei dem Gedanken, daß Sie als Musikkundiger es freundlich aufnehmen und die schwarzen Notenlettern bald zu klingendem Leben erwecken werden.
Treulichst grüßend, glückwünschend, huldigend Ihr Max Friedlaender« (Schulz-Beer, Wahl [Anm. 2], S. 11).

7 Nachzulesen bei Schulz-Beer, Wahl (Anm. 2), S. 79 f.

8 Beide Texte dokumentiert bei Schulz-Beer, Wahl (Anm. 2), S. 81-83.

hatten und der Wahle selbstverständlich angehörte, widmete ihrem »Protektor Prof. Dr. Julius Wahle« zu dessen 60. und 70. Geburtstag Privatdrucke, die nach dem Vorbild des Insel-Layouts gestaltet waren.[9]

Glückes genug, ist man geneigt zu sagen. Kann man aber, wie es das Gruppenfoto der Archivmitarbeiter Max Hecker, Hans Wahl, Hans Gerhard Gräf und Julius Wahle aus der Zeit vor dem Ersten Weltkrieg suggeriert, so einfach von »treuer Gemeinschaft und ungetrübter Freundschaft« sprechen, wie es Julius Wahle rückblickend in seinem Geleitwort für die Max Hecker gewidmete Festschrift zu dessen 60. Geburtstag formuliert hat?[10] Von Wahles Bekundung abgesehen, fehlen uns dafür Zeugnisse aus seinem persönlichen Umfeld, und seine dem Gebot (zuweilen übersteigerter) konventioneller Höflichkeit folgenden persönlichen Anreden (in Briefen und Geleitworten) sind kein wirklicher Gradmesser für die Intensität seiner persönlichen Beziehungen zum jeweiligen Adressaten. Einig war man sich unter den Archivaren vermutlich im Prinzip entsagungsvoller Pflichterfüllung, in deutschnationaler, zunächst auch monarchischer Gesinnung und in der Distanz zur künstlerischen Moderne. Beweise gibt es aber für einen aus Not geborenen Futterneid, mit dem die Archivmitarbeiter einander beäugten. In einem Text mit dem Titel *Heinrich von Plate. Der Roman eines Privilegierten*, 1921 in Stuttgart bei Cotta erschienen, hat sich Eduard von der Hellen, bis 1894 Archivkollege von Julius Wahle, zu Wort gemeldet. In diesem Buch, das sich bei genauerer Betrachtung als Schlüsselroman entpuppt, entwirft er ein Zerrbild des nachklassischen Weimar, das sich gleichwohl als Kontrast zu einer vermeintlichen Goethe-Idylle erweist[11].

9 Im Einzelnen dazu Karin Ellermann: *Sind wir nicht alle Goethes Diener. Die Schriften der Stadelmann-Gesellschaft 1912-1941. Mit einem Anhang: Erweiterte Bibliographie der Schriften der Stadelmann-Gesellschaft.* In: *Weimar-Jena. Die große Stadt* (2009), H. 2/3, S. 238-262. Dort (S. 250f.) ein (durchaus ambivalentes) Zitat aus Max Heckers Nachwort zum Privatdruck von 1931: »Über der Stadelmann-Gesellschaft hat er als ein milder, feinsinniger Protektor gewaltet, tief durchdrungen von der Wahrheit, daß mehr als sonst es gerade in unserer Zeit die Forderung des Tages ist, Schicksalsgröße und Menschenhoheit aus der unverstellten Einfalt des Kammerdieners heraus zu betrachten«.

10 Wahle schrieb dort: »Fast dreißig Jahre haben wir beide, Tisch an Tisch sitzend, den Arbeiten des Goethe- und Schiller-Archivs in treuer Gemeinschaft und ungetrübter Freundschaft unsere Kräfte gewidmet«. In: *Vimariensia für Max Hecker. Überreicht zum 60. Geburtstag*. Weimar 1930, S. 4. Ein anderer Satz scheint die gemeinsame Seelenlage zu spiegeln: »Mit bewunderungswürdiger Tapferkeit haben Sie schwere Schicksale, die in diesen politisch und wirtschaftlich so trüben und traurigen Zeiten mit doppelter Wucht auf der Seele lasten, getragen« (ebd., S. 6).

11 Dafür einige Beispiele: Erich Schmidts Nachfolger Bernhard Suphan, der erwiesenermaßen stark schielte, wird als »Professor Schieler« eingeführt, begleitet von seinem Assistenten (Julius Wahle), einem »frühzeitig ausgetrockneten kleinen Pedanten« (S. 178). Beide sind dem Romanhelden bei einer Biographie über Herzog Bernhard von Weimar behilflich, lassen aber zunächst den nötigen Eifer vermissen. Erst nach einem Besuch des Großherzogs Karl Anton (Carl Alexander) im Archiv, für dessen Erscheinungsbild im Roman das von Carl Alexander erbaute Staatsarchiv am Beethovenplatz Pate steht, lebt ihr Eifer auf. Von der Hellen notiert: »Aber auch der Assistent war seit diesem Tage wie verwandelt, und wenn ihm die süßliche Suada des Direktors fehlte, so suchte er doch in Anerbietungen tatkräftiger Beihilfe seinen Vorgesetzten noch zu überbieten« (S. 179). Da wundert es nicht, dass auch Großherzogin Sophie wenig schmeichelhaft porträtiert

Nicht selten hat Wahle anderen Germanisten als Herausgeber und Mitarbeiter an Festschriften Freundschaftsdienste erwiesen, seinem akademischen Lehrer Richard Heinzel, dem hochverdienten Jahrbuchherausgeber Ludwig Geiger sowie dem Literaturwissenschaftler Oskar Walzel, für den er zusammen mit Victor Klemperer 1924 die Festschrift zu dessen 60. Geburtstag herausgab, die unter dem Titel *Vom Geiste neuer Literaturforschung* erschien; freilich gehört in diesem Falle zur Wahrheit, dass Walzel Wahles Zuneigung nur an der Oberfläche erwiderte und sich in den 1930er Jahren vollends vom Herausgeber seiner Festschrift schweigend abwandte.[12] Was »ungetrübte Freundschaft« in Wahrheit hätte bedeuten können, sollten erst die Jahre nach 1933 ans Licht bringen.

Die geschichtlichen Verhältnisse hätten Julius Wahle eines anderen belehren, ihn aus Illusionen herausreißen können. Nach dem frühen Tod des Jenaer Germanisten Rudolf Schlösser – seine Vorgänger im Direktorenamt waren Erich Schmidt, Bernhard Suphan (1887-1910) und Wolfgang von Oettingen (1911-1918) – hätte 1920 der Anciennität nach eigentlich Wahle als Direktor des Goethe- und Schiller-Archivs berufen werden müssen. Der abgedankte Großherzog Wilhelm Ernst, Eigentümer des Archivs, beauftragte ihn am 2. März 1920 (nur) »mit der Führung der Direktorial-Geschäfte«, die Wahle bis zu seiner Pensionierung 1928 wahrnahm. Im *Staatshandbuch für Thüringen* von 1926, so die Ermittlungen von Schulz-Beer und Wahl, wurde Wahles leitende Position nicht eigens erwähnt. Wahle selbst reagierte in einer für ihn typischen Weise. In einem Brief an Wilhelm Ernst vom 25. März 1920 nach Heinrichau, dem nunmehrigen Wohnsitz der großherzoglichen Familie, akzeptierte er zunächst die Entscheidung, dass »die Stelle des Direktors des Goethe- und Schiller-Archivs bis auf weiteres nicht besetzt werde« und er »in dieser Zeit des Interims die Direktorialgeschäfte zu führen habe«; dem schließt sich die Bekundung an, »dieses Vertrauen durch die Tat zu rechtfertigen und alles in meinen Kräften Stehende zu tun, um die notwendigen Arbeiten des Archivs zu fördern und der Anstalt nach außen hin Ehre zu machen« (S. 60). Es mag sein, dass Wahle seinem Naturell nach nicht als Direktor geeignet war. Victor Klemperer, mit der Vorbereitung der Walzel-Festschrift beschäftigt, notiert am 13. März 1924 in seinem Tagebuch: »Wahle ist ein alter Mann u. offenbar weich u. wenig den modernen Geschäftsdingen gewachsen«.[13] Seinem Freund Max Martersteig vertraute

wird. Vorgeführt wird sie als »eine breite kleine Greisin von ausgiebigster Häßlichkeit, deren freundlich verzogene Mienen zwischen Frosch und Schildkröte eine komisch wirkende Mitte hielten« (S. 252).

12 In den *Funden und Forschungen* 1921 (Werner Deetjen u. a. [Hrsg.]: *Funde und Forschungen. Eine Festgabe für Julius Wahle zum 15. Februar 1921.* Leipzig 1921) klang es aus Walzels Munde noch anders. Der erste Satz seines Beitrags *Zeitform im lyrischen Gedicht* lautet: »*Du* leistest mir, lieber Freund, immer gern Gesellschaft, wenn ich versuche, die künstlerische Gestalt, die der Dichter seinem Werk gibt, genauer zu bestimmen, als es bisher üblich war« (S. 193). Der Text endet: »Bei Dir, lieber Freund, darf ich freilich auf volles Verständnis für meine Absichten hoffen« (S. 215).

13 Victor Klemperer: *Leben sammeln, nicht fragen wozu und warum. Tagebücher 1918-1924.* Berlin 1996, S. 799. Nach einem Besuch von Wahle porträtiert er diesen wie folgt: »Ein winziges ältliches Männchen, ein bißchen nach Dr. Ulk aussehend« (ebd., S. 805 f.).

Wahle am 17. Mai 1920 auf einer Postkarte an: »Übrigens bin ich nicht offiziell Direktor geworden, sondern nur mit der Leitung des Archivs beauftragt, u. außerdem haben durchaus nicht republikanische Einsichten bei diesem Vorgang Patenschaft ausgeübt« (S. 60). Wahles Äußerungen geben zu erkennen, dass er das Votum Wilhelm Ernsts in strikter Selbstbescheidung als Interimsstatus interpretiert hat, der erst durch einen Berufeneren als ihn aufgehoben werden könne, dass er aber zugleich in der Weimarer Republik das eigentliche Übel gesehen hat. Auf der einen Seite also das Akzeptieren der weiland großherzoglichen Verfügung, auf der anderen das (nur halb ausgesprochene) Ressentiment gegenüber den republikanischen Verhältnissen. Ihm hätte im Laufe der Zeit zu denken geben können, dass das Interim acht lange Jahre währte und erst in der Berufung von Hans Wahl, der seit 1913 im Goethe- und Schiller-Archiv tätig gewesen war und 1928 zusätzlich zum Goethe-Nationalmuseum auch die Direktion des Goethe- und Schiller-Archivs übernahm, sein Ende fand. Den möglicherweise entscheidenden Grund für seine Nichtberufung, seine jüdische Herkunft, hat Wahle wohl vor sich selbst verborgen gehalten; jedenfalls ist uns dazu, soweit bekannt, nichts überliefert. Im täglichen Umgang mit Kollegen und Gästen des Archivs mag seine jüdische Herkunft keine Rolle gespielt haben – hier walteten honorige bürgerliche Umgangsformen –, sehr wohl aber bei der Besetzung einer herausragenden Position im kulturellen Leben.

So blieb es nicht aus, dass Wahle ein Leben am Rande der Armut führte, von dem Hilfsgesuche ein beredtes Zeugnis ablegen; seine kargen Einkünfte besserte er durch Honorare für Publikationen und durch Gutachten auf, die er für das Weimarer Theater zu eingegangenen Bühnenmanuskripten anfertigte. Möglicherweise hat ihn seine prekäre Lage davon abgehalten, eine Ehe zu schließen. In seiner Leidenschaft für Musik und Theater fand er einen Ausgleich; am Weimarer Theater soll er kleinere Rollen übernommen haben. Mit Richard Strauß, der von 1889 bis 1894 2. Hofkapellmeister in Weimar war und zu den Initiatoren des 1891 gegründeten Weimarer Ortsvereins des Allgemeinen Richard-Wagner-Vereins gehörte – von 1896 bis 1899 hat Wahle als dessen Schriftführer fungiert –, verband ihn eine Freundschaft, von der wir nur aus wenigen Äußerungen Wahles erfahren; offenbleiben muss, in welcher Weise sie von Strauß erwidert wurde. Zeugnis einer geradezu hymnischen Verehrung und gleichermaßen ein ergreifendes persönliches Bekenntnis stellt Wahles Brief vom 12. Juli 1894 an Richard Strauß dar:

> Wenn ich je einen Menschen in dauernder Erinnerung behalten werde, so sind Sie es. Und diese Erinnerung wird nicht bloß eine freundliche sein, d. h. eine solche, wie man sie Menschen widmet, mit denen man im Leben da oder dort zusammengetroffen ist, um mit ihnen angenehme Stunden, Tage oder auch Jahre zu verleben. Nein! Die Erinnerung, in der ich Sie stets treu bewahren werde, ist eine solche, wie man sie nur jenen großen, starken, freien Adelsmenschen, jenen Allzu=Wenigen entgegenbringt, die einem im Leben als Marksteine der Entwicklung des Menschengeschlechts im Allgemeinen und der eigenen Entwicklung im Besonderen erschienen sind. Von jeher war mein ganzes Sinnen und Trachten auf Musik gerichtet; und hätten mir die Götter das Glück beschert, mein Leben frei nach meinen eingeborenen Strebungen gestalten zu können, so stünde ich vielleicht hinter Ihnen als ein Mitstreiter der Liebe im Kampfe des Ewigen, Unend-

> lichen gegen das Kleine, Nichtige, Alltägliche, Gemeine. Das allein macht das Leben lebenswerth. Es hat aber nicht sollen sein. Und so bin und bleibe ich nur einer von denjenigen, die nur dadurch und deshalb etwas bedeuten, weil in ihnen jener Kampf entschieden ist, weil ihr Blick einzig nach jenen Sternen gerichtet ist, die sie still in ihrem Herzen als die ewigen unverrückbaren Pole des Daseins erkannt haben. Ich bin bloß ein Genießender. Das ist immerhin etwas, manchmal sogar viel und doch – wie wenig! Wenn ich aber auf dem Gebiete der Musik und überhaupt der Kunstbetrachtung einen Schritt – ich nenne es so, in Wirklichkeit sind es jedoch Meilen – vorwärts gekommen bin, so verdanke ich Ihnen dazu unendlich viel. (S. 65 f.)

Mit Strauß verbanden sich für Wahle große Hoffnungen. Am 18. März 1896 schreibt er ihm:

> Sie scheinen mir das Zeug zu haben, den Deutschen ›die‹ moderne komische Oper zu schenken, die ihnen – abgesehen von den Meistersingern – noch fehlt. Also frisch drauf los – und die Philister, die Dümmlinge, die Duckmäuser und all das schwarze Gesindel nicht geschont!! (S. 66)

Das erinnert von fern an Nietzsches Kulturkritik, auch wenn dieser mit Wagner gebrochen hatte. Es ist aber schwer vorstellbar, dass Wahle angesichts von *Salome* und *Elektra* seinen Strauß-Enthusiasmus bewahrt hat. Beim *Rosenkavalier* wird es anders gewesen sein.

Von Wahles sonstigen privaten Beziehungen wissen wir nicht allzu viel. Dass er in verschiedenen Weimarer Salons verkehrte, oft ins Theater ging, ist glaubwürdig bezeugt. Verehrt, wenn nicht geliebt hat er die junge Sopranistin Marie Schoder, verheiratete Gutheil-Schoder, die nach ihren Weimarer Anfangsjahren bereits 1900 von Gustav Mahler für das hochdramatische Fach an die Hofoper in Wien verpflichtet wurde und sich später auch als Opernregisseurin einen Namen machte. Sie hat die Zuneigung des Archivars wohl großherzig erwidert; in ihrer Sommervilla in Masserberg im Thüringer Wald hat sich Wahle mehrfach aufgehalten. Ein glücklicher Zufall hat uns seine Briefe an den Geigenbauer Julius Levin erhalten, weil sie in Levins Nachlass, der über die Nazizeit erhalten blieb, den Weg ins Deutsche Literaturarchiv nach Marbach gefunden haben. Soweit bekannt, zeugen sie von großer Vertrautheit im Privaten und Musikalisch-Professionellen, bedürfen im Einzelnen aber noch der Erschließung – eine Aufgabe für die Zukunft.

Es bedarf keiner eigenen Begründung, dass Julius Wahle in der Goethe-Gesellschaft seine geistige Heimat gefunden hat – über deren konkrete Zwecke hinaus war für ihn, der sich vom Österreicher zum überzeugten ›Reichsdeutschen‹ gewandelt hatte, wie für viele andere jüdisch-deutsche Bürger das Bekenntnis zu Goethe ein Bekenntnis ihrer eigenen Verbindung zur deutschen Kultur, ja ihres Deutschtums schlechthin. Vermögende jüdische Bürger zählten zu den wichtigsten Mäzenen der Gesellschaft. Nicht zuletzt dank ihrer Hilfsbereitschaft kamen wertvolle Autographen ins Goethe- und Schiller-Archiv, kam eine wertvolle Bibliothek zustande, die im Goethe-und Schiller-Archiv aufgestellt wurde und bis 1945 auf ca. 40.000 Bände anwuchs. Ihre Betreuung lag in den Händen von Julius Wahle, solange er im Archiv tätig war. Als die Goethe-Gesellschaft am 21. und 22. Juni

1885 in Weimar gegründet wurde, war Wahle nicht unter den Anwesenden. »An der Wiege der Gesellschaft, wie Sie vermuten, habe ich nicht gestanden«, schrieb er dem ehemaligen Weimarer Oberbürgermeister Martin Donndorf, Vorsitzender des Ortsvereins der Goethe-Gesellschaft, am 27. Februar 1931, »aber ich darf mich rühmen, mit Herrn Dr. Moritz eines der ältesten Mitglieder der Gesellschaft zu sein« (S. 70). Roderich Moritz, erster Schatzmeister der Goethe-Gesellschaft und Eigentümer des jüdischen Bankhauses Elkan, gehörte zu Wahles Freunden; 1931 hielt Wahle die Trauerrede. Ehrungen der Goethe-Gesellschaft sind Wahle mehrfach zuteilgeworden. Zusammen mit dem Philologen Max Morris erhielt er 1910 als Erster die höchste Auszeichnung der Gesellschaft, die Goldene Goethe-Medaille. Zwischen 1920 und 1932 gehörte er dem Vorstand der Gesellschaft an; dieser bestätigte im Mai 1931 die Entscheidung, ihm anlässlich seines 70. Geburtstags die Würde eines Ehrenmitglieds zu verleihen. Wahles Dankesbrief an den Präsidenten Julius Petersen vom 27. Februar 1931 liest man nicht ohne Ergriffenheit; es heißt darin:

> Wie viele unvergeßliche Stunden voll Schönheit und Glanz, voll Weihe und Erhebung, voll geistigen Genusses und fröhlicher Geselligkeit werden in mir lebendig, wenn ich diese Erinnerungen auffrische – und (das sei mir hier auszusprechen erlaubt) inmitten dieses Glanzes die unvergeßliche Gestalt meines verehrten und geliebten Lehrers und Freundes Erich Schmidt, der der Gesellschaft lange Jahre ein vorbildlicher Führer gewesen ist. (S. 71 f.)

Wenige Wochen später, am 13. Juli, teilt er Petersen seine Absicht mit, 1932 nicht wieder für den Vorstand zu kandidieren:

> Eine so große Ehre es mir war, dieser erlauchten Körperschaft anzugehören, so selbstverständlich finde ich es, daß ihr jetzt jüngere Kräfte zugeführt werden. Sollten die Interessen der Gesellschaft es jemals erforderlich machen, daß meine schwachen Kräfte zu irgend einer Leistung benötigt werden, so wird es mir allezeit eine selbstverständliche Pflicht sein, ihr auch ohne Zugehörigkeit zum Vorstand zu dienen. (S. 72 f.)

II.

Die erwähnten Würdigungen Julius Wahles anlässlich seines 70. Geburtstags 1931, mit denen prominente Mitstreiter und Weggefährten die Verdienste des Gelehrten hervorhoben und nicht zuletzt die Ernennung zum Ehrenmitglied der Goethe-Gesellschaft – sie alle sind Höhepunkt und gleichsam die letzten größeren offiziellen Anerkennungen, die dem Goethe-Forscher nach seinem Ausscheiden aus dem aktiven Dienst zuteilwurden. Der Grund für diese schwindende Aufmerksamkeit ist dabei nicht allein im zunehmenden Alter Julius Wahles zu suchen.

Noch einmal sei betont: Der Forscher gehörte zu den Gründungsmitgliedern der Goethe-Gesellschaft, war ihr langjähriges Vorstandsmitglied und zugleich ihr Bibliothekar. Aufgrund seiner Liebe zum Theater und zur Musik verband ihn eine von Verehrung geprägte Bekanntschaft mit Richard Strauß, der Anfang der 1890er Jahre als junger Kapellmeister die musikalischen Geschicke des Weimarer Hoftheaters nachhaltig geprägt hatte. Julius Wahle war Schriftführer des Allgemeinen

Abb. 1
Julius Wahle, um 1920

Richard Wagner-Vereins, Ortsvereinigung Weimar, und engagierte sich neben der Goethe-Gesellschaft auch in der Deutschen Shakespeare-Gesellschaft sowie in der Stadelmann-Gesellschaft, einem eher parodistischen Zusammenschluss von Goethe-Fachleuten. Dies wird hier noch einmal so detailliert erwähnt, weil Wahle durch sein Engagement ein fester Bestandteil des Weimarer Kulturlebens war. Doch dies begann sich spätestens Anfang der 1930er Jahre zu ändern.

Wir sollten an dieser Stelle zunächst einen Blick auf die politischen Veränderungen richten, die in Thüringen spürbar geworden waren: Hier hatte sich seit den 1920er Jahren ein deutliches Erstarken völkischer und nationalsozialistischer Kräfte vollzogen. Anfang 1924 tolerierte der völkisch-soziale Block eine bürgerlich-konservative Minderheitsregierung im Landtag und machte im Gegenzug eigenen Einfluss geltend, indem er etwa die Rücktritte des Staatsbankpräsidenten Walter Loeb und des Staatsanwalts Kurt Frieders (eigentlich: Ernst Friedländer) erzwang – beide waren jüdischer Herkunft.[14] Zwar verloren die völkischen Kräfte in der thüringischen Landespolitik in der Folgezeit wieder etwas an Einfluss, doch nach Jahren des politischen Stillstands und häufig wechselnder Regierungen gelang ihnen bei den Landtagswahlen 1929 ein wahrer Paukenschlag: Die NSDAP erzielte 11,3 % der Stimmen und erreichte so erstmals in der Weimarer Republik die Beteiligung an einer deutschen Landesregierung. Wilhelm Frick, ein radikaler Antisemit und Rassist, übernahm die Amtsgeschäfte des Staatsministers. Ihm unterstanden damit als Doppelressort das Thüringische Innenministerium sowie das Ministerium für Volksbildung. Frick sorgte unter anderem dafür, dass der als ›Rasse-Günther‹ bekannte Philologe und Rassentheoretiker Hans F. K. Günther an der Universität Jena 1930 einen eigenen Lehrstuhl für Sozialanthropologie erhielt.[15] Bei den Landtagswahlen im Sommer 1932 wurde die NSDAP mit 42,5 % der Stimmen stärkste politische Kraft und lag damit sogar noch über den ohnehin hohen Wahlergebnissen der zeitgleichen Reichstagswahlen. All diese Vorgänge konnten Julius Wahle nicht entgehen – und sie dürften auch auf ihn besorgniserregend gewirkt haben.

Wahle bewohnte seit 1912 unter der Adresse Fürstenplatz 3 (dem heutigen Platz der Demokratie) im sogenannten Rößlerschen Haus eine Wohnung im 2. Stock (vgl. Abb. 2); heute ist in diesem Haus die Hochschule für Musik Franz Liszt untergebracht. In unmittelbarer Nachbarschaft zu Wahle, im Fürstenhaus (heute ebenfalls Musikhochschule), residierte ab 1929 Fricks Innenministerium. Endgültig unheilvoll war jedoch die Quartiernahme der Geschäftsstelle der NSDAP-Ortsgruppe Weimar, die im selben Jahr in den ersten Stock von Wahles Wohnhaus einzog und hier bis 1934 ihren Sitz haben sollte.[16]

Adolf Hitler selbst hatte – das ist hinlänglich bekannt – Weimar zu einer seiner Lieblingsstädte erkoren und reiste mehrfach an die Ilm.[17] Anfang Juli 1926 hatte hier der zweite Reichsparteitag der NSDAP stattgefunden, im Oktober 1930 triumphierte Hitler in Weimar erneut angesichts der NSDAP-Regierungsbeteiligung im Land (vgl. Abb. 3). Diese Szenen spielten sich in Hör- und auch in Sichtweite zu Julius Wahles Wohnung ab. Im Juli 1936 sah der Gelehrte beim Blick aus dem Fenster das zum 10-jährigen Jubiläum des NSDAP-Reichsparteitags von Weimar geschmückte Fürstenhaus (vgl. Abb. 5).

14 Vgl. Donald R. Tracey: *Der Aufstieg der NSDAP bis 1930*. In: Detlev Heiden, Gunther Mai (Hrsg.): *Thüringen auf dem Weg ins »Dritte Reich«*. Erfurt 1996, S. 65-93; hier S. 70-74.

15 Vgl. u. a. Alexandra Esche: *Hitlers »völkische Vorkämpfer«. Die Entwicklung nationalsozialistischer Kultur- und Rassenpolitik in der Baum-Frick-Regierung 1930-1931*. Berlin, New York 2017; Uwe Hoßfeld: *Von der Rassenkunde, Rassenhygiene und biologischen Erbstatistik zur Synthetischen Theorie der Evolution. Eine Skizze der Biowissenschaften*. In: ders. u. a. (Hrsg): *Kämpferische Wissenschaft. Studien zur Universität Jena im Nationalsozialismus*. Köln, Weimar, Wien 2003, S. 519-574; hier insbes. S. 524-526; ders.: *Institute, Geld, Intrigen. Rassenwahn in Thüringen. 1930 bis 1945*. Erfurt 2014.

16 Schulz-Beer, Wahl (Anm. 2), S. 60 f.; *Einwohnerbuch der Stadt Weimar, Ehringsdorf, Oberweimar, Tiefurt und Umgegend*. Weimar 1934, T. 1, S. 17.

17 Holm Kirsten: *»Weimar im Banne des Führers«. Die Besuche Adolf Hitlers 1925 bis 1940*. Köln, Weimar, Wien 2001.

Abb. 2
Julius Wahles Wohnhaus (Rößlersches Haus) am Fürstenplatz 3,
heute Platz der Demokratie

Abb. 3
Marsch der SA vor dem Weimarer Hotel Elephant.
Im Auto stehend Adolf Hitler, 12. Oktober 1930

Abb. 4
Mitarbeiter des Goethe- und Schiller-Archivs, v. l. n. r.:
Max Hecker, Hans Wahl, Hans Gerhard Gräf, Julius Wahle, 1913

Julius Wahle schrieb dem Leipziger Verleger und späteren Präsidenten der Goethe-Gesellschaft Anton Kippenberg am 17. September 1936, er werde Weimar verlassen und nach Dresden zur Familie seiner Nichte übersiedeln. »Es wird mir furchtbar schwer, die geliebte Stadt zu verlassen. Aber Weimar selbst erleichtert mir den Weggang, es ist eben nicht mehr unser Weimar«.[18] Dabei hob Wahle das Wort »unser« in seinem Schreiben hervor und verdeutlichte dabei seine einstmals engen Beziehungen zu praktisch allen langgedienten Goethe-Forschern und -enthusiasten, zu denen neben Kippenberg auch die langjährigen Kollegen und Weggefährten Julius Petersen, Max Hecker, Hans Gerhard Gräf, Hans Wahl und viele andere gehört hatten (vgl. Abb. 4).

Doch diese einst engen Verbindungen waren lose geworden. Auch in der Goethe-Gesellschaft, wie Daniel Wilson in seiner Studie *Der Faustische Pakt* zeigt, rang die Führung mit der Frage, wie man sich angesichts des Machtantritts der Nationalsozialisten im Januar 1933 mit den neuen politischen Verhältnissen arrangieren könne.[19] Die entsprechenden Anzeichen hatte Julius Wahle schnell erkannt: Bereits

18 Julius Wahle an Anton Kippenberg, 17.9.1936. Deutsches Literaturarchiv Marbach, A: Archiv Kippenberg / Rilke-Buch, 64.1642/111. Diese Passage zitieren auch Schulz-Beer, Wahl (Anm. 2), S. 61.

19 W. Daniel Wilson: *Der Faustische Pakt. Goethe und die Goethe-Gesellschaft im Dritten Reich*. München 2018.

im März 1933 zog er sich aus dem Weimarer Ortsausschuss der Goethe-Gesellschaft zurück. Er wolle auf die Interessen der Vereinigung Rücksicht nehmen, erklärte Wahle, und meinte damit zweifellos die Frage, wie sich die Goethe-Gesellschaft unter den neuen Machthabern hinsichtlich ihrer Mitglieder jüdischer Herkunft verhalten würde.

Im September 1935 wurden die Nürnberger Gesetze erlassen; sie legten unter anderem fest, wer von nun an als ›Reichsbürger‹ mit vollen politischen Rechten und wer nur noch als Staatsangehöriger ohne volle politische Rechte gelten sollte.[20] Julius Wahle, den das NS-Regime aufgrund seiner Herkunft als sogenannten Volljuden einordnete, zählte von nun an zur letzteren Kategorie und musste sich als Staatsbürger zweiter Klasse herabgestuft sehen.

Wahle fügte seinem bereits erwähnten Brief an Anton Kippenberg vom September 1936, in dem er seinen Wegzug aus Weimar ankündigte, noch hinzu: »Dazu kommen aber noch andere zwingende Gründe«.[21] Es ist anzunehmen, dass Julius Wahle damit auch auf seinen schlechten Gesundheitszustand anspielte. Bereits seit den 1920er Jahren befand sich der alleinstehende Gelehrte wegen verschiedener körperlicher Leiden in Behandlung und musste mehrere Kuraufenthalte wahrnehmen.[22] Verwandte in räumlicher Nähe hatte Wahle nicht, lediglich seine Nichte Elsa Hirschel lebte mit ihrer Familie in Dresden. Diese Umstände dürften zu den »andere[n] zwingende[n] Gründe[n]« zählen, die im Brief an Kippenberg angedeutet wurden. Doch auch das unmittelbare Lebensumfeld Julius Wahles hatte sich stark verändert: Nicht genug, dass die NSDAP-Ortsgruppe mehrere Jahre in Wahles Wohnhaus residierte und er direkt vor seinem Fenster Aufmärsche mit Hakenkreuzflaggen miterleben musste – ab etwa 1936 war auch sein eigener Verbleib an der langjährigen Wohnadresse in Gefahr.

Die ohnehin schon starke Raumnot im benachbarten Fürstenhaus, in dem neben dem Landesverwaltungsgericht auch das Innenministerium untergebracht war, verschärfte sich noch einmal erheblich, als auch Reichsstatthalter und Gauleiter Fritz Sauckel seine Diensträume in das Fürstenhaus verlegen ließ.[23] Der Platzmangel spitzte sich infolgedessen derart zu, dass das Thüringische Finanzministerium Ausschau nach weiteren Unterbringungsmöglichkeiten hielt und dazu mit Berta Rößler, Eigentümerin des Hauses Fürstenplatz 3 und damit Julius Wahles Vermieterin, in

20 Maßgeblich zu den Nürnberger Gesetzen vgl. u.a. Magnus Brechtken u.a. (Hrsg.): *Die Nürnberger Gesetze – 80 Jahre danach. Vorgeschichte, Entstehung, Auswirkungen.* Göttingen 2017; Cornelia Essner: *Die ›Nürnberger Gesetze‹ oder Die Verwaltung des Rassenwahns 1933-1945.* Paderborn 2002; Otto Dov Kulka: *Die Nürnberger Rassengesetze und die deutsche Bevölkerung im Lichte geheimer NS-Lage- und Stimmungsberichte.* In: *Vierteljahreshefte für Zeitgeschichte* 32 (1984), S. 582-636.

21 Julius Wahle an Anton Kippenberg (Anm. 18). Für den Hinweis auf diese ergänzende Bemerkung im Originalschreiben sei Daniel Wilson gedankt.

22 Schulz-Beer, Wahl (Anm. 2), S. 74-76.

23 Vgl. Thüringisches Ministerium des Innern an Thüringisches Finanzministerium, 21.3.1936. Landesarchiv Thüringen – Thüringisches Hauptstaatsarchiv Weimar (LATh – HStAW), Thüringisches Ministerium des Innern, A 97, Bl. 58. Seinen endgültigen Sitz sollte der Reichsstatthalter im Weimarer Gauforum erhalten, dessen Grundsteinlegung im Mai 1937 erfolgte.

Abb. 5
Fassadenschmuck am Fürstenhaus anlässlich des 10. Jahrestags des NSDAP-Reichsparteitags in Weimar, Postkarte von 1936

Verhandlungen trat. Schließlich erwarb der Staatsfiskus die Immobilie im Januar 1937; in der Folge wurden die im Haus verbliebenen Mieter anderweitig untergebracht und Teile der Polizeiabteilung des Innenministeriums in der ersten und zweiten Etage einquartiert.[24] Zu diesem Zeitpunkt lebte Julius Wahle bereits in Dresden. Entsprechende Verhandlungen über den Verkauf des Wohnhauses waren allerdings bereits mit längerem Vorlauf 1936 geführt worden; es ist daher sehr wahrscheinlich, dass der bevorstehende Eigentümerwechsel und die damit einhergehende Räumung des Hauses zugunsten staatlicher Dienststellen Julius Wahle endgültig in seinem Entschluss bestärkten, Weimar zu verlassen.

Am 29. September 1936 zog der Gelehrte zu seiner Nichte Elsa Hirschel nach Dresden. Sie bewohnte mit ihrem Mann Kurt und den beiden Söhnen ein geräumiges Stadthaus in der Wiener Straße 85; das Haus steht infolge der Zerstörung durch alliierte Bombenangriffe im Zweiten Weltkrieg heute nicht mehr. Elsa Hirschel, eine geborene Glauber, war in den 1920er Jahren Studentin bei dem Germanisten und Julius Wahle eng verbundenen Oskar Walzel gewesen, der damals an der Technischen Universität Dresden die Professur für Neuere Deutsche Literatur innehatte. Elsa Hirschel hatte, wie Victor Klemperer in seinen Tagebüchern notierte, Walzel assistiert und bei diversen Publikationen unterstützt. Klemperer selbst beschrieb sie

24 Vgl. Thüringisches Finanzministerium an Thüringisches Kreisamt, Abteilung Bauverwaltung / Hochbau, 1.2.1937. LATh – HStAW, Hochbauamt Weimar, 118, Bl. 12-14.

in einem Tagebucheintrag leicht ironisch als »deutsch, betont nichtzionistisch, betont ästhetisch, goethedeutsch«.[25]

Julius Wahle versuchte von Dresden aus, auch weiterhin Kontakt zu alten Mitstreitern und Weggefährten zu halten. So wandte er sich in zahlreichen Briefen an den bereits erwähnten Anton Kippenberg, an den Direktor der Thüringischen Landesbibliothek, Werner Deetjen, und auch an seinen alten Kollegen Hans Wahl, den Leiter der Weimarer Klassikerstätten. Letzterer antwortete distanziert, wenn auch stets höflich, ließ gegen Ende der 1930er Jahre jedoch auch häufiger sein Sekretariat antworten. Insbesondere die kühle Distanziertheit Wahls, dessen Mentor Julius Wahle einst gewesen war, muss schmerzhaft für den pensionierten Gelehrten gewesen sein.

Auch als Forscher blieb Wahle in Dresden aktiv. Dies belegt ein Vortrag über den jungen Goethe, den Wahle im Februar 1937 hielt und der den Auftakt einer ganzen Veranstaltungsreihe der Israelitischen Religionsgemeinde Dresden bilden sollte (vgl. Abb. 6). Dieser Vortragsabend gehörte zu den wenigen positiven Erfahrungen, die Julius Wahle nach seinem Wegzug aus Weimar noch erleben sollte.

Die Umstellung auf seine neuen Lebensumstände fiel Wahle nicht leicht. Er schrieb kurz nach seinem Wegzug nach Dresden an seinen Freund Werner Deetjen:

> Ich bin nun hier glücklich installiert und fühle mich in meiner neuen Wohnung mit den großen, hellen, sonnigen, zur Zeit aber sonnenlosen Zimmern und in der nächsten Nähe meiner Verwandten sehr wohl, […]. Meine Gedanken sind täglich auch nach Weimar gerichtet und manches was dort zur Luft gehörte, die ich täglich atmete, entbehre ich hier sehr. Und wie geht es Ihnen, werter Freund, und Ihrer verehrten Frau Gemahlin? Hoffentlich sind Sie beide gesund und so vergnügt, als es die Zeit, die besonderen Umstände und das Wetter erlauben.[26]

Mit Besorgnis beobachtete Julius Wahle demnach »die Zeit« und »die besonderen Umstände«, die auch in seinem alten Weimarer Wirkungskreis Spuren hinterlassen hatten. Am 10. Juni 1938 schrieb er an Deetjen, er habe Nachricht aus Berlin, dass die dortige Ortsgruppe der Goethe-Gesellschaft eine Anweisung zum Ausschluss jüdischer Mitglieder erhalten und sich daraufhin in Weimar über das Vorgehen in dieser Angelegenheit erkundigt hätte. Wahle bat Deetjen, ihn über die Ergebnisse der Sitzung zu unterrichten, die auf die Berliner Anfrage hin den Umgang der Goethe-Gesellschaft mit ihren jüdischen Mitgliedern festlegen sollte.

Bereits seit Frühjahr 1933 waren innerhalb der Goethe-Gesellschaft die möglichen Folgen eines sogenannten ›Arierparagrafen‹ diskutiert worden. Bis zum Herbst 1938 war es dem Vorstand gelungen, diesbezüglich Zurückhaltung gegenüber staatlichen Stellen zu wahren. Doch den Auswirkungen der Pogromnacht vom 9. November 1938 konnte sich auch die Führung der Goethe-Gesellschaft nicht entziehen: Der Beschluss zur Austrittsaufforderung an alle Mitglieder jüdischer Herkunft erging während der Sitzung des Arbeitsausschusses der Goethe-Gesell-

25 Victor Klemperer: *Ich will Zeugnis ablegen bis zum letzten. Tagebücher 1933-1945.* Bd. 5: *Tagebücher 1942.* Hrsg. von Walter Nowojski unter Mitarb. von Hadwig Klemperer. Berlin 1999, S. 135.

26 Julius Wahle an Werner Deetjen, undatiert. GSA 132/812, unfol.

Seite 6 Gemeindeblatt der Israelitischen Religionsgemeinde Dresden Nr. 3

Jüdisches Lehrhaus

Die Propheten Israels (Dr. Fuchs)
Nächster Abend: Dienstag, 26. Januar 1937.
(Weitere Abende werden im Kurs bekanntgegeben).

Jüdische Geschichte im Rahmen der Weltgeschichte (Dr. Wolf)
Erstes Vorlesung: Dienstag, 2. Februar 1937.
(Weitere Abende werden im Kurs bekanntgegeben)

Jüdische Liturgie (Büttner)
Nächste Arbeitsgemeinschaft: Donnerstag, 28. Januar
(Weitere Abende werden im Kurs bekanntgegeben).

Soziologie der Juden um die Jahrhundertwende (Dr. Apt)
Beginnt Ende Februar, Termin wird in der nächsten Nummer mitgeteilt.

Ausgewählte Kapitel aus dem textilen Kunstgewerbe (Levi)
Nächste Abende: Mittwoch, 10. Februar 1937 (Die Gobelin-Wirkerei) u. Mittwoch, 24. Februar (Einführung in die Farbenlehre).

„Der junge Goethe“ (Prof. Wahle)
Vortrag mit Goetheschen Rezitationen durch Herrn Siegfried Lewinsky
Mittwoch, 3. Februar 1937.
(Der Termin des nächsten Goethe-Vortrages wird am Abend bekanntgegeben).

Das Lehrhaus befindet sich im **Heinrich-Arnhold-Bau**, Zeughausstraße 1, Gartenhaus. Die Vorlesungen beginnen um **20 Uhr.** Hörerkarten im Gemeindeamt und vor den Vorlesungen im Lehrhaus.

Vereinsnachrichten

Nach langer Pause trafen am Sonntag, den 10. Januar, unsere beiden einheimischen Sportvereine Bar Kochba und Schild wieder in Freundschafts-Wettspielen aufeinander. Trotz des kurzen Wintertages wurde ein Großkampf von vier Wettspielen durchgeführt, die reibungslos abgewickelt werden konnten. Der Tag war durch schönes, klares Winterwetter begünstigt, der Platz freilich etwas hart und uneben; der Besuch ließ zu wünschen übrig, weil ein Teil der Gemeindemitglieder wahrscheinlich zum Wintersport im Gebirge war.

Am Vormittag begann ein Fußballspiel der Knabenmannschaften, das unentschieden 1:1 endete. Beim Schild sah man gute Einzelleistungen, dagegen waren die Bar Kochba-Knaben im Zusammenspiel überlegen. Ein Damenhandballspiel, das sich anschloß, zeigte ein recht schwaches Bild und geringe Leistungen, da Schild nur mit acht Vertreterinnen antrat und daher mit 6:2 eine Niederlage hinnehmen mußte. Dagegen war das folgende Herrenhandballspiel außerordentlich guter Sport, auf beiden Seiten wurden im Zusammenspiel, in Schnelligkeit, in Sicherheit des Zuspiels und des Schusses sehr schöne sportliche Leistungen geboten. Infolge besserer Kombination und besonders guter Torschüsse von Biermann und Hirschberger siegte Schild mit 6:3 in dem fesselnden Spiel, das die Zuschauer von der ersten bis zur letzten Minute in Spannung hielt. Am Nachmittag standen sich die Fußballmanschaften beider Vereine gegenüber und trennten sich nach größter Anstrengung von beiden Seiten, die zuweilen auch zu Härten führte, mit dem unentschiedenen Ergebnis 1:1. – Alles in allem: ein schönes Ergebnis für unsere beiden Vereine, die bei gleichem sportlichen Eifer gleichwertige Leistungen zeigten, vor allem erfreulich die friedliche Austragung der Spiele, die von den Schiedsrichtern jederzeit korrekt und sicher geleitet wurden.

Buchbesprechungen

Das siebenfache Licht. Gestalten und Stoffe des Judentums in der deutschen Dichtung. Schocken-Verlag, Berlin 1936. Das von Emanuel bin Gorion zusammengestellte Buch ist ein getreues Spiegelbild des gewaltigen Stoffgebietes, das in deutscher Sprache seit ältester Zeit durch Juden und Nichtjuden dichterische Gestaltung erfahren hat. Die mit feiner Einfühlung getroffene Auswahl von Poesie und Prosa, die sich auf die Autoren beschränkt, zu denen der zeitliche Abstand schon gewonnen ist, vermittelt eine eindringliche Anschauung vom Lande Israel und der Zerstreuung, von jüdischer Geschichte und Sage, von Religion und Brauch. Dichtung und Wissenschaft, Erzählung und Beschreibung, Denkmal und Urkunde, Episches und Lyrisches, Spruch und Lied, Erlebtes und Erdachtes lassen siebenfaches Licht erstrahlen über den Alltag und die drängenden Fragen des Augenblicks. Das nachdenkliche Buch fesselt durch die Vielfältigkeit seines Inhaltes und kann der Jugend und dem Alter als überaus anregende Lektüre nur wärmstens empfohlen werden. Dr. I.

Elias Auerbach: „Wüste und Gelobtes Land“. 2. Band. Schocken-Verlag, Berlin 1936. In Leinen gebunden RM 10.–. Auch dieser zweite Band, der die Geschichte Israels vom Tode Salomos bis Esra und Nehemia umfaßt, schließt sich dem 1932 erschienenen ersten Bande, welcher die Zeit von den Anfängen bis zum Tode Salomos behandelt, würdig an. Die wissenschaftliche und doch warmherzige Darstellung, die den ersten Band auszeichnet, ist auch dem zweiten eigen. Der seit vielen Jahren in Palästina ansässige Autor, als Arzt mit Land und besonderen Lebensbedingungrn gründlichst vertraut, gibt eine von eindringlicher Anschaulichkeit getragene Auslegung des biblischen Textes, die in nicht wenigen Fällen seitherige irrtümliche Auffassungen berichtigt und der Bibelexegese neue große Gesichtspunkte eröffnet. In fesselnder Sprache wird die geschichtliche Volkswerdung in die große orientalische Umwelt projeziert, so daß der Leser ungeachtet aller scheinbar uninteressanter Perioden die Geschichte Israels als weltgeschichtliches Drama von höchster Spannung erlebt. Von besonders eindrucksvoller Gestaltungskraft sind die den Propheten gewidmeten Kapitel, die in der Gegenüberstellung von Priester und Prophet tiefe Erkenntnisse über die Eigenart des Judentums erschließt. „Wüste und Gelobtes Land“ ist das erste und objektiv gehaltene Werk eines jüdischen Autors, der ohne traditionelle Bindung die Geschichte der biblischen Vorzeit lebensnah vor unserem geistigen Auge erstehen läßt. Der gediegen und würdig ausgestattete Band ist mit vortrefflichem Bild- und Kartenmaterial versehen. Dr. I.

Abb. 6
Ankündigung von Wahles Vortrag *Der junge Goethe* für den 3. Februar 1937 im *Gemeindeblatt der Israelitischen Religionsgemeinde Dresden* (24. Januar 1937)

schaft am 16. November 1938; im Dezember wurden sämtliche Mitglieder der Gesellschaft per Rundschreiben davon in Kenntnis gesetzt. Ob Julius Wahle über die Ergebnisse dieser Sitzung vom 16. November 1938 informiert wurde und daraus die entsprechenden Konsequenzen zog oder ob er bereits nach seinem Brief an Deetjen vom Juni 1938 einen Entschluss gefasst hatte, lässt sich heute nicht mehr rekonstruieren. Unzweifelhaft jedoch erklärte Julius Wahle – das Ehrenmitglied – am 24. November 1938 seinen Austritt aus der Goethe-Gesellschaft, um der schmachvollen Aufforderung zum Austritt zuvorzukommen. Auch wenn von freier Willensentscheidung hier wohl kaum die Rede sein kann, konnte er doch zumindest mit einem Grundmaß an Würde seinen Abschied nehmen.

Über die letzten Lebensjahre Wahles in Dresden ist nur wenig bekannt. Rückblickend erinnerte sich Minna Schäler, die ehemalige Vorsitzende des Israelitischen Frauenvereins in Gotha, die in Dresden die Verfolgung durch das NS-Regime in voller Härte zu spüren bekam und die häufig bei den Hirschels verkehrte:

> Hier muss ich dem Onkelchen, dem richtigen Onkel von Elsa Hirschel ein Denkmal setzen. Prof. Wahle, eine Gelehrtennatur: Ein fragiles Männchen, bescheiden, so angenehm. Er hatte grosses Wissen, Goetheforscher. Da ich gerade Massieren gelernt hatte und seine Nichte mich bat[,] hab ich ihm die schwachen Beine mit der schlechten Blutzirkulation öfters behandelt. Als ich einmal zu ihm sagte »Ihr seid Alle so gut zu mir«, war seine Erwiderung, »wie könnte jemand anders als gut zu Ihnen sein.« So war er. An meinem Arm gingen wir manches liebe Mal unten im Sonnenschein spazieren und unser anderer Begleiter war der Redakteur der »Vossischen Zeitung«. Es war ein Genuss[,] die beiden Männer zu belauschen. Onkelchen is[t] eines Abends nach dem Essen aufgestanden[,] um ins andere Zimmer zu gehen, fiel um. Aus: Das war das Ende eines reichen Wissens.[27]

Julius Wahle starb am 7. November 1940 im Kreis seiner Dresdner Familie. Sein Grabstein auf dem Neuen Jüdischen Friedhof in Dresden trägt die Inschrift: »Professor Dr. Julius Wahle | vormals Direktor des Goehte- und Schiller-Archivs [sic!] in Weimar | geb. 15.2.1861 in Wien gest. 7.11.1940 in Dresden«. Der Schreibfehler im Namen des Dichterfürsten auf dem Grabstein hätte den Goetheforscher mehr als geschmerzt, soviel ist sicher. Doch immerhin hat Julius Wahle heute einen Grabstein. Denn seine Angehörigen ereilte nur wenig später das schreckliche Ende, das über viele andere Deutsche jüdischer Herkunft hereinbrach: Kurt Hirschel, der vormals als Prokurist für ein großes Modekaufhaus gearbeitet hatte, war ab 1942 letzter Vorsteher der Jüdischen Religionsgemeinde Dresden. Die Nationalsozialisten zwangen ihn, Deportationslisten zu erstellen und den Betroffenen entsprechende behördliche Aufforderungen zu überbringen. Anfang 1943 musste die Familie in ein sogenanntes Judenhaus umziehen, im März 1943 wurde ihr Haus in der Wiener Straße zwangsverkauft. Am 21. Juni 1943 wurden Kurt und Elsa Hirschel

27 *Erinnerungen von Minna Schäler* (1973). Massuah – International Institute for Holocaust Studies, 12964. https://www.infocenters.co.il/massuah/multimedia/Docs/pdf/disk20070109/12964.pdf (letzter Zugriff 14.5.2023).

Abb. 7
Hans Wahl, nach 1945

sowie ihre beiden elf und acht Jahre alten Söhne Alfred und Wolfgang in das Konzentrationslager Theresienstadt deportiert. Von dort aus wurden alle vier mit einem der sogenannten Familientransporte am 28. Oktober 1944 in das Konzentrationslager Auschwitz gebracht, wo sie sehr wahrscheinlich sofort nach ihrer Ankunft ermordet wurden.[28]

Doch zeitlich müssen wir noch einmal einen kleinen Schritt zurückgehen: Kurz nach Julius Wahles Tod am 7. November 1940 korrespondierte Elsa Hirschel mehrmals mit dem Direktor des Goethe- und Schiller-Archivs, Hans Wahl (vgl. Abb. 7). So schrieb sie:

28 Vgl. Norbert Haase (Hrsg.): *Die Erinnerung hat ein Gesicht. Fotografien und Dokumente zur nationalsozialistischen Judenverfolgung in Dresden 1933-1945*. Leipzig 1998, S. 144.

> Ich höre mit großer Bewegung von Ihren Absichten zum 15.2.1941. Es schmerzt mich sehr, daß mein lieber Onkel Wahle diese Freude und Genugtuung nicht mehr erleben konnte. Er hätte sich über diese Tatsache, mehr noch über die Gesinnung, der sie entspringen sollte, sehr gefreut, und manche Stunde bitterer Einsamkeit wäre ihm erspart geblieben, der trotz seiner großen Bescheidenheit so ungern von seinen Freunden vergessen sein wollte. War er doch selbst einer der Treuesten! So bleibt mir nur, Ihnen in Wehmut für Ihre Absicht zu danken, für deren Erfüllung es zu spät wurde.[29]

Wenige Tage zuvor hatte Hans Wahl ihr geschrieben, er habe seinen alten Kollegen Julius Wahle am 15. Februar 1941 an dessen 80. Geburtstag in Dresden besuchen wollen, wofür es allerdings nun leider zu spät sei. Doch Hans Wahl dürfte seine Besuchsabsicht kaum ernsthaft verfolgt haben. Das NSDAP-Mitglied war sich des allgemeinen Kontaktverbots zu als Juden eingestuften Personen, das für ›Parteigenossen‹ bestand, allzu bewusst.[30] Und er hatte aus diesem Grund erwähntermaßen in den letzten Lebensjahren Wahles immer stärker Abstand zu seinem in Dresden lebenden alten Weggefährten gehalten. Nach außen bekräftigte er dieses distanzierte Verhältnis auch: Dies wird besonders deutlich am Beispiel eines Auskunftsersuchens der Reichsstelle für Sippenforschung vom Herbst 1939, das sich nach den »genauen Personalien des ehemaligen (jüdischen?) Direktors des Goethe-Archivs Wahle«[31] erkundigte. Hans Wahls umgehende Antwort fiel so knapp wie kühl aus:

> Einen Direktor des Goethe- und Schiller-Archivs Wahle hat es nicht gegeben. Dagegen war der in Wien am 15.2.1861 geborene Julius Wahle seit 1886 Mitarbeiter des Goethe- und Schiller-Archivs und zuletzt bis 1928 Archivar am Goethe- und Schiller-Archiv. Da das Archiv von 1920, seit dem Tode von Professor Dr. Schlösser, bis zur Übernahme der Leitung durch den Unterzeichneten am 1. Oktober 1928 ohne Direktor gewesen ist, ist es möglich, daß Wahle in der Zwischenzeit für den Direktor gehalten worden ist. Julius Wahle war Jude. Über seine Herkunft (Vorfahren usw.) ist hier nichts bekannt. Er war unverheiratet.[32]

Es ist durchaus denkbar, dass Hans Wahl hier in erster Linie als Leiter des Goethe- und Schiller-Archivs dessen Interessen gegenüber vorgesetzten Stellen schützen wollte, indem er durch gewundene Formulierungen einen ehemaligen geschäftsführenden Direktor jüdischer Herkunft abstritt, um damit den Ruf seiner Einrichtung

29 Elsa Hirschel an Hans Wahl, 22.12.1940. GSA 150/A 749, Bl. 107.

30 Vgl. W. Daniel Wilson: *Verbindungsmann zum NS-Regime. Hans Wahl, der Antisemitismus und die Goethe-Gesellschaft.* In: W. Daniel Wilson (Hrsg.): *Hans Wahl im Kontext. Weimarer Kultureliten im Nationalsozialismus.* Leeds 2015, S. 203-222; hier S. 206. In seiner Anordnung A 63/35 vom 11.4.1935 untersagte Hitlers Stellvertreter Rudolf Heß »allen Parteigenossen nochmals den persönlichen Verkehr mit Juden«. Martin Bormann: *Zusammenstellung aller bis zum 31. März 1937 erlassenen und noch gültigen Anordnungen des Stellvertreters des Führers.* München 1937, S. 97-99.

31 Reichsstelle für Sippenforschung an Hans Wahl, 17.10.1939. GSA 150/A 96, Bl. 20.

32 Hans Wahl an Reichsstelle für Sippenforschung, 19.10.1939. Ebd., Bl. 21. (Hervorhebung im Original).

›makellos‹ zu halten.[33] Es ist jedoch auffällig, dass Hans Wahl Julius Wahle nicht nur jegliche akademischen Grade verweigerte und dessen Rolle als geschäftsführender Direktor unterschlug, sondern er sprach bereits 1939 von Wahle in der Vergangenheitsform wie von einem längst Verstorbenen. Zu diesem Zeitpunkt lebte der Gelehrte allerdings noch.

Ein letztes Mal befassten sich offizielle Stellen Anfang 1941 mit Julius Wahle, einige Wochen nach dem Tod des Goethe-Forschers: Am 29. Januar 1941 wandte sich die Pressestelle des Reichsministeriums für Wissenschaft, Erziehung und Volksbildung an das Thüringische Ministerium für Volksbildung und erkundigte sich, ob Einwände gegen eine Festschrift anlässlich des bevorstehenden 80. Geburtstags des Forschers bestünden.[34] Die knappe Antwort lautete: Julius Wahle sei im vorangegangenen Jahr gestorben; eine Publikation ihm zu Ehren wäre allerdings ohnehin nicht infrage gekommen, »weil Professor Wahle Volljude war«.[35]

Das Verfolgungsschicksal des Gelehrten, der sein gesamtes Leben bedingungslos in den Dienst der Goetheforschung gestellt und der einen Großteil dessen – immerhin 50 Jahre – in Weimar verbracht hatte, geriet über die Jahre in Vergessenheit. Es gab überaus verdienstvolle und gleichermaßen erfolgreiche Versuche – so etwa durch Jutta Hecker, Sigrid Schulz-Beer und Volker Wahl –, die Erinnerung an Julius Wahle neu zu beleben. Und tatsächlich profitierte auch die Klassik Stiftung Weimar erheblich von diesen Forschungen. Denn sie stieß im Rahmen ihrer systematischen Provenienzrecherchen zu NS-verfolgungsbedingt entzogenen Kulturgütern auf Erwerbungen der Thüringischen Landesbibliothek aus dem September 1936: Julius Wahle schenkte dem Haus, das als die größte Vorgängereinrichtung der Herzogin Anna Amalia Bibliothek gilt, insgesamt 17 Bände aus seinem Besitz. Wir wissen, dass er dies aus alter Verbundenheit und auch im unmittelbaren Zusammenhang mit seinem Umzug nach Dresden tat. Wir wissen jedoch ebenso, dass Julius Wahle angesichts der immer stärker werdenden Isolation und Ausgrenzung unter den Bedingungen des NS-Regimes kaum eine andere Wahl hatte, als Weimar zu verlassen. Vor diesem Hintergrund hat sich die Klassik Stiftung Weimar entschlossen, die Erben Julius Wahles zu suchen und zu kontaktieren, um gemeinsam mit ihnen eine gerechte und faire Lösung zu finden. Im Frühjahr 2022 wurden die in der Herzogin Anna Amalia Bibliothek identifizierten Bücher an die Erben Julius Wahles restituiert.

Der Restitutionsfall Julius Wahle zeigt, dass eine »gerechte und faire Lösung[°]«, wie es gemäß den Washington Principles von 1998[36] heißt, über die reine Rückgabe von verfolgungsbedingt entzogenen Kulturgütern deutlich hinausgehen kann. Die heute in Italien und in Tschechien lebenden Erben bestimmten zunächst, dass

33 Vgl. Wilson (Anm. 30), S. 208.

34 Vgl. Krause an Friedrich Stier, 29.1.1941. LATh – HStAW, Thüringisches Volksbildungsministerium, C 739, Bl. 158.

35 Friedrich Stier an Krause, 3.2.1941. Ebd., Bl. 159.

36 *Washington Conference Principles on Nazi-Confiscated Art. Released in connection with The Washington Conference on Holocaust Era Assets.* Washington, D.C., December 3, 1998. In deutscher Fassung: https://www.kulturgutverluste.de/Webs/DE/Stiftung/Grundlagen/Washingtoner-Prinzipien/Index.html (zuletzt aufgerufen am 27.7.2023).

Abb. 8
Stolpersteine für Julius Wahle und Familie Hirschel
in der Wiener Straße 85 in Dresden, September 2022

alle Bücher in der Herzogin Anna Amalia Bibliothek verbleiben sollten, bis auf zwei Bände, die sie als Erinnerung an Julius Wahle an sich nahmen.

Die Klassik Stiftung Weimar übernahm darüber hinaus die Patenschaft für die fünf Stolpersteine, die zum Gedenken an Julius Wahle sowie seine Verwandten Elsa, Kurt, Alfred und Wolfgang Hirschel im September 2022 an der Stelle verlegt wurden, wo einstmals ihr Dresdner Wohnhaus gestanden hatte (vgl. Abb. 8). Bei der Verlegung waren mehrere Mitglieder der Erbengemeinschaft anwesend, die eigens aus Prag angereist waren. Im Laufe der vielen Korrespondenzen zur Rückgabe der Bücher und der Stolpersteinverlegung entwickelte sich eine warme und herzliche Beziehung, deren bestimmendes Motiv es ist, die Erinnerung an das fast vergessene Familienmitglied Julius Wahle wachzuhalten.

Goethe philologisch.
Neue (und ältere) Projekte

Christian Hain

PROPYLÄEN – Forschungsplattform zu Goethes Biographica. Chancen und Herausforderungen der digitalen Transformation für die Goethe-Philologie

»Goethe geht online«[1], titelte die *Thüringische Landeszeitung* Anfang Mai 2015. Wenige Tage zuvor war im Weimarer Stadtschloss der Auftakt des editorischen Großprojektes in einem Festakt gefeiert worden: Es war der offizielle Beginn der *PROPYLÄEN – Forschungsplattform zu Goethes Biographica. Briefwechsel, Tagebücher, Begegnungen und Gespräche. Chronologie. Quellen. Recherche Fokus.*[2] Seit September 2021 ist die Forschungsplattform als Beta-Version unter einer permanenten URL online. Zum ersten Mal in der Geschichte der Goethe-Philologie werden Goethes Tagebücher, seine und die an ihn gerichteten Briefe sowie die Zeugnisse der Begegnungen und Gespräche in einem Portal gemeinsam digital präsentiert.[3] Über die Inhalte der gedruckten Ausgaben hinaus – die edierten Texte, Kommentare, Regesten und Register – werden die Digitalisate sämtlicher handschriftlich überlieferter Korrespondenzen und der Tagebücher Goethes sowie erstmals auch die Transkriptionen der bei Goethe eingegangenen Briefe bereitgestellt.

Auf dem Weg ins digitale Zeitalter

Editionen sind seit der Gründung des Goethe- und Schiller-Archivs (GSA) fester Bestandteil des Weimarer Arbeitsprogramms.[4] Ab 1887 erschienen die Bände der

1 Lisa Berins: *Goethe geht online*. In: *Thüringische Landeszeitung* (1./2. Mai 2015), S. 14.

2 https://goethe-biographica.de/ (zuletzt aufgerufen am 9.2.2024). Für zahlreiche Hinweise, Anregungen und Anmerkungen danke ich meinen Kolleginnen und Kollegen aus dem PROPYLÄEN-Projekt: Margrit Glaser, Claudia Häfner, Johannes Korngiebel, Ariane Ludwig, Yvonne Pietsch, Martin Prell und Bastian Röther.

3 Vgl. auch Manfred Koltes, Ariane Ludwig, Yvonne Pietsch, Martin Prell, Bastian Röther: *PROPYLÄEN. Ein Jahrhundertprojekt geht online*. In: *Digitale Bibliothek Thüringen* (2023). https://doi.org/10.22032/dbt.55585 (zuletzt aufgerufen am 9.2.2024).

4 Vgl. *Goethe- und Schiller-Archiv. Mit Beiträgen von Bernhard Fischer, Silke Henke, Gabriele Klunkert, Manfred Koltes, Evelyn Liepsch, Elke Richter*. Hrsg. von Bernhard Fischer u. Gabriele Klunkert. Dresden 2012, S. 109-117.

von Großherzogin Sophie von Sachsen-Weimar-Eisenach initiierten und 1919 abgeschlossenen Weimarer Ausgabe der Werke Goethes. Es folgten in den nächsten Jahrzehnten historisch-kritische Ausgaben zu Friedrich Schiller, Johann Gottfried Herder, Heinrich Heine und Ludwig Achim von Arnim. Der Goethe-Bestand bildet – mit der seit 1980 erscheinenden *Regestausgabe der Briefe an Goethe* (RA)[5] und den historisch-kritischen Ausgaben von Goethes *Tagebüchern* (GT)[6] und *Briefen* (GB)[7] seit der Jahrtausendwende – weiterhin einen besonderen Schwerpunkt der editorischen Arbeit. Neu sind hingegen die durch die digitale Transformation geprägten methodischen Ansätze und Präsentationsformen, Rezeptions- und Analysemöglichkeiten von Editionen. Mit den neuen Möglichkeiten, die dieser »nicht mehr als bereichsspezifisches, sondern als gesamtgesellschaftliches Phänomen«[8] verstandene und nahezu alle Lebens- und Arbeitsbereiche durchziehende Wandel bietet, gehen für die traditionsreichen Goethe-Editionen zugleich Herausforderungen einher.

Einzelne Angebote, die im Zusammenhang mit den Weimarer Editionen stehen, sind bereits virtuell verfügbar: Seit 2000 sind im Repertorium der *Goethe-Briefe*[9] die Angaben zur Handschriften- und Drucküberlieferung von ca. 16.900 Briefen und briefähnlichen Texten Goethes zugänglich, 2003 folgten die *Regesten der Briefe an Goethe*, die mit biographischen Informationen zu den Briefschreibern und den erwähnten Personen aktuell bis 1822 verfügbar sind.[10] Die von 2009 bis 2015 hybrid erarbeitete Faksimile-Edition beider Teile des *Faust* bietet erstmals für ein Werk Goethes auf Grundlage von sämtlichen Arbeitszeugnissen, Vorstufen und Varianten die Textgenese mit flexibel nutzbaren Apparaten digital und in einer zweibändigen Prachtausgabe.[11] Der *Briefwechsel zwischen Goethe und Friedrich Wilhelm Riemer*, ursprünglich ebenfalls als Hybridausgabe konzipiert, erschien im September 2020 als rein digitale Edition.[12] Die Textkonstitution und Kommentierung der 430 Briefe umfassenden Korrespondenz besaß den Charakter einer Pilotstudie für die PROPYLÄEN-Plattform, indem die Transformation eines Teils der

5 Vgl. Christian Hain: *Briefe an Goethe und ihre Erschließung. Eine Gesamtausgabe in Regestform.* In: GJb 2019, S. 215-236.

6 Vgl. Margrit Glaser, Johannes Korngiebel, Ariane Ludwig: *Goethes Tagebücher neu ediert. Zur historisch-kritischen Ausgabe.* In: GJb 2019, S. 237-254.

7 Vgl. Elke Richter: *Goethes Briefe neu ediert. Zur historisch-kritischen Gesamtausgabe.* In: GJb 2017, S. 221-236.

8 Jan-Felix Schrape: *Digitale Transformation.* Bielefeld 2021, S. 81.

9 Vgl. Richter (Anm. 7), S. 223, sowie die Beschreibung auf der Projekthomepage: https://ores.klassik-stiftung.de/ords/f?p=402 (zuletzt aufgerufen am 16.11.2023).

10 Regesten werden unter https://ores.klassik-stiftung.de/ords/f?p=403 und biographische Informationen unter https://ores.klassik-stiftung.de/ords/f?p=403:600 angeboten (beides zuletzt aufgerufen am 9.2.2024).

11 Vgl. Anne Bohnenkamp, Silke Henke, Fotis Jannidis, Gerrit Brüning, Katrin Henzel, Dietmar Pravida, Thorsten Vitt, Moritz Wissenbach: *Die digitale »Faust«-Edition. Zur neuen historisch-kritischen Ausgabe von Goethes Drama.* In: GJb 2016, S. 150-162; hier S. 151. (https://faustedition.net/; zuletzt aufgerufen am 9.2.2024).

12 https://ores.klassik-stiftung.de/ords/f?p=408 (zuletzt aufgerufen am 30.1.2024).

historisch-kritischen Gesamtausgabe der *Briefe von Goethe* in einer digitalen Edition »sowohl produktions- als auch präsentationsseitig«[13] erprobt werden konnte.

Idee der PROPYLÄEN

Von diesen ersten Erfahrungen im Bereich des digitalen Edierens ausgehend und geleitet von dem Wunsch, die Goethe-Editionen auf Basis einer breit aufgestellten Finanzierungsgrundlage mittelfristig abzuschließen, wurde unter Federführung des damaligen Archivdirektors Bernhard Fischer gemeinsam mit Ernst Osterkamp und Klaus Manger die Idee zu einem Langzeitprojekt im Programm der Union der deutschen Akademien der Wissenschaften entwickelt.[14] Goethes schriftlicher Nachlass einerseits, der seit 2001 zum Erbe »Memory of the World« der UNESCO gehört, und die Online-Forschungsplattform andererseits entsprechen dem Gegenstand und dem zentralen Anliegen der größten Förderlinie für geistes- und sozialwissenschaftliche Grundlagenforschung in Deutschland, die der »Erschließung, Sicherung und Vergegenwärtigung des kulturellen Erbes«[15] und dessen langfristiger Verfügbarkeit dient. Im Rahmen des Förderprogramms können nun die drei genannten Ausgaben sowie die von Ernst und Renate Grumach begründete und von Renate Grumach fortgeführte Ausgabe von Goethes *Begegnungen und Gesprächen* (BuG) vervollständigt werden. Auf digitaler Ebene zusammengeführt entsteht daraus eine integrierte Forschungsplattform zu Goethes Leben, Wirken und Werk. Die drei Projektpartner – die Klassik Stiftung Weimar (KSW), die Sächsische Akademie der Wissenschaften zu Leipzig (SAW) und die Mainzer Akademie der Wissenschaften und der Literatur (AdW) – unterhalten am GSA und im Freien Deutschen Hochstift in Frankfurt am Main zwei Arbeitsstandorte. Nach einer maximalen Laufzeit von 25 Jahren werden ab 2039 die Infrastruktur und die Forschungsdaten von der KSW langzeitverfügbar bereitgestellt.

Alle vier Editionen haben Dokumente zum Gegenstand, die unter dem Begriff Biographica subsummiert werden können.[16] Die Forschungsplattform wird die umfassendste Sammlung der goethe'schen Selbstzeugnisse und – über Zeugnisse Zweiter und Dritter – das vollständigste Bild von Goethes Wirkungskreis bieten. Die Quellen geben in vielen Fällen nicht nur einmalige Einblicke in die Prosopo-

13 Héctor Canal und Jutta Eckle: *»Johann Wolfgang von Goethe. Briefwechsel mit Friedrich Wilhelm Riemer«. Kommentierte historisch-kritische Ausgabe in digitaler Form.* In: GJb 2020, S. 169-177; hier S. 173.

14 Bernhard Fischer vertrat die KSW, Ernst Osterkamp die AdW und Klaus Manger die SAW.

15 *40 Jahre Akademienprogramm. Exzellenz in Geisteswissenschaften.* Hrsg. von der Union der deutschen Akademien der Wissenschaften. Mainz, Berlin [2]2019, S. 11 (vgl. auch https://https://www.akademienunion.de/fileadmin/au-uploads/publikationen/Publikationen_PDFs/2019/2019_Sonderpublikation_40-Jahre-AP.pdf; zuletzt aufgerufen am 13.2.2024). Zur digitalen Komponente des Förderprogramms vgl. insbesondere S. 13 f.

16 Zu den Begriffen Ego-Dokumente und Selbstzeugnisse vgl. Winfried Schulze: *Ego-Dokumente: Annäherung an den Menschen in der Geschichte? Vorüberlegungen für die Tagung »Ego-Dokumente«.* In: *Ego-Dokumente. Annäherung an den Menschen in der Geschichte.* Hrsg. von Winfried Schulze. Berlin 1996, S. 11-30; hier bes. S. 13 f. u. 20 f.

graphie der Goethe-Zeit, da die Spuren zahlreicher Individuen lediglich im Weimarer Dichternachlass erhalten geblieben sind. Die in den PROPYLÄEN gewonnenen Informationen belegen zudem, wie sehr die einzelnen Teile von Goethes Nachlass miteinander verknüpft und aufeinander bezogen sind, indem sie die Entstehung seines Werks und seiner Sammlungen dokumentieren.

Der Namenszusatz PROPYLÄEN referiert auf die 1798 von Goethe initiierte gleichnamige Kunstzeitschrift[17], deren Einleitung die Leserschaft über die Verwendung des antiken Begriffs für jenen Torbau unterrichtete, durch den griechische Heiligtümer betreten wurden.[18] Im übertragenen Sinne öffnet die Forschungsplattform PROPYLÄEN verschiedene Wege zu den biographischen Quellen aus Goethes Leben, wird somit Ort des Austausches und der Begegnung und bietet virtuelle Zugänge zu dem umfangreich erschlossenen Weltdokumentenerbe des Schriftstellers.

Herausforderungen

Die den PROPYLÄEN zugrundeliegende Idee, auf einer integrierten Forschungsplattform Goethes Biographica zu präsentieren, stellte die Goethe-Ausgaben vor verschiedene Herausforderungen: Erstens sind die vier Ausgaben Jahre bzw. Jahrzehnte vor dem Start des PROPYLÄEN-Projekts als Printpublikationen konzipiert und veröffentlicht worden. Die Genesen reichen bis weit in die Mitte des 20. Jahrhunderts zurück. Zwischen dem Erscheinen des ersten Bandes von BuG[19] und der Bandpublikation des jüngsten Teilprojekts GB liegen 43 Jahre. Ebenso divergent war auch der Fortschritt in den einzelnen Ausgaben: Bei GT, RA und BuG lagen zu Projektbeginn 2015 jeweils acht Bände vor, d.h. bei der Edition der *Tagebücher* und der *Briefe an Goethe* deutlich mehr, bei BuG etwas weniger als die Hälfte des Publikationsplanes.[20] Von den 38 projektierten Bänden von GB waren bis zum

17 Vgl. Goethe an Cotta, 25.7.1798. In: GB 13,I, S. 179, Nr. 145. Vgl. auch Daniel Ehrmann, Norbert Christian Wolf: *Klassizismus in Aktion. Zum spannungsreichen Kunstprogramm der Propyläen.* In: *Klassizismus in Aktion. Goethes Propyläen und das Weimarer Kunstprogramm.* Hrsg. von dens. Wien, Köln, Weimar 2016, S. 11-44; hier S. 11-15.

18 Vgl. Goethe: *Propyläen. Eine Periodische Schrift.* Stuttgart 1798, *Einleitung* (vgl. WA I, 47, S. 5-32; hier S. 5: »Der Jüngling, wenn Natur und Kunst ihn anziehen, glaubt, mit einem lebhaften Streben bald in das innerste Heiligthum zu dringen; der Mann bemerkt, nach langem Umherwandeln, daß er sich noch immer in den Vorhöfen befinde. Eine solche Betrachtung hat unsern Titel veranlaßt. Stufe, Thor, Eingang, Vorhalle, der Raum zwischen dem Innern und Äußern, zwischen dem Heiligen und Gemeinen kann nur die Stelle sein, auf der wir uns mit unsern Freunden gewöhnlich aufhalten werden. Will jemand noch besonders, bei dem Worte Propyläen, sich jener Gebäude erinnern, durch die man zur Atheniensischen Burg, zum Tempel der Minerva gelangte, so ist auch dieß nicht gegen unsre Absicht, nur daß man uns nicht die Anmaßung zutraue, als gedächten wir ein solches Werk der Kunst und Pracht hier selbst aufzuführen«).

19 Vgl. Bastian Röther: *»Sie erinnern sich gewiß nicht mehr dieser Begegnung, und nur mir war sie so bedeutend« – zur kritischen Ausgabe »Goethe. Begegnungen und Gespräche«.* In: GJb 2021, S. 155-171; hier S. 155-157.

20 Die Bände GT und RA lagen in chronologischer Reihe bis 1822 bzw. 1819 vor. BuG hatte die Bände 1-6 (1749-1808) sowie 8 (1811-1812) und 14 (1823-1824) publiziert.

Beginn der PROPYLÄEN fünf erschienen.[21] Alle vier Teilprojekte haben analoge Vergangenheiten und durchlaufen gegenwärtig grundlegende Transformationsprozesse von digitalisierten zu digitalen Editionen. Dieser Wandel, mit dem ein Paradigmenwechsel des Edierens und Rezipierens einhergeht, ist nicht zuletzt deshalb herausfordernd, weil dadurch Editions- und Arbeitsgrundsätze bei jahrzehntealten Ausgaben zwangsläufig angepasst werden müssen. Diese und andere Spezifika der einzelnen Editionen sollen im Printmedium erhalten bleiben, während sie im Digitalen zu einem weitgehend kongruenten Angebot verschmelzen sollen.

Zweitens widmen sich die verschiedenen Editionen unterschiedlichen Textgattungen: GB und RA haben Briefe zum Gegenstand, GT dagegen fokussiert auf Goethes Diarien und BuG wiederum auf ein Korpus heterogener Quellen von Tagebüchern über Korrespondenzen, Erinnerungen und privat wie amtlich entstandenen Berichten bis hin zu autobiographischen literarischen Texten. Als historisch-kritische Editionen umfassen GT und GB neben dem Text mit umfangreicher Variantendarstellung auch Kommentare, die sich in Handschriftenbeschreibungen, Angaben zur Überlieferung, Überblicks- und Stellenkommentare sowie Register gliedern lassen. RA erschließt die an Goethe gerichteten Briefe mit Regesten und Registern, während BuG einer strikten Chronologie der Begegnungs- und Zeugnisdatierung folgend pointiert ausgewählte Textquellen anbietet. Für die Darstellung und computergestützte Analysierbarkeit von Texten, Varianten, Überlieferungsangaben und Registern werden in digitalen Editionen inzwischen zahlreiche technische Lösungen angeboten und diskutiert. Herausfordernd sind hingegen die Integration diskursiver Überblickskommentare in die virtuelle Arbeitsumgebung und deren adäquate Darstellung im Frontend (digitale Benutzeroberfläche).[22]

Drittens bauen die PROPYLÄEN-Teilprojekte auf unterschiedlichen technischen Standards auf. Für die Erarbeitung der Inhalte und den Prozess der Drucklegung nutzten GT und BuG zu Projektbeginn ausschließlich Microsoft Word. GB verwaltete die Metadaten für Personen- und Werkregister sowie die Digitalisate der zu bearbeitenden Goethe-Briefe in einer innerhalb der KSW selbst entwickelten, Oracle-basierten Datenbank. Auf dieser Grundlage werden von der Textkonstitution, über die Kommentierung bis zur Registererstellung die Bände ebenfalls mit dem bei GT und BuG verwendeten Office-Programm erstellt. RA nutzt seit dem zwischen Band 5 und 6 erschienenen Ergänzungsband das an der Universität Tübingen entwickelte Textverarbeitungsprogramm TUSTEP für die Manuskripterstellung und Satzlegung. In allen vier Ausgaben war die etablierte Arbeitsweise hauptsächlich auf die Printpublikation ausgerichtet. Mit Laufzeitbeginn der PROPYLÄEN wurde die Datenhaltung der Teilprojekte sukzessive in ein strukturiertes Format (Extensible Markup Language – XML) nach den Richtlinien der Text Encoding Initiative (TEI)[23] transformiert, wodurch das Zusammenwachsen der Einzeleditio-

21 Von GB waren 2008 Bd. 1 (1762-1772), 2009 Bd. 2 (1773-1775), 2010 Bd. 6 (1785-1786), 2012 Bd. 7 (1786-1788) und 2014 Bd. 3 (1775-1779) erschienen.

22 Vgl. Wolfgang Lukas u. Elke Richter: *Zur Einführung*. In: *Annotieren, Kommentieren, Erläutern. Aspekte des Medienwandels*. Hrsg. von Wolfgang Lukas u. Elke Richter (= *Editio. Beihefte* 47). Berlin, Boston 2020, S. 1-7; hier S. 2.

23 https://tei-c.org/ (zuletzt aufgerufen am 19.2.2024).

nen und die Anschlussfähigkeit zu anderen digitalen Editionen möglich werden. Ab 2018 wurden, beginnend mit BuG, virtuelle Arbeitsumgebungen entwickelt, die Forschungsdaten für die Print- und digitale Publikation zur Verfügung stellen. Als zentrales Instrument etablierten sich vier teilprojektspezifische Datenbanken – auf Basis einer Oracle-Datenbank, eine von der Informatik-Abteilung der KSW entwickelte Anwendung –, die alle nötigen Arbeitsschritte abdecken (Verwaltung der Materialien, Quellen und Digitalisate; Manuskripterstellung; Verarbeitung der retrodigitalisierten Druckdaten zur digitalen Publikation; Erarbeitung neuer Forschungsdaten für die Plattform). Mit der Entscheidung für Oracle als technologischer Basis fügen sich die Arbeitsumgebungen nahtlos in die in der KSW bestehende Infrastruktur ein, wodurch die gewinnbringende Verbindung relationaler mit XML-Technologien einerseits und teilprojektübergreifende Verknüpfungen von Epistemen anderseits ermöglicht werden: Die für die Plattform und den Druck benötigten TEI-Daten können jederzeit aus der Datenbank generiert werden. Zudem können Editorinnen und Editoren aber auch eine jeweils aktuelle Vorschau der Web-Darstellung erzeugen. Der auf dem Gebiet der digitalen Editionen etablierte Oxygen XML-Editor konnte ebenfalls in die Arbeitsumgebung integriert werden, was die Flexibilität bei der Erstellung valider Forschungsdaten deutlich erhöht und die PROPYLÄEN für die Digital Humanities anschlussfähig hält.

Gegenstand

Die PROPYLÄEN vereinen vier zentrale Goethe-Ausgaben als hybride Editionen.[24] Alle bis 2014 ausschließlich analog erschienenen oder noch später im alten Arbeitsprozess fertiggestellten Bände werden retrodigitalisiert, d.h. entweder vom gedruckten Buch bzw. aus Satzdaten ins Digitale transformiert oder aus überarbeiteten Forschungsdaten generiert. Basales Ziel ist die Bereitstellung aller bisher in den Editionen vorhandenen Informationen auch auf der Plattform: Im Einzelnen sind dies die konstituierten Texte der *Briefe von Goethe* und seiner *Tagebücher* samt Variantenapparat sowie die Darstellung der Überlieferungszusammenhänge, Überblicks- und Stellenkommentare der beiden historisch-kritischen Editionen, die *Regesten der Briefe an Goethe* sowie die Zeugnisse der *Begegnungen und Gespräche Goethes*. Hinzukommen die in allen vier Ausgaben in unterschiedlichen Formen vorhandenen und konzipierten Register für Personen, Orte und Werke.[25]

Über das Angebot der Druckausgaben hinaus werden die Digitalisate der entsprechenden Handschriften zur Verfügung gestellt. In Übereinstimmung mit den Regularien der bestandshaltenden Institutionen sind diese zumeist wie im Fall des

24 Vgl. Ursula Kocher: *Vom Nutzen der Hybridedition. Überlegungen zu einer Editionsform mit besonderen Anforderungen*. In: *editio* 33 (2019), S. 82-93.

25 Im Detail wären dies: GT – ein Gesamtregister der im Tagebuch erwähnten Personen, Geographica, Periodica und Werke; GB – ein dreiteiliges Register mit Personen und ihren Werken, einem Goethe-Werkregister sowie einem Verzeichnis der Anonyma und Periodica; RA – vier getrennte Register, die erwähnten Personen, Körperschaften und Briefschreiber, die Briefausstellungsorte sowie ein allgemeines und ein Goethe-Werkregister enthaltend; BuG – ein Register der Personennamen und Werke sowie ein zweites, Goethes Werke umfassend.

GSA für Nutzerinnen und Nutzer im Sinne der Open Access-Strategie der KSW als Public Domain gemeinfrei; abweichende Konditionen zur Weiterverwertung der Digitalisate sind im Einzelfall direkt bei den Fremdinstitutionen einzuholen.[26] Den Inhalt der gedruckten RA-Bände übersteigend bietet die Forschungsplattform zusätzlich die Transkriptionen der an Goethe gerichteten Korrespondenz. Die eigens dafür neu entwickelten Transkriptionsrichtlinien[27] orientieren sich an GB und GT, verzichten aus pragmatischen Gründen aber auf Variantenapparate.

Sukzessive werden so unter Beachtung der durch die Verlage gesetzten temporären Zweitveröffentlichungssperren (Moving Walls) und mit Voranschreiten der Editionsprojekte die Inhalte für nahezu 60 Jahre Tagebuchaufzeichnung, rund 15.000 von Goethe geschriebene und mehr als 20.000 an ihn adressierte Briefe sowie schätzungsweise 40.000 Zeugnisse von Begegnungen und Gesprächen auf den PROPYLÄEN bereitgestellt. Der digitale Arbeitsplan folgt dabei Zeiträumen, die durch spezifische Themen charakterisiert sind und deren Gliederung sich an der Münchner Goethe-Ausgabe (MA) orientiert.

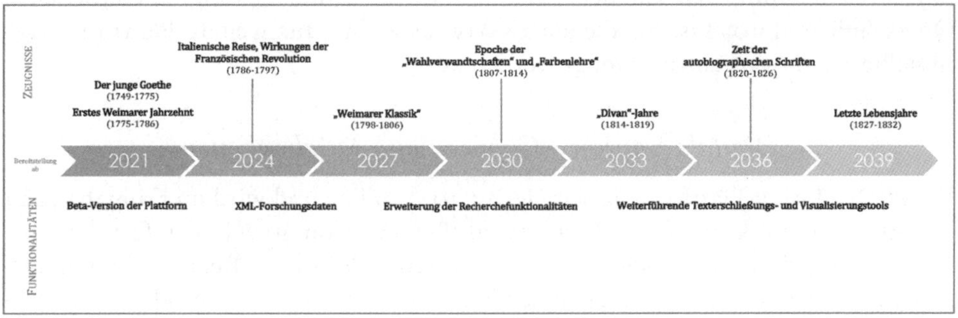

Abb. 1
Meilensteine des PROPYLÄEN-Projekts

Planmäßig sind seit 2021 die Biographica für die Jahre »Der junge Goethe (1749-1775)« und »Erstes Weimarer Jahrzehnt (1775-1786)« von GT, RA und BuG und für den Zeitraum von 1773 bis 1775 von GB online (Abb. 1). Im Frühjahr 2024 werden zentrale Metadaten zur Verfügung gestellt: Dies sind für RA die Briefschreiber, Adressaten, Briefausstellungsorte und Briefdatierungen von 15.300 Briefen an Goethe bis ins Jahr 1824. GB präsentiert Briefkopf (Empfänger und Datum, Absende- und Empfangsort), Signatur der Handschriften sowie (soweit vorhanden) Digitalisate für alle 38 geplanten Bände unter Einbeziehung der im *Goethe-Repertorium* bereitgestellten Angaben zur Handschriftenüberlieferung und Druck-

26 Vgl. die Lizenz- und Nutzungsrechte des Bildmaterials: https://goethe-biographica.de/lizenzen (zuletzt aufgerufen am 4.1.2024).

27 Vgl. Claudia Häfner und Jenny Bryś: *»Dennoch können Regesten den Abdruck eines Volltextes nicht ersetzen«. Die digitale Veröffentlichung der Briefe an Johann Wolfgang von Goethe in den »Propyläen«*. In: *Denkströme* 22 (2020), S. 59-72; hier S. 66 (vgl. auch https://www.denkstroeme.de/heft-22/s_59-72_brys-haefner; zuletzt aufgerufen am 9.2.2024).

geschichte. GT publiziert Datum, Wochentag und Übernachtungsort aller Tagebucheinträge von 1775 bis 1832 sowie Signaturen und Digitalisate aller Einzeleinträge bis 1832. BuG wird Metadaten und Zeugnistexte der Jahre bis 1799 auf der Plattform veröffentlichen.

Eine weitere Säule der PROPYLÄEN bilden die ebenfalls ab 2024 sukzessive zur Verfügung gestellten Forschungsdaten, die (in den Einzelzeugnissen der Plattform verlinkt) über eine zentrale Schnittstelle (API) ausgespielt werden. Mit Hilfe dieser, den Richtlinien der TEI folgenden, semantisch angereicherten und auch maschinenlesbaren Daten können unterschiedliche Disziplinen aus dem Bereich der digitalen Geisteswissenschaften innovative Forschungsfragen an das Korpus herantragen. Forschungsdaten stellen neben dem Buch und den visualisierten Plattformangeboten eine völlig neue Quellenart dar, die von einem größeren Interessentenkreis rezipiert und mit computergestützten Werkzeugen ausgewertet werden kann.[28] In den zurückliegenden Jahren bildete daher die Entwicklung fundierter digital-nativer Datenmodelle einen Arbeitsschwerpunkt. Diese Modelle sind das Ergebnis einer intensiven Zusammenarbeit der vier Editionsteams und des digital-editorischen Querschnittsteilprojekts. Sie dienen als Voraussetzung für weitere Plattformfunktionalitäten, die zukünftig erzeugt werden können.

Digitale Edition – Chancen und Möglichkeiten

Die PROPYLÄEN-Plattform ist seit Herbst 2021 online und wird im Frühjahr 2024 inhaltlich und funktional erweitert. Das als Beta-Version noch in der Testphase befindliche Angebot wird sukzessive in der späteren Voll- bzw. Release-Version ausgebaut.[29] Rückmeldungen von Nutzenden zu Darstellungsfehlern oder erwünschten Features sind besonders in dieser Phase ausdrücklich erbeten.

Gegenüber den analogen Ausgaben bietet die Forschungsplattform als erweiterbares und nicht abgeschlossenes Produkt erstens die besondere Möglichkeit, neue Erkenntnisse und Korrigenda direkt zu integrieren.[30] Die bereitgestellten Digitalisate erlauben zweitens einen erschließenden Zugang zu den Zeugnissen der Ausgaben. Die *Tagebücher* illustrieren die sich verändernden Schreibprozesse – von eigenhändig geführten Tagebüchern in verschiedenen Formaten und Notaten in vorgedruckten Kalendern hin zu den meist diktierten Tagebucheintragungen der letzten 15 Lebensjahre auf halbseitig gebrochenen Foliobogen, wobei Aufzeichnungen zum Tagesablauf in der rechten Spalte und Briefausgangsnotizen in der linken Spalte zu finden sind.[31] Aus Digitalisaten der an Goethe adressierten oder von ihm verfassten Briefe lassen sich sämtliche para- und nonverbalen Kommunikationsmittel entnehmen, die bislang in der Darstellung der Überlieferung in GB, nicht

28 Vgl. Patrick Sahle: *Digitale Editionstechniken.* In: *Digitale Arbeitstechniken für Geistes- und Kulturwissenschaften.* Hrsg. von Martin Gasteiner u. Peter Haber. Wien, Köln, Weimar 2010, S. 231-249; hier bes. S. 233.

29 Vgl. Manfred Precht, Nikolaus Meier, Dieter Tremel: *EDV-Grundwissen. Eine Einführung in Theorie und Praxis der modernen EDV.* München 2004, S. 533 u. 552.

30 Vgl. die Ausführungen in Anm. 43 zum Nachweis des Überlieferungsortes von Johann Christian Kestners Bericht über Karl Wilhelm Jerusalems Freitod 1772.

31 Vgl. Glaser, Korngiebel u. Ludwig (Anm. 6), S. 240.

aber in RA vermerkt worden sind. Schmuck- und Trauerränder, Streichungen und Korrekturen, eine fehlende Anrede, variierende Devotionsabstände und -striche verdeutlichen die Gemütsverfassung der Schreibenden und sind Ausdruck eines von ständischer Distanz oder vertrauter Nähe gekennzeichneten Verhältnisses der Korrespondenten.[32] Die Prozesshaftigkeit der intensiven Briefkommunikation werden insbesondere für GB die etwa 7.000 erhaltenen Konzepte der insgesamt 15.000 überlieferten Briefe Goethes veranschaulichen, wobei die Bereitstellung der Digitalisate den Entstehungsprozess vom Konzept zur Ausfertigung evident vor Augen führen wird. Eine digitale Edition ist in viel stärkerem Maße »die erschließende Wiedergabe historischer Dokumente«[33], weil neben den zeitgenössischen Kommunikationsmerkmalen bislang vernachlässigte »archivarisch-überlieferungsgeschichtliche Spuren«[34] einen neuen Stellenwert erlangen.

Die PROPYLÄEN erfüllen zudem Desiderate, die von Rezensenten der Printausgaben zuweilen geäußert worden sind. Im Falle der RA wurden – vornehmlich von der Germanistik – die fehlenden Brieftexte beklagt. Auf der Plattform verändert sich der Charakter der RA zu einer um 20.000 Transkriptionen und entsprechende Digitalisate erweiterten Ausgabe von Regesten mit Registern, was wiederum die Erstellung der Regesttexte beeinflussen wird.[35]

Der Zeugnisumfang von Goethes *Begegnungen und Gesprächen* umfasst »die für den Verständniszusammenhang wichtigen berichtenden Partien«[36], wobei die Ausgabe entgegen der ursprünglichen Planung – abgesehen für die Zeugnisse irrtümlicher bzw. zweifelhafter Zuweisung – auf eine Kommentierung verzichtet. Auf der Forschungsplattform werden die Zeugnisse von BuG in enger Verlinkung zu den *Tagebüchern* Goethes sowie zu seinen und den an ihn adressierten Briefen dargeboten. Durch diese enge Verzahnung mit den Texten, Kommentaren und Registern der anderen Teilprojekte stehen den Nutzern der PROPYLÄEN umfangreiche Materialien zur Verfügung, die gleichsam für die Gesprächs- und Begegnungszeugnisse kontextualisierende, zuweilen sogar kommentierende Funktionen übernehmen.[37]

Die Vorteile einer intensiven Verlinkung von vier Goethe-Ausgaben gehen über den Service der komfortablen digitalen Benutzung der Einzelausgaben hinaus. Die Vernetzung der Biographica führt zu einer Verschränkung der Ausgaben mit zusätzlichen Synergieeffekten,[38] die einerseits den Nutzenden der Plattform zu Gute kommen wird, beispielsweise indem Querbezüge in den Zeugnissen selbst und in eigens erzeugten thematischen Blogtexten sichtbar gemacht werden. Aber auch die gemeinsame teilprojektübergreifende Suche in den Zeugnissen lässt die einzelnen Ausgaben zu einem organischen Ganzen zusammenwachsen, das neue Forschungs-

32 Vgl. grundlegend zur Einbindung von Digitalisaten Elke Richter: *Goethes Briefhandschriften digital – Chancen und Probleme elektronischer Faksimilierung.* In: *Brief-Edition im digitalen Zeitalter.* Hrsg. von Anne Bohnenkamp-Renken u. Elke Richter (= *Editio. Beihefte* 34). Berlin, Boston 2013, S. 53-74.
33 Sahle (Anm. 28), S. 235.
34 Richter (Anm. 32), S. 74.
35 Zu den Transkriptionen der RA vgl. Häfner, Bryś (Anm. 27).
36 Röther (Anm. 19), S. 158.
37 Vgl. ebd., S. 157.
38 Vgl. Koltes, Ludwig, Pietsch, Prell, Röther (Anm. 3).

fragen generieren und beantworten hilft. In der digitalen Arbeitsumgebung wiederum können die Edierenden direkt auf Texte und Forschungsergebnisse der anderen Teilprojekte zugreifen – ein großer Mehrwert und Zeitgewinn.

Anders als bei klassischen Bucheditionen sind digitale Editionsprojekte transmedial, d.h. sie werden unabhängig von einem Zielmedium konzipiert und erarbeitet.[39] Für digitale Präsentationsformen bilden sich erst allmählich medienspezifische Strukturen und gestalterische Formate heraus, während traditionelle Editionsformen im Digitalen häufig noch nachgeahmt werden,[40] was auch an der Beta-Version der PROPYLÄEN zu beobachten ist.

Aufbau der Beta-Version

Der zentrale Einstieg auf der Beta-Version der PROPYLÄEN ist ein globaler Suchschlitz, der mit Georg Melchior Kraus' Gemälde des jungen Goethe aus der Mitte der 70er Jahre des 18. Jahrhunderts unterlegt ist (Abb. 2). Ein Fragezeichen-Motiv hinter dem Auswahlfeld erläutert den aktuellen Umfang der zur Verfügung stehenden Biographica. In der Kopfzeile und unterhalb des gemeinsamen Sucheinstiegs können die vier Teilprojekte – GT, GB, RA und BuG – direkt angesteuert werden, um in den jeweiligen Einzelbereich der Projekte zu gelangen. Die vier teilprojektspezifischen Motive (Icons) und Farben dienen den Nutzenden zur Orientierung. Die Projektseiten informieren knapp über die jeweilige Ausgabe, deren Gegenstand, Umfang und die zuletzt erschienenen Bände und führen die Nutzenden zur Detailsuche, in der die Zeugnisse selbst recherchiert und geöffnet werden können. Die Ergebnisse der Volltextsuche (Abb. 3) können derzeit nach Projekt und Jahreszahl gefiltert werden. Weitere Such- und Filtermöglichkeiten werden folgen.

Erste Auswertungen des bisher zwei Jahre umfassenden Nutzerverhaltens zeigen, dass der zentrale Einstieg und die Detailsuche besonders stark frequentiert werden, hingegen die bis vor Kurzem existierende zusätzliche teilprojektspezifische Zeugnisliste auf den Vorstellungsseiten der vier Ausgaben deutlich weniger genutzt wurde. Ein Viertel der Nutzerschaft wechselte von der Startseite direkt zur Detailsuche, die ein gefiltertes Suchen im gesamten Datenbestand ermöglicht. Die Ergebnisse deuten darauf hin, dass die PROPYLÄEN als eine digitale Edition wahrgenommen werden, auf der Goethes Biographica integrativ rezipiert werden. Bei der zukünftigen Entwicklung der Plattform wird diese Erwartungshaltung durch eine noch stärkere Verzahnung in der Präsentation und ein gemeinsames Register zu berücksichtigen sein.

Gegenwärtig liefert etwa die Volltextsuche nach »Jerusalem« 14 Treffer. Drei davon korrespondieren mit der heiligen Stadt im Nahen Osten. Alle weiteren elf Ergebnisse verweisen auf Materialien, die in Zusammenhang mit dem braunschweig-wolfenbüttel'schen Legationssekretär Karl Wilhelm Jerusalem stehen, der zum Zeitpunkt von Goethes Wetzlarer Aufenthalt (Mai bis September 1772) an der braunschweigischen Vertretung am Reichskammergericht seinen Dienst versah und dem Dichter zum Vorbild für die literarische Figur des Werther wurde.

39 Vgl. Sahle (Anm. 28), S. 236f.
40 Vgl. ebd., S. 239.

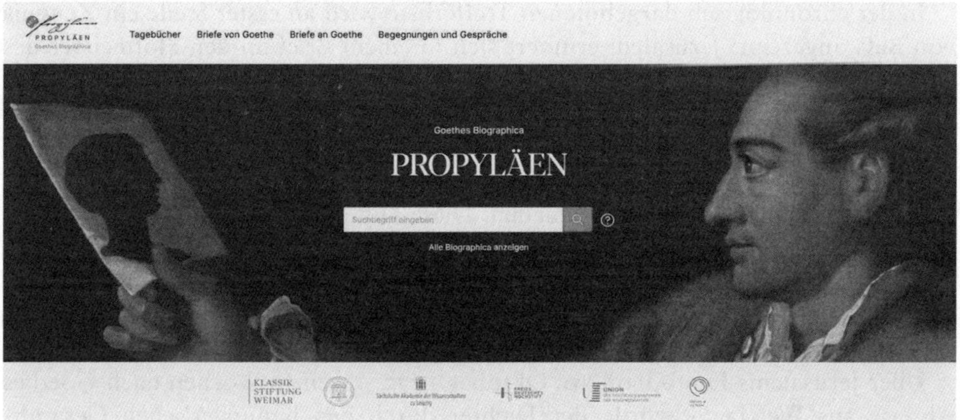

Abb. 2
Einstiegsseite PROPYLÄEN-Projekt

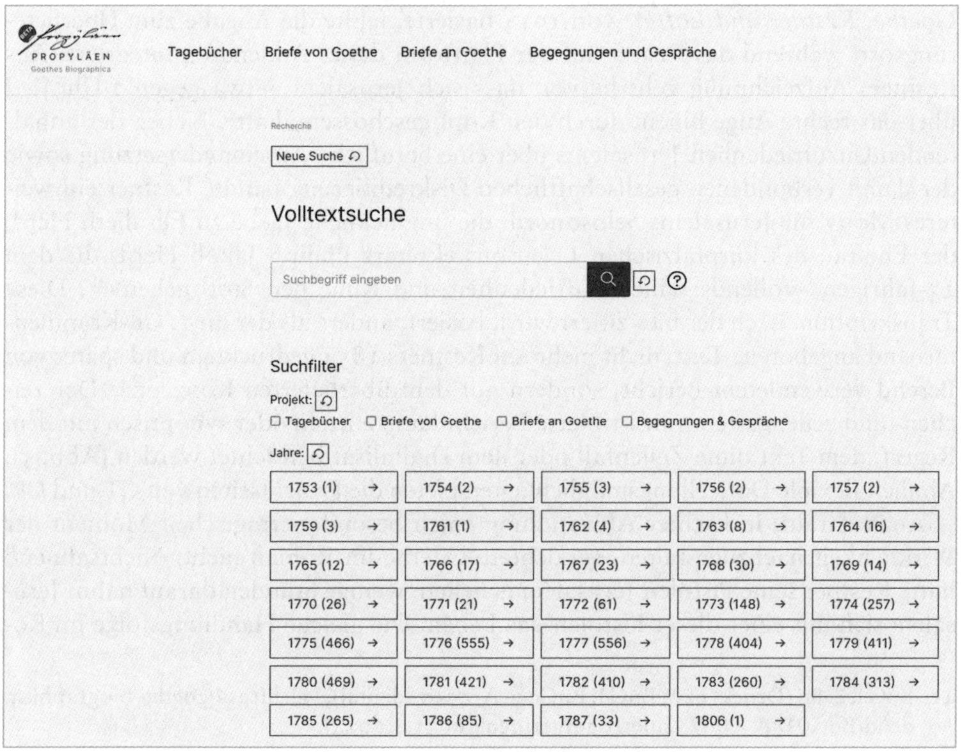

Abb. 3
Recherche innerhalb des PROPYLÄEN-Projekts

In der chronologisch dargebotenen Trefferliste wird an erster Stelle ein Zeugnis von BuG angezeigt: Jerusalem erinnert sich in einem Brief an den Hofmeister des Collegiums Carolinum in Braunschweig, Johann Joachim Eschenburg, in zwei knappen Sätzen an seine vermutlich erste Begegnung mit »Göden«, dem »Geck«[41] 1765 oder 1766 in Leipzig. Wie in der gedruckten Ausgabe wird im Einzelzeugnis zwischen dem grau dargestellten Begegnungsdatum und dem in der Kopfzeile verzeichneten Zeugnisdatum unterschieden. Diese Differenzierung hilft zu verstehen, warum das Zeugnis ein weiteres Mal in der Trefferliste erscheint und dort auf »vor dem 18. Juli 1772« datiert ist. Jerusalem erinnert seine Leipziger Bekanntschaft mit Goethe in dem Moment, als Goethe in Wetzlar eintraf und sich beide zum zweiten Mal begegneten.

Über Jerusalems Freitod am 30. Oktober 1772 – wenige Wochen nach Goethes Abreise aus Wetzlar – wurde der Dichter durch den hannover'schen Gesandtschaftssekretär Johann Christian Kestner persönlich unterrichtet. In den PROPYLÄEN wird erstmals das Digitalisat von Kestners ausführlichem Bericht bereitgestellt, der im Stadtarchiv Hannover als Konzept aufbewahrt wird. Im 1980 veröffentlichten Regest[42], das noch auf der Vorlage in Eduard Berends Darstellung *Goethe, Kestner und Lotte*[43] von 1914 basierte, fehlte die Angabe zum Überlieferungsort, während das Regest auf der Plattform dieses Addendum integriert. Aus Kestners Aufzeichnung geht hervor, dass sich Jerusalem »etwa gegen 1 Uhr [...] über das rechte Auge hinein durch den Kopf geschossen« hatte. Neben der anhaltenden Unzufriedenheit Jerusalems über eine berufliche Auseinandersetzung sowie der damit verbundenen gesellschaftlichen Diskreditierung nannte Kestner ein weiteres Motiv für Jerusalems Selbstmord: die unglückliche Liebe zu Elisabeth Herd, der Ehefrau des kurpfälzischen Legationssekretärs Philipp Jakob Herd, die dem 25-Jährigen »vollends seiner Zufriedenheit und Ruhe den Stoß geben«[44]. Diese Transkription, nach der hier zitiert wird, basiert, anders als der im 1. GB-Kommentarband angebotene Text, nicht mehr auf Kestners 1854 gedrucktem und später von Berend verwendetem Bericht, sondern auf dem überlieferten Konzept.[45] Der zeichen- und zeilengetreu transkribierte Bericht kann einzeln oder synoptisch mit dem Regest, dem Text ohne Zeilenfall oder dem Digitalisat betrachtet werden (Abb. 5). Ähnlich flexible Darstellungsmöglichkeiten bieten die Projektseiten von GT und GB.

Auch darauf, in leichter Abwandlung einen besonders tragischen Moment der Wirklichkeit nachzugestalten, verzichtete Goethe im Roman nicht: Nichtsahnend hatte Kestner seine Pistolen Jerusalem geliehen; wenige Stunden darauf nahm Jerusalem sich mit einer dieser Pistolen das Leben. Die gleiche Handlungsfolge im Ro-

41 BuG I, S. 86 (Druck) bzw. BuG I, BuG01_A_0067 (digital), vgl. https://goethe-biographica.de/id/BuG01_A_0067 (zuletzt aufgerufen am 31.1.2024).

42 RA 1, Nr. 7.

43 *Goethe, Kestner und Lotte*. Hrsg. von Eduard Berend. München 1914. Als Vorlage diente August Kestners Publikation *Goethe und Werther. Briefe Goethe's, meistens aus seiner Jugendzeit, mit erläuternden Documenten*. Stuttgart, Tübingen 1854.

44 RA 1, Nr. 7, vgl. https://goethe-biographica.de/id/RA01_0007_00008 (zuletzt aufgerufen am 31.1.2024).

45 Vgl. Erläuterungen zu Goethes Brief an Johann Christian Kestner vom 28.11.1772. In: GB 1,II, S. 457-463.

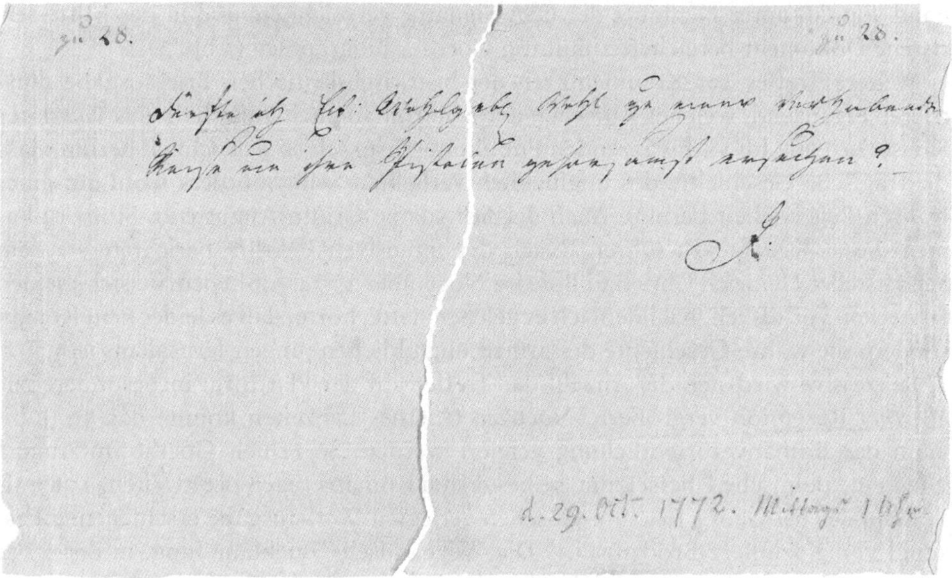

Abb. 4
Billett von Karl Wilhelm Jerusalem an Johann Christian Kestner vom 29. Oktober 1772

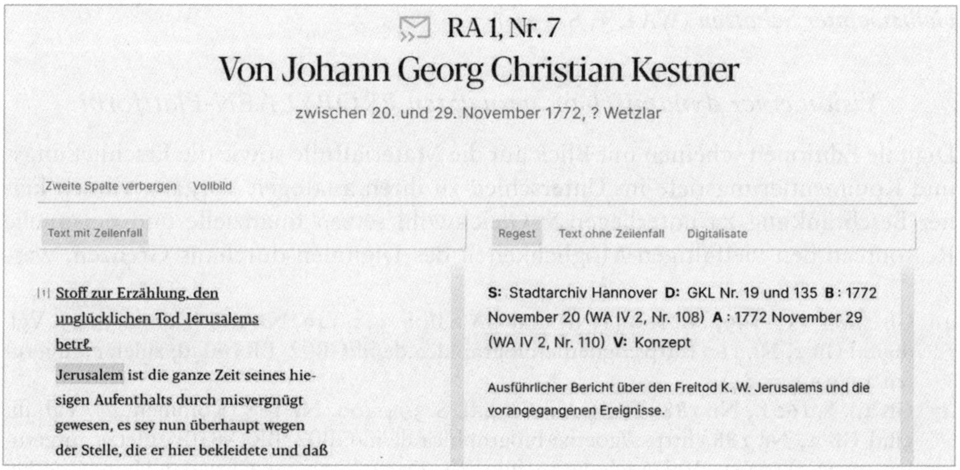

Abb. 5
RA 1, Nr. 7: Brief von Johann Christian Kestner an Johann Wolfgang von Goethe. Datiert zwischen 20. u. 29. November 1772

man: Werther bittet Albert um dessen Pistolen und erschießt sich, kurz nachdem er sie erhalten hat. In Goethes Nachlass ist Jerusalems Billett vom 29. Oktober überliefert, worin dieser Kestner wegen einer angeblich bevorstehenden Reise um dessen Waffen bat. Jerusalems Formulierung von der »vorhabenden Reise« (WA I, 19, S. 181) übernimmt Goethe wortwörtlich in seinen Roman. Das im Kommentarband von GB unter Nennung der GSA-Signatur verzeichnete und in der Mitte zerrissene Dokument bereichert zukünftig Goethes Biographica (Abb. 4).

Weitere Treffer aus Kommentaren der historisch-kritischen Briefausgabe illustrieren ergänzend, welches Aufsehen der Briefroman auch außerhalb des Wetzlarer Kreises erregte: Im »schwäzzenden Publikum«[46] sprach es sich schnell herum, dass die tragische Geschichte des unglücklich verliebten Selbstmörders wohl auf einer wahren Begebenheit beruhe. Auch der Stiftsdame Gräfin Auguste zu Stolberg kamen diese Gerüchte zu Ohren. Nach der intensiven Lektüre berichtete sie dem Schriftsteller Heinrich Christian Boie im November 1774: »[S]tellen Sie sich meinen Schrecken vor, als ich, nachdem ich es geleßen hatte, hörte, daß es leider kein Roman sondern die wahre Geschichte des armen unglüklichen jungen Jerusalems ist«.[47]

Sukzessive wird sich die Anzahl der Treffer auf der Plattform insbesondere zur *Werther*-Rezeption vergrößern. Noch zu Goethes Lebzeiten konnte das 50. Jubiläum der Romanveröffentlichung gefeiert werden: So erhielt Goethe im August 1824 eine polnische Übersetzung seines ersten Romans (nach der zweiten, 1787 als 1. Band der bei Georg Joachim Göschen verlegten Werkausgabe erschienenen Fassung) von Kazimierz Brodziński.[48] Die Weygandsche Buchhandlung, in der 1774 anonym die erste Ausgabe der *Leiden des jungen Werthers* erschienen war, hatte Goethe bereits im Frühjahr 1824 um ein Vorwort zu einer Jubiläumsausgabe gebeten.[49] Noch im selben Jahr erschien die auf das Gedenkjahr 1825 vordatierte Ausgabe unter dem Titel *Die Leiden des jungen Werther. Neue Ausgabe*, von dem Dichter selbst eingeleitet mit dem vorangestellten Gedicht *Noch einmal wagst du, vielbeweinter Schatten* (WA I, 3, S. 19 f.).

Vision einer dynamischen, vernetzten PROPYLÄEN-Plattform

Digitale Editionen scheinen mit Blick auf die Materialfülle sowie die Erschließungs- und Kommentierungstiefe im Unterschied zu ihren analogen Vorgängerinnen keiner Beschränkung zu unterliegen.[50] Gleichwohl setzen finanzielle und personelle Ressourcen den vielfältigen Möglichkeiten des Digitalen durchaus Grenzen, wes-

46 GB 2,I, S. 137-139, Nr. 160 (Text) und GB 2,II, S. 345-349, Nr. 160 (Kommentar). Vgl. digital GB 2, Nr. 160 (https://goethe-biographica.de/id/GB02_BR160_0; zuletzt aufgerufen am 31.1.2024).

47 GB 2,I, S. 160 f., Nr. 188 (Text) und GB 2,II, S. 394-400, Nr. 188 (Kommentar). Vgl. digital GB 2, Nr. 188 (https://goethe-biographica.de/id/GB02_BR188_0; zuletzt aufgerufen am 31.1.2024) – Vgl. auch die ausführliche Darstellung von Christian Hain: *Goethes »Werther« und der Fall Jerusalem.* In: *Blog der Klassik Stiftung Weimar* (30.10.2023). https://blog.klassik-stiftung.de/goethes-werther-und-der-fall-jerusalem/ (zuletzt aufgerufen am 9.2.2024).

48 Vgl. RA 10, Nr. 873 und Anm. 55.

49 Vgl. RA 10, Nr. 578 und 624; vgl. auch Goethes Tagebuchnotiz vom 23.3.1824 »An die Weygandische Buchhandlung nach Leipzig, wegen einer neuen Ausgabe Werthers« (GSA 27/41, Bl. 25r; vgl. auch WA III, 9, S. 196) und seinen entsprechenden Brief von diesem Tag (WA IV, 38, S. 37-40; hier S. 37).

50 Vgl. Sahle (Anm. 28), S. 237. Ursula Kocher: *Der Link als Kommentar. Verweisstrukturen und ihre editorischen Herausforderungen.* In: Lukas, Richter (Anm. 22), S. 113-125; hier S. 125.

halb eine digitale Ausgabe nicht alle ihr zur Verfügung stehenden Werkzeuge einsetzen kann, sondern ihre Methoden am jeweiligen Gegenstand und den eigenen editorischen Grundsätzen klug auswählen muss. So wünschenswert es wäre, beispielsweise die an Goethe gerichteten Briefe orientiert an den Richtlinien von GB zu edieren, muss doch der Mehrwert textkritisch detailliert konstituierter, aber in der Mehrzahl ausschließlich als Ausfertigung überlieferter An-Briefe hinterfragt werden. Effizienter gestaltet sich in diesem konkreten Fall der bereits eingeschlagene Weg, mit Unterstützung der Handschriftenerkennungssoftware Transkribus das gesamte Korpus mit minimaler Auszeichnungstiefe anzubieten.

Eine Edition stellt immer den vorläufigen Abschluss eines Arbeitsprozesses dar. Ungeachtet der Herausforderung für Rezipienten sind stufenweise und unterschiedliche Arbeitsstände veröffentlichende digitale Editionen »kein technischer oder methodischer Rückschritt, sondern nur eine Rücknahme der suggestiven Definitivität des Buchdrucks«[51]. Die vorzeitige Verfügbarkeit von teilweise noch im Arbeitsprozess befindlichen Inhalten verlangt von den Editoren ein Höchstmaß an Transparenz.[52] Nachvollziehbar informieren Hinweise an den Transkriptionen der *Briefe an Goethe*, ob der Text transkribiert, kollationiert und inwieweit TEI-annotiert worden ist. Abweichend von der bisherigen Praxis der Druckedition, der zufolge Text- und Kommentarband gleichzeitig erscheinen, werden alle bisher in GT noch nicht publizierten Tagebuchtexte bis 1832 nach Prinzipien historisch-kritischen Edierens auf der Plattform veröffentlicht und dadurch bereits nutzbar gemacht; die Erläuterungen folgen sukzessive. Ob und in welchem Maße die PROPYLÄEN geeignet sind, um partizipative Ansätze der Citizen Science[53] zu erproben – etwa die Beteiligung von paläographisch erfahrenen Externen, die an der Erstellung der Transkriptionen der Briefe an Goethe mitwirken –, bleibt abzuwarten.

Die PROPYLÄEN besitzen durch die Verwendung etablierter Auszeichnungsstandards und Schnittstellen das Potential, zukünftig mit weiteren digitalen Angeboten verknüpft zu werden: Seit Juni 2023 sind die Metadaten der *Briefe an Goethe* beim Webservice correspSearch[54] verfügbar. Das von der Berlin-Brandenburgischen Akademie der Wissenschaften entwickelte und bereitgestellte Verzeichnis beinhaltet Absender, Empfänger, Schreibort und -datum verschiedener digitaler und gedruckter Briefeditionen. Innerhalb der KSW speisen die aus den PROPYLÄEN-Projekten entstandenen Registerdaten die Forschungsdatenbank *so:fie* (*Sammlungen online: forschen, informieren, entdecken*)[55], die wiederum seit 2024 eine Quelle der digitalen *Deutschen Biographie*[56] ist.

51 Sahle (Anm. 28) S. 238.

52 Vgl. ebd., S. 239.

53 Zum Begriff Citizen Science vgl. Lisa Pettibone, David Ziegler: *Citizen Science: Bürgerforschung in den Geistes- und Kulturwissenschaften*. In: *Bürger Künste Wissenschaft. Citizen Science in Kultur- und Geisteswissenschaften*. Hrsg. von Kristin Oswald u. René Smolarski. Mörlenbach 2016, S. 57-69; hier bes. S. 59 f.

54 https://correspsearch.net/de/start.html (zuletzt aufgerufen am 15.1.2024), für RA 1-10, aus den Jahren 1762-1824. Im Jahr 2024 folgen die Daten der Briefe Goethes und die in BuG vorhandenen Informationen zu Briefen.

55 https://ores.klassik-stiftung.de/ords/f?p=900:1 (zuletzt aufgerufen am 15.1.2024).

56 https://www.deutsche-biographie.de/ (zuletzt aufgerufen am 15.1.2024).

Innerhalb der Goethe-Philologie ist in den nächsten Jahren und Jahrzehnten von einer weiteren Vernetzung der digitalen Angebote auszugehen: So enthält etwa GT IX erstmals die eindeutig auf die zur Verfügung stehenden Ressourcen referenzierenden Internetadressen (URLs) der *Goethe Bibliothek online* und wird diese auf der Plattform sogar als direkte Links ausgeben.[57] In gleicher Weise ließen sich die in den anderen Teilprojekten ausgewiesenen sogenannten ›Ruppertnummern‹ – d. h. die Nummern, die aufgrund des 1958 von Hans Ruppert angelegten *Kataloges von Goethes Bibliothek* dessen Bücher verzeichnen – perspektivisch aktivieren.

Die rasche Entwicklung editorischer Werkzeuge und Darstellungsmöglichkeiten von Forschungsdaten lässt nach knapp zehn Jahren Projekterfahrung darauf schließen, dass sich die PROPYLÄEN einer Forschungsplattform annähern, die sämtliche Inhalte und Recherchefunktionalitäten integrieren, aber vermutlich grundlegend von der gegenwärtigen Beta-Version abweichen wird. Auch die darunterliegende technische Infrastruktur wird noch vor dem Förderungsende des Projektes im Jahr 2039 – mit den Entwicklungen der Zeit gehend – einen Wandel vollziehen (müssen). Perspektivisch sind Goethes Biographica der erste Baustein zu einer neuen digitalen Weimarer Ausgabe von Goethes Werken. Als Retrodigitalisierungsprojekt werden die von der Nationalen Akademie der Wissenschaften Leopoldina in Halle abgeschlossenen *Schriften zur Naturwissenschaft* Goethes vom GSA zur Verfügung gestellt. Das digitale Pilotprojekt Goethes LYRIK wird neben der *Faust*-Edition einen weiteren Beitrag zu Goethes literarischem Werk leisten, das in den nächsten Jahrzehnten peu à peu komplettiert wird. Das GSA etabliert sich 135 Jahre nach seiner Gründung mit den PROPYLÄEN als Zentrum der digitalen Goethe-Philologie neu, das als Forschungsarchiv der KSW die Qualität und Langzeitverfügbarkeit der Forschungsdaten zu Goethes Werk institutionell garantiert.

57 Im Falle der oben erwähnten polnischen Übersetzung von *Die Leiden des jungen Werthers* wird in der Erläuterung zu deren Verzeichnung in der »Büchervermehrungsliste« (solche Listen sind in einige der späten Tagebücher Goethes integriert) im gedruckten GT-Band ausschließlich auf die Nummer des in Buchform vorliegenden Verzeichnisses von Goethes Bibliothek hingewiesen – hier: Ruppert1868 (2); auf der Plattform wird dieser in den OPAC der Herzogin Anna Amalia Bibliothek führende Link – https://opac.lbs-weimar.gbv.de/DB=2/XMLPRS=N/PPN?PPN=370663829 – eingefügt (zuletzt aufgerufen am 9.2.2024). Schon jetzt finden sich dort Bücher aus Goethes Bibliothek vollständig digitalisiert; sie sind somit virtuell ›durchblätterbar‹. Vgl. auch Stefan Höppner, Ulrike Trenkmann: *»Goethe Bibliothek Online« – ein digitaler Katalog*. In: GJb 2017, S. 237-252.

Goethe-Bücher der Vergangenheit, neu gelesen

Jochen Golz

»Das beste menschliche Porträt, das wir haben«. Zu Emil Ludwigs Buch »Goethe. Geschichte eines Menschen«

Vor mehr als einem Jahrhundert erschien Ludwigs Buch in drei Bänden bei Cotta[1], dem traditionsreichen Goethe-Verlag; sehr bald erfreute es sich großen Zuspruchs und soll, so die Angabe des Verlages – Rowohlt in Berlin, der 1925 die Rechte übernommen hatte –, bis 1932 in ca. 125.000 Exemplaren verbreitet gewesen sein; dokumentiert sind Übersetzungen ins Ungarische (1928), Italienische (1932), Englische (1934), Französische (1936) und Spanische (1938).[2] 1881 unter dem Namen Emil Ludwig Cohn als Sohn eines jüdisch-deutschen Augenarztes in Breslau geboren, hatte Ludwig zunächst Rechts- und Geschichtswissenschaft in Heidelberg, Lausanne, Breslau und Berlin studiert; wichtige akademische Lehrer waren Georg Simmel, Kurt Breysig und Werner Sombart. Seit 1905 in Morcia im Engadin ansässig, war er vor dem Ersten Weltkrieg bereits als Dramatiker und Romancier[3] hervorgetreten, hatte aber vor allem vom Ertrag seiner journalistischen Feder mehr schlecht als recht leben müssen. Sein Goethe-Buch bahnte ihm den Weg zu großen Erfolgen als historischer Belletrist[4] – darin am ehesten Stefan Zweig vergleichbar. Ludwigs (auch pekuniäre) Erfolge im Genre historischer Belletristik riefen Kritiker aus der Historikerzunft auf den Plan, die ihm einen allzu großzügigen Umgang mit den Fakten ankreideten und ihm vorwarfen, seine demokratische Gesinnung leicht-

1 Emil Ludwig: *Goethe. Geschichte eines Menschen*. Stuttgart, Berlin 1920. Die mit Abbildungen ausgestattete Ausgabe enthält in Bd. 3 eine Zeittafel und Register. Zitate aus dieser Ausgabe werden im laufenden Text nachgewiesen; römische Ziffern bezeichnen die Band-, arabische die Seitenzahl.

2 So die Angaben bei Nicolas Berg: *Biographische Projektionsräume – Emil Ludwig im deutsch-jüdischen Wissenskontext*. In: *Jahrbuch des Dubnow-Instituts* (2017). Göttingen 2019, S. 303-331; hier S. 311.

3 Nur einige Titel seien genannt: *Die Borgia. Ein Schauspiel*. Berlin 1907; *Napoleon. Drama*. Berlin 1906; *Manfred und Helena. Roman*. Berlin 1911.

4 *Napoleon*. Berlin 1925; *Bismarck. Geschichte eines Kämpfers*. Berlin 1926; *Wilhelm der Zweite*. Berlin 1926; *Genie und Charakter. 20 männliche Bildnisse*. Berlin 1928; *Der Menschensohn. Geschichte eines Propheten von Emil Ludwig*. Berlin 1928.

fertig den historischen Stoffen zu implantieren. Zudem war es ihnen ein Leichtes, Emil Ludwig, der als Repräsentant eines ganz Europa umspannenden Humanismus mit seinen Büchern weite Verbreitung fand, vaterlandslose Gesinnung vorzuwerfen. Seine jüdische Herkunft lieferte ihnen überdies willkommene Munition. Ludwig hatte sich 1902 zwar protestantisch taufen lassen, aber 1922 angesichts eines grassierenden Antisemitismus und daraus erwachsender Mordanschläge neuerlich zur jüdischen Religion bekannt. Der Erwerb der Schweizer Staatsbürgerschaft 1932 bewahrte ihn vor der Vertreibung, wie sie jüdischen Autoren in Deutschland widerfuhr. Als er in den 1930er Jahren den Zugriff des Nazistaates auf die neutrale Schweiz befürchten musste, siedelte er 1940 in die USA über, von wo aus er als Sondergesandter des Präsidenten Roosevelt mit der US-Armee nach Europa zurückkehrte und am 26. April 1945 auch Weimar besuchte.[5] 1948 starb er in Morcia.

Als zwischen März und Oktober 1933 in Deutschland Bücher öffentlich verbrannt wurden, lagen auch Ludwigs Werke auf den Scheiterhaufen. Diese Schandtat hat sein Andenken weithin ausgelöscht. Seine Bücher blieben auch nach dem Zweiten Weltkrieg ungedruckt – eine Ausnahme stellt das Goethe-Buch dar, das jedenfalls in einer einbändigen Ausgabe des Bertelsmann Leserings, 738 Seiten stark, Verbreitung fand. Die Wissenschaft hat nur am Rande von Ludwig Notiz genommen.[6] Erst 2021 hat Armin Fuhrer eine erste Ludwig-Biographie vorgelegt, deren Titel sprechend genug ist[7]. Gibt es Gründe, sich erneut Emil Ludwig zuzuwenden, dem bekennenden Demokraten, dem Nazigegner, dem historischen Belletristen, auch dem Goethe-Biographen? Die Frage zu bejahen heißt für unser Jahrbuch, seiner *Geschichte eines Menschen* Aufmerksamkeit zu schenken.

Als Emil Ludwigs Goethe-Buch 1920 erschien, befand sich die Goethe-Forschung in einer Umbruchsituation. Beim Publikum immer noch sehr verbreitet war die positivistische Biographie von Albert Bielschowsky[8], der Goethe zum ›Götterliebling‹ erhoben und unendlich viele Fakten zusammengetragen hatte, von denen noch Thomas Mann für seinen Roman *Lotte in Weimar* profitiert hat.[9] 1913 war unter

5 Vgl. dazu im Einzelnen: Volker Wahl: *Ausländische Besucher im Goethehaus 1945/46 – Zwischen Fiktion und autobiographischer Wirklichkeit*. In: *Die Pforte. Veröffentlichungen des Freundeskreises Goethe-Nationalmuseum e. V.* Heft 16. Weimar 2022, S. 289-354.

6 Über die Forschungssituation informiert detailliert Nicolas Berg (Anm. 2). Angesichts des dort vorgelegten Materials fällt besonders auf, dass Emil Ludwigs Goethe-Buch in Karl Robert Mandelkows zweibändigem Standardwerk *Goethe in Deutschland. Rezeptionsgeschichte eines Klassikers* (Bd. 1: *1773-1918*. München 1980; Bd. 2: *1919-1982*. München 1989) überhaupt nicht erwähnt wird.

7 Armin Fuhrer: *Emil Ludwig. Verehrt, verfemt, verbrannt. Eine Biographie*. Reinbek 2021.

8 Albert Bielschowsky: *Goethe. Sein Leben und seine Werke*. Bd. 1. München 1896; Bd. 2. München 1904.

9 Vgl. dazu Thomas Mann: *Lotte in Weimar. Roman*. Kommentar von Werner Frizen. Frankfurt a.M. 2003, S. 79f. Über Bielschowsky urteilt Karl Robert Mandelkow (Anm. 6): »Der außerordentliche Erfolg des Bielschowsky'schen ›Goethe‹ beruht auf der Fähigkeit des Verfassers, Ergebnisse der gelehrten Forschung in eine effektvoll arrangierte, einfühlsame Nachdichtung des Goetheschen Lebens zu integrieren und so die Bedürfnisse des Bildungsbürgertums nach Belehrung und romanhafter Unterhaltung gleichermaßen zu befriedigen« (Bd. 1, S. 264).

dem lapidaren Titel *Goethe* ein Buch von Georg Simmel erschienen, das nicht mehr nur Lebensrealien zusammenstellen wollte, sondern sich Goethes ›Lebens- oder Wesensformel‹ zu erschließen vornahm – um den Preis, Goethe aus allen historischen Bindungen zu lösen.[10] Ludwig hatte Vorlesungen von Simmel gehört, bekannte sich mehrfach zu dessen philosophischer Denkweise, ohne diese unmittelbar auf seine Beschäftigung mit Goethe zu übertragen. In einer *Vorrede*[11] hat er Impulse dargetan, die ihn zum Schreiben über Goethe motiviert haben. Als erstes nennt er einen physiognomischen. Beindruckt habe ihn eine Sammlung von Goethe-Bildnissen, die ihm eine wesentliche Vorstellung von Goethes äußerer Erscheinung und deren Veränderungen vermittelt habe. Immer dann, wenn in seiner Darstellung eine Zäsur in Goethes Biographie angezeigt wird, korrespondiert dies mit einer anschaulichen Beschreibung von Goethes Physiognomie. Den wichtigsten Impuls aber gewinnt Ludwig aus einer Lektüre von Goethes Texten, die er schon als 16jähriger Schüler begonnen hatte. Gemeinsam mit seiner Frau Elga hat er von Juli/August 1918 an die 143 Bände der Weimarer Ausgabe gelesen – Goethes Werke, seine naturwissenschaftlichen Schriften, seine Briefe und Tagebücher; darüber hinaus hat Ludwig Quellen wie z.B. die Biedermann'sche Sammlung von Goethes Gesprächen herangezogen. Am 10. September 1918 lag bereits das erste Kapitel vor; von da an schritt die Arbeit am Manuskript, die sich jeweils auf ein biographisches Lustrum konzentrierte, kontinuierlich voran. Am 5. Januar 1920 kann Ludwig das Manuskript zunächst abschließen.

Blickt man auf den Gesamtumfang, so muss Ludwig das Schreiben leichtgefallen sein. Vor dem oft erhobenen Vorwurf oberflächlicher Vielschreiberei ist er in Schutz zu nehmen. Auch wenn wir leider so gut wie nichts über die konkreten Entstehungsbedingungen seines Buches wissen – seine Tagebücher sind gerade für das Jahr 1919 nicht überliefert –, so sind Tempo wie Sorgfalt seines Schreibens bemerkenswert. Ludwig muss sich, so meine Vermutung, einen nach Stichworten geordneten Zettelkasten mit unzähligen Exzerpten aus Werken, Briefen, Tagebüchern und Gesprächen angelegt haben. Nur so ist die Souveränität zu erklären, mit der er biographische Konstellationen mit entsprechenden Zitaten zu belegen und zu erhellen weiß. Wer sich einigermaßen in Goethes Briefen auskennt, wird davon angetan sein, seine eigene Auffassung durch Ludwigs Kunst des sowohl direkten als auch paraphrasierenden Zitierens bestätigt zu finden. Ludwigs Buch könnte, leicht

10 Vgl. Mandelkow (Anm. 6), Bd. 1, S. 272-275. Vgl. auch Georg Bollenbeck: *Goethe als kulturkritische Projektion bei Chamberlain, Simmel und Gundolf*. In: *Goethe in Gesellschaft. Zur Geschichte einer literarischen Vereinigung vom Kaiserreich bis zum geteilten Deutschland*. Hrsg. von Jochen Golz u. Justus H. Ulbricht. Köln, Weimar, Wien 2005, S. 13-32.

11 Ludwig hat für sein Buch zwei Vorreden verfasst; die erste schrieb er für die Erstausgabe (sie wird im laufenden Text mit Band- und Seitenangabe zitiert), eine zweite, auf die hier Bezug genommen wird, in den 1920er Jahren für die Rowohlt-Ausgabe; sie ist mit Ausnahme einiger stilistischer Veränderungen identisch mit dem Goethe-Kapitel seines autobiographischen Werkes *Geschenke des Lebens. Ein Rückblick* (Berlin 1931, dort S. 499-511) und wird nach der Ausgabe im Bertelsmann Lesering (*Goethe. Geschichte eines Menschen*. o. O. o. J.) zitiert.

überspitzt formuliert, als großräumige Zitat-Anthologie passieren.[12] Etwa ein Drittel des Textes besteht aus Zitaten, die mit distinktem Problembewusstsein organisch in den Text gesetzt sind. Für Emil Ludwig war es ein Glück, dass er in dem Cotta-Lektor Eduard von der Hellen, bis 1894 Wissenschaftler am Weimarer Goethe- und Schiller-Archiv, einen Partner besaß, der die Sisyphus-Arbeit auf sich genommen hatte, die zahlreichen, stets aber undatierten Zitate mit den Quellen zu kollationieren. In der *Vorrede* wird ihm gedankt:

> An umstrittenen Punkten wird man den entscheidenden Nutzen spüren, den der Autor aus der großartigen Forschung der Philologen zog; der hingebenden Mitarbeit und Nachprüfung des Herrn Dr. Eduard von der Hellen verdankt er eine Exaktheit, zu der nur ein so vollkommener Kenner das Werk führen konnte. (I, S. XI)

Ob Hellen auf die Arbeit am Manuskript Einfluss genommen hat, muss offenbleiben. Zuweilen spürt man das Mitwirken des Philologen, wenn z. B. im *Divan*-Gedicht *Liebliches* Zeilen nicht nach dem Druck (»Ja es sind die bunten Mohne, / Die sich nachbarlich erstrecken«; WA I, 6, S. 18), sondern nach der Handschrift (»[Ja es sind die bunten Mohne,] / [d]ie um Erfurt sich erstrecken«; II, S. 153) zitiert werden. Eine ähnliche Funktion wie den Brief-, Gesprächs- und Tagebuchzitaten kommt in Ludwigs Buch Gedichten Goethes zu. Ihre poetische Struktur untersucht er nur punktuell, nutzt ihre Aussagen vielmehr behutsam für die Aufhellung lebensgeschichtlicher Konstellationen, ohne dabei in die Manier feuilletonistischer Beliebigkeit zu verfallen. Ihm ist durchaus bewusst, dass Goethe sich in seinen Gedichten sowohl als Individuum zu erkennen geben, sich maskieren oder auch beredt schweigen kann. Vor der Gefahr, Gedichtaussagen eindeutig auf biographische Situationen zu beziehen, weiß er sich zu hüten.

Das fällt umso eher ins Gewicht, als Ludwig ausdrücklich darauf verzichtet, sich die Goethe-Forschung nutzbar zu machen. Es gibt in seinem Buch keine Fußnoten mit den obligatorischen, Solidität bekundenden Verweisen auf eine Sekundärliteratur, in der häufig nach Einflüssen unterschiedlicher Art gefahndet worden war, die in Goethes Texten ihren Niederschlag gefunden haben sollen. Ludwig nimmt für sich in Anspruch, allein aus der Kenntnis von Goethes Texten Zugang zur ›Geschichte seiner Seele‹ zu finden. Ein solches Herangehen, das seine Abkunft aus Erkenntnissen Sigmund Freuds nicht verleugnet – ohne dass Ludwig ein explizit psychoanalytisches Verfahren wählen würde –, hat unterschiedliche Konsequenzen. Eine besteht darin, dass Ludwig weithin auf Werkanalysen verzichtet, mithin keine Monographie vorlegen will. Ihm ist es vor allem darum zu tun, Vorbilder für Figuren in Dramen und Romanen aus Goethes persönlichem Umfeld ausfindig zu machen; damit zollt er letztlich doch dem Positivismus Tribut. Als heuristisch wert-

12 Zwei Jahre später brachte Ludwig ein Buch mit dem Titel *Vom unbekannten Goethe. Eine neue Anthologie* heraus, das auf 159 Seiten in 25 nach Stichworten gegliederten Kapiteln so etwas wie eine Blütenlese aus seinem Goethe-Buch präsentierte; es erschien bei Rowohlt in Berlin und sei, so im *Vorwort* (S. 5), »gesammelt meist aus entlegeneren Briefen, Gesprächen, Werken«. Das *Vorwort* endet (ebd.): »Indem wir seine Worte stumm nach Ideen ordnen, lassen wir den Genius über die Zeit zur Ewigkeit reden«.

voller ist anzusehen, dass Goethes ästhetische Texte zugleich als Dokumente einer spezifischen psychischen Konstellation begriffen werden, die einem Grundmuster von Stabilität und Veränderbarkeit folgt.

Was im Eigentlichen zu Buche schlägt, sind Unabhängigkeit und Unbefangenheit des Urteils, wie sie sich in Ludwigs Darstellung zu erkennen geben. Die Last der damals schon reichlich vorhandenen Goethe-Forschung abzuschütteln hieß auch, sich dem Riesenwerk Goethes als offener, keineswegs aber naiver Leser zu nähern. Nach allem, was wir wissen, war Emil Ludwig von Jugend an – und bis in die letzten Tage seines Lebens – ein passionierter Goethe-Verehrer.[13] Dass er 1945 von Paris aus Weimar als Reiseziel wählte, legt gleichfalls Zeugnis von seiner besonderen Beziehung zum Weimarer Klassiker ab. Wie für andere jüdisch-deutsche Autoren stellte auch für ihn das Bekenntnis zu Goethe ein Bekenntnis zum eigenen Deutschtum und zu einem besseren, humaneren Deutschland dar. Verehrend und unbefangen nähert er sich seinem Gegenstand, ohne die Geschichte von Goethes Leben nach einer sogenannten These zu disponieren, die sich damals und auch später häufig als ein ideologisch präformiertes Vorurteil erwiesen hat. Sein Buch ist auch nicht aus einer polemischen Haltung geschrieben, was einem unabhängigen Urteil selten zum Vorteil gereicht. Wogegen er aber zu Felde zieht, ist die bis auf den heutigen Tag anzutreffende Auffassung, Goethe habe sein Leben als Kunstwerk gestaltet – oder, moderner gesprochen, »inszeniert«. Dies geschieht aber nicht in polemischem Affekt, sondern durch die Darstellung der Sache selbst, einer Tagebuch-Maxime des alten Goethe vom 11. Juni 1831 folgend: »Streiten soll man nicht, aber das Entgegengesetzte faßlich zu machen ist Schuldigkeit« (WA III, 13, S. 200). Hinzu tritt als inhaltlich gravierendes Moment die Affiziertheit des künstlerisch begabten Autors Ludwig von Form und Gehalt der Werke Goethes, die es ihm – nicht selten eher beiläufig – erlaubt, Erhellendes zu spezifischen künstlerischen Details zu formulieren und damit jene Auffassung zu bekräftigen, dass eigentlich nur ein Künstler in der Lage sei, das Werk eines anderen Künstlers angemessen zu beurteilen.

Geschichte eines Menschen hat Ludwig sein Goethe-Buch untertitelt. Das verweist auf das Exemplarische und Einmalige dieses Dichterlebens, schließt aber gleichermaßen die pädagogische Intention ein, auch den Leser – unabhängig von seiner Bildung und sozialen Stellung – zu einem praktischen Nachvollzug dieses Lebens anzuspornen. Für Ludwig selbst war ein solcher Nachvollzug, wie Äußerungen aus wechselnden Lebensphasen zu erkennen geben, eine Selbstverständlichkeit. Wenn Aufklärung nicht nur für eine geistige Bewegung steht, die den Anspruch der Vernunft im Reich der Ideen legitimiert, sondern auch für eine Humanisierung der Alltagswelt, kann man Emil Ludwig einen Aufklärer nennen, ohne dass er eine solche Position theoretisch expliziert hätte. In seinem Buch geht er dem realen Lebensvollzug Goethes nach, der in unzähligen Details dem Leser lebendig vor Augen geführt wird. Dass dabei die Grenzen zwischen Lebensprotokoll und narrativer

13 In seiner zweiten *Vorrede* (Anm. 11, S. 11) heißt es – und dieser Satz kann nur metaphorisch verstanden werden: »Dem ersten Kranze, den ich als Knabe auf seinen Marmorsarg gelegt, habe ich durch 34 Jahre an jedem 28. August einen neuen folgen lassen«.

Fiktion verschwimmen, lässt sich insbesondere an den Kapitelanfängen beobachten. Das siebente Kapitel (*Freiheit*) beginnt als Paraphrase einer bekannten Tischbein-Zeichnung, Goethe in Rückenansicht darstellend und dem Kapitel vorangestellt:

> In der Fensternische eines kühlen Saales steht halbangezogen ein junger Mann, Pantoffeln an den Füßen, denn mit Steinfliesen ist der Boden belegt, und den Nordländer im Süden schaudert's leicht. Zwar, es ist beinah Frühling draußen, und die Mädchen, die er den Corso heraufkommen sieht, tragen schon Mandelzweige in Händen; auf hohen Hacken wippen sie vorbei, sie lachen hinauf ins Fenster, dessen einen Laden er eben nur halb geöffnet hat, denn es ist noch früh, und am Corso schlafen die Leute lange, sie haben Geld oder tun doch so. Vielleicht lachen sie auch über seinen unfrisierten Kopf oder über den Ernst seiner forschenden Augen. Wie alt mag er sein? Die Bartlosen haben's leicht, auf die Entfernung zu betrügen, doch dieser da scheint früh gefurchte Züge kaum zu verhehlen. Ist es ein Fremder? Zwar die Augen scheinen groß und dunkel, als hätten sie hier, als hätten sie zuerst in Rom die Welt erblickt, aber die Nase .. und übrigens, ein Römer steht nicht um Sieben am Fenster. Ist es nicht doch ein armer deutscher Maler? Wie er schaut, möchte man's glauben: als ob er einen zeichnen wollte. (II, S. 3)

Zugleich aber ist dem Autor bewusst, dass hinter dem realen Lebensvollzug sich eine Lebensproblematik verbirgt, die aus dem Abstand mehrerer Generationen nur anhand sowohl autobiographischer Zeugnisse als auch künstlerischer und wissenschaftlicher Bekundungen Goethes erschlossen werden kann. Dabei begeht er nicht den Fehler, Goethe allein aus der Perspektive von *Dichtung und Wahrheit* darzustellen; vielmehr fügen sich in seiner Darstellung, der Lebenschronologie prinzipiell folgend, alle für ihn erreichbaren Lebensdokumente zu einer jeweils auf den prägnanten historischen Moment bezogenen Synthese zusammen. Goethes Lebensproblematik fasst er in die Spannung von *Genius* und *Dämon*, wie sie exemplarisch in dem Altersgedicht *Urworte. Orphisch* zu Tage tritt – es ist das einzige Gedicht, das in Ludwigs Buch vollständig zitiert wird; die Titelworte der einzelnen Strophen habe er, so Ludwig, »beim Hausbau in den Tragebalken [s]eines Zimmers« geschnitten[14]. Er kann sich dabei der Teilhabe Goethes versichern, der in seiner 1771 gehaltenen Rede *Zum Schäkespears Tag* am Beispiel von dessen Stücken die eigene Lebensproblematik knapp gefasst hat: »[...] seine Stücke, drehen sich alle um den geheimen Punkt, (den noch kein Philosoph gesehen und bestimmt hat) in dem das Eigentümliche unsres Ichs, die prätendierte Freiheit unsres Wollens, mit dem notwendigen Gang des Ganzen zusammenstößt« (MA 1.2, S. 413). Diese »Freiheit unsres Wollens« hat sich in Goethes Dasein als künstlerische und wissenschaftliche Kreativität par excellence manifestiert, hat aber auch, für Ludwig nicht weniger wichtig, als humane Tatkraft im praktischen Leben sich bewähren können. Letzterem schenkt er besondere Aufmerksamkeit, lenkt das Interesse des Lesers auf Goethes Hilfe für Bedrängte und Benachteiligte als Indiz praktischer Humanität, wie es in jüngster Zeit noch einmal in Albrecht Schönes Studien zum Briefschreiber

14 *Vorrede* (Anm. 11), S. 6.

Goethe ans Licht getreten ist.[15] Zu einer solchen Manifestation des Genius steht das Dämonische in einer dialektischen Beziehung von Bewahrung und Aufhebung. Ludwig fasst darunter den objektiven Geschichtsverlauf, dem gegenüber sich jedes Individuum teils einverständig – mithin prinzipiell bewahrend –, teils widerständig – gegen den Geschichtsverlauf als Künstler wie als praktisch Handelnder Widerspruch anmeldend – zu behaupten hat, bezieht sich aber auch auf das Undurchschaubare und Unvorhersehbare geschichtlicher Ereignisse, die sich – wie im Falle des von Goethe bewunderten Napoleon, eines Genius sui generis – als Zeichen rational nicht fassbarer Macht und Gewalt darstellen.

Genius und Dämon ist das erste Buch überschrieben. Es ist in sechs Kapitel gegliedert; das zweite und das dritte Buch, *Erdgeist* und *Tragischer Sieg* betitelt, weisen jeweils drei Kapitel auf. Vom ersten Kapitel abgesehen, das Goethes Leipziger Studentenleben (nicht sehr glücklich) unter dem Begriff *Rokoko* subsumiert, haben die Kapitel 2-12 Überschriften erhalten, die teils auf Kernbegriffe Goethes zurückgehen, teils bündig die jeweilige Lebenskonstellation kennzeichnen: *Prometheus, Eros, Dämon, Tatkraft, Pflicht, Freiheit, Einsamkeit, Proteus, Aufschwung, Entsagung, Phönix*. Da aus den ersten 16 Lebensjahren Goethes keine autobiographischen Zeugnisse vorliegen, beginnt Ludwig seine Darstellung mit Goethes Studienjahren in Leipzig und zeichnet von da an, prinzipiell der Chronologie folgend, die Lebensetappen Goethes nach: Leipzig und Straßburg, die wenigen Jahre in der Vaterstadt, das erste Weimarer Jahrzehnt, der Aufenthalt in Italien und die sich anschließenden Jahrzehnte in Weimar. Dabei erscheint die polare Spannung von *Genius* und *Dämon* in wechselnden Konstellationen; liegt der Schwerpunkt, um ein Beispiel zu geben, im *Prometheus*-Kapitel auf dem Genius als einer Goethe inkarnierten Schöpfungskraft, so im Kapitel *Dämon* auf einem zeitgeschichtlichen Umfeld, das die kreativen Impulse Goethes, sich in Einverständnis mit seiner Lebenswelt wie in deren rebellischer Ablehnung Geltung verschaffend, teils hervorbringen, teils herabstimmen kann. In den Bereich des Dämonischen gehört all das, was Ludwig unter wechselnden Begriffen als das Abgründige und Irrationale in Goethes Wesen zu fassen sucht.

Bewegt sich Ludwig mit seiner biographischen Darstellung einerseits in gewohnten Bahnen, so gelangt er andererseits dank seines genauen und unvoreingenommenen Quellenstudiums zu bemerkenswerten Einsichten, die Erkenntnisse jüngerer und jüngster Goetheforschung vorwegnehmen. Überraschend die dezidierte Behauptung, dass Goethe von vornherein die Absicht gehabt habe, eine Ehe einzugehen und Kinder zu haben – ist die Vermutung abwegig, dass Ludwig sich hier in den Bahnen einer jüdischen Tradition bewegt, die der Familie stets einen besonderen Wert zugebilligt hat? Von einer solchen Position aus hat Ludwig Goethes zunächst ohne geistliche Segnung vollzogene, 1806 auch offiziell legitimierte Ehe mit großer Sympathie dargestellt; noch heute liest man diese Passagen nicht ohne innere Bewegung. So eindeutig Goethe von Ludwig auch eine vorbildhafte ethische Haltung zugeschrieben wird, er grenzt ihn ab vom landläufigen, noch zu seinen Lebzeiten

15 Vgl. besonders die Studie *»aus der kompendiösen Reise apotheck des dienstfertigen Samariters«. An Johann Friedrich Krafft, 11. Dezember 1778*. In: Albrecht Schöne: *Der Briefschreiber Goethe*. München 2015, S. 123-152.

wirkmächtigen kleinbürgerlichen Moralkodex und weist ihm – im Widerspruch dazu und in diesem Punkt Nietzsche folgend – die Rolle eines »große[n] Amoralist[en]« (III, S. 416) zu. Ludwig folgt auch nicht blindlings der These, Goethe habe Christiane aus Dankbarkeit geheiratet; vielmehr habe Goethe sehr bewusst die Gunst der Stunde genutzt, denn er hätte, so merkt Ludwig an – und kaum einer ist ihm darin gefolgt –, Herzog Carl August um Erlaubnis bitten müssen; der aber war vor Napoleon geflohen. Das Herausarbeiten von Familiarität hat auch eine Kehrseite. Einigermaßen schroff urteilt Ludwig über Goethes Verhältnis zu seiner Mutter, das eher von Gefühlskälte bestimmt gewesen sei. Das Verhältnis zur Schwester Cornelia, zum Hauptgegenstand einer psychoanalytisch fundierten Goethe-Biographik geworden, spielt bei Ludwig nur eine marginale Rolle. Goethes Beziehungen zu Frauen widmet er, darin allen Biographen folgend, große Aufmerksamkeit. Hier öffnet sich ein weites Feld, in dem damals wie heute die Spekulationen gedeihen. Ob Ludwig die Tändelei mit Käthchen Schönkopf angemessen dargestellt, Friederike Brions Neigung für Goethe richtig charakterisiert hat, ob er die Rolle von Lili Schönemann richtig bewertet, Charlotte von Stein den rechten Platz in Goethes Leben zugewiesen hat, kann offenbleiben. Hier steht Ludwigs Darstellung damals wie heute gleichberechtigt neben manchen anderen; sie alle versuchen eine Wahrheit ausfindig zu machen, die letztlich nicht zu finden ist, zumal Goethes nicht selten rätselhafte Bekundungen in Gedichten und Briefen kaum unmittelbaren Aufschluss gewähren. So ist Ludwig immer dann gut beraten, wenn er, statt selbst eine bündige Auskunft zu geben, den Dichter Goethe – etwa in dem Gedicht »Warum gabst du uns die tiefen Blicke [...]« (GB 3,I, S. 52-54, Nr. 82; hier S. 52) – sprechen lässt. Vielleicht hätte er bei noch intensiverem Quellenstudium der Legende widersprochen, Carl August habe 1823 für Goethe bei Frau von Levetzow um die Hand ihrer Tochter Ulrike angehalten, weil sich dafür keine Beweise beibringen lassen.[16] Wie man überhaupt dem Goethe-Biographen Ludwig seine kleinen Versehen, Lebensdetails betreffend, nicht kleinlich aufrechnen sollte; teils resultieren sie aus Unachtsamkeit, vielleicht auch aus dem Tempo der Niederschrift, teils waren damals manche Quellen noch nicht zugänglich.

Für die zentralen Lebensfreundschaften Goethes beweist Ludwig einen guten Blick. Herder wird ins Bild gerückt, der dem Straßburger Studenten Goethe die Welt Shakespeares eröffnet, der ihn auf die religiösen Urtexte (*Altes Testament* und *Koran*) und auf die Volksdichtung hinlenkt, ihm die Philosophie Spinozas nahelegt. So kann Herder zu Goethes wichtigstem geistigen Partner im ersten Weimarer Jahrzehnt werden. Das ändert sich freilich nach Goethes Rückkehr aus Italien, erst recht 1794, als Schiller in Goethes Leben tritt und auf beeindruckende Weise sich Goethes Gunst verschafft, was das Zurückdrängen anderer Freundschaften (durch Schiller veranlasst?) zur Folge hat. Ob man da gleich von »Feindschaft« zwischen Herder und Goethe sprechen kann, wie es Ludwig tut, erscheint mir übertrieben. Als Herder sich nach 1800 in das Stammbuch von Goethes Sohn August einträgt, nennt er sich ausdrücklich einen Freund Goethes. Was aber Ludwig mit seiner

16 Ähnlich wie Stefan Zweig (in seinen *Sternstunden der Menschheit*) von dem Thema fasziniert, hat Ludwig – Fuhrer (Anm. 7) zufolge – einen Roman mit dem Titel *Goethe und Ulrike* geplant; vgl. dort S. 460f.

luziden Darstellung des Arbeitsbündnisses zwischen Goethe und Schiller über alles Persönliche hinaus bezweckt, hat er in seiner (zweiten) *Vorrede* artikuliert: Ihm sei die »gipsige deutsche Legende von Goethes höchster Epoche unter dem Einfluß oder auch nur zur Zeit Schillers [...] vor der viel erstaunlicheren Wahrheit« zerflossen, »daß er sich erst nach Schillers Tode und seiner eigenen, großen Krankheit verjüngte und nun zu jenen einzigen Jahren echter Harmonie emporstieg, in denen ihm Pandora, Wahlverwandtschaften und der Diwan zufielen«.[17]

Ist schon Ludwigs kritische Distanz zu der landläufigen Auffassung bemerkenswert, dass die deutsche Klassik auf den Zeitraum zwischen 1795 und 1805 zu begrenzen sei, so hat er mit seiner hohen Bewertung der Kunst des alten Goethe künftiger Forschung die Richtung gewiesen. Es spricht für seinen eminenten Kunstverstand, wenn er die genannten Spätwerke heraushebt – dass sich in *Faust II* für ihn dann das schlechthin künstlerisch Erreichbare manifestiert, erscheint als konsequente Folge seines ästhetischen Denkens. Als Ludwigs Buch erschien, waren *Pandora* und *Divan* Gegenstand weniger wissenschaftlicher Spezialisten; Vortragende wie Karl Kraus haben das Ihrige zur Wertschätzung des späten Goethe beigetragen. Allein eine nüchterne Beobachtung wie die von Ludwig, dass die *Divan*-Jahre die Zeit von Goethes intensivster lyrischer Produktivität darstellen, hätte die Aufmerksamkeit der Wissenschaft früher schon wachrufen können. Während zuweilen Ludwigs Verfahren, poetische Texte auf ihre biographischen Hintergründe zu befragen, ins Spekulative führt, hat er im Hinblick auf den *Divan* Goethes Beziehung zu Marianne von Willemer die ihr zukommende Bedeutung beigemessen, sie sogar dergestalt überhöht, dass er sie in ihrem Rang Goethes Napoleon-Verehrung an die Seite gestellt hat.

Ludwigs Lesart des *West-östlichen Divans* ist noch in anderer Hinsicht aufschlussreich, gehört sie doch in den Kontext seines Bemühens, den Horizont von Goethes kulturellen Interessen von allem National-Bornierten abzugrenzen und ihn im Sinne eines internationalen Kulturaustauschs zu begreifen. In solchem Sinne interpretiert er sowohl den *Divan* als auch das parallel dazu sich herausbildende Projekt der Zeitschrift *Ueber Kunst und Alterthum*, die er »eine Art Altersheim für ästhetische Urteile« (III, S. 254) nennt. Dass Goethe die immensen geistigen Anstrengungen des Alters nur bewältigen konnte, indem er sich selbst ein Eremitendasein auferlegte, lässt Ludwig nicht außer Acht. Auch liegt ihm daran, Goethes häusliche Situation nach Christianes Tod vor Augen zu führen, die ihm zu allem Anderen die Organisation des großen Haushalts am Frauenplan auferlegte. Zu Recht aber sind Ludwigs Betrachtungen zu Goethes künstlerischem und wissenschaftlichem Alterswerk als ein Schwerpunkt seiner Darstellung anzusehen. Für eine angemessene Erschließung von *Wilhelm Meisters Wanderjahren* fehlt ihm noch das rechte Organ – beinahe überflüssig zu sagen, dass ihn dafür auch die Goethe-Forschung, wäre sie von ihm konsultiert worden, im Stich gelassen hätte. Er nennt den Roman »die große Speisekammer seines [Goethes] Alters« (III, S. 375 f.) und gibt damit zu erkennen, dass ihm die Struktur dieses Werkes verschlossen geblieben ist. Hingegen hat Ludwig ein Gespür für die Ironie in Goethes Alterstexten entwickelt und auch damit künftiger Forschung den Weg gewiesen.

17 *Vorrede* (Anm. 11), S. 9.

Ludwigs Buch mündet in Betrachtungen zu *Faust II*, die vor dem Hintergrund der zeitgenössischen *Faust*-Rezeption einen eigenen Stellenwert besitzen. Im wilhelminischen Zeitalter war Faust als nordisch-germanische Heldengestalt verstanden worden, der kraft ihres Tatendrangs am Ende Erlösung zuteilwerden kann. Andere Akzente setzte Oswald Spengler in seinem annähernd gleichzeitig entstandenen kulturphilosophischen Traktat *Der Untergang des Abendlandes*, als er Fausts Handeln als Zeichen gedankenvollen, innerlichen deutschen Wesens verstand. Von beiden Tendenzen hält sich Ludwig fern:

> So viele Gestalten und Ideen, die alle leben wollen, entfesselt allein das Faustwerk in seiner Seele, daß dieser 80jährige dem halb so alten Carlyle seine Sammlung und Stille mit Recht beneiden und dagegen sein eigenes, äußerlich fast unbewegtes Leben als einen ›wahren Hexen-Tumultkreis‹ bezeichnen kann. (III, S. 385)

Dieser »Hexen-Tumultkreis« manifestiere sich nicht zuletzt in Fausts Produktivität, die Ludwig ungebrochen positiv versteht und Faust darum Erlösung zuteilwerden lassen kann. Was die moderne Goethe-Forschung bewegt – die Frage nämlich, ob sich in Fausts Produktivität Positives ausmachen lässt oder ob sie nicht im Zeichen der frühen Moderne den Kolonisator und Ausbeuter Faust in teuflischem Licht erscheinen lässt –, existiert in Ludwigs Darstellung noch nicht. Ihm stellt sich die Faust-Figur als beispielhafter (produktiver) Heilsbringer dar, dessen ideelles Profil sich aus Goethes Altersreligiosität herleiten lässt.

Wie haben die Zeitgenossen Ludwigs Buch aufgenommen? Die beeindruckende Zahl der verkauften Exemplare allein gibt dazu noch keine verbindliche Auskunft. Das Presseecho zu rekonstruieren käme einer eigenen Forschungsaufgabe gleich. Positive Urteile sind von Walther Rathenau und Hermann Bahr überliefert, ebenso von Ludwigs Freund Julius Bab.[18] Aufschlussreiche Zeugnisse liegen uns zudem in der Korrespondenz zwischen Romain Rolland und Stefan Zweig vor. Am 12. Januar 1921 schreibt Rolland aus Paris an Zweig:

> Was halten Sie von Emil Ludwig? Er hat mir unlängst aus Rom seinen dreibändigen »Goethe« geschickt. Ich empfinde ihn als einen interessanten Versuch historischer Psychologie, recht gewagt und zugleich ein wenig ins Mondäne gekehrt, insgesamt ziemlich wahr und lebendig. Ich habe mich gefreut, daß er mancherlei über Goethe sagt, was ich auch so sah und noch nicht gelesen hatte.[19]

Da Zweigs Antwort zunächst ausbleibt, kommt Rolland in seinem Brief vom 1. März 1921 aus Paris auf die Sache zurück:

> Sie haben mir zum »Goethe« von Emil Ludwig noch nicht geantwortet. Haben Sie ihn gelesen? Ich kenne von dem Autor nur einen »Wagner«[20], der mir nicht

18 Vgl. Fuhrer (Anm. 7), S. 128f., und Berg (Anm. 2), S. 322f.

19 *Romain Rolland. Stefan Zweig. Briefwechsel 1910-1940*. Aus dem Frz. von Eva u. Gerhard Schewe u. Christel Gersch. Manuskriptzusammenstellung u. Bearb. Waltraud Schwarze. Einleitung Wolfgang Klein. Bd. 1: *1910-1923*. Bd. 2: *1924-1940*. Berlin 1987; hier Bd. 1, S. 607.

20 Emil Ludwig: *Wagner oder die Entzauberten*. Charlottenburg 1913.

> besonders gefallen hatte trotz mancher psychologischer Intuitionen (aber er hatte den Anspruch, Wagner als Dichter zu beurteilen, ohne sich mit seiner Musik zu beschäftigen und, glaube ich, auch ohne viel davon zu verstehen). – Mit dem »Goethe« ist es ganz anders. Die psychologische Klugheit des Biographen hat mich außerordentlich erstaunt; sie vermittelt oft einen ganz unmittelbaren Eindruck vom Leben – und von dem ständig in Bewegung, in Umbildung befindlichen, nie erstarrten und akademisch gewordenen Leben. Störend finde ich nur diesen rokokoartigen Wortzierat am Beginn der einzelnen Kapitel.[21]

Vier Tage später antwortet Zweig aus Salzburg:

> Ich mag dieses Buch sehr, weil es frei von Philologie, von Schwerfälligkeit ist und manchmal sogar kühn – ich erwartete mir ein solches Werk nicht von einem Mann, der den literarischen Dandy zu spielen begonnen und während des Krieges politischen Journalismus getrieben hatte. Für mich ist die Gestalt Goethes mit viel Richtigkeit gesehen; es ist das beste menschliche Porträt, das wir haben (die besten Darstellungen des Goetheschen Geistes sind die von Chamberlain[22] und Gundolf[23]). Ich wünsche ein wenig, daß es Sie eines Tages zu Ihrem alten Plan zurückführt, ein Leben Goethes zu schreiben. Aber um sein Leben von allen Seiten zu erfassen, bedürfte es eines ganzen Lebens: man hört nie auf, ihn kennenzulernen, man entdeckt ihn immer neu.[24]

Mit seiner Bemerkung, Ludwig habe in seinem Buch einen »ganz unmittelbaren Eindruck vom Leben« Goethes vermittelt, hat Rolland zweifellos einen Kernpunkt getroffen. Ebenso ist Stefan Zweig zuzustimmen, wenn er den Gegensatz zwischen Ludwigs bildhafter Zeichnung der »Gestalt Goethes« und den »besten Darstellungen des Goetheschen Geistes […] von Chamberlain und Gundolf« heraushebt.

Gleichwohl ist es nicht so, dass Ludwig den großen Fragen ausgewichen wäre, die sich bei der Betrachtung von Goethes Leben einstellen. Notwendigerweise widmet er sich Goethes politischer Haltung und auch seinem Verhältnis zur Natur. Was den ersten Aspekt betrifft, so wird in Ludwigs Buch am deutlichsten spürbar, dass sich zum Zeitpunkt seines Erscheinens die Forschung erst in Ansätzen mit dem politischen Goethe beschäftigt hatte; hinzukam, dass Ludwig zwar Goethes autobiographische Zeugnisse, nicht aber die in Weimars Archiven schlummernden Akten kannte, die Goethes politisches Handeln dokumentieren. So nimmt es nicht wunder, wenn es in der ersten *Vorrede* heißt: »Auch alle Zeitumstände bleiben in schwachem Umriß, denn ihre entscheidende Wirkung auf Goethe war fast so gering wie Goethes Rückwirkung auf seine Zeit […]« (I, S. X). Ludwig summiert Goethes reformerische Aktivitäten im ersten Weimarer Jahrzehnt unter dem Begriff *Tatkraft* (so der Titel des fünften Kapitels), gibt aber nur gelegentlich zu erkennen, dass dahinter ein politisches Konzept sichtbar wird, wie es sich in Briefen an Herzog Carl

21 *Romain Rolland. Stefan Zweig* (Anm. 19), Bd. 1, S. 619 f.
22 Houston Steward Chamberlain: *Goethe.* München 1912. Vgl. dazu Mandelkow (Anm. 6), Bd. 1, S. 270-272.
23 Friedrich Gundolf: *Goethe.* Berlin 1916. Vgl. dazu Mandelkow (Anm. 6), Bd. 1, S. 276-279.
24 *Romain Rolland. Stefan Zweig* (Anm. 19), Bd. 1, S. 621.

August manifestiert: eine Auffassung von Innenpolitik, die sich der Entwicklung der Wirtschaft im Herzogtum Sachsen-Weimar zum Wohle der Untertanen widmen soll, aber nur gemeinsam mit allen Betroffenen gelingen kann. Das klingt bei Ludwig an, wenn er die von Goethe angeregte Zerschlagung der Güter in Sachsen-Weimar erwähnt oder auf dessen Engagement beim Ilmenauer Bergbau hinweist, doch bleibt dies alles eher eine ins Allgemeine hinüberspielende Manifestation von Goethes Tatkraft. Es hätte nahegelegen, derlei Tatkraft auch auf ihren sozialreformerischen Gehalt hin zu untersuchen. Des Öfteren versucht Ludwig, Goethe demokratische Gesinnung zuzuschreiben: »Als Denker aber und als Seher der Zukunft«, so Ludwig, »erkennt er an neuen Horizonten den Umriß der Demokratie« (III, S. 216). Demokratische Praxis manifestiere sich bei Goethe in Hilfsaktionen für Einzelne, denen er entweder individuell beigesprungen sei oder sich allgemein für die Verbesserung von Lebensverhältnissen eingesetzt habe. Dazu steht im Widerspruch, dass Ludwig Goethe generell eine politisch konservative Gesinnung zuschreibt, was sich schwerlich mit einem demokratischen Standpunkt vereinbaren lässt. Hier ist eher der Wunsch Vater des Gedankens, denn Ludwig möchte Goethe unbedingt als politischen Verbündeten für eine Zukunft gewinnen, die für ihn nach dem Ende des deutschen Kaiserreichs nur eine demokratische sein kann. In ähnlicher Weise macht er sich auch Goethes kosmopolitische Gesinnung dienstbar, wenn er dessen Konzept von weltweitem kulturellen Austausch mit der Konstituierung des Völkerbunds in Verbindung bringt.

In unserem modernen Sinn war Goethe kein Demokrat, erst recht war er kein »Seher der Zukunft«; er war aber auch weder konservativ (im Sinne eines Freundes des Bestehenden) noch »reaktionär« – auch dieser Begriff fällt einmal –, sondern ein Reformpolitiker, der den Status quo als Basis aller Reformen ernst nahm, auf diesen seine Anstrengungen richtete und im Sinne aller zu handeln glaubte, indes stets das Erreichbare anstrebte und keinen utopischen, die Wirklichkeit überspringenden Träumen anhing. Ludwig wäre gut beraten gewesen, wenn er unter diesem Aspekt auch das Verhältnis von Goethe und Carl August untersucht hätte, das sich bei ihm im Kern auf ein menschliches Bündnis im Zeichen von wechselseitiger Tatkraft beschränkt. Modern hingegen ist Ludwigs Erkenntnis, dass Goethe Gründe für die Französische Revolution wahrgenommen hatte, diese Revolution aber auf Frankreich begrenzt sehen wollte. »Nur der Arzt«, so heißt es einmal (II, S. 142), »der den Organismus als brüchig erkannt hat, erkennt das drohende Symptom«. Im Übrigen ist Ludwig in einer gewissen Zwickmühle. Auf der einen Seite liegt ihm daran, Goethe in die Nähe der revolutionären Ereignisse seiner Gegenwart zu rücken[25], auf der anderen ist er Goethe-Kenner genug, um es bei gelegentlichen Hinweisen bewenden zu lassen.

Setzt man voraus, dass Goethes Weltverhältnis sich am ehesten unter die Begriffe Natur und Liebe bringen lässt, dann zählen die Passagen, die Ludwig Goethes Beziehungen zu Frauen und davon abgeleitet dem Thema Liebe generell widmet, zu den aufschlussreichsten seines Buches; es hätte noch an Substanz gewonnen, wenn

25 1919 hat Ludwig unter dem einem französischen Revolutionslied entlehnten Titel *An die Laterne! Bilder aus der Revolution* eine Anthologie veröffentlicht, die mir leider nicht zugänglich war; sie gehört zu den Verlusten der Herzogin Anna Amalia Bibliothek.

Ludwig seine Darstellung des Liebesprinzips auch auf Goethes Auffassung von Liebe als Impuls alles natürlichen Geschehens ausgeweitet hätte. Seine Darstellung der goethe'schen Naturbeziehung reduziert sich in vielen Punkten auf eine lockere Beschreibung von Goethes Jahrzehnte währenden Beobachtungen und Experimenten auf den Feldern von Botanik, Geologie, vergleichender Anatomie, Meteorologie und Farbenlehre, ohne einen weiteren Horizont zu eröffnen. Zwar wird bei Ludwig die geistige Partnerschaft zwischen Herder und Goethe vor allem im ersten Weimarer Jahrzehnt herausgearbeitet, die Goethe den Entwicklungsgedanken ergreifen ließ und ihm Zugang zur Philosophie Spinozas verschaffte, doch bleiben wesentliche Aspekte ausgeblendet. Wie aufschlussreich ist allein schon der Satz in Goethes Brief vom 2. April 1785 an Knebel: »Die Consequenz der Natur tröstet schön über die Inconsequenz der Menschen« (WA IV, 7, S. 36). Diese »Consequenz der Natur« ist es auch, die Goethe angesichts einer historischen Entwicklung, die er mehr und mehr als absurd begreift, das Bewusstsein von Beständigkeit und Ordnung in allem natürlichen Geschehen vermittelt – ständige Veränderungen im Sinne seines Metamorphoseprinzips zugestanden – und auch seiner Arbeit als Künstler Halt (und Trost) gibt. Wenn Ludwig davon spricht, dass Goethe sich »aus dem Gewühl der Zeit […] auf die Inseln des Hauses und der Forschung« (II, S. 119) gerettet habe, berührt er einen wichtigen Punkt. Doch zu weiterführenden Erkenntnissen sieht er sich nicht veranlasst.

Bei alledem stellt sich die Frage: Welchen Leser hatte Ludwig im Auge? In der ersten *Vorrede* hat er sein Konzept dargelegt: »Im Sinne Plutarchs, doch mit den Mitteln der modernen Psychologie wird für die Nerven unseres Jahrhunderts in diesem Buch eine neue Form versucht, den Menschen zu gestalten« (I, S. VII f.). Zu »Ziel« und »Ideal« des Buches heißt es dann: »Ziel: die Landschaften der Seele, von der Jugend zum Alter, in langsamer Verschiebung aufgerollt. Ideal: historische Wahrheit eines Kalenders, psychologische Wahrheit einer Dichtung« (I, S. VIII). Was die »Nerven unseres Jahrhunderts« betrifft, so spielt Ludwig auf die Sensitivität der frühen Moderne für Seelenlagen und deren literarische Ausdrucksformen an, denen er eine »neue Form« der Darstellung an die Seite stellen will. Dass er damit ein großes Publikum gewonnen hat, bezeugt allein die Zahl der verkauften Exemplare. Gegen die seherische Perspektive, den heroischen Gestus von Chamberlain, Simmel und Gundolf setzt er historische und psychologische Wahrheit; nicht die erhabene Größe Goethes, sondern dessen Widersprüchlichkeit rückt in das Zentrum seiner Darstellung. In seiner *Vorrede* heißt es:

> Nicht mit einem Genie beginnen wir und enden nicht mit einem Glücklichen: Wir stellen den sechzigjährigen Kampf dar, den der Genius mit einer höchst gefährdeten Seele führt, um nach gewaltigen Opfern am Ende zu siegen. Was dämonische Naturen im Kampf mit sich aus sich zu machen vermögen, das erhebt sie zum Vorbilde jedes Strebenden; nicht indem man sie zu den Göttern erhebt, stellt man sie nachgeborenen Menschen zum Muster. Wer erziehend wirken will, sollte vielmehr Goethes Gestalt durch die verschlungenen Kreise seines Menschenlebens, fort aus der Sphäre aller Vorurteile führen, die, um ihn ästhetisch, moralisch und national auf ihre Art klassisch zu machen, seine inneren Widersprüche verschleiern, statt sie zu beleuchten. (I, S. XI)

Ein Volksbuch ist sein *Goethe* dennoch nicht geworden. Da er auf Werkanalysen verzichtet und allein die eigene Lektüre zum Ausgangspunkt seiner Erkenntnisse macht, setzt er auf die Suggestivität der eigenen Argumentation, der vermutlich nicht jeder Leser zu folgen bereit war. Die Bildungsvoraussetzungen für diesen waren nicht gering. Fremdsprachige Zitate werden nicht übersetzt, ebenso wird die Kenntnis grundlegender geistesgeschichtlicher Zusammenhänge vorausgesetzt. Letztlich ist – wie bei Chamberlain, Simmel und Gundolf auch – der Bildungsbürger der Adressat seines Buches.

Stellt man sich die Frage, ob die Lektüre von Emil Ludwigs Buch heute noch zu empfehlen sei, so kommt man in Bedrängnis. Die Lebendigkeit seiner Darstellung – narrative Elemente einbezogen – kann einen unbefangenen Leser zu Goethe hinführen. Wer freilich moderne Goethe-Monographien wie die von Karl Otto Conrady, Nicholas Boyle oder Albert Meier gelesen hat, wird den historischen Abstand wahrnehmen, der uns von Emil Ludwig trennt. Eines aber scheint gewiss zu sein: Sein Buch straft den Leumund Lügen, der ihn nur einen ungeheuer betriebsamen, allein am Erfolg orientierten Vielschreiber nennt. An der Ernsthaftigkeit seines an Goethe geschulten Humanismus, an seiner tapferen demokratischen Gesinnung kann nicht gezweifelt werden. Als Dokument einer alles in allem gewissenhaften, Quellen ernsthaft berücksichtigenden Darstellung von Goethes Leben verdient Ludwigs Buch nach wie vor unser Interesse.

Dokumentationen und Miszellen

SIEGFRIED SEIFERT

Goethe – Cotta – Friedrich von Müller. Erstveröffentlichung eines Briefes Goethes an Friedrich von Müller vom 22. September 1830

Die Erstveröffentlichung eines Goethebriefes ist stets etwas Besonderes. Das trifft selbst dann zu, wenn – wie im vorliegenden Fall – der Kerntext dieses Briefes Goethes an den Kanzler Friedrich von Müller bereits 1909 in der Gesamtausgabe von Goethes Werken im Zuge der Weimarer Ausgabe mitgeteilt wurde (WA IV, 47, S. 239). Die damalige Veröffentlichung erfolgte allerdings nach dem Konzept, das sich im Goethe-Nachlass im Goethe- und Schiller-Archiv befindet.[1]

Das Original des Briefes vom 22. September 1830 befand sich gewiss einst im Nachlass des Adressaten, also des Kanzlers von Müller. Warum es in diesem Nachlass fehlt, kann nicht geklärt werden. Auch der jetzige Besitzer des Briefes, der diesen dankenswerterweise für die Erstveröffentlichung zur Verfügung gestellt hat, vermag dessen Provenienz und dessen Eingang in Privatbesitz nicht zu erklären. Im Folgenden wird der Text des Briefes nach der Originalhandschrift (vgl. Abb. 1) wiedergegeben:

> Wär' es möglich daß beykommende
> Abschrift eines Briefes des Herrn von
> Cotta an mich, baldigst vidimirt würde,
> damit ich solche heute Abend noch versenden
> könnte? Die Nothwendigkeit dieser baldi-
> gen Expedition verfehle nicht mündlich zu
> erklären.
> Ew. Hochwohlgeb.
> Weimar ganz gehorsamster
> den 22. Septbr. Diener
> 1830. JWv Goethe

1 GSA 30/325 (*Acta Privata den angekündigten Nachdruck von Hamburg und Itzehoe betreffend.* Vol. IV C. 1830).

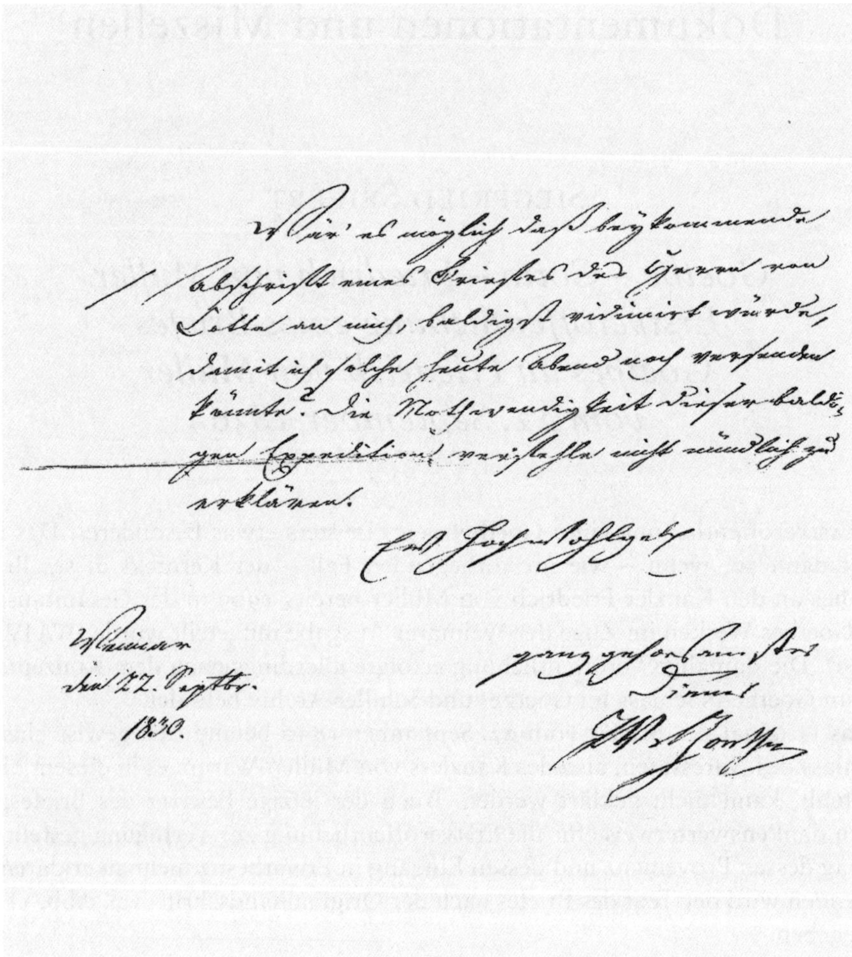
Wär' es möglich daß beykommende
Abschrift eines Briefes des Herrn von
Cotta an mich, baldigst vidimirt würde,
damit ich solche heute Abend noch versenden
könnte? Die Nothwendigkeit dieser baldi-
gen Expedition [illegible] nicht mündlich zu
erklären.

Ew Hochwohlgeb

Weimar
den 22. Septbr.
1830.

ganz gehorsamster
Diener
JWvGoethe

Abb. 1
Brief Goethes an Kanzler Friedrich von Müller, 22. September 1830

Vergleicht man diesen Originaltext mit dem Druck des Konzepts in der WA, so fehlt dort merkwürdigerweise das – völlig berechtigte – Fragezeichen nach dem ersten Satz. Außerdem fehlt auch der Abdruck der Goethe'schen Autorschaft »Ew[er] Hochwohlgeb[oren] ganz gehorsamster Diener JWv Goethe«. Erklären lässt sich das damit, dass das Fragezeichen und die persönliche Grußformel dem von Schreiberhand, also als Diktat, niedergeschriebenen Brieftext von Goethe selbst hinzugefügt wurden.

Den Hintergrund für seinen Brief an Friedrich von Müller bildet Goethes Verhältnis zu Johann Friedrich von Cotta und beider Sorge um einen unautorisierten Nachdruck Goethe'scher Werke, weshalb Goethe auch die schnelle »Vidimirung«, also ›Zustimmung, Beglaubigung‹ eines Cotta'schen Briefes von Müller erbittet. Im Folgenden soll deshalb auch dieser vorausgegangene Brief Cottas an Goethe vom 18. September 1830, auf den sich Goethe bezieht, mitgeteilt werden:

Euer Excellenz!
Muß ich mir erlauben wegen dem mir sehr gefährlich scheinenden Nachdruk in Hamburg die Bitte vorzulegen, daß es Hochdenselben gefallen möchte, in einem eigenen Schreiben deshalb, sich an den Magistrat der Stadt Hamburg, so wie an den König von Dänemark zu wenden und um Abhülfe einzukommen.
Eine Abschrift der Hamburger Anzeige haben wir schon die Ehre gehabt Ihnen zuzuschiken.

Mit unwandelbarer Verehrung verharrend
Euer Excellenz unterthäniger
Cotta
Stuttgardt 18 Sept: 1830[2]

Goethes Bitte um »Vidimirung« des Cotta'schen Briefes vom 22. September 1830 durch Friedrich von Müller kann durch Goethes Vertrauensverhältnis zu Müller in dieser Zeit erklärt werden. Für Goethe war Müller auf Grund von dessen Dienststellung – die Amtsbezeichnung ›Kanzler‹ betrifft die Verantwortung Müllers als Chef der Justiz im Großherzogtum Sachsen-Weimar-Eisenach seit 1815 – zu einem soliden Partner für die täglichen ›geschäftlichen‹ Vorgänge geworden.[3]

Bei beiden Briefen, dem Cotta'schen an Goethe und dem Goethe'schen an von Müller, geht es um einen vermeintlichen Raubdruck von *Goethe's sämmtlichen Schriften* – der genaue Titel lautet *Goethe's Werke. Vollständige Ausgabe letzter Hand* – durch die Buchhandlung Schuberth und Niemeyer in Hamburg und Itzehoe. Die Cotta'sche Buchhandlung hatte Goethe eine diesbezügliche Anzeige aus dem *Hamburger Correspondenten* vom 8. September 1830 übermittelt.[4] Cotta teilte Goethe die Anzeige im Wortlaut mit und bat ihn, »die geeigneten Vorkehrungen dagegen treffen zu laßen«.[5] Da die Anzeige für das Verständnis des gesamten Vorgangs wichtig ist, soll auch sie im Wortlaut mitgeteilt werden:

Einladung zur Subskription auf eine schöne und wohlfeile Ausgabe von Goethe's sämmtlichen Schriften.
Des Hochgefeierten Werke, die früher unvollständig 80 Mk: kosteten erscheinen jezt um sie auch Minderbegüterten zugänglich zu machen, vollständig in einer eleganten Taschen Ausgabe, der Band von 300 Seiten, sauber geheftet zu nur 1 Mk:
Vom 15. Septbr: an liefern wir wöchentlich einen solchen Band, so daß die respectiven Subscribenten nach Verlauf von ohngefähr 16 Monaten im Besitz

2 *Goethe und Cotta: Briefwechsel 1797-1832*. 3 Bde. Hrsg. von Dorothea Kuhn. Bd. 2: *Briefe 1816-1832*. Stuttgart 1979, S. 290. Vgl. ebd., Bd. 3.2: *Erläuterungen zu den Briefen*. Stuttgart 1983, S. 210.

3 Vgl. hierzu: Ulrich Crämer: *Der politische Charakter des weimarischen Kanzlers Friedrich von Müller*. Jena 1934; Barbara Sevin: *Kanzler Friedrich von Müller*. Jena 1936 (bes. Kapitel IV: *Müller als Freund Goethes*); Renate Grumach: *Müller, Friedrich von*. In: *Goethe-Handbuch* 4.2, S. 719 f.

4 Wiedergabe der »Anzeige« in: *Goethe und Cotta* (Anm. 2). Bd. 2, S. 288; vgl. ebd. Bd. 3.2, S. 208.

5 *Goethe und Cotta* (Anm. 2). Bd. 2, S. 287 f.

der sämmtlichen Werke sind. Probe Exemplare liegen zur gefälligen Ansicht bereit. Bestellungen erbitten bald
Schuberth und Niemeyer
in Hamburg und Izehoe.

Wie man sieht, fehlt in diesem Text der Hinweis auf die *Ausgabe letzter Hand*. Die Sorge, dass hier in Form einer Werkausgabe ein neuer Raubdruck von Goethes Werken angeboten werden sollte, war deshalb verständlich. Wie ernst diese Angelegenheit von Cotta und Goethe genommen wurde, beweist der anschließende rege Briefwechsel, in dem man sich darüber austauschte.[6] Die Empörung Goethes und Cottas war auch aus dem Grund verständlich, dass die *Ausgabe letzter Hand* durch Privilegien der Staaten des 1815 gegründeten Deutschen Bundes einschließlich Österreichs gegen unerlaubten Nachdruck geschützt war.[7] Goethe hatte in seinem entsprechenden Antrag von sich als einem »Autor, der so viele Jahre in seinem Vaterlande gewirkt, dessen reine, mit allem bestehenden und zu wünschenden Guten in Einklang beharrende Tätigkeit dem Einsichtigen vor Augen liegt« gesprochen.[8] Diese Privilegien waren eine absolute Ausnahme, geschuldet dem hohen nationalen Ansehen Goethes. Nun konnte Goethe auf dem Titelblatt der *Ausgabe letzter Hand* den Vermerk »Unter des durchlauchtigsten deutschen Bundes schützenden Privilegien« aufnehmen.

Carl Bertuch, der als Vertreter seines erkrankten Vaters Friedrich Justin Bertuch auf dem Wiener Kongress um gesetzliche Verfügungen gegen den unerlaubten Nachdruck gekämpft hatte, konnte 1815 in der *Schlussakte* des Wiener Kongresses lediglich eine Zusicherung erreichen: »Die Bundesversammlung wird sich, bei ihrer ersten Zusammenkunft, mit Abfassung gleichförmiger Verfügungen über die *Preßfreiheit* und Sicherstellung der Rechte der Schriftsteller und Verleger gegen den *Nachdruck* beschäftigen« heißt es im Abschnitt 18d der *Schlussakte*. Aber es dauerte noch Jahrzehnte, bis ein Verbot des Raub- und Nachdrucks in allen Staaten des Deutschen Bundes zum Gesetz wurde.[9]

In der Angelegenheit des vermuteten unautorisierten Hamburger Nachdrucks teilte Goethe Cotta in einem Brief vom 24. September 1830 mit, dass er nicht, wie es Cotta vorgeschlagen hatte, ein Schreiben nach Hamburg, sondern nach Leipzig, an den dortigen Weimarer Generalkonsul, den Bankier Heinrich Küstner (WA IV, 47, S. 238) gesandt hatte. Mit Recht hatte Goethe dabei die führende Stellung Leipzigs im deutschen Buchhandel im Auge, die seinem Anliegen dienlich sein konnte. Goethe bat deshalb Küstner, in Leipzig – so vor allem bei der »Leipziger kursäch-

6 Ebd., S. 288, 290-292, 297 f., 303 f.

7 GSA 30/332 (*Abschriften sämtlicher 39 Schutzprivilegien für die Ausgabe letzter Hand. Rubrik Kräuter: Herausgabe der Goethe'schen Werke.* Acta Privata Vol. IV F. 1825).

8 Vgl. hierzu: Heinz Fröbe: *Die Privilegierung der »Ausgabe letzter Hand« Goethes sämtlicher Werke.* In: *Archiv für Geschichte des Buchwesens* 2 (1960), S. 187-229 (Goethe-Zitat S. 194); Siegfried Unseld: *Goethe und seine Verleger*. Frankfurt a. M., Leipzig 1991, S. 514-528.

9 Siehe hierzu: Carl Bertuch: *Tagebuch vom Wiener Kongreß 1814 und 1815*. Hrsg. von Rita Seifert u. Siegfried Seifert. Bucha bei Jena 2017, S. 15.

sischen Bücher-Kommission« (ebd., S. 222) – die »Mißbilligung des gedachten Nachdruckes« zum Ausdruck zu bringen, und hatte damit Erfolg (ebd., S. 238).

Goethe hatte sich in dieser Angelegenheit mit bemerkenswerter Zügigkeit engagiert: In seinem Tagebuch vermerkte er am 22. September 1830 den Empfang des Cotta'schen Schreibens »wegen des Nachdrucks« und fügte hinzu: »Eine vidimirte Copie alsobald nach Leipzig gesendet« (WA III, 12, S. 306). Dies unterstreicht Goethes dringliche Bitte an Kanzler von Müller, diesen Brief Cottas unverzüglich zu »vidimieren«, den er dann zusammen mit dem Begleitschreiben an Heinrich Küstner noch am gleichen Tag nach Leipzig absendete. Bestätigt wird dies durch den gleichfalls auf den 22. September 1830 datierten Begleitbrief an Küstner sowie durch Goethes Bemerkung in einem am Folgetag geschriebenen, erneuten Brief an Küstner, in dem er u. a. schrieb: »Ew. Hochwohlgeboren, habe gestern eiligst [!] die vidimirte Abschrift eines Briefs von Herrn v. Cotta zu übersenden mir die Freyheit genommen […]« (WA IV, 47, S. 239).

Küstner in Leipzig wurde offensichtlich sofort in dieser Angelegenheit aktiv. Schon am 29. September 1830 konnte Goethe in einem Brief an den sachsen-weimarischen Generalkonsul in Hamburg, Robert Victor Swaine, feststellen: »In Leipzig ist schon auf einfache Anzeige unseres General-Consuls für Sachsen, Herrn Küstners, durch den Herrn Büchercommissarius das nöthige Verbot ergangen« (WA IV, 47, S. 253).[10] An Kanzler von Müller schrieb Goethe am 23. September 1830 u. a.: »Ew. Hochwohlgeboren wünschte über die Angelegenheit, womit gestern schon beschwerlich fiel, einige belehrende Worte zu vernehmen; wäre es gefällig unsern frugalen Mittagstisch durch Ihre Gegenwart zu beehren […]« (WA IV, 47, S. 240). Er löste damit die in dem Schreiben vom 22. September 1830 gegebene Ankündigung »Die Nothwendigkeit dieser baldigen Expedition verfehle nicht mündlich zu erklären« ein. Und Müller bestätigte dies mit seiner Notiz »Donnerstag 23. September. Mittags bei Goethe sehr vergnügt«.[11] Cotta schrieb am 6. November 1830 an Goethe u. a.: »Es ist traurig für Schriftsteller und Verleger, daß wir in Deutschland nie auf Sicherheit des VerlagsEigenthums rechnen können: und ich leide außerordentlich an diesem Übelstand«.[12]

Kurioserweise stellte sich aber bald heraus, dass die Aktivitäten Goethes, Cottas, Müllers und Küstners gegen eine Fiktion gerichtet waren, die nicht zuletzt durch die von der Hamburger Buchhandlung Schuberth und Niemeyer missverständlich formulierte Anzeige im *Hamburger Corrrespondenten* entstanden war. In Wirklichkeit ging es um den Vertrieb der *Taschenausgabe* der Cotta'schen *Ausgabe letzter Hand*[13] durch Schuberth und Niemeyer. Diese Erkenntnis ergab sich aus den

10 Das Verbot durch die Leipziger »Bücher-Commission« ist abgedruckt in: *Goethe und Cotta* (Anm. 2). Bd. 2, S. 288.

11 Friedrich von Müller: *Unterhaltungen mit Goethe.* Mit Anm. vers. u. hrsg. von Renate Grumach. München 1982, S. 198.

12 *Goethe und Cotta* (Anm. 2). Bd. 2, S. 304.

13 Die *Vollständige Ausgabe letzter Hand* erschien in zwei Ausgaben: in der sogenannten *Taschenausgabe* in 40 Bänden, Stuttgart und Tübingen 1827-1830, sowie in 60 Bänden, Stuttgart und Tübingen 1827-1842. Zur Mitwirkung von Goethes Sohn August an den Verhandlungen mit Cotta zur *Ausgabe letzter Hand* vgl. Stephan Oswald: *Im Schatten des Vaters. August von Goethe.* München 2023, S. 231-237.

Nachforschungen, die die Leipziger Bücher-Kommission bei dem Buchhändler Taubert, der in Leipzig als Kommissionär der Hamburger Buchhandlung Schuberth und Niemeyer arbeitete, anstellte. Taubert konnte glaubhaft nachweisen, dass es sich bei dem vermeintlichen Raubdruck um den normalen Vertrieb von *Goethe's Werken* in Form der *Taschenausgabe* der *Vollständigen Ausgabe letzter Hand* handelte.

Auch in Hamburg hatte man den vermeintlichen Raubdruck ernst genommen und den Buchhändler Niemeyer in dieser Angelegenheit polizeilich vorgeladen. Der Kritik an seiner »ungeschicklichen Abfassung« und »unbestimmten und undeutlichen Ankündigung der Ausgabe der Goethe'schen Schriften« stimmte er kleinlaut zu. An die Cotta'sche Buchhandlung hatten Schuberth und Niemeyer bereits am 17. September 1830 eine Erklärung gesandt, in der sie den Verdacht des Nachdrucks bedauerten und betonten, dass sie »aus Grundsatz einen solchen [›Nachdruckshandel‹] nicht honoriren«.[14] Goethe hatte diese Lösung am 25. September 1830 erleichtert mit einem »heiteren Blättchen« an Cotta gewürdigt (WA IV, 47, S. 243). Das vorliegende Missverständnis, vor allem Cottas allergische Reaktion, unterstreicht erneut, welche Unruhe und negativen Auswirkungen die bestehende juristische Situation, also der fehlende Schutz des geistigen Eigentums der Autoren und dessen verlegerische Umsetzung, hatte.

Die Erstveröffentlichung des Originalbriefes Goethes an Cotta vom 22. September 1830 ist eine Ergänzung zum Thema ›Nachdruck‹ in der Goethe-Literatur. Dazu gehören vor allem die in unserem Beitrag bereits zitierte Veröffentlichung des Briefwechsels Goethes mit Cotta (Anm. 2) und die Untersuchung Siegfried Unselds (Anm. 8), der die vermeintliche Nachdruckgeschichte von 1830 kurz erwähnt.[15]

Übergreifend spiegelt sich in dem Vorgang von 1830 auch das generelle Verhältnis Goethes zum Verlagswesen in der letzten Periode seines Lebens. Darüber hinaus kann dies vor allem auch als Zeugnis der aktiven Zusammenarbeit Goethes mit seinem Hauptverleger Cotta und ihres gemeinsamen Wirkens bei der Verbreitung der Goethe'schen Werke in der Zeit nach 1800 aufgenommen werden. Dass all das ein markantes Beispiel der engen persönlichen Beziehungen Goethes und Cottas in deren letzter Lebenszeit ist – beide starben 1832 –, soll zum Schluss besonders hervorgehoben werden.

14 *Goethe und Cotta* (Anm. 2). Bd. 2, S. 306.

15 Nennen kann man auch *Die Drucke von Goethes Werken.* Bearb. von Waltraud Hagen. Berlin ²1983, sowie dies. (Bearb.): *Quellen und Zeugnisse zur Druckgeschichte von Goethes Werken.* T. 1-4. Berlin 1966-1986. In der Forschungsliteratur ist das Thema nach wie vor präsent. Nur einige Beispiele: *Lesewuth, Raubdruck und Bücherluxus.* Hrsg. von Jörn Göres. Düsseldorf 1977; Heinrich Luden: *Vom freien Geistesverkehr. Preßfreiheit, Censur, Buchhandel und Nachdruck.* Nachdruck des Beitrags aus *Nemesis*, Zeitschrift für Politik und Geschichte. Bd. 2 (Weimar 1814). Heidelberg 1990; Albrecht Götz von Olenhusen: *Rezeption und Repression. Bericht über das Freiburger Raubdruck-Archiv 1968-1998.* In: *Leipziger Jahrbuch zur Buchgeschichte* 8 (1998), S. 355-363; ders.: *Handbuch der Raubdrucke.* Freiburg i. Br. 2002; Robert Darnton: *Die Wissenschaft des Raubdrucks.* München 2003; Sandra Richter: *Autor im Streit um Recht und Geld: Nachdrucke von Goethes Werken.* In: *Goethe und das Geld der Dichter.* Frankfurt a. M. 2012.; Simon Portmann: *Zwischen Wissensverbreitung und wirtschaftlichem Profil: eine »Nachdrucker-Gesellschaft« in der 2. Hälfte des 18. Jh.* Wiesbaden 2022.

Anna Bers

Eine Goethe-Gabe für die Gegenwart – zu einem neu aufgefundenen Autograph mit Bildern

1. Zweihundert Jahre Goethe-Blätter im Lokaljournalismus

Unter dem Titel *Eine kleine Sensation* berichtet die *Hannoversche Allgemeine Zeitung* im Januar 2023 von einer in einem privaten Nachlass aufgetauchten Goethe-Handschrift.[1] Die vier kleinen Verse mit Bildern sind offenbar von lokaljournalistischem Interesse. Ihr materieller und kultureller Wert, aber auch die Güte der Verse – »ein vierhebiger Trochäus, der Germanistenherzen höherschlagen lässt«[2] – werden in der Tageszeitung diskutiert. Bei dem Autograph handelt es sich um ein sogenanntes *Denk- und Sendeblatt*: eine poetische Gabe, die der Autor zu ehrenden Personen, meist auf eine konkrete Persönlichkeit oder Situation zugeschnitten, zukommen ließ. Die Aufmerksamkeit, welche die Handschrift aus Hannover erzielt, ähnelt auf frappierende Weise derjenigen, die schon fast 200 Jahre zuvor, 1827, ein ähnliches *Denk- und Sendeblatt* in einem Lokalblatt erreichen konnte.[3] Das ist bemerkenswert. Die Repräsentations- und Ehrfunktion, die ein Goethe'sches Geschenkblatt für ein historisch partikulares und ganz lokales Umfeld erreicht, scheint seit knapp zwei Jahrhunderten ungebrochen: Am 5. Oktober 1827 verbreitet »Ein Freund der Oeffentlichkeit«, so die Selbstbezeichnung, die Kunde über ein Blatt mit Bild,[4] das einen Bremer Mitbürger erreicht hat:

> Das nachstehende Gedicht am merkwürdigen 28. Aug. (dem Geburtstage Göthe's) vom Dichtergreise unserm geachteten Hofrath Dr. Schütte gewidmet, ist als eigenhändig ausgefertigtes Diplom der Anerkennung des berühmten Verfaßers […] zu theuer mir sowohl, wie den Lesern dieser Blätter, meinen Mitbürgern, und überhaupt dem ganzen Publikum, als daß ich, das mir durch Zufall in die Hände gerathene Original, nicht öffentlich mittheilen sollte.[5]

1 Simon Benne: *»Eine kleine Sensation«: Im Nachlass seiner Eltern stieß Michael Ludwig bei der Haushaltsauflösung auf eine Originalhandschrift des Dichterfürsten.* In: *Hannoversche Allgemeine Zeitung*, 30.1.2023, S. 11.

2 Benne (Anm. 1).

3 Vgl. auch die zeitgenössische Würdigung eines anderen Blattes: Unbekannt: *Johann Wolfgang von Goethe: Guter Adler! nicht in's Weite.* In: *Abend-Zeitung*, 23.6.1830, S. 596.

4 Es handelt sich um ein Blatt, das heute im Freien Deutschen Hochstift aufbewahrt wird und neben einer Adler-Miniatur die Verse »Wenn am Tag Zenit und Ferne« (FA I, 2, S. 690) zeigt (FDH Hs-29312; WA I, 5.2, S. 95). Vgl. Abb. 7 in: Anna Bers: *Münzen für den Weltmarkt, Wertpapiere für Weimar. Goethes »Chinesisch-Deutsche Jahres- und Tageszeiten« und die »Gedichte zu symbolischen Bildern« als Zahlungsmittel im Zeichenhandel.* Göttingen 2017, S. 289.

5 Unbekannt: *Johann Wolfgang von Goethe: Wenn am Tag Zenith und Ferne.* In: *Bremisches Unterhaltungsblatt für Leser aus allen Ständen*, 5.10.1827, S. 318.

Im Folgenden soll dargelegt werden, welche medialen und funktionalen Spezifika die *Denk- und Sendeblätter* zu denjenigen offenbar überzeitlich attraktiven materiellen Artefakten machen, die sie sind. Anschließend kann gezeigt werden, was das neu aufgefundene Blatt vor dem Hintergrund des genannten Widmungs-Genres und aufgrund seiner eigenen Charakteristika ausmacht.

2. *Denk- und Sendeblätter*

In der Ankündigung des vierten Bandes der *Vollständigen Ausgabe letzter Hand*, der 1827 erscheint und hauptsächlich Gedichte enthält, wird die Abteilung mit dem Titel *Inschriften, Denk- und Sendeblätter*[6] wie folgt beworben:

> [...] die Denkblätter sind aus unzähligen ausgesondert, an einzelne Personen gerichtet, charakteristisch und mannichfaltig. Da man den hohen Werth der Gelegenheitsgedichte nach und nach einsehen lernt und jeder Talentreiche sich's zur Freude macht, geliebten und geehrten Personen zur festlichen Stunde irgend etwas Freundlich-Poetisches zu erweisen, so kann es diesen kleinen Einzelheiten auch nicht an Interesse fehlen. Damit jedoch das Einzelne, bedeutend Bezeichnende durchaus verstanden werde, so hat man Bemerkungen und Aufklärungen hinzugefügt. (WA I, 42.1, S. 109-120; hier S. 110)

Diese Werbeanzeige verweist in ihrer apologetischen Grundhaltung bereits auf wichtige Charakteristika und Bewertungsschemata, die die *Denk- und Sendeblätter* auszeichnen: Der Hinweis darauf, dass für die Ausgabe »aus unzähligen ausgesondert« habe werden müssen, verweist erstens auf die Stellung der Blätter in Goethes Alltag, denn Goethe wurden »unüberschaubare Mengen von Widmungsversen abverlangt«.[7] Diese Gedichtgaben waren, wie die Anzeige beschreibt, zweitens »an einzelne Personen gerichtet« und häufig an einen bestimmten Anlass geknüpft. Drittens unterliegt das Genre des Gelegenheitsgedichts zeitgenössisch (und auch heute noch[8]) einem Rechtfertigungsgebot. So werde man den »hohen Wert der Gelegenheitsgedichte nach und nach einsehen« – ihr Rang ist also nicht selbstverständlich. Hier schließen sich viertens Goethes programmatische Bemühungen um die Rehabilitierung des Begriffs an, an der die *Ausgabe letzter Hand* offenbar praktisch Anteil nimmt. Er vollzieht in dieser Programmatik eine Doppelbewegung:

6 Johann Wolfgang von Goethe: *Inschriften, Denk- und Sendeblätter*. In: ders.: *Goethe's Werke. Vollständige Ausgabe letzter Hand*. Vierter Band. Stuttgart, Tübingen 1827, S. 87-174.

7 Stefanie Stockhorst: *Fürstenpreis und Kunstprogramm. Sozial- und gattungsgeschichtliche Studien zu Goethes Gelegenheitsdichtungen für den Weimarer Hof*. Berlin 2002, S. 144. Stockhorst diskutiert hier die Unterschiede zwischen Widmungsversen an den Hof und nicht-höfischen Gaben.

8 Vgl. zur fortgesetzten Debatte um den Wert und die Funktion des Genres (»Die gattungsgeschichtlichen Kontroversen ziehen sich schließlich bis in die Gegenwart.«) Johannes Franzen, Christian Meierhofer: *Gelegenheitslyrik in der Moderne – Annäherungen*. In: *Gelegenheitslyrik in der Moderne. Tradition und Transformation einer Gattung*. Hrsg. von dens. Berlin u. a. 2022, S. 9-26; hier S. 20.

Indem er einerseits provokativ all seine Gedichte als Gelegenheitsgedichte ausweist, insofern sie von einer realen Gelegenheit angestoßen seien,[9] erweitert er den Gegenstandsbereich des Terminus so weit, dass das verpönte Genre aufgewertet wird. Andererseits werden Gelegenheitsgedichte im engeren Sinne in seine Werkausgabe aufgenommen und damit nobilitiert. Eine fünfte Besonderheit der *Denk- und Sendeblätter* ist auch im Hinweis zu finden, diesen seien »Bemerkungen und Aufklärungen« beigegeben. Die Bindung an spezifische Gelegenheiten, aber auch ihr häufig eher allegorischer denn symbolischer Charakter im Sinne von Goethes Zeichenkonzept[10] sorgen dafür, dass sie typischerweise kontextualisierender Erläuterungen bedürfen. Die *Ausgabe letzter Hand* ist dabei – sechstens – für sich genommen bereits Ausweis von Goethes Etabliertheit und Kanonizität zu Lebzeiten. Und nicht nur seine Rezeption kündet von diesem Status, auch sein eigenes »produktives Abstandnehmen«[11] lässt sich an der Werkpolitik der späten Jahre ablesen. Wie sich anhand des aufgefundenen Blattes und seines Kontextes zeigen wird, verweisen auch die *Denk- und Sendeblätter* darauf, wie Goethe ›sich selbst historisch‹ wird.[12]

In der Produktion dieser Blätter lassen sich bestimmte Typen und Funktionen unterscheiden, etwa höfische und nicht-höfische Adressierte.[13] Für die aufgefundene Handschrift und die Gruppe der sogenannten *Gedichte zu symbolischen Bildern* ist es kennzeichnend, dass außer kurzen Versgruppen auch eine kleine Graphik weitergegeben wird, die einen konstitutiven Bestandteil der Gabe und des so entstehenden Kunstwerks darstellt.[14] Im Folgenden kann das Korpus, das den *Symbolischen Bildern* die *Gedichte zu symbolischen Bildern* beigibt, in Grundzügen umrissen werden. Relevante Kontexte zur Einordnung des aufgefundenen

9 Die prominenteste Äußerung in diesem Kontext wird von Eckermann übermittelt (vgl. FA II, 12, S. 50: »Alle meine Gedichte sind Gelegenheitsgedichte, sie sind durch die Wirklichkeit angeregt und haben darin Grund und Boden. Von Gedichten, aus der Luft gegriffen, halte ich nichts«). Vgl. zur Aufwertung Goethes weiter Stockhorst (Anm. 7), S. 1, sowie Wulf Segebrecht: *Goethes Erneuerung des Gelegenheitsgedichts*. In: GJb 1991, S. 129-136.

10 Goethe unterscheidet zwischen *Symbolen*, die sich – seiner eigentümlichen Annahme zufolge – aufgrund allgemeiner natürlicher Gesetzmäßigkeiten selbst erschließen, und *Allegorien*, die auf Zeichenkonventionen basieren. Seine Bewertung favorisiert das Symbol. Dennoch nutzt Goethe allegorische Zeichen in bestimmten Zusammenhängen ganz regelhaft. Vgl. zur Funktionalisierung von Allegorien im Kontext der späten Lyrik in Ehrkontexten Bers (Anm. 4).

11 Sandro Zanetti: *Sich selbst historisch werden: Goethe – »Faust«*. In: *»Schreiben heißt: sich selber lesen". Schreibszenen als Selbstlektüren.* Hrsg. von Davide Giuriato, Martin Stingelin u. Sandro Zanetti. München 2008, S. 85-113, bes. S. 86-96; hier S. 89.

12 Vgl. zum Prozess des Sich-selbst-historisch- bzw. -geschichtlich-Werdens: Ebd., bes. S. 86-96.

13 Vgl. Stockhorst (Anm. 7), S. 144.

14 Dieser engen Verbindung von Bild und Text tragen die kritischen Ausgaben symptomatischerweise durch den Abdruck der entsprechenden Graphiken Rechnung. Vgl. FA I, 2, Abb. 22 u. 23, und die doppelte Verwendung in der Münchner Ausgabe, einerseits im einzelnen Abdruck, die *Denk- und Sendeblätter* imitierend mit den entsprechenden Strophen; MA 13.1, S. 126-132, sowie MA 18.1, S. 21 u. 41, und andererseits als Abdruck der Achtergruppe in MA 13.2, S. 210f. mit dem Text zu *Carl Augusts Regierungsjubiläum*.

Blattes sind neben den skizzierten Charakteristika der *Denk- und Sendeblätter* auch funktionale und historische Einordnungen der Bild- und Motivgeschichte.

Die Bilder, die traditionell die *Symbolischen Bilder* genannt werden,[15] obgleich es sich Goethes Zeichentheorie zufolge um Allegorien handelt, haben eine verzweigte Geschichte, die in die Weimarer Fest- und Hofkultur der Jahre 1814 bis 1825 hineinführt.[16]

Ihren Anfang nimmt die Geschichte der Bilder mit dekorativen Tafeln, die anlässlich der festlich begangenen Heimkehr Carl Augusts aus dem Feldzug in die Niederlande am Portal der Weimarer Kunstschule zu sehen sind. Außer einer Darstellung dreier verschlungener Kränze, die in späteren Kontexten nicht wieder auftaucht, handelt es sich um folgende acht Motive, die bis zu ihrer Verwendung auf den *Denk- und Sendeblättern* konstant wiederholt werden:[17] 1. Adler, mit einer Leier nach oben strebend, 2. Schwebender Genius über der Erdkugel, mit der einen Hand nach unten, mit der andern nach oben deutend, 3. Beschildeter Arm, gegen ein vorüberziehendes Wetter Bücher beschützend, 4. Regenbogen über den Hügeln einer anmutigen Landschaft, 5. Genius, die Büste der Natur enthüllend, 6. Urne auf einem bunten Teppich, 7. Leuchtender Stern über Winkelwaage, Blei und Zirkel und 8. Pinsel und Feder vom Lorbeer umwunden und von einem Sonnenblick beleuchtet. Die Schmucktafeln werden nach 1814 in weiteren Ehrkontexten verwendet und in deutenden Beschreibungen sowie durch Gedichtbeigaben flankiert.[18] 1825 erscheint der Festband *Weimars Jubelfest*, der Carl Augusts 50. Regierungsjubiläum zelebriert. Dieser enthält eine druckgraphische Nachbildung der acht Tafeln,[19] die beim Festakt Goethes Haus schmückten (Abb. 1). Die kolorierten Darstellungen stammen von Christian Ermer.

Alle acht Bilder wurden nach 1825 und bis (mindestens) 1830 in der Ermer'schen Fassung einzeln weiterverwendet, um sie auf *Denk- und Sendeblättern* durch kurze Gedichte ergänzt an ausgewählte Empfänger und Empfängerinnen zu versenden. Heute sind rund dreißig verschiedene Strophen zu den acht Bildern bekannt, einige davon lassen sich heute keinem Geschenkblatt mehr zuordnen und sind als Ab-

15 Vgl. die Sammeltitel *Gedichte zu symbolischen Bildern*. In: FA I, 2, S. 689 u. MA 13.1, S. 126. Zur Diskussion des Status des – auch bei Goethe selbst zu findenden – irreführenden Attributs »symbolisch« vgl. Bers (Anm. 4), S. 233, Anm. 714.

16 Hier können die verschiedenen Stadien dieser Geschichte nur umrisshaft wiedergegeben werden, die vollständige Historie der Bilder und ihrer Textbeigaben wird referiert bei Bers (Anm. 4), S. 238-274.

17 Die Formulierungen orientieren sich an den gängigen Titeln der Werkausgaben (hier FA I, 2, S. 689-694) und gehen vermutlich auf Goethes eigene Formulierungen im folgenden Festband zurück: Johann Peter Eckermann: *Weimars Jubelfest Abt. I: Die Feyer der Residenzstadt Weimar. Mit den Inschriften, gehaltenen Reden und erschienenen Gedichten*. In: *Weimars Jubelfest am 3. September 1825*. Hrsg. von Johann Peter Eckermann. Bd. 1. Weimar 1825, S. 38-40.

18 Vgl. die ausführliche Darstellung bei Bers (Anm. 4), S. 238-274.

19 Üblicherweise werden die Graphiken als Kupferstiche (vgl. z. B. FA I, 2, S. 1206 »Kupfer-Nachbildungen«) beschrieben. Die Sachverständigen des Auktionshauses Kastern, das den hier behandelten Handschriftenfund 2023 betreut hat, sprechen von einer Radierung. Kunst- und Auktionshaus Kastern GmbH & Co. KG: *Kunstauktion Hannover 3./4.3.2023, Auktion No. 195*, S. 142-145, Auktionsnummer 0703.

Abb. 1
Christian Ermer: *Symbolische Bilder aus dem Band »Weimars Jubelfest«*. 1825.

schriften überliefert.[20] Die meisten Strophen umfassen vier Verse mit vier Hebungen, sie sind überwiegend auftaktlos und kreuzgereimt. Diese zeitgenössisch und bei Goethe besonders beliebte Strophenform lässt sich als praktisch-unauffälliges Gehäuse für die funktionalisierten Gedichtgaben verstehen.[21] Die zweiteilige und durch die kurze Strophe meist ausgewogene Text-Bild-Kombination ergänzt sich nicht nur formal, sondern auch durch die klare Bezugnahme der Gedichte auf das Motiv inhaltlich zu einem untrennbaren Ganzen. Das so entstehende Ensemble

20 Eine genaue Zahl anzugeben, gebietet sich angesichts des überraschenden Fundes nicht. Einerseits sind bestimmte Blätter nicht auffindbar, andererseits kann man davon ausgehen, dass jederzeit weitere Artefakte auftauchen könnten. Mich erreichte beispielsweise im Zusammenhang mit der Bekanntgabe des Fundes (vgl. Anm. 1) das Faksimile eines Blattes, über dessen Original nichts weiter bekannt ist und das die Strophe »Übermütig sieht's nicht aus« aus *Ländlich* (vgl. FA I, 2, S. 526, V. 5-8) mit Regenbogen-Bild und Gartenhausgraphik zeigt. Zur verstreuten Überlieferungslage vgl. Bers (Anm. 4), S. 258 f., zur Aufnahme der Strophen in verschiedene Ausgaben vgl. Peter M. Daly: *Goethe's Symbolische Bilderchen. Occasional Poetry, Philosophical Statement and Emblem in Some Poetry of the Older Goethe*. Baden-Baden 2013, S. 41-43.

21 Vgl. mehr zur Grundform Bers (Anm. 4), S. 292-295.

hat – trotz relevanter Unterschiede[22] – immer wieder den Vergleich zu barocken Emblemata hervorgerufen.[23] Die dieserart entstehenden einmaligen materiellen Gaben erzeugen zugleich den Eindruck von repräsentativer Ehrung und singulärer Intimität.

3. *Ein Handschriftenfund*

Im Frühjahr 2022 tauchte in einem privaten Nachlass in Hannover ein sonderbares Artefakt auf (vgl. Abb. 2):

Einer der beiden Erben der gerahmten handschriftlichen Zeilen mit zwei Bildchen wusste aus seiner Kindheit noch, dass es sich dabei um etwas Wertvolles »von Goethe«, so die Mutter, handelt, konnte sich aber nichts Genaues zum Status des kleinen Blattes denken. Seine Recherchen ergaben, dass ein ganz ähnliches Original-Blatt (vgl. Abb. 3) bekannt ist und in Weimar aufbewahrt wird. Dennoch mussten minimale Unterschiede im Text und der Gestaltung den Besitzer stutzig machen. An Gerrit Brüning, Silke Henke und Sören Schmidtke aus dem Weimarer Goethe- und Schiller-Archiv vermittelt, entpuppte sich die Handschrift als Original.

Geschichte und Provenienz des Blattes konnten im Goethe- und Schiller-Archiv, von der Familie der Erben ausgehend, auf Veronika von Dolega-Kozierowski (geboren 1916) zurückgeführt werden. Davor, im 19. Jahrhundert, verliert sich jedoch die Spur des Artefakts, sodass keine Vermutungen über adressierte Personen angestellt werden können. Das Blatt wurde im März 2023 versteigert.[24]

3.1. Beschreibung

Das Blatt, das bei seiner Auffindung in einem biedermeierlich anmutenden Rahmen aus dem frühen 20. Jahrhundert mit (Berlin-)Steglitzer Geschäfts-Etikett gerahmt und an der Glasscheibe befestigt war, misst 21,2 cm × 13,4 cm. Es weist die Spuren einer mittigen Faltung auf.

Anders als die oben beschriebene Grundform der *Denk- und Sendeblätter* zu den *Symbolischen Bildern* ist seine Gestaltung nicht zwei-, sondern dreiteilig. Ebenso wie das Geschwister-Blatt an den Grafen von Brühl aus dem Goethe- und Schiller-Archiv (vgl. Abb. 3), das bisher als »einzige[] überlieferte[] eigenhändige[] Handschrift« der Verse galt,[25] vereint es zwei graphische Abbildungen, die ein vier Verse umfassendes und datiertes Gedicht rahmen. Im oberen Drittel des Blattes ist eine handkolorierte Miniatur aus dem acht Motive umfassenden Korpus der *Symboli-*

22 Vgl. weiter Bers (Anm. 4), S. 462-464.

23 Vgl. exemplarisch FA I, 2, S. 1207.

24 Vgl. Kastern (Anm. 19). Die Auskunft des Goethe Museums Düsseldorf, das das Blatt ersteigert hat (Auskunft von Heike Spieß am 7.6.2023), zur Motivation der Erwerbung lautet: »Da verschiedene *Denk- und Sendeblätter* mit kolorierten Radierungen von Christian Ermer und lyrischen Versen Goethes bereits in der Autographensammlung vorhanden sind, lag im Sinne arrondierenden Sammelns der Erwerb des Blattes aus Privatbesitz nahe«.

25 So der Kommentar der Frankfurter Ausgabe, die nach dieser Handschrift druckt, FA I, 2, S. 1210.

Abb. 2
Johann Wolfgang von Goethe: *Denk- und Sendeblatt.* März 1826.

schen Bilder aus dem Festband *Weimars Jubelfest* von 1825 aufgebracht. In einen achteckigen Rankenrahmen eingelassen befindet sich die Darstellung eines kleinen Hügels, auf den ein Regenschauer niedergeht, während sich gleichzeitig ein Regenbogen bildet. In der Goethe zugeschriebenen[26] Beschreibung aus dem genannten Festband zeigt das Bild: Den »Regenbogen über grünendem Gebirg, in grauen Wolken«.[27] Unter diesem Bildchen, beinahe zur Gänze auf der oberen Blatthälfte und daher gemessen an der balancierten Bildaufteilung zweiteiliger *Denk- und Sendeblätter* verhältnismäßig gedrängt, finden sich vier auf den März 1826 datierte und signierte Verse in Goethes Handschrift. Die untere Hälfte des Blattes nimmt

26 Vgl. Bers (Anm. 4), S. 233, Anm. 714.

27 Eckermann (Anm. 17), S. 39. Abgedruckt in: *Die Bilder am Hause Goethes bei Carl Augusts Regierungsjubiläum*, FA I, 22, S. 747 f.; hier S. 748.

Abb. 3
Johann Wolfgang von Goethe: *Sendeblatt an Karl von Brühl.* März 1826.

eine ebenfalls aufgeklebte Darstellung von »Göthes Gartenhaus« – so die Bildunterschrift – ein.

Die neu aufgefundene Handschrift weist zahlreiche Gemeinsamkeiten mit den bekannten *Denk- und Sendeblättern* auf, die sich der *Symbolischen Bilder* bedienen, zeigt aber auch einige individuelle Spezifika. Im Folgenden können die wichtigsten Bezüge dargestellt werden, um den historischen und funktionalen Stellenwert des Blattes aus Hannover einordnen zu können.

3.2. Zu den Graphiken

Die Regenbogen-Graphik, die inhaltlich mit dem Gedicht über den »Friedensbogen« (V. 4) eng verknüpft ist, stellt für sich genommen bereits eine Ausnahme im Ensemble der acht *Symbolischen Bilder* dar: Es ist das einzige Bild, das als mimetische Darstellung eines realen Geschehens gelten könnte, während alle anderen Motive allegorisch-komposite Gebilde zeigen, die ihre Zeichenhaftigkeit ausstellen (vgl. Abb. 1). Darüber hinaus ist es das einzige Motiv, das möglicherweise ein bildkünstlerisches Vorbild besitzt – und ein prominentes aus der Hand Caspar David Friedrichs noch dazu. Diese beiden Besonderheiten stehen in engem Zusammenhang: einem zeichentheoretisch orientierten Dialog zwischen Goethe und Friedrich, in dem sich zwei entlegene Auffassungen von den Möglichkeiten künstlerischer Semiose produktiv annähern und distanzieren. Die spannungsreiche Beziehung zwischen Friedrich und Goethe insgesamt[28] sowie der Austausch, der sich um das Regenbogen-Motiv herum im Besonderen entwickelt,[29] sind andernorts angemessen ausführlich dargelegt worden. Deshalb reicht es aus, daran zu erinnern, dass zwischen Goethe und Friedrich die Möglichkeiten symbolischer und allegorischer Zeichenverwendung verhandelt werden. Dies geschieht, wenn Friedrich als Reaktion auf Goethes *Schäfers Klagelied* (FA I, 2, S. 56 f.) von 1802 im Jahr 1810 zwei Regenbogen-Gemälde nach Weimar schickt, von denen eines[30] Friedrichs typische romantisch-verrätselnde Semiose ins Bild setzt, während das andere deutlich eine »Annäherung an das klassische Landschaftsideal«[31] vollzieht. Anschließend entsteht das Regenbogenbild als Festschmuck für die Weimarer Fassaden sowie die Miniatur in *Weimars Jubelfest* – beide Kontexte zelebrieren die der Goethe'schen Programmatik eigentlich fernstehende allegorische Zeichenverwendung. Damit kann stark verkürzt konstatiert werden, dass sich Friedrichs und Goethes Zeichenkonzeption im Umfeld des Regenbogenbildes produktiv annähern. Goethe stiftet Allegorien und Friedrich reduziert seine Rätsel. Möglich wird diese Annäherung vor allem durch das doppelte Potenzial des Motivs: Der Regenbogen lässt sich symbolisch (in Goethes Sinn) und allegorisch mit Bedeutung aufladen; er ist ein Naturphänomen und verfügt zugleich über eine umfangreiche konventionsbasierte Motivgeschichte.

Es ist für die funktionale Bewertung der *Denk- und Sendeblätter* relevant, wie das Regenbogenbild auf dem Trägerpapier aufgebracht wurde. Bei genauer Betrachtung wird nämlich deutlich, dass der achteckige Rankenrahmen nur an fünf von sechs Seiten zur ausgeschnittenen Miniatur gehört: Der obere Längsrahmen ist von Hand auf das Beschreibpapier aufgemalt und anschließend koloriert worden. Dieses Verfahren findet sich auch andernorts im Kontext der Blätter, die *Symbolische Bilder* verwenden, etwa bei einer Sendung an den »Herren Hofrath Dr. Schütte«, datiert »Weimar am 28. August 1827«, dessen Adler-Bild am unteren Rand abge-

28 Vgl. Christian Scholl: *Romantische Malerei als neue Sinnbildkunst. Studien zur Bedeutungsgebung bei Philipp Otto Runge, Caspar David Friedrich und den Nazarenern.* München 2007, S. 251-265; Johannes Grave: *Art. Caspar David Friedrich.* In: *Goethe-Handbuch. Supplemente.* Bd. 3, S. 476-481.

29 Vgl. den entsprechenden Exkurs in Bers (Anm. 4), S. 363-367.

30 Caspar David Friedrich: *Landschaft mit dem Regenbogen*, 1810, BS 182, Öl auf Leinwand, 59 × 84,5 cm, ehemals Staatliche Kunstsammlungen, Weimar [1945 gestohlen], Angaben nach Scholl (Anm. 28), S. 420, Anm. 1476.

31 Scholl (Anm. 28), S. 253.

schnitten und durch eine Ranke ergänzt wurde.[32] Dieses Verfahren wertet die Blätter auf. Die filigrane Arbeit des nachträglichen Ergänzens zeugt davon, dass die Gaben durchaus keine schnell verfertigten Alltagsprodukte sind. Denn egal, ob Goethe selbst die Nachbesserung vorgenommen oder sie durch andere Hand veranlasst hat, die dieserart entstehenden Bögen sind bereits ohne Gedicht-Zugabe aufwändig gestaltete Einzelstücke. Zu diesem Eindruck muss zusätzlich auch die Kolorierung von Hand beitragen, die das aufgeklebte Blatt mit dem ergänzten Rahmen auf dem Papier verbindet.

Außerdem erhellt die genannte Vorgehensweise möglicherweise den konkreten materiellen Zusammenhang zwischen den in *Weimars Jubelfest* abgedruckten Miniaturen (Abb. 1) und den *Denk- und Sendeblättern*: Es ist angesichts gleicher Größenverhältnisse und im Detailvergleich der feinen Schraffuren wahrscheinlich, dass die Platten für die Graphiken aus dem Festband zum Drucken der Brief-Bilder benutzt wurden.[33] Weil auf diesem Weg zwei zusammenhängende Spalten aus je vier Bildern entstehen, die sich einen Rankenrahmen teilen, können nach dem Ausschneiden benachbarter Motive nur dann beide Bilder benutzt werden, wenn einem Achteck nachträglich ein Rahmen hinzugefügt wurde. Offenbar liegt hier also eine Art Sparmaßnahme oder eine notwendige pragmatische Handlung vor, die aus der Knappheit ganzer Druckbögen resultieren dürfte.

Das zweite aufgeklebte Bild zeigt »Göthes Gartenhaus«. Es stammt von Carl August Schwerdgeburth und wird 1822 in Wilhelm Gottlieb Beckers *Taschenbuch zum geselligen Vergnügen* abgedruckt.[34] Ebenso wie die Aufnahme von *Denk- und Sendeblättern* in die *Ausgabe letzter Hand* ist die Tatsache, dass bereits repräsentative Graphiken von Goethes Rückzugsort kursierten und überdies von ihm selbst verschickt wurden, Erweis dessen, dass sich ein Autor seiner Historizität und seines Status bewusst ist. Dass sich das Gartenhausbild in einem der (literarischen) Unterhaltung gewidmeten Periodikum ebenso einfügt wie in den *Denk- und Sendeblättern* mit Regenbogen an verschiedene Empfänger, zeigt, dass es schon zeitgenössisch als ikonisches Zeichen wahrgenommen wird.[35] Es steht für einen bereits historisierten Ort und mit ihm weniger für den Staatsmann Goethe als vielmehr für

32 Die Handschrift befindet sich im Freien Deutschen Hochstift Frankfurt (FDH Hs-29312; WA I, 5.2, S. 95).

33 Der eher vage Stand der bisherigen Annahmen zum Zusammenhang zwischen Achtergruppe und Einzelminiatur lässt sich mit der Münchner Ausgabe so zusammenfassen: »G. ließ kleine Reproduktionen davon anfertigen, in die er seine Gedichte eintrug« (MA 13.1, S. 697).

34 Vgl. Wilhelm Gottlieb Becker: *W. G. Beckers Taschenbuch zum geselligen Vergnügen. 1822*. Hrsg. von Friedrich Kind. Leipzig 1822. Im Digitalisat der HAAB Weimar fehlt die entsprechende Seite, auf die im Paratext (S. VIII) verwiesen wird, vgl. https://haab-digital.klassik-stiftung.de/viewer/image/1286758696_1822000000/1/LOG_0003/ (zuletzt aufgerufen am 22.5.2023). Weitere Angaben zum Blatt hält die Fotothek der Bibliotheca Hertziana bereit: https://foto.biblhertz.it/obj0811882 (zuletzt aufgerufen am 22.5.2023). Auch diese Graphik wird in *Beckers Taschenbuch*, S. VIII, unter die »Kupferstiche« gerechnet, während die Beschreibung der Bibliotheca Hertziana ebenso wie die Angaben des Auktionshauses Kastern (Anm. 19) eine Radierung ausweisen.

35 Vgl. zur fortgesetzten Tradierung des Gartenhausbildes im Kontext der Goethe-Verehrung die Sammlung von Jutta Assel, Georg Jäger: *Orte und Zeiten in Goethes Leben. Eine Do-*

den Dichter. Warum dieses zweite Bild also, die Norm der *Sendeblätter* zu den *Symbolischen Bildern* brechend und die balancierte Komposition durch eine gewisse Gedrängtheit der Blatt-Elemente störend, hier (und auch auf dem Weimarer Autograph) zusätzlich zu Regenbogenbild und -strophe aufgebracht wird, lässt sich vermuten: Das Gartenhaus erhöht die repräsentative Gaben-Funktion auf einem Blatt, das den Grad der Zuwendung durch eine fehlende spezifische Personalisierung und Bindung an einen bestimmten Anlass vergleichsweise niedrig ausfallen lässt. Text und Bild werden mehrfach verwendet. Den entsprechenden Mangel an Individualisierung[36] gleicht ein Mehr an Bildgaben aus.

3.3. Zum Gedicht

In der Gegenüberstellung der neu aufgefundenen Verse mit den bisher bekannten zeigen sich nicht nur minimale orthographische (»Hayn/Hain«, V. 1, und »Friedensbogen/Friedens-Bogen«, V. 4), sondern auch einige lexikalische Unterschiede (»Brauste/Stürzte«, V. 2; »jetzt/nun« und »Athem/Lüftchen«, V. 3; »Wo/Und«, V. 4):

Verse der neuen Handschrift	Verse an Karl von Brühl (März 1826)
Über Wiese, Hayn und Dach	Über Wiese, Hain und Dach
Brauste Krieges Ungemach,	Stürzte Krieges Ungemach,
Wo jetzt Frühlings Athem fächelt,	Wo nun Frühlings Lüftchen fächelt,
Wo der Friedensbogen lächelt.	Und der Friedens-Bogen lächelt.

Diese Unterschiede illustrieren das Baukasten-Prinzip, das die *Denk- und Sendeblätter* mit *Symbolischen Bildern* verwenden: Die Blätter mit Graphik erlauben eine anlassgebundene und hochgradig flexible Kommunikation, die mit geringem Aufwand Artefakte schafft, die ihren Empfängern und Empfängerinnen und sogar heutigen Besitzern und Besitzerinnen besonders wertvoll sind.

Das vorliegende Gedicht ist dabei in beiden Fassungen auch inhaltlich Ausdruck von funktionaler Kommunikation: Es stellt eine universelle Dichotomie, einen vergangenen Krieg gegenüber einem gegenwärtigen Friedenszustand, in wenigen Pinselstrichen dar.[37] Damit beruft es sich auf eine uralte Motivtradition, die, wie es in einem anderen Gedicht zum Regenbogen-Motiv heißt, »seit vielen tausend Jahren«[38]

kumentation. In: http://www.goethezeitportal.de/wissen/topographische-ansichten/orte-und-zeiten-in-goethes-leben-gartenhaus.html (zuletzt aufgerufen am 22.5.2023).

36 In der journalistischen Aufarbeitung des Fundes (vgl. Benne [Anm. 1]) und auch in den Ankündigungen des Auktionshauses Kastern (Anm. 19) war ein Befund von besonderem Interesse: Offenbar zeigt das Blatt im Bereich der Datumsangabe »März« einen tintenfarbigen Fingerabdruck. Es ist müßig, Vermutungen über den Urheber dieser Spur anzustellen; allerdings zeigt das Interesse am Urheber, dass eine stark individualisierte Bindung an Goethe als Möglichkeit bis heute reizvoll zu sein scheint und den Originalcharakter des Blattes zusätzlich auratisiert.

37 Vgl. diese Deutung und den Abgleich mit den anderen Regenbogen-Strophen in Bers (Anm. 4), S. 380.

38 *Frohe Zeichen zu gewahren* (FA I, 2, S. 691): »Frohe Zeichen zu gewahren, / Wird der Erdkreis nimmer müde; / Schon seit vielen tausend Jahren / Spricht der Himmelsbogen: *Friede* [Hervorhebung im Original]«.

den Regenbogen mit dem Frieden verknüpft, so etwa, wenn Gott die Sintflut mit dem Zeichen seines Friedens beendet (1. Buch Mose, 9, 12-13). Wichtig für die Tradition der *Gedichte zu symbolischen Bildern* ist, dass es sich hier ganz typisch und in der Diktion Goethes um eine Allegorie, ein auf Zeichenkonventionen basierendes Bild, handelt. Diese setzt voraus, dass Sender und Empfänger des Blattes sich desselben kulturellen Verweises bewusst sind. Der allegorische Charakter der Text-Bild-Kombination stiftet dabei die gewünschte kommunikative Verbindung.

Zum Regenbogen gesellt sich in der Deutung der Verse noch der Frühling, der ebenfalls mehr allegorisch als symbolisch-konkret für einen Neuanfang stehen mag, sich aber mit der Datumsangabe (März 1826), die beide bekannten Blätter aufweisen, zwanglos historisch referenzieren lässt. Obwohl also das Regenbogenbild potenziell Symbole in Goethes partikularer Konzeption (etwa Farbenlehre-Phänomene) begleiten könnte, aktualisiert der Text allegorische Zeichen.

Die Zweiteilung des Gedichts in eine kriegerische Vergangenheit und eine amöne Gegenwart wird durch die Paarreime und die unterschiedlichen Kadenzen betont; das Gedicht entspricht also im Metrum sehr wohl, nicht aber in den Versenden der beschriebenen Grundform: In den ersten beiden Versen sorgen männliche Kadenzen für eine raue doppelte Hebung beim Versumbruch, die weiblichen Kadenzen der Verse drei und vier überführen die ansonsten eher manierierten Reime (»fächelt« – »lächelt«) in einen fließenden Wechsel von Hebungen und Senkungen. Die rokokoartige Darstellungsweise des Frühlings tritt in der bekannten Fassung durch die Gleichklänge »Frühlings Lüftchen fächelt« stärker hervor als durch den »Athem« der neu aufgefundenen. Hingegen wird die Personifizierung des Regenbogens, der »lächelt«, durch eine ebensolche des Frühlings gespiegelt. Die stärkere Parallelisierung beider Bilder (Frühling und Regenbogen), die für den intakten Zustand des Jetzt stehen, unterstreicht in der neuen Fassung auch die anaphorische Wiederholung von »Wo« am Versanfang.

Dass ausgerechnet diese besonders allgemeine Vision einer positiven Gegenwart, in der der vergangene Krieg so unbestimmt bleibt,[39] dass er seinerseits zum Sinnbild für jede Art von »Ungemach« werden mag, erstens doppelt und zweitens mit der besonderen Gartenhauszugabe versendet wird, ist kein Zufall. Das vorliegende Gedicht ist in seiner schlichten und dichotomen Universalität für alle Adressierten zugänglich, es lässt sich wiederverwenden. Die topographische und persönliche Spezifizierung durch das Gartenhausbild wirkt gegen diese potenzielle Beliebigkeit: Die Adressierten empfangen Grüße von Goethes persönlichem Friedens-Ort,[40] der im März 1826 ein konkreter Park im Frühling ist und zugleich – wie schon die Existenz der Graphik verrät – ein Verweis auf den sich selbst und seiner Zeit historisch werdenden Dichter, der den Park über beinahe 30 Jahre gestaltet hat.

39 Im Ursprung der *Symbolischen Bilder* war das Friedens-Zeichen durchaus auf die Rückkehr Carl Augusts aus dem Feldzug zu beziehen, diese Referenz verflüchtigt sich über ein Jahrzehnt nach den Napoleonischen Kriegen und ohne den personalen Bezug.

40 »Man hat den Eindruck der Nähe eines ausgedehnten Waldes, man fühlt sich in den Frieden tiefer Natureinsamkeit versetzt, deren Stille nur durch die Töne der Amsel und Walddrossel unterbrochen wird«. Assel, Jäger (Anm. 35).

4. *Fazit*

Fragt man sich, warum die lokaljournalistische Begeisterung für *Denk- und Sendeblätter* über fast 200 Jahre hinweg stabil bleiben konnte, dann lässt sich die naheliegende Erklärung, es handele sich um den nach wie vor berühmten Urheber, durch bestimmte Eigenschaften des besonderen Mediums ergänzen. Das vorliegende Artefakt ist in mehrfacher Hinsicht typisch für die Ehrgaben, obwohl es – ebenfalls genrekonform – einzigartig ist: Das neue Blatt stellt seinen Unikatcharakter durch die aufgeklebten und von Hand ergänzten Graphiken ebenso wie durch das handschriftliche und datierte Gedicht aus. Der Text selbst ist nirgends in gleicher Weise überliefert. Der Originalcharakter wird hier aber gleichzeitig durch Konzessionen an das Baukasten-Prinzip der *Gedichte zu symbolischen Bildern* konterkariert: So ist das Gedicht nicht nur eng mit seinem Geschwister-Gedicht auf der Handschrift an Karl von Brühl verwandt, sondern weist auch motivische und strukturelle Ähnlichkeiten zu anderen Regenbogen-Gedichten auf. Die dichotome Kriegs-und-Friedens-Allegorie ist in ihrer Referenz so offen, dass sie zum Bildspender für einen idyllischen Zustand im Hier und Jetzt verschiedener Empfänger werden kann. Das diffuse Früher und das Garten-Jetzt stehen dabei aber auch für ein Summe-Ziehen Goethes, das ebenfalls typisch für die Kontexte der sogenannten *Denk- und Sendeblätter* ist. Hier ergänzen sich Einzigartigkeit und funktionale Offenheit – zwei Eigenschaften, die das Artefakt auch heute noch so attraktiv machen, dass es zur Schlagzeile werden kann.

Oliver Plate

»Il celebre Poeta Germanico Goethe« und »Herr Lama von Parma«. Goethes Aufenthalt in Leipzig um den Jahreswechsel 1796/97 im Spiegel eines italienischen Reiseberichts

Vom 29. Dezember 1796 bis zum 10. Januar 1797 begleitete Goethe Herzog Carl August von Sachsen-Weimar-Eisenach auf einer Reise nach Leipzig und Dessau. Die beiden blieben zunächst bis zum 2. Januar in Leipzig (GT 2.2, S. 501). Abgesehen von wenigen verstreuten Informationen aus verschiedenen Korrespondenzen (BuG 4, S. 269-271) ist dieser Aufenthalt scheinbar ausschließlich in Goethes Tagebüchern dokumentiert. Über den Verlauf des Anreisetages wird darin ausgeführt: »Mittag beym Prinzen von Darmstadt. Gegenwärtig [...] H[err] Lama von Parma« (GT 2.1, S. 86). Es ist das erste und einzige Mal, dass Goethe den italienischen Gelehrten Pietro Maria Antonio De Lama (1760-1825) auf dieser Reise erwähnt.[1] De Lama war seit 1785 Direktor des herzoglichen Archäologischen Museums von Parma, das zur Beherbergung von Altertümern aus dem ab 1760 ausgegrabenen römischen Velleia gegründet worden war.[2] Primär aus archäologischem und numismatischem Interesse, aber auch mit kleineren Aufträgen im Gepäck hatte der Museumsleiter 1790/91 bereits große Teile Italiens bereist und war 1795 in das Alte Reich aufgebrochen. Von Trient aus zog er zunächst über Innsbruck, München, Augsburg und Salzburg nach Wien und nach einem circa halbjährigen Aufenthalt über Prag weiter nach Dresden. Auch dort verbrachte der Archäologe ein gutes halbes Jahr und nutzte die Zeit für den Besuch von Halle, Freiberg und eben

1 Die hier präsentierten Ergebnisse entstammen dem am Hamburger Graduiertenkolleg »Interkonfessionalität in der Frühen Neuzeit« entstehenden Dissertationsprojekt »Der *Giro della Germania*: Interkonfessionalität auf Reisen des italienischen Adels durch das Alte Reich (1606-1798)«. Gefördert durch die Deutsche Forschungsgemeinschaft (DFG) – GRK 2008 – 242138915. Für anregende Hinweise zu Goethe und die Vermittlung an das *Goethe-Jahrbuch* danke ich Daniel Haas und Dr. Bastian Röther.

2 Giorgio Monaco: *Pietro De Lama, Direttore del Museo Ducale d'Antichità di Parma dal 1785 al 1825*. In: *Parma per l'Arte* 2 (1952), S. 77-85; Roberto Lasagni (Hrsg.): *De Lama, Pietro Maria Antonio*. In: *Dizionario biografico dei Parmigiani* 2 (1999), S. 368-370; Anna Maria Riccomini: *Scavi a Veleia: L'archeologia a Parma tra Settecento e Ottocento* (*ER Musei e territorio. Materiali e ricerche / Istituto per i beni artistici culturali e naturali della Regione Emilia Romagna* 6). Bologna 2005, bes. S. 87-91. Vgl. auch: Giorgio Monaco: *Le lettere da Roma di Ferdinando Boudard a Pietro De Lama dal 1821 al 1824 e la loro importanza storico-artistica*. In: *Archivio storico per le province parmensi* 4. Bd. 5 (1953), S. 183-307; Maria Giovanna Arrigoni Bertini: *Lettere inedite di Pietro De Lama all'Archivio di Stato di Parma*. In: *Archivio storico per le province parmensi* 38 (1986), S. 305-334.

Leipzig, bevor er 1797 wieder nach Parma zurückkehrte.[3] Worüber sich Goethe mit De Lama in Leipzig ausgetauscht haben dürfte, kann nur aus zwei indirekten Notizen rekonstruiert werden. So vermerkte Goethes Diener und Reisebegleiter Johann Jakob Ludwig Geist unter dem Datum eben jenes 29. Dezembers 1796 auf einem losen Foliobogen: »In der Kirche S. Paul zu Parma bey Benedictiner-Nonnen ist ein großes Zimmer entdeckt worden von Correggio gemahlt mit etlichen 70 Kindern in Lebensgröße«. (GT 2.2, S. 501 f.). Goethe ließ sich also offenbar von De Lama über Sehenswürdigkeiten in Parma unterrichten, woraufhin dieser von den wiederentdeckten Fresken im Nonnenkloster San Paolo von der Hand Antonios da Correggio (1489-1534) berichtete – ein auch von Goethe geschätzter Künstler (FA 15, S. 234 f., 1313).[4]

Über 20 Jahre später nennt der deutsche Dichter den Archäologen zudem im zweiten Band seiner Zeitschrift *Ueber Kunst und Alterthum* von 1818, in der es über die Ausgrabungen von Velleia heißt: »Gegenwärtig beschäftigt sich der Gelehrte Lama damit [...]« (FA 20, S. 364). Im Anschluss daran kündigt Goethe ein kurz vor der Veröffentlichung stehendes Werk zu Velleia aus der Feder des Mailänder Architekturprofessors Giovanni Antolini (1753-1841) an (FA 20, S. 364 f.), über das er in einer auf Oktober 1818 datierten Relation des Mailänder Korrespondenten Gaetano Cattaneo (1771-1841) informiert worden war.[5] Cattaneo schickte nicht nur Antolinis Ankündigung des Werkes im Original nach Weimar, sondern dokumentiert in seinem Schreiben auch dessen Verhältnis zu De Lama. Der Mailänder Professor habe dem Museumsleiter aus Parma vorgeschlagen, selbst ein architektonisches Werk über Velleia zu verfassen, während jener eine archäologische Studie vorlegen sollte. De Lama habe jedoch verschnupft und gekränkt abgelehnt.[6] Während Antolini wie angekündigt kurz darauf, im Jahr 1819, unabhängig von De Lama seine Studie veröffentlichte, hatte letzterer bereits 1818 ein erstes epigraphisches Werk über die Ausgrabungen von Velleia vorgelegt.[7] Dieses wird von Cattaneo jedoch nicht erwähnt, und auch Goethe scheint davon keine Notiz genommen

3 Elvio Guagnini: *Pietro de Lama: viaggi in Italia e in Europa*. In: Ders. (Hrsg.): *La regione e l'Europa: Viaggi e viaggiatori emiliani e romagnoli nel Settecento* (*Cultura e vita civile nel Settecento*). Bologna 1986, S. 279-300, 349-352. Vgl. auch ders.: *Viaggi e Romanzi. Note settecentesche*. Modena 1994, S. 119-130; Anna Maria Riccomini: *Il viaggio in Italia di Pietro De Lama: la formazione di un archeologo in età neoclassica*. Pisa 2003.

4 Francesco Barocelli (Hrsg.): *Il Correggio nella camera di San Paolo*. Mailand 2010.

5 Hugo Blank (Hrsg.): *Weimar und Mailand. Briefe und Dokumente zu einem Austausch um Goethe und Manzoni*. Heidelberg 1992, S. 131-154. Vgl. auch ders.: *Goethe und Manzoni. Weimar und Mailand*. Heidelberg 1988, S. 22-27; ders.: *Weimar und Mailand*. In: Frank-Rutger Hausmann (Hrsg.): *»Italien in Germanien«. Deutsche Italien-Rezeption von 1750-1850. Akten des Symposiums der Stiftung Weimarer Klassik, Herzogin Anna Amalia Bibliothek, Schiller-Museum. 24.–26. März 1994*. Tübingen 1996, S. 405-428; bes. S. 410-412.

6 Cattaneo schreibt von »raffredamento« und »dispettuccio«. Blank 1992 (Anm. 5), S. 144, 152-154.

7 Pietro Maria Antonio De Lama: *Descrizione delle iscrizioni antiche collocate ne' muri della scala Farnese*. Parma 1818; Giovanni Antolini: *Le rovine di Veleia misurate e disegnate*. 2 Bde. Mailand 1819-1822, Bd. 1; Riccomini (Anm. 3), S. 14 f.

und sich demzufolge 1818 nicht mehr an den italienischen Archäologen erinnert zu haben, den er 1796 in Leipzig persönlich kennengelernt hatte.

Während De Lama also offenbar keinen bleibenden Eindruck bei Goethe hinterließ, war die Wirkung des deutschen Dichters auf den italienischen Gelehrten ungleich größer. De Lama hat einen ausführlichen Bericht seiner Reise durch das Alte Reich verfasst, dessen Manuskript in der Biblioteca Palatina von Parma überliefert ist. Neben acht Textbänden liegen zudem drei Kartons mit Zeichnungen sowie ein Atlas vor.[8] Obwohl italienische Beiträge zum Reisebericht mehrfach auf die darin enthaltenen Notizen De Lamas über Goethe hingewiesen haben, sind sie von der deutschen Germanistik bisher nicht beachtet worden.[9] Die betreffenden Textstellen sollen daher nachfolgend veröffentlicht und in Beziehung zu den bekannten Tagebucheinträgen Goethes aus eben jenen Tagen gesetzt werden. Dabei wird zum einen ersichtlich, dass De Lama die von ihm besuchten gelehrten Zirkel ausführlicher dokumentiert als Goethe, über den er darüber hinaus mehrfach wertende Aussagen fällt. Zum anderen zeigt der Vergleich, dass der italienische Archäologe – anders als die Einträge in Goethes Tagebuch vermuten lassen – nicht nur am 29. Dezember 1796, sondern auch an den drei darauffolgenden Tagen in dessen Gesellschaft weilte. Der Reisebericht erhellt damit nicht nur De Lamas eigenen Aufenthalt, sondern bietet auch einen Spiegel für Goethes Aktivitäten in Leipzig um den Jahreswechsel 1796/97.

Beim Abgleich der Aufzeichnungen vom 29. Dezember 1796, Goethes Ankunftstag in Leipzig, fällt zunächst der quantitative Unterschied ins Gewicht. Goethe zählt anlässlich des Mittagessens bei Erbprinz Ludwig von Hessen-Darmstadt (1777-1848) lediglich De Lama und ein paar andere Anwesende auf und vermerkt im Anschluss daran: »Nachm[ittags] zu Lerse. Die Gemälde und Münzen besehen« (GT 2.1, S. 86).[10] Besagte Kunstobjekte waren Teil der Sammlung des Reichsgrafen Moritz Christian Johann von Fries (1777-1826), die dieser während seines Leipziger Studienaufenthaltes gemeinsam mit seinem Mitvormund Franz Christian Lerse (1749-1800) ergänzte, Goethes Studienfreund aus Straßburger Tagen.[11] De Lama berichtet wesentlich ausführlicher:

> Nach 12 Uhr ist Graf Fries gekommen, um uns abzuholen, und hat uns dem gütigen Erbprinzen von Darmstadt vorgestellt, der uns zum Mittagessen eingeladen hat. Dort waren auch der Herzog von Weimar [...] und der berühmte deutsche Dichter Goethe [...]. Herr Goethe hat ein paar schwarze, äußerst lebhafte Augen sowie eine italienische Physiognomie, und seine Gesellschaft ist sehr angenehm. Wenn ich ihn nicht an meiner Seite gehabt hätte, hätte ich mich gelang-

8 Biblioteca Palatina Parma: *Biblioteca del Museo di Antichità di Parma* 78, 8 Bde. Vgl. auch: Guagnini 1986 (Anm. 3); ders. 1994 (Anm. 3); Riccomini (Anm. 3).

9 Guagnini 1986 (Anm. 3), S. 298; ders. 1994 (Anm. 3), S. 128; Riccomini (Anm. 3), S. 12; dies. (Anm. 2), S. 88.

10 Gustav Otruba: *Fries, Moritz Graf von.* In: *NDB* 5 (1961), S. 606; Christina Florack-Kröll: *Lerse, Franz.* In: *NDB* 14 (1985), S. 320f.; Franz Eckhart Götz: *Ludwig II.* In: *NDB* 15 (1987), S. 397.

11 Egon Komorzynski: *Goethe und die Grafen von Fries.* In: GJb 1957, S. 169-178; hier S. 171f.

weilt. […] Danach sind wir zu Fries gegangen, wo ich das Vergnügen hatte, zu sehen, mit wie viel Geschmack Herr Goethe einige Bilder begutachtet hat.[12]

1796 hielt sich De Lama vor allem in Dresden auf und begleitete von dort aus vom 21. Dezember 1796 bis zum 3. Januar 1797 einen polnischen Freund namens Gintowt nach Leipzig, der in der Messestadt seinen Bruder besuchte.[13] Am 29. Dezember führte Fries die beiden in die Gesellschaft des Erbprinzen von Hessen-Darmstadt ein. Vermutlich hatte De Lama zuvor schon von Goethe gehört; in welcher Beziehung der Herzog von Sachsen-Weimar-Eisenach und der Dichter zueinanderstanden, scheint er jedoch recherchiert zu haben. Hinter »Goethe« verzeichnet die Handschrift einen Platzhalter, der am Seitenende unterhalb des eigentlichen Textes aufgelöst wird: »Vedi Riesbech. T[omo] II. suo Consigliere d'ambasciata«. Auf der Suche nach Informationen zu dem illustren Gast wurde De Lama also in Johann Kaspar Riesbecks (1754-1786) anonym veröffentlichtem Werk *Briefe eines Reisenden Franzosen über Deutschland* von 1783 fündig. Goethe wird darin von Riesbeck als »herzoglicher Legationsrath« bezeichnet, was De Lama offenbar mit »Consigliere d'ambasciata« übersetzte.[14] Der italienische Archäologe war 1795 zwar zunächst ohne Kenntnisse der deutschen Sprache ins Alte Reich aufgebrochen, lernte sie ab August 1796 jedoch regelmäßig mit Hilfe von Mitreisenden und zu diesem Zweck besorgten Grammatiken.[15] Ob er sich mit Goethe auf Deutsch unterhielt oder die beiden Gelehrten auf Italienisch/Französisch miteinander redeten, wird leider nicht ersichtlich. Ohne im Tagebucheintrag zum Nachmittag noch einmal von Goethe genannt zu werden, wurde der italienische Reisende im Anschluss an das Mittagessen Zeuge von dessen gutem Geschmack angesichts der Gemäldesammlung von Fries.

Auch am Abend des darauffolgenden 30. Dezember 1796 wurden Bilder in Augenschein genommen, dieses Mal aus der Sammlung August Wilhelm Crayens (1750-1803).[16] Goethe hebt in diesem Rahmen explizit hervor: »Zeichnungen der

12 Alle Zitate sind im Original Italienisch und wurden für diesen Aufsatz sinngemäß vom Autor ins Deutsche übertragen: »Dopo le 12 è venuto a prenderci il C[on]te Fries, e ci ha presentati al Buon Principe Ereditario d'Armstadt, che ci ha ritenuti a pranzo. V'Era il Duca di Weimar […], il celebre Poeta Germanico Goethe […]. Il Sig[no]r Goethe ha un pajo d'occhj neri in fronte vivacissimi, ha la fisionomia Italiana, ed è di ottima compagnia. Se non avessi avuto lui vicino mi sarei pure seccato. […] Siamo dunque passati a Casa Fries, dove ho avuto piacere di vedere con quanto gusto il Sig[no]r Goethe ha osservati attentamente alcuni quadri.« Biblioteca Palatina Parma (Anm. 8), Bd. 8, fol. 20v-21r.

13 Ebd., fol. 11v, 13r, 14r, 21r, 25v. Aus De Lamas späterer Korrespondenz mit dem von ihm als Francesco adressierten Gintowt geht hervor, dass dieser sich 1818 in Florenz, Parma und Bologna aufhielt, wo sich die beiden wiedertrafen. Arrigoni Bertini (Anm. 2), S. 311, 329.

14 Johann Kaspar Riesbeck: *Briefe eines Reisenden Franzosen über Deutschland. An seinen Bruder zu Paris. Uebersetzt von K. R.* 2 Bde. Zürich 1783, Bd. 2, S. 55-60; hier S. 57.

15 Biblioteca Palatina Parma (Anm. 8), Bd. 4, fol. 21v; Bd. 5, fol. 26v; Bd. 6, fol. 31v, 34r, 35v, 38v.

16 Georg Christoph Hamberger, Johann Georg Meusel (Hrsg.): *Crayen (August Wilhelm).* In: *Das gelehrte Teutschland oder Lexikon der jetzt lebenden teutschen Schriftsteller.* 23 Bde. Lemgo [5]1805, Bd. 11, S. 147 f.

Eule des Baron Stosch. darunter eine von Ghezzi merckwürdig« (GT 2.1, S. 88). Er nennt auch einige der Anwesenden namentlich, De Lama ist allerdings nicht darunter. Die Parallelüberlieferung zeigt jedoch, dass auch der italienische Archäologe zu den Gästen gehörte: »Nach dem Mittagessen [...] bin ich zu Crayen gegangen. Dort waren der Herzog von Weimar mit der Gesellschaft vom gestrigen Mittagstisch [...]. Ich und Herr Goethe haben einige Bilder verschiedener Künstler begutachtet [...]«.[17] Leider nimmt De Lama keinen inhaltlichen Bezug auf die gesehenen Bilder, obwohl gerade die von Goethe erwähnte Zeichnung Pier Leone Ghezzis (1674-1755) von der Eule des Sammlers Philipp von Stosch (1691-1757) dafür Anlass geboten haben dürfte. Diese Zeichnung ist als von Ghezzi ausgeführte, nicht erhaltene Skizze einer Eulen-Gemme aus der 1764 vom brandenburgischen Kurfürsten erworbenen Sammlung Stosch interpretiert worden (GT 2.2, S. 502).[18] Stosch besaß jedoch nicht nur Gemmen mit Darstellungen von Eulen, sondern nutzte dieses Motiv in zahlreichen Kontexten; es schmückt sogar die Mantelschnalle einer ihn darstellenden Büste von 1727.[19] Der explizite Verweis auf Ghezzi in Goethes Tagebuch legt stattdessen nahe, dass eine von dessen beiden berühmten Karikaturen mit dem Titel *Congresso di migliori antiquari di Roma* von 1725 oder 1728 gemeint sein dürfte. Sie zeigen den deutschen Antikensammler Baron Philipp von Stosch auf einem Stuhl sitzend mit einer Eule auf der Rückenlehne. In seiner Gegenwart befinden sich zahlreiche römische Antiquare, die sich ihm anbiedern, obwohl sie sich Fremden gegenüber eigentlich extrem restriktiv verhielten.[20] Unter Berücksichtigung des Umstandes, dass Crayen neben Goethe auch dem italienischen Archäologen seine Sammlung zeigte, erscheint die Wahl dieses Sujets nachvollziehbar und spricht zusätzlich für die Identifikation der Zeichnung mit der erwähnten Karikatur.

Am 31. Dezember 1796 fand sich Goethe wieder bei seinem Studienfreund Lerse im Hause Fries ein. Er besichtigte dort dieses Mal: »Die Kupfer der französischen Schule. Einige sehr gute Gemälde den sogenannten Domenichin abermals. Ein Familien stück von [Gérard de] Lairesse, ein Stilleben von Seb[astien] Bourdon [...]«

17 »Finito il pranzo [...] sono andato a Casa Gray. V'erano il Duca di Weimar colle Compagnia del pranzo di jeri [...]. Io col Sig[no]r Goëthe ho esaminati alcuni disegni di varii pittori [...].« Biblioteca Palatina Parma (Anm. 8), Bd. 8, fol. 21v-22r.

18 Die Sammlung verzeichnete im 18. Jahrhundert neun Gemmen mit Eulen-Motiven. Gerhard Femmel, Gerald Heres: *Die Gemmen aus Goethes Sammlung*. Leipzig 1977, S. 178f. Lediglich eine davon (Nr. 2055) wurde erst im Rahmen der Sammlung Rösel 1844/45 erworben. Adolf Furtwängler: *Beschreibung der geschnittenen Steine im Antiquarium*. Berlin 1896, S. VIII, 102. Die anderen sieben konnten Fries theoretisch in einer Zeichnung Ghezzis vorliegen, der durchaus für Handzeichnungen von Gemmen bekannt ist. Ders.: *Die antiken Gemmen. Geschichte der Steinschneidekunst im klassischen Altertum*. 3 Bde. Leipzig, Berlin 1900, Bd. 3, S. 411f.

19 Julia Kagan: *Philipp von Stosch in Porträts auf geschnittenen Steinen aus den Sammlungen der Leningrader Ermitage und der Berliner Museen und einige Fragen der Ikonographie*. In: *Forschungen und Berichte* 25 (1985), S. 9-15, Tafel 1-2; hier S. 12, Tafel 2.

20 Ulf R. Hansson: ›*An oracle for collectors*‹: *Philipp von Stosch and collecting and dealing in art and antiquities in early-eighteenth-century Rome and Florence*. In: Susan Bracken und Adriana Turpin (Hrsg.): *Markets, Agents and Collectors. Collecting Strategies in Europe and the United States. 1550-1950*. New York u.a. 2021, S. 113-128; hier S. 116f.

(GT 2.1, S. 88). Erneut hatte Fries nicht nur Goethe, sondern auch den italienischen Archäologen eingeladen. De Lama notiert: »Ich bin danach zu Herrn Lerse gegangen und habe die Drucke der französischen Schule gesehen. [...] Herr Goethe war ebenfalls zu Gast. Man sieht, dass er Geschmack hat, aber manchmal übertreibt er in seinen Urteilen«.[21] Wie tags zuvor bei Crayen rückt der Reisende also die illustre Gesellschaft Goethes in den Vordergrund. Im Hinblick auf den Tadel von Goethes Urteilskraft liegt die Vermutung nahe, dass sich dieser auf das von Goethe erwähnte Gemälde Domenichinos bzw. Domenico Zampieris (1581-1641) bezog. Der deutsche Dichter schätzte den Künstler zwar im Allgemeinen (FA I, 15, S. 112 f.), schrieb jedoch am 19. Januar 1797 an Johann Heinrich Meyer (1760-1832): »Auch hat mich in Leipzig ein kleines italienisches Bild, das man dem Dominikin zuschreibt, sehr interessirt. Es stellt Hagar mit dem Kinde und dem Engel vor [...]. Es [...] lässt bey allem Genuß noch einen Wunsch übrig« (GT 2.2, S. 503).[22] Das Domenichino zugeschriebene Bild ist damit das einzige der von Goethe zuvor genannten, das er nachweislich zumindest teilweise kritisierte. Außerdem handelt es sich um das einzige der erwähnten Werke, das einem italienischen Maler zugeschrieben wurde. Dessen partielle Kritik von Seiten eines deutschen Dichters könnte den gelehrten Austausch aus der Sicht des Archäologen zusätzlich national aufgeladen haben. Von den politischen Umwälzungen seiner Zeit war der Reisende schließlich auch selbst betroffen. Ende 1796 hatte er eigentlich längst wieder in der italienischen Heimat sein wollen; angesichts napoleonischer Truppenbewegungen in der Lombardei musste er seinen Dresdner Aufenthalt jedoch unfreiwillig verlängern.[23]

Auch seinen letzten Morgen in Leipzig nutzte Goethe noch einmal für die Besichtigung einer Galerie. Unter dem 1. Januar 1797 hält er fest: »Früh die Gemälde des H[errn] Otto besehen welcher schöne Dietrich von allerley Manier hat [...]. Zu Tische bey Chevalier de la Motte, wo nur Männer waren« (GT 2.1, S. 91). In einem auf denselben Tag datierten Brief an Schiller berichtet Goethe diesem summarisch über seinen Aufenthalt in Leipzig, dort »[e]inige recht interessante Menschen« getroffen zu haben (BuG 4, S. 271). Dass er De Lama dazu rechnete, erscheint angesichts von dessen marginaler Rolle im Tagebuch sowie in *Ueber Kunst und Alterthum* von 1818 zweifelhaft. Die Parallelüberlieferung zeigt jedoch erneut: Zwei der Männer am Tisch von Chevalier de la Motte waren Graf Fries und der italienische Archäologe. De Lama berichtet:

21 »Sono in seguito andato dal Sig[no]r Lersé, e ho vedute le stampe della scuola Francese. [...] Il Sig[no]r Goëthe era meco spettatore. Si vede che ha gusto: ma alle volte eccede ne' suoi giudicj.« Biblioteca Palatina Parma (Anm. 8), Bd. 8, fol. 22v.

22 Das Gemälde lässt sich nicht identifizieren, da die Fries'sche Sammlung 1823-1828 verkauft wurde. Komorzynski (Anm. 11), S. 176. In Leipzig wurden jedoch bei einer Versteigerung am 1. April 1878 mehrere Stiche mit dem Hagar-Motiv verkauft, deren Vorlage Pietro da Cortona (1596-1669) zugeschrieben wurde und bei der es sich um das von Goethe besehene Gemälde gehandelt haben könnte. Carl Gustav Boerner: *Catalog einer Sammlung ausgezeichneter Grabstichelblaetter, dabei viele Abdrücke vor der Schrift [...] aus dem Nachlasse eines Leipziger Liebhabers [...]*. Leipzig 1878, S. 24, 47 f.

23 Z. B.: Biblioteca Palatina Parma (Anm. 8), Bd. 6, fol. 1r, 12r, 28v; Bd. 8, fol. 28v.

> Mit dem jungen Grafen habe ich den Ratsherrn Goethe abgeholt, und zusammen haben wir die Gemäldesammlung des Ratsherrn Otto angeschaut. […] Am interessantesten waren die auf verschiedene Weisen gemalten Bilder von Dietrich […], der nicht so gut im Nachahmen ist […]. Um 1 Uhr sind wir zum Haus des Herrn Kavaliers della Motte gegangen […].[24]

Auch bei den Bildern Christian Wilhelm Ernst Dietrichs (1712-1774) aus der Sammlung Ernst Peter Ottos (1724-1799) scheinen die Meinungen der beiden Gelehrten also auseinander gelegen zu haben, was dieses Mal jedoch nur indirekt aus De Lamas Notizen hervorgeht.

Abschließend lässt sich festhalten: Während Goethes Aufzeichnungen in erster Linie die besehenen Kunstwerke aus den Sammlungen Fries, Crayen und Otto dokumentieren, kreisen De Lamas Notizen vor allem um Goethe. Der Museumsleiter aus Parma sprach nur bruchstückhaft Deutsch und kannte den deutschen Dichter zuvor so schlecht, dass er dessen Funktion erst recherchieren musste – und trotzdem wurde er entweder in den Bann von Goethes Persönlichkeit gezogen oder er erkannte im Nachhinein die Möglichkeit, den eigenen Reisebericht mit seinen Eindrücken vom offenbar über die Landesgrenzen hinaus berühmten Zeitgenossen zu schmücken.

24 »Col giovine C[on]te [Fries] sono andato a prendere il Consigliere Goethe, e insieme a vedere la colezione di quadri del Consig[lie]re Otto. […] Ciò che v'è di più interessante sono molti quadretti di Dietryck dipinti in varie maniere […] che non è stato sì felice nel contraffare […] Alla una siamo andati a casa del sig[no]r Cav[aliere] della Motte […].« Biblioteca Palatina Parma (Anm. 8), Bd. 8, fol. 24r-24v.

Hubert Kalf

Der Urheber eines Mathematikzitats aus dem historischen Teil der »Farbenlehre«

Goethe äußert im Abschnitt *Newtons Persönlichkeit* des 2. Teils seiner *Materialien zur Geschichte der Farbenlehre* die Vermutung, »daß vielleicht Newton an seiner Theorie so viel Gefallen gefunden, weil sie ihm bei jedem Erfahrungsschritte neue Schwierigkeiten darbot. So sagt ein Mathematiker selber: ›C'est la coutume des Géomètres de s'élever de difficultés en difficultés, et même de s'en former sans cesse de nouvelles, pour avoir le plaisir de les surmonter‹« (LA I, 6, S. 301).[1] Der Kommentarband (LA II, 6, S. 518) vermerkt, dass der Urheber dieses Zitats unbekannt sei, und gibt Andreas Speisers[2] Hinweis wieder, dass sich in Condorcets Eloge auf Euler ein ähnlicher Gedanke finde.[3]

1 MA 10, S. 1244, gibt als Übersetzung des französischen Satzes (es ist wichtig, die Worte Géomètre oder Géométrie nicht auf ihre heutige enge Bedeutung zu reduzieren): »Es ist die Gewohnheit des Mathematikers, sich Schwierigkeiten über Schwierigkeiten aufzubauen und sich sogar noch immer neue zu machen, um das Vergnügen zu haben, sie zu überwinden«.

2 Andreas Speiser (1885-1970) war von 1928 bis 1965 Generalredaktor der Euler-Kommission, die sich das monumentale Ziel gesetzt hatte, das gesamte Werk von Leonhard Euler (1707-1783) herauszugeben (die Ausgabe ist noch nicht abgeschlossen). Als Redakteur des 16. Bandes der *Gedenkausgabe* ließ er auf Goethes *Schriften zur Farbenlehre* die *zur Wissenschaftslehre* folgen und verfasste für beide ein umfangreiches Nachwort. In: Johann Wolfgang von Goethe: *Sämtliche Werke. Briefe, Tagebücher und Gespräche.* Bd. 17. Hrsg. von Ernst Beutler. Zürich 1952, S. 920f. findet sich sein Hinweis erstmals; er wird in: FA 23.1, S. 1383 wiederholt. Das Bild einer ganz ungewöhnlichen Persönlichkeit, deren Interessen weit über das Mathematische hinausreichten, vermitteln Joachim Otto Fleckenstein und Bartel Leendert van der Waerden: *Zum Gedenken an Andreas Speiser.* In: *Elemente der Mathematik* 26 (1971), S. 97-102. Zu Speisers Einschätzung, dass Goethe auch abstraktem Denken zugeneigt war, vgl. John Neubauer: *»Die Abstraktion, vor der wir uns fürchten«. Goethes Auffassung der Mathematik und das Goethebild in der Geschichte der Naturwissenschaft.* In: *Versuche zu Goethe. Festschrift für Erich Heller.* Hrsg. von Volker Dürr. Heidelberg 1976, S. 305-320.

3 Zu Condorcet (1743-1794), seit 1776 permanenter Sekretär der Académie des Sciences und vielleicht der letzte der Enzyklopädisten, vgl. Gilles Granger: *Condorcet, Marie-Jean-Antoine-Nicolas Caritat, Marquis de.* In: *Dictionary of Scientific Biography.* Bd. 3: *Pierre Cabanis – Heinrich von Dechen.* Hrsg. von Charles Coulston Gillispie. New York 1981, S. 383-388. Condorcets *Eloge de M. Euler* findet sich in: *Histoire de l'Académie royale des sciences pour l'année 1783* (Paris 1786), S. 37-68. Sie ist wieder abgedruckt in: Leonhard Euler: *Opera omnia.* Reihe 3: *Opera physica.* Bd. 12: *Lettres à une princesse d'Allemagne. Rettung der göttlichen Offenbarung. Eloge d'Euler par le Marquis de Condorcet.* Zürich 1960, S. 287-310. Dieser Band sollte ursprünglich die Werke Eulers abschließen.

Soweit ich sehen kann, ist die einzige in Frage kommende Stelle in Condorcets dreißigseitiger Lobrede die folgende: Auf dem Gebiet der Differentialgleichungen von Funktionen mit mehreren Veränderlichen bestehe Eulers Leistung

> [...] en un mot, en découvrant dans la nature des équations aux différences partielles, plusieurs de ces propriétés singulières qui en rendent la théorie générale si difficile et si piquante; qualités presque inséparables en Géométrie, où le degré de la difficulté est si souvent la mesure de l'intérêt qu'un prend à une question, de l'honneur qu'on attache à une découverte. L'influence d'une vérité nouvelle sur la Science même ou sur quelqu'application importante, est le seul avantage qui puisse balancer ce mérite de la difficulté vaincue, chez des hommes pour qui le plaisir d'apercevoir une vérité, est toujours proportionné aux efforts qu'elle leur a coûtés.[4]

Da ich eine deutsche Übersetzung der Eloge nicht gefunden habe, gebe ich die meinige dieser Stelle wieder. Eulers Leistung bestehe

> [...] kurz gesagt, darin, aus der Beschaffenheit der partiellen Differentialgleichungen heraus verschiedene ihrer speziellen Eigenschaften aufzudecken, die die allgemeine Theorie so schwierig und so reizvoll machen, beides nahezu untrennbare Merkmale in der Mathematik, wo der Grad der Schwierigkeit oft Maß für das Interesse ist, das man an einer Frage nimmt, für die Ehre, die man einer Entdeckung beilegt. Der Einfluss einer neuen Wahrheit auf die Wissenschaft selbst oder auf irgendeine wichtige Anwendung ist die einzige Vergünstigung, die dieses Verdienst einer gemeisterten Schwierigkeit ausgleichen kann – bei Menschen, für welche die Freude, eine Wahrheit zu erkennen, immer ins Verhältnis zu den Anstrengungen gesetzt wird, die es sie gekostet hat.

Wenn auch eine Ähnlichkeit vorhanden ist, so ist doch die Eigenständigkeit des Eingangszitates unverkennbar. Dass Goethe für seine Recherchen Condorcet überhaupt herangezogen hat, wird man wohl ausschließen können. In den Materialien zur Farbenlehre sowie den Personenverzeichnissen der Briefe von und an Goethe kommt der Name Condorcet nicht vor – mit einer Ausnahme. In den Regesten werden Buchsendungen von Johann Heinrich Meyer an Goethe erwähnt, darunter Condorcets posthume *Esquisse d'un tableau historique des progrès de l'esprit humain*, Paris 1795, welche er [Meyer] nicht verstanden habe.[5] In Goethes Bibliothek findet sich die deutsche Übersetzung.[6]

Meine Vermutung, der Urheber des Zitats müsse jemand sein, der im historischen Teil der *Farbenlehre* erwähnt werde und der auch diverse andere Mathematiker beurteilt habe, führt unmittelbar auf den im Abschnitt *Nachlese* (vgl. LA I, 6, S. 352)

4 Condorcet (Anm. 3), S. 47 bzw. Euler (Anm. 3), S. 294 f.

5 Vgl. RA 2, Nr. 523; dass es sich um diese Schrift handelt, folgt aus dem Ergänzungsband RA 5.2, S. 321.

6 Hans Ruppert: *Goethes Bibliothek*. Weimar 1958, S. 73. Dort auch der Hinweis, dass »S. 65 ff. unaufgeschnitten« sind. Keine Erwähnung findet sich bei Elise von Keudell: *Goethe als Benutzer der Weimarer Bibliothek*. Weimar 1931.

recht kursorisch behandelten Mathematikhistoriker Jean Etienne Montucla. Dass Goethe ihm aber eine besondere Bedeutung beimaß, kann man seiner Bemerkung in den *Tag- und Jahresheften* 1806 entnehmen: »Um soviel als mir gegeben sein möchte, an die Mathematik heranzugehen, las ich Montuclas *Histoire des Mathématiques*« (LA II, 6, S. 329).[7] Bereits 1801 kommt er in der Liste seiner Desiderata vor.[8] Am 2. Mai 1805 schreibt er an den mit ihm befreundeten Altphilologen Friedrich August Wolf in Halle: »Können Sie mir den Montucla auf kurze Zeit borgen, so geschieht mir ein Gefallen. Ich muß zu meiner Beschämung bekennen, daß wir ihn hier nicht besitzen« (LA II, 6, S. 322 f.). Eine Besorgung des Werks schien offenbar unmöglich,[9] denn schon am 25. Mai 1805 wandte er sich mit diesem Anliegen an Heinrich Carl Abraham Eichstädt, Professor der Rhetorik und Poetik sowie Oberbibliothekar in Jena: »Könnten Ew. Wohlgeb. mir Montucla, *Histoire des mathématiques* etc. entweder aus der Universitätsbibliothek oder von einem Freunde verschaffen, so geschähe mir gegenwärtig ein besonderer Gefalle« (LA II, 6, S. 324). Dieser reagierte offenbar sofort (vgl. RA 5, S. 61 f.). Goethes Tagebuch vermerkt eine Lektüre aber erst für den 5. Juni 1806 (vgl. LA II, 6, S. 328) und später noch einmal für den 10. November 1809 (vgl. LA II, 6, S. 385). Es wäre natürlich möglich, dass die Bände zwischenzeitlich zurückgegeben wurden, aber es ist belegt, dass Goethe ausgeliehene Bücher manchmal sehr lange behielt.[10] Geht man nun auf die von Gallica ins Netz gestellte Erstausgabe von Montuclas Teil II und gibt

7 Dass es sich um die zweibändige Erstausgabe von 1758 handelt, folgt aus LA I, 6, S. 352. Es ist dies die erste umfassende Geschichte der Mathematik unter Einschluss ihrer Anwendungen, also Mechanik, Astronomie, Optik und Akustik, von Anbeginn bis etwa 1700. Von der erheblich vermehrten vierbändigen Neuauflage erschienen die ersten beiden Bände kurz vor Montuclas Tod 1799, die beiden letzten Bände 1802 (fertiggestellt primär von dem Astronomen Jérôme Lalande und dem Mathematiker Sylvestre Lacroix). Eine Beschreibung des Aufbaus und eine ausgewogene Kritik der beiden Auflagen finden sich in der reich dokumentierten Arbeit von George Sarton: *Montucla (1725-1799). His life and works*. In: *Osiris* 1 (1936), S. 519-567. Erwähnt sei noch, dass 1960 in Paris ein zum Teil schlecht lesbarer fotomechanischer Nachdruck der vier Bände erschien, auf deren Vorsatzblättern Montucla die Initialen J. F. hat.

8 In den Materialien 118 u. 134, LA II, 6, S. 224 bzw. S. 267. Letztere Erwähnung, datiert auf den 4.8.1801, fällt aber schon in Goethes längeren Aufenthalt in Göttingen. Seine umfangreichen historischen Recherchen dort sind sehr detailliert dokumentiert und betreffen Montucla nicht. Vgl. die Beiträge in dem Ausstellungskatalog *»Der gute Kopf leuchtet überall hervor«. Goethe, Göttingen und die Wissenschaft*. Hrsg. von Elmar Mittler, Elke Purpus u. Georg Schwedt. Göttingen 1999.

9 Ein Antwortschreiben habe ich nicht finden können. Die Bände waren aber wohl in Halle vorhanden, wie aus einem Brief von Friedrich August Wolf vom 3.7.1805 an Goethe hervorgeht (vgl. RA 5.1, Nr. 153).

10 In einem Brief von Wolf an Heinrich Carl Abraham Eichstädt vom 24.8.1806 heißt es: »Sehen Sie Herrn Geheimenrath von Göthe, so haben Sie wol die Güte, ihn an 3 oder 4 kleine Bücher zu erinnern, die er vor einigen Jahren von hiesiger Bibliothek erhielt. Um eines derselben bin ich schon seit Jahr und Tag von Berlin aus gebeten worden«. Zit. nach: Siegfried Reiter: *Friedrich August Wolf. Ein Leben in Briefen. 1. Bd.: Frühzeit, Hallische Meisterjahre (1779-1807)*. Stuttgart 1935, S. 417.

»Coutume« als Suchbegriff ein, so erhält man sechs Treffer; wovon der fünfte wortwörtlich auf S. 449 unser Eingangszitat wiedergibt (in der 2. Auflage steht es auf S. 470).[11] Eine Suche über Google mit »Montucla« und Teilen des Zitats führt allerdings nicht zum Ziel.[12]

Der Kontext erscheint uns heute etwas überraschend, vielleicht sogar befremdlich. Jakob Bernoulli (1654-1705) forderte 1690 die Mathematiker auf, die ebene Kurve zu bestimmen, die eine an ihren Enden aufgehängte (nicht dehnbare homogene) Kette unter Einfluss der (als konstant angenommenen) Schwerkraft bildet. Von S. 446 an stellt Montucla die Vorgeschichte dieses Problems dar (nicht ganz korrekt, was die Rolle von Galilei betrifft; dieser hatte nur davon gesprochen, dass näherungsweise eine Parabel vorliege) und erläutert dann die von Jakobs jüngerem Bruder Johann Bernoulli (1667-1748) wohl noch im selben Jahr eingereichte Lösung in einer von diesem etwas später ausführlicher dargelegten Form: Aus der Betrachtung der Spannungskräfte auf die Elemente der Kette ergibt sich eine Differentialgleichung, die mit den von Newton und Leibniz erst kürzlich gefundenen neuen analytischen Hilfsmitteln[13] gelöst werden und deren Abweichung von einer Parabel genau angegeben werden kann. Nach Aufzählung einiger wichtiger Eigenschaften der Kettenlinie (die Namensgebung stammt von Leibniz) kommt nun unser Eingangszitat, denn sofort anschließend habe sich Johann mit noch schwierigeren Problemen beschäftigt – nicht dehnbaren Ketten veränderlicher, dehnbarer konstanter Dicke, ferner dem Einfluss eines variablen Gravitationsfeldes. Die Darstellung ist in der 2. Auflage im Wesentlichen die gleiche. Isoliert man das Zitat, so fehlt die Information, dass von Schwierigkeiten die Rede ist, die einer realistischeren Beschreibung der Phänomene und keineswegs künstlich hergestellten Komplikationen eines L'art-pour-l'art-Problems entstammen. Goethe hat das durchaus gesehen und vermutete, »daß vielleicht Newton an seiner Theorie soviel gefunden,

11 Vgl. https://gallica.bnf.fr/ark:/12148/bpt6k5401095r.texteImage# (zuletzt aufgerufen am 3.7.2023).

12 Als Kuriosität sei erwähnt, dass mit Hilfe der 2. Auflage von Teil II die Urheberschaft eines anderen Mathematikzitates geklärt werden konnte, nämlich durch Jost Schillemeit: *Der Geometer und die Dichtung. Philologische Arabeske über eine literarische Anekdote.* In: *Studien zur Goethezeit.* Hrsg. von Rosemarie Schillemeit. Göttingen 2006, S. 541-560; hier S. 559 (Erstdruck in der Festschrift für Victor Lange 1977). Es ist sicher nicht so bekannt, dass Jost Schillemeit (1931-2002) 1954 seine Staatsexamensarbeit bei einem bedeutenden Göttinger Mathematiker, Franz Rellich (1906-1955), anfertigte: *Eigenwerttheorie der Systeme gewöhnlicher Differentialgleichungen, insbesondere der Diracschen Differentialgleichungen.*

13 Das Verständnis der Leibniz'schen Form der Infinitesimalrechnung hatten sich die Brüder selbständig erarbeitet. Die Lösung der nachfolgend genannten Probleme durch Johann geschah zum Teil in Konkurrenz mit Jakob und führte schließlich zu erbitterter Feindschaft. Verwiesen sei auf die sehr nuancierte Darstellung von Rüdiger Thiele: *Das Zerwürfnis Johann Bernoullis mit seinem Bruder Jakob.* In: *Natur, Mathematik und Geschichte. Beiträge zur Alexander-von-Humboldt-Forschung und zur Mathematikhistoriographie.* Hrsg. von Hanno Beck u.a. Halle 1997, S. 257-276. Auf S. 262 bezieht sich Thiele auf eine Passage von Montucla ganz in der Nähe unseres Zitates, nämlich S. 458. Er arbeitet mit der 2. Auflage, dort S. 477; der Text ist identisch.

weil sie ihm, bei jedem Erfahrungsschritte, neue Schwierigkeiten darbot« (vgl. LA I, 3, S. 301), und es war für ihn wohl auch in Ordnung – bei der Mechanik, aber keinesfalls bei seiner Farbenlehre, welche er von der Optik abgesondert sehen wollte (vgl. LA I, 3, S. 229, 2b 4).[14]

14 Es sei noch die Gelegenheit genutzt, ein Versehen im Anmerkungsapparat zur *Farbenlehre* zu korrigieren. Karl Bulling (*Goethe als Erneuerer und Benutzer der jenaischen Bibliotheken. Gedenkgabe der Universitätsbibliothek Jena zu Goethes hundertstem Todestag*. Jena 1932, S. 47, Nr. 160) kann man entnehmen, dass Goethe vom 29.7. bis 10.9.1828 Bd. 1 der gesammelten Werke von Johann Bernoulli aus der Jenaer Schlossbibliothek entliehen hatte. In LA I, 5, B/2, S. 1307, ist jedoch unglücklicherweise nur von »Bernoulli« die Rede, so dass im Namensverzeichnis (ebd., S. 1723) dieser Band irrtümlich Daniel Bernoulli zugeordnet wird. Johann Bernoulli fehlt ebenfalls im Registerband LA III, 2, S. 18. Es gibt einen Nachdruck von Johanns gesammelten Werken mit einem ausführlichen Vorwort von Josef Ehrenfried Hofmann: Johann Bernoulli: *Opera Omnia tam antea sparsim edita, quam hactenus inedita*. 4 Bde. Hildesheim 1968/69. Die angeführte Arbeit von Daniel – sie wird in LA I, 5, B/1, S. 213, erwähnt – findet sich auch in: Daniel Bernoulli: *Werke*. Bd. 1: *Medizin und Physiologie. Mathematische Jugendschriften. Positionsastronomie*. Hrsg. von Volker Zimmermann. Basel 1996, und wird dort von Zimmermann kurz kommentiert.

Thomas Ketelsen

Ein zeichnerischer Fund zu Goethes »Überlegung wegen dem Hintergrund des 10. Blattes von Mantegnas Triumphzug«

Über die Entstehungsgeschichte von Goethes Aufsatz *Julius Cäsars Triumphzug, gemalt von Mantegna*, der 1823 in *Ueber Kunst und Alterthum* erschien, sind wir durch Werner Oechslins profunden Kommentar in der Münchner Ausgabe »bis in Einzelheiten hinein« informiert (MA 20.3, S. 615).[1] Anlass für Goethes Aufsatz war der Erwerb von Andrea Andreanis (1558/59-1629) Chiaroscuro-Holzschnittserie nach Andrea Mantegnas (1431-1506) *Triumphzug Cäsars* auf einer Auktion im April 1820 in Frankfurt.[2] Am 30. Juni beginnt er, sich mit dem »Triumphzug des Mantegna« eingehend auseinanderzusetzen (WA III, 7, S. 190). Neben dem Verfassen eines eigenen Aufsatzes ist es das Anliegen Goethes, Andreanis neunteiligen Zyklus durch ein zehntes Blatt zu ergänzen, um so die Bilderfolge ästhetisch zufriedenstellend zu vollenden. Zu diesem Zweck wird der Kupferstecher Carl August Schwerdgeburth (1785-1878) engagiert,[3] der unter Verwendung eines damals noch Mantegna selbst zugeschriebenen Kupferstichs, die sogenannten *Senatoren* (Abb. 1), den Zyklus komplettieren soll.[4]

In einem Brief vom 24. Januar 1821 gibt Goethe dem Künstler genaueste Anweisungen, wie er »bey der zu unternehmenden Arbeit [...] zu verfahren« habe:

> Da nämlich die Absicht ist, den in Holz geschnittenen Triumphzug des Mantegna zu complettiren, so wäre der auf durchscheinend Papier schon durchgezeichnete Kupferstich umzukehren und die vergrößerte Zeichnung dergestalt einzu-

1 Goethes Aufsatz findet sich ebd, S. 119-147. Zum Aufsatz vgl. Ernst Osterkamp: *Im Buchstabenbild. Studien zum Verfahren Goethescher Bildbeschreibungen*. Stuttgart 1991, S. 365-376; Hermann Mildenberger: *Chiaroscuro in Weimar*. In: Dieter Graf, Hermann Mildenberger (Hrsg.): *Chiaroscuro. Italienische Farbholzschnitte der Renaissance und des Barocks*. Rom, Weimar 2001, S. 9-35; Johannes Grave: *Der ›ideale‹ Kunstkörper. Johann Wolfgang Goethe als Sammler von Druckgraphiken und Zeichnungen*. Göttingen 2006, S. 190-202.

2 Zu Andreanis Holzschnitt-Serie vgl. Christian Schuchardt: *Goethes Kunstsammlungen. Erster Teil*. Jena 1848, S. 44 f., Nr. 406; Sabine Schulze (Hrsg.): *Goethe und die Kunst*. Frankfurt a. M., Weimar 1994, S. 68-71, Nr. 19-28; *In Farbe! Clair-obscur-Holzschnitte der Renaissance*. Bearb. von Achim Gnann. Wien 2013, S. 422-439, Kat.-Nr. 209-219.

3 Zum Künstler vgl. *Carl August Schwerdgeburth (1785-1878), dem Weimarer Zeichner zum 200. Geburtstag*. Bearb. von Christina Florack-Kröll. Düsseldorf 1985; *German Printmaking in the Age of Goethe*. Bearb. von Antony Griffiths, Frances Carey. London 1994, S. 234 f.

4 Vgl. Schuchardt (Anm. 2), S. 44, Nr. 399; zu dem Stich vgl. Jane Martineau (Hrsg.): *Andrea Mantegna*. London, New York 1992, S. 389, Nr. 126, S. 391, Abb. 126.

Abb. 1
Anonymer Stecher (nach Mantegna): *Die Senatoren.* Ende 15. Jh.

> richten, daß die ersten Figuren des letzten Blattes sich unmittelbar an den Triumphwagen anschlössen und, wie der ganze Zug, gleichfalls von der Rechten des Zuschauers zur Linken gingen; die Architektur des oberen Theils bleibt weg, wie schon besprochen worden. (WA IV, 34, S. 114 f., Nr. 109)

Schwerdgeburths Aufgabe bestand somit darin, eine von ihm bereits »auf durchsichtig Papier«[5] angefertigte Durchzeichnung der Komposition von Mantegnas Stich um 180° Grad zu wenden und, vermutlich mit Hilfe eines Storchenschnabels, auf das größere Format der Chiaroscuro-Holzschnitte Andreanis umzukopieren. Die vergrößerte Durchzeichnung sollte sich als letztes Blatt der Bewegungsrichtung

5 Brief von Carl August Schwerdgeburth vom 10.1.1821 an Christoph Ludwig Friedrich Schultz, zit. nach: WA IV, 34, S. 83-85 (Nr. 81); hier S. 85.

Abb. 2
Carl August Schwerdgeburth: *Die römischen Senatoren begleiten den Triumphzug Cäsars.* 1820

des Triumphzuges von rechts nach links anschließen. Allerdings bestand Goethe darauf, dass der Hintergrund auf Mantegnas Stich in der Durchzeichnung nicht übernommen werde, da dieser mit dem vorausgehenden Blatt 9 im Zyklus, dem *Triumphwagen Cäsars,*[6] nicht harmonierte. Bereits fünf Tage nachdem Goethe die einzelnen Arbeitsschritte gegenüber Schwerdgeburth festgelegt hat, notiert er am 29. Januar im Tagebuch: »Schwerdgeburth, die Zeichnung nach Mantegna vorweisend« (WA III, 8, S. 12). Nun ging es darum, die Ausgestaltung des Hintergrundes, der auf der vergrößerten Pause leer geblieben war, neu zu gestalten. Dazu heißt es am 1. Februar im Tagebuch: »Überlegung wegen dem Hintergrund des 10. Blattes von Mantegnas Triumphzug« (ebd., S. 14). Vier Tage später liefert Schwerd-

6 Zu dem Blatt vgl. Schulze (Anm. 2), S. 71, Nr. 28.

Abb. 3
Marten de Cock: *Hügelige Landschaft mit antiker Ruine*. Um 1630/32

geburth dann seinen auch im Hintergrund vervollständigten »Mantegna« (Abb. 2) ab (WA III, 8, S. 20).[7] Die Zeichnung musste dann noch »ajustiert« (ebd., S. 21), d.h. vermutlich auch farblich an die übrigen Holzschnitte angepasst werden. Mit der Komplettierung von Andreanis Zyklus durch die Ergänzung eines 10. Blattes war der erste Schritt in der Beschäftigung mit Mantegnas Triumphzug lange vor Fertigstellung des Aufsatzes erfolgreich abgeschlossen.

Aller philologischen Umsicht zum Trotz blieb die Frage, wie Goethe zur Vollendung des Hintergrundes auf dem von ihm konzipierten letzten Blatt von Andreanis Holzschnittserie gelangt ist, bislang unbeantwortet.[8] Dabei wurde von der Forschung nicht einmal hypothetisch erwogen, dass Goethe für die Gestaltung des Hintergrundes auf eine visuelle Bildquelle zurückgegriffen haben könnte, ein Sachverhalt, der auch auf sein beharrliches Schweigen über sein künstlerisches Vorgehen zurückzuführen ist. Eine Antwort auf die Frage nach Goethes »Überlegung« liefert uns nun eine Zeichnung aus seiner eigenen Sammlung, die neben ›Mantegnas‹ Kupferstich der *Senatoren* als bildliche Vorlage zur Komplettierung des Hintergrundes gedient hat. Es handelt sich um eine unter dem Namen Paul Bril erworbene Landschaftszeichnung (Abb. 3) – die heute Marten de Cock zugeschrieben wird –, die im

7 »Schwerdgeburth hatte den Mantegna gebracht«. Zu Schwerdgeburths Zeichnung vgl. Schuchardt (Anm. 2), S. 44 f., Nr. 406. MA 20.3, S. 609 f.; Schulze (Anm. 2), S. 72, Nr. 29; Graf, Mildenberger (Anm. 1), S. 8, Abb. 1.

8 Vgl. auch ebd., S. 611: »Was im einzelnen noch korrigiert wurde, läßt sich nicht feststellen«.

Abb. 4
Schwerdgeburth (Abb. 2) mit Überblendung aus de Cock (Abb. 3)

Hintergrund einen leicht ansteigenden Hügel und einen antikisierenden Rundtempel zeigt (MA 20.3, S. 631).[9]

Der Vergleich der de Cock-Zeichnung mit Schwerdgeburths ›Mantegna‹-Blatt verdeutlicht, dass jene als direkte Vorlage für die Neuschöpfung herangezogen wurde. Wiederum mit Hilfe einer Durchzeichnung hat Schwerdgeburth dabei den Landschaftshintergrund kopiert und im Größenverhältnis eins zu eins in seine Zeichnung übernommen (Abb. 4, Detail).

9 Vgl. Schuchardt (Anm. 2), S. 302, Nr. 808: »Paul Brill«: »Gebirgige Landschaft, links ein Baum auf einem Felsen, nach rechts im Mittelgr[und] ein Tempel auf einem Berge mit Gebüsch umgeben. Qu. fol. Zeichn[ung] mit Feder und Tusche«. Die Zeichnung wird heute Marten de Cock (1605-nach 1646), einem Künstler in der Nachfolge Paul Brils, zugeschrieben.

Die Vervollständigung von Mantegnas *Triumphzug* mit Hilfe der de Cock-Zeichnung macht deutlich, dass Goethe seine Zeichnungssammlung (neben der Graphiksammlung) nicht nur als Ausgangspunkt für einzelne kunsthistorische Studien, etwa zur Geschichte der Landschaftsmalerei, verwendet hat, sondern wie im Fall dieser wohl ambitioniertesten Kunstunternehmung Goethes überhaupt auch als visuelle Bildquelle nutzte.[10] Jedoch wird dieser Rückgriff auf die eigene Sammlung in dem zwei Jahre später veröffentlichten Mantegna-Aufsatz an keiner Stelle auch nur angedeutet, auch dort nicht, wo Goethe explizit auf Schwerdgeburths Zeichnung als Ergänzung von Andreanis Holzschnitt-Serie zu sprechen kommt (MA 20.3, S. 147, Nr. 7). Goethe beschließt seinen Aufsatz einzig mit den Worten, dass es sein Anliegen war, mit Hilfe des von Schwerdgeburth neu geschaffenen zehnten Blattes von Mantegnas *Triumphzug* (Abb. 2) den »Kunstfreunden den vollen Genuß des Ganzen zu verschaffen« (MA 20.3, S. 147, Nr. 7). Die Zeichnung führe dem Betrachter dabei »das anmutigste Schauspiel« vor Augen, »indem etwas, von einem der außerordentlichsten Menschen vor mehr als dreihundert Jahren intentioniert, zum erstenmal zur Anschauung gebracht wird« (ebd.). Angesichts dieses heute hypertroph erscheinenden Anspruchs mutet es geradezu paradox an, dass dem damaligen Leser des Aufsatzes das neu geschaffene zehnte Blatt Mantegnas anschaulich nicht zugänglich gemacht wurde, etwa in Form einer beigefügten Lithographie, wie Goethe dies ursprünglich geplant hatte.[11] Dem Verzicht auf die anschauliche Vergegenwärtigung von Schwerdgeburths Neuschöpfung korrespondiert Goethes Schweigen über die kreative Handhabe der de Cock-Zeichnung zur Komplettierung des Hintergrundes. Dieses Schweigen erweist sich aber durch die Entdeckung der bislang verborgen gebliebenen Quelle für die Hintergrundgestaltung des zehnten Blattes als ein beredtes Schweigen, das dem Mantegna-Aufsatz eine Bedeutungsdimension zukommen lässt, die in der Forschung bislang nicht erwogen wurde.[12] Primäres Anliegen Goethes war es, auf jenen anschaulich »nicht völlig aufgelösten Widerstreit« im Werk Mantegnas hinzuweisen (MA 20.3, S. 122), der sich aus dessen Antikenrezeption auf der einen und seinem Wirklichkeitsanspruch auf der anderen Seite ergab. Für Mantegnas Auseinandersetzung mit der als vorbildlich erachteten antiken Kunst gelte dabei, wie Goethe eigens hervorhebt, die von seinem Lehrer Squarcione übernommene Einsicht, dass es

10 Vgl. auch Thomas Ketelsen, Carsten Wintermann: *Goethes Handhabe niederländischer Zeichnungen*. In: Thomas Ketelsen, Oliver Hahn (Hrsg.): *Die Sammlung der niederländischen Zeichnungen in Weimar. Ein Handbuch*. Dresden 2022, S. 86-97.

11 So Goethe in einem Brief an Schultz vom 29.4.1821, vgl. WA IV, 34, S. 210-212, Nr. 208; hier S. 210. Schultz unterstützt Goethes Plan auch noch nach Veröffentlichung des Aufsatzes in einem Brief vom 17.5.1823, vgl. František Tomáš Bratranek (Hrsg.): *Goethe's naturwissenschaftliche Correspondenz (1812-1832)*. Bd. 2. Leipzig 1874, S. 292-294, Nr. 327; hier S. 293 f. Vgl. auch Grave (Anm. 1), S. 195.

12 Zum Mantegna-Aufsatz vgl. im Besonderen Gert Mattenklott: *Mantegnas Doppelleben als Muster für Goethes späte Ästhetik*. In: Paolo Chiarini (Hrsg.): *Bausteine zu einem neuen Goethe*. Frankfurt a. M. 1987, S. 135-145; Osterkamp (Anm. 1); Stefan Greif, Andrea Ruhlig: *Das Wollen ist der Gott der neuen Zeit. Goethes Konzeption der Moderne zwischen Letheischer Kunst und Naturdichtung*. In: FA I, 21, S. 703-751; hier S. 726-730.

sehr töricht [sei], [...] das Schöne, Hohe, Herrliche mit eigenen Augen zu suchen, es mit eigenen Kräften ihr abgewinnen zu wollen, da unsere großen griechischen Vorfahren sich schon längst des Edelsten und des Darstellungswertesten bemächtigt und wir also aus ihren Schmelzöfen schon das geläuterte Gold erhalten könnten [...]. (ebd., S. 120f.)

Die Aneignung des antiken Formrepertoires werde im Werk Mantegnas sodann durch das Bestreben einer naturalistischen Wirklichkeitsaneignung erweitert, was zu jenem anschaulichen »Widerstreit« führt, »welcher [sich] beim ersten Anblick nicht aufzulösen scheint« (MA 20.3, S. 119). Unmissverständlich ist dabei Goethes Zustimmung zu Mantegnas künstlerischer Selbstermächtigung, aus dem Fundus des überlieferten antiken Repertoires jene Formen wieder aufzugreifen, die als vorbildhaft erachtet werden, um sie, wie Goethe an anderer Stelle sagen wird, nicht nur »zu reproduzieren«, sondern »in's Vollkommene zu steigern« (WA IV, 48, S. 8-11, Nr. 7; hier S. 9).[13] Im Rekurs auf Mantegnas Antikenrezeption verschafft sich Goethe damit die künstlerisch-konzeptuelle Legitimation für seinen eigenen Rückgriff auf die als vorbildhaft erachtete de Cock-Zeichnung, um mit ihrer Hilfe zur Vervollständigung und zugleich Vervollkommnung eines der bedeutendsten Bilderzyklen der Frührenaissance im Medium der Zeichnung zu gelangen. Wie Mantegna, so scheut sich auch Goethe nicht, »was einmal gelungen war, wieder hervorzubringen, welches immer sehr viel voraussetzt [...]« (ebd.). Der reproduzierende Eingriff wird zur »Manifestation künstlerischen Selbstbewußtseins«.[14] Goethes »Überlegung« zum Hintergrund im zehnten Blatt des *Triumphzugs* ist somit die Probe aufs Exempel für die Ästhetik einer »selektierende[n] und kombinierende[n]« künstlerischen Praxis,[15] die er durch Mantegna geradezu prototypisch exemplifiziert sieht und die ihm zugleich als Rechtfertigung für das eigene Vorgehen gilt. Im alleinigen Wissen um diesen Ausflug in die Sphären künstlerischer Selbstverwirklichung wird Goethe die Lektüre des gedruckten Mantegna-Aufsatzes in *Ueber Kunst und Alterthum* gewiss zum Schmunzeln gebracht haben.

13 Goethe in einem Brief an Sulpiz Boisserée vom 4.11.1830.

14 Vgl. Friedmar Apel: *Die Ästhetik des Selbstseins. Goethes Kunstanschauung 1805-1816*. In: FA I, 19, S. 727-757; hier S. 743.

15 Ebd., S. 742.

Jochen Golz

Großherzogin Sophie von Sachsen-Weimar und Eisenach als »Patronesse« der Goethe-Gesellschaft

»Patronesse«, so hat Erich Schmidt (1853-1913), der im Herbst 1885 berufene Direktor des Goethe-Archivs und spätere Präsident der Goethe-Gesellschaft in Weimar, in seinem Brief vom 20. Mai 1886 an den Berliner Germanisten Wilhelm Scherer (1841-1886) seine Dienstherrin genannt – niemals wäre ihm in den Sinn gekommen, diesen Ton der Großherzogin gegenüber anzuschlagen, die in vorliegenden Korrespondenzen als »Durchlauchtigste Großherzogin, Allergnädigste Großherzogin und Frau« angeredet wird. Die durchaus ehrenhaft intendierte Charakterisierung hat Schmidt zunächst auf die Großherzogin als Erbin des Goethe'schen Nachlasses bezogen. Kann sie ohne weiteres auf ihre Rolle in der Goethe-Gesellschaft übertragen werden?

Wenige Monate nach Goethes Tod wurde im Kreis seiner Getreuen der Wunsch rege, eine Vereinigung seiner Freunde und Verehrer zu gründen. Großherzogin Maria Pawlowna machte sich diesen Wunsch zu Eigen und bat Karl August Varnhagen von Ense in Berlin, ein entsprechendes Memorandum auszuarbeiten, das auch, sofern von großherzoglicher Seite gebilligt, den deutschen Monarchen mit der Bitte um Unterstützung zugesandt werden sollte. Varnhagen, Goethe-Verehrer par excellence, zögerte 1834 nicht, dem Wunsch zu entsprechen und *Andeutungen zu einer Goethischen Gesellschaft für die Großherzogin* zu Papier zu bringen. Für ihn sprach sich in Goethes Werken ein Geist der Ordnung und Mäßigung aus, der auch politischen Herrschern als Maßgabe dienen könnte. Was die Organisation einer solchen Vereinigung betraf, so mischten sich in Varnhagens Darlegungen verschiedene Konzepte. Da ein bürgerliches Vereinswesen sich erst vor und nach der Revolution von 1848 konstituierte, fehlte es in dieser Hinsicht noch an Vorbildern. Varnhagen sprach von einer Gesellschaft oder einer Akademie und ließ offen, ob jedermann beitreten könne oder ob ein Gründungskomitee zu Berufende auswählen sollte, wie es dem jahrhundertalten Akademiegedanken entsprochen hätte. Am 8. Oktober 1834 sandte Varnhagen sein Memorandum an Fürst Metternich, dem internen Haupt der sich nach dem Wiener Kongress etablierenden europäischen Reaktion. Zwar hätte Metternich Goethes Ordnungsdenken durchaus sympathisch finden können, schwerer aber fiel ins Gewicht, dass auch Autoren des Jungen Deutschlands, wie diesem nicht verborgen geblieben war, dem Vorhaben positiv gegenüberstanden und Varnhagen ohnehin im Geruch eines Demokraten stand. All dies erregte Metternichs Argwohn, und so wurde das großherzogliche Projekt zu Grabe getragen, noch ehe es begonnen hatte.

Neue Impulse erhielt das Goethe-Gedenken im Jubiläumsjahr 1849. In Weimar wurde für wenige Tage das Haus am Frauenplan zur Besichtigung geöffnet, es gab festliche Theateraufführungen; Weimar huldigte Goethe. In anderen Städten konstituierten sich zur Vorbereitung von Goethe-Festlichkeiten Vereine, die aber nach dem Jubiläum ihre Tätigkeit wieder einstellten. Franz Liszt, auch er ein glühender Goethe-Verehrer, brachte am 18. September 1849 in einer Denkschrift für den Thronfolger Carl Alexander einen neuen Gedanken ins Spiel: die Gründung einer Goethe-Stiftung, die unter der Voraussetzung, dass genügend Kapital herbeigeschafft werden konnte, sich der Förderung moderner Kunst widmen sollte. Liszts Projekt, so nobel es gedacht war, war zunächst keine Erfüllung beschieden, wenngleich es die ideelle Förderung Carl Alexanders genoss.[1] Überdies hatte Goethes Ansehen seit der Revolution von 1848 eher abgenommen. Während nunmehr Schiller als vermeintlicher Apologet eines nationalen Patriotismus auf den Schild gehoben wurde – im Jahre 1859 fanden die opulentesten Dichterehrungen statt, die Deutschland je erlebt hat –, war Goethe, Repräsentant weltliterarischer Humanität, vordem schon in der Achtung einer national gesinnten Öffentlichkeit gesunken. Erst die Gründung des Kaiserreiches 1870/71 verlieh seinem Ansehen neuen Schwung. Nunmehr sah man in Goethe den deutschen Autor schlechthin, der dem Land der Dichter und Denker zu neuem Glanz verhelfen sollte. Repräsentierte er den deutschen Geist, so verkörperte Bismarck die deutsche Macht. Im zeitgenössischen Bewusstsein einer nunmehr existierenden Synthese von Geist und Macht besetzten Luther, Goethe und Bismarck die wichtigsten Positionen. Allgemein schien die Bühne für die Gründung von Verehrungsgesellschaften bereitet zu sein.

Dass es dafür im Falle von Goethe noch einige Zeit brauchte, hatte Gründe. Wäre es vor 1885 zur Gründung einer Goethe-Gesellschaft gekommen, so hätte das Haus am Frauenplan eine Rolle spielen müssen. Goethes Wohnhaus aber wurde von den Enkeln des Dichters abgeschirmt, nur wenigen prominenten Persönlichkeiten wurde der Zugang gestattet. Auch die Benutzung von Goethes handschriftlichem Nachlass war vom persönlichen Wohlwollen der Enkel abhängig. Zwei Ereignisse gab es, die in Weimar impulsgebend hätten wirken können. 1864 gründete sich in Weimar die Shakespeare-Gesellschaft, deren Satzung 21 Jahre später der Goethe-Gesellschaft gute Dienste leisten sollte, 1878 der Wiener Goethe-Verein – zunächst mit dem Ziel, ein repräsentatives Goethe-Denkmal in Wien zu errichten. Noch aber hatte das Haus am Frauenplan den Charakter einer abweisenden Bastion, deren Eigentümer öffentliche Ehrungen nur notgedrungen tolerierten.

Der Tod des letzten Enkels Walther Wolfgang von Goethe am 15. April 1885 leitete eine Wendung der Dinge ein. Mit dem Großherzogspaar Sophie (1824-1897) und Carl Alexander (1818-1901) waren er und sein jüngerer Bruder Wolfgang Maximilian freundschaftlich verbunden gewesen. In seinem Testament hatte er Sophie zur Erbin von Goethes handschriftlichem Nachlass bestimmt, Carl Alexander die Verantwortung für das Haus am Frauenplan mit seinen Sammlungen zu Kunst und Natur übertragen. Wenige Tage später ließ die Großherzogin den Nachlass in das Stadtschloss zur vorläufigen Aufbewahrung transportieren – das Übergabeprotokoll ist auf den 22. April datiert – und widmete sich in den folgenden Wochen ge-

1 Vgl. dazu Jochen Golz: *Gesellschaften vor der Gesellschaft – frühe Formen der Goethe-Pflege*. In: *Goethe in Gesellschaft. Zur Geschichte einer literarischen Vereinigung vom Kaiserreich bis zum geteilten Deutschland*. Hrsg. von Jochen Golz u. Justus H. Ulbricht. Köln, Weimar, Wien 2005, S. 81-92.

meinsam mit ihren Hofdamen dem Studium von Goethes Manuskripten; Carl Alexander und seine Berater waren in gleicher Weise in Goethes Wohnhaus tätig.

Das Erbe der Goethe'schen Schriften eröffnete Sophie die Möglichkeit, wissenschaftliche Persönlichkeiten in Weimar zu versammeln und der Stadt wieder Geltung zu verschaffen. In ihrem Testament vom 7. Juni 1893 schrieb sie, sie wolle, dass auch nach ihrem Tod die in ihrem Besitz »befindlichen Schätze der nationalen Litteratur der gelehrten Forschung nutzbringend erschlossen und Weimar erhalten bleiben, damit dieses seiner großen Vergangenheit entsprechend auch ferner ein geistiger Mittelpunkt Deutschlands bleibe«.[2]

Sophie von Oranien-Nassau war eine niederländische Prinzessin; sie wurde sorgfältig und streng protestantisch erzogen und heiratete am 8. Oktober 1842 Carl Alexander von Sachsen-Weimar-Eisenach, der mit dem gleichaltrigen Goethe-Enkel Walther Wolfgang im Haus am Frauenplan ein und aus gegangen war. Die Mütter von Sophie und Carl Alexander waren Schwestern, Töchter des russischen Zaren Pawel I., so dass Maria Pawlowna sowohl Schwiegermutter als auch Tante Sophies war. Nicht zuletzt aufgrund dieser mehrere Generationen übergreifenden familiären Bindung an Weimar sowie durch Kontakte zur Weimarer Kulturelite war Sophies Bewusstsein, Erbin eines Schatzes von nationaler und übernationaler Bedeutung geworden zu sein, in allen ihren Äußerungen und Handlungen erkennbar. Frappierend ist die Eile, mit der Sophie ihre Entscheidungen traf. In einer ersten ›Projektskizze‹ vom 5. Mai 1885, also gute zwei Wochen nach dem Eintritt des Erbfalls, schreibt sie:

> Sobald meine Arbeit mir erst einen Überblick über den Inhalt des Archivs gestatten wird, wünsche ich dasselbe, im Hinblick auf künftige Veröffentlichungen, wissenschaftlich durchforschen und seinen gegenwärtigen Werth vom Standpunkt der Goethe-Wissenschaft feststellen zu lassen. Diese Untersuchung soll als Grundlage für die theils von mir selbst zu veranlassenden, theils durch das Goethe-Jahrbuch zu vermittelnden Publikationen dienen. Zu diesem Zweck wünsche ich eine Kommission von vier Mitgliedern zu bilden; dieselben treten auf meine Einladung in Funktion, sie arbeiten für mich und auf meine Kosten. […] Nach meinem Plan soll das Archiv in einem bestimmten, mit Arbeitszimmern ausgestatteten Lokale aufgestellt werden, woneben in einem besondern Saale auch Vorlesungen, nicht gerade für junge Studenten, sondern für Männer ernster Wissenschaft, über Goethe gehalten werden könnten. Denn mein Bestreben geht […] dahin, Weimar den Vorzug zu sichern, der Mittelpunkt aller Bestrebungen zu sein, welche den großen Namen Goethe betreffen.[3]

Ihr Schreibstil ist energisch und fordernd – ein Ton, der alle ihre Schriftstücke kennzeichnet. Es spricht allerdings für Sophies Besonnenheit, dass sie all jene Projektideen im Dialog mit Experten realisieren wollte. Person ihres Vertrauens wurde

2 GSA 150/A8, Bl. 30.
3 GSA 150/A6, Bl. 3 (Abschrift, deutsch, von unbekannter Hand). Vgl. auch Karl-Heinz Hahn: *Zur Geschichte des Goethe- und Schiller-Archivs*. In: *Festschrift für Wolfgang Vulpius zu seinem 60. Geburtstag am 27. November 1957*. Weimar 1957, S. 37-51; hier S. 39.

Gustav von Loeper (1822-1891) in Berlin, ein hoher preußischer Beamter, Direktor des königlich-preußischen Hausarchivs, zudem als Goethe-Editor ausgewiesen.

Andeutungsweise sind in Sophies Niederschrift bereits Arbeitsprinzipien formuliert, wie sie dann auch in der Goethe-Gesellschaft wirksam werden sollten: die Veröffentlichung von Studien im *Goethe-Jahrbuch*, das seit 1880 von Ludwig Geiger (1848-1919) herausgegeben und 1885 zum Organ der Goethe-Gesellschaft wurde, eine Vortragstätigkeit für »Männer ernster Wissenschaft«, darüber hinaus aber die Intention, Weimar als »intellektuellen Mittelpunkt« zu konstituieren.[4] Als »Hauptaufgabe« schwebt Sophie »die Abfassung einer umfassenden Goethe-Biographie« vor, zu deren Ausführung sie sich »an die ersten Kräfte Deutschlands« wenden will. »Diese Idee«, so führt sie weiter aus, »bietet zugleich einen festen Ausgangspunkt, um an eine positive und patriotische Aufgabe die Gründung einer Goethe-Gesellschaft in umsichtiger und ernster Weise anzuschließen«.[5] Die Kosten der zu veröffentlichenden Schriften wolle sie selbst übernehmen.

In einer zweiten Niederschrift, ebenfalls auf den 5. Mai 1885 datiert, benennt Sophie Wunschautoren für die geplante Goethe-Biographie – ein Vorhaben, das nicht zustande kommen wird; mit nüchternem Geschäftssinn richtet sie ihren Blick auf die noch existierende Goethe-Stiftung:

> Ich habe nicht unterlassen wollen, auch die hiesige Goethe-Stiftung mit den ihr von mehreren Seiten zugeflossenen Fonds in Betracht zu ziehn. Sie hat ihre festen und klaren Statuten, und wird eine ihrer Bestimmung gemäße Stellung beanspruchen dürfen, wenn hier eine lebensfähige Goethe-Gesellschaft zu Stande kommt.[6]

Man könnte diese etwas vage Aussage so interpretieren, dass sie das Kapital der Goethe-Stiftung einer künftigen Goethe-Gesellschaft zuführen wollte. So generös sie in finanziellen Dingen war, so sehr wird ihr auch bewusst gewesen sein, dass die von einer Goethe-Gesellschaft zu fördernden Institutionen auf Dauer nicht allein von fürstlichem Mäzenatentum erhalten werden können.

Bei aller finanziellen Großzügigkeit muss außerdem bedacht werden, dass Sophie die Weiterverwertung des Goethe'schen Erbes durchaus als nachhaltige Investition betrachtete und Kultur zum Wirtschaftsfaktor erhob. Für die Sophien-Ausgabe wurde der Weimarer Verlag Hermann Böhlau exklusiv autorisiert, für den späteren Bau des Archivs wurden ausschließlich Weimarer Handwerker und Unternehmen verpflichtet.

Anfang Mai lud Sophie Loeper, den sie »für den berufensten Goethe-Kenner« hielt,[7] aus Berlin nach Weimar ein und übergab ihm dort ihre niedergeschriebenen Ideen in französischer Sprache. Sie wies Loeper an, diese zu übersetzen; der schloss am 26. Mai seine Übersetzung ab und schickte sie zurück nach Weimar. Loeper fügte auch einen ausführlichen Begleitbrief hinzu, in dem er seine Gespräche mit Sophie resümierte. Erst in diesem Brief taucht der »Plan einer Standard Edition, einer édition classique der Goethischen Werke auf Grund der Handschriften des

4 GSA 150/A6, Bl. 3. Vgl. auch Hahn (Anm. 3), S. 39.
5 Ebd., Bl. 4r. Vgl. auch Hahn (Anm. 3), S. 40.
6 Ebd., Bl. 7. Vgl. auch Hahn (Anm. 3), S. 41.
7 Ebd., Bl. 3. Vgl. auch Hahn (Anm. 3), S. 39.

Archivs« auf, die dann zwischen 1887 und 1919 als Weimarer oder Sophien-Ausgabe in 143 Bänden erscheinen wird. Diesen Plan habe Loeper »mit dem Professor Scherer, welcher gegenwärtig eine führende Rolle in der deutschen Litteratur spielt, erwogen und ihn für diese Aufgabe gewonnen [...]«.[8] Der Plan war auch Gegenstand eines Gesprächs von Carl Alexander und Sophie am 19. Juni 1885, in dem der Großherzog den Wunsch formulierte, die Goethe-Gesellschaft solle die Publikation von Goethes Werken unterstützen. »Der Goethe-Gesellschaft«, so heißt es in Loepers Brief vom 26. Mai weiter,

> welche wir zum 24ten nächsten Monats, zunächst im kleinen Kreise, in Weimar zu konstituiren wünschen, würde sogleich die Aufgabe der édition classique als nächstes Ziel hinzustellen sein; als Mitglied des *Redaktions-Komité* für diese Ausgabe glaubte ich mich betrachten zu dürfen, und wünschte dann hinzuzunehmen den genannten Professor Scherer und den Professor Erich Schmidt zu Wien, einen noch jungen Mann [...].[9]

Loeper stellte damit die Weichen für den inhaltlichen Zusammenhang zwischen der Konstituierung des Goethe-Archivs, eingeschlossen seine künftigen wissenschaftlichen Aufgaben, und der Gründung einer Goethe-Gesellschaft. In einem Brief, den Wilhelm Scherer unter der Maßgabe strenger Vertraulichkeit, aber »mit Vorwissen des Herrn von Loeper« bereits am 21. Mai 1885 an Schmidt gerichtet hatte, heißt es:

> Am 24. Juni, (Geburtstag des Großherzogs) soll eine Goethe-Gesellschaft mit dem Sitz in Weimar gestiftet werden. [...] Das Archiv wird unter Herrn von Loepers Leitung geordnet. Die Großherzogin wünscht, daß eine Biographie Goethes von mehreren geschrieben werde. [...] Es soll ferner eine neue kritische Ausgabe Goethes unter vollständiger Benutzung des Archivs veranstaltet werden. [...] Die Großherzogin wird, so denken wir uns, ein Redaktionscomité für die Ausgabe ernennen: Herr von Loeper an der Spitze, welcher ihr als 2. und 3. Mitglied mich und Sie vorzuschlagen gedenkt.[10]

Um der Sache willen gedenkt Scherer sich den Plänen Loepers anzupassen, denn er wiederholt in seinem Brief, Loeper sei »der Vertrauensmann der Großherzogin, welche souverän verfügt«. Am Ende schärft er Schmidt ein: »Aber wenn etwas in die Zeitungen kommt, sind die Sachen verloren. Es wird in Weimar strenges Geheimnis verlangt«.[11] Eine »Lebensentscheidung«[12] abwägend, antwortet Schmidt am 5. Juni; er erklärt seine Bereitschaft, die Leitung des Goethe-Archivs zu übernehmen und in das »Redaktionscomité« einzutreten. Zwei Tage später antwortet Scherer Schmidt:

8 Hahn (Anm. 3), S. 42 f.

9 Ebd.

10 *Wilhelm Scherer. Erich Schmidt. Briefwechsel.* Hrsg. von Werner Richter u. Eberhard Lämmert. Berlin 1963, S. 202.

11 Ebd., S. 203 f.

12 Ebd., S. 207.

> Sie müssen [...] nie vergessen, daß wir uns für die Goetheausgabe und die sonstigen Goethepublikationen in den Dienst einer *Frau* gestellt haben. Ihr zu dienen, das ist der Preis, den wir zahlen, damit wir Goethes Nachlaß zum Frommen der Wissenschaft in die Hand bekommen. Diese Frau nun, eine sehr charaktervolle, entschieden wollende Frau, wird von keiner Sorge mehr bedrängt, als daß Dinge zu Tage kommen könnten, welche anstößig wären. Zwei Hefte Erotica und Priapeia hat sie sofort secretiert: sie sollen einem Geheimarchiv aufbehalten werden. Und mehrfach betonte sie, man möchte Männer zu Mitarbeitern wählen, deren Discretion man sicher wäre. [...] Ich bin überzeugt, ich würde auf dem Wege, ihr recht zu geben, mehr erreichen als durch Gegendemonstrationen. Hiermit also müssen Sie, müssen wir alle rechnen.[13]

In dem letzten Punkt wird Schmidt ihm beipflichten – was zur Folge hat, dass Goethes Erotica und Priapeia erst 1910 in der Weimarer Ausgabe gedruckt werden konnten, obwohl Sophie kunstsinnig genug war, den künstlerischen Wert der zu unterdrückenden Gedichte anzuerkennen. Deren Veröffentlichung ließ sie jedoch verhindern, weil sie dem moralischen Ansehen Goethes in der Öffentlichkeit hätten schaden können.

Beide Korrespondenzpartner beschäftigt in den folgenden Wochen die Gründung der Goethe-Gesellschaft, die nun für den 20. und 21. Juni 1885 vorgesehen ist und an der Scherer und Schmidt teilnehmen, letzterer zunächst unter Vorbehalt, weil er, so im Brief an Scherer vom 12. Juni 1885, »von dem ganzen Plan der Goethegesellschaft nur unter der Hand erfahren«[14] habe. Ungeachtet dessen steuert Schmidt Vorschläge bei, wer aus Österreich zur Gründungsversammlung eingeladen werden sollte, und unterrichtet nach der Gründung den deutschen Botschafter in Wien, Sophies Schwiegersohn, den Prinzen Reuß, der auch der Gesellschaft beitritt. Am 30. Dezember 1885 – Wochen intensiver Verständigung über die Grundsätze der Weimarer Ausgabe waren vorausgegangen – informiert Schmidt seinen Berliner Freund über seine ersten Wochen im Goethe-Archiv: Er genieße die Gunst des Großherzogs und fände »den Verkehr mit der Großherzogin immer leichter. Sie bestimmt gern, wie alle klugen und energischen Naturen, die in herrschender Stellung leben, aber man darf, ja man muß ihr widersprechen«.[15]

Doch die Pflicht zum Widerspruch hatte Grenzen, die nicht zuletzt durch die Ungeduld der Großherzogin gesetzt waren. Dass Schmidt sich von ihr »arg getrieben«[16] fühle, bekommt Scherer am 13. Juni 1886 zu lesen. Vorher schon, als Schmidt auf eine Beschleunigung der Abstimmung mit den potentiellen Mitarbeitern an der Weimarer Ausgabe drängte, hieß es in seinem Brief an Scherer vom 20. Mai 1886: »Wäre das nicht das Beste? Damit die Patronesse noch vor ihrer Abreise die gedruckten Grundsätze sieht. Diese Herrschaften wollen immer schnell kochen«.[17] In einem Brief an Scherer vom 9. März 1886 protokolliert Schmidt den

13 Ebd., S. 208 f.
14 Ebd., S. 211.
15 Ebd., S. 223.
16 Ebd., S. 239.
17 Ebd., S. 234.

»Wunsch der Großherzogin nach einer englischen und französischen Ausgabe«[18] eines Schriftenbandes der Goethe-Gesellschaft, was erneut den Weitblick der Großherzogin in Bezug auf die internationale Relevanz des Goethe'schen Erbes belegt.

Von mehreren Schlaganfällen gezeichnet, stirbt Scherer am 6. August 1886. Als sein Nachfolger wird Schmidt auf den Berliner Lehrstuhl berufen, und damit endet auch im Oktober 1886 seine gut einjährige Amtszeit als Direktor des Goethe-Archivs in Weimar. Weimar bleibt er in doppelter Hinsicht verbunden, als Goethe-Editor und von 1906 bis in sein Todesjahr als Präsident der Goethe-Gesellschaft. Scherers Tod betrauernd, schreibt ihm Sophie am 8. August 1886 aus Wien: »Der Verstorbene war ein selten begabter und edel wie weit denkender Mann, mir ist sein Dahinscheiden ein persönlicher Verlust, den ich tief empfinde. Ich verbleibe Ihre wohlgeneigte Sophie«.[19]

Mit alledem haben wir den Ereignissen vorgegriffen. Lange bevor sich in Wien 1878 ein Goethe-Verein konstituierte, war nicht nur in Weimar die Idee einer Goethe-Gesellschaft diskutiert worden. So kann man den Brief interpretieren, den Gustav von Loeper am 19. November 1869 an den Dresdner Gelehrten Gustav Woldemar von Biedermann (1817-1903) – der später Goethes Gespräche sammeln sollte – geschrieben hat: »Von der zu gründenden Goethe-Gesellschaft erwarte ich mir nur Ärger und Parteiwesen. Die Goethekirche besteht wie die christliche in der Gemeinschaft der Gläubigen, mögen sie stecken, wo sie wollen«.[20] 1885 hat er seinen inneren Widerstand aufgegeben, engagiert sich – gemeinsam mit anderen Goethe-Freunden – für die Gründung einer Goethe-Gesellschaft. Bereits am 17. April 1885, einen Tag vor der Beisetzung Walther von Goethes, kommt es zu einem Gespräch zwischen dem Weimarer Generalintendanten August von Loën und Ludwig Geiger. In Loëns Aufzeichnungen heißt es:

> Es wird in Weimar eine deutsche Goethe-Gesellschaft gebildet, die die Kenntnis Goethes mit allen Mitteln künstlerischer und wissenschaftlicher Association fördern will. [...] Die Vereinigung mit der Goethe-Stiftung [...] ist anzustreben.[21]

In seinem Tagebuch hat Loën weitere Arbeitsschritte protokolliert, so am 14. Mai – tags zuvor war Loeper bei der Großherzogin gewesen: »Hr. v. Loeper kam Abschied nehmen, Goethe-Verein verabredet«.[22] Wenig später ist Wilhelm Scherer in Weimar zu Besuch; mit ihm erörtert Sophie ihre wissenschaftlichen Vorhaben: eine kritische Ausgabe von Goethes Werken, die Veröffentlichung autobiographischer Dokumente im Goethe-Jahrbuch und das Gemeinschaftswerk einer Goethe-Biographie; seine Begegnung mit der Großherzogin hat Scherer in einer Aufzeichnung festgehalten:

> Die Frau Großherzogin fühlt sich der Nation verantwortlich für den ihr anvertrauten Schatz. Sie wünscht denselben der allgemeinen Benutzung so rasch als

18 Ebd., S. 230.
19 Ebd., S. 323.
20 Zit. nach: Wolfgang Goetz. *Fünfzig Jahre Goethe-Gesellschaft*. Weimar 1936 (SchrGG Bd. 49), S. 13.
21 Ebd., S. 18 f.
22 Ebd., S. 21.

> möglich zugänglich zu machen. Sie hofft, daß die Goethe-Gesellschaft alle diejenigen umfassen wird, welche auf diese Benutzung den nächsten Anspruch haben und dazu berufen sind, die weiteren Kreise des Volkes, die an Goethe Anteil nehmen, mit den neuen Tatsachen, die sich aus den neu eröffneten Quellen gewinnen lassen werden, bekannt zu machen. [...] Für alle diese Unternehmungen rechnet die Frau Großherzogin auf den lebendigen Anteil der Goethe-Gesellschaft, wenn sie sich auch selbstverständlich vorbehalten muß, die Männer ihres Vertrauens persönlich auszuwählen.[23]

Kurz darauf konstituierte sich ein »Lokalkomité für Bildung einer Goethe-Gesellschaft«, das am 9. Juni 1885 einen entsprechenden Aufruf für den 20. und 21. Juni an »alle diejenigen Förderer und Freunde deutschen Geisteslebens, die bereit sind, sich an der gemeinsamen Arbeit im Zeichen Goethes zu beteiligen«, erließ: So sei der passende Augenblick nun gekommen,

> einen längst gefaßten Plan zur Ausführung zu bringen: den Plan der Bildung einer in Weimar zu errichtenden Goethe-Gesellschaft zur Pflege der mit dem Namen Goethe verknüpften Literatur des 18. und 19. Jahrhunderts und Vereinigung der auf diesem Gebiete sich rege betätigenden lebensvollen Forschung.[24]

Angekündigt wurde weiterhin der Plan von jährlich stattfindenden »Zusammenkünften zum Meinungsaustausch der Mitglieder«, »größere[n] Publikationen, die auf Goethe und sein Wirken in der obengenannten Literaturperiode Bezug haben« sowie die »Fortführung des Goethe-Jahrbuchs«. Als geeignete organisatorische Vorbilder wurden die »Statuten der Deutschen Shakespeare-Gesellschaft« genannt.[25] Am 20. Juni fanden sich dann 94 Persönlichkeiten im Saal der Weimarer Armbrustgesellschaft zu einer »constituierende[n] Generalversammlung«[26] zusammen, um den Satzungsentwurf zu diskutieren, der am nächsten Tag beschlossen wurde. Für den 21. Juni verzeichnet das Protokoll die Laudatio des Sächsischen Staatsministers von Gerber, der »die Frau Großherzogin mit warmen Worten als die geistige Urheberin der Gesellschaft« lobte.[27]

Aus dem Protokoll ist auch zu schließen, dass die Großherzogin selbst nicht anwesend war. Anwesend war dagegen Großherzog Carl Alexander, der vom eben gewählten Präsidenten Eduard Simson, dem Präsidenten des Reichsgerichts, gebeten wurde, das Protektorat der Goethe-Gesellschaft zu übernehmen.[28] »Ich antwortete, daß ich annähme und daß ich Gott bäte, meinen guten Willen zu segnen«,[29] hat Carl Alexander in seinem Tagebuch festgehalten. Für den Abend des 21. Juni war der Vorstand der Goethe-Gesellschaft zu einem Empfang in das Weimarer Stadt-

23 Ebd., S. 22 f.
24 Ebd., S. 24.
25 Ebd.
26 GSA 149/18, unfol.
27 Goetz (Anm. 20), S. 30.
28 GSA 149/5, Bl. 11.
29 Zit. nach: Angelika Pöthe: *Die Gründung der Goethe-Gesellschaft im Zusammenhang großherzoglicher ›Erbe‹-Politik*. In: *Goethe in Gesellschaft* (Anm. 1), S. 93-101; hier S. 92 (Übersetzung nach dem französischen Original).

schloss geladen. Dort soll die Großherzogin geäußert haben: »Ich wünsche nicht, das fünfte Rad am Wagen der Goethe-Gesellschaft zu sein, ich betrachte mich als ihr tätiges Mitglied«.[30] Das Protektorat der Goethe-Gesellschaft hat Carl Alexander mit großem Verantwortungsbewusstsein wahrgenommen. Gemeinsam mit seiner Frau war er in der Regel Gast der jährlichen Hauptversammlungen; Goethe-Lektüre war ein Fundament seiner geistigen Existenz.

Der Aufruf *An alle Verehrer Goethes*, den der Vorstand der Goethe-Gesellschaft am 1. Juli 1885 als Separatdruck herausbrachte und der in allen wichtigen deutschen Tageszeitungen veröffentlicht wurde, wird nicht ohne Carl Alexanders Billigung (und gewiss auch nicht ohne die Billigung der Großherzogin) erschienen sein. Es heißt dort, dass die politische, nationale Größe Deutschlands einhergehe »mit der Pflege und Förderung seiner idealen Güter« und mit dem Andenken an seinen größten Dichter. An alle seine Verehrer, »gelehrte wie ungelehrte«, richte sich daher dieser Aufruf, »von allen Parteistimmungen und Streitfragen, welcher Art sie auch seien, […] unabhängig«.[31]

War die Frage, ob sich eine Goethe-Gesellschaft als reine Gelehrtenversammlung nach dem Akademie-Modell oder als offene Vereinigung aller Interessierten konstituieren solle, zunächst unbeantwortet geblieben, so war mit dem Aufruf der Intention nach das Profil einer literarischen Gesellschaft ohne bildungsbürgerliche oder soziale Exklusivität bezeichnet. Der Mitgliedsbeitrag betrug zehn Reichsmark im Jahr 1885; noch bevor der Aufruf bzw. einzelne Einladungen publik wurden, erfolgten 250 Beitrittserklärungen.[32] Dass die Goethe-Gesellschaft über Jahrzehnte hinweg einen exklusiven Status besaß, Mitglieder vor allem der Aristokratie, dem Beamtenstand und dem Bildungsbürgertum angehörten, muss gleichwohl festgehalten werden.

In den folgenden Jahren bemühte sich Sophie, über Goethes Nachlass hinaus weitere Handschriften zu erwerben, um das Archiv zu komplettieren. Die Schenkung des Schiller-Nachlasses durch dessen Erben sowie der Ankauf des Schiller-Goethe-Briefwechsels (für 12.000 Reichsmark aus Sophies Schatulle) sind nur zwei exklusive Erwerbungen, die der Großherzogin zu verdanken sind. Die Goethe-Gesellschaft wirkte hierbei oft als Vermittler und stellte zum Teil auch finanzielle Mittel zur Verfügung, ähnlich wie dies heutige Freundesgesellschaften tun. 1892, im Jahr der Goldenen Hochzeit von Sophie und Carl Alexander, rief die Goethe-Gesellschaft zu Spenden zur Errichtung eines Archivgebäudes auf. Präsident von Simson ließ dazu drucken:

> Die Goethe-Gesellschaft […] hat ein persönliches Verhältnis zu dem Fürsten und der Fürstin. […] In dieser Erwägung haben Mitglieder der Goethe-Gesellschaft und Freunde Weimars sich vereinigt, um zu Sammlungen anzuregen, die […] einem echt Weimarischen und zugleich echt deutschen Zwecke dienen sollen, dem Bau eines Goethe- und Schiller-Archivs in Weimar.[33]

30 Zit. nach Goetz (Anm. 20), S. 32.
31 Ebd., S. 33 f.
32 GSA 149/18, unfol.
33 GSA 150/A126, Bl. 37r.

Die Großherzogin dankte Simson für diese Zeilen »und die Gabe, in Deutschland wie im Auslande gesammelt, die Sie mir überreichen ließen« am 20. Oktober 1892 mit sehr persönlichen Worten.[34] Sophie bestimmte die »von Mitgliedern der Goethe-Gesellschaft und Freunden Weimars« dargebrachte Spendensumme »zur inneren Ausschmückung des Gebäudes«, das sie selbst aus ihrer Schatulle finanzierte.[35]

Ungeachtet einer weiteren Professionalisierung durch den Archivneubau und eine feste Personal- und Beraterstruktur griff Sophie auch weiterhin souverän in die Belange des Archivs ein. Knapp zwei Monate vor der Eröffnung des Archivs äußerte Sophie am 11. Mai 1896 gegenüber Carl Ruland (1834-1907), dem Direktor des Goethe-Nationalmuseums, ihre Idee, eine Medaille prägen zu lassen, die auf der einen Seite eine Abbildung des Archivbaus, auf der anderen den Schriftzug »Goethe Schiller Archiv eingeweiht am 28. Juni 1896« zieren sollte. Sophie fand, es sei »un joli Souvenir« für »les Societés qui prouvent leur Sympathie – Goethe Gesellschaft, Schiller Stiftung Shakespear [sic] Gesellschaft, Hochstift etc.« (»ein hübsches Souvenir für die Gesellschaften, die ihre Sympathie unter Beweis stellten [...]«).[36] Der Vorstand und der geschäftsführende Ausschuss der Goethe-Gesellschaft, immerhin 16 Personen, wurden komplett zur feierlichen Eröffnung eingeladen[37], die Liste der einzuladenden Personen trägt wiederum den handschriftlichen Vermerk der Großherzogin: »Genehmigt, Sophie. Heinrichau 21. Mai 1896« – die Großherzogin delegierte offensichtlich ungern. Trotz der Kürze der Zeit wurde auch die Herstellung der Medaillen termingerecht bis zur Eröffnung am 28.6.1896 umgesetzt; die letzten 100 Stück wurden am 26. Juni 1896 an das Sekretariat der Großherzogin verschickt.[38] Der Vorstand der Goethe-Gesellschaft dankte für diese Gabe und lud am Tag der Archiv-Eröffnung gemeinsam mit der Direktion des Goethe- und Schiller-Archivs »5½ Uhr, zum Mittagessen im Erholungssaale zu Weimar«.[39]

Strategisch plante Sophie auch ihren Nachlass und sicherte in ihrem Testament die künftigen finanziellen Verhältnisse ihrer beiden Stiftungen: Sollte ihr Tod eintreten, bevor es ihr gelungen sei, das »Goethe- und Schiller-Archiv sowie die Pflegerinnen-Anstalt Sophienhaus insoweit zu dotieren, daß sie ihre Ausgaben vollständig zu decken vermögen«, seien ihre Kinder, Enkel und deren Erben gehalten, »die nöthigen Zuschüsse zu leisten« und auch für die Vervollständigung der diesbezüglichen Kapitalvermögen zu sorgen.[40] Das fürstliche Protektorat über Archiv und Goethe-Gesellschaft erlosch de facto mit der Abdankung des letzten Großherzogs Wilhelm Ernst, der in diesem Punkt dem beispielhaften Handeln seiner Großeltern selten gefolgt war.

Anlässlich ihres Todes am 23. März 1897 – ein knappes Jahr nach der Eröffnung des Archivbaus auf dem Hochufer der Ilm – veröffentlichte die Goethe-Gesellschaft

34 GSA 150/A117, Bl. 2f.
35 GSA 150/A8, Bl. 31.
36 GSA 150/A51 Bl. 3. Übersetzung von Anne Fuchs.
37 GSA 150/A51, Bl. 187, 219.
38 GSA 150/A51, Bl. 180.
39 GSA 150/A51, Bl. 58.
40 GSA 150/A8, Bl. 33.

in ihrem Jahrbuch von 1897 einen (unpaginierten) Nachruf aus der Feder des Präsidenten Erich Schmidt, der Sophie als »höchst selbständige und thätige, keine beschauliche Natur« charakterisierte, die sich nicht »im Vergangenen« habe ausruhen wollen:

> [...] Sie mischte sich in nichts Fremdes, duldete aber in den eigenen Angelegenheiten neben dem Rathe der Berufenen keinen anderen Willen. Sie konnte von den schwersten Fragen zu den kleinsten hinabsteigen [...]. [...] Ihre Stiftungen sicherte Sie mit starker, freigebiger Hand für alle absehbare Zukunft; so auch das Goethe-Archiv, das zu Ihrer Herzensfreude bald ein Goethe- und Schiller-Archiv und mehr werden sollte, gleich im ersten Jahr [...] wo Sie Ihr Archiv nicht bloss ererben, sondern zugleich und immerfort erwerben und alles, was darin lag, was daraus in die Welt wanderte, was ihm zuging, selbst kennen wollte. (GJb 1897, o.S.)

Die Sophienausgabe habe sie mit »anfeuernde[m] Blick« ungeduldig initiiert, vorbereitet und veranlasst. Und auch »in unserer [Goethe-]Gesellschaft ist vom Stiftungstag an nichts Wichtigeres geschehen, an dem Sie keinen warmen, förderlichsten Antheil durch Wort und That genommen hätte« (ebd.).

1899 hatte die Goethe-Gesellschaft eine Büste der Großherzogin, die der Bildhauer Karl Donndorf geschaffen hatte, im Mittelsaal des Goethe- und Schiller-Archivs aufstellen lassen. Zu DDR-Zeiten schlummerte sie im Magazin. Auf ihrem Postament ruhte damals am alten Platz – immerhin – die von Carl Rumpf geschaffene Goethe-Büste, ebenfalls ein Geschenk der Goethe-Gesellschaft. Verborgen blieb die Inschrift auf dem Postament, weil sie zur Rückseite gekehrt war. Nach 1990 wurden die alten Raumverhältnisse wiederhergestellt, die Büsten von Goethe und Schiller wie ehedem vor den Eingang des Mittelsaals gestellt, die Büsten von Sophie und Carl Alexander an ihrem traditionellen Standort postiert. Lesbar war nunmehr wieder die Inschrift auf dem Postament: »Der Großherzogin Sophie die Goethe-Gesellschaft«.

Anne Fuchs

»*Goethes Weimar*« – *ein Blick auf Werk und Entstehungsgeschichte anlässlich der Neuauflage von Effi Biedrzynskis* »*Lexikon der Personen und Schauplätze*« (*2023*)

> GOETHES WEIMAR – sowas wie ein Lexikon des Klassischen Augenblicks – soll und muß im Februar als Manuskript ›stehen‹. Ein Buchplan, der seit Jahren meine Zeit, meine Kraft aufzehrt, der mich glücklich macht, aber auch [...] nahezu an den Rand der Verzweiflung bringt.[1]

Dies schrieb Effi Biedrzynski zu Weihnachten 1991 an den Germanisten Erich Trunz, mit dem sie eine freundschaftliche Korrespondenz verband, die sich heute in ihrem Nachlass im Goethe- und Schiller-Archiv (GSA) befindet.[2] Schon während ihrer Arbeit als Lektorin am »Herwig-Biedermann«[3] hatte Effi »Bie« den Plan gefasst, »gerade auch die Nebenfiguren, die halbvergessenen, die kaum gekannten, die aber doch einmal pralle Wirklichkeit und unentbehrlich waren«, zusammenzutragen und darzustellen.[4] Sie wollte

> [...] diese verlorene Zeit, diese entschwundenen Orte [...] im ›Detail‹ [...] beschreiben [...]. Und das selbstverständlich sachlich [...], aber doch so, daß sich dem Leser ›ein inneres Bewegtsein‹ mitteilt, daß er vielleicht erfaßt, daß dieses Weimar zuerst und zuletzt ein ›geistiges Ereignis‹ ist, das zu verehren, zu lieben, zu bewahren ist.[5]

Dafür trug die am 23. April 1982 in Stuttgart zur Professorin berufene Germanistin über Jahre Material zusammen, zwei Leitzordner »mit kleinen und größeren Artikeln«[6] sowie »3 Sekt-Kartons von Kessler« voller »entlegenster Zeitschriftenartikel«[7] und jede Menge Literatur, auch »von drüben«, die sie entweder in ihrer umfangreichen Privatbibliothek sammelte oder sich in der Stuttgarter Landesbibliothek besorgte, wo sie schon seit vielen Jahren »Zelte gebaut« hatte.[8]

1 GSA 167/8, Bl. 21r (Brief an Erich Trunz Weihnachten 1991).
2 Der Nachlass von Effi Biedrzynski trägt die Bestandsnummer 167 und umfasst lediglich 3 Kästen.
3 Flodoard von Biedermann: *Goethes Gespräche. Eine Sammlung zeitgenössischer Berichte aus seinem Umgang*. Erg. u. hrsg. von Wolfgang Herwig. 4 Bde. Zürich 1965-1987.
4 GSA 167/8, Bl. 21v (Brief an Erich Trunz Weihnachten 1991), Bl. 25r (Brief an Erich Trunz vom 18.3.1992).
5 Ebd., Bl. 21v (Brief an Erich Trunz Weihnachten 1991).
6 Ebd.
7 Ebd., Bl. 27r (Brief an Erich Trunz vom 18.3.1992).
8 Ebd.

Im Jahr 1910 im thüringischen Schweina geboren, verbrachte Biedrzynski bereits als Kind viel Zeit in Weimar bei Großmutter und Tante, später wurde Weimar Station ihrer Flucht »aus den Berliner Bombengewittern«.[9] Wehmütig bekannte sie: »Das Weimar, das ich ›im Herzen trage‹, haben schon die Nazis (zu unserem hellen Entsetzen damals) zerstört […]«.[10] Die Verbindung zu Weimar blieb auch während der deutschen Zweistaatlichkeit bestehen: Sie besaß Häuser in der Stadt, ihr Mann wurde hier bestattet; die deutsch-deutsche Teilung, die dadurch erfolgte Entfernung aus Weimar, vertiefte ihre Neugier auf den Ort »noch mehr als die schwindenden Jahre«.[11] So erklärt sich, neben der Verehrung für Goethe, die ihr ganzes Œuvre durchzieht, auch das ungebrochene Interesse an Weimar als ›Zentrum‹, das weit mehr als reine Topografie bedeutete; an all den Personen und Ereignissen in Goethes Peripherie, die Weimar zu dem »geistigen Ereignis« machten, dem sie dieses Lexikon widmete. Nach über zehn Jahren Arbeit konnte sie im September 1992 vermelden:

> […] heute morgen lief endlich das Vorwort zum Weimar-Buch über Telefax nach Zürich. – […] Wochen und Wochen schlimmster Arbeits-Askese liegen hinter mir! – ([…] sage und schreibe schließlich 496 Seiten – Brrr!) […]. Ich hatte mir ein Taschenbuch vorgestellt, handlich und zum Nachschlagen. Nun präsentiert es sich prächtig und dick wie eine Bibel.[12]

Das Lexikon wurde ein großer kommerzieller Erfolg. Ein Jahr nach dem Erscheinen wurde 1993 bereits eine 2. Auflage gedruckt, in welcher Biedrzynski von Seiten des Verlags nur winzige Korrekturen und Ergänzungen gestattet waren; weitere Auflagen folgten 1994 sowie zuletzt 2010, in welcher das Lexikon um ein Personen-, Orts- und Sachregister ergänzt wurde.[13] Auch diese Auflage ist inzwischen vergriffen.

Nun, rund 30 Jahre nach der Erstauflage und knapp 20 Jahre nach ihrem Tod 2004, ist Biedrzynskis »Bibel« im Göttinger Wallstein Verlag neu erschienen.[14] Carolin Fischer und Dr. Gerrit Brüning (beide GSA) haben für den Reprint 40 Abbildungen durch qualitativ hochwertiges Bildmaterial der Klassik Stiftung ersetzt und die Bildunterschriften präzisiert. Eine Seite wurde der Autorin gewidmet, auf der ihr Werk gewürdigt und die vorliegende Neuauflage ihres »immer noch aktuellen Weimar-Kompendiums« begründet wird (S. 496).

Doch was macht die ungemeine, über Jahre ungebrochene Popularität des Lexikons aus? Biedrzynski selbst bescheinigte sich, »ebenso informativ wie ›unterhalt-

9 Ebd., Bl. 26f., Bl. 21r (Brief an Erich Trunz Weihnachten 1991).

10 Ebd., Bl. 27v (Brief an Erich Trunz vom 18.3.1992).

11 Ebd., Bl. 26r (Brief an Erich Trunz vom 18.3.1992), Bl. 21r (Brief an Erich Trunz Weihnachten 1991).

12 Ebd., Bl. 36r u. 37r (Brief an Erich Trunz vom 7./9.11.1992).

13 Vgl. dazu Benvoglio: *Neues aus der Goethe-Literatur (III)*. In: GJb 2001, S. 415-422; hier S. 416.

14 Effi Biedrzynski: *Goethes Weimar. Das Lexikon der Personen und Schauplätze*. Göttingen: Wallstein 2023, 512 S., 30,– €.

lich‹«[15] zu sein und in ihrem Werk »mit dem, was Bie [Richard Biedrzynski, ihr Ehemann, A.F.] meinen ›anmutigen Volkston‹ nannte, durchaus Lesbarkeit erzeugt zu haben«. Jochen Golz lobte sie dafür, mit ihrem Publikum »in ein imaginäres Gespräch« getreten und attestierte dem Lexikon, »ein Abbild der Autorin und ihres pädagogischen Eros« zu sein.[16]

Das Werk, dessen zeitlicher Schwerpunkt mit den Lebensdaten Goethes korreliert (1749-1832), ist übersichtlich gegliedert; die behandelten Schlagworte sind alphabetisch sortiert, zahlreiche Querverweise erzeugen ein dichtes Netz von Bezügen. Etwas erschwert wird die Handhabung durch die Platzierung der Seitenzahlen nahe des Falz des Bandes; auch der Text reicht mittig nahe an die Bindung heran, während der breite Außenrand, der auf einigen Seiten den zahlreichen, die Beiträge ergänzenden Abbildungen (s/w) vorbehalten ist, oft ungenutzt bleibt. Bei den vorgestellten Personen findet man Lebensdaten und Namensvarianten, gefolgt von biografischen Eckpunkten, häufig ergänzt durch charakterisierende Anekdoten, was die Lesbarkeit erhöht und die Erklärungen der Sach- und Fachbegriffe für den Leser unterhaltsam gestaltet.

Doch das Lexikon ist nicht nur für interessierte Laien relevant! Dass sich Biedrzynski keineswegs nur auf Personen beschränkt, sondern auch die »Cestius-Pyramide« (S. 43 f.), das »›*Chaos*‹« (S. 44), das »Haus am Frauenplan« (S. 182-188) oder »Goethes musikalische Interessen« (S. 165-168) in ihr Lexikon aufnimmt, demonstriert eindrucksvoll die Bandbreite von Gegenständen, Personen, Werken, Orten und Begebenheiten, denen sie sich akribisch auf gut 500 Seiten widmet. Allein der Eintrag »Geselligkeit in Weimar« (S. 107-119), wo sich die Unterpunkte »Leseabende bei Anna Amalia« (S. 107 f.), »Freundschaftstage oder Freundschaftsloge« (S. 108), »Freitagsgesellschaft« (S. 108 f.), »Naturforschende Gesellschaft« (S. 109), »Weimarische Kunstfreunde (W.K.F.)« (S. 109-112), »Mittwochskränzchen oder Cour d'amour« (S. 112 f.), »Mittwochsgesellschaft« (S. 113 f.), »Johanna Schopenhauers Teeabende« (S. 114-116), »Ressource, nach 1816 Erholung« (S. 116 f.), »Club zu Weimar« (S. 117), »Montag-Club« (ebd.), »Mittwoch-Club« (ebd.), »Freytäglicher Club« (ebd.), »Stahl- und Armbrustschützen-Gesellschaft« (S. 118), »Redouten und Maskenzüge« (S. 118 f.) und »Vauxhalls« (S. 119 f.) finden, bietet eine Fülle von Hinweisen, die der deutschen Netzwerk- und Geselligkeitsforschung Anstoß zu weiteren, vertieften Untersuchungen gaben und die sich keineswegs auf den üblichen Kanon der Geselligkeiten im Umfeld Goethes oder des (groß-)herzoglichen Hofes verengen. Vor allem im Bereich der vorgestellten Personen hat Biedrzynski, lange bevor es das Internet mit Wikipedia und Google gab, besonders Frauen benannt, sie sichtbar und damit erforschbar gemacht, die in der klassischen Goethe-Literatur bis dato entweder ganz vernachlässigt oder bestenfalls nebenbei erwähnt wurden. Eine Fülle von Hofdamen wird im Lexikon aufgezählt und damit eine große Zahl berufstätiger adliger Frauen, die im regulären Dienst standen, die ›Weimar‹ repräsentierten und durch ihre stete Anwesenheit nie über Privatsphäre

15 GSA 167/8, Bl. 28r (Brief an Erich Trunz vom 18.3.1992).

16 Jochen Golz: *In memoriam Prof. Effi Biedrzynski. 5. April 1910–8. Dezember 2004.* In: GJb 2004, S. 426 f.; hier S. 427.

verfügten.[17] Ebenso finden sich Damen des gehobenen Bürgertums, Schauspielerinnen, Malerinnen und Mentorinnen. Exemplarisch sei auf Madame Bellomo, die Frau des Schauspieldirektors Joseph Bellomo (S. 20), die Gräfinnen von Egloffstein (S. 65-76), Henriette von Knebel (S. 250f.) oder Caroline Riemer (S. 326f.) verwiesen. Eine ähnliche Bandbreite findet sich auch bei den (›Ecker‹-)Männern Weimars. Oft konnte Biedrzynski bereits Hinweise für deren eigenständige Wahrnehmung geben, sie als Akteure und Mitgestalter des klassischen Weimar darstellen und erste, iterativ zitierte Fehler der älteren Literatur korrigieren. So werde Konkordia Elisabeth von Schardt »häufig kommentarlos als Schottin oder sogar als eine ›geborene Irving of Drum‹ bezeichnet, obwohl ihr Vater, Obrist von Irving, als Salzgraf im hessischen Allendorf amtierte« (S. 364). Dies ist umso bemerkenswerter, als es Biedrzynski aufgrund der deutschen Teilung nicht möglich war, nach Gusto in ostdeutschen Archiven zu recherchieren, und sie somit weitgehend auf die Sekundärliteratur angewiesen war. Ihrer Gründlichkeit und Genauigkeit ist es zu verdanken, dass sie hartnäckige Fehler der Literatur, z.B. die Bezeichnung Charlottes von Stein als Hofdame Anna Amalias bis zu deren Tod 1807, eben nicht übernahm. Charlotte von Stein, schreibt Biedrzynski völlig korrekt, wurde mit 16 Jahren Hofdame Anna Amalias, entzog sich den »fürstlichen Capricen« jedoch durch ihre Heirat mit Josias von Stein 1764 (S. 424).[18]

Effi »Bie«, von Lothar Späth als »Souverän im Reiche des Geistes« gewürdigt,[19] kann durch die Fokussierung auf die vermeintlichen »Nebensachen« und »Nebenfiguren«[20] im Kontext der ›Klassiker‹ – ohne die das »geistige Ereignis« Weimar vielleicht nie zum Ereignis geworden wäre? – als Vorreiterin der erst Ende der 1990er Jahre populär werdenden Netzwerkforschung gelesen werden. Nicht zuletzt deshalb wurde ihr Lexikon auch zu einem Arbeitsmittel für Wissenschaftler und diente als Arbeitsgrundlage für weiterführende Publikationen.[21]

Umso bedauerlicher ist es – zumal dieser Nachdruck »einer neuen Generation« zur Verfügung gestellt werden soll (S. 496) –, dass mit der nun erfolgten Neuauflage keine inhaltliche Ergänzung oder Korrektur der Einträge erfolgt ist und das Lexikon damit nicht auf den aktuellen Stand der Personen- und Weimarforschung ge-

17 Vgl. Stefanie Freyer: *Weibliche Rollen. Vom Unterschied zwischen Hofdamen und Damen am Hofe.* In: *Charlotte von Stein. Schriftstellerin, Freundin und Mentorin.* Hrsg. von Elke Richter u. Alexander Rosenbaum. Berlin, Boston 2018, S. 221-242; bes. S. 226f.

18 Vgl. ebd., bes. S. 236. Durch ihre weitere Präsenz in Hofkreisen und die konstante fürstliche Gunst wurde Charlotte von Stein von einer ›Hofdame‹ zur ›Dame am Hof‹, womit sich völlig andere Handlungsspielräume verbanden. Dass sie in Teilen der Literatur weiterhin bis zum Tode Anna Amalias 1807 als ›Hofdame‹ apostrophiert wird, beruht vermutlich auf einer schon im 19. Jh. verbreiteten Verwechslung mit ihrer gleichnamigen Schwägerin Charlotte von Stein (1734-1784), die ab 1771 als Hofdame Anna Amalias diente.

19 Späth hielt die Laudatio anlässlich der Verleihung der Ehrenprofessur an Effi Biedrzynski in Stuttgart 1982. Vgl. GSA 167/9.

20 GSA 167/8, Bl. 27r (Brief an Erich Trunz vom 18.3.1992).

21 Vgl. exemplarisch Stefanie Freyer, Katrin Horn, Nicole Grochowina (Hrsg.): *FrauenGestalten Weimar-Jena um 1800. Ein bio-bibliographisches Lexikon.* Heidelberg 2009.

bracht wurde. Zu nennen sei hier exemplarisch der Eintrag zu Caroline Riemer, bei der Biedrzynski weder den Namen des Vaters noch das genaue Sterbedatum nennen kann (S. 326 f.). Beides findet sich 2009 publiziert[22] und ist in den Datenbanken des GSA verzeichnet, womit es für eine moderate Überarbeitung problemlos zur Verfügung gestanden hätte. Schon die Autorin hatte Desiderate formuliert, die sie in zukünftigen Auflagen bearbeitet sehen wollte. So fehlten und fehlen mitunter Literatur- und Quellenangaben – Trunz hatte bereits Literatur ergänzt[23] –, auch könnte man stetig weitere Begriffe, Personen, Orte, Werke und Begebenheiten finden, die es wert gewesen wären, Eingang in das Lexikon zu finden, wie bereits eine Rezension von 2001 anmerkte.[24] Biedrzynski selbst rechtfertigte sich, sie sei »bis zum Redaktionsschluß […] fest entschlossen« gewesen, »neben den wichtigeren Jenaer Namen auch Goethes wichtigste Gäste, wie die Diener, die Ärzte, den Damenflor usw. usw. zu beschreiben. Aber ich habs einfach nicht geschafft«.[25]

Ein solch komprimiertes Lexikon kann und soll schließlich auch keinen vollständigen Kommentar, keine Begegnungen und Gespräche, keine Tagebücher und keine Briefausgaben, wie sie in den Editionsprojekten des GSA realisiert werden, ersetzen. Es bietet bei unterhaltsamer Lesbarkeit einen großartigen Überblick und Einstieg für Laien wie für Wissenschaftler, es liefert Hinweise und weckt Interesse. Fachmännisch prophezeite Trunz 1992:

> […] heute kam Ihr Buch ›Goethes Weimar‹ hier an […]. Es ist ein gelungenes Werk. Es hält die Grenze, die es sich gesetzt hat, genau ein. Die Tatsachenkenntnis vereinigt es mit lebendigen Charakteristiken und läßt dabei Seiten des Lebens zu Worte kommen, die oft in den Darstellungen der Literaturhistoriker zu knapp oder zu matt sind. Ich nehme an, daß das Werk weitere Auflagen erleben wird.[26]

22 Anne Fuchs: *Caroline Wilhelmine Henriette Johanna Riemer, geb. Ulrich (1790-1855).* In: Freyer, Horn, Grochowina (Anm. 21), S. 267-269. Caroline Riemer starb am 16. Mai 1855, ihr Vater hieß Johann Gottlob Ulrich.
23 Vgl. GSA 167/8, Bl. 53 f. (Brief von Erich Trunz vom 29.4.2000).
24 Vgl. Anm. 13.
25 GSA 167/8, Bl. 42r (Brief an Erich Trunz vom 21.11.1992).
26 Ebd., Bl. 39r (Brief von Erich Trunz vom 11.11.1992).

Rezensionen

Johann Wolfgang Goethe: *Briefe. Historisch-kritische Ausgabe*. In Verbindung mit der Sächsischen Akademie der Wissenschaften zu Leipzig und der Mainzer Akademie der Wissenschaften und der Literatur im Auftrag des Goethe- und Schiller-Archivs Klassik Stiftung Weimar herausgegeben von Frieder von Ammon, Jutta Eckle, Yvonne Pietsch u. Elke Richter, begründet von Georg Kurscheidt, Norbert Oellers u. Elke Richter.

Bd. 11,I: *1796. Texte*. Hrsg. von Jutta Eckle u. Georg Kurscheidt. 329 S. – Bd. 11,II: *1796. Kommentar*. Hrsg. von Jutta Eckle und Georg Kurscheidt. 601 S. Berlin, Boston: De Gruyter 2021, zus. 280,– €

Bd. 13,I: *1798. Texte*. Hrsg. von Yvonne Pietsch u. Alexander Rosenbaum unter Mitarb. von Anja Stehfest. 421 S. – Bd. 13,II: *1798. Kommentar*. Hrsg. von Yvonne Pietsch u. Alexander Rosenbaum unter Mitarb. von Anja Stehfest. 821 S. Berlin, Boston: De Gruyter 2022, zus. 310,– €

Bd. 14,I: *1799-1800. Texte*. Hrsg. von Johannes Barth u. Georg Kurscheidt. 501 S. – Bd. 14,II: *1799-1800. Kommentar*. Hrsg. von Johannes Barth u. Georg Kurscheidt. 939 S. Berlin, Boston: De Gruyter 2021, zus. 270,– €

Die Feststellung zu Eingang der letzten Rezension dieses Editionsprojekts im *Goethe-Jahrbuch* sei gerne wiederholt, da sie dem Unternehmen auch diesmal ein höchst angemessenes, dabei keineswegs selbstverständliches Kompliment ausstellt: Die Ausgabe schreitet weiterhin zügig voran[1], zu besprechen, genauer: zu würdigen sind diesmal drei Text- samt der dazugehörigen Kommentarbände, erstellt von drei Herausgeber- und Herausgeberinnen-Teams, die 2021 und 2022 erschienen sind. Was sich auf dem Schreibtisch ›buchstäblich‹ türmt, ist mithin ein Gebirgsmassiv, das im Rahmen einer solchen Rezension allenfalls umrissen werden kann: der Detailgenuss muss der je individuellen Lektüre vorbehalten bleiben.

Deshalb zunächst das Quantitative: präsentiert werden auf rund 1.250 Seiten insgesamt 797 überliefert vorliegende Briefe Goethes, die in drei voluminösen Bänden 2.361 Seiten der Kommentierung flankieren: ein Verhältnis, das außerhalb der Fachwelt gelegentlich belächelt oder mit Kopfschütteln quittiert wird, sich zumal im Segment der Textgattung ›Brief‹ aber als naheliegend, ja unerlässlich erweist, gilt es doch hier, in oft akribischer Detailrecherche Realien vielfältigster biographischer wie bibliographischer Art zunächst zu ermitteln, um sie sodann – etwa über die bloße Nennung von Werken oder Schriften hinaus – zu charakterisieren und historisch einzuordnen.

Wie es sich überhaupt empfiehlt, die jeweils vorangestellten, oft rasch überblätterten Editionsberichte, »Editionsgrundsätze« und »Hinweise zur Benutzung« gründlich(er) zu studieren, um sich ein genaueres Bild von den philologischen An- und Herausforderungen wie den daraus gezogenen Konsequenzen zu machen. Historisch-kritisches Edieren ist Grundlagenforschung par excellence und wenn die Textcorpora in fünf Rubriken unterteilt werden –

1 GJb 2021, S. 255.

überlieferte Briefe, Konzepte, erschlossene Briefe, Amtliches sowie die hierzu vorliegenden Konzepte –, so seien als exemplarischer ›Teufel im Detail‹ und »besonderes editorisches Problem« (GB 14,II, S. VIII) nur die diktierten, von Goethe mit Ergänzungen und Zusätzen versehenen Konzepte zu nennen, bei denen die Zuordnung zu den jeweiligen Händen, so vor allem bei den korrigierten Interpunktionen oft kaum zu entscheiden ist, worüber eine integrierte Variantendarstellung informiert. Und wenn – dies als letzter Blick in die editorische Werkstatt – für die amtlichen Dokumente ein plausibler Kriterienkatalog entworfen wird (Inhalt und Sprache, die äußere Form, die Art der Beziehung zwischen Adressat und Goethe sowie die archivalische Überlieferung der Textzeugen), wird zugleich eingeräumt, dass sich die Grenzen, wenn etwa in Band 13,I über 40 Schreiben von Christian Gottlob Voigt oder Franz Kirms, »mit denen Goethe sowohl amtliche als auch private Beziehungen« (GB 13,II, S. VI) unterhielt, nur schwer ermessen lassen, weshalb – ebenfalls nachvollziehbar – persönliche Mitteilungen die Zuordnung zu privaten Briefen erlauben.

Um den Materialumfang nochmals aufzuschlüsseln: präsentiert werden neben den überlieferten privaten Briefen und den 168 amtlichen Schreiben samt Konzepten insgesamt 466 erschlossene Briefe; da hierfür das Kriterium quellenmäßiger Belegbarkeit ausschlaggebend ist, dürfte die Dunkelziffer »der nicht überlieferten Briefe Goethes wesentlich höher« (GB 11,II, S. VI) liegen, wofür die Anzahl der an Goethe gerichteten Briefe ein Indiz bildet, liegt diese doch konstant mehr als doppelt so hoch. 1795 beträgt das Verhältnis 234 : 544, in den Jahren 1799/1800 429:1.000 (und mehr), was den gewaltigen Umfang der Korrespondenz nicht nur in Umrissen erahnen lässt. Ergänzend werden insgesamt fünf Nachträge geliefert und ein fälschlicherweise Goethe zugeordnetes Schreiben revidiert.

Natürlich gewährt schon der (fast) geschlossene Zeitraum am Ende des 18. Jahrhunderts eine Homogenität des Textcorpus, zu dem wesentlich auch die Lebensumstände Goethes in diesem Jahrfünft seiner ›klassischen‹ Epoche beitragen. Das Herzogtum Sachsen-Weimar-Eisenach bildet den Lebensmittelpunkt, Reisen über dessen Grenzen hinaus bleiben die Ausnahme und in geographischer Nähe: Der Zeitraum des Bandes 14 etwa verzeichnet lediglich den Besuch der Leipziger Messe im April/Mai 1800. Der dem Jahr 1797 gewidmete Band 12 wird hier eine Sonderstellung einnehmen, befand sich Goethe zwischen Ende Juli und Ende November doch auf seiner dritten und letzten Reise in die Schweiz. Dass diese ›Häuslichkeit‹ den Blick keineswegs verengt, belegen die 1796 an Johann Heinrich Meyer gerichteten Briefe, der sich zwischen 1795 und 1797 zu Studienzwecken in Florenz und Rom aufhielt und von dort kontinuierlich berichtete. Und nur von Ferne ist das Echo des Ersten Koalitionskrieges im Herzogtum zu vernehmen.

Zur Etablierung und Konsolidierung der Lebensverhältnisse trug auch die anfänglich mit zahlreichen Ressentiments registrierte Verbindung mit Christiane Vulpius bei und wenn die Korrespondenz dieser Bände – zumal in ihrer ebenso intensiven wie instruktiven Kommentierung – auch einen Einblick in Goethes Haushalt bietet, zu dem natürlich ebenso der 1789 geborene Sohn August gehörte, so erlauben gerade die 66 an Christiane gerichteten überlieferten Briefe, zu denen eine Fülle erschlossener treten, eine wichtige Differenzierung, die über das Geographische hinaus für Goethes literarische wie wissenschaftliche Tätigkeit jener Jahre von fundamentaler Bedeutung war. Neben Weimar war nämlich Jena Goethe ein fester und wiederholt aufgesuchter Bezugspunkt, der ihm neben den dort anstehenden administrativen Aufgaben in Universität und Bibliothek hinaus einen »Freiraum« (GB 11,II, S. VIII) bot, um, neben den Begegnungen mit Schiller, zahlreiche – auch neue – Kontakte zu knüpfen und seine vielfältigen Aktivitäten im unmittelbaren Gedankenaustausch zu vertiefen. So verbrachte er auf sieben teils mehrwöchigen Aufenthalten allein 100 Tage, also fast ein Drittel des Jahres, in Jena, womit freilich auch spätestens jetzt von den unvermeidlichen Tücken der in den drei Bänden versammelten Briefe zu sprechen ist – mit Absicht wird der Terminus ›Korrespondenz‹ hier vermieden.

Denn mehr noch als durch die Bezeichnung ›Weimarer Klassik‹ ist der Lebensabschnitt zwischen 1794 und 1805, und damit auch der hier in Frage stehende Zeitraum, durch die

Etikettierung der ›Freundschaft zwischen Goethe und Schiller‹ geprägt: Ob die Charakterisierung dieser ebenso engen wie produktiven Zusammenarbeit als eine durch tiefen wechselseitigen Respekt und wachsende Nähe geprägte ›Arbeitsgemeinschaft‹ nicht doch zutreffender sein mag als die gelegentlich apostrophierte Feier als ›Freundschaftsbund‹, muss hier nicht entschieden werden. Aber unbestreitbar bilden die auch schriftlich ohne Unterbrechung gepflegten Werkstattgespräche mit dem in Jena lebenden Friedrich Schiller das intellektuelle Zentrum und den Kraftraum jener Jahre, wenngleich diese aus Goethes Perspektive – anders als bei Schiller, der 1798/99 vor allem seine *Wallenstein*-Trilogie zu Vollendung und Aufführung an dem von Goethe geleiteten Weimarer Hoftheater brachte – keine unbedingt produktiven gewesen waren, was auch verschiedentlich eingestanden und beklagt wird, so an Wilhelm von Humboldt am 15. September 1799: »Meyer grüßt schönstens er war diesen Sommer productiver als ich« (GB 14,I, S. 140). Dem gegenüber beklagt er exakt ein Jahr später in gleichem Sinne: »Schiller ist poetisch thätig ich bin es nicht so sehr als ich wünschte« (ebd., S. 274). 1796 hatte er die Veröffentlichung des 7. und 8. Buchs *Wilhelm Meisters Lehrjahre* abgeschlossen, gearbeitet wurde an *Hermann und Dorothea* und einigen Übersetzungen; vor allem aber galt es, die Zeitschriftenprojekte der *Horen* und der (Ende 1800 eingestellten) *Propyläen* voranzubringen und mit den *Xenien* Schillers *Musenalmanach* zu versorgen.

War eingangs vom ›Gebirgsmassiv‹ der fast 800 überlieferten Briefe die Rede, so besteht die spezifische Schwierigkeit angesichts des Löwenanteils von 265 an Schiller gerichteten Schreiben hier eben nicht in der ›Erstbesteigung‹ dieses Gipfels, sondern in der ›Kartierung‹ des Terrains, dem Schlagen von Schneisen wie der Erschließung von Neuland in der Bearbeitung eines Corpus, das wie keine zweite Korrespondenz der deutschen Literatur bereits multipel ediert und kommentiert vorliegt. So führt Band 14,II im Abschnitt zu »Goethes Korrespondenz mit Schiller« dann auch neun mit kurzen Annotationen versehene Ausgaben dieses Briefwechsels auf, dies natürlich mit Blick auf das unvermeidliche strukturelle Defizit dieses Editionsprojekts, das auf das Echo antwortender Stimmen verzichten muss, diese in ausgewählter Form nur im Kommentar zu Gehör bringen oder aber auf die Volltexte auf der im Aufbau befindlichen Forschungsplattform *PROPYLÄEN. Goethes Biographica*[2] verweisen kann.

Im Wissen darum, dass sich daran interessierte Leserinnen und Leser über die jeweiligen Hinweise auf die Antwortschreiben Schillers hinaus eine der wissenschaftlich qualifizierten Ausgaben neben den jeweiligen Band legen werden, muss der Mehrwert der vorliegenden Edition deshalb stärker noch als bei anderen Briefpartnern in der Kommentierung liegen – was auf mustergültige und vorzügliche Weise gelingt. Ein Beispiel für zahlreiche andere mag und muss hier genügen. Wenn in Goethes kurzem Brief an Schiller vom 19. Oktober 1799 von »der Geschichte des Martinuzzi« (GB 14,I, S. 158) die Rede ist, die er vom Herzog erhalten habe, so nennt etwa die Münchner Ausgabe korrekt den Titel des Werks und verweist auf einen weiterführenden älteren Aufsatz Jacob Minors (MA 8.2, S. 538). In Band 14,II nun schließt sich an die bibliographische Angabe eine 25 Zeilen umfassende biographische Skizze Martinuzzis an, die im Rahmen des nolens volens auch hier beschränkten Raums einer Kommentierung keine Fragen mehr offen lässt: Im nachfolgenden Lemma wird dann auf wiederum mehr als einer halben Seite das Schreiben Carl Augusts in voller Länge wiedergegeben. Diese Opulenz – dem aus Platzgründen notgedrungen schmalen Kommentar von 14 Zeilen in der Münchner Ausgabe stehen hier viereinhalb Seiten gegenüber – wiegt nicht nur den fehlenden Hallraum der jeweiligen Antwortbriefe auf, sondern bewegt sich auf doppelte Weise auf der Höhe der Zeit. Zum einen in der minutiösen Rekonstruktion Goethe'scher Alltagsgeschäfte – das unmittelbar vorangegangene Schreiben an Voigt vom 18. Oktober gilt sowohl der Begleichung einer »Dammastrechnung« wie der einer »Feuerspritzenrechnung« (GB 14,I, S. 158) und wird in gleicher Ausführlichkeit erläutert –, zum anderen in der Sich-

2 https://goethe-biographica.de/index.html (zuletzt aufgerufen am 6.2.2024).

tung der erschlossenen archivalischen Quellen wie der Würdigung neuester wissenschaftlicher Sekundärliteratur von auch hier beträchtlich angewachsenem Umfang, die den Status quo des Forschungsstands verarbeitet und reflektiert. Wenn Rüdiger Nutt-Kofoth gerade die Kommentarleistung der Edition am Beispiel der 10. Abteilung als »Füllhorn an Wissen und Erkenntnissen«[3] gewürdigt hat, so gilt dies gleichermaßen für die hier vorgelegten Kommentarbände.

Woraus sich zugleich ein Lektürevorschlag formulieren lässt: Wenn durch die unbestrittene wie unbestreitbare Fokussierung und Zentrierung auf die Zusammenarbeit mit Schiller – in allen Bänden liegt der Anteil der an ihn adressierten Briefe konstant bei einem Drittel, der Juli 1796 wie der Februar 1798 verzeichnen fast ausschließlich an ihn gerichtete Schreiben – die Ränder unscharf werden, so kann gerade eine sukzessive Lektüre der Briefe auch hier, um Nutt-Kofoth nochmals zu zitieren, »die stupende Breite von Goethes Tätigkeitsfeldern« sichtbar werden lassen – und zugleich mehr als das. Wer die auch von zahlreichen Sprachcodes wie Förmlichkeit, Dezenz und Konvention bis hin zu den in Abbreviaturen oder zwischen den Zeilen versteckten ›Botschaften‹ geprägten Briefe an Schiller etwa neben die an Christiane gerichteten Schreiben legt und liest, wird einen äußerst lebendigen Eindruck von den Stil- und Tonlagen Goethe'scher Briefkultur erhalten, wenngleich die Schreiben an den Frauenplan zumeist Bitten und Aufträge formulieren und so das oft kühle Signum des Förmlichen tragen; vollends unter Berücksichtigung der parallel dazu mit Voigt abzuwickelnden amtlichen Obliegenheiten lässt sich jedoch ermessen, wieviel ›Geschäfte‹ es neben der hehren Kunst im Alltag auch zu erledigen galt.

Natürlich gilt bei der Benutzung solcher Editionen wissenschaftlicher Exzellenz die Suche oft gezielt bestimmten Briefpartnern oder Themenkomplexen, etwa der mit Meyer erörterten Redaktion und Rezeption der *Propyläen*. Wer das Ensemble der Adressatinnen und Adressaten aber in seiner ganzen Breite studiert, kann diese Bände auch als eine Art Wasserscheide lesen. Freunde und Wegbegleiter wie Friedrich Heinrich Jacobi, Knebel oder Herder, mit denen Goethe einen intensiven Austausch pflegte, werden nun seltener bedacht, andere fehlen, was natürlich auch in der räumlichen Nähe mit ihrer Möglichkeit direkter Kontaktaufnahme begründet liegen kann. »In Hoffnung baldigen Begegnen [sic]«, heißt es etwa in einem Billett an Charlotte von Stein vom September 1799 (GB 14,I, S. 141), wobei gerade der fast versiegende schriftliche Austausch mit ihr ein untrügliches Zeichen gewachsener Distanz und Entfremdung bildet. Die Kontakte zu Johann Christian Kestner (1798) wie zu dem in Rom lebenden »Maler« Friedrich Müller (1800) enden.

Parallel dazu treten zugleich aber auch neue Stimmen auf den Plan, eröffnen sich neue literarische wie philosophische Horizonte, wovon gerade die Briefe der Jahre 1798-1800 Zeugnis ablegen. Dies betrifft insbesondere Goethes vielfältige Kontakte mit den Vertretern des in Jena versammelten Kreises der ›Frühromantiker‹ um die Brüder Schlegel in Universität und geselliger Runde. So sind aus dem Jahr 1798 zwar nur 7 Schreiben an August Wilhelm Schlegel überliefert, 1799/1800 werden es 12 sein. Wenn in den Billets allerdings zu einer »Promenade« (4. April 1798, GB 13,I, S. 86) bzw. in Goethes Wohnung im Jenaer Residenzschloss eingeladen wird (1. Mai 1798), dürften diese Schreiben den intensiven mündlichen Gedankenaustausch allenfalls flankiert bzw. initiiert haben. Dies unterstreicht am 24. Februar 1798 geradezu programmatisch auch der erste Brief dieses Jahres: »Da ich höre daß sie uns nach Ostern verlassen wollen, so werde ich mich um so mehr eilen im März nach Jena zu kommen, um Ihres Umgangs noch einige Zeit zu genießen« (ebd., S. 55). Am 18. Juni bittet er Schlegel, »Herrn Tieck für die überschickten Gedichte zu danken« (ebd., S. 144), am 28. Dezember bestätigt er ihm, »den Zweyten Theil von Sternbald« (ebd., S. 275) erhalten zu haben. Tieck selbst wird mit einem, der junge Schelling mit drei Briefen bedacht. Ein Briefkonzept vom 18. Juni 1798 –

3 So in *Arbitrium* 39 (2019), H. 1, S. 81-86; hier S. 82.

> Haben Sie Dank für das überschickte Athenäum, dessen Inhalt mir schon sehr angenehm und erfreulich gewesen wäre, wenn auch die Verfasser mich und das meinige nicht mit so einer entschiedenen Neigung begrüßten. Was meine jüngern Freunde gutes von mir denken und sagen will ich wenigstens durch unaufhaltsames Fortschreiten verdienen [...]. (Ebd., S. 143 f.)

– macht nachvollziehbar, warum, wie die Herausgeber einleitend feststellen, Goethe »Außenstehenden zeitweise gar als inoffizielles Haupt der Bewegung« (GB 14,II, S. X) galt. An Friedrich Schlegels 216. *Athenäum*-Fragment (1798), in dem er die *Lehrjahre* neben der Französischen Revolution und Fichtes *Wissenschaftslehre* zu den »größten Tendenzen des Zeitalters« zählte, ist hier natürlich ebenso zu denken.

Bei dieser räumlichen wie geistigen Nähe wird es nicht bleiben – und doch werden diese Begegnungen und literarischen Berührungspunkte nicht folgenlos sein. Die Rezeption italienischer Literatur durch August Wilhelm Schlegel, der zudem »vor allem wegen seiner metrischen Kenntnisse von Bedeutung« (ebd., S. 25) für Goethe war, wird diesen im Jahrzehnt nach der Jahrhundertwende zur Beschäftigung mit der Form des Sonetts inspirieren, sein kontinuierliches Interesse an der Philosophie Schellings wird, angeregt durch dessen *Kabiren*-Schrift, zuletzt Eingang in die *Klassische Walpurgisnacht* des *Faust II* finden. In jedem Fall aber relativiert und differenziert sie – falls überhaupt nötig – Goethes Verhältnis ›zur Romantik‹ und bettet etwa seine mit Meyer verfasste Streitschrift *Neu-deutsche religios-patriotische Kunst* (1817) in ihren (kunst)historischen Kontext ein und zurück – vollends die späte, im Übrigen unveröffentlicht gebliebene Notiz mit ihrem bedenklichen Gegensatz des »Gesunden« versus »Kranken«: Eckermann gegenüber wird Goethe am 2. April 1829 das apodiktische »ist« (MA 17, S. 893, V. 1031) des Aphorismus durch das doch vorsichtigere »nenne ich« (MA 19, S. 299-302; hier S. 300) ersetzen.

Ein Letztes. Die Briefe der Jahrhundertwende dokumentieren darüber hinaus zugleich in ersten Ansätzen den Neubeginn von Partner- und Freundschaften, die für den späten Goethe wichtige, ja zentrale Bezugspunkte werden. Die Korrespondenz mit dem Bremer Arzt und Schriftsteller Nicolaus Meyer wie dem Leipziger Schriftsteller und Komponisten Johann Friedrich Rochlitz setzt ein, in allererster Linie aber der Briefwechsel mit dem Berliner Komponisten Carl Friedrich Zelter, auf dessen Schreiben vom 11. August 1799 Goethe am 26. August antwortet, nachdem er August Wilhelm Schlegel bereits am 18. Juni 1798 mitgeteilt hatte: »Wenn ich irgend jemals neugierig auf die Bekanntschafft eines Individuums war so bin ichs auf Herrn Zelter« (GB 13,I, S. 145). Beider Korrespondenz wird dann bis 1832 fast 900 Briefe umfassen und in dieser Edition noch angemessen breiten Raum einnehmen.

Die Bände 11, 13 und 14 schließen in ihrer philologischen Qualität an ihre Vorgänger an und setzen wie das gesamte Projekt Maßstäbe für das historisch-kritische Edieren von Briefen. Dass sie darüber hinaus gerade in der oft als steif, spröde und ›gelehrt‹ (allem Anschein nach ein Vorwurf) diskreditierten Gattung des Kommentars eine wahre Fundgrube sind und pures Lesevergnügen bereiten, sei abschließend mit einer Einladung zum Nachvollzug gerne wiederholt!

Johannes John

Briefe an Goethe. Gesamtausgabe in Regestform. Hrsg. von der Klassik Stiftung Weimar Goethe- und Schiller-Archiv. Bd. 10: *1823-1824*. Bearb. von Christian Hain, Ulrike Bischof, Claudia Häfner, Manfred Koltes u. Sabine Schäfer. Teil 1: *Regesten*. Teil 2: *Register*. Weimar: J.B. Metzler 2023, 408 und 318 S., 139,99 €

Ende November 2023 konnte das Goethe- und Schiller-Archiv verkünden: Der 10. Band der *Briefe an Goethe* ist erschienen! Bis in die Jahre 1823 und 1824 ist die Editionsgruppe im *Propyläen*-Verbund nunmehr vorgedrungen. Das Vorhaben, die mehr als 19.800 seit 1762 an Goethe gesandten Briefe inhaltlich zu erfassen und so einer größeren Öffentlichkeit zur Verfügung zu stellen, neigt sich langsam dem Ende zu. Drei weitere Bände sind noch in der Planung. Die Briefe befinden sich vor allem, aber nicht nur, im Dichternachlass des nach ihm benannten Archivs, auch darüber hinaus bekannte Briefe wurden einbezogen. Freilich sind dabei die persönlichen Briefe an den Dichterfürsten, nicht jedoch die an den Weimarer Minister und Staatsmann gerichteten, aber in die Akten der Weimarer Staatsverwaltung eingefügten Schreiben gemeint.

Auf inhaltliche Schwerpunkte des Bandes mit 1.095 Briefen (13 Addenda zu früheren Bänden) weisen die Herausgeber bereits im Klappentext hin. Die Fortschritte des literarischen Schaffens wie auch der mitunter aufwändige Prozess des Publizierens etwa der Zeitschrift *Ueber Kunst und Alterthum* und der naturwissenschaftlichen Hefte finden ihren Niederschlag in den Schreiben der Verleger, Autoren und nicht zuletzt der Verehrer und Verehrerinnen. Kontakte zum Weimarer Prinzenerzieher Frédéric Soret, dem Direktor der mineralogischen Sozietät in Jena, Johann Georg Lenz, oder dem Bibliothekar Christian August Vulpius dokumentieren Goethes Arbeiten im Zusammenspiel mit anderen.

Die Briefe der Familie und des näheren Umfeldes veranschaulichen auf privater Ebene die gesundheitlichen Einbrüche des (fast) 75jährigen Goethe. Das Jahr 1823 war geprägt von einer schweren Herzerkrankung. Natürlich setzen sich die langjährigen Kontakte zu Vertrauten wie dem Weimarer Großherzog Carl August, Carl Friedrich Zelter oder Karl Ludwig von Knebel fort. Die Beziehung des Sohnes August und dessen Frau Ottilie zum Vater entfaltet sich in den Briefen ebenso, wie sich neue Kontakte zu einzelnen Personen wie Joseph Sebastian Grüner, Joseph Stanislaus Zauper oder Maria Agata Szymanowska anbahnen. Andere Beziehungen neigen sich dem Ende zu, etwa die zu Ulrike von Levetzow.

Wem diese Namen nicht gleich etwas sagen, der kann das Register im zweiten Teilband heranziehen, der Biogramme aller in den Regesten des 10. Bandes genannten Personen beinhaltet. Der Registerteil ist insgesamt fast genauso umfangreich wie der Regestband selbst, aber dessen Bedeutung darf nicht nur quantitativ gewertet werden. Personenregister, Register der Entstehungsorte, Goethe-Werkregister und das Werkregister der übrigen erwähnten Werke ermöglichen Forschern wie Interessierten überhaupt erst die Auswertung der Regesten hinsichtlich zahlreicher Fragestellungen. Insbesondere die äußerst zuverlässigen Biogramme, die den größten Teil des Registerbandes ausmachen, können weit über die Goethe-Forschung hinaus als Werkzeug genutzt werden. Freilich greift man dabei vermutlich weniger auf die Biogramme des Einzelbandes, sondern vielmehr auf die online frei nutzbare Gesamtdatenbank (https://ores.klassik-stiftung.de/ords/f?p=403:600) zurück. Die Rezensentin bedient sich regelmäßig dieser Datenbank, die sie insgeheim das ›Schäfer'sche Compendium‹ nennt, denn tatsächlich liegt das Personenregister seit Jahr und Tag hauptsächlich in der Hand von Sabine Schäfer, die mit zäher Ausdauer, Erfahrung und Gespür selbst aussichtslos erscheinenden Müllers, Meiers oder Schulzes biographische Daten zuordnet.

Nun zu den Regesten selbst: Die vorangestellten Grundsätze der Regestausgabe erläutern transparent das Verfahren der Regestierung. Die Zusammenfassung der Inhalte soll kurz und knapp sein und erfolgt teils unter Zitation des Briefes selbst. Dass es sich im Einzelfall trotzdem um schwer lesbare Bleiwüsten handeln kann, lässt erahnen, welch Aufwand es für die Bearbeiter bedeutet, sich durch die Floskeln der Ehrerbietung und der Phrasen zu pflügen, um zur Essenz des Briefes zu gelangen. Ein schönes Beispiel ist ein Brief von Jan Evangelista Purkyně vom 7. Februar 1823 (RA 10, Nr. 55), dessen Regest durch die zweifellos notwendige Nennung von Werken gefüllt ist. Zugleich werden hier die Grenzen eines Regestes deutlich, wenn Andeutungen schlicht und einfach nicht aufgelöst werden können. Ein schwacher Trost mag sein, dass es Goethe manchmal wohl ähnlich wie den Bearbeitern der *Regestausgabe* ging.

Nun ist die Rezensentin wohl nicht die Erste, die sich an der Einseitigkeit der Briefe an Goethe reibt. An Goethe adressierte Korrespondenzen können nur durch die Hinzuziehung des *Propyläen*-Projektes der *Briefe Goethes* rekonstruiert werden oder man greift gleich zu älteren Editionen markanter Briefwechsel. Allerdings darf man nicht verkennen, dass bei allem Korrespondenzeifer des Dichters wesentlich mehr Personen (ca. 3.500 Absender) an Goethe schrieben als vice versa. Denn natürlich beantwortete Goethe nicht jedes Huldigungsschreiben, goutierte nicht jedes Elaborat von Nachwuchsautoren. Und während sich die anderen Editionsprojekte der *Propyläen* voll und ganz auf den Dichter konzentrieren, dokumentieren die Briefe an ihn die Wahrnehmung seiner Zeitgenossen. Die Schreiben der Verehrer und Verehrerinnen, der Bittsteller sagen in erster Linie etwas über den Absender aus, weniger über den Adressaten. Damit bricht das Projekt die Goethe-Fokussierung des *Propyläen*-Vorhabens auf, denn hier wird sowohl die Erwartungshaltung der Umwelt an Goethe als auch die Vernetzung Goethes über die bereits bekannten Persönlichkeiten hinaus beleuchtet.

Seit Beginn des Projekts 1980 haben sich die Möglichkeiten zur Präsentation von Archivalien fundamental erweitert. Mittlerweile stellt fast jedes Archiv online Digitalisate zur Verfügung. Meist erfolgt dies mehr oder weniger ohne Konzept, dafür aber in Massen. Wie reagieren Editionsprojekte auf die Flut dieser Online-Stellungen? Beharrt man auf einmal festgelegten Editionsgrundsätzen? Oder macht man sich die Technik zunutze, von der man mittlerweile selbst im Forschungsalltag profitiert?

Nicht jedes Langzeiteditionsprojekt hat sich auf die sich wandelnden Erwartungen der Nutzer eingestellt. Die reine Online-Verfügbarkeit eines PDFs der Druckfassung kann es jedenfalls nicht mehr sein. Gleichwohl ist es ein Balanceakt, die einmal festgelegten Grundsätze unter den neuen technischen Möglichkeiten fortzusetzen. Manch außenstehender, dem Digitalisierungswahn verfallener Betrachter mag sich fragen, warum es nicht reicht, die ganzen 20.000 Briefe einfach digital zu präsentieren. Wäre damit der Forschung nicht genüge getan? Jeder hätte jederzeit Zugriff auf die Dokumente. Die Leserschaft des *Goethe-Jahrbuchs* mag mit dem Mehrwert kritischer Editionen vertraut sein. Für eine *Regestausgabe* spricht, dass bei dieser Masse an Briefen ein kritisch editiertes Regest durch seine Kontextualisierungen zahlreiche Zusatzinformationen enthält, die der geneigte Leser – so er denn überhaupt über ausreichende paläographische Kenntnisse verfügt – nur schwerlich dem Brief selbst entnehmen kann. Zudem ermöglichen die Regesten in ihrer Kürze erst die Bewältigung der Masse an Briefen. Und – jetzt kommt die Digitalisierung ins Spiel – mit der Verknüpfung der Briefe untereinander können virtuell die Korrespondenzen nunmehr einfacher hergestellt werden. Auf der digitalen Spielwiese gibt es freilich unendliche Möglichkeiten der Verknüpfung, aber hier wie im analogen Bereich müssen Aufwand und Nutzen in einem angemessenen Verhältnis stehen. So ist die Verlinkung zu referenzierten Archivalien anderer Häuser zwar denkbar, aber die Pflege der Verknüpfungen muss langfristig gewährleistet sein, um zu vermeiden, dass die Links im digitalen Nirwana enden.

Die Qualitätsansprüche der analogen Welt in die digitale zu übertragen, ist die große Herausforderung heutiger Editionen. Dies gilt umso mehr für die Leuchtturmprojekte der *Propyläen*, an denen sich andere Editionsprojekte orientieren. Die *Regestausgabe* hat sich zusammen mit den anderen *Propyläen*-Projekten 2021 mit dem Erscheinen einer Beta-Version auf den Weg gemacht.

Der vorliegende Band 10 markiert in seiner Kontinuität einen offenbar gelungenen Generationswechsel. Der Staffelstab wurde von Manfred Koltes und Ulrike Bischof an Christian

Hain, Claudia Häfner u.a. weitergereicht, die ehrenamtlich weiterhin von Sabine Schäfer unterstützt werden. Auf diese Weise wie auch auf Grundlage der etablierten Editionsgrundsätze konnten auch im digitalen Zeitalter die Editionsstandards gehalten werden. Dass der nunmehrige Projektleiter in der Phase der Fertigstellung des Bandes zugleich Abteilungs- und interimsweise Hausleitung im Weimarer Archiv auf dem Hügel innehatte, spricht nicht nur für ihn, sondern auch für das eingespielte Projektteam.

Katja Deinhardt

Die Sammlung der niederländischen Zeichnungen in Weimar. Ein Handbuch. Hrsg. von Thomas Ketelsen u. Oliver Hahn. Mit Beiträgen von Georg Dietz, Charles Dumas, Uwe Golle, Christien Melzer, Hermann Mildenberger, Christoph Orth, Christian Tico Seifert, Carsten Wintermann. Klassik Stiftung Weimar. Dresden: Sandstein Verlag 2022, 312 S., 58,– €

Im Rahmen des von der Deutschen Forschungsgemeinschaft unterstützten Forschungsprojekts »Kennerschaft heute« legt die Klassik Stiftung Weimar ein Handbuch vor, das erstmals den vollständigen Bestand der niederländischen Zeichnungen aus der Großherzoglichen Sammlung und aus der Kunstsammlung Johann Wolfgang von Goethes ins Auge fasst. Dazu gesellt sich ein kleinerer Anteil flämischer Zeichnungen. Das stattliche Konvolut aus den beiden – 2003 unter dem Dach der Klassik Stiftung Weimar zusammengeführten – Sammlungen enthält über 1570 Blätter des 15. bis 19. Jahrhunderts, die jetzt im Tiefenmagazin der Herzogin Anna Amalia Bibliothek lagern. Separate Verzeichnisse dieser Sammlungen wurden schon seit dem Ende des 18. Jahrhunderts verfasst. Die Initiative ging von Goethe aus, der in einem Vortrag vor der Freitagsgesellschaft 1795 die Erstellung von »Catalogen von Kunstwerken« zur »allgemeine[n] Übersicht« über die Weimarer Schätze anmahnte (S. 20; vgl. FA I, 17, S. 410).

Dieser Aufgabe kommen seit Jahren die Graphischen Sammlungen der Klassik Stiftung Weimar nach. Als ›work in progress‹ bearbeiten sie zentrale Gruppen ihres Gesamtbestands, die in einer »operationalen Datenbank« erfasst und zukünftig in den »Digitalen Sammlungen der Museen« zugänglich gemacht werden sollen (S. 48). Im Hinblick darauf wurde das Handbuch der *niederländischen Zeichnungen* nicht als klassischer Bestandskatalog, sondern als Übersichtsband über wichtige Werkgruppen und Problemstellungen angelegt. In Kooperation mit der Berliner Bundesanstalt für Materialforschung und -prüfung wurde ein innovatives Konzept verfolgt, das kunsthistorische Kennerschaft unmittelbar mit der naturwissenschaftlich fundierten Materialanalyse verknüpft. Anhand von Verfahren wie der Multispektralanalyse oder Röntgenfluoreszenzanalyse wurden die historischen Papiere, Wasserzeichen, Tinten und Farben untersucht, um Datierungsfragen zu klären, Zu- bzw. Abschreibungen zu konkretisieren oder Zusammenhänge zwischen Werken, Künstlern und Schulen herzustellen. Elf Fallbeispiele – darunter Werke von Lucas van Leyden, Jan Both und Roelant Savery – demonstrieren, auf welche Weise die produktive Symbiose von Kunstgeschichte und Kunsttechnologie die Grundlagenforschung bereichern und den Wissenshorizont erweitern kann.

Das erklärte Ziel des Weimarer Projekts ist es, auf dieser methodischen Basis eine »konzeptuelle Neuformierung der Kennerschaft« zu begründen (S. 13). Doch was heißt Kennerschaft heute? Der Begriff, den namentlich Graphiksammler und -kenner für den stilkritischen Umgang mit Altmeister-Zeichnungen gebrauchen, wirkt zunächst etwas verstaubt, erweist sich dann aber als ein erfrischender, empirisch-pragmatischer Zugriff in einer von Theorien gesättigten Zeit. In den Schlusskapiteln des Handbuchs wird Kennerschaft im traditionellen Sinn als das durch gründliche Anschauung und praktische Erfahrung gewonnene Expertenwissen interpretiert. Damit lässt sich der Bogen zurück zum Sammler Goethe schlagen, dem die durch anschauende Kenntnis erworbene Erkenntnis über alles ging. Dass dem

Begriff per se eine gewisse Unschärfe anhaftet, bekennen die Autoren des Handbuchs freimütig mit einem Zitat von Ludwig Wittgenstein: »Es ist nicht nur schwierig zu beschreiben, worin Kennerschaft besteht, sondern unmöglich« (S. 288). Als Konsequenz treffen sie ihre Aussagen mit Vorsicht; das Wort »vermutlich« durchzieht den Band wie ein roter Faden.

Natürlich gab es sowohl in der Goethe'schen als auch in der Großherzoglichen Sammlung der niederländischen Zeichnungen irrtümliche Künstler- und Schulzuschreibungen. Aufgrund der Prominenz der Sammler versuchten ganze Forschergenerationen diese Fehler zu revidieren; eine Revision, die im Handbuch nun anhand akribischer Recherchen zu Einzelfällen auf den neuesten Stand gebracht wird. Im Zentrum steht das umfangreiche Konvolut der mit Rembrandt in Verbindung gebrachten Zeichnungen, die der ganze Stolz der Sammler waren. Die Zahl der ›Originale‹ ist allerdings im Kontext des Rembrandt Research Project[1] stark zusammengeschrumpft. Exemplarisch für die Verunsicherung ist die mehrfach erwähnte Skizze *Federschneidender Mann*, eine fulminante kleine Federzeichnung, die im Bildnachweis unter »Rembrandt Harmensz. van Rijn, Inv.-Nr. KK 5492« aufgeführt wird. In einem prägnanten Ausschnitt ziert sie das Cover des schönen, vom Sandstein Verlag opulent ausgestatteten Bands. Doch das Kapitel *Rembrandt oder nicht?* (S. 146-155) sorgt für Verwirrung, denn der *Federschneidende Mann* wird von Martin Royalton-Kisch neuerdings dem Schüler Gerbrand van den Eeckhout zugeschrieben (S. 149). Das wird im Handbuch weder kommentiert noch in die Bildbeschriftung übernommen. Auch die Materialanalyse hilft nicht weiter, weil die spezielle Eisengallustinte in Rembrandts Werkstatt sowohl vom Meister als auch von den Schülern benutzt wurde. Um das Dilemma zu lösen, wird am Schluss des Bands – wiederum in Berufung auf Wittgenstein – die Kategorie einer essentiellen »Familienähnlichkeit« angeboten (S. 288), die den *Federschneidenden Mann* eventuell wieder in die »Familie« der Rembrandt-Zeichnungen zurückführen könnte.

Der einleitende Teil des Handbuchs ist auf einem festeren historischen Boden angesiedelt. Ausführlich geht es um die Genese und die Kontur der Sammlungen, die in weitgehend geschlossener Form und an wechselnden Standorten die Zeit überdauert haben. Es geht aber auch um ihre »Sichtbarmachung« in Ausstellungen oder Katalogen, man denke nur an *Goethe's Kunstsammlungen* (1848) von Johann Christian Schuchardt. Ein aufschlussreiches Kapitel widmet sich der Rolle von Johann Heinrich Merck, der als Kunstagent hauptsächlich zwischen 1780 und 1785 Goethe und den Weimarer Hof mit Druckgraphik und Handzeichnungen beliefert hat. In den lesenswerten Aufsätzen findet sich zwar vieles, was aus früheren Studien bekannt ist, im neuen Zusammenhang aber interessante Einblicke in die Weimarer Verhältnisse bietet; hier wäre ein Register hilfreich gewesen. Manche Kapitel bleiben wie der biographische Text zu Carl Ruland eher allgemein, so dass die Sammlung der Niederländer in den Hintergrund rückt.

Große Aufmerksamkeit wird der Rolle Goethes geschenkt, auf dessen Sammelleidenschaft ja auch ein Teil der Großherzoglichen Sammlung beruht. Briefe und Tagebuchnotizen dokumentieren seine lebenslange Begeisterung für die Niederländer sowie Erwerbungen, die er u. a. bei dem Kunsthändler Carl Gustav Boerner tätigte. Die Faktenlage erlaubt sogar den Versuch, Goethes praktische Handhabe der Zeichnungen zu rekonstruieren – bis hin zu seinem erhaltenen Arbeitspult, einem raffinierten Verwandlungsmöbel, an das sich Blätter zur Ansicht anpinnen ließen. Goethe integrierte seine Kunstsammlung in seine Lebenswelt: Er nutzte sie als Bildarchiv und legte sie häufig Besuchern vor, weshalb sie viel stärkere Gebrauchsspuren als die Großherzogliche aufweist. Dass sie darüber hinaus als unmittelbare Inspirationsquelle diente, bezeugt der Abklatsch einer Rötelzeichnung mit Grabsteinen des Judenkirchhofs in Ouderkerk, der neben einem Kupferstich und einer Nachzeichnung nach Jacob van Ruisdaels Gemälde *Judenfriedhof* nachweislich Goethes Arbeit an dem Aufsatz *Ruysdael als Dichter* beflügelte.

Petra Maisak

1 https://www.rembrandtresearchproject.org/ (abgerufen am 04.07.2023).

Jeremy Adler: *Goethe. Die Erfindung der Moderne. Eine Biographie.* Aus dem Englischen von Michael Bischoff. Auf der Grundlage der Übersetzung überarb. u. erw. Fassung. München: C.H.Beck 2022, 655 S., 34,00 €

Jeremy Adlers großangelegtes Goethe-Buch ist vom Feuilleton überwiegend naserümpfend aufgenommen worden. Das Opus maximum des englischen Germanisten beruhe auf einem »Missverhältnis zwischen schmaler, aus vielen Einzelteilen zusammengepuzzelter Textgrundlage und freihändiger Interpretation« (Andreas Kilb, FAZ) und weise letztlich eine »pompöse Leere« auf (Thomas Steinfeld, SZ). Diese und nicht wenige andere Einwände sind rundum zu konzedieren und treffen die ›Biographie‹ ins Mark. Oft genug lässt sich auf die Lektüre nur mit Kopfschütteln reagieren: auf die wolkige Grundidee, Goethe sei »nicht nur für die neuzeitliche Dichtung, sondern auch für die gesamte wissenschaftliche Welt der Moderne zur Schlüsselfigur« geworden (S. 452), ebenso wie auf die zahllosen Einzelargumente, mit denen Adler in einer ›neuen Art von Buch‹ nachweisen will, dass Goethe von »der Literatur bis zur Naturwissenschaft, von der Politik bis zur Philosophie [...] in der heutigen Welt tiefe Spuren hinterlassen« hat (S. 26 f.), ja überhaupt ein »früher Autor der Globalisierung« ist (S. 16). Da wird aus *Weltseele* »im Grunde schon die Urknall-Theorie« herausgelesen (S. 266), und Karl Marx soll im *Kapital* »Goethes Begriff der ›Metamorphose‹ in die politische Ökonomie« eingeführt haben (S. 24). In diesem Zusammenhang verwundert es nicht mehr, dass Marcel Prousts *À la recherche du temps perdu* »dem *Werther* folgt« (S. 78), zumal deren Autor laut Adler die »Lehre von der Metamorphose nicht nur indirekt etwa durch *Wilhelm Meisters Lehrjahre*, sondern direkt aufgegriffen und für den Höhepunkt seines Romans aktualisiert« hat (S. 460). Auch für die überraschend robuste These, Goethes Farbenlehre sei »vom Standpunkt der heutigen Physik in jeder Hinsicht korrekt« (S. 236), bleibt Adler belastbare Belege schuldig. Fatal ist hier wie in vielen anderen Fällen, dass eine eventuelle, allemal aber nur vage Affinität beherzt zur Identität erklärt wird: Zweifellos hat sich die Physik des Lichts seit Albert Einstein weit von Isaac Newton entfernt, aber deswegen doch nicht umstandslos Goethe angeschlossen, gleichwie ein Quantentheoretiker wie Richard Feynman als Student den *Faust* gelesen und zudem »Goethes Standpunkt« aufgegriffen haben mag, »wonach ›alles mit dem Auge beginnt‹« (S. 20).

Die Aufzählung entsprechender Merk- resp. Fragwürdigkeiten ließe sich nach Belieben fortsetzen, wäre als (Stil-)Blütenlese jedoch ungerecht, weil hinter dem Aufspießen der angeblichen Analogien zwischen Begriffen Goethes und Konzepten gegenwärtiger Wissenschaft die aufschlussreiche Entstehungsgeschichte des Buches vorschnell ins Abseits gerät. Manche nun dezidiert unglücklich erscheinende Struktur-Entscheidung erklärt sich jedenfalls aus den spezifischen Umständen, aus denen heraus Adler seinen *Goethe* ursprünglich konzipiert hat und die er in einer ›Vorbemerkung‹ (S. 9) auch mitteilt: Das Werk ist gewissermaßen in zwei Stufen entstanden, indem Adler zunächst eine kurze Einführung in Goethes Leben und Werk für ein englischsprachiges Publikum verfasst hat, »dem Goethe vielleicht nur dem Namen nach bekannt war«. Als diese Version ins Deutsche übersetzt wurde, wollte Adler sie begreiflicherweise »den Interessen eines deutschen Publikums« anpassen, zumal er im Lauf der Arbeit den Eindruck gewonnen hatte, »dass längere Partien über weitere Themen – Poetik und Mythologie, Musik und Kunst, Politik und Ökonomie, Kosmopolitismus und Globalismus – notwendig wurden, um ein ausgewogenes und hinreichend umfassendes Buch zu liefern« (Vorwort). Adler hat den ursprünglichen Text demgemäß um das Dreifache erweitert und »die neuen Teile selbst in deutscher Sprache« verfasst, um »Goethes Denken im Kontext der heutigen Wissenschaften darzustellen – nicht nur der Germanistik, sondern auch der Soziologie, der Philosophie, der Ökologie und der Staatslehre«. Eine ›Biographie‹, wie sie der Untertitel verspricht, ist daraus freilich nicht geworden, weil Adler auf eine chronologische Ordnung verzichtet und sich lieber der Lyrik als »roter Faden« bedient, um die Leser »kreuz und quer« durch Goethes Gedankenwelt zu führen (S. 23). Ohnehin wird den

Realien von Goethes Lebensgeschichte im engeren Sinn kaum Aufmerksamkeit geschenkt, und durchweg steht das Werden seiner Ideen weit weniger im Fokus als deren Ausstrahlen auf die Nachwelt (dass diese Akzentuierung mit einem wohltuenden Verzicht auf Küchenpsychologie einhergeht, ist allerdings zu begrüßen).

Im Kaleidoskop seiner vielfältigen Beobachtungen zu Goethe als »Vorkämpfer der Moderne« (S. 534), als die sich Adlers Monographie darstellt, findet sich neben eher abstrakt bleibenden Thesen wie der vom »Mitbegründer des Liberalismus« (14. Kapitel, S. 325-342), der zufolge *Wilhelm Meisters Lehrjahre* ebenso wie *Faust II* einschlägig gedeutet werden (S. 333 und 520), doch auch eine beachtliche Zahl von sehr wohl weiterführenden Erläuterungen. Das gilt weniger für die behauptete Aufdeckung eines hinduistischen Fundaments von *Über allen Gipfeln ist Ruh* (S. 113 f.; vgl. den analogen Gedanken für den Schluss von *Faust II*, S. 523) als für die höchst plausible Einsicht in Gretchen als die »integrierende Figur« von *Faust I*, da »sie genau dar[stellt], ›Was die Welt im Innersten zusammenhält‹« (S. 279). Mehr noch gilt es für die erhellenden, weil differenzierten Ausführungen zu Goethes vorsichtiger Zustimmung zur Todesstrafe für Kindsmörderinnen (S. 281-284), zu seiner positiven Einschatzung des englischen Sozialreformers Robert Owen, der in manchen Zügen in die Faust-Figur eingegangen sei (S. 519), und vor allem zu seiner Einstellung zum Judentum bzw. zur Juden-Emanzipation: So unübersichtlich Adlers Argumentation gerade hier auch verfährt, weil er die Fülle seiner heterogenen Zitate kaum chronologisch ordnet, so zeigt sich daran nur umso deutlicher, wie sehr die offenbare Widersprüchlichkeit von Goethes alles in allem »archaischen Vorurteilen verhaftet[er]« Haltung (vgl. S. 435) zeitgeschichtlich bedingt gewesen ist und ihn daran gehindert hat, auch in dieser Frage »Anteil an der Modernisierung« zu nehmen (S. 425). Als das eigentliche Filetstück unter all diesen lohnenden Einzelheiten mögen jedoch die Bemerkungen zu Étienne-Gaspard Roberts Erfindung der ›Phantasmagorie‹ angesehen werden: Diese mit ganz neuen Effekten arbeitende Weiterentwicklung der ›Laterna magica‹, der erst jüngst die gebührende Aufmerksamkeit seitens der Kulturgeschichte zuteil geworden ist, hat Goethe offenbar zu gewichtigen Szenen in *Faust II* motiviert: Nicht umsonst trägt der *Helena-Akt* bei seiner Erstpublikation (1827) den Untertitel *Klassisch-romantische Phantasmagorie*, und Adler zeigt überzeugend auf, wie Goethe nicht allein für Helenas Verschwinden die technischen Möglichkeiten von Roberts innovativer Phantasmagorie zu nutzen wusste (S. 489-493).

Jeremy Adler hat den Anspruch seines *Goethe* hochgesteckt: »Genau dieses facettenreiche Individuum – gleichermaßen praktisch und visionär, sinnlich und geistig, erdgebunden und abgehoben, bodenständig und feinsinnig – versucht dieses Buch zu verstehen« (S. 22). Dass ihm das gewiss in Teilen, nicht aber im Ganzen gelungen ist, dürfte in erster Linie an zwei sich wechselseitig bedingenden Schwächen liegen: Er vernachlässigt zu oft die Kontexte seiner Zitate und abstrahiert auf diese Weise die je interessanten Aspekte, wobei insbesondere die poetischen Strukturen immer wieder zu kurz kommen. In Begriffen des 18. Jahrhunderts heißt das, dass durchweg nur ›witzig‹, nicht aber auch ›scharfsinnig‹ argumentiert wird: Adlers Erkenntnisinteresse ist primär auf das Aufspüren angeblicher ›Ähnlichkeiten‹ wie beispielsweise der zwischen »Goethes Modell der Spiralförmigkeit des Lebens« und der DNA-Doppelhelix ausgerichtet: »So bereichern Goethes Theorien heute noch die fortschrittlichsten Gebiete der Naturwissenschaft« (S. 150). Nach den zumindest gleichermaßen wichtigen Unterschieden wird hingegen kaum gefragt, um umso umstandsloser scheinbare Entwicklungslinien etwa von *Iphigenie auf Tauris* zur amerikanischen Philosophin Martha Nussbaum ziehen zu können. Von einer Gegenprobe auf die eigenen Thesen, wie man sie doch nach wie vor im gymnasialen Mathematik-Unterricht als notwendiges Kontrollverfahren lernt, ist dabei leider keine Rede.

Dahinter steht als gravierender Geburtsfehler die Widersprüchlichkeit der Zielsetzung: Adler will das Publikum von der immensen Bedeutung Goethes überzeugen, vergisst dann aber, dass er mit seiner deutschen Version nicht mehr die britischen Leser in deren eventueller Goethe-Vergessenheit erreicht, sondern die Interessenten in Deutschland, wo zumindest der Name ›Goethe‹ noch immer Klang genug hat. Sein Buch ist daher – unbeschadet der vielen schönen Details – als eine letztlich unnötige Verteidigungsrede geraten, da die Weltgeltung Goethes als Dichter und Denker wahrlich nicht davon abhängt, ob ihm nebenbei auch noch die »Erfindung der Moderne« gelungen ist. Der ihm wohlbewussten Gefahr der »Überschwänglichkeit« (S. 12) ist Jeremy Adler insofern selbst verfallen. Wirklich von Nutzen kann sein Goethe-Buch auch nicht für die literaturgeschichtlichen Laien sein, an die es sich in seiner Selbsttäuschung als vermeintliche Einführung doch wendet. Sehr wohl aber werden die Kenner davon profitieren, wenn sie den Weizen von der Spreu trennen.

Albert Meier

Ernst Osterkamp: *Sterne in stiller werdenden Nächten. Lektüren zu Goethes Spätwerk*. Frankfurt a. M.: Vittorio Klostermann 2023. 476 S., 79,– €

Selbst wer nicht zu Emphase neigt, wird in diesem Fall sagen müssen: ein wunderbares Buch. Einer der großen Goethe-Forscher der Gegenwart fasst in ihm seine Arbeiten zum späten und spätesten Goethe aus den vergangenen rund 20 Jahren zusammen, zugleich erweitert er sie beträchtlich, und dabei lernt man nicht nur Goethes ›inkommensurables‹ Spätwerk besser zu verstehen, wie nebenbei wird auch deutlich, was Philologie ist oder was sie zumindest idealerweise sein kann: eine durch die Liebe zum Wort im Allgemeinen und zum jeweiligen Gegenstand im Besonderen getragene Kunst der Analyse und Interpretation (nicht nur) literarischer Texte, die auch den kleinsten sprachlichen Zeichen größte Aufmerksamkeit zukommen lässt. Um dies sogleich durch ein Beispiel zu belegen: Im 13. Kapitel, in dem Osterkamp sich einlässlich mit der von der Forschung bisher erstaunlich einseitig als bloße Verkörperung einer Idee betrachteten Helena-Figur in *Faust II* beschäftigt, weist er auf die drei Worte am Ende von Vers 9077 hin, deren Interpunktion in den Ausgaben in einem auf den ersten Blick vielleicht geringfügig erscheinenden Detail divergiert. Während Helena etwa in der Hamburger Ausgabe auf dem Weg zu Phorkyas sagt: »Alte, geh voran!«, steht in der Reinschrift: »Alte! geh voran.« (Zit. nach S. 429). Osterkamp zeigt nun, was in diesem Unterschied steckt, über den die meisten anderen Interpretinnen und Interpreten wohl achtlos hinweggegangen wären:

> Eine Helena, deren Inneres ›unzugänglich‹ bleibt, kann nicht noch im selben Vers, in dem sie die Unzugänglichkeit ihrer Seele behauptet, mit dem Ausruf ›Alte, geh voran!‹ panisch von der Bühne eilen; sie bewältigt den Affekt und spricht: ›Alte! geh voran.‹ Hier wird Goethes Interpunktion zum Ausdruck seines psychologischen und sozialen Wissens; die Antwort auf die Frage, wohin das Ausrufezeichen gesetzt werden soll, entscheidet über die seelische Tiefe der Helena. (S. 430)

Das wird nur dem überspitzt erscheinen, der Osterkamps vorausgegangene Ausführungen nicht zur Kenntnis genommen hat, denen man entnehmen kann, dass die Interpunktion in der Reinschrift bereits bei Helenas erstem Auftritt in Akt 3 eine wichtige Rolle spielt – nämlich in ihrem (abgesehen von einem einzigen Komma) Fehlen, wodurch sich »in der Ästhetik des Versbaus die sinnliche Gestalt ihres tatsächlichen Körpers« (S. 422) umso stärker abzuzeichnen beginnt.

Das Buch ist in 15 Kapitel gegliedert, von denen die meisten (zehn) auf ältere Aufsätze und vor allem Vorlesungen und Vorträge zurückgehen, die Osterkamp bei verschiedenen Gelegenheiten gehalten hat (unter anderem als Festvortrag bei der 82. Hauptversammlung der Goethe-Gesellschaft in Weimar). Allerdings hat er diese Texte überarbeitet, teilweise sogar nicht unerheblich; fünf Kapitel sind eigens für den Band geschrieben worden. Insgesamt hätte das Buch aber etwas gründlicher redigiert werden können: So wird an einer Stelle etwa nicht auf das erste Kapitel, sondern auf den diesem zugrunde liegenden Erstdruck verwiesen (S. 436, Anm. 8), und die *Hinweise zu Erstveröffentlichungen* am Ende hätten entsprechende Hinweise am Anfang mancher Kapitel eigentlich überflüssig gemacht. Doch das sind Quisquilien, die kaum ins Gewicht fallen.

Es geht, wie gesagt, um das Spätwerk Goethes, das Osterkamp, wie er eingangs bekennt, immer noch zum Staunen bringt, je länger er sich damit beschäftigt, desto mehr: zum

> Staunen über die thematische Vielfalt, die gedankliche Komplexität, den stofflichen und sprachlichen Reichtum, die formale Variationsfähigkeit, die Rücksichtslosigkeit gegenüber seinem Publikum, die Goethe in seinem Spätwerk an den Tag legt. (S. 7)

Hier ist das Staunen also nicht der Anfang der Philosophie, sondern der Philologie. Die Erkenntnis, die Osterkamp anstrebt, ist die nach dem Zusammenhang, der »inneren Beschaffenheit des geistigen Kosmos, in dem *Faust* und *Farbenlehre*, *Pandora* und *Wanderjahre*, *Divan* und zahllose Gelegenheitsgedichte ihren Platz finden und aufeinander bezogen sind« (ebd.).

Grundlegend für die Antworten, die Osterkamp auf die von ihm gestellte Frage gibt, ist zum einen das spezifische ›Altersverständnis‹ Goethes, das, wie Osterkamp deutlich macht, »im Widerspruch zum gängigen neuzeitlichen Altersverständnis« steht, das an das »Ausscheiden aus dem aktiven Arbeitsprozess« gebunden ist:

> Vor dem Hintergrund dieses durch den Verlust der Arbeitsfähigkeit definierten Altersverständnisses lässt sich konstatieren, dass Goethe niemals alt gewesen ist. Seine gesamte Existenz, in der Leben und Tätigkeit programmatisch aufeinander bezogen blieben, war ein bewusster Protest gegen Vergänglichkeitsklage und Vergänglichkeitssemantik, und seine Arbeitsfähigkeit hat er niemals eingebüßt. (S. 19 f.)

Diesem Verständnis des Alters korrespondiert zum anderen das seit dem Tod Schillers zunehmend stärker werdende ›Altersbewusstsein‹ Goethes – ein schöner, allerdings nicht eindeutig vom ›Altersverständnis‹ abgrenzbarer Begriff. Es setzt sich laut Osterkamp vor allem aus drei Komponenten zusammen:

> erstens die Erfahrung, von den eigenen Generationsgenossen nach und nach verlassen zu werden, zweitens das Bewusstsein von der fundamentalen Divergenz seiner aktuellen politischen und kulturellen Lebensbedingungen von denjenigen, unter denen er aufgewachsen war, und drittens die Prägung seines Selbstverständnisses durch eine immer stärker und programmatischer sich ausbildende Opposition zum Zeitgeist nicht nur auf dem Gebiet der Politik, sondern vor allem auch auf dem künstlerisch-kulturellen Feld. (S. 20)

Entscheidend ist schließlich das Konzept der ›produktiven Einsamkeit‹, das Goethe daraus entwickelt hat und das nicht mit einer sozialen Einsamkeit verwechselt werden darf, der Goethe in keiner Phase seines Lebens ausgesetzt war. Die produktive Einsamkeit ist im Gegensatz dazu gekennzeichnet durch eine »positive Akzeptanz von Einsamkeit als schöpferischer Zurückgezogenheit von den Alltagsgeschäften, den gesellschaftlichen Anforderungen und den Zumutungen des Zeitgeists« (S. 27), und gerade dies ist es, wodurch sich das Alter für Goethe »als eine Lebensphase der Freiheit definiert« (S. 29). Was das für sein Spätwerk heißt, bringt Osterkamp auf den Begriff einer »Poesie der Einsamkeit« (S. 34 u. ö.), die sich zum Beispiel in einsamen Figuren wie Epimetheus und Wilhelm sowie den vier Hauptfiguren der *Wahlverwandtschaften*, außerdem – und dies vor allem – in der Ironie als »ästhetische[m] Leitprinzip seines gesamten Spätwerks« konkretisiert (S. 43). Einen (von mehreren) schlagenden Belegen dafür, dass gerade Letzteres bei den Zeitgenossen nicht unbemerkt geblieben ist, hat Osterkamp in einem Brief Ernst von Pfuels aus dem Jahr 1810 gefunden. Da dieses prägnante Zitat bekannter zu werden verdient, sei es hier wiedergegeben: »Aus dem einen Auge blickt ihm [Goethe; FvA] ein Engel, aus dem andern ein Teufel, und seine Rede ist eine tiefe Ironie aller menschlichen Dinge« (zit. nach S. 42).

Die gesamte Fülle an mit den Mitteln der Philologie gewonnenen Erkenntnissen, die Osterkamp auf den folgenden fast 500 Seiten vor den Leserinnen und Lesern auf dieser Grundlage ausbreitet und die die Forschung zu Goethes Spätwerk, die sich in den vergangenen Jahren intensiviert hat, wesentlich bereichert, kann an dieser Stelle nicht zusammengefasst werden. Lediglich einige Stichpunkte zu wenigstens zweien der neu hinzugekommenen Kapitel seien hier gegeben.

Bedeutsam ist etwa die im wichtigen zweiten Kapitel (*Nur keine Worte: Krieg und Vers in Goethes Werk 1806-1814*) herausgearbeitete Tatsache, dass das Thema Krieg, dessen literarische Darstellung Goethe bekanntlich gescheut hat, als »Wiederkehr des Verdrängten« (S. 51) in einem Teilbereich seines Werks doch zum Tragen kommt, und zwar dort, wo man es eigentlich nicht erwartet hätte: in der Gelegenheitsdichtung. Ein Beispiel ist die *Zueignung an P<rinzessin> C<aroline> v<on> W<eimar>*, die Goethe nach der Plünderung Weimars durch französische Truppen geschrieben hat, in deren Zuge er »erstmals zum wehrlosen Objekt der Geschichte« wurde (S. 46). Laut Osterkamp hat Goethe »[i]n keinem anderen seiner Gedichte so unverstellt von den Schrecken, die er am 14. Oktober 1806 erleben musste, gesprochen wie in diesem« (S. 54). Bezeichnenderweise hat er dafür ausgerechnet den Knittelvers gewählt, was Osterkamp überzeugend als »stilistische Entscheidung eines Mannes« deutet, »der, um von einer kaum drei Monate zurückliegenden traumatischen Erfahrung sprechen zu können, sie erkennbar [...] herunterspielt und gerade damit zum Ausdruck bringt, wie tief sie ihn getroffen hat« (S. 55). Wieder einmal zeigt sich hier also, dass Goethes Gelegenheitsdichtung genauer untersucht zu werden verdient. In zwei weiteren Kapiteln (über die *Inschriften, Denk- und Sendeblätter* und ein Gedicht an die zwölfjährige Prinzessin Maria von Sachsen-Weimar-Eisenach) vertieft sich dieser Eindruck noch: All diese Texte sind »unendlich einfach und gerade deshalb unendlich kompliziert« (S. 347). Aus diesem Grund erfordern sie eine umso größere hermeneutische und methodische Umsicht, möglicherweise sogar mehr als manche der Gedichte, die nicht zu dem Korpus der Gelegenheitsdichtung in einem engeren Sinn zu zählen sind. Man müsste ihnen ein ganzes Forschungsprojekt widmen, in deren Rahmen die funktionale höfische Dimension dieser Texte – wie Osterkamp es vorführt – konsequent verbunden wird mit weiteren Aspekten, unter anderem einer biographischen, einer poetologischen, einer werkpolitischen, einer intermedialen und des Weiteren einer synchronen Dimension, die es erlauben würde, den Ort der Gelegenheitsgedichte innerhalb des jeweiligen Werkkontextes genauer zu bestimmen.

Ein Höhepunkt des Buches ist das 6. Kapitel, in dem Osterkamp »Wegesspuren vom *West-östlichen Divan* zum zweiten Teil des *Faust*« verfolgt. Er tut das unter anderem anhand des Verbs ›gruneln‹ (im Sinn von, wie es das *Goethe-Wörterbuch* definiert, »nach (vom Regen) erfrischtem Grün, der Entstehung neuen [vegetabilen] Lebens duften«), das sich bei Goethe insgesamt nur fünfmal findet, dreimal davon im *Divan*. Was Osterkamp aus diesem schlichten lexikalischen Befund macht, ist beeindruckend. Zunächst widmet er sich dem zu Lebzeiten Goethes unveröffentlicht gebliebenen Gedicht *Lasst mich weinen!* aus dem *Divan*-Nachlass. Es endet mit dem Vers »Schon grunelts« (zit. nach S. 227), den Osterkamp ungewohnt emphatisch, aber wahrscheinlich nicht zu Unrecht als »die stillste und verhaltenste Feier des Lebens« deutet, »die es in der deutschen Poesie gibt« (S. 231). In *Faust II* ist es dann Homunculus, dem das Verb am Ende der *Klassischen Walpurgisnacht* in den Mund gelegt wird: »Hier weht gar eine weiche Luft, / Es grunelt so und mir behagt der Duft!« (Vers 8265 f., zit. nach S. 233), und dies im Rahmen einer Szene, die schließlich in den gewaltigen, das Leben im Zeichen des Neptunismus feiernden Schlusschor »All Aller« münden wird. Dem »Schon grunelts« des *Divan* entspricht so das »Es grunelt« des *Faust II*, der »kleinen Ursprungsszene des Lebens« »die größte Feier des Lebens, die sich in Goethes Werk findet« (S. 235). Es bedarf der Sensibilität eines echten Philologen (und des *Goethe-Wörterbuchs*), um solche erhellenden Korrespondenzen, die möglicherweise nicht einmal Goethe selbst bewusst waren, zu entdecken.

Man kann nicht umhin, bei der Lektüre Parallelen zwischen dem Autor und seinem Gegenstand zu ziehen: Osterkamp, der wie Goethe das Ausscheiden aus dem aktiven

Arbeitsprozess verweigert, hat mit seinem Buch ebenfalls ein Spätwerk vorgelegt, auch er neigt zu Ironie, verwendet (markiert und unmarkiert) Worte und Wendungen Goethes und ist spürbar ergriffen von dessen Reaktion auf den Abguss eines antiken, Leda und den Schwan darstellenden Basreliefs, den er kurz vor seinem Tod zu Gesicht bekam (in diesem Zusammenhang fällt in dem Dankesbrief an den preußischen Staatsrat von Beuth die den Titel des Buches bildende herrliche Formel von den »Sterne[n]«, die nach Goethes Wunsch in seine »immer stiller werdenden Nächte hereinleuchten« sollten [zit. nach S. 459]). Und nicht zuletzt war auch für die Entstehung von Osterkamps Buch produktive Einsamkeit entscheidend, allerdings in einer durch die Corona-Pandemie erzwungenen Variante. Doch glücklicherweise erweist sich Osterkamp auch hier als ein idealer Philologe: Niemals verliert er die Distanz zu ›seinem‹ Autor, niemals spiegelt er sich unzulässig in ihm (für beides gibt es in der Geschichte der Goethe-Forschung Beispiele zur Genüge) – auf jeder Seite aber ist er sein kongenialer Interpret.

Frieder von Ammon

Massimo Donà: *Una sola visione. La filosofia di Johann Wolfgang Goethe*. Bompiani: Milano 2022, 327 S., 14,– €

Massimo Donà, Professor für theoretische Philosophie an der Universität Vita-Salute San Raffaele in Mailand, hat 2013 mit *Misterio Grande. Filosofia di Giacomo Leopardi* sowie 2016 mit *La filosofia di William Shakespeare* zwei anspruchsvolle Versuche vorgelegt, das geistige Erbe großer Dichter aus philosophischer Sicht neu zu lesen, um deren anti-platonische bzw. anti-universalistische Grundhaltung aufzuzeigen. Mit Goethe schließt er diese philosophische Trilogie nun ab.

Donàs Goethe-Buch ist – das sei vorweg angemerkt – in erster Linie als Beitrag eines erfahrenen Philosophen anzusehen, welcher mit und mittels Goethe ebenso leidenschaftlich wie scharfsinnig vor dem Hintergrund seines Hauptinteressengebiets – der Phänomenologie – argumentiert (vgl. vor allem *Aporia del fondamento*, 2000). Jeder Anspruch an philologische bzw. literaturwissenschaftliche Zünftigkeit (etwa an den aktuellen Forschungsstand oder eine vollständige Bibliografie) wäre hier daher fehl am Platz: Es handelt sich vielmehr um einen breit angelegten (14 Kapitel, 327 Seiten) und dementsprechend facettenreichen Essay (von der *Metamorphose der Pflanzen* über *Die Wahlverwandtschaften* und die *Farbenlehre* bis hin zur Auseinandersetzung mit Hegel und Schelling sowie dem *Faust*), in dem Donà seine Ausführungen nicht an der ›orthodoxen‹ Literatur der Spezialisten misst, sondern Goethe ›unorthodox‹ mit drei Koryphäen der Geistesgeschichte konfrontiert: Simmel, Cassirer und Hegel (dazu noch unorthodoxer: Steiner und Beuys). Kein Wunder also in diesem Zusammenhang, dass der Autor mehrfach auf die ›unmethodischen‹ Verfahren des Naturwissenschaftlers (bzw. Philosophen) Goethe verweist, um dessen »rivoluzione speculativa« (S. 20) darzulegen. Dieselbe Systematik kennzeichnet den Gedankengang des Buches selbst, der hauptsächlich auf die Frage zielt, inwiefern Goethes literarisches und naturwissenschaftliches Gesamtwerk als »filosofico« (S. 19) anzusehen sei. In Anlehnung an Bruno, Leibniz, La Mettrie, Leopardi und Spinoza (aber auch an Deleuze und Arendt) setzt der Autor eine klare philosophische Prämisse ins Zentrum seiner Ausführungen: Die Natur lasse sich nicht auf eine Reihe von »lösbaren Problemen« reduzieren. Vielmehr gelte es, ihr gegenüber eine offene Haltung einzunehmen, um ihr »Unaussprechliches« bzw. die »wirkliche Schrift des Rätsels« zu entziffern (S. 28). Um diesen Kern habe Goethes Philosophie bzw. seine spekulativ-wissenschaftliche Betrachtung des Existierenden stets gekreist.

Der Autor verweist mit seiner Titel-Formel »una sola visione« (»eine einzige Vision«) auf einen Satz in Goethes *Bildung und Umbildung organischer Naturen* (1817-1820): »Da konnte mir denn ein ruhiger, bescheidener Blick sogleich die Einsicht gewähren, daß ein ganzes Leben erforderlich sey, um die unendlich freye Lebensthätigkeit eines einzigen Naturreichs zu überschauen und zu ordnen [...]« (FA I, 24, S. 413). In der von Donà verwendeten Übersetzung (Milano 1992) sind die beiden Verben ›überschauen‹ und ›ordnen‹ im Bild von »una sola visione ordinatrice« (»eine einzige Ordnungsvision«; vgl. S. 155) verschmolzen. Diese Idee einer »ordnenden Einzelvision« ermöglicht nun, den anti-analytischen bzw. antisynthetischen Blick Goethes hervorzuheben (vgl. S. 170). Denn darauf legt Donà bei seinem Anliegen entsprechend besonderen Wert: auf Goethes Ablehnung eines jeglichen fix analytischen, auf »abstrakte Identitäten« ausgerichteten Beobachtungssystems. Das Neue an der Einsicht Goethes soll demzufolge darin bestehen, dass man sich zuallererst auf die »Mobilität« der Phänomene konzentrieren müsse (d.h. auf deren Entstehung und Verwandlung); erst dann könne man wirklich zu verstehen beginnen, inwiefern es in jeder Pflanze und damit in jedem lebenden Organismus immer dasselbe Organ ist, das sich beständig von sich selbst unterscheidet (vgl. S. 171).

An dieser Stelle sei darauf hingewiesen, dass Goethe in Anlehnung an Kants ›diskursiven Verstand‹ (bzw. an die ›reflektierende Urteilskraft‹) sowie an Spinozas *scientia intuitiva* den ›intuitiven Verstand‹ allerdings als eine von mehreren Möglichkeiten gesehen hat, um das Zusammenwirken des Ganzen (Allgemeinen) und der Teile (des Besonderen) wahrzunehmen: Nicht nur die Teile bedingen das Ganze (wie bei Kant), sondern das Ganze bedingt seinerseits auch die Teile. Offenbar hat Goethe im Grunde – um es beherzt zusammenzufassen – versucht, die hauptsächlich um die Mathematik kreisenden Spekulationen Spinozas auf den Bereich der Naturwissenschaft zu übertragen und dabei eine Art von Synthese zwischen Kants reflektierender und Spinozas intuitiver Urteilskraft zu finden. Eine genauere Auseinandersetzung mit Spinoza hätte deshalb dem Essay sicherlich zum Vorteil gereicht (erst recht ein Blick auf die Idee einer ›Organisation‹ in Herders *Ideen zur Philosophie der Geschichte der Menschheit*). Stattdessen konzentriert sich Donà grundsätzlich auf die Unterschiede zwischen Goethe und Hegel (das kursorische 8. Kapitel zu Schelling dient im Grunde nur dazu, die Auseinandersetzung mit Hegel im vorhergehenden Kapitel zu untermauern). Die konstante Auseinandersetzung mit der hegelschen Philosophie erweist sich für die Grundgestaltung des Essays als funktional – insbesondere in Hinsicht auf Hegels Begriff der Bestimmtheit des ›Seienden‹. Bereits 2010 hat sich Donà mit diesem Begriff in *Il tempo della verità* auseinandergesetzt und versucht, die von Hegel selbst nicht erkannte Aporie in der Entfaltung des Begriffs darzulegen. Hier kommt Donà nun erneut darauf zurück und versucht, Hegels Aporie durch die Intuitionen Goethes aufzuheben. In äußerst spekulativer (und daher gelegentlich auch sehr abstrakter) Gedankenführung stellt Donà dar, wie Goethe anhand seiner Beobachtungen der Naturphänomene zur Annahme der Unbegründetheit des Bestimmtheit-Begriffes gelangt sein soll. Die Bestimmtheit des Seienden werde nicht von einer ›anderen‹ Bestimmtheit bestimmt, erklärt Donà. Sie sei vielmehr von dem Anderen der Bestimmtheit, nämlich der Unbestimmtheit des Seienden, bestimmt (S. 184).

Dieser komplexe Ansatz lässt sich grundsätzlich auf die phänomenologische und ontische (die Vorsokratiker ebenso wie Heidegger aufgreifende) Prägung von Donàs Denken zurückführen, welches dem Subjekt jeglichen Anspruch auf Unabhängigkeit abspricht. Besonders erhellend ist in diesem Zusammenhang die Verknüpfung des (modernen) Prozesses eines Subjekt-Abbaus mit Goethes Auffassung von der Beschaffenheit der Materie (*physis*). Donà verweist dabei auf die grundlegende Konsubstantialität des Von-mir-bestimmt-Seins / Mir-identisch-Seins und des Nicht-von-mir-bestimmt-Seins / Anders-Seins. Auf diese Weise will er das »Paradoxon« (S. 35) der Materie erhellen, welche gleichzeitig aus den zwei Bewegungen von Attraktion und Repulsion besteht. Goethes Interesse an einem Denken in Polaritäten (Systole/Diastole usw.) dient Donà dazu, sein theoretisches Hauptanliegen hinreichend zu untermauern, um mit und durch Goethe zu beweisen, dass es möglich sei, unter verschiedenen Gesichtspunkten »das Leben als Ausdruck eines ursprünglich aporetischen Fundaments« (S. 11) zu begreifen. Die Materie wird somit zu einer »Negation der Form«:

> Andererseits, wie könnte die Materie erscheinen, wenn nicht in der Form, oder besser in dem, was eben ihr Negiertsein sagt? Das, was sich uns als Erscheinung immer verschiedener Formen zeigt, konstituiert sich also *sub eodem* als das »Erscheinen einer immer gleichen Natur«. (S. 69)

Dass auch der bei Goethe zentrale Begriff der Metamorphose in diesem spekulativen Kontext als *aporetisch* angesehen werden kann, ist nur konsequent. Zusammen mit Donàs Ausführungen zur *physis* erweisen sich diejenigen über die Metamorphose als die beachtenswertesten des Essays, denn sie ermöglichen, das Gesamtwerk von Goethe unter einer in mancher Hinsicht neuen Perspektive zu deuten. Unter welcher Perspektive konkret? Tatsächlich unter derjenigen der Formlosigkeit. Donà verweist auf die Grundbestimmung des Wortes Metamorphose als das »Über-die-Form-Hinaussein« der Materie (S. 38). Diese Grundbestimmung ermögliche wiederum zu verstehen, inwiefern die Natur (und damit das phänomenologische Leben) bei Goethe nicht nach systematischen Schemata (Gesetzen) zu erklären sei, sondern als ein Konzentrat von zusammenwirkenden Polaritäten. Derselbe Begriff »Phänomen« finde allein in Bezug auf den Begriff »Noumenon« bzw. im polaren Zusammenwirken seinen Sinn, denn das »Phänomen« sei ausschließlich auf das wahrnehmende Ich zurückzuführen, während das »Noumenon« sich als das (nötige) Unbegreifliche, das Andere (S. 36) erweise. Die philosophischen und literarisch-ästhetischen Implikationen eines solchen Denkansatzes sind selbstverständlich zahlreich. Hier sei nur auf die (vom Autor mehrfach betonte) Rolle der Analogie (im Gegensatz zur Ähnlichkeit) hingewiesen, die gleichzeitig auf dem inhaltlich Ähnlichen und dem jeweils Anders-Sein in der Form beruht. Donà gelangt dabei zu der Annahme, dass der Begriff der »Identität« (als Prinzip betrachtet) bei Goethe nicht denkbar bzw. nur als »formloser Zustand« (*meta-morphé*) möglich sei (S. 41)

Donà beschließt seinen Essay mit einem Kapitel über *Faust* und betont das Streben des Protagonisten nach der Enthüllung des »Rätsels des Lebens« (S. 309), d. h. des phänomenologischen Lebens bzw. der Natur. In diesem Kapitel lassen sich die genannten literarisch-ästhetischen Implikationen des Denkgerüstes des Essays leicht und ertragreich verfolgen, da Kunstwerk und Natur als zwei Pole angesehen werden: als diejenigen zwei Pole, um die Fausts Schicksal kreise. Nicht die Wissenschaft (geschweige denn Philosophie oder Theologie) ermögliche Faust, das Rätsel des Lebens zu lösen, sondern die Kunst in Gestalt der Musik des abschließenden »Chorus mysticus« (WA I, 15, S. 337, V. 12104-12111). Donà deutet die Auswirkung des Gesangs im *Faust* als Moment der Erleuchtung des genannten Rätsels, bestehe die Musik doch aus »Harmonien und Klängen, die das Leben beharrlich verwirrt« (S. 317). Die phänomenologische Prägung (und überhaupt das Erbe der heidegger'schen Ästhetik) fällt bei der abschließenden Annahme auf, derzufolge die Kunst die Natur zwingt, »ihr Geheimnis zu lüften«. In Anlehnung an das musikalische Erlebnis Fausts schreibt Donà der Kunst abschließend – und dies ist vielleicht seine persönlichste Deutung von Goethes Meisterwerk – die große Aufgabe zu, uns zu lehren, über die stumme Äußerlichkeit des Naturphänomens hinauszublicken; die Gesetze zu verletzen, mit denen wir allzu lange glaubten, die »unvorhersehbaren Bewegungen des Lebens in Ketten legen zu können« (S. 317).

Der Essay von Donà ist ein anspruchsvoller und an vielen Stellen gewinnbringender Versuch, das philosophische Denken Goethes insbesondere in dessen naturwissenschaftlichen Schriften zu verfolgen und ans Licht zu bringen. Ein weniger abstrakter bzw. spekulativer Duktus an manchen an sich schon komplexen Stellen würde jedoch die Lektüre insbesondere den Nicht-Spezialisten erleichtern (wohl auch im Einklang mit den nicht allzu spekulativen Gedankengängen Goethes selbst). Den Spezialisten – erst recht den italienischen – fällt im Übrigen das Fehlen eines Kapitels zur *Italienischen Reise* auf. Schließlich finden sich namentlich dort die auf eigener Erfahrung beruhenden Prämissen seiner naturwissenschaftlichen Überlegungen, worin man vielleicht einen der besten Beweise für die ›offene Haltung‹ des apperzipierenden Subjekts der Natur gegenüber sehen darf.

Davide Di Maio

Jutta Eckle, Aeka Ishihara (Hrsg.): *Anschauen und Benennen. Beiträge zu Goethes Sammlungen und Studien zur Naturwissenschaft*. Heidelberg: Winter 2022, 230 S., 38,– €

Der vorliegende Tagungsband vereinigt zehn Beiträge zu Goethes naturwissenschaftlichem Arbeiten und Sammeln in unterschiedlichen Kontexten und verschiedenen Disziplinen. Das 230 Seiten starke Buch gibt die Beiträge einer Tagung im Goethe- und Schiller-Archiv in Weimar 2022 wieder, bei der die Teilnehmer, allesamt ausgewiesene Kenner, aus Deutschland, der Schweiz, Spanien und Japan zusammenkamen. Der Band ist mit zahlreichen, meist farbigen Abbildungen (die in engem, erläuterndem Bezug zu den Beiträgen stehen) ausgestattet und wird ergänzt durch Abstracts in japanischer Sprache.

Schon der Beitrag von Jutta Eckle *Zu Goethes anschauendem Erkennen in Reihen* ist ein beeindruckender Auftakt. Die Autorin geht von den *Maximen und Reflexionen* aus, die Goethe selbst lieber »Einzelheiten« genannt hatte, und weist zu Recht darauf hin, dass diese kein eigenes Werk (schon gar kein Alterswerk) Goethes bilden, sondern nachträglich zusammengestellt wurden und aus mindestens fünf Jahrzehnten stammen. Sie warnt vor editorischem Auseinanderreißen und isoliertem Betrachten einzelner »Sprüche«, die nur im ursprünglichen Kontext und an ihrem Ort interpretierbar bleiben (und so als Kalendersprüche denkbar ungeeignet sind), und macht genau diesen Umstand zum fruchtbaren Ausgangspunkt eines Vergleichs mit Goethes (natur-)wissenschaftlichem Arbeiten: analog zu den Texten sollen nach Goethe auch die Phänomene und Objekte der Natur betrachtet, in ihren Zusammenhängen erfasst und reihend geordnet werden. Solche Reihen führen – die Verfasserin führt dies an Goethes *Älteres, beinahe Veraltetes* und *Versuch als Vermittler von Objekt und Subjekt* aus – von den Tatsachen über die Folgen zu den Hypothesen. Es entsteht dabei ein Netz von Textfragmenten, offen für Ergänzungen und Weiterarbeit. Eine solche Spruchsammlung wird zu einem fruchtbaren Instrument nicht nur für die Reflexion *über* und Darstellung *von* Naturphänomenen (S. 23), sie wird auch zu einer Anregung für den Leser, der angehalten ist, nicht nur – nach je seiner spezifischen Sichtweise – zu reflektieren, sondern selbst zu forschen, tätig zu werden.

Satoshi Kuwahara interpretiert in *Goethes Italienreise und das Konzept der Kunstkammer* die große Italienreise 1786/88 als ganzheitliche Bildungsreise unter den Aspekten Kunst, Natur und Gesellschaft bzw. Kultur, die einen wesentlichen Schub für Goethes Ganzheitsdenken in Korrespondenz von Makro- und Mikrokosmos erbrachte. Auf diese Korrespondenz, der die Autorin das Vergleichsbild einer »Kunstkammer« gibt (die also keine konkrete Kunstkammer ist, wie wir sie aus der Frühen Neuzeit kennen, sondern als Denkform Goethes erscheint, S. 43), ist Goethes Blick in Italien gerichtet, was die Reise zur eigenen Bildung macht.

Stefan Höppner, der zuletzt mit seiner faszinierenden Monographie zu Goethes Bibliothek hervorgetreten ist, untersucht in *Die Welt im Regal: Die materielle Dimension der Naturwissenschaften in Goethes Bibliothek* die naturwissenschaftlichen Werke in Goethes Privatbibliothek am Frauenplan. Diesen Beitrag hat der Rezensent mit besonderem Interesse gelesen, da er selbst im November 2015 alle geowissenschaftlichen Werke in Goethes Bibliothek nach Bearbeitungsspuren und handschriftlichen Kommentaren durchgesehen hat. Dabei zeigt sich wieder einmal der hohe Anteil naturwissenschaftlicher Schriften in Goethes privater Bibliothek: Von 60 Ordnungskategorien sind 11 naturwissenschaftlich, und Naturwissenschaften bilden die größte Bestandsgruppe (mit ca. 1.140 bzw. 1.900 von insgesamt 7.250 Titeln, je nach Zählung, vgl. S. 47). Höppner verweist zugleich darauf, dass Bearbeitungsspuren in den Büchern selbst selten sind (Exzerpte wurden zumeist auf eigenen Blättern verfertigt) und dass für eine aussagefähige Analyse außerdem auch Goethes Entleihungen in den Bibliotheken von Weimar und Jena herangezogen werden müssen.

Héctor Canal weist in *»La Roche Stufen«. Zur Identifizierung und Datierung eines Mineralienverzeichnisses in Goethes Nachlass* nach, dass die bisherige Datierung eines Eingangs von Mineralien mitsamt Verzeichnis in Goethes große, nur wenig erforschte geowissenschaftliche Privatsammlung (sie hat sich mit über 18.000 Stufen, d.h. Gesteinsproben, am Ort ihrer Entstehung in der Goethe'schen Ordnung weitgehend erhalten) auf 1816 falsch ist. Tatsächlich stammen die untersuchten Objekte von Georg Michael von La Roche (dem Ehemann der Schriftstellerin Sophie von La Roche, vgl. S. 68) und kamen bereits sehr früh, nämlich 1782/83 in die Sammlung, womit sie übrigens dort zu den frühesten geowissenschaftlichen Objekten gehören – ein wertvoller Beitrag zur differenzierten Untersuchung von Goethes umfangreicher Sammlung über den Katalog Hans Preschers[1] hinaus.

Hermann Gottschewski vergleicht in *Goethes »Schema« einer Tonlehre und Eulers »Tentamen novae theoriae musicae«. Eine Gegenüberstellung zweier »außermusikalischer« Ansätze zur Musikbetrachtung* zwei musiktheoretische Entwürfe. Beide, der Mathematiker Leonhard Euler in *Versuch zu einer Musiktheorie* (kurz *Tentamen* genannt) und Goethe in seinem zu Lebzeiten unveröffentlichten *Schema zu einer Tonlehre* sehen das Musikalische in der menschlichen Tätigkeit und seiner Vorstellungskraft, unterscheiden sich aber grundlegend in ihrer Methodik: Euler geht von Axiomen aus, von denen er – vom Elementaren zum Komplexen – zu einer Synthese zu gelangen sucht. Goethe arbeitet umgekehrt vom Ganzen beginnend analytisch: beim Menschen als Subjekt beginnend, bei den Einzelphänomenen endend. Der Autor stellte beide Entwürfe, die von theoretisierenden, ›fachfremden‹ Nichtmusikern stammen, in den weiteren Kontext der Geschichte der Musiktheorie. Ton ist für Goethe weniger ein physikalisches Phänomen, eher ein kreativer Prozess, ein Hervorgebrachtes, Aufgenommenes und Anregendes. Für Euler dagegen steht eine imaginierte Klanggestalt, ein System möglicher Tonbeziehungen am Ende eines psychologischen, mathematisch modellierbaren Prozesses, der mit dem Ohr – der Schnittstelle von Physik und Psyche – beginnt. Goethe, misstrauisch gegen die Objektivierung subjektiver Erfahrung, hält dabei am europäischen Dur-Moll-System fest. Mit Eulers Musiktheorie dagegen können, worauf der Autor ausdrücklich hinweist, auch außereuropäische, etwa japanische Tonsysteme begründet werden (S. 91). Beides bleiben originelle Entwürfe, zu ihrer Zeit wenig rezipiert, wie auch Goethe Eulers früheres Werk wahrscheinlich nicht kannte.

In *Goethe beobachtet die Natur, Jean Paul die wissenschaftlichen Diskurse* arbeitet Hans Esselborn die fundamental verschiedenen Arbeitsweisen der beiden Autoren im Umgang mit der Natur bzw. mit Naturforschung heraus. Während Goethe beobachtet, sammelt, experimentiert und aufzeichnet, kurz: forscht, beteiligt sich Jean Paul nicht aktiv an der Forschung, sondern fertigt umfangreiche Exzerpte zur Natur(-wissenschaft) an, die er fast ein ganzes Leben lang ergänzt, erneuert und auswertet und für sein schriftstellerisches Werk fruchtbar nützt. Der fast zwanzig Jahre jüngere Schriftsteller erlebt die sich ausdifferenzierenden Naturwissenschaften, so die These des Autors, bereits von außen, die es sich zwar anzueignen gilt, an denen man aber nicht aktiv teilnimmt. Goethe dagegen erlebt und behandelt sie als »Teilbereiche einer einheitlichen Kultur« (S. 114).

Goethes Kritik an Newton, insbesondere am Beispiel der Tafel XI seiner *Farbenlehre* (wo drei Arten der Illustration des Brechungsgesetzes verglichen werden), geht Haru Hamanaka in *Präsenz der Farbe. Materialität des Bildes in Goethes »Farbenlehre« und Newton »Opticks«* nach. In Goethes »Bilderpolemik« ist das Bild, so die Autorin, zugleich Gegenstand und Mittel der Kritik. Konkret kritisiert Goethe, dass in Newtons *Opticks* unzulässig abstrahiert werde, wodurch reale Phänomene in den Hintergrund träten, zugleich aber »substanzialisiert« (S. 122) würden. Goethe hielt Bildtafeln in naturwissenschaftlichen Schriften prinzipiell nur zu vermittelter und damit abstrahierter Repräsentation für fähig, sie seien unzulängliche Surrogate für Naturphänomene. Gleichzeitig versuchte er, das Bunte und das Unbunte, so die Autorin, sichtbar zu machen: In seinen Tafeln ist das Schwarz des Schattens

1 Hans Prescher: *Goethes Sammlungen zur Mineralogie, Geologie und Paläontologie. Katalog*. Berlin 1978.

in Aquatinta gedruckt, das Weiß des Lichts erscheint als Farbe des Papiers, womit alle drei, nämlich Weißes, Schwarzes und Buntes, mit drei unterschiedlichen Techniken hergestellt eine je eigene materielle Qualität gewinnen.

Der schwierigen Frage von Goethes Verhältnis zu wissenschaftlichen und optischen Apparaten widmet sich Sabine Schimma in *Die Bewaffnung des Blickes: Auge und Apparatur in Goethes naturwissenschaftlichen Schriften.* Sie streicht die fast lebenslange Ambivalenz von Goethes Haltung heraus: Optische Hilfsmittel wie Brillen, Linsen, Vergrößerungsapparaturen usw. einerseits abzuwerten, sie andererseits aber selbst zu benützen und das ausgiebig und mit Erfolg. Zwar erachtet Goethe den Menschen als besten, weil empfindlichsten Apparat (S. 150), zwar lehnt er das ›Zwingen der Natur in dunkler Kammer‹ ab und fühlt sich von Brillenträgern, durch die Brille betrachtet, selbst wie ein Objekt – und doch nutzt er selbst ausgiebig Mikroskope (wie seine lebendigen Infusorien-Zeichnungen beweisen) und Teleskope (die ihm den Mond mit seinen Gebirgs- und Kraterlandschaften nahetreten lassen). Auch das kreisrunde Loch an seinem Fensterladen verrät heute noch, dass er sein Arbeitszimmer gelegentlich in eine Dunkelkammer zu verwandeln wusste, in der optische Experimente stattfanden. Der informative Aufsatz liest sich selbst wie eine in ihm beschriebene Ballonfahrt (S. 145 f.), die ermöglicht, die Dinge erst aus der Nähe und dann im schneller werdenden Überblick zu betrachten.

Im Jahr 1811 erregte der lange sichtbare Komet Flaugergues (C/1811 F1) großes Aufsehen. Seiner faszinierenden Geschichte geht Aeka Ishihara in ihrem Beitrag *Erscheinungen am Himmel: Der Große Komet 1811 und der Eilfer* in Verbindung mit dem außergewöhnlich guten Weinjahrgang 1811 nach. Goethe, ein treuer Weinliebhaber, hat diesen Wein, der deswegen auch »Eilfer« oder »Kometenwein« hieß, geschätzt und wiederholt besungen. Die Verbindung von Wein und Komet war, wie die Autorin zeigt, eine durchaus geläufige: Kometen, nun nicht mehr als göttliche Zeichen am Himmel gedeutet, konnten die Bodenfruchtbarkeit erhöhen oder Untergangsgefahr bedeuten. Ihre genaue Natur war allerdings umstritten, ähnlich wie jene der Meteoriten, die auch Goethe (der selbst Meteoriten in seiner geowissenschaftlichen Sammlung besaß) nicht als außerirdisch, sondern als atmosphärisch entstanden ansah – im Gegensatz zu Ernst Florens Friedrich Chladni, der ihre außerirdische Herkunft behauptete (S. 170), und das bloß aus Literaturbelegen.

Der letzte Beitrag ist ein weiterer Höhepunkt des Bandes: In *»Durch Vernichtung zum Leben hineilend«: Goethes Insektenstudien* untersucht Margrit Wyder die so selten betrachteten Arbeiten Goethes zu Insekten (und Pilzen) und skizziert die von Goethe aus ihnen gezogenen weitgehenden Schlußfolgerungen über Leben und Tod. Insekten interessierten Goethe schon wegen ihrer Metamorphose (die holometabolen Insekten, voran die Schmetterlinge, bestimmen diesen zentralen Begriff in Goethes Naturdenken), aber auch wegen ihrer Morphologie (hier beschäftigte ihn vor allem die Homologisierung der Organe und die Erstellung des Typus, auch in kühner Verbindung von Wirbellosen und Säugetieren). Goethe hielt dafür Schmetterlingspuppen, beobachtete die Umwandlung (»[...] das schönste Phänomen, das ich in der organischen Natur kenne [...]«, wie er am 6. August 1796 an Schiller schrieb, vgl. WA IV, 11, S. 152-154; hier S. 153) und ließ Zeichnungen von Schwärmern anfertigen. An einem unscheinbaren, aber alltäglichen Vorgang, der Verstäubung von Stubenfliegen, meist am Fensterglas (also an der langsamen Tötung von Fliegen im Herbst durch darauf spezialisierte Pilze, die aus ihnen herauswachsen und einen Sporenhof, von Goethe Limbus oder Aura genannt, um das erstarrte Tier bilden), faszinierte ihn besonders die enge Verbindung von gesetzmäßigem, jahreszeitlichem Tod und aus ihm hervorbrechendem, sich erneuerndem Leben. Bei Betrachtung dieser Vorgänge verstand er sich, wie er am 13. November 1825 an Nees von Esenbeck schrieb, als »Hylozoist« (WA IV, 40, S. 121-126; hier S. 124): Die Grenze zwischen Leben und Tod wurde hier für ihn durchlässig. Das Leben erschien als eine durchlaufende Organisation – von individuellem Leben hin zu (neuem) Leben durch die Vernichtung des ersteren. Dass eine Organisation zerstört werde, wenn eine Fliege totgeschlagen würde, hatte Goethe bereits 1790 ins Tagebuch von der Schlesischen Reise eingetragen (LA II, 9 A, S. 140) und die Verbindung zu seiner eigenen Organisation und seinem eigenen Tod gezogen (S. 192).

Der Sammelband bietet in allen seinen Beiträgen neue und kenntnisreiche Blicke auf Goethes (natur-)wissenschaftliche Sammlungen in Weimar, sein wissenschaftliches Arbeiten und die zahlreichen weiterführenden Implikationen, die darauf basieren. Die Autorinnen und Autoren sind nicht nur ausgewiesene Goethekenner, sondern, was viel wichtiger ist, auch bestens vertraut mit Goethes Sammlungen, seinem Nachlass oder seinen Forschungs- und Arbeitsmethoden. Der Band bietet so mit seinen vielfältigen Beiträgen zu unterschiedlichen Fragestellungen und Disziplinen einen an Goethes Sammlungen und seinem Nachlass eng orientierten und durchaus neuen Blick auf den Denker und Naturforscher Goethe.

Thomas Schmuck

Olaf Müller: *Ultraviolett. Johann Wilhelm Ritters Werk und Goethes Beitrag – zur Geschichte einer Kooperation.* Schriften der Goethe-Gesellschaft Bd. 80. Göttingen: Wallstein 2021. 623 S., 39,90 €

Wenn auch mehrfach so apostrophiert, handelt es sich nicht um eine »Doppelbiographie« (S. 15 *et passim*) im Sinne Plutarchs, sondern Müller beschränkt sich darauf, an Hand der Dokumente, aber auch sehr vieler plausibel gemachter Annahmen zu schildern, wie Ritter und Goethe während eines kurzen Zeitraumes – von 1799 bis etwa 1802 – in enger Nachbarschaft in Jena bzw. Weimar miteinander kommunizierten und sich gegenseitig wissenschaftlich befruchteten. Akribisch wird, allerdings mit vielen Spekulationen, versucht zu rekonstruieren, wann sich Goethe und Ritter getroffen haben und was da jeweils gesprochen worden sein könnte. Bei all dem kommt Müller zu Nutze, dass Goethes Tagesablauf sehr genau dokumentiert ist und dass von Ritter gerade das Arbeitsjournal erhalten ist, das genau den interessierenden Zeitraum (13. Februar 1800 bis 18. September 1801) umfasst und in dem Ritter sehr viele seiner Gedanken bereits *in statu nascendi* festgehalten hat, so dass man mit Phantasie versuchen kann, den nicht immer einfach zu durchschauenden Gedankengängen Ritters zu folgen (dazu Goethe an Schiller am 25. Juli 1798: »Ritters Vortrag ist freylich dunkel und für den der sich von der Sache unterrichten will nicht angenehm«, S. 115) – eine anregende Spurensuche. Mit scharfsinnigen Schlüssen gelingt es, eine in sich stimmige Erzählung zu entwickeln – doch wie das bei Indizienbeweisen ist, könnte alles auch ganz anders gewesen sein. Gegen Ende dann auch die Einsicht: »Leidgeplagte Ideengeschichtler kennen das: nicht jede wissenschaftshistorische Frage lässt sich anhand der überlieferten Dokumente klären« (S. 516). Doch statt das von vornherein zu beherzigen, wird munter spekuliert und gemutmaßt, mit »vielleicht«, »hätte« usw. argumentiert, denn selbstverständlich, eine »Spekulation hat ihren Reiz«, auch wenn gelegentlich konstatiert werden muß: »realistisch ist sie nicht« (S. 510). Müller glaubt sogar erkennen zu können, dass gewisse Formulierungen »der Autor [Ritter] nur für Eingeweihte enthüllte« (S. 517), was hauptsächlich auf Goethe zielt. Liebhaber der »spekulativen Hermeneutik« (Gadamer) werden ihr Vergnügen haben. Da aber alles sehr gut dokumentiert und begründet wird, steht es beim Leser, jeweils zu folgen oder seine eigenen Schlussfolgerungen zu ziehen, insbesondere auch manches mangels ausreichender Beweise im Gegensatz zu Müller offen zu lassen.

Ziel Müllers ist es, zum einen zu zeigen, dass im Wesentlichen Goethe Ritters wissenschaftliche Sichtweise geprägt hat, insbesondere, dass dessen Herangehensweise an naturwissenschaftliche Fragestellungen, die die Existenz von Polaritäten voraussetzte (in Müllers Diktion: »polaristisches Denken«, S. 105 *et passim*), auf Goethes Einfluss zurückgeht. Zum anderen soll begründet werden, »dass Ritter mit Goethe gemeinsame Sache gegen Newton gemacht hat« (S. 27), so dass Ritter »sich schließlich fatalerweise in einen Gegner der Optik Newtons« (S. 14) gewandelt habe. Mit dem Ausdruck »fatalerweise« wird dem Leser vorangegangener Veröffentlichungen Müllers zu Goethes *Farbenlehre* die eigentliche Überraschung bereitet, widerspricht das nun doch völlig dem früheren Versuch, Goethes Sicht als Alternative zu der Newtons und damit auch der heutigen Physik zu begründen. Nun aber heißt es, der bisher als so grundlegend angesehene »polare [...] Gegensatz zwischen Dunkelheit und Helligkeit« sei eine »aus heutiger Sicht falsche Idee« (S. 25), gegen Schluss sogar apodiktisch, wenn auch etwas Bedauern herauszuhören ist: »Heute ist die Polaritätsidee tot. Obwohl sie zu einigen empirischen Entdeckungen führte [...], nutzen wir sie nicht mehr für deren Darstellung, Einordnung und Erklärung« (S. 539).

Diese Idee, im gesamten Buch ausdrücklich als dem »polaristische[n] Denken Goethes und Ritters« (S. 539) zugrundeliegend bezeichnet, wird im Schlusskapitel u.a. dadurch definiert, dass es zwei »gleichberechtigte [...] existierende Faktoren gibt [...], die einander entgegenstehen, die sich [...] gegenseitig auslöschen oder neutralisieren können [...] und die dabei einer ganz bestimmten Vertauschungssymmetrie genügen« (S. 540). Auf die Faktoren Dunkelheit/Helligkeit (Finsternis/Licht) bezogen hieße das, dass sich beide bei geeigneten Bedingungen neutralisieren müssten. Doch bei Goethe ist nirgends zu erkennen, dass beide in dem genannten Sinn gleichberechtigt seien, dass sie sich gar neutralisieren könnten, sondern für ihn ist, wie auch für die Physiker seiner Zeit und ebenso für uns, Finsternis die Abwesenheit von Licht. Die Existenz von »Finsternisstrahlen«, eine Sicht, die Müller als die goethe'sche interpretiert, wäre für Goethe völlig inakzeptabel, worauf bereits Bjerke[1] hingewiesen hat. Tatsächlich steht für Goethe die »Vertauschungssymmetrie« im Vordergrund, weshalb er für dieses Phänomen die Begriffe »Polarität« und »Dualität« gleichberechtigt verwendet, so wie es auch bei Schelling geschieht: »›Es ist erstes Princip einer philosophischen Naturlehre, in der ganzen Natur auf Polarität und Dualismus auszugehen‹«[2] (S. 101).

Doch zu Goethes Einfluss auf Ritter: Müller sammelt mit detektivischem Spürsinn Indizien, dabei aber völlig ignorierend, dass sich zu dieser Zeit im Raum Jena/Weimar eine Gruppe romantisch-naturphilosophisch orientierter Geister traf, die heftig miteinander kommunizierte.[3] Man könnte hier, Ludwik Fleck[4] folgend, von einem »Denkkollektiv« sprechen, in dem sich gewisse Denkprinzipien verfestigten; hier waren erkenntnisleitend auf dem Gebiet der Naturwissenschaft »Einheit von Natur und Geist«, »Polarität« im Sinne von Dualismus, »Steigerung«, »Analogie«. Sie sind dort zwar nicht originär entstanden, worauf auch Müller hinweist, doch die Besonderheit ist, dass sie in diesem Kreis zu zentralen Begriffen bzw. Prinzipien wurden, die zumindest eine starke heuristische Kraft entwickelten und in vielen Fällen zu noch heute wichtigen Entdeckungen führten.

Auch Goethe gehörte – als Gebender und als Nehmender – dazu, aber selbstverständlich auch Ritter. In vielen dieser Fälle ist kaum im Detail zu entscheiden, wer was von wem übernommen, gegebenenfalls modifiziert und weitergegeben hat – schließlich lief in diesem kleinen Kosmos vieles auch mündlich ab und es gab einen intensiven Austausch von Briefen (die häufig weitergereicht bzw. vorgelesen wurden). Gelegentlich wird dieses Fluktuieren von Ideen von Müller auch angedeutet, wenn er z.B. konstatiert:

> Hier haben wir bei Ritter ein erstaunliches Echo auf briefliche Äußerungen Goethes [an Sömmerring], die damals nicht öffentlich zugänglich waren, wohl aber im halböffentlichen Raum des Herzogtums Sachsen-Weimar zirkuliert haben könnten – einerlei ob auf Papier oder in Form von erinnerten Gesprächsfetzen. (S. 132f.)

1 André Bjerke: *Neue Beiträge zu Goethes Farbenlehre*. Stuttgart 1961, S. 88.

2 Friedrich Wilhelm Joseph Schelling: *Von der Weltseele*. Hamburg 1798, S. 128.

3 Siehe z.B. Olaf Breidbach, Klaus Manger, Georg Schmidt (Hrsg.): *Ereignis Weimar-Jena. Kultur um 1800*. Paderborn 2015.

4 Ludwik Fleck: *Entstehung und Entwicklung einer wissenschaftlichen Tatsache. Einführung in die Lehre vom Denkstil und Denkkollektiv*. Basel 1935.

Im Lichte all dessen erscheint die Reduktion auf eine Zweierbeziehung doch zumindest fraglich.

Während Goethe seine Gegnerschaft zu Newton von Beginn an dezidiert öffentlich macht, gibt es von Ritter keine Publikation, die das zweifelsfrei erkennen ließe. Das stärkste Argument, das Müller für den von ihm postulierten Anti-Newtonianismus Ritters nennen kann, sind zwei Briefe Ritters an seinen Verleger Frommann: »Newton ist nun wahrhaft gestürzt« am 3. August 1801 (S. 323) und »Unzählige optische Versuche. Durch sie ist Newton wahrhaft widerlegt« am 27. August 1801 (S. 326). Angesichts der Fülle wissenschaftlicher Publikationen Ritters – bei Müller akribisch dokumentiert und, soweit einschlägig, auch kommentiert – ist es nicht glaublich, dass Ritter solch eine sensationelle Entdeckung nicht möglichst bald auch veröffentlicht hätte. Es müssen ihm wohl doch Zweifel an der Beweiskraft der von ihm so euphorisch angekündigten Experimente gekommen sein. Auch ist wohl kaum anzunehmen, dass Ritter sich gescheut hätte, der vorherrschenden Ansicht widersprechende Ergebnisse zu veröffentlichen, denn wie Müller selbst konstatiert, galt für Ritter: »Viel Feind, viel Ehr – nach diesem Motto lebte er, liebte Kontroversen, hasste Autoritäten« (S. 499). Tatsächlich argumentiert Ritter in seinen Publikationen 1808 zum Thema sehr vage, ohne sich bezüglich einer bestimmten Theorie direkt festzulegen, was Müller die Gelegenheit bietet, gewisse Passagen im Sinne von Anti-Newtonianismus zu deuten. Dann allerdings ehrlicherweise mit einem einschränkenden Zusatz wie z. B. im Zusammenhang mit Ritters Attacken gegen den Physiker Wünsch[5]: »Lediglich Eingeweihten wird klar gewesen sein, dass sich hinter dieser Polemik eine Generalattacke auf Newtons Optik verbarg« (S. 489).

Nebenbei bemerkt, es ist durchaus newtonisch, wenn im letztgenannten Beitrag Ritter bei der Beschreibung der Kantenspektren »nahe am Prisma [wo] in der Mitte des gebrochenen Lichtbildes noch farbenloses [d. i. weißes] Licht vorkommt« schreibt:

> denn doch auch alle übrigen Farben eines vollständigen Prismabildes noch vorkommen, nur, daß sie sich hier mit dem Weiß zugleich an einem und demselben Ort befinden, und folglich zwar alle Mahl wirklich, aber natürlich doch nicht sichtbarer, sind, als irgend dieser Theil eines Farbenbilds gewöhnlicher Art, was man auf eine zugleich vom unmittelbaren Sonnenlicht beschienene Wand oder Karte fallen läßt […].[6]

Das ist offenbar der Versuch, den Müller als den deutet, der Ritter zu den oben genannten brieflichen Äußerungen gegen Newton veranlasst haben könnte und der bereits 1801 zu einer Auseinandersetzung mit Goethe geführt habe (S. 339-351). Sollte er auch Goethe gegenüber derart argumentiert haben, dann ist die Verärgerung Goethes angesichts seiner Überzeugung, das Weiß sei homogen, durchaus nachzuvollziehen. Am Ende schreibt Ritter dann zwar:

> Fragt [man] mich nach der Theorie des hier abgehandelten prismatischen Hauptphänomens [der Temperaturmessung im Spektrum], so bekenne ich frei, daß ich noch keine mir vollkommen genügende davon zu geben im Stande bin, denn, daß die Newton'sche so ohne Weiteres nicht mehr für dasselbe hinreicht, wird wohl auch Hr. Wünsch jetzt einsehen.[7]

Er redet nur davon, dass die Theorie nicht hinreiche, also seiner Meinung nach einer Ergänzung bedürfe. Das ist schwerlich als goethe'scher Anti-Newtonianismus zu lesen, Goethes Ansatz von einem homogenen Weiß wird direkt widersprochen.

Insgesamt muss man sagen, dass sich Ritter in der Regel dort, wo er über die reine Feststellung empirischer Tatsachen hinausgeht, tatsächlich oft sehr »dunkel« (Goethe) ausdrückt,

5 Johann Wilhelm Ritter: *Bemerkungen zur vorstehenden Abhandlung des Hrn. Wünsch*. In: *Journal Chemie, Physik und Mineralogie* 6 (1808), Heft 4, S. 633-719.

6 Ebd., S. 707 (Hervorhebung Ritter).

7 Ebd., S. 719 (Hervorhebung Ritter).

so dass die Formulierungen zu Deutungen und Interpretationen einladen, aber es ist kaum möglich, eindeutig zu entscheiden, wie Ritters Position zur Entstehung der Farben ist.

Unter der Überschrift *Literarische Spiegelungen* (S. 387-420) fahndet Müller in »Goethes literarischen Schöpfungen« nach Elementen, »die sich als Reaktionen auf Ritters Lebensweise und seine Wissenschaft deuten lassen« (S. 388). Hier wird der Phantasie natürlich ein weites, weidlich genutztes Spielfeld geboten. Man muss nicht allem folgen, im Originalton: »Die meisten meiner Belege reden für sich alleine nicht laut genug; eher flüstern sie, und so könnte ihre Deutung im Einzelnen strittig bleiben« (S. 390). Aber es ist doch erstaunlich, worauf ein Ritter-Kenner bei Goethe so alles stoßen kann, darunter Spuren, »die bislang keinem aufgefallen zu sein scheinen« (S. 394), nicht zuletzt, in Aspekten der Faustfigur Ritter wiederzufinden.

Noch eine Bemerkung zu den *Fragmenten*[8], die Müller sehr intensiv für seine Schlussfolgerungen heranzieht. Es handelt sich um – oft vermutlich unfertige – Gedankensplitter; Ritter dazu: »Also finden Sie […] Astronomie, Geographie […] Physik […] Licht und Farbe […] Wahrheit und Irrthum, und was irgend das Leben gewährte […]«[9]. Man kann, ausgestattet mit Kenntnissen der heutigen Physik, sehr viele ›Vorahnungen‹ herauslesen. Wenn man nur genug Acht gibt, selbstverständlich auch Anklänge an goethe'sche Gedanken finden, zumal diese in dieser Zeit ja auch nicht allesamt singulär waren. Gerade die Deutung wird immer zu einem großen Teil Spekulation bleiben, interessante Gedankenspiele – aber kaum geeignet, überzeugend die Verbindung zwischen den beiden Protagonisten zu dokumentieren. Nicht von ungefähr gibt es auch Überlegungen, dass Ritter Gedanken von Novalis übernommen hat, zumindest schreibt Friedrich Schlegel an seinen Bruder am 6. April 1801: »Auf den philosophischen und physikalischen Nachlaß [Novalis'] mache ich nebst Ritter Anspruch«.[10] Und Ritter selbst erbittet Unterlagen vom Bruder Karl von Hardenberg.[11]

Jeweils eine Zeittafel zu Beginn jedes der sechs Kapitel liefert Orientierung und Zusammenfassung zugleich. Im Übrigen findet man in dem voluminösen Werk viele anregende Gedanken und Hinweise auf Zusammenhänge, die bisher nicht gesehen, zumindest aber nicht beachtet worden sind, also eine empfehlenswerte Lektüre, durchaus mit Streitpotential.

Gunnar Berg

Margrit Wyder, Barbara Naumann, Robert Steiger (Hrsg.): *Goethes Schweizer Reisen*. 2 Bde. Basel: Schwabe 2023. 431 und 191 S., 49,– €

Goethe hatte ein besonderes Verhältnis zur Schweiz: Viermal war er dort, jedesmal unter ganz anderen Umständen, jedesmal hat die jeweilige Reise aber teils tiefe Spuren hinterlassen, und dies nicht nur bei Goethe selbst, sondern auch vor Ort. Entsprechend ist das Verhältnis der Schweiz zu Goethe ebenfalls ein besonderes. Vielleicht wird dies nirgendwo so deutlich wie an jener Stelle in Gottfried Kellers Roman *Der grüne Heinrich*, an der die Hauptfigur Heinrich Lee den Faden löst, mit dem die rund 50 Bände der *Sämtlichen Werke* Goethes, die er in seiner Stube findet, zusammen gebunden sind:

8 Johann Wilhelm Ritter: *Fragmente aus dem Nachlasse eines jungen Physikers*. Heidelberg 1810.

9 Ders.: Brief an Johann Georg Zimmer vom 20.2.1809. Freies Deutsches Hochstift – Frankfurter Goethe-Museum, HS-21498, Bl. 2r. Bettina Zimmermann wird für die Überlassung ihrer Transkription gedankt.

10 Vgl. Gabriele Rommel: *Friedrich von Hardenberg (Novalis)*. In: Olaf Breidbach, Roswitha Burwick (Hrsg.): *Physik um 1800 – Kunst, Wissenschaft oder Philosophie?* München 2012, S. 67-102; hier S. 73.

11 Ebd., S. 74.

> […] und als er endlich aufging, da fielen die goldenen Früchte des achtzigjährigen Lebens auf das schönste auseinander, verbreiteten sich über das Ruhbett und fielen über dessen Rand auf den Boden, daß ich alle Hände voll zu tun hatte, den Reichtum zusammenzuhalten. Ich entfernte mich von selber Stunde an nicht mehr vom Lotterbettchen und las dreißig Tage lang, indessen es noch einmal strenger Winter und wieder Frühling wurde; aber der weiße Schnee ging mir wie ein Traum vorüber, den ich unbeachtet von der Seite glänzen sah.[1]

Keller dürfte damit vielen Schweizerinnen und Schweizern aus der Seele gesprochen haben, die ›ihrem‹ Goethe lange Zeit die Treue gehalten haben, und dies immer auch im Bewusstsein seines besonderen Verhältnisses zu ihrem Land. Wie die Herausgeberinnen und der Herausgeber der vorliegenden neuen Ausgabe zu *Goethes Schweizer Reisen* in ihrem Vorwort – glücklicherweise ohne kulturpessimistischen Unterton – anklingen lassen (Bd. 1, S. 8), scheint diese Tradition jetzt aber gefährdet zu sein. Die Ausgabe ist entsprechend auch als ein Versuch anzusehen, den drohenden Traditionsverlust abzuwenden. Ob dieser Versuch Aussicht auf Erfolg hat, sei einmal dahin gestellt. In jedem Fall muss man dankbar dafür sein, dass er unternommen wurde, denn die Ausgabe ist nichts weniger als ein Geschenk an alle, die sich für Goethe interessieren, insbesondere aber für die verschiedenen Goethe-Gesellschaften des In- und Auslandes.

Die Ausgabe besteht aus zwei Bänden, deren erster der zentrale ist: In ihm wird jede der vier Schweizer Reisen in Form von (behutsam modernisierten) Textauszügen vor allem aus Tagebüchern, Briefen und Zeichnungen von Goethe, seinen Mitreisenden sowie Menschen, denen er auf der Reise begegnet ist, genau dokumentiert. Hinzu kommt illustrierendes Bildmaterial aus zumeist zeitgenössischen Quellen sowie eine Einführung, in der die jeweilige Reise nachgezeichnet und in Goethes Leben und Werk eingeordnet wird. Man kann sich so einen detaillierten Überblick über die verschiedenen Reisen verschaffen und sie imaginär mitvollziehen. Goethes Faszination von der Schweiz teilt sich dabei überaus plastisch mit: Wenn er etwa – um nur ein Beispiel zu geben – auf der Rückseite seiner ersten Zeichnung aus der Schweiz (sie zeigt die Kapelle am Oelberg auf halbem Weg zwischen Schaffhausen und dem Rheinfall) einen Brief an Johanna Fahlmer schreibt, in dem es heißt: »Könnt ich nur recht tief in die Welt« (Bd. 1, S. 22) – dann wird dieser Wunsch einer möglichst intensiven Weltaneignung, den die Schweiz in ihm geweckt hat, sowohl im Wort als auch im Bild, also gleichsam stereoskopisch, zum Ausdruck gebracht. Auch die sich im Lauf seines Lebens verändernden Facetten der Faszination Schweiz werden so deutlich: Während es anfangs vor allem das Erlebnis der Schweizer Natur ist, das den Reisenden euphorisiert und inspiriert, kommen später auch seine kultur- und kunstgeschichtlichen sowie naturwissenschaftlichen Interessen zum Tragen.

Das Blättern in diesem Band ist ein reines Vergnügen, wobei das *Tagebuch der ersten Schweizer Reise* von 1775 eine besondere Fundgrube ist. Hier findet sich etwa (und dankenswerterweise wird diese Seite, die auch Notizen Lavaters enthält, reproduziert; Bd. 1, S. 34) die erste, noch ungeglättete Fassung des Gedichts *Auf dem See* – dem literarisch vielleicht bedeutendsten Einzeldokument, das aus dieser Reise hervorgegangen ist. »Und frische Nahrung, neues Blut / Saug' ich aus freier Welt; / Wie ist Natur so hold und gut, / Die mich am Busen hält!«. So liest sich der Beginn der späteren Fassung, die Goethe im Rahmen seiner nachträglichen Beschreibung der Reise in *Dichtung und Wahrheit* abgedruckt hat. Im Reisetagebuch hingegen stößt man hier noch auf die so prägnante wie kühne Metapher von der Nabelschnur, durch die Ich und Welt miteinander verbunden sind: »Ich saug an meiner Nabelschnur / Nun Nahrung aus der Welt. / Und herrlich rings ist die Natur / die mich am Busen hält« (Bd. 1, S. 33 f.). Diese Metapher, das ist unverkennbar, ist den Eindrücken und

1 Gottfried Keller: *Sämtliche Werke in fünf Bänden.* Bd. 2. Hrsg. von Thomas Böning u. Gerhard Kaiser. Frankfurt a. M. 1985, S. 457.

Erfahrungen zu verdanken, die Goethe auf seiner ersten Schweizer Reise gemacht hat und die sich in dem Bild der Nabelschnur auf eine unvergleichliche Weise verdichtet haben.

Im Tagebuch dieser Reise hat Goethe immer wieder auch seine Stimmungen festgehalten. Bei den entsprechenden Eintragungen handelt es um hinreißende Dokumente einer Jugend im Sturm und Drang: »Gejauchzt bis Zwölf« (Bd. 1, S. 40), »für lauter Wollust sah gar nichts« (Bd. 1, S. 41), »gebadet im Schnee« (Bd. 1, S. 55), »Sauwohl u. Projeckte« (Bd. 1, S. 57), »Und die ewig verderblihe Liebe« (Bd. 1, S. 72). Unwiderstehlich ist auch das Klangprotokoll, das Goethe einmal zu Papier bringt: »das Klock gebembel das Wasserfalls Rauschen der Brunn röhre Plätschern Waldhorn« (Bd. 1, S. 43).

Während Band 1 der Ausgabe für ein intensives Studium gedacht ist, hat Band 2 einen handfesteren Zweck: In Form von Karten, Wegbeschreibungen und thematischen Exkursen bietet er Materialien für 25 Wanderungen auf den Spuren Goethes durch die Schweiz. Diese Wanderungen »umfassen das ganze Gebiet der Schweiz, soweit es Goethe bereist hat« und »folgen so nah wie möglich den Wegen, die Goethe mit seinen jeweiligen Wandergefährten zu Fuß zurücklegte« (Bd. 2, S. 9). Berücksichtigt werden dabei selbst die von Goethe besuchten Gasthäuser, von denen erstaunlicherweise nicht wenige noch heute in Betrieb sind. Einer Renaissance des Goethe-Tourismus in der Schweiz steht also nichts mehr im Weg. Man kann es sich lebhaft vorstellen: Menschen aus aller Welt, die sich, die beiden Bände der neuen Ausgabe unter dem Arm, alsbald durch die Schweiz bewegen und dabei vermutlich ein recht wunderliches Bild abgeben werden.

Frieder von Ammon

Daniel Ehrmann: *Kollektivität. Geteilte Autorschaften und kollaborative Praxisformen 1770-1840*. Wien, Köln: Böhlau 2022, 579 S., 90,– € (PDF als Open-Access-Publikation kostenlos downloadbar auf der Website des Verlags)

Obwohl der Name Johann Wolfgang Goethes weder im Haupt- noch im Untertitel dieser Dissertation begegnet, steht er im Zentrum der Untersuchung, und dies nicht nur, weil sich der behandelte Zeitraum weitgehend deckt mit dem, was man die Goethezeit zu nennen pflegt. Immer wieder fokussiert der Verfasser auf das Werk und die Arbeitsweise Goethes. Gleich zu Beginn seiner ebenso umfang- wie kenntnisreichen Studie wirft Ehrmann ein exemplarisches Schlaglicht auf ihn: Goethes Schlittenfahrt im Februar 1799 von Weimar nach Jena dient dazu, zentrale Fragen der Arbeit anzureißen, darunter das Verhältnis von individueller Autorschaft und kollaborativer Verfasserschaft, Autorschaftsrepräsentation und Produktionspraxis, künstlerischer Autonomie und Arbeitsalltag als Minister. Auffällig ist dabei von Anfang an der sehr ambitionierte Zugriff auf das historische bzw. literarhistorische Material: Ehrmann neigt dazu, seinen Gegenstand mit einer Fülle kulturtheoretischer Verweise zu verknüpfen. Allein auf der ersten Seite der Studie fallen mit Begriffen wie »Passage«, »Schwelle« und »Ritual« kulturtheoretisch einschlägig beforschte Termini, die die biographische Petitesse einer Schlittenfahrt von Weimar nach Jena bedeutungsschwer aufladen, begleitet von entsprechenden Referenzen in den Fußnoten.

Die große Stärke ist zugleich die große Schwäche dieses Buches: Die beeindruckende Breite und Tiefe der berücksichtigten Literatur führt zu einer Überladenheit, die die Lektüre selbst für Wissenschaftsprofis zu einer mühevollen Angelegenheit macht. Die Fußnotenapparate beanspruchen häufig mehr als die Hälfte der Buchseite und entwickeln ein Eigenleben in Form von ausführlichen Exkursen zu diffizilen Fachfragen der Goethe-Forschung, aber auch der Soziologie, Philosophie und Kulturtheorie. Für sich genommen durchaus lesenswert, geht diese Schreibweise im Zusammenhang auf Kosten der Stringenz, zumal der Verfasser gelegentlich zu Weitschweifigkeit und Redundanz neigt, etwa wenn er biographische Details ebenfalls mit ausführlichen Erläuterungen inklusive zahlreicher Literaturverweise kommentiert. Fußnoten nehmen in diesem Buch nicht selten den Charakter von Lexikonartikeln bzw. Sacherläuterungen in kommentierten Ausgaben an. Wenn in einer germanistischen Dissertation, um nur ein Beispiel zu nennen, von der »Autonomietheorie der Künste« vor 1800 die Rede ist, dann ist eine Fußnote, die darüber informiert, dass diese von Karl Philipp Moritz »am pointiertesten« formuliert worden sei, im Grunde überflüssig (vgl. S. 22). Komplementär dazu laufen Fußnoten ins Leere, indem sie Verweise anführen, die in ihrer kryptischen Lakonie nicht verständlich sind. Im Resultat entsteht ein unbefriedigendes Lektüre-Pingpong, indem Auge und Sinn beständig zwischen Haupttext und Fußnotenapparat hin- und herspringen und dabei gedanklich zwischen den unterschiedlichsten Diskursen vermitteln müssen. Hinzu kommt, dass auch der Haupttext den Leser durch seine Sprache und Argumentationsweise immer wieder vor Verständnisschwierigkeiten stellt. Es kann aber kaum Sinn von wissenschaftlicher Prosa sein, dass man jeden Satz fünfmal lesen muss, bis man ihn verstanden hat oder verstanden zu haben meint! Freilich ist Ehrmanns Studie sowohl im Hinblick auf ihre Idiomatik als auch mit ihrer Akkumulation von Diskursen und Theorien exemplarisch für bestimmte Tendenzen der spätmodernen Wissenschaftskultur, die sich im Zuge der Ausdifferenzierung des Wissens immer mehr von einem breiteren, gebildeten Lesepublikum entfernt.

So gerät das eigentliche Thema dieser Arbeit im überkomplexen Netz der zahlreichen theoretischen und wissenschaftlichen Kontextualisierungen bisweilen aus dem Blick. Die Gewichtigkeit dieses Themas steht dabei außer Frage: Ehrmann geht es um Fragen der Autorschaft in der Moderne. Er konstatiert eine »Hegemonie des Paradigmas individueller Autorschaft«, die sich im 18. Jahrhundert herausbildet und »im Grunde bis heute vorherrscht« (S. 18). Sein Ansatz ist insofern poststrukturalistisch zu nennen, als er solchen Dominanzbehauptungen mit dem Hinweis auf Bewegungen begegnet, die ihnen von Anfang an zuwiderlaufen. Die Behauptung von Individualität, Genie usw., so die geläufige poststrukturalistische Argumentationsfigur, führt auf der Rückseite automatisch gegensätzliche Momente der Kollektivität und Dezentrierung mit sich. Ein Autor ist, in der klassischen Formulierung von Michel Foucault, kein Genie, sondern ein Bündel von Diskursen. Diesen komplexen Spannungsverhältnissen zwischen (behaupteter) Individualität und (tatsächlicher) Kollektivität im Autorschaftskonzept der Moderne widmet sich Ehrmanns Studie mit einem Fokus auf der Zeit um 1800 und einschlägigen Literaturgrößen von Klopstock über Herder und Goethe bis zu Schleiermacher und Friedrich Schlegel.

Die Arbeit gliedert sich in sieben Kapitel. Nach dem *Problemaufriss* in Kapitel eins (S. 11-31) widmet sich Kapitel zwei (*Einsamkeit*, S. 32-99) verschiedenen Facetten der Autonomieästhetik um 1800, die mit dem Paradigma individueller Autorschaft zusammenhängen. Demgegenüber beleuchtet Kapitel drei (*Zusammen|schreiben*, S. 100-177) Formen der kollaborativen literarischen Produktionsweise, darunter auch die frühromantische »Sympoesie«. Kapitel vier (*Schriftkörper: Autorwerk und Werkautor*, S. 178-350) ist mit über 170 Buchseiten der umfangreichste Abschnitt der Studie; es befasst sich vor allem mit den rechtlichen und literarästhetischen Implikationen, die Begriffe wie ›Werk‹ und ›Autor‹ in der Zeit um 1800 aufweisen. Kapitel fünf (*Autorschaft, Kollektiv*, S. 351-465) fokussiert erneut mehr die Aspekte einer kollektiv-polyphonen Poetik, einmal in Bezug auf den Autornamen (der in aufwendigen sprachphilosophischen Exerzitien dekonstruiert wird), zweitens konkreter im Hinblick auf die »Autor-Werk-Aggregation« Goethe (darunter in Werken bzw. Projekten wie *Propyläen* und W.K.F.). Dass Goethe selbst mehrfach von »Aggregat« und »Aggregation« spricht (u.a. im Zusammenhang der *Wanderjahre*, vgl. zu Kanzler von Müller, 18.2.1830, FA II, 11, S. 232), erwähnt und thematisiert Ehrmann erstaunlicherweise mit keiner Silbe. Kürzer geraten die beiden abschließenden Kapitel sechs und sieben (*Retraktion*, S. 466-486, bzw. *Kollektivität*, S. 487-501), die sich Einzelthemen zuwenden (die *Xenien* als Kollektivwerk) bzw. zusammenfassender, bilanzierender Natur sind.

Ehrmann betritt mit seiner Studie kein Neuland, im Gegenteil: Wer sich mit Autorschaft um 1800 befasst, der sieht sich mit einer Flut von älterer und neuerer Forschungsliteratur konfrontiert. Dennoch verspricht die Arbeit »neue Perspektiven«, indem sich der Blick nicht nur auf »literarische Texte, sondern auch auf theoretische Auseinandersetzungen und juristische Diskurse« (S. 20) richtet. Mit Letzterem sind die Debatten um Urheberrechte gemeint, die bereits zu Beginn des 19. Jahrhunderts das Verständnis von literarischer Autorschaft beeinflusst haben. Die Einlassungen hierzu wie auch generell Ehrmanns Ausführungen zu den behandelten Autoren und einschlägigen Problemfeldern von Autorschaft in der Zeit zwischen 1770 und 1840 sind im Einzelnen wie in der Summe überwiegend lesenswert und erhellend – auch wenn gelegentlich der Eindruck entsteht, dass der Verfasser bekannte Erkenntnisse lediglich neu einkleidet, indem er sie mit akademisch avancierter Terminologie und Theorie verknüpft. Goethes Reise nach Rom, heißt es etwa an einer Stelle, schaffe die »Voraussetzung für die diskursive Reanimation seiner schöpferischen Kraft« (S. 43). Sein Eintritt in die Stadt führe »durch seine Transkription, seine Übersetzung in das mediale Dispositiv der Schrift« zu »Verschiebungen innerhalb jener Regionen auf der sozialen Landkarte, in denen Künstler- und Beamtenschaft als schwer vereinbare Funktions- und Diskursbereiche aneinandergeraten« (S. 36). In solchen und ähnlichen Formulierungen nähert sich die Studie einem akademischen Imponierstil an, der in der Sache nichts Neues bringt.

Angesichts des voluminösen Umfangs und des eindrucksvollen Literaturverzeichnisses überrascht, dass Ehrmann ausgerechnet eine Forschungsarbeit vollständig übergeht, die in der jüngeren Vergangenheit dem Thema einer Poetik des Kollektiven einschlägig zugearbeitet hat. Gemeint ist Kai Sinas Habilitationsschrift *Kollektivpoetik* (2019), die sich dem Thema im Hinblick auf die Moderne widmet und neben Emerson, Whitman und Thomas Mann auch Goethe ausführlich behandelt.[1] Wenigstens für den Druck wäre es sinnvoll und wünschenswert gewesen, dass die im Jahr 2020 abgeschlossene Promotion von Ehrmann diese Studie berücksichtigt. Aufschlussreich ist die unterschiedliche Ausrichtung beider Untersuchungen. Ehrmann betont einerseits, dass auch in Goethes Werk und Schaffen Raum ist für kollaborative Praxisformen und kollektive Autorschaftsinszenierungen. Andererseits folgt er über weite Strecken dem Machtparadigma des Poststrukturalismus, demzufolge der Autor primär als machtgeleitetes Subjekt verstanden wird, das die kollektiven Spuren im Werk aus literaturpolitischen Gründen tilgt oder diese Spuren zum Zwecke der Mehrung der eigenen Autormacht umfunktionalisiert; die »Zurichtung der gemeinschaftlichen Anstrengungen auf die Autorfigur Goethes« (S. 409) wird als »Machtgeste« gekennzeichnet (S. 405). Zwar perspektiviert auch Sina Goethes Kollektivbegriff durchaus kritisch, er sieht ihn als Ausweis einer Absage sowohl an das Genie-Paradigma der Autonomieästhetik als auch an Harmonisierungstendenzen im Konzept der Morphologie. Doch zugleich dreht sich seine gesamte Studie um eine Vermittlungsmöglichkeit der widerstreitenden Pole, indem Goethe und die anderen behandelten Autoren den Versuch einer Zusammenführung von Individualität (Einheit) und Kollektivität (Vielheit) unternehmen, und zwar im Rahmen einer Kollektivpoetik, in der die heterogenen und widersprüchlichen Elemente ausdrücklich gewahrt bleiben. Die Identifikation von Autorschaft und Werk mit Macht und Herrschaft ist mithin keineswegs zwingend, wie neben Sina auch andere neuere Forschungsarbeiten zeigen.[2]

Carsten Rohde

1 Kai Sina: *Kollektivpoetik. Zu einer Literatur der offenen Gesellschaft mit Studien zu Goethe, Emerson, Whitman und Thomas Mann.* Berlin, Boston 2019 (vgl. die Rezension von Theodore Ziolkowski in GJb 2020, S. 235-237). Ein früher Aufriss dieser Studie erschien bereits 2013 (*»Wir sind viele«. Zum Konzept dichterischer Kollektivrede bei Goethe, Ralph Waldo Emerson und Walt Whitman.* In: *Comparatio* 5 (2013), S. 181-203), findet jedoch bei Ehrmann ebenfalls keine Berücksichtigung.

2 Vgl. z. B. Claudia Keller: *Lebendiger Abglanz. Goethes Italien-Projekt als Kulturanalyse.* Göttingen 2018, die mit ganz ähnlichen methodischen Prämissen und Erkenntnisinteressen wie Ehrmann arbeitet, indes wie Sina mehr das Moment der Polyphonie betont. Vgl. auch die Rezension von Terence James Reed in GJb 2018, S. 260-262.

Vittorio Hösle: *Goethe und Dickens als christliche Dichter*. Baden-Baden: Karl Alber 2022, 232 S., 49,– €

Der Titel des Sammelbandes, den der an der University of Notre Dame in Indiana lehrende Philosoph Vittorio Hösle veröffentlicht hat, ist Programm. Auf eine Einführung, offenkundig für diesen Band geschrieben, folgen in chronologischer Reihung sechs Einzelstudien, die teils auf Deutsch, teils auf Englisch in Zeitschriften und Jahrbüchern zwischen 2006 und 2020 veröffentlicht worden sind. Auch das *Goethe-Jahrbuch* (2006) ist unter den Publikationsorten; unter dem Titel *Erste und dritte Person bei Burchell und Goethe: Theorie und Performance im zehnten Buch von »Dichtung und Wahrheit«* erschien dort die jetzt an zweiter Stelle platzierte Studie.

Aus seiner grundsätzlichen Intention macht Hösle keinen Hehl. Goethe und Dickens, so heißt es in der Einführung (S. 14), »bemühen sich [...] in ihrer Kunst um die Vermittlung christlicher Ideen und Werte, die von beiden nachaufklärerisch interpretiert werden«. Schon diese Behauptung gibt zu Fragen Anlass. Es gehört zu Goethes Wesen, dass er bis ans Lebensende ein Aufklärer freilich eigenen Zuschnitts bleibt. Hösle deutet Goethes »häufige[n] Gebrauch von Bibelzitaten« als »gewissenhafte Fortsetzung der christlichen Tradition« (S. 89), ohne Albrecht Schönes bahnbrechende Untersuchung über Säkularisation als sprachbildende Kraft überhaupt in Betracht zu ziehen.

Für all jene Probleme, die Hösle anhand der Romane von Charles Dickens analysiert, fühle ich mich nur beschränkt zuständig. Das gilt insbesondere für die (dritte) Abhandlung *Des verlorenen Sohnes leibliche Werke der Barmherzigkeit und die Hochzeit des Bräutigams. Der religiöse Hintergrund von Charles Dickens' »Great Expectations«*. Hingegen ist bei den Texten, in denen Hösle vergleichende Betrachtungen anstellt (*Dickens als Kritiker des Goethe'schen Bildungsromans? Ein Strukturvergleich von »Wilhelm Meisters Lehrjahren«* und *»Great Expectations«; Wilhelm Meister und Mignon als Modelle für Nicholas Nickleby und Smike?*; *Eine Tochter Mignons: Nell in Dickens' »Old Curiosity Shop«*), auch der Germanist zu einem Urteil aufgerufen. Die Crux seines Verfahrens verschweigt der Autor nicht. Es gibt keinen schlüssigen Beweis dafür, dass Dickens *Wilhelm Meisters Lehrjahre* gelesen hat. Was Hösle an ›Beweisen‹ vorlegt, sind Analogieschlüsse, die nur bei größtem Wohlwollen akzeptiert werden können, keineswegs aber beweiskräftig sind. Insofern sind seine auf Stoffe, Motive und Figuren zielenden Vergleiche mit großer Vorsicht aufzunehmen. Weil Hösle dies letztlich bewusst ist, nimmt er Zuflucht zu suggestiven Formulierungen wie »Ist es nicht naheliegend« (S. 145) oder »Wenn wir davon ausgehen, daß Dickens Goethe gelesen hat« (S. 170, Fn 34); auch erfindet er einen »widerspenstige[n] Kritiker« (S. 193), dem er anschließend ein Licht aufstecken will. In der abschließenden (jüngsten) Studie formuliert er ein engagiertes, philosophisch grundiertes Plädoyer für die Methode des Vergleichs, kann aber in den eigenen Studien diesen Anspruch nicht einlösen.

Hinzu kommt, dass er seine Interpretation der *Lehrjahre* so einrichten muss, dass sie mit einer religiösen Auslegung von Dickens' Romanen kompatibel wird. Dabei bewegt er sich in den Bahnen der Tradition. Für ihn ist Wilhelm ein sozialer Aufsteiger, der – analog zu Goethe – unbedingt dem Adel angehören will (was für diesen überhaupt nicht zutrifft) und darum die Aufnahme in die Turmgesellschaft als religiös-gesellschaftliche Weihe erfährt; den Kunstwerken im Hause des Oheims nähert sich Wilhelm mit »Andacht« (S. 151); Natalie, die ihm bestimmte Ehefrau, verkörpert für Hösle »die christliche Religion in ihrem reinsten Sinne« (S. 157). Aus solchen Beobachtungen leitet Hösle die Legitimation her, von »Kunstreligion« in Goethes Roman zu sprechen und die Turmgesellschaft mit religiösen Insignien zu versehen. Nun hat die moderne Goethe-Forschung gegenüber einer solchen Lesart beträchtliche Einwände geltend gemacht. In deren Licht erscheint die Turmgesellschaft mittlerweile als ambivalente Vereinigung, die in ihren geheimen Aktionen vor Zwang und Manipulation nicht zurückschreckt und deren ›humane‹ Intentionen durchaus zwiespältig anmuten.

Wilhelms Integration in den Adel gerät ins Licht der Ironie; eine »Wallfahrt nach dem Adelsdiplom« hatte sie distanzierend schon Novalis genannt.[1] Die Ehe mit Natalie wird zwar verheißen, aber weder in den *Lehr-* noch in den *Wanderjahren* narrative Realität. Ironie als Offenheit wie Distanz markierendes Kunstprinzip Goethes – schon in den *Lehrjahren* – ist Hösle nicht der Erwähnung wert. Charakteristisch auch, dass Hösle den Saal der Vergangenheit unter dem Aspekt von Kunstreligion betrachtet, Goethes Vivere memento zurückdrängt, um dem christlichen Memento mori desto stärker Ausdruck zu geben. In meinen Augen kann Goethe selbst keine ›Kunstreligion‹ zugesprochen werden; das Wort selbst kommt bei ihm nicht vor, allenfalls hätte es im Hinblick auf das »klosterbrudrisirende und sternbaldisirende Unwesen« (WA I, 48, S. 122) in der romantischen bildenden Kunst verwendet werden können.

All dem voraus geht Hösles eingangs entwickelte Auffassung von Goethes Religiosität, in seiner Lesart ein spezifisches »Christentum des Geistes und des Herzens« (S. 46), in dem er sich mit Dickens zusammenfände. In einer so wolkigen Definition – die ihren Grund nicht zuletzt in theologischen Richtungen findet, angesichts einer gottfernen Welt das Christentum anschlussfähig zu halten – lässt sich Vielerlei subsumieren. Blickt man hingegen auf eine Religiosität, wie sie sich in Goethes künstlerischen und biographischen Zeugnissen bekundet, so ist zunächst zu konstatieren, dass das Christentum für Goethe, wie Hösle mit Recht anmerkt, ein Element gesellschaftlicher Ordnung darstellt, dessen rituellen Notwendigkeiten er sich nicht widersetzt. Dass er die christliche Kirche beider Konfessionen mit Kritik nicht verschont, ist oft dargestellt worden. Seine persönliche Religiosität, wenn man denn von einer solchen sprechen kann, hat er verborgen gehalten; von einem ›verborgenen Christentum«, wie mehr als einmal geschehen, kann aber nicht gesprochen werden. Darum war Goethe die Philosophie Spinozas so willkommen, weil sie für ihn das Göttliche (nicht eine persönliche Gottheit, wie Hösle glauben machen will, wenn er [S. 25] von Goethes »Festhalten am Gottesbegriff« spricht) in das Entstehen und Vergehen natürlicher Prozesse verlegte und der Dichter seine Vorstellung vom Göttlichen offenhalten und sie mit seinem Liebenskonzept verbinden konnte. Allen Fixationen auf den christlichen Glauben wusste er sich zu entziehen, so auch im Brief an den einstigen Freund Friedrich Heinrich Jacobi vom 8. Januar 1813:

> Ich für mich kann, bey den mannigfaltigen Richtungen meines Wesens, nicht an einer Denkweise genug haben; als Dichter und Künstler bin ich Polytheist, Pantheist hingegen als Naturforscher, und eins so entschieden als das andre. Bedarf ich eines Gottes für meine Persönlichkeit, als sittlicher Mensch, so ist dafür auch schon gesorgt. Die himmlischen und irdischen Dinge sind ein so weites Reich, daß die Organe aller Wesen zusammen es nur erfassen mögen. (WA IV, 23, S. 226)

Jenseitshoffnung, Sündenbewusstsein und Kreuzestheologie waren ihm suspekt. Hösle verwendet Mühe auf den Nachweis, Goethe habe sich in seiner *Italienischen Reise* »als Nachfolger Christi inszeniert« (S. 32); das kann ebenso wenig überzeugen wie eine narrative Analogie zum Kirchenjahr, die er in Goethes Text ausfindig zu machen glaubt.

Auf das Dunkel von Goethes Religiosität möchte Hösle den Lichtstrahl katholisch basierter Erkenntnis lenken. An zutreffenden Einzelbeobachtungen, in gewandter Diktion vorgetragen, mangelt es ihm nicht. Doch gegenüber der waltenden Intention, Goethe auf den Status eines christlichen Dichters zu verpflichten, ist Einspruch anzumelden.

Jochen Golz

1 Novalis: *Werke, Tagebücher und Briefe Friedrich von Hardenbergs*. Hrsg. von Hans-Joachim Mähl u. Richard Samuel. Bd. 2: *Das philosophisch-theoretische Werk*. Darmstadt 1999, S. 807.

Georg Schmidt: *Durch Schönheit zur Freiheit. Die Welt von Weimar-Jena um 1800*. München: C.H.Beck 2022, 384 S., 29,95 €

Dem klassischen Weimar wird in der deutschen Erinnerungskultur üblicherweise der Part des unpolitisch Schönen oder Humanen zugewiesen, sei es in einem positiv gewerteten Gegensatz zur deutschen Gewaltgeschichte, wie sie sich zeitgleich in Preußen oder ortsgleich im KZ Buchenwald verkörpert, sei es in kritischer Wendung gegen die angebliche Politikferne der Weimarer Geistesgrößen und ihrer Werke. Georg Schmidt hingegen stellt die Weimarer Literaturblüte um 1800, zusammen mit dem Aufschwung der Universität im benachbarten Jena und der dort aufblühenden Frühromantik, als durch und durch politisches Ereignis dar: als bedingt durch die politische und soziale Situation eines kleinen, aber dynastisch ambitionierten Herzogtums und dessen Personalpolitik, als herausgefordert zunächst durch die Wirkungsarmut aufklärerischer Reformen und dann durch die Revolution in Frankreich, als geschützt durch die norddeutsche Friedenspause zwischen Revolutions- und Napoleonischen Kriegen zwischen 1795 und 1806 sowie als schließlich doch mit Kriegsgewalt und französischer Besetzung konfrontiert. Soweit, in Stichworten, die politisch-historischen Rahmenbedingungen, die Schmidt aufzeigt und als Faktoren ausweist, die einen mehr oder weniger starken Einfluss auf Tätigkeit und Vorstellungen der literarischen und philosophischen Protagonisten ausübten. Sehr deutlich wird so, dass die Großintellektuellen der Doppel-Kleinstadt Weimar-Jena keineswegs in einer Situation politischer Windstille agierten oder unberührt blieben von den Epochenumbrüchen ihrer Zeit.

Was Schmidt, der von 2004 bis 2007 den DFG-Sonderforschungsbereich »Ereignis Weimar-Jena: Kultur um 1800« geleitet hat, am Herzen liegt, ist freilich, welche Verarbeitungen jene Herausforderungen in Weimar und Jena erfuhren, denn er misst gerade auch den Texten und Theorien, die vorderhand einen autonomen Bereich des Schönen und der Kunst reklamierten und bespielten, eine politische Dimension zu: Goethes und Schillers »Inszenierung des schönen Scheins« sei, so seine These, »ein unterschätzter und verdrängter alternativer Politikentwurf zur Revolution und zur immensen Beschleunigung der Moderne« (S. 13). An Wieland hebt er den Kosmopolitismus hervor, an Herder das Prinzip der Mannigfaltigkeit. Die knapper behandelten Romantiker in Jena sieht Schmidt im Großen und Ganzen auf derselben Linie, trotz ihrer Mittelalterschwärmerei und ihrer Neigung zu einem (post)religiösen Glauben als vereinigendem Prinzip:

> Alle erwarteten von der Kunst und Wissenschaft die Bildung, die zu Einigkeit und Freiheit führte. (S. 210)
>
> In Weimar-Jena rückte [...] um 1800 die Kunst ins Zentrum, weil sie durch Schönheit die Harmonie hervorrufe, die den Wandel nicht blockiere, sondern ermögliche. Sie sollte zwischen dem bloßen Beharren, verkörpert durch die höfische Gesellschaft, und den politischen Zielen der Aufklärung oder auch den Forderungen der neuen Zeit vermitteln und ein Weltbürgertum formieren helfen, das sich seiner Verantwortung für Frieden, Freiheit und Humanität bewusst ist. (S. 306)
>
> Die Verlagerung der Erziehung auf die Ästhetik und vom eher privaten in den öffentlichen Bereich mit dem Ziel, die Menschen zu befähigen, sich selbst zu bilden, ist der deutsche Beitrag beim Übergang von der ständischen zur bürgerlichen Gesellschaft. (S. 171)

Es ist ein anspruchsvolles Unterfangen, ausgerechnet einer Literatur, die von ihren Autoren als autonome Kunst konzipiert wurde, Entwürfe besserer Politik abzulesen. Als Historiker und herausragender Kenner des Alten Reiches bringt Schmidt dafür Kompetenzen mit, über die Germanisten von Haus aus nicht verfügen. Seine Darstellung besticht, wo er die Möglichkeiten und Grenzen politischen Handelns im hochkomplexen Herrschafts- und Institutionengeflecht von Territorium (wie Sachsen-Weimar-Eisenach), Reich und europäischem Mächte-System auseinanderlegt. Das gilt für die vorrevolutionäre Zeit, beginnend mit der

Vormundschaftsregierung Anna Amalias, ebenso wie für die nicht wirklich revolutionären Unruhen vornehmlich an der Jenaer Universität in der Revolutionszeit, die französische Expansion ab 1792 sowie die keineswegs nur restaurative Neuordnung nach der Niederlage Napoleons. Insbesondere Goethes Schaffen gewinnt auf dieser Basis neue Plastizität. Die Strukturen des Alten Reiches sind, wie Schmidt argumentiert, noch für *Faust II*, dessen Kaiserszenen und deren politische Implikationen, modellgebend:

> Wer dem Alten Reich und seiner Verfassung Systemrationalität zubilligt, wird Goethes Bilder verstehen. Wenn *Faust II* ein episches Gedicht ist, das durch die Selbständigkeit seiner Teile charakterisiert wird, dann ist dies eine verblüffende formale Analogie. Die Teile sind weithin autonom, doch das Ganze besitzt eine höhere Qualität, weil es diese zu einer komplexen, sich gegenseitig ergänzenden und kontrollierenden Ordnung verbindet. Das altständische Muster, jeder ist an seinem Platz notwendig und gefordert, ist die Alternative der Tragödie zur zerstörerischen Wucht der Moderne und ihres Machbarkeitswahns (S. 289 f.)

Dass die in Weimar und Jena geschaffene Literatur oder ästhetische Theorie keine direkten politischen Direktiven enthielt, ist Schmidt völlig bewusst. Mit dem Begriff des ›schönen Scheins‹ betont er den Abstand zwischen Kunst und Leben oder Gesellschaft. Ein ganzes Kapitel (S. 160-166) widmet er Schillers Theorie, wie man durch »die Schönheit [...] zu der Freiheit wander[n]« kann, denn auf diese berühmte Formulierung im 2. Brief *Über die ästhetische Erziehung des Menschen* spielt der Titel des Buches an. Ob uninformierte Leser nach der Lektüre aber verstanden haben werden, was Schillers schöner Schein ist, was er bei den Rezipienten bewirken soll und wie dadurch die Gesellschaft humaner werden kann? Schiller wird von Schmidt extensiv zitiert – jedoch ohne Rücksicht darauf, dass es Konzeptionsbrüche sowohl zwischen den verschiedenen Schriften Schillers als auch in den *Ästhetischen Briefen* gibt. Hier, aber auch an anderen Stellen, wäre mehr Begriffsdiskussion hilfreich, um der Gefahr des Vagen zu entgehen: Was heißt eigentlich ›Freiheit‹ bei Schiller, und zwar vor und nach dessen Kant-Lektüre? Schmidt, der zur politischen Bedeutungsvarianz von ›Freiheit‹ im ausgehenden 18. Jahrhundert viel sagen könnte, hat sich solche Erläuterungen womöglich deswegen gespart, weil sich sein Buch offensichtlich mehr an Weimar-interessierte Kulturbürger als an Kollegen aus der Wissenschaft richtet. Der Verzicht auf Begriffsklärung und nötige Begriffsdifferenzierung ist jedoch eine Vereinfachung, die nicht der Klarheit dient und es auch nicht erleichtert, von heutigen Problemstellungen aus an die ›Klassiker‹ anzuschließen, wie Schmidt es sich wünscht (»Schillers Freiheit, Goethes geselliges Miteinander, Herders Humanität oder Wielands Verfassungspatriotismus könnten dem verblassenden Mythos Europa kosmopolitisch ein wenig auf die Sprünge helfen«, S. 306).

Die Germanistik sollte Schmidts Ansatz, die kanonischen Autoren um 1800 politisch zu lesen, im politischen Horizont ihrer Zeit, aufgreifen und dann die Differenzierungen hinzufügen, die möglich und nötig sind, wenn man Texte auch in ihrer künstlerischen Faktur interpretiert und ihren Fiktionsstatus in Rechnung stellt. Die in einem Pro- und einem Epilog erläuterte historische Leitidee, einengende nationale Prägungen des 19. und 20. Jahrhunderts aufzubrechen durch Rückgriffe auf die Zeit davor, um sich für eine postnationale Zukunft zu rüsten, verdient ebenfalls, diskutiert zu werden. Dabei wäre in Rechnung zu stellen, dass »die ästhetische Moderne«, die Schmidt »in Weimar-Jena« beginnen sieht (S. 210), nicht auch schon eine demokratische war – Schmidt stellt bei Goethe und Schiller vielmehr eine »Orientierung an höfisch-aristokratischen Normen« fest (S. 184).

Bevor man sich auf solche oder andere Streitfragen wirft, ist Schmidts Buch in jedem Fall eine höchst informative Einführung in die politischen Strukturen, die das ›Ereignis Weimar-Jena‹ möglich gemacht haben. Die chronologisch aufgebaute Darstellung macht sowohl die Bedingungen im Herzogtum Sachsen-Weimar-Eisenach als auch die epochalen Aufbrüche deutlich, die, so Schmidt, vor allem durch die Einladung Goethes und 20 Jahre später durch dessen Freundschaftspakt mit Schiller ausgelöst wurden (vgl. S. 68, 171); den Weimarer Hof als ›Musenhof‹ oder verbürgerlicht zu bezeichnen, hält er dagegen mit guten Gründen für eine Überzeichnung und Ausblendung der dort weiterhin geltenden aristokratischen Regeln (vgl. S. 83). Da das Buch in einem Publikumsverlag erschienen ist, darf man zuversichtlich hoffen, dass es viele Leser findet. Doch scheint leider sogar Beck kein Lektorat mehr zu haben, das Fehler und Stilblüten (Kant als »Gallionsfigur«, S. 23; »lösten sich die Frühromantiker auf«, S. 218; »Emanuel Geipel«, S. 298) zuverlässig ausmerzt.

Daniel Fulda

Stephan Oswald: *Im Schatten des Vaters. August von Goethe. Eine Biographie.* München: C.H.Beck 2023, 424 S., 32,– €

Dass die Söhne großer Männer Taugenichtse würden, ist eine Aussage, deren Herkunft im Dunkel liegt, die aber gern dann herangezogen wird, wenn Vater-Sohn-Beziehungen in biographische Darstellungen Einzug halten. Im Fall von Goethes Sohn August liegt insofern ein Sonderfall vor, als Interpreten dieses Vater-Sohn-Verhältnisses, »von der herrschenden Goethe-Verehrung konditioniert« (S. 204), bisher geneigt waren, den Vater vom Makel einer verfehlten Vaterschaft zu befreien und alles Misslingen dem Sohn anzulasten. An den Anfang seines Buches stellt Oswald den *Wikipedia*-Eintrag über August von Goethe, der das landläufige Urteil über Goethes Sohn repräsentiert und den der Autor zutreffend »eine Mischung aus falschen Behauptungen, böswilligen Unterstellungen und wenigen richtigen Beobachtungen« (S. 18) nennt; er hätte, um dieses Bild zu relativieren, den Artikel über August von Goethe in Effi Biedrzynskis Buch *Goethes Weimar* zitieren können, das gerade in neuer Auflage erschienen ist und ein differenzierteres Charakterporträt enthält.[1] Oswald hat nicht den Fehler begangen, sein Buch grundsätzlich aus einer polemischen Haltung heraus zu konzipieren; das mag für politische Publizistik brauchbar sein, taugt aber nicht für das biographische Genre. Nur an wenigen Stellen erlaubt er sich direkte Kritik an Fehlurteilen und nennt dann auch deren Urheber mit Namen. Seine Intention hat er klar benannt:

> Im Folgenden wird der Versuch einer Ehrenrettung unternommen und das Leben des angeblich missratenen Sohnes einmal aus seiner Perspektive geschildert. Dann sieht es ganz anders aus, und seine Geschichte wird interessant, in persönlicher wie historischer Hinsicht, denn sie eröffnet zugleich Einblicke in die damaligen Weimarer Verhältnisse. (S. 19)

In den Kapiteln 2-7 zeichnet Oswald Augusts Biographie bis zu seinem Eintritt in den Staatsdienst nach. August wird als aufgewecktes Kind porträtiert, das in der liebevollen Obhut seiner Mutter aufwächst und vor allem am Geschehen in der Natur interessiert ist; seinem Interesse an Geologie und Mineralogie widmet der Autor ein eigenes kleines Kapitel. In zahlreichen (vom Hauslehrer redigierten) Briefen macht er von alledem seinem Vater Mitteilung; schon hier zeichnet sich ein Konflikt seines Lebens ab, denn Goethe, als Poet »absolute Einsamkeit« (WA IV, 14, S. 146) beim Schreiben benötigend und als Staatsmann vielfach beansprucht, reagiert viel zu selten auf die »Sehnsucht« des Kindes »nach der Nähe des Vaters« (S. 31). Von der ›höheren‹ sozialen Sphäre bleibt August zunächst ausgeschlossen. Das ändert sich erst, als Herzog Carl August, dem Wunsch des Vaters entsprechend, ihn 1801 als Goethes Sohn legitimiert.

August erhält zunächst Privatunterricht, besucht dann das Weimarer Gymnasium, das er mit einer Abschlussbeurteilung verlässt. Fortan liegt sein Leben stärker noch in der Hand des Vaters. Dieser wählt für ihn Heidelberg und Jena als Studienorte, und als er den Zeitpunkt

1 Vgl. die entsprechende Miszelle in diesem Jahrbuch, S. 262-266.

des Studienabschlusses gekommen sieht, leitet er Schritt für Schritt Augusts Etablierung im Weimarer Staatsdienst in die Wege. Goethe hatte erkannt, dass Augusts große Qualitäten im Praktischen lagen. Vom Herzog erwirkt er – über den Kopf des Sohnes hinweg – 1811 Augusts (zunächst nur formale) Bestallung als Kammerassessor, der sich 1815 die Ernennung zum Kammerrat und 1823 zum Geheimen Kammerrat anschließt. Mit 34 Jahren hat er alles erreicht, was man auf diesem Weg erreichen kann. August, so resümiert Oswald, »war das, was man einen guten Beamten nennt« (S. 115), gewissenhaft bis zur Selbstlosigkeit, in finanziellen Dingen von größter Akkuratesse. In der herzoglichen Kammer, der Finanzverwaltung, fiel ihm die Verantwortung für die Baukommission zu. Ein besonderes Kapitel stellt Augusts Hofdienst dar, zu dem er seit 1815 als Kammerjunker, von 1826 an als Kammerherr verpflichtet war. Es war ein Dienst, zu dem er sich auf Abruf bereithalten musste, der ihn viel (auch unnütz verbrachte Zeit) kostete und zusätzlich zu seiner amtlichen Tätigkeit zu leisten war.

Legendenumwoben ist Augusts Rolle in den Befreiungskriegen, deren Rekonstruktion Oswald mit historischer Nüchternheit vornimmt. Weder war der Kriegszug der Weimarer Freiwilligen so ruhmreich, wie es die Fama meldet, noch war Augusts Nichtteilnahme so schmählich, wie es eine patriotische Historiographie suggerieren wollte. Goethes Intervention beim Herzog, dem Sohn eine militärische Aufgabe in der ›Etappe‹ zuzuweisen, hatte einen ernsten Hintergrund, denn kurz zuvor hatte der Sohn seines Ministerkollegen Voigt in den Kriegswirren den Tod gefunden. Vor einem solchen Schicksal wollte Goethe seinen Sohn bewahren.

Als *Szenen einer Ehe* choreographiert Oswald Augusts Verbindung mit Ottilie von Pogwisch, die erst nach dem Tod seiner Mutter zustande kommen konnte; deren Status als Ehefrau Goethes war in der ›besseren‹ Gesellschaft Weimars niemals akzeptiert worden. Während August, so Oswald völlig einsichtig, ein »ruhiges häusliches Glück« (S. 163) suchte, stand Ottilie der Sinn nach glanzvollem Repräsentieren im Haus am Frauenplan. Da sie die klassische Hausfrauenrolle verweigerte, musste August seine Rolle als *Faktotum* im Elternhaus – so der Titel von Kapitel 11 –, die er nach dem Tod seiner Mutter wie selbstverständlich übernommen hatte, auch in seinen Ehejahren weiterführen. Ottilie gefiel sich in ihrer Rolle als charmante intellektuelle Partnerin Goethes, als »Dame des Hauses« (S. 162), die Besucher liebenswürdig zu betreuen, Geselligkeiten geistvoll zu arrangieren wusste.

Einer vierfachen Belastung – als Beamter in der Baubehörde, als »quasi […] Geschäftsführer« (S. 221) des Vaters bei den Unmittelbaren Anstalten für Kunst und Wissenschaft des Herzogtums, als Hofdienst Leistender und als Verwalter des väterlichen Hauses – war August von Goethe ausgesetzt. Eine fünfte kam hinzu, zu der ihn der Vater wie selbstverständlich heranzog: seine Mitwirkung in der Hoftheaterintendanz, die glücklicherweise nicht von langer Dauer war und 1817 mit Goethes Entlassung endete.

Konflikte in Augusts Ehe waren vorprogrammiert. Ottilie, so Oswald, habe sich immer »geweigert, ihr Wunschbild der Wirklichkeit zu versöhnen und Kompromisse einzugehen« (S. 168). In teils platonischen, teils sehr realen Affären suchte sie sich aus dem freudlosen Ehealltag zu befreien. Bereits nach einem Jahr Ehe habe sie angesichts der »Unvereinbarkeit der Charaktere« (S. 164) an Scheidung gedacht. August, von Pflichten erdrückt und nur selten vom Vater mit Lob und Anerkennung bedacht, »trinkt gegen etwas an«, wie Oswald (S. 328) konstatiert und damit zugleich Augusts Alkoholkrankheit ein Stück weit verständlicher macht. Seine Reise nach Italien – der erste Urlaub nach 19 Dienstjahren –, die der Autor in den Kapiteln 12 und 13 beschreibt, stellt eine »Flucht aus unerträglichen Verhältnissen« dar (S. 351).

Dem Reiseverlauf folgt Oswald mit protokollarischer Genauigkeit. In Genua trennt sich Eckermann, den Goethe zum mitreisenden Aufseher bestimmt hatte, von August, weil die Situation für beide unerträglich geworden war. August folgt strikt den Reisedirektiven des Vaters und schickt seine Berichte, die ihn als genauen Beobachter des italienischen Alltags ausweisen, pünktlich nach Weimar. Im Hinblick auf Augusts Tod am 27. Oktober 1830 in

Rom räumt Oswald mit Legenden auf, indem er z. B. das Obduktionsprotokoll genauer analysiert. Nicht Augusts übermäßiger Alkoholkonsum war die akute Todesursache, sondern aller Wahrscheinlichkeit nach eine infektiöse Meningitis, deren rascher und tödlicher Verlauf vermutlich mit Augusts Trunksucht in Verbindung steht.

Augusts Tod und Bestattung in Rom und das Reagieren des Vaters auf die Nachricht aus der Ferne bilden in jeder Biographie (von Vater und Sohn) ein dankbares Thema. Oswald weiß seinem Gegenstand neue Aspekte abzugewinnen. Er deutet das Grabmal für August und dessen vom Vater entworfene Inschrift weder als Glorifizierung noch als Herabstufung des Sohnes, sondern begreift beides als »Erinnerungsmal einer unerhörten Begebenheit«, das den Schmerz des Vaters »gemildert und gleichsam eingekapselt« habe (S. 298).

Die abschließenden Kapitel 15 und 16, *Charakterzüge* und *Vater und Sohn* überschrieben, stellen so etwas wie eine Bilanz dar. Heilsam ist Oswalds nüchterne, kulturgeschichtlich gut begründete Darstellung der zeitgenössischen Trinkgewohnheiten. Weingenuss war Bestandteil des Alltags all derer, die es sich leisten konnten. Augusts Weinkonsum, von Vater und Mutter zunächst tolerierend überwacht und manches Mal mit Mäßigkeitsappellen bedacht – keinesfalls aber mütterliches Erbteil –, hat wohl erst in den 1820er Jahren ein bedenkliches, skandalöses Ausmaß erreicht. Bei seiner amtlichen Tätigkeit, darauf legt Oswald mit Recht Wert, hat das alles keine Rolle gespielt, es gibt in dieser Hinsicht keinerlei Beschwerden. Dass Augusts Überbeanspruchung in seinen Dienstgeschäften, dass die katastrophale Ehe und zuweilen auch schlechter Umgang Augusts ›Krankheit zum Alkohol‹ befördert haben, lässt der Autor nicht außer Acht. Die komplexen Ursachen für Augusts Leiden an der Wirklichkeit sind hier zum ersten Mal einsichtig dargelegt worden.

Gleiches gilt für das Verhältnis von Vater und Sohn. Bereits am Ende des zweiten Kapitels hat Oswald für »Klarstellung« gesorgt: »Wenn es im Folgenden um Goethe geht, so weder um sein Werk noch um seine dichterische Leistung. August hat ihn als Vater erlebt, und nur in dieser Rolle tritt er in dieser Lebensbeschreibung auf« (S. 21). Die »Tragik« (so Oswalds Schlüsselbegriff) von Augusts Leben bestand zunächst darin, als Goethes Sohn geboren zu sein. Wäre er in einer ›normalen‹ bürgerlichen Familie zur Welt gekommen, hätte er ein geachtetes Leben als gutsituierter Beamter, als Familienvater und honoriger Stadtbürger führen können. Die Umstände haben ihm dies verwehrt. So sah er sich in die Rolle des Sohnes eines übermächtigen Vaters versetzt, der ihm viel zu selten Lob und Anerkennung schenkt. Zudem sah er sich Anforderungen ausgesetzt, die er niemals hätte erfüllen können. Sprechendes Zeugnis ist Herders Eintrag in Augusts Stammbuch: »Die Nation hat grosse Anforderungen an Sie, einziger Sohn des Einzigen in unserm Zeitalter« (S. 59). Goethe hat wie selbstverständlich über seinen Sohn verfügt, disponierte dessen Leben nach eigenen Vorstellungen, benutzte ihn zwar als Helfer in allen praktischen Lebensdingen – bis hin zu den Verhandlungen um die Privilegien für die *Ausgabe letzter Hand*, wo der Autor Goethe wie ein gerissener Diplomat den Sohn vorschob, aber die Fäden in der Hand behielt –, ließ ihn aber nicht an der eigenen schöpferischen Tätigkeit teilhaben. Was Christiane als ihre Lebensrolle akzeptierte, erregte beim Sohn Trotz und Widerspruch, mündete aber letztlich in Resignation. Das dem Buch vorangestellte Gedicht legt davon Zeugnis ab. In der Biographik hat man August ein poetisches Talent zumeist abgesprochen. Dieses Vorurteil kann Oswald insofern korrigieren, als er im Weimarer Staatsarchiv ein Handschriftenkonvolut ausfindig gemacht hat, in dem sich ein Dramenkonzept und erzählerische Versuche Augusts befinden – keine große Dichtung, aber Zeugnis eines achtbaren literarischen Talents.

Ein winziger Wermutstropfen sei in den Freudenbecher geträufelt. Oswald nimmt jene 1823 in Weimar kursierenden »Heiratsgerüchte« (S. 344) für bare Münze, doch gibt es für diese nur in einem Brief von Caroline von Humboldt aus Marienbad (S. 338 zitiert) einen Beleg. Dass derlei Gerüchte August und Ottilie in Aufregung versetzt haben, ist nur zu verständlich. In meinen Augen sind es Gerüchte geblieben.

Eingangs habe ich auf Oswalds Intention Bezug genommen, den »Versuch einer Ehrenrettung« Augusts zu unternehmen. Dies zu realisieren ist ihm auf beeindruckende Weise gelungen. Sein Buch ist nicht nur akribisch recherchiert, sondern auch gut geschrieben. Ich habe es mit großer Anteilnahme gelesen und bin gewiss, dass mein Empfinden von vielen Lesern geteilt werden wird.

Jochen Golz

Anne Bohnenkamp, Bernhard Fischer (Hrsg.): *Goethes Dichtung und Wahrheit. Beiträge zu Goethes autobiographischen Schriften*. Berlin, Boston: De Gruyter 2022, 160 S., 69,95 €

Aus meinem Leben. Dichtung und Wahrheit steht nicht unbedingt im Zentrum der wissenschaftlichen Auseinandersetzung mit Goethe und wird, obwohl die zweite Hälfte des Titels einigermaßen sprichwörtlich geworden ist, wohl auch nicht allzu viel gelesen. Auf den ersten Blick ist das erstaunlich, da das Werk für eine ganze Reihe von germanistischen Strömungen und Methoden ein Faszinationspotential bietet: Die entstehende Neugermanistik des 19. Jahrhunderts musste angesichts ihres biografistischen Zuschnitts von einem derart umfangreichen autobiografischen Werk affiziert sein (wenngleich die »abiding inaccuracy« des Textes schon damals bekannt war[1]); die Komplexität des Textes und der in ihm verhandelten Fragen zur Ich-Genese legen es nahe, dass *Dichtung und Wahrheit* für die seit den 1970er Jahren aufkommende Autobiografieforschung hätte interessant sein können. In der Gegenwart ist schließlich an den seit einiger Zeit prominenten Begriff ›Autofiktion‹ zu denken, der, so meint man zumindest, beim Umgang mit den zahlreichen Mystifikationen Goethes nützlich sein könnte. Während der Umgang des Dichters mit der Wahrheit die Goetheforschung des 19. Jahrhunderts noch in Verlegenheit versetzt hatte, sollte der Autofiktions-Begriff dabei helfen können, gerade in der Ambiguität des Textes etwas Interessantes zu sehen.

Dass trotz alledem die Aufmerksamkeit für *Dichtung und Wahrheit* hinter der für andere Goethe-Hauptwerke zurückgeblieben ist, ist freilich nur vor der Lektüre überraschend: Es handelt sich um einen langen, spröden und komplizierten Text, dessen ästhetischer Reiz sich nicht leicht erschließt. Wenn sich im hier zu besprechenden Band mit Norbert Oellers selbst einer der Beiträger nicht zu einem vollumfänglichen Bekenntnis zu den künstlerischen Vorzügen des Textes bewegen lässt und am Ende seines Beitrags nur höflich zu Protokoll gibt, »[ü]ber die poetische Qualität der Goethe'schen Autobiographie« lasse sich »trefflich streiten« (S. 15), macht das ein Grundproblem der Rezeption deutlich: Philologische Leidenschaft entsteht nur selten ohne ästhetische Begeisterung, und eine solche Begeisterung entwickelt sich bei anderen Texten Goethes – Oellers nennt als Kontrast die *Wahlverwandtschaften* – eben wesentlich leichter.

Welche interpretatorischen Möglichkeiten und Anknüpfungspunkte *Dichtung und Wahrheit* trotzdem eröffnet, belegt der vorliegende Band, der auf einer Weimarer Tagung von 2019 beruht. Mit nur sieben Beiträgen fällt er recht knapp aus, aber seine thematisch sehr offene Konzeption ermöglicht trotzdem Blicke in sehr unterschiedliche Richtungen, die die Komplexität des Ausgangstextes erahnen lassen und – vor allem in der zweiten Hälfte des Bandes – auch über ihn hinausweisen, um die Gesamtheit von Goethes autobiografischem Schreiben sichtbar zu machen. Der bereits erwähnte Aufsatz von Oellers, der den Band eröffnet, liefert eine rezeptionsgeschichtliche Einordnung des Ganzen, indem er die Tendenz der Forschung referiert, *Dichtung und Wahrheit* als »Dichtung zweiten Grades« (S. 3) abzutun, ohne sich dabei aber selbst zu einer vollumfänglichen Verteidigung des Werks durchzuringen. Wilhelm Voßkamp liefert im Anschluss eine eminent plausible Fallstudie zur Tradi-

1 George Henry Lewes: *The Life of Goethe*. London ²1864, S. VI.

tion der Physiognomik in *Dichtung und Wahrheit*, die an sein mittlerweile erschienenes jüngstes Buch[2] anknüpft und (unter souveränem Zugriff auf die in diesem Fall durchaus beachtliche Forschungstradition) eine Weiterentwicklung der ›klassischen‹ lavater'schen physiognomischen Theorie in Goethes Werk behauptet: Er spricht von einer »dynamisierten und konstellativen Physiognomik« (S. 23), die sich durch den Text ziehe und dabei auch, anders als bei Lavater, die »prinzipielle Unfixierbarkeit der ineffabilen Individualität« berücksichtige (S. 33). Voßkamp beachtet dabei auch »das Eigeninteresse des Autobiographen im Sinne seiner intendierten Lebensdisposition« (S. 23), was dem Aufsatz zusätzliche Komplexität verleiht.

Der folgende Beitrag von David Wellbery wendet sich überzeugend, stilistisch brillant und mit ostentativ minimalem Bezug zur Forschung einem für *Dichtung und Wahrheit* wichtigen »narrativen Typus« (S. 43) zu: Goethe bedient sich immer wieder der anekdotischen Erzählung, um in scheinbar harmloser Form seine durchaus anspruchsvollen Ansichten zur »Durchdringung von Subjektivem und Objektivem, von Einzelnem und Allgemeinem« (S. 41) unterzubringen. Die zahlreichen Anekdoten, die seine Autobiografie beleben und mit »Erfahrungsintensität« versehen (S. 51), schaffen einen Kontrast zur Sprödigkeit der Gesamtkonstruktion, laden die Leserinnen und Leser aber auch zu einer Reflexion über die Möglichkeiten und Grenzen von autobiografischem Schreiben im Allgemeinen ein: »Ist an den Anekdoten eine Darstellungsintention vorhanden, dann zielt sie auf die nicht in Sinn überführbare Einmaligkeit des Geschehens, letztlich auf die Idiotie des Realen« (S. 45). Wenn Wellbery Goethe bescheinigt, dass er auf diese Weise »dem Unverfügbaren, welches das eigene Leben mitbedingt, narrativ gerecht wird« (S. 47), ist dies eine deutliche ästhetische und theoretische Aufwertung des Textes an unerwartetem Ort: Hier geht es gerade nicht um die einschlägigen rezeptionsleitenden Stellen (etwa das viel zitierte Vorwort oder die kassierte, als Paralipomenon überlieferte Vorrede zum dritten Band), sondern um ein auf den ersten Blick unauffälliges Konstruktionsprinzip, das das gesamte Werk durchzieht.

Während die Aufsätze von Voßkamp und Wellbery ihre Aufmerksamkeit in dieser Weise auf den gesamten Text richten und verschiedene Belege für ein grundlegendes Strukturprinzip von *Dichtung und Wahrheit* finden, konzentriert sich der Beitrag von Ernst Osterkamp auf einen vergleichsweise untypischen Abschnitt von Goethes erzählten Erinnerungen, ist aber in der Lage, von dort aus sogar über den Einzeltext hinauszusehen und erstmals in diesem Band die anderen autobiografischen Schriften Goethes in den Blick zu nehmen. Die Episode, die diese beeindruckende interpretatorische Leistung ermöglicht, ist der Besuch der Dresdner Gemäldegalerie, den der Achtzehnjährige im Jahr 1768 unternahm und den der gut Sechzigjährige im achten Buch von *Dichtung und Wahrheit* beschreibt. Wie Osterkamp detailliert rekonstruiert, setzt der alte Goethe hier ästhetische Schwerpunkte, die mit der tatsächlichen Ausstattung und Schwerpunktsetzung der Galerie nur schwer in Einklang zu bringen sind. Den Grund dafür, dass die in Dresden durchaus wahrscheinliche Konfrontation mit italienischer Kunst in der späteren Reflexion ausgespart wird, sieht Osterkamp in werkpolitischen Zielsetzungen, die über den autobiografischen Einzelband hinausweisen:

> [I]n der Ordnung des Bildungsweges, den er für seinen Helden, der in Maßen er selbst gewesen war, vorgesehen hatte, [sollte] für solche Begegnungen mit großer idealisierender Kunst, die dessen Frankfurter und Leipziger ästhetischen Horizont überschritt, […] noch kein Raum sein. (S. 72)

Der ästhetische Durchbruch, der real in Dresden vielleicht schon angelegt war und sich möglicherweise auch gar nicht so abrupt-erlebnishaft vollzog, wird vom alten Goethe deswegen komprimiert und auf seine italienische Reise bzw. genauer gesagt die gedruckte *Italienische*

2 Wilhelm Voßkamp: *Zweite Gegenwart. Poetologische Lektüren zu Goethes »Dichtung und Wahrheit«*. Göttingen 2022. Vgl. auch die diesbezügliche Rezension in GJb 2022, S. 270-272.

Reise vertagt, sodass er den jungen Dresdenbesucher vorerst »an dieser Herausforderung scheitern« lässt (S. 67) – eine Komplexitätsreduzierung für diese Episode von *Dichtung und Wahrheit*, der aber eine Komplexitätserhöhung für das autobiografische Gesamtprojekt gegenübersteht.

An die Grenzen von Goethes Autorschaft begibt sich Gerrit Brüning, der sich mit dem posthum erschienenen, von Eckermann überarbeiteten vierten Teil von *Dichtung und Wahrheit* aus editionstheoretischer und -praktischer Perspektive beschäftigt. Er beschreibt eine Situation, die ähnlich auch für viele andere edierte Texte bestehen dürfte: Die mehr oder weniger kanonische historisch-kritische Ausgabe von Siegfried Scheibe, die Eckermanns (von Goethe autorisierte) Eingriffe beseitigt, ist nicht so schlecht, dass eine überarbeitete Edition unbedingt erforderlich wäre. Im Gegenteil enthält sie sogar »alle Informationen, die man sich aus philologischer Sicht wünschen kann, sodass sich eine Neuedition eigentlich verbietet« (S. 94), insbesondere natürlich in Zeiten eines wachsenden bzw. sich verändernden Kanons und schrumpfender Editionsbudgets. Weil die vorhandene Ausgabe aber andererseits gerade wegen dieser philologischen Vollständigkeit kein Lesevergnügen bietet, schlägt Brüning eine digitale Edition vor, die Eckermanns redaktionelle Eingriffe beispielsweise durch eine zeilensynoptische Darstellung sichtbar machen und somit den individuellen Bedürfnissen der Nutzerinnen und Nutzer angepasst werden könnte. Dieses – natürlich immer noch voraussetzungsreiche – Unterfangen könnte zu einem reizvollen Resultat führen: Während die Akademie-Ausgabe von 1970, ein Monument vordigitaler Editionen, wegen ihres Detailreichtums »der menschlichen Lektüre praktisch unzugänglich ist« (ebd.), könnten Methoden und Darstellungsformen der digitalen Editionspraxis einen unmittelbareren Zugriff auf die Textvarianten ermöglichen. Die Ergebnisse humaner Fleißarbeit wären, digital gelesen, verarbeitet und präsentiert, Leserinnen und Lesern zugänglicher als bisher.

Die letzten beiden Aufsätze schließlich wenden sich anderen autobiografischen Schriften Goethes zu. Ariane Ludwig nimmt sich die *Tag- und Jahres-Hefte als Ergänzung meiner sonstigen Bekenntnisse* vor und versucht, in diesem formal vielfältigen Text ein gestalterisches Programm zu identifizieren. Dabei kommen Verfahren zum Vorschein, die auch in *Dichtung und Wahrheit* zu beobachten sind, in den 1830 veröffentlichten *Tag- und Jahres-Heften* aber noch einmal radikaler umgesetzt sind: Während die berühmte Autobiografie zumindest oberflächlich noch auf künstlerische und biografische Einheit setzt, wenngleich sie diese gelegentlich gezielt unterläuft, tritt der Komplementärtext von vorneherein als beinahe disparate Sammlung unterschiedlichster Textformen auf, die gerade in ihrer Lückenhaftigkeit auf die Brüche in Goethes Biografie verweist. An entscheidenden Stellen scheinen die Hefte den Leserinnen und Lesern die Unzulänglichkeit autobiografischen Schreibens geradezu vor die Nase zu halten, wenn die Aufmerksamkeit auf verbrannte und daher nicht mehr verfügbare Textzeugen gelenkt oder die poetische Inspiration zu einem Gedicht frustrierend vage beschrieben wird.

Während die *Tag- und Jahres-Hefte* sich schon in ihrem vollständigen Titel als »Ergänzung« vorstellen und sich somit – freilich in spannungsvoller Weise – den sonstigen autobiografischen Schriften bei- und unterordnen, gilt dies für die *Italienische Reise* nicht: Bernhard Fischer stellt sie als formal eigenständigen autobiografischen Text eigenen Rechts vor, der »[n]ur durch den Titel an das große Narrativ von *Dichtung und Wahrheit* angeschlossen« sei (S. 137) und bei aller Verwandtschaft wirkungsästhetisch gesonderte Wege gehe. Im Gegensatz zum Vorgängerwerk, das vom Kontrast zwischen jungem Protagonisten und altem Schreiber lebt und aus diesem Kontrast seine Einsichten zur Vermittlung autobiografischen Schreibens entwickelt, gehe es in der *Italienischen Reise* um »komponierte Erinnerung«, ja sogar um »Vergegenwärtigung jener glücklichen Tage« (S. 138). Mit dieser »Naivität zweiter Potenz« (ebd.) steht der Text für sich, wenngleich natürlich auch Verbindungslinien zu *Dichtung und Wahrheit* bestehen, wie der Aufsatz von Osterkamp bereits angedeutet hatte.

Es entspricht der sehr offenen Anlage des Bandes, dass sich die Einzelbeiträge am Ende nicht zu einem einheitlichen interpretatorischen Statement zusammenfügen, sondern den vertrackten Untersuchungsgegenstand in diverse Richtungen hin ausleuchten. Dies ist dem Unternehmen nicht zum Vorwurf zu machen, im Gegenteil: In der Vergangenheit hat die Forschung sich allzu oft am überstrapazierten Diktum Goethes von den »Bruchstücke[n] einer großen Confession« (WA I, 27, S. 110) abgearbeitet und mehr oder weniger verzweifelt nach dieser Konfession gesucht. Es wäre sehr zu begrüßen, wenn zukünftig stattdessen die Bruchstücke in den Blick gerieten.

Jan Behrs

Miriam Egloff: *Episches Erzählen bei Goethe als Reflexion auf moderne Zeitlichkeit.* Paderborn: Brill Fink 2022, 363 S., 99,– €

Gegenstand und Fragestellung der vorliegenden Dissertation von Miriam Egloff sind viel versprechend: Die Arbeit widmet sich den epischen Dichtungen und Überlegungen zur Gattungspoetik des Epos, die Goethe kurz vor der Wende zum 19. Jahrhundert in engagierter Diskussion mit Schiller unternahm. Während Teile der Forschung traditionell – aber durchaus auch weiterhin – diese Texte als zentrale Maßnahmen eines klassizistischen Programmes verstanden, haben andere Forscherinnen und Forscher darauf bestanden, dass gerade sie von einer höchst modernebewussten Reflexion zeugten und damit nicht zuletzt auch den hartnäckig weitergetragenen Topos einer Entgegensetzung von ›Klassik‹ und ›Romantik‹ unterliefen. Seit einiger Zeit wird gewürdigt, dass die Debatte um Entstehung und Form des Epos, wie sie in der Folge von Friedrich August Wolfs *Prolegomena ad Homerum* (1795) losbrach, in diesen Jahren weitreichende Folgen auch in den ästhetischen und poetischen Konzeptionen der Zeitgenossen bewirkte. Wenn kein Dichtergenie ›Homer‹ hinter den großen Exempla der epischen Überlieferung steht, sondern sie zunächst aus einzelnen Liedern, dann einem langen kulturellen Prozess der Sammlung, Verbindung, Redaktion und Philologisierung entstanden – was bedeutet dies für die Gedichte, ja für die Einschätzung der Antike insgesamt? Und nicht zuletzt: Welche Konsequenzen entstehen daraus für die Selbstverortung der Moderne gegenüber jener Antike, der eine solche kulturelle Emergenz der epischen Monumente zugetraut wird? Vor dem Hintergrund solcher Fragen öffnet sich die scheinbar ›klassischste‹ Formation der sogenannten Klassik für eine Neubewertung ihrer Ansprüche und ihrer Reflexionshöhe im Sinne einer dezidiert modernen Bewegung.

Die Arbeit nimmt solche Impulse mutig auf und verleiht ihnen weitere Plausibilität. Ihre These formuliert sie gleich im Titel: Sie liest Goethes »Episches Erzählen […] als Reflexion auf moderne Zeitlichkeit«. Die Arbeit spezifiziert dies dahin, dass Goethe mit dem epischen Erzählen einen Modus und eine Form des Erzählens entwickle, die im Kern durch ein Bewusstsein für die Verzeitlichungstendenzen der Moderne getragen seien, wie sie nicht zuletzt Reinhart Koselleck herausgearbeitet hat. Goethes epische Texte fungierten als Reflexionsräume für die Effekte eines neuen Zeitverständnisses, setzten ihnen aber, modernekritisch, ein anderes Zeitverständnis entgegen: Auf die Beschleunigung einer entfesselten Moderne antworteten die Texte mit der Inszenierung von prägnanten Momenten, in denen sich »die Gegenwart mit den Zeithorizonten der Vergangenheit und der Zukunft erfüllt« (S. 252) – so mit Bezug auf *Hermann und Dorothea* und in Anlehnung an Sabine Schneider. Analog habe Goethes *Achilleis* das Anliegen, »das moderne Subjekt in die Lage« zu versetzen, »sich der Zeit wieder zu bemächtigen, sich über die Verworrenheit der flüchtigen Gegenwart zu erheben und das Jetzt nutzbar zu machen, in dem es mit den anderen Zeitstufen in Beziehung gebracht wird« (S. 305).

Die Arbeit entwickelt ihre Thesen in mehreren Schichtungen: zunächst übergreifend mit Blick auf die kulturelle Situation um 1800 insgesamt, dann spezifischer mit Bezug auf den epischen Diskurs der Zeit, schließlich anhand unterschiedlicher Werksegmente Goethes.

Genauer: Der erste Hauptteil bietet zwei kontextualisierende Abschnitte, zunächst einen Überblick über Debatten zum Epos vom Ende des 18. über das 19. Jahrhundert, mit den Debatten um Roman und Epos der 1920er Jahre als Fluchtpunkt (Kapitel 1). Das zweite Kapitel entfaltet ein Panorama von *Vorgeschichten und Kontexte[n]* (so der Titel), bei denen – knapp – einige Aspekte zur Sprache kommen, so etwa Winckelmanns Akzentverschiebung auf die griechische Antike, Wolfs *Prolegomena*, Klopstocks und Wielands Versepen sowie die Französische Revolution, in deren Kontext auch Goethes erstes Hexameterepos *Reineke Fuchs* thematisiert wird.

Der folgende Hauptteil (Teil II) untersucht vor dem Hintergrund der *Erschütterung der Wissenssysteme* (Kapitel 3; vgl. S. 77) Goethes naturphilosophische Überlegungen zur Morphologie und zur Epistemologie des Experiments, wodurch die Arbeit für ihr Vorhaben die für Goethe so typische wechselseitige Durchdringung der naturphilosophischen und poetischen Domänen fruchtbar macht. Es folgt eine Interpretation der berühmten gattungstheoretischen Diskussionen Goethes und Schillers, die – als spät publiziertes Durchgangsstadium – den Aufsatz *Über epische und dramatische Dichtung* gezeitigt haben. Hier werden auch andere Positionen der *Eposdebatte* (Kapitel 4) um 1800 rekapituliert, allerdings nur punktuell, so dass deren argumentative Funktion uneindeutig bleibt: In einigen Momenten bieten sie Einblicke in die Breite der Debatte, öfter scheinen sie aber nur als Folien zur Profilierung von Goethes Positionen zu dienen.

Den dritten Hauptteil der Arbeit bilden – als Höhepunkt – ausführliche Lektüren von *Hermann und Dorothea* (Kapitel 5) sowie des *Achilleis*-Projektes (Kapitel 6).

Die Themenwahl und die grundsätzliche Situierung der epischen Unternehmungen Goethes in einem durch moderne Zeitlichkeitserfahrung aufgespannten Reflexionsfeld sind überzeugend. Dennoch kann die Arbeit ihre Thesen nicht immer befriedigend ausarbeiten. Sie neigt dazu, von punktuellen Textbeobachtungen rasch zu allgemeinen Befunden abzuheben und auf abstrakter Ebene über die Konsequenzen in Bezug auf Zeitlichkeit, Moderne und die Großarchitektur von Diskurslagen nachzudenken. So anregend dies zum Teil ist – es entsteht immer wieder der Eindruck, dass der Motor der Thesenbildung hier deshalb energischer laufen kann, weil die Bodenhaftung in den Texten nicht immer vorhanden ist.

Auch werden die angrenzenden Kontexte, die die Arbeit einbezieht (und einbeziehen muss, wenn es um das Epische um 1800 geht), nicht immer in der gebührenden Komplexität erfasst. Besonders gilt dies in Bezug auf die Positionierung zur gemeinhin als ›Romantik‹ bezeichneten Formation. Die Arbeit war nicht zuletzt angetreten, um zur Neupositionierung der Kategorien ›Klassik‹ und ›Romantik‹ beizutragen, freilich nicht mit dem Ziel, deren Grenzen durchgängiger zu machen, sondern sie als zwei »komplementäre«, aber unterschiedliche Formen *einer* »ästhetischen Moderne« zu bestimmen (S. 9). Um diese Unterschiedlichkeit zu begründen, scheint es aber gerade nicht hinreichend, »Klassizismus oder Klassik« (mit Bezug auf Marianne Willems) als »die geistige und ästhetische Strömung der Epochenschwelle um 1800« zu bezeichnen, die eine »intensivierte Auseinandersetzung mit der Antike« führe (S. 8). Dies lässt die immense Bedeutung unbeachtet, die die Antike gerade für die Brüder Schlegel hat, die auch die Arbeit als Häupter der Frühromantik behandelt; und es lässt auch unbeachtet, welchen kulturellen Stellenwert sie und andere frühe ›Romantiker‹ nicht zuletzt den gleichzeitigen Arbeiten des ›klassizistischen‹ Goethe zusprachen. Gerade die Eposdebatte hätte Material und Anlass geboten, um die Kategorien Romantik und Klassik um 1800 nicht nur neu zu positionieren, sondern sie entschieden zu relativieren. Um Goethes Modernereflexion zu profilieren, baut die Arbeit mitunter ein ebenso zugespitztes Bild von Romantik auf, wie es Goethe in seinen polemischen Phasen tut, so etwa, wenn der Schlegel'sche Impuls durchgehend als »einseitige Ausrichtung auf den Zeithorizont der Zukunft« (S. 146) charakterisiert wird, die durch eine »Neue Mythologie« die »abgebrochene Kulturtradition [...] restlos ersetzen« (S. 147) wolle. Dem muss man entgegenhalten, dass für die Schlegels durchaus ein ähnlicher Grundansatz wie für Goethe gilt: Es geht auch ihnen im

Kern um die Frage, wie die Gegenwart – als ihrer selbst bewusste Moderne – in der zeitlichen Bewegung einer offenen Geschichte eine Position finden kann, die ihren Gang in die Zukunft sichern könnte. Und auch für die Schlegels ist, um diese Selbstbestimmung der Gegenwart in Bezug auf eine Zukunft zu leisten, nicht zuletzt die Vergangenheit der Antike von zentraler Wichtigkeit. Hinzu kommt der überzeugend von Matthias Buschmeier entwickelte Befund, dass der späte Goethe im Grunde ästhetische Kalküle verfolgt, die nah an Konzepten der Frühromantik sind.[1]

Es finden sich auch andere Kontexte, die sachlich nicht überzeugend erscheinen, so etwa die Interpretation, dass Goethe und Schiller in ihren Gattungsdiskussionen das Drama dezidiert abwerteten, als eine der defizitären Moderne zugehörige Form, in der »der zeitgenössische Roman als triviale Unterhaltungsliteratur aktualisiert« werde (S. 161). Geht es Goethe und Schiller wirklich um eine Hierarchisierung der Gattungen oder nicht vielmehr darum, die grundsätzlich nebeneinanderstehenden Gattungen durch Erkenntnis ihrer je normativen Eigenschaften deutlich voneinander abzuheben? Auch August Wilhelm Schlegel vertritt sicher nicht jene ihm gleichfalls zugeschriebene »pejorative Konnotation des Dramatischen« (S. 165). Ein weiteres Beispiel für eingeschränkt belastbares Kontextwissen sind die Diskussionen um die Metrik des deutschen Hexameters vor allem bei Voß, deren Darstellung sachlich unsicher wirkt, mitunter auch fehlerhaft ist.[2]

Insgesamt also hinterlässt die Arbeit einen zwiespältigen Eindruck.[3] Die Kontextualisierungen und damit auch die Profilierungen Goethes gegen Zeitgenossen erscheinen öfter sachlich unbefriedigend. Gegenstand und Fragestellung aber sind durchaus anregend, desgleichen einige Pointen und Modellierungen zu Goethes Zeitlichkeitsarbeit, deren Überzeugungskraft aber vom abgehobenen Duktus der Argumentation mitunter geschwächt wird.

Mark-Georg Dehrmann

Christa Lichtenstern: *»Ich bin ein Plastiker«. Goethes ungeschriebene Skulpturalästhetik*. Berlin, München: Deutscher Kunstverlag 2022, 215 S., 38,– €

Im Bemühen um ein umfassendes Verstehen von Goethes Schaffen ist immer wieder von seinem Grundverhältnis zwischen Sprache und Plastik die Rede gewesen. Seine poetische Verfahrensweise wurde als »plastisch« wahrgenommen. Seine Naturanschauung, sein Bemühen um die sinnliche Erfassung der Gegenstände gehen auf ein eigenes Skulpturverständnis zurück. Darum hat sich die komplexe und so reiche Goethe-Philologie kaum gekümmert.

1 Etwa in Matthias Buschmeier: *Poesie und Philologie in der Goethe-Zeit. Studien zum Verhältnis der Literatur mit ihrer Wissenschaft*. Tübingen 2008.

2 Nicht richtig ist etwa, dass Voß den Trochäus »verpönt […]« (S. 213); unrichtig ist auch die Behauptung, dass Voß im ersten Vers der *Luise* – »Draußen in dunkeler Kühle der zwo breitlaubigen Linden« – »sogar den sechsten Versfuß, der selbst in der Antike trochäisch sein konnte, als Spondeus« (S. 207) gestaltet; »Linden« kann kaum als Spondeus gemessen werden, im Übrigen ist die letzte Silbe im antiken Hexameter grundsätzlich *anceps*, so dass sie entweder als Spondeus oder als katalektischer Daktylus ausgeführt werden kann. Dies wäre nicht so wichtig, wenn nicht dieses schmale Textbeispiel zur Basis für weitgehende (und durchaus bezweifelbare) Folgerungen gemacht würde: »Daraus ergibt sich eine starre, durchregulierte, höchst künstliche Versform, eine semantisch und syntaktisch schwer verständliche, konstruierte Kunstsprache und vor allem auch ein eintönig-langsamer Silbenrhythmus« (ebd., gleich an den oben zitierten Satz anschließend).

3 Auch orthographisch hätte die Arbeit besser durchkorrigiert werden können. Immer wieder stören Fehler die Lektüre. Teilweise sind auch die internen Verweise fehlerhaft, so etwa der auf S. 291, zu ›fragmentierter Einheit‹ sei S. 286 f. nachzuschauen (richtig wohl: S. 283).

Es bedurfte des Wissens einer Kunsthistorikerin, um Goethes »ungeschriebene Skulpturalästhetik« darzustellen. Christa Lichtenstern ist emeritierte Professorin der Kunstgeschichte (Universität des Saarlandes, Saarbrücken) und hat sich intensiv mit der Skulptur der Gegenwart und der letzten Jahrhunderte befasst. Ihre Kenntnis der klassischen Archäologie, aber auch von Goethes Gesamtwerk haben sie geradezu für eine Erhellung des Plastikers Goethe prädestiniert.

Es ist ein hermeneutisch begründetes Vorgehen, der Abhandlung einen Überblick über moderne Bildhauer in ihrer Beziehung zu Goethe voranzustellen. In kurzen Skizzen werden die Werke von sechs prominenten Bildhauern versammelt, wie sie sich im »Echoraum der Gegenwart« (S. 8) Goethe angenähert haben. An jeweils einem Werk wird dies exemplarisch gezeigt.

Der spanische Bildhauer Andreu Alfaro hat seine Skulpturen als angewandte Geometrie geschaffen. Von 1981 bis in die 90er Jahre hat er über 100 Werke Goethes Schaffen, seinen naturwissenschaftlichen Arbeiten und Freunden gewidmet. Die große Stahlskulptur *El Olimpo de Weimar* (1982) in der Gallusanlage zu Frankfurt verweist auf polare Grundprinzipien Goethes wie Systole und Diastole, Verselbstung und Entselbstung.

Von Joseph Beuys hat die Autorin eine Zeichnung *Montanus und Makarie* ausgewählt, auf der das Paar zu erkennen ist. Darin wird Selbstverpflichtung auf die Erde, spirituelle Sehnsucht und Kosmosverbundenheit im Sinne Rudolf Steiners gesehen. Beuys fordert in seinem Polaritätsdenken »neue Erkenntnis der geisterfüllten Natur« (S. 11).

Emil Cimiotti verbindet mit Goethe die Nähe von Sprache und Plastik. Seine Gedichte hat er früh für sich entdeckt. Zu einer Lektüre von *Faust*, dem *West-östlichen Divan* und *Wilhelm Meister* finden sich Hinweise. Goethes Naturliebe war ihm Vorbild. In seinen Bronzen verweist morphologisches Naturverständnis auf Goethes Morphologie. An dem Bronzeunikat *Bolide* (2008) zeigt die Autorin, wie Cimiotti hier mit einer ovalen Form »die reiche innere Gestaltgebung zu fassen und nach außen hin abzuschließen« (S. 13) vermag. Das Gedicht *Epirrhema* lehrt: Außen sei wie Innen und Innen wie Außen.

Bei Eduardo Chillida weisen bereits frühe gezeichnete Pflanzenstudien auf Goethes morphologische Sicht. Vor allem sein naturwissenschaftliches Denken spricht ihn an. Ausgewählt wurde Chillidas vier Meter hohe Betonskulptur *Ein Haus für Goethe* (Frankfurt), die an eine kleine Kapelle erinnert. Chillida sei es damit eindrucksvoll gelungen, »die energetische Dimension des Lichtes durch die Licht-Schatten-Strategie seiner Formen herauszuarbeiten« (S. 15).

Ewald Mataré ging es in den Nachkriegsjahren v.a. in seinen Holzarbeiten um die »›Klärung der Form‹« (S. 15). In dem Porträt *Hanna H.* (1922) sei es ihm bereits um die »reine Grundform« (S. 16) gegangen. Die Suche nach der ›Urform‹ bezeugt seine Goethe-Verehrung.

Henry Moore, über den Christa Lichtenstern mehrere Arbeiten vorgelegt hat, ist der Bildhauer des »organische[n] Ganze[n]« (ebd.). Früh wurde er mit Goethes morphologischem Denken vertraut. Die *Gespräche mit Eckermann* habe er viermal gelesen. Aus einer großen Zahl von biomorphen Liegenden wird das Beispiel, die kleine Bleifigur *Reclining Figure* (1939), gewählt; deren konstituierendes Element sei der Rhythmus.

Die Kurzcharakteristiken zeigen, dass sich Bildhauer heute nicht mehr so sehr für Goethes Dichtung, sondern vielmehr für seine Naturwissenschaft interessieren. Die Autorin entdeckt darin eine neue Orientierung an Goethes Skulpturästhetik und den damit verbundenen philosophischen und ästhetischen Fragen.

Zunächst bezeugt eine Einführung Goethes Selbstverständnis als Plastiker und liefert den Kontext des Titelzitats: Bei einem Besuch Sulpiz Boisserées am 19. Mai 1826 erklärte Goethe: »Ich bin ein Plastiker«.[1] Er sah sich als »jemand, der die Dinge der Welt und der Natur stets klar zu fassen und in angemessenen Raumbezügen plastisch vor sich hinzustellen sucht« (S. 18). In solchen Formulierungen folgte er Herder, der zuerst in der deutschen

1 *Gespräche* 3,2, Nr. 5830, S. 40f.; hier S. 40.

Kunsttheorie von ›Plastik‹ sprach. Damit war auch die innere Plastizität der Sprache intendiert. Wenn Goethe von Plastik sprach, war sein Umgang mit Dichtung und Naturwissenschaft spürbar. Die Autorin sieht in der Analyse dieses Verhältnisses den Fokus ihrer Abhandlung.

Lichtensterns biografisch orientierter *Erster Teil* verfolgt den Prozess der Unterscheidung zwischen der früh erprobten Zeichnung und der eher späten Annäherung an die Plastik. Der *Zweite Teil* enthält den Kern des Themas: Goethes ästhetisch-skulpturgeschichtliche Sicht von Plastik.

Vor Italien verschaffte sich Goethe mit Hilfe des Weimarer Hofbildhauers Klauer Kenntnisse im bildhauerischen Handwerk und Material. In seiner Frankfurter Kindheit und Jugend hatte er nur Zeichenunterricht erhalten. In Leipzig wies ihn Oeser auf Lessings *Laokoon*-Abhandlung (1767) und die frühen Winckelmann-Schriften hin. Dessen »sinnliche[ ] Beschreibungskunst« (S. 27) begeisterte ihn und begründete sein klassisches Selbstverständnis. Beim Besuch des Mannheimer Antikensaals wirkte die Laokoon-Gruppe am intensivsten auf ihn. In Straßburg waren es Herders neue Plastik- und Sprachtheorie, das plastische Erleben und die sinnliche Anschauung mit Hilfe des ursprünglichen Tastsinns und Gefühls, die ihn Plastik besser verstehen lehrten. Herders *Plastik*, 1768 begonnen und 1778 veröffentlicht, veränderte Goethes Plastikverständnis so fundamental wie Herders Sprachphilosophie. Die Korrespondenz zwischen Sprache und Plastik einzusehen, verdankte er Herder. »Die mit allen Sinnen erfahrene und zugleich historische Erfassung der antiken Plastik war die große Leistung seiner italienischen Monate« (S. 35). Beim Zeichnen und Aquarellieren unterstützten ihn die deutschrömischen Künstler: Tischbein, Meyer, Hackert, Angelika Kauffmann und Kniep. Goethe bemühte sich um einen objektiven Kunstbegriff. Dazu führte ihn nicht zuletzt das Erlebnis Michelangelos und seiner Formengewalt. Italienische Skulptur par excellence war für ihn Cellinis Werk und sein Beitrag zur Paragone-Diskussion. In Rom lernte er den Schweizer Bildhauer Alexander Trippel kennen, der eine Büste Goethes nach den Prinzipien des hohen griechischen Stils schuf. Als Beispiele für Goethes konkrete Auseinandersetzung mit Plastik wählt die Autorin einige Skulpturensetzungen: den Gedenkstein der *Agatha Tyche* (Kubus und Kugel), den *Schlangenstein* (1787) von Klauer, die *Sphinx-Grotte* (1786) und den *Ildefonso-Brunnen* vor dem Weimarer Parkeingang. In diesen Beispielen »wurden antike Vorbilder symbolisch überhöht« (S. 54).

Ausführlich wird die »kreative Begegnung mit führenden Bildhauern« erzählt: mit Schadow, Tieck und d'Angers. Trotz gelegentlicher Differenzen bei grundsätzlichen ästhetischen Fragen kam es zu produktiver Zusammenarbeit, besonders mit Tieck in der Ausgestaltung des Weimarer Residenzschlosses. Das Verhältnis zu Rauch, der sich früh schon an Goethes Dichtung erfreute, wandelte sich zu freundschaftlicher Nähe. Sie ermöglichte die A-tempo-Büste des Dichters (1820), die als sein bestes Porträt galt. Von besonderem Interesse sind die Beobachtungen zu Rauchs Gewandbehandlung als Ausdruckskunst, die sich mit Goethes Schleiersymbolik (vgl. *Zueignung*) berührt. Als Beispiele für Goethes »Ausflüge in die ›christliche Plastik‹« (S. 86) figurieren Danneckers *Christus*-Figur und Goethes *Entwurf* eines Denkmals für Luther (1816).

Der *Zweite Teil* – wesentlich kürzer – ist der Theorie, den Aspekten einer ungeschriebenen Skulpturalästhetik gewidmet. Das längste Kapitel gilt den *Skulpturevokationen in der Dichtung* (S. 99). Auch hier beschränkt sich die Autorin auf eine Auswahl: *Götz von Berlichingen* (Götz und Weislingen als Kastor und Pollux – Beziehung zur *Ildefonso-Gruppe*!), das *Märchen* (Königsstatuen aus Gold, Silber, Erz, die mit Weisheit, Schein und Gewalt wirken), die *Novelle* (der Knabe mit der Flöte besänftigt den Löwen – ein altes Gemmenmotiv), *Euphrosyne* (Gedicht), dem ein von Meyer entworfenes und von F. W. Doell ausgeführtes Denkmal antwortete, *Wilhelm Meisters Wanderjahre* (Pädagogische Provinz) – darin ist von Bildhauern die Rede, die an der Darstellung eines Amazonenkampfes arbeiten; *Faust II*, 2. Akt (*Klassische Walpurgisnacht*) mit Sphingen (als Figuren und als Weisheitsträger sprechend).

In dem Abschnitt *Sprache und Plastik: Parallelismen* geht es um »Plastik als ›Sprache‹ – Sprache als ›plastisches‹ Geschehen« (S. 113). Wieder ist von Herder und seiner Sprechweise die Rede. Auf Moritz deutet der Begriff »Bildungskraft«, der das Ganze der Natur und in ihm das höchste Schöne fasse. Als Beispiele werden die Jamben in *Tasso* und *Iphigenie* ausgewählt, die eine »erhöhte körperlich-plastische Präsenz« (S. 117) ermöglichen. Die *Römischen Elegien* sind in Hexametern geschrieben. In der 5. und 13. *Elegie* wird die poetische Arbeit mit dem Wirken des Bildhauers verglichen. Auch in *Hermann und Dorothea* wird den idealen Figuren die Bildhauerkunst als wesensverwandt zur Seite gestellt. Der Abschnitt *Goethes Formbegriff im Wandel* erläutert die *»Innere Form« im Sturm und Drang* (S. 122), das Formideal in der Klassik, die morphologische Erweiterung der lebend sich entwickelnden Form (S. 129). Als Zusammenfassung der Gedanken über Goethes Form-Begriff extrahiert die Autorin *Sechs zukunftsweisende Leitbegriffe* (S. 133) aus Goethes Aufsatz *Über Laokoon* (1797). Dabei ist die Form die wichtigste Eigenschaft einer Plastik, ihr oberstes geistiges Prinzip. In der *Zusammenfassung* (S. 142-145) werden die wichtigen goethe'schen Begriffe noch einmal im Zusammenhang vorgestellt.

Die Abhandlung rückt als erste den Plastiker Goethe ins Zentrum. Sie ist luzide aufgebaut und präzise formuliert. Eine Fülle historischer Belege und ästhetischer Begriffe wird jeweils im Kontext dargestellt. Goethes »gegenständliches Denken« (S. 143) wird den Lesern perspektivenreich nahegebracht. Die Auswahl der Abbildungen und das Layout tragen wesentlich zur vorzüglichen Erscheinung des Buches bei. Das ständige Wechseln der zitierten Goethe-Ausgaben ist ein kleiner Schönheitsfehler. In modernen Goethe-Untersuchungen sollten – auch wegen ihres textphilologischen Anspruchs – die Frankfurter und die Münchner Ausgabe benutzt werden, nicht zuletzt ihrer Kommentierung wegen.

Gerhard Sauder

Peter Philipp Riedl: *Gelassene Teilnahme. Formen urbaner Muße im Werk Goethes.* Tübingen: Mohr Siebeck 2021, 271 S., 64,– €

Welche Formen urbaner Muße lassen sich im Werk Johann Wolfgang von Goethes beobachten? Dieser Frage geht Peter Philipp Riedl in seiner Monografie *Gelassene Teilnahme* nach, die im Kontext des von der Deutschen Forschungsgemeinschaft geförderten Tübinger Sonderforschungsbereichs 1015 *Muße. Gesellschaftliche Ressource, kritisches Potenzial* entstanden ist. Riedl leitete innerhalb der zweiten Förderphase (2017-2020) das Teilprojekt R2 *Urbane Muße um 1800. Flanerie in der deutschen Literatur*, das »Lebensformen und Verhaltensmuster urbaner Muße in der deutschen Literatur und Publizistik um 1800«[1] untersucht hat und den Muße-Begriff als literaturwissenschaftliche Analysekategorie produktiv macht. Analog verfolgt der Verfasser in seiner 2021 veröffentlichten Studie *Gelassene Teilnahme* ein rein textanalytisches Erkenntnisinteresse, das Goethes literarische Texte, die in Verbindung zu seiner Italienreise zwischen September 1786 und Mai 1788 stehen, auf ihre Muße-Konzepte hin befragt.

Ausgangspunkt von Riedls Überlegungen ist Goethes am 2. September 1786 brieflich formulierte Bitte an Herzog Carl August, ihn für »Muse und Stimmung« für eine Reise nach Italien von seinen Ämtern freizustellen, um dort in Einsamkeit »und unter einem Fremden Nahmen« an der Fertigstellung seiner bei Georg Joachim Göschen geplanten Gesamtausgabe *Goethe's Schriften* zu arbeiten (GB 6,I, S. 242). Riedl greift Goethes »Muse[n]«-Begriff auf und versteht darunter eine doppelte Freiheit – Freiheit *von* beruflichen Verpflichtungen *für* die Freiheit der kreativen Entfaltung. Goethes Reise steht insofern in der Tradition der in

1 Website des SFB 1015 *Muße*: https://www.sfb1015.uni-freiburg.de/de (zuletzt aufgerufen am 29.11.2023).

der Antike begründeten »gelehrten Muße« (S. 57), der sogenannten »Geistesarbeit« (S. 16), die Muße und Mühe in ein komplementäres Verhältnis zueinander setzt. Wenn Riedl die Ausprägungen von Muße im »urbanen Raum« in den Blick nimmt, ist damit zweierlei gemeint: Erstens die verschiedenen Ausprägungen von Muße in der Stadt sowie zweitens »Erfahrungsweisen und Erlebnisstrukturen genuin städtischer Mußepraktiken« (S. 51 f.). Im Zentrum steht keine historisch-biografische Darstellung, sondern »Goethes literarische Blicke insbesondere auf Venedig, Rom und Neapel« (S. 27), wie sie in der *Italienischen Reise*, im *Römischen Carneval*, den *Römischen Elegien* sowie *Venezianischen Epigrammen* zum Ausdruck kommen. Dass der Verfasser seine rein textanalytische Zielsetzung nicht oft und nachdrücklich betont, liegt sicherlich in der Anlage der Monografie begründet: Riedl beginnt mit den im Zuge der Italienreise verfassten Briefen Goethes, die zusätzlich auch innerhalb der genauen Lektüre der erst zwischen 1813 und 1817 verschriftlichten *Italienischen Reise* für die Differenzierung weiterer Muße-Formen herangezogen werden. Indem er mit dem zeithistorischen Kontext beginnt und bei der Untersuchung literarischer Texte immer wieder auf Ego-Dokumente wie Goethes Korrespondenzen oder sein *Reise-Tagebuch 1786* für Charlotte von Stein Bezug nimmt, geht es letztlich dann doch ein Stück weit auch um die historische Autorfigur Johann Wolfgang von Goethe und nicht allein um eine Erzählerstimme resp. einen lyrischen Sprecher, die Riedl ausschließlich fokussieren will.

Auf Gegenstandsebene konzentriert sich der Verfasser deutlich auf Goethes knapp dreißig Jahre nach seiner Italienreise schriftlich fixierte *Italienische Reise*, an der sich Riedl zufolge primär »[e]ine umfassende und differenzierte Typologie der Formen urbaner Muße« (S. 57) in Goethes Œuvre studieren lässt. Dementsprechend fällt die Untersuchung der *Italienischen Reise* mit 100 Seiten doppelt so umfangreich wie die der anderen drei Texte in Summe aus.

Welche Formen von urbaner Muße lassen sich nun in diesem Einzelwerk eruieren? Der Flaneur der *Italienischen Reise* findet beispielsweise gerade in der Volksmenge durch seine Anonymität Ruhe und Distanz zum Treiben in den Städten Venedig und Neapel. Diese erlebnisorientierte Form der Muße grenzt Riedel von einer kontemplationsorientierten ab, die sich in Rückzugsräumen wie dem botanischen Garten in Palermo oder in einer Paduaer Buchhandlung abspielt und zu deren wichtigster Form die eingehende Rezeption von Kunstwerken in der ›Ewigen Stadt‹ zählt. Der Aufenthalt in Rom erfolgt ganz im Zeichen von Langsamkeit, die eine iterative Aneignung von Kunst und Kultur ebnet. Die »römische Ruhe« (S. 110) findet der Erzähler in der »überwältigenden Fülle von Sehenswürdigkeiten« (S. 110). Kontrastierend dazu verhält sich die in der *Italienischen Reise* geschilderte Villeggiatur; die Landpartie fernab des städtischen Trubels changiert zwischen einsam-schöpferischen sowie geselligen Mußeformen, welche Bildung und Kreativität fördern. Die Formen urbaner Muße sind mithin sowohl in Rückzugsorten als auch in Ballungszentren beobachtbar. Die Selbstzweckhaftigkeit der Mußepraxis kulminiert in der *Italienischen Reise* in einem umfassenden Bildungsprogramm, das nach antikem Topos auch in Goethes Text zu Glückseligkeit führt. Die Vielfalt an Mußeformen, wie sie in der *Italienischen Reise* vorkommen, zeichnen sich *grosso modo* in den lyrischen Zyklen ab: Während die *Römischen Elegien* Zeit-Raum-Strukturen auflösen und sich »urbane Muße in einem der Zeit enthobenen Raum der Poesie« (S. 187) ereignet, bilden die *Venezianischen Epigramme* die Zufälligkeit und Heterogenität des Stadtlebens ab und stellen Riedl zufolge ein frühes Beispiel »moderne[r] Großstadtlyrik« (S. 209) dar.

Riedls Fragestellung erscheint besonders deshalb interessant, weil sie mit der literaturhistorisch engen Verbindung zwischen Muße und Natur bricht[2] und stattdessen zeigt, welche unterschiedlichen Spielarten Muße in einer durch Hektik und Unruhe geprägten Umge-

2 Vgl. Jan Gerstner: *Idyllische Arbeit und tätige Muße. Transformationen um 1800*. In: Tobias Keiling, Robert Krause u. Heidi Liedke (Hrsg.): *Muße und Moderne*. Tübingen 2018, S. 7-18; hier S. 13 f.

bung annehmen kann. Anders als der Buchtitel vermuten lässt, bleibt allerdings offen, inwiefern (urbane) Muße auch in anderen Werkteilen Goethes als probate Analysekategorie fungieren kann.

Helene Kraus

Gabriella Catalano, Giovanni Sampaolo (Hrsg.): *Verwandlung der Worte. Textuelle Metamorphosen in Goethes Schriften: Fassungen, Ausgaben, Übersetzungen.* Rom: Istituto Italiano di Studi Germanici 2023, 277 S., 30,00 €

Wie die beiden Herausgeber einleitend erläutern, hat die Literaturwissenschaft in Italien vor gut einem Jahrhundert ihr Erkenntnisinteresse bevorzugt auf eine ›Variantenkritik‹ (*variantistica*) ausgerichtet und versucht, möglichst »alle Instrumente der Text- und Editionswissenschaft für die ästhetische Betrachtung nutzbar« (S. 11) zu machen. Mit seiner singulären Autorität ist es Benedetto Croce dann freilich gelungen, diesen methodischen Ansatz zu ›liquidieren‹, als er ihn 1947 zugunsten der ›intuitiven Einmaligkeit des fertigen *Werks*‹, die nunmehr allein Gegenstand der »ästhetischen Wahrnehmung sowie der kritischen Betrachtung« sein sollte, als ›critica degli scartafacci‹ (›Kladdenkritik‹) abtat (S. 11). Vor diesem Hintergrund hat sich das deutsch-italienische Kolloquium, das vom 14. bis 16. Oktober 2021 am Istituto Italiano di Studi Germanici in Rom stattfand (in Zusammenarbeit mit der Casa di Goethe), am Beispiel Goethes auf die als ›Textgenese‹ mittlerweile revitalisierte Tradition zurückbesonnen, um die »immer kontingente Prozessualität eines Gewordenen« herauszustellen: »Im Fokus dieses Bandes stehen somit Fallstudien zu Goethes textueller und makrotextueller Verwandlungspraxis«, um namentlich anhand des ›Metamorphose‹-Begriffs sein »Schreiben als eine Handlung zu betrachten, als ein Tun« (S. 12). Die Idee der ›Morphologie‹, wie Goethe sie verstanden hat, kann und soll insofern dazu ›stimulieren‹, »das Kunstwerk in seiner eigengesetzlichen Dynamik und infolgedessen in seiner Pluralität zu betrachten« (S. 15), wenngleich die Herausgeber zugleich davor warnen, »Konzepte, die für lebende Organismen und Spezies [...] erarbeitet wurden«, allzu unbedacht auch »für zeichenhafte, künstlich-kulturelle Konstrukte [...] wie Texte und Makrotexte« in Anspruch zu nehmen (S. 15).

Wie das bei Tagungen gute Sitte ist, konzentrieren sich nicht alle Beiträge im gleichen Maß auf die Leitfrage nach dem jeweiligen »prozessualen Ansatz«, der die Rolle von »Zufall, Nebeneinander, Montage, Dissonanz und Diskontinuität« (S. 12) für ein besseres Verständnis eines bestimmten ›Werks‹ auszuwerten verspricht. In der Mehrzahl ist es dennoch überzeugend gelungen, Texte statt als statisches ›Werk‹ besser »als Verwandlung von Texten auf verschiedenen Ebenen zu lesen« (S. 15), d.h. mit je besonderen Akzentsetzungen die Fruchtbarkeit der *variantistica* in ihrer modernisierten Gestalt als »Interesse an Einblicken in die Schreibwerkstätten von Autoren« (Claus Zittel, S. 168) zu exemplifizieren. Gleiches gilt für die letztlich kontrovers beantwortete Frage, inwiefern es angesichts von Goethes Begriffen der ›Metamorphose‹ und ›Morphologie‹ zweckmäßig sein kann oder nicht, Konzepte der Naturwissenschaft auf poetische Texte zu übertragen, wie das vom Titel der römischen Tagung her nahegelegt worden ist: *Verwandlung der Worte – Textuelle Metamorphosen*. Die Einleitung der Herausgeber wirft dieses philologische Grundproblem mit Nachdruck auf und nimmt zumindest für Goethes »umbildendes Schreiben« die Analogie zu Kernphänomenen der Natur in Anspruch: »Entdeckt Goethe in der Morphologie das Prinzip der Variation, so macht er das gleiche Prinzip für das literarische Werk geltend« (S. 13).

Indem David Wellbery Monismus, Entschiedenheit und Identität als die ›Haupt-und Grundbegriffe des Lebens und der Kunst‹ bei Goethe herausarbeitet, zieht er die heuristische Leistungsfähigkeit der »Begrifflichkeit der Morphologie« im Interesse einer »Beschreibung und Deutung von Kunstwerken« (S. 19) in Zweifel (vgl. S. 32). Demgegenüber unterscheidet Mathias Mayer bei seiner *Werther*-Analyse im Licht von *Dichtung und Wahrheit* und erst recht von *An Werther* (dem dritten Teil der *Trilogie der Leidenschaft*) insgesamt »drei Aspekte von Metamorphosen im Umfeld dieses Werther-Komplexes« (S. 78), während Gabriella Catalano Goethes merkwürdige Integration der zunächst verstreut publizierten Italien-Aufsätze in die *Ausgabe letzter Hand* als »Bekenntnis zur Pluralität« (S. 138) charakterisiert und aufzeigt, inwiefern die unlogisch wirkenden Editionsentscheidungen »einem morphologischen Prozess« (S. 138) gleichzusetzen sind. Parallel dazu deutet Giovanni Sampaolo die *Wanderjahre*-Erzählung *Der Mann von funfzig Jahren* als »Bejahung des Gesetzes der Metamorphose« (S. 233), nachdem er ein bislang übersehenes ›Fehlzitat‹ aus Ovids *Metamorphosen* (VI 18: statt »cum fierent« schreibt Goethe »dum fierent«; vgl. S. 226) in seiner Bedeutung für den Gang der Erzählung ausgewertet hat. Claus Zittel aber, der mit gutem Grund darauf insistiert, dass es sich bei den *Venezianischen Epigrammen* um kein geschlossenes ›Werk‹ (vgl. S. 189) oder gar um einen ›Zyklus‹ (vgl. S. 180) handelt, hält als Minderheitsvotum die »Engführung von Goethes Naturauffassung und seiner Schreibpraxis« für eine einseitige Verengung des Fragehorizonts (S. 169).

Ob jemand, der »textuelle Transformationen als Metamorphosen beschreibt«, tatsächlich einen »naturalistischen Fehlschluss in der Texttheorie« (S. 171) vollzieht, hat sich 2021 in Rom anscheinend nicht abklären lassen und bleibt insofern eine offene Frage. Ohnehin haben sich die meisten Beiträger nicht allzu weit auf dieses Oberthema eingelassen, sondern ihre Untersuchungen lieber konkreten Problemen der Entstehungsgeschichte bzw. der Kompositionsstrategie bestimmter Werke oder Arbeitsbereiche gewidmet. Ansgar Mohnkern verfolgt die von den Zeitgenossen weitgehend unverstandene Publikationsgeschichte der ›Hefte‹ *Zur Naturwissenschaft überhaupt, besonders zur Morphologie* (1817-1824) und konstatiert (unter Berufung auf das Sonett *Mächtiges Überraschen*), dass »die einzelnen Beiträge der Hefte in einer im weitesten Sinne metonymischen Beziehung zueinander« stehen (S. 48), wodurch »Goethes Morphologie formgebend Elemente des Narrativen in sich aufnimmt« (S. 55). Lässt Bodo Plachta anhand bildlicher Dokumente in chronologischer Ordnung ›Goethes Schreibtische‹ Revue passieren, so vergleicht Bernhard Fischer »Füllest wieder 's liebe Tal« und »Füllest wieder Busch und Tal«, die beiden eng aufeinander bezogenen Mond-Lieder Goethes von 1777/78 resp. 1788 (vermittelt durch Charlotte von Steins ›Kontrafaktur‹ der ersten Version), um »dieses *Mondlied* in beiden Gestalten« als einen »Mikrokosmos« zu deuten, »der Goethes Entwicklung von der Leipziger Zeit bis zur klassischen und postklassischen Entsagungs-/Resignations-Haltung vor Augen stellt« (S. 98). Elena Agazzi spürt Goethes vielfältigen Gestaltungen des Kore- bzw. Proserpina-Mythos nach, reflektiert einschlägige Anregungen von Seiten Winckelmanns, Herders und vor allem Francis Bacons und macht diese Zusammenhänge für eine innovative Perspektive auf *Die Wahlverwandtschaften* fruchtbar. Ernst Osterkamp, der als einziger auch dem Ironiker Goethe Beachtung schenkt, entdeckt die zumeist vernachlässigte Erstfassung von *Wilhelm Meisters Wanderjahren* als »Goethes wunderlichstes Buch« (S. 127), dessen »Wunderlichkeitssemantik« (S. 119) er einerseits als Ausdruck fortgeschrittener »Subjektivierungsprozesse in der Moderne« (S. 119), andererseits als eines der bewusst eingesetzten »Aktivitäts-Stimulantien für den Leser« begreift, der »den inneren Zusammenhang analytisch aufzudecken in der Lage ist« (S. 121); in einer Art Parallelaktion dazu führt Ariane Ludwig vor, mit welchen Manuskript-Techniken Goethe die Erstfassung der *Wanderjahre* in den Folgejahren umgearbeitet hat (anschaulich gemacht anhand aufschlussreicher Handschriften-Fotos). Dass *Ueber Kunst und Alterthum* (1816-1832) »nie wieder integral ediert worden« ist (S. 129), motiviert Hendrik Birus zur kritischen Rekonstruktion fragwürdiger Editionsentscheidungen von der *Ausgabe letzter Hand* bis hin zu Ernst Beutlers *Gedenkausgabe* (1948-1971) und der *Berliner Ausgabe* des Aufbau-Verlages (1960-1978); in vergleichbarer Weise macht Stefan Nienhaus die komplexe »Produktions- und Publikationsgeschichte der *Römischen Elegien*« als nur bedingt erfolgreiches ›Nachgeben‹ (S. 156) von Seiten Goethes einsichtig, das »den

Zyklus in seiner Kohärenz geschwächt, seinen Texten etwas an Witz und Klarheit geraubt« hat (S. 161). Elena Polledri erläutert Goethes Einschätzung Dante Alighieris in ihrem Wandel und lässt nachvollziehen, auf welchen Umwegen es Goethe letztlich doch gelungen ist, »das Potential der Terzine« (S. 255) für die eigene Poesie (namentlich in *Faust II*) zu nutzen. Abschließend vermag Stefania Sbarra im – gelegentlich mutigen – Vergleich von Goethes *Tagebuch von der Italiänischen Reise* und *Faust. Ein Fragment* der immer schon irritierenden Szene *Wald und Höhle* neue Facetten abzugewinnen, indem sie untersucht, inwiefern »die Reise nach Italien das Profil der beiden Charaktere in dieser Szene maßgeblich geprägt hat« (S. 262).

Dass Gabriella Catalanos und Giovanni Sampaolos Tagungsakten gewichtige Fragen nicht abschließend entscheiden, darf eher als Stärke denn als Schwäche gewertet werden. Der eigentliche Nutzen bzw. Vorteil des Sammelbandes dürfte jedoch in denjenigen – methodisch wie inhaltlich ausgesprochen heterogenen – Beiträgen zu finden sein, die im close reading bestimmter Werke (bzw. ihrer Entstehungs- oder Publikationsgeschichte) ebenso detailgenaue wie originelle Lektüren insbesondere von Goethes ›Spätwerken‹ vorführen.

Albert Meier

Anna Bers: *Münzen für den Weltmarkt, Wertpapiere für Weimar. Goethes »Chinesisch-Deutsche Jahres- und Tageszeiten« und die »Gedichte zu symbolischen Bildern« als Zahlungsmittel im Zeichenhandel.* Göttingen: V&R unipress 2017, 517 S., 85,00 €

Beim Blick auf die Titelzeilen wird dem aufmerksamen Leser nicht entgehen, dass zwischen Erscheinungs- und Besprechungsdatum des vorliegenden Buches eine beträchtliche Zeitspanne liegt – ungewöhnlich im Falle des *Goethe-Jahrbuchs*, dessen Herausgeber bestrebt sind, die wissenschaftliche Ernte der Goethe-Forschung immer möglichst rasch einzufahren. Dass es aus verschiedenen Gründen zu Verzögerungen kommen kann, sei zugestanden. Aber gleich verflixte sieben Jahre lang?[1] Sollte die Verzögerung indes, so sei vorsichtig hinzugefügt, vielleicht auch am Titel gelegen haben, der eher eine wirtschaftshistorische Untersuchung ankündigt, wenngleich der Untertitel auf zwei Gedichtgruppen Goethes verweist?

In vier großen Schritten entfaltet sich die Argumentation von Anna Bers. Einer theoretischen Grundlegung folgt in den Kapiteln 2 und 3 die detaillierte Analyse der beiden Gedichtgruppen, bevor im vierten Kapitel Bilanz gezogen wird. Ihr heuristischer Ansatz gibt sich sowohl im Titel als auch bereits auf den ersten Seiten zu erkennen, wo die Existenz »metaphorischer Analogien zwischen Währungen und Sprache« postuliert wird, die in der Untersuchung als »ökonomische Leitmetapher« Verwendung fänden (S. 10). Derlei »Analogien« (ebd.) werden des Öfteren aufgerufen und kommen im Schlusskapitel nachdrücklich zur Geltung.

Ein Ausgangspunkt der Untersuchung ist das, was Bers Goethes »Zeichentheorie« (S. 159) nennt und ausführlich expliziert (an einer Stelle spricht sie hingegen vom »Werk des ausgemachten Theorie-Feindes« Goethe, S. 29). Von allgemeinen theoretischen Voraussetzun-

1 Eine kleine Geschichte sei dazu erzählt. Es begab sich im vergangenen Jahr, dass eine Autorin mit einem Manuskript bei den Herausgebern einkam und in der Begleitkorrespondenz erwähnte, dass sie das gleiche Thema in ihrer Dissertation behandelt habe. Auf meine Frage hin, ob die Arbeit abgeschlossen, vielleicht schon erschienen sei, kam die Antwort, dass diese Dissertation bereits seit 2017 im Druck vorliege. Meine Verlegenheit war nicht gering und kann für mich erst jetzt, wo die Besprechung der Arbeit erscheint, als überwunden gelten.

gen abgesehen sind es Goethes (dichotomische) »Zeichensorten« »Symbol« und »Allegorie« (S. 12), denen sich Bers zuwendet. Zwar hat Goethe in theoretischen Bekundungen der Allegorie nur geringe Bedeutung beigemessen, doch Bers sieht sich in ihrem Bemühen, die Allegorie in Goethes Werk als »lebendige[n] Teil« seiner »Dichtungspraxis« (S. 15) zur Geltung zu bringen, insbesondere durch Schlaffers 1981 erschienenes Buch *Faust. Die Allegorie des 19. Jahrhunderts* bestärkt, das ihr, kritischer Einschränkung ungeachtet, gewissermaßen als kursorischer Wegweiser dient. Parallel dazu entwickelt sie in konziser Darstellung Goethes Konzept von Weltliteratur. Zwei Aspekte spielen dabei eine besondere Rolle: die kommunikative Funktion von Weltliteratur sowie das in ihr zum Ausdruck gelangende »Universell-Verbindende« (S. 97), das als Aufweis von Humanität allen Völkern gemeinsam sei.

Dass sich Bers in ihrem zweiten Kapitel Goethes *Chinesisch-Deutschen Jahres- und Tageszeiten* zuwendet, hängt unmittelbar mit ihrer theoretischen Ausgangsposition zusammen. Denn überzeugend entwickelt die Autorin, dass Goethes Konzept von Weltliteratur bereits im *West-östlichen Divan* zu erkennen sei, sich in seiner Zeitschrift *Ueber Kunst und Alterthum* umfassend manifestiert habe, parallel dazu in Briefen gültig formuliert worden sei und schließlich in den *Chinesisch-Deutschen Jahres- und Tageszeiten* poetische Gestaltung gefunden habe. Für diese Annahme spricht, dass Goethe die wenigen im hohen Alter (und nach Erscheinen der lyrischen Sammlung in der *Ausgabe letzter Hand*) entstandenen Gedichte entweder im Ausnahmefall einzeln veröffentlicht oder sie den Nachlassherausgebern anvertraut hat. Eine Ausnahme stellt die Veröffentlichung dieser Gedichtgruppe 1829 im *Berliner Musen-Almanach für das Jahr 1830* dar, die nicht zuletzt durch Zelters Vermittlung zustande gekommen ist. Goethes Texte eröffnen den *Almanach* und werden durch einen eigenen Zwischentitel angekündigt; jedes Gedicht steht auf neuer Seite, wie es sich für Gedichte überhaupt gehört (nur Gesamtausgaben wählen notgedrungen die Heringslage). Das alles spricht für die weltliterarische Botschaft, die Goethe vermitteln wollte und die Bers in sorgfältigen Einzelanalysen der vierzehn Gedichte entwickelt, deren Gedankenreichtum hier nicht im Einzelnen wiedergegeben werden kann. Ihre Darstellung, und das gilt für das Buch insgesamt, ist von hoher reflektierender Bewusstheit und zugleich von bemerkenswerter Offenheit möglichen Einwänden gegenüber. Sie bevorzugt einen diskursiven Darstellungsstil, lädt die Leser gewissermaßen ein, mit ihr den Erkenntnisweg zu beschreiten, und verschweigt dabei eigene Unsicherheiten und denkbare interpretatorische Alternativen nicht, die sie dann im Modus des Konjunktivs diskutiert. Da sie überdies auch stets auf die Forschung extensiv Bezug nimmt, hat das zur Folge, dass das Buch über 500 Seiten stark geworden und mit 1.231 Fußnoten ausgestattet ist, die zuweilen fast eine ganze Druckseite füllen, keineswegs aber überflüssig sind. Einerseits versucht sie dort – wie in der gesamten Darstellung – »typischen Bewegungen der Forschung entgegenzuwirken« (S. 481), andererseits greift sie Impulse aus dieser Forschung bereitwillig auf.

Entstanden ist eine Analyse, die im Einzelnen zahlreiche Bezüge zum *Divan* und zu anderen Altersgedichten aufdeckt und insgesamt den Nachweis erbringt, dass Goethe in seiner Gedichtfolge so etwas wie einen poetischen »Programmtext« (S. 208) künftiger Weltliteratur geschaffen hat. Ob es zu den »Strategien der Gedichte« gehöre, »sich als beste Währung auf einem interkulturellen Welt-Markt zu etablieren« (S. 99), stehe dahin. Gegenüber den bisherigen Wegen der Forschung, die Bers zutreffend als einen ›deutschen‹ und einen ›chinesischen‹ beschreibt, schlägt sie einen eigenen Weg ein. Weder sei es (wie im ersten Fall) angezeigt, allein nach abendländisch-antiken Traditionsbezügen zu suchen, noch sei es geboten – wie meist von fernöstlichen Interpreten gehandhabt –, Analogien zwischen Goethes angeblich vorhandenem chinesischen Kulturwissen und dessen Manifestation in den Gedichten herzustellen. Was in symbolhafter Verdichtung zur Darstellung gelange, sei etwas Allgemeines und Universelles, das einem Kulturraum in den damals vorstellbaren Weltdimensionen als Kommunikationsangebot zur Verfügung stehe. Dass Bers Goethes Gedichten bei aller sinnlichen Anschauungsqualität ein hohes Maß an »universellen Abstrakta« (S. 148) zuweist, liegt in der Konsequenz ihrer Argumentation.

Bewegen wir uns im zweiten Kapitel vor allem im Reich des Symbolhaften, das seine Legitimation vornehmlich aus Goethes anschauendem Naturverständnis gewinnt, so betreten wir im dritten, das sich Goethes Gedichten zu symbolischen Bildern zuwendet, ein allegorisches Reich, das zudem emblematische Strukturen aufweist. Konnte Bers bei den *Chinesisch-Deutschen Jahres- und Tageszeiten* eine durchaus ergiebige Forschung heranziehen, so hat sie allen Grund, im zweiten Fall die Forschungslage als »dürftig« (S. 236) anzusehen. Umso mehr sind ihre Analysen zu schätzen, die so etwas wie eine Grundlage schaffen, ohne die künftige Interpreten nicht auskommen werden. Schon die Entstehungs- und Überlieferungssituation der Bild- und Text-Kompositionen ist verwickelt genug. Einige der sorgfältig beschriebenen symbolischen Bilder fanden bereits 1814 bei jenen Feierlichkeiten Verwendung, die anlässlich der Rückkehr Carl Augusts aus den Befreiungskriegen in Weimar veranstaltet worden waren. Als im September 1825 das 50jährige Regierungsjubiläum des Großherzogs begangen wurde, schmückten ebenfalls Bilder die ohnehin reich ausgestattete Fassade von Goethes Wohnhaus; ob es (nach Anzahl und Beschaffenheit) dieselben wie 1814 waren, muss Bers offenlassen. Die damals entstandenen Jubiläumspublikationen enthalten drei Gedichte, die Bers als »Praetexte« (S. 249) für Goethes Verse definiert: Stanzen von Riemer (in: *Willkommen!* Weimar 1814), Verse eines Alexander von Sternberg (in: *Weimars Jubelfest am 3. September 1825*. Weimar 1825) sowie einen Hymnus des Leipzigers Wilhelm Gerhard (in: *Goethe's goldner Jubeltag. Siebenter November 1825*. Weimar 1826). 1825 wurden die ursprünglich großformatigen Darstellungen in ein grafisches Kleinformat übertragen, das die Möglichkeit bot, z. B. auf Briefbögen aufgeklebt oder in Stammbücher aufgenommen zu werden. Goethe, ohnehin als Weimarer Berühmtheit kat exochen von allen Seiten bedrängt, nutzte die Bilder zwischen 1825 und 1830 als höchst brauchbares Medium, um Verehrern, Bekannten und Freunden poetische Botschaften als *Denk- und Sendeblätter* zuzusenden. Freilich hatte das zur Folge, dass die Überlieferung – wie im Falle von Goethes Briefen auch – Lücken aufweist, weil sich die Originale beim Empfänger befanden oder heute noch bei deren Nachkommen befinden und längst nicht in allen Fällen den Weg in öffentliche Archive angetreten haben; was überliefert ist – insgesamt über 30 autographe Zeugnisse –, wird von Bers sorgfältig in den Fußnoten dokumentiert. Entdeckungen sind immer noch möglich; der Beitrag von Bers in diesem Jahrbuch (S. 219-231) widmet sich der Erschließung einer weiteren Quelle. Überliefert ist im Goethe- und Schiller-Archiv eine von Goethes Schreiber John angefertigte Abschrift von 14 Gedichten, die ihrem Abdruck in den Nachlassbänden der *Ausgabe letzter Hand* vermutlich als Vorlage dienten, die aber nicht vollständig ist. Goethe selbst hat zu Lebzeiten nur ein Gedicht in seiner Zeitschrift *Ueber Kunst und Alterthum* veröffentlicht.

Es versteht sich beim Charakter dieser Gedichtfolge, dass Goethes Handhabung der Allegorie hier deutlicher als in den *Chinesisch-Deutschen Jahres- und Tageszeiten* hervortritt. Daraus erwächst die Notwendigkeit, der jeweils »besonderen motivgeschichtlichen Tradition« (S. 287) nachzugehen; den Bild-Text-Komposita komme »potentielle Faktizität« (S. 377) zu; Bers nutzt die in dieser Hinsicht reiche Forschung in vorbildlicher Weise. Das alles legt freilich Lesern die Last auf, sich die für das Textverständnis notwendigen Bildungsvoraussetzungen selbst anzueignen. Dafür schafft Bers in ihren gehaltlich präzisen Analysen von Bildern und Texten die besten Voraussetzungen; auch hier kann auf den Reichtum der Einzelerkenntnisse nur verwiesen werden. Auf andere Weise als in den *Chinesisch-Deutschen Jahres- und Tageszeiten*, so kann Bers überzeugend darlegen, bringt Goethe in den Bild-Text-Kompositionen sein Konzept von Weltliteratur zur Geltung; die Form der Gedichte sei zudem »klar historisch und sozial semantisiert« (S. 477). Eine besondere Bedeutung kommt in diesem Kontext Goethes Zeilen »Wie David königlich zur Harfe sang […]« zu, die Goethe in *Ueber Kunst und Alterthum* veröffentlicht hat; sie seien explizit als eine »Reflexion auf *Weltpoesie*« (S. 312) anzusehen.

Doch mit all diesen höchst plausiblen Resultaten hat es nicht sein Bewenden. Im Schlusskapitel wird die Eingangsthese wieder aufgenommen, dass der Darstellung die »Übertragung der genannten Form-Qualitäten in die Währungsmetapher« (S. 475) zugrunde liege: »Goethe als Besitzer höchsten ***kulturellen*** und *sozialen* Kapitals« könne »eine eigene Währung für den Weimarer Binnenmarkt schaffen« (S. 470), er betreibe »nachhaltige Finanz-, oder nicht-metaphorisch: Werkpolitik« (S. 471); seine »Blätter« seien »in vielerlei Hinsicht einem Wertpapier oder Papiergeld vergleichbar« (S. 477). Der letzte Befund mag in übertragener Weise für den heutigen Autographenmarkt zutreffen, aber nicht für einen »Weimarer Binnenmarkt«. Für solche Erwägungen sind Pierre Bourdieu und Steffen Martus als geistige Paten anzusehen. Zu fragen wäre aber, ob derlei Metaphorik wirklichen Erkenntnisgewinn bringt, wenn man sich die konkreten Rezeptionsbedingungen vergegenwärtigt. Die *Chinesisch-Deutschen Jahres- und Tageszeiten* werden als Almanach-Publikation ein höchst begrenztes Publikum erreicht haben, und die Gedichte zu symbolischen Bildern sind zunächst eine rein private Botschaft an wenige Vertraute, sieht man einmal von den Zeilen »Wie David königlich zur Harfe sang [...]« ab. In meinen Augen ist der »Weimarer Binnenmarkt« eine metaphorische Fiktion, die einer genaueren historischen Betrachtung nicht Stand hält. Dass Goethe sich in seinen brieflichen Äußerungen (selten genug) der Handels-Metapher bedient, um seinem Partner den kommunikativen Aspekt seines Konzepts zu verdeutlichen, liefert keinen zureichenden Grund, von der »dominanten Handels-Metapher für die *Weltliteratur*« (S. 483, Fn 1225) zu sprechen. Aus meiner Sicht sollten Begriffe aus der Handelswelt dann Verwendung finden, wenn konkrete Probleme der Produktion und Distribution von Literatur behandelt werden. Auf Bourdieu beruft sich die Autorin auch in einer abschließenden (nicht mehr explizierten) These; für diesen wie für Goethe sei »eine wichtige Perspektive auf die Kunst, diese als Instrument zur Veränderung sozialer Strukturen zu wählen« (S. 480). Ist diese Behauptung schon für die vorliegenden Gedichtgruppen nicht stichhaltig, so ist sie es auch nicht im Blick auf Goethes Werk insgesamt. Dass er in *Faust II*, im Alterswerk überhaupt Konturen der frühen Moderne kritisch gezeichnet hat, ist heute opinio communis der Forschung. Doch über alldem liegt stets das Licht der Ironie, das alle politisch-aktivistische Zuschreibung, alle utopischen Träume bestenfalls dem Prinzip Hoffnung unterstellt.

Ein Kuriosum sei nachgetragen. Anna Bers hat sich des generischen Femininums bedient, was zu allerlei Ungereimtheiten wie z. B. dem folgenden Satz führt: »Um auf die Interpretinnen des 19. Jahrhunderts zurückzukommen, sei hier als Beispiel für einen Vertreter der ersten Deutungskonzeption Düntzer genannt [...]« (S. 104). Hat hier der streitbare und rechthaberische Kölner Germanist das Geschlecht gewechselt?

Um auf den Ausgangspunkt zurückzukommen: Die Frage mag erlaubt sein, ob der Titel des Buches den Zugang nicht verschüttet hat – unnötigerweise, wie ich finde, denn Anna Bers hat, dies sei noch einmal betont, eine sehr substantielle Untersuchung vorgelegt, die in der Forschung Bestand haben wird.

Jochen Golz

Rabea Kleymann: *Formlose Form. Epistemik und Poetik des Aggregats beim späten Goethe.* Leiden: Brill | Wilhelm Fink 2021, 279 S., 56,00 €

In den letzten Jahren ist eine bemerkenswerte Anzahl von Aufsätzen, Monographien und Sammelbänden erschienen, die sich in unterschiedlicher Weise mit Goethes Formenlehre auseinandersetzen und dabei insbesondere die antiklassizistischen sowie antisystematischen Tendenzen seines »Spätwerks« bzw. »Spätstils« in den Blick nehmen.[1] Dennoch gibt es bisher

1 Nachfolgend eine kurze Auswahl von Studien, die sich mit diesem Thema befassen: Christina Salmen: *»Die ganze merkwürdige Verlassenschaft«. Goethes Entsagungspoetik in »Wilhelm Meisters Wanderjahre«.* Würzburg 2004; Safia Azzouni: *Kunst als praktische Wissenschaft. Goethes »Wilhelm*

keine Untersuchung zu diesem Thema, die den immer noch eher marginalisierten Begriff des »Aggregats« bei Goethe zu ihrem zentralen Gegenstand gemacht hat. Rabea Kleymann hat dieses Projekt nun in ihrer jüngst in Buchform erschienenen Dissertation in Angriff genommen und zu einem eindrucksvollen Ergebnis gebracht.

Kleymann erweist die Relevanz des Aggregatbegriffs für die laufende Neubewertung von Goethes Formenlehre, indem sie sich seinem Formdenken von den Rändern her nähert und die Tragweite des Begriffs für Goethes literarisches Spätwerk auslotet. Laut Kleymann fungiert das Aggregat bei Goethe als heuristisches Modell, um etwas zu beschreiben, dessen Wahrnehmung zunächst einen Eindruck von Formlosigkeit und Unverbundenheit hinterlässt. Der Begriff ist also eng mit der Erfahrung und Erkenntnis von Mannigfaltigkeit verbunden, die, so Kleymanns These, eine zeitliche Dimension aufweist: Er ist, so konstatiert sie zusammenfassend, »ein Beschreibungsbegriff für eine zeitlich begrenzte Wahrnehmung von etwas, das (noch) keine vollkommene bzw. geschlossene Form gewonnen hat« (S. 16). Das Aggregat stellt somit den Ausgangspunkt einer »Formerfahrung« dar, die letztlich den Schein der Formlosigkeit durch eine vergleichende Betrachtung aufzulösen sucht, um zu einer geordneten Form zu gelangen, die sich durch das Modell der Reihe beschreiben lässt. Aggregat und Reihe bilden also zwei Gegenpole eines Formierungsprozesses, der zwischen dem Eindruck von Unordnung und der Sichtbarmachung von Einheit oszilliert. Auf diese Weise hat Goethe einen Begriff, der um 1800, vor allem bei Kant, als Gegensatz zum »System« verortet wurde, zum Ausgangspunkt eines spezifischen Formbildungsmodus umfunktioniert. Damit gewinnt sein Aggregatbegriff ein kritisches Potential gegenüber dem Systemdenken seiner Zeit (S. 16).

Das Buch gliedert sich in acht Kapitel, die dreifach verschachtelt sind: Den äußersten Rand bilden die Einleitung (Kapitel 1), die einen Überblick bietet und Goethes Aggregatverständnis diskursanalytisch verortet, sowie der prägnante Schluss (Kapitel 8). Das zweite und siebte Kapitel, die sich mit der Rekonstruktion des Aggregatverständnisses bei Goethe in den Naturstudien bzw. mit den poetischen, epistemischen und ästhetisch-theoretischen Konsequenzen seines Aggregatbegriffs befassen, bilden die nächste Schicht. Das Zentrum besteht schließlich aus vier Hauptkapiteln, die die Bedeutung des Aggregats für die Untersuchung der Epistemik und Poetik des Spätwerks ausloten, darunter die *Hefte zur Morphologie* (Kapitel 3), die *Noten und Abhandlungen* des *West-östlichen Divans* (Kapitel 4), *Wilhelm Meisters Wanderjahre* (Kapitel 5) und zuletzt *Faust II* (Kapitel 6).

In diesen Hauptkapiteln, die die unterschiedlichen Formen des Hefts und der Sammlung sowie des Romans und der Tragödie untersuchen, perspektiviert Kleymann die Spätwerke über das Aggregat. Dabei identifiziert sie Gemeinsamkeiten zwischen ihnen sowohl in Bezug auf ihre ästhetische Gestalt als auch auf ihre dargestellten Formbildungsprozesse. Erstens, so Kleymann, präsentieren sich die Spätwerke nicht als geordnete Formen. Vielmehr ähneln sie

Meisters Wanderjahre« und die Hefte »Zur Morphologie«. Köln u.a. 2005; Martin Bez: *Goethes »Wilhelm Meisters Wanderjahre«: Aggregat, Archiv, Archivroman*. Berlin u.a. 2013; David E. Wellbery: *Form und Idee. Skizze eines Begriffsfeldes um 1800*. In: Jonas Maatsch (Hrsg.): *Morphologie und Moderne. Goethes ›anschauliches Denken‹ in den Geistes- und Kulturwissenschaften seit 1800*. Berlin u.a. 2014, S. 17-24; Eva Geulen: *Aus dem Leben der Form. Goethes Morphologie und die Nager*. Berlin 2016; Carlos Spoerhase: *Das Format der Literatur. Praktiken materieller Textualität zwischen 1740 und 1830*. Göttingen 2018, bes. S. 459-622; Kai Sina, David E. Wellbery (Hrsg.): *Goethes Spätwerk / On Late Goethe*. Berlin u.a. 2020; David E. Wellbery: *Form (Form)*. In: *Goethe-Lexicon of Philosophical Concepts* (1.1.2021), URL: https://goethe-lexicon.pitt.edu/GL/article/view/38 (letzter Zugriff: 15.10.2023). In diesem Zusammenhang ist Adornos Aufsatz *Spätstil Beethovens* (1937) auch ein häufiger Bezugspunkt. Vgl. Theodor W. Adorno: *Spätstil Beethovens*. In: Rolf Tiedemann (Hrsg.): *Gesammelte Schriften*. Bd. 17: *Musikalische Schriften IV*. Frankfurt a.M. 1982, S. 13-17.

zunächst losen und heterogenen Gebilden, denen eine kohärente Strukturierung zu fehlen scheint. Zweitens stellen sie »Begegnungen mit dem Mannigfaltigen« (S. 19) in den Phänomenbereichen Natur, Poetik und Gesellschaft dar, in denen jeweils unterschiedliche Figurationen des Mannigfaltigen poetologisch gestaltet werden. In beiden Hinsichten (ästhetisch und thematisch), so Kleymann, lassen sich die Spätwerke als »Aggregate« profilieren.

Trotz dieser Gemeinsamkeiten teilt Kleymann die vier untersuchten Spätwerke in zwei Gegenpaare ein: einerseits die *Hefte* und die *Noten und Abhandlungen*, andererseits die *Wanderjahre* und *Faust II*. Diese Gruppierung ist für Kleymanns Analyse entscheidend, da sie durch die Ausdifferenzierung von entgegengesetzten Tendenzen im Spätwerk die Reichweite und Flexibilität von Goethes Formdenken aufzeigt. Im ersten Fall zeigt Kleymann eine Kontinuität zwischen Goethes morphologischer Methode und seinen Inszenierungen von Formbildung in den *Heften zur Morphologie* und den *Noten und Abhandlungen*. Wie sich in der Morphologie einheitsstiftende Verbindungen zunächst im Übergang von Aggregat zur Reihe herausbilden, so löst in diesen beiden Spätwerken die Diskrepanz zwischen dem Eindruck einer ungeordneten Vielfalt (sprich: Aggregat) und einer zu erzeugenden Ordnung, »die eine Einsicht in die Gesetzmäßigkeit der Formengenese zu geben verspricht« (S. 130), ein Ordnungsunternehmen aus, das die Mannigfaltigkeit auf eine Einheit zurückführt und so den initialen Schein der Unverbundenheit auflöst. Diese Formtendenz wird somit als »Vervollkommnungsprozess der literarischen Form« (S. 234) bezeichnet, da sie – im Einklang mit Goethes Methode der ›anschauenden Urteilskraft‹ – das unverbundene Nebeneinander sukzessiv in eine formbildende Einheit umgestaltet.

Ganz anders verhält es sich jedoch bei der zweiten Gruppierung, die die *Wanderjahre* und *Faust II* über das Ordnungsmodell des Aggregats perspektivieren. Wie Kleymann betont, verneinte Goethe, dass die *Wanderjahre* sowie *Faust II* unter einer einheitlichen Idee gefasst werden können. Vielmehr herrsche in beiden Spätwerken ein »Polyzentrismus« (S. 236) vor, der keine übergreifenden Ordnungsprinzipien aufweist. Kleymann interpretiert diesen Einheitsverlust als Versuch, »die Mannigfaltigkeit des Lebens zur Anschauung zu bringen« (S. 175). Aus dieser Hervorhebung einer irreduziblen Pluralität, die ein allzu geordnetes Verhältnis von Teilen und Ganzem in Frage stellt, zieht Kleymann Konsequenzen sowohl für die Art und Weise, wie in den *Wanderjahren* und in *Faust II* Verbindungen hergestellt werden, als auch für die in diesen beiden Spätwerken dargestellten sozialen Formierungsprozesse, die Fragen nach dem Verhältnis von Individuum und Gesellschaft in der Moderne aufwerfen (S. 173). In ihrer detaillierten Lektüre der letzteren Spätwerke weist Kleymann nach, dass der Eindruck von Formlosigkeit durch die Inszenierung einer nur noch latenten Verbundenheit bzw. eines permanenten Übergangs erzeugt wird. Es geht also nicht um eine strikte Trennung zwischen Ordnung und Chaos, Form und Formlosigkeit, sondern um Grade von (Un-)Verbundenheit, die auf spezifischen narrativen Verfahren zum Auf- oder Abbau von Verbindungen beruhen.

Am Beispiel der vier untersuchten Spätwerke legt Kleymann ganz überzeugend dar, dass Goethes Aggregatbegriff als Ordnungsmodell und Reflexionsfigur an Relevanz gewinnt, und zwar auf unterschiedliche Weise. Ihre Studie verdeutlicht, dass, so wie Goethes Morphologie zur »Verzeitlichung der Natur« um 1800 beitrug, seine Spätwerke literarische Form verzeitlichen (S. 234), indem sie auf das transformative Potenzial des Aggregats als schwaches oder lockeres Organisationsprinzip zurückgreifen. Vor allem aber ist hervorzuheben, dass sich diese umfassende These auf äußerst detaillierte und gründliche *close readings* stützt, die höchst differenzierte Ansätze für jedes der vier Spätwerke bieten, mit besonderem Augenmerk auf ihre einzigartigen Erzählstrukturen und formalen Merkmale.

Auch wenn diese Studie wahrscheinlich in erster Linie für die Goethe-Forschung relevant ist, könnte sie auch zu einem transatlantischen Dialog über den Begriff der Form beitragen, der im englischsprachigen Kontext etwa im Anschluss an Caroline Levines *Forms: Whole, Rhythm, Hierarchy, Network* (2015) diskutiert wird. Insbesondere zeigt Kleymanns Studie, wie der scheinbar starre Gegensatz zwischen Form und Formlosigkeit anders akzentuiert werden kann, indem die Formierungsprozesse sowie die »Zeitlichkeit der Formerkenntnis« (S. 59) in den Vordergrund gerückt werden. Kleymanns narratologischer Ansatz und ihre philologische Präzision sind dieser Aufgabe bestens gewachsen. Dank ihrer intensiven Lektüre gewinnt der Leser einen Eindruck vom späten Goethe nicht als Relikt der Romantik, sondern als Dichter und kritischer Denker der Moderne in ihrer vollen Heterogenität und Mannigfaltigkeit.

Bryan Klausmeyer

Evanghelia Stead: *Goethe's »Faust I« Outlined. Moritz Retzsch's Prints in Circulation.* Leiden, Boston: Brill 2023, 450 S., 165,00 € (PDF als Open-Access-Publikation kostenlos downloadbar auf der Website des Verlags)

Wie für nahezu sämtliche Bereiche der Forschung zu Goethes *Faust* gilt auch für die Illustrationen zu diesem Werk: Sie sind sowohl in ihrer Breite als auch in Bezug auf einzelne Werke gut untersucht. Dennoch können Forschungsarbeiten, wie die hier anzuzeigende Studie der Pariser Komparatistin Evanghelia Stead eindrucksvoll unter Beweis stellt, neuartige Perspektiven eröffnen und so den Kenntnisstand grundlegend erweitern. Die 26 *Umrisse zu Goethe's Faust* von Moritz Retzsch gehören neben den *Faust*-Bildern von Peter Cornelius zu den frühesten und prominentesten Vertretern dieser Form einer bildkünstlerischen Adaption von Goethes Tragödie. Beide Illustrationsfolgen erschienen als Kupferstiche 1816 zum ersten Mal und erlebten seitdem eine Vielzahl von Neuauflagen. Ihr produktives Nachleben artikuliert sich darüber hinaus in zahllosen Spuren, die sie ihrerseits in vielfältiger Weise in anderen Kunstwerken und Medien (z. B. auf dem Theater) sowie in der *Faust*-Forschung hinterlassen haben.

Trotz der nicht eben wenigen Vorarbeiten sticht Steads Monographie über Moritz Retzschs *Umrisse* aus der Fülle der Literatur zur Geschichte der *Faust*-Illustration hervor. Und dies aus mehreren Gründen: Erstens rekonstruiert sie die Verbreitung (»circulation«) der von Retzsch geschaffenen Bilder in einer Detailliertheit und Genauigkeit, wie sie in keiner der bisherigen Forschungsarbeiten auch nur annähernd erreicht worden ist. Zweitens verbindet sie mit dieser Rekonstruktion eine ausführliche Darstellung der wechselvollen Interpretationsgeschichte sowohl von Retzschs Illustrationen als auch, über diese vermittelt, von Goethes *Faust*, und zwar international und über viele Jahrzehnte hinweg bis zum Beginn des 20. Jahrhunderts. Und drittens treffen in ihrer voluminösen und reich bebilderten Monographie verschiedene Aspekte zusammen, die dieses Buch auch in medienwissenschaftlicher Hinsicht zu einem Ausnahmewerk machen. Stead bündelt in ihm Fragen und Themen, die in der Wissenschaft vermehrt erst seit den 1970er und 80er Jahren zum Gegenstand breiterer Aufmerksamkeit wurden. In dieser Zeit bildet sich in der Selbstreflexion und Selbstbeschreibung moderner Gesellschaften zunehmend das Bewusstsein heraus, dass man in einer Mediengesellschaft lebt, dass mithin mediale Prozesse und Phänomene zu einem zentralen Merkmal der zeitgenössischen Kultur und Gesellschaft geworden sind. Entsprechend richtete sich auch das Interesse zahlreicher geisteswissenschaftlicher Disziplinen vermehrt auf Fragen der Medialität von Kunst und Kultur. Im Bereich der Literatur- und Kulturwissenschaften ist auffällig, dass in jüngster Zeit noch einmal zusätzlich die Sensibilität für übergreifende interdisziplinäre und transmediale Fragestellungen und Aspekte gewachsen ist. Auch hierfür ist die Studie von Stead mit ihrer ebenso souveränen wie innovativen Zusammenführung von literaturwissenschaftlichen, medien- bzw. buchwissenschaftlichen sowie kunsthistorischen Ansätzen ein hervorragendes Beispiel. Moritz Retzschs 26 Kupferstiche zu *Faust* und die mannigfaltigen Metamorphosen seit ihrer Entstehung in den Jahren nach 1810 dienen als Eingangstor zur Mediengeschichte des 19. und beginnenden 20. Jahrhunderts, die die Verfasserin insbesondere mit Blick auf die konkreten medientechnischen und gleichsam medienpraxeologischen Details weiträumig ausleuchtet. Ihr Buch führt eindrucksvoll vor Augen: Mehr denn je gilt es, das komplexe Ineinander in den Blick zu bringen, das Kunst in ihrem Kern ausmacht, ob in der Entstehung oder auf der Ebene von Distribution und Rezeption. Schließlich ist ein Buch wie jenes von Evanghelia Stead auch aus technikhistorischen Gründen erst zu Beginn des 21. Jahrhunderts überhaupt möglich. Computertechnologie und Digitalisierung eröffnen sowohl bei der Recherche als auch bei der Präsentation der Ergebnisse Spielräume, die im vordigitalen Zeitalter nicht vorhanden waren. Die Qualität der digitalen wie der gedruckten Fassung des Buches entspricht dem Inhalt bzw. der wissenschaftlichen Leistung; sie ist hervorragend, Text und Abbildung ergänzen sich produktiv und machen die Lektüre zu einem höchst anschaulichen intellektuellen Vergnügen. Hier gebührt dem Verlag ein Sonderlob für vorbildliche, weil ebenso sorgfältige wie buchästhetisch anspruchsvolle wissenschaftliche Editionsarbeit.

Steads Buch besteht aus zwölf Kapiteln, die unterschiedliche Dimensionen der Entstehungs- und vor allem der Wirkungsgeschichte von Retzschs *Faust*-Bildern näher beleuchten. Kapitel eins zeichnet den biographischen und künstlerischen Werdegang von Retzsch nach. Es entsteht das Profil eines Künstlers, der früh bereits im Ausland höheres Ansehen genoss als in Deutschland und der in der Geschichte der *Faust*-Illustration lange Zeit im Schatten von Peter Cornelius stand. In seiner künstlerischen Handschrift vereinigen sich klassizistische Einflüsse (Ausbildung an der Dresdner Akademie bei Josef Grassi) mit romantischen Neigungen. Hier wie im gesamten Buch leistet die Studie von Stead Pionierarbeit, indem sie nicht nur die gesamte vorhandene Forschung berücksichtigt, sondern auch Materialien aus bislang unveröffentlichten Quellen zitiert bzw. präsentiert, und zwar sowohl in Text- als auch in Bildform. Kapitel zwei zeichnet den Entstehungsprozess der *Umrisse* nach, rekonstruiert das kommunikative Geflecht zwischen Retzsch, Goethe und dem Verleger Cotta und eröffnet anhand vergleichender Analysen von Vorstudien und fertigen Werken erste Interpretationsperspektiven, die Retzsch, dem in der zeitgenössischen und posthumen Kritik wegen des Umriss-Stils oft Trockenheit und Blässe vorgeworfen wurde, als originellen und erfindungsreichen Künstler rehabilitieren. Die nachfolgenden Kapitel drei bis zwölf widmen sich der internationalen Verbreitung dieser Bilderfolge und gehen den vielfältigen Rezeptionsspuren in Deutschland, Großbritannien, Frankreich, Belgien und außerhalb Europas nach. Diese Popularität macht Retzsch zu einem Sonderfall unter den *Faust*-Illustratoren: Nur er produzierte mit seinen 26 Bildern eine zusammenhängende narrative Sequenz, die sich als kompatibel erwies mit den Prinzipien der aufkommenden modernen Massenkultur und entsprechend auf große Resonanz stieß, ›multimediale Bilder‹ (»multimedial images«), die sich tief in die visuelle Kultur des 19. Jahrhunderts einprägten (S. 115). Stead nimmt dabei auch die mannigfachen produktiven Transformationen von Retzschs *Umrissen* in den Blick, ihre Adaption in anderen Medien (was die neuere Forschung unter dem englischen Begriff ›remediation‹ subsumiert). Dazu gehört die Verarbeitung der Retzsch'schen *Umrisse* für szenische Einrichtungen von Goethes *Faust* auf dem Theater. Insbesondere die Umrisse Nr. 9-11, die Gretchens »kleines reinliches Zimmer« zeigen, wurden häufig als Szenenbild kopiert. Diese Form der medialen Transformation ist zwar seit Langem bekannt, doch erst Stead entfaltet den Zusammenhang systematisch und opulent bebildert am Beispiel von Retzsch. Ihre Studie endet mit einem weniger erforschten und auch schwieriger zu rekonstruierenden Gegenstand: dem Nachleben der *Umrisse* im Kunstgewerbe, in der Waren- und Alltagskultur des 19. Jahrhunderts. Auch die Schmuckteller, Pfeifenköpfe, Lichtschirme mit *Faust*-Motiven, um die es hier geht, sind kein Novum in der *Faust*-Forschung. Doch niemals wurden sie so breit und großzügig illustriert, selten so eingehend und kundig kommentiert.

Über weite Strecken betreibt Stead Rezeptionsgeschichte als spannend zu lesende praxeologische Mediengeschichte. Gezeigt werden die unterschiedlichen Verwendungsweisen der *Umrisse*, unter anderem als Geschenkobjekt, das etwa Goethe mitunter mit handschriftlichen individuellen Widmungen versah (S. 55-59, 323-325). Ergänzende biographische Informationen lassen die *Faust*-Bilder zu lebendigen Objekten in einer komplexen sozialen Kommunikation werden. Soweit rekonstruierbar verfolgt Stead die Wege, die Retzschs Bilder (bzw. Adaptionen seiner Bilder) nahmen, wenn sie buchstäblich durch verschiedene Hände gingen, über postalische und persönliche Vermittlungen oftmals Ländergrenzen überquerten und so Goethes *Faust* in einer visuellen Highlight-Folge (mit oder ohne ergänzenden Textstellen) international bekannt machten. Besonderes Augenmerk liegt auf den konkreten materiellen Aspekten der Bilder, zum einen als Objekte in ihrer Materialität an sich, zum anderen im Hinblick auf die Benutzer und ihren Umgang mit ihnen. Steads Untersuchung steht hier erkennbar im Zeichen des *material turn*, durch den in den vergangenen Jahrzehnten die Aufmerksamkeit für entsprechende Fragen und Themen in den Geisteswissenschaften erheblich geschärft wurde.[1] Der Leser erhält detaillierten Einblick in graphische Herstellungsverfahren, in Fragen der Druck- und Reproduktionstechnik; er erfährt etwas über die Ausstattung der im Handel kursierenden Ausgaben (Bücher, Mappenwerke usw.), ihre farbliche Gestaltung, die Beschaffenheit von Papier- und Pappesorten, Besonderheiten hinsichtlich Format und Buchschmuck; nicht zuletzt sind ökonomische Aspekte (Vertriebswege im Buch- und Kunsthandel, Kosten, Gewinne, Preise, Honorare) ebenfalls Gegenstand der Ausführungen. Der im Titel der Studie verwendete Begriff »circulation« (sowohl für: ›Verbreitung‹ als auch für: ›Umlauf‹) erfährt hier seine sinnfällige Berechtigung; er unterstreicht das dynamische Moment, die Lebendigkeit und den Facettenreichtum der kulturellen, sozialen und ökonomischen Praktiken, die in Zusammenhang stehen mit Retzschs *Faust-Umrissen*. Zusammenfassend konstatiert die Verfasserin am Ende ihrer Studie einen bemerkenswerten demokratischen Effekt: Die komplexen intermedialen Prozesse führten dazu, dass Goethe und Retzsch im Laufe der Rezeption als originale Urheber tendenziell in den Hintergrund traten und komplementär dazu ›kooperative‹ Formen des Schöpferischen durch Aneignungen verschiedener Akteure (Verleger, Illustratoren, Kopisten, Künstler, Literaten, Leser) an Bedeutung gewannen (S. 358).

Ausführlichkeit und Anschaulichkeit der Beschreibungen, Prägnanz und Aussagekraft der Analysen, Breite und Fülle des verarbeiteten Wissens sowie des Quellen- und Bildmaterials, Interdisziplinarität und Perspektivenreichtum, Vielzahl und Qualität der Abbildungen, Sorgfalt und Tiefe der bibliographischen Angaben (allein die beiden umfangreichen, chronologisch-tabellarisch geordneten bibliographischen Verzeichnisse im Anhang, die Ausgaben der *Umrisse* und Remediationen aufführen, enthalten eine Überfülle genauester Informationen), schließlich das sehr differenziert strukturierte Register, das benutzerfreundlich jederzeit den Zugriff auf spezifische thematische Aspekte ermöglicht – Evanghelia Steads Monographie setzt in vielerlei Hinsicht neue Maßstäbe in der wissenschaftlichen Aufarbeitung der Geschichte der *Faust*-Illustration, nicht nur in Bezug auf die *Umrisse* von Moritz Retzsch. Zukünftige Arbeiten in diesem Bereich werden in ihrer Studie ein unverzichtbares Referenzwerk vorfinden.

Carsten Rohde

1 Vgl. auch Evanghelia Stead: *La chair du livre. Matérialité, imaginaire et poétique du livre fin-de-siècle*. Paris 2012.

Wolfgang Mölkner, Rolf Gröschner: *Teufelskreis und Gotteszirkel. Fausts Scheitern als philosophische Herausforderung.* Mit Illustrationen von Martin Turner. Baden-Baden: Karl Alber 2023, 210 S., 34,00 €

In der einigermaßen freihändigen und leichtfüßigen Vermittlung komplexer Stoffe sind der pensionierte Jura-Professor Rolf Gröschner aus Jena und der promovierte Philosoph und ehemalige Religionslehrer Wolfgang Mölkner ein eingespieltes Team. In steter Folge sind in den vergangenen vier Jahren gemeinsame Bücher zur Frage nach dem Glück, der Jurisprudenz, dem evolutiven Denken, der Philosophie Kants und der Freiheit entstanden, aber auch zu zündenden Gedanken europäischer Geister oder zu berühmten Fehldeutungen philosophischer Klassiker.[1] Im Kontext dieser Reihe von Publikationen liegt nun auch ein Band zu Goethes *Faust* als philosophischer Herausforderung vor, ergänzt durch sehr ansprechende Zeichnungen von Martin Turner. Zur einführenden Darstellung und Erläuterung zentraler Ideen, Fragen und Thesen begeben sich Gröschner und Mölkner in ein routiniertes Gespräch, welches sie als Anlehnung an die »Sokratische Dialogik« begreifen (S. 10). Im Unterschied zu dem klassischen Vorbild sind aber die Rollen anders verteilt. Hier gibt es keine souverän fragende Hebamme, die einem zunehmend in seinen Vorurteilen verwirrten Gesprächspartner bei der Geburt genauerer Bestimmungen eines philosophischen Problems behilflich ist. Vielmehr ist der abgedruckte Redeanteil beider Autoren mehr oder minder paritätisch und auch die Kompetenzen sind gleichmäßig ergänzend verteilt. Das Genre eines diskursiven Streitgesprächs kann man ebenfalls vermissen. Vielmehr lässt sich in der Lektüre die Unterhaltung von zwei Menschen verfolgen, die sich wechselseitig ergänzen und über alle wesentlichen Punkte im Grunde einer Meinung zu sein scheinen. Meist fällt nicht auf, ob eine Formulierung nun von »R.« oder von »W.« getroffen wird. Gemeinsam stellen sie den Faust-Stoff als eine philosophische Auseinandersetzung mit der Frage nach dem gelingenden Leben vor. Andere philosophische Probleme etwa der Ethik oder Erkenntnistheorie werden dagegen kaum behandelt.

Das dialogische Format erlaubt eine lebendige narrative Entwicklung von Themen in Vor- und Rückgriffen, Exkursen und Vertiefungen. Das mag wie schon bei Platon einer didaktischen Funktion dienen. Allerdings geht hier die Form gelegentlich zulasten einer durchsichtigen Gedankenführung und nötigt die Lesenden, mit gleichbleibender Aufmerksamkeit jeder Verwicklung des Gesprächs zu folgen. Dabei ist die Lektüre oft anregend, mitunter amüsant, mitunter aber auch allzu belehrend oder aber zu wenig rigoros. Dieser Umstand verweist auf eine zentrale Frage, die sich am Beginn ebenso wie noch zum Ende der Lektüre stellt: Für wen ist das Buch eigentlich geschrieben? Für Menschen, die noch gar nicht mit der Materie vertraut sind, mag die Gedankenführung mitunter zu umwegig und voraussetzungsreich sein, auch wenn eine launige Zusammenfassung des Plots im Gedächtnis bleibt: »Alternder Wissenschaftler verführt Vierzehnjährige, leistet Beihilfe zur Tötung ihrer Mutter, ermordet ihren Bruder und tötet fahrlässig zwei hochbetagte Menschen – um dennoch erlöst zu werden« (S. 16). Kennerinnen und Kenner des Stoffs werden hingegen eine Auseinandersetzung mit der einschlägigen Literatur vermissen, einige Erläuterungen altklug und die philosophischen Deutungen manchmal allzu mäandernd finden.

1 Vgl. Rolf Gröschner, Wolfgang Mölkner: *Lust, Gutes zu tun. Gespräch über Glück und gelingendes Leben.* Bonn 2020; *Rätsel des Rechts. Jurisprudenz für juristische Laien und philosophierende Juristen.* Baden-Baden 2020; *Kants Doppelleben. Audienzen bei einem philosophisch Unsterblichen.* Freiburg im Breisgau 2021; *Funkenflug. Zündende Gedanken europäischen Geistes.* Alfter 2021; *Zweck, Ziel, Zufall. Dialog über die Entwicklung evolutiven Denkens.* Baden-Baden 2022; *Freiheitsdialog. Philosophische Gespräche über wahre und falsche Freunde der Freiheit.* Basel, Nürnberg 2023; *»Ich weiß, dass ich nichts weiß«. Fatale Fehldeutungen philosophischer Klassiker.* Baden-Baden 2023.

Zweifellos kann Goethes *Faust* auf seinen philosophischen Gehalt hin befragt werden, auch wenn es sich um ein Drama und nicht um ein theoretisches Traktat handelt. Mölkner und Gröschner betonen wiederholt, dass dramaturgische Motive in der Gestaltung des Handlungsverlaufs und der Sprechakte eine Rolle spielen und auch, dass Goethe nicht einfach mit Faust, Mephisto oder einer anderen Figur gleichgesetzt werden kann. »Wir dürfen Faust also nicht als Sprachrohr Goethes missverstehen« (S. 187). Hinsichtlich der Frage, ob der Text uns vor allem etwas über die Persönlichkeit Goethes, über seine Philosophie oder über das Spektrum der verschiedenen im Text agierenden literarischen Figuren sagt, legen sie sich gleichwohl nicht eindeutig fest. Wie im *Vorspiel auf dem Theater* sei Goethe in allen Figuren zugleich präsent. Als Ausweg aus diesem Dilemma schlagen Mölkner und Gröschner vor, die »schwankende[n] Gestalten« aus der *Zueignung* nicht nur als Ausdruck alter Motive Goethes zu deuten, sondern auch des lebenslänglichen Gestaltwandels des Menschen. Demnach sei nicht nur »der Wandel das einzig Feststehende der Faustdichtung« (S. 9), sondern grundsätzlich das Wesen einer sich morphologisch wandelnden Welt und der »Ambivalenzen des Lebens« (S. 9).

Die Frage nach den Ambivalenzen und den modernen Bedingungen eines vielleicht gelingenden Lebens zieht sich leitmotivisch durch das ganze Gespräch. Die damit verbundene These ist bereits im Titel konzentriert: Der Teufelskreis, in den sich Faust durch seine Wette (die rechtshistorisch von einem Pakt unterschieden wird) mit Mephisto begibt, kennzeichnet die menschliche Existenz. Zunächst scheint der Teufelskreis jedoch eingeschrieben in den umfassenderen Gotteszirkel. Wie Mölkner und Gröschner betonen, steht Fausts unsterbliche Seele dem Teufel nicht zur Disposition. Die Wette, die Gott mit Mephisto schließt, unterziehe Faust zwar einer irdischen Prüfung, die im Unterschied zum biblischen Hiob allerdings keine »Prüfung durch Entzug«, sondern eine »Prüfung durch Erfüllung« sei (S. 28). Entscheidender aber sei, dass es sich bei Gott und Teufel nur noch um literarische Figuren, geradezu um Karikaturen handelt. Anders als in den mittelalterlichen Faust-Tragödien gelte für den pantheistischen Goethe nach Kants Kritik des ontologischen Gottesbeweises im Grunde schon, was Feuerbach erst 1841 öffentlich vertritt: Gott ist eine menschliche Projektion:

> Mit Kant, Feuerbach und Goethe zusammen können wir unsere Metapher vom ›Gotteszirkel‹ in präzisen philosophischen Begriffen zum Ausdruck bringen: Weil Gott mit dem Geistesvermögen des Menschen – nach Kant: Verstand, Vernunft und Urteilskraft – nicht zu erfassen ist, werden menschliche Eigenschaften auf Gott projiziert, laut Feuerbach, oder die göttlichen Gestalten werden vermenschlicht wie bei Goethe. (S. 34)

Goethe platziere damit die in der Faust-Figur manifestierte Suche nach einem guten Leben in einem letztlich a-religiösen Kontext, der schon auf die spätere Aufhebung der Gottesvorstellung zum Ende des 19. Jahrhunderts verweise: »W [Mölkner:] Drei Generationen nach Goethe verkündet Nietzsche: ›Gott ist tot‹ Mit dieser Proklamation wurde der Gotteszirkel aufgehoben … R [Gröschner:] … aber nicht der Teufelskreis« (S. 188). Die zentrale philosophische Herausforderung liegt somit aus Sicht der beiden Dialogpartner weniger in Feldern der Erkenntnistheorie, der ökologischen Naturphilosophie oder der Ethik, sondern in der Frage nach Lebenskunst in einer post-metaphysischen Konstellation. Sie präsentieren Goethes *Faust* dementsprechend als ein Drama, in dem diese Konstellation bereits antizipiert und auf ihre Konsequenzen hin geprüft wird. Das mag richtig oder falsch sein, aber es erlaubt jedenfalls ein nachvollziehbares Gespräch über den Text.

Der erste Teil der Tragödie wird als eine fortschreitende Geschichte des Scheiterns erzählt. Zunächst scheitert Faust als humanistischer Gelehrter, dann als Magier. Sein »Totalitätsanspruch, zu erkennen, was die Welt im Innersten zusammenhält, musste scheitern« (S. 41), glauben Mölkner und Gröschner in erkenntniskritischer Haltung und sehen in dem Pakt mit dem Teufel eine »Kehre« (S. 52), mit der sich Faust von seinem Gelehrtendasein abwendet. Statt auf Erkenntnis richte sich Fausts Streben nun auf Sinnlichkeit und Genuss des Augenblicks. Auf das Gelehrtendrama folgt die Gretchentragödie (S. 63-78), die dann in eine hektische Folge von Schaffenskatastrophen übergehe (S. 81). Nachdem der *Faust* zunächst als Geschichte des vielfältigen Scheiterns besprochen wird, wird im zweiten Teil des Buches *Faust* als Bemühung um gelingendes »Leben auf eigene(n) Faust« inszeniert (S. 117). Ein Kapitel widmet sich der Lebensfreude und empfiehlt – wenig überraschend – ausgehend von Fausts unmöglichem Ideal des ewigen Augenblicks eher aristotelische Eudaimonia und »Großgesinntheit« (S. 127) statt Kantischer Pflichtenethik. Interessant schien mir auch der Versuch, nicht nur das offenkundige »Scheitern Fausts als Liebhaber und Geliebter« (S. 140) zu markieren, sondern ein Konzept von Liebesglück zu entwickeln. Das etwas enttäuschende Ergebnis ist, dass jedenfalls »Goethe im *Helena*-Akt eine poetische Konzeption der Liebe gedichtet hat« (S. 160). Ebenso offen schließt das finale Kapitel zur Selbstorientierung mit der Einsicht, dass das Glück eines gelingenden Lebens allenfalls in dem Hier und Jetzt liegt, in dem wir das nächste Scheitern vorbereiten (S. 187). In diesem Sinne lassen Mölkner und Gröschner zum Abschluss ihres Gesprächs Faust sogar selbst mittels einer Zeitreise in seinem scheiternden Bemühen um Glück als schwankenden »Typus des modernen, rastlosen, unbehausten Menschen« (S. 207) auftreten. Man muss diese vergegenwärtigende These nicht teilen, aber sie wird in dem vorliegenden Dialog über weite Strecken anregend und informativ vorgetragen. Dass vermutlich andere Wege zielführender und klarer gewesen wären, steht auf einem anderen Blatt.

Helmut Heit

Kathrin Schär: *Erdgeschichte(n) und Entwicklungsromane. Geologisches Wissen und Subjektkonstitution in der Poetologie der frühen Moderne. Goethes »Wanderjahre« und Stifters »Nachsommer«*. Bielefeld: transcript Verlag 2021, 321 S., 44,00 €

In seinem bekannten Text *Granit II* (früher: *Über den Granit*) stellt Goethe mit eindringlicher Rhetorik Literatur und Geologie als die am weitesten voneinander entfernt liegenden Gebiete dar, die man sich vorstellen könne. Doch »ein Geist des Widerspruches« habe ihn

> von Betrachtung und Schilderung des menschlichen Herzens des jüngsten mannigfaltigsten beweglichsten veränderlichsten, erschütterlichsten Teiles der Schöpfung zu der Beobachtung des ältesten, festesten, tiefsten, unerschütterlichsten Sohnes der Natur geführt. (FA I, 25, S. 313 f.)

Diese Aussage wird im folgenden Satz sogleich relativiert, indem Goethe betont, »daß alle natürlichen Dinge in einem genauen Zusammenhange stehen« (ebd., S. 314). Die Forschungsarbeit von Kathrin Schär, die auf eine Dissertation an der Universität Neuchâtel zurückgeht, unternimmt es, den Zusammenhang zwischen Entwicklungsromanen und Erdgeschichten darzulegen, dies mit der Begründung: »Sowohl in der Literatur als auch in der Geologie wurden Entwicklungserzählungen verfasst« (S. 12). Schär differenziert zugleich, dass »die Betonung einer einmaligen und unwiederholbaren Geschichte für die literarischen und geologischen Entwicklungsnarrative, die hier analysiert werden, entscheidend« sei (S. 12).

Mit *Wilhelm Meisters Wanderjahren* und dem *Nachsommer* stehen zwei Romane im Zentrum von Schärs Untersuchung, deren Protagonisten in ihrem Lebensgang mit geologischen Fragen konfrontiert werden. Voraussetzung dafür war, dass die Autoren beider Werke an den Erkenntnissen der Geologie ihrer Zeit höchst interessiert waren. In dieser Disziplin erfolgte in den Jahren nach 1800 eine Erweiterung des erdhistorischen Wissens, durch die bis dahin unvorstellbare Zeiträume der Vergangenheit erschlossen wurden. In der Geologie wurde nun eine Geschichte jenseits des Menschen denkbar, was nach Schär auch zu einer »zeitlichen Dezentrierung des menschlichen Subjekts« führte (S. 14).

Um den naturwissenschaftlichen Hintergrund zu klären, widmet sich das erste Kapitel den »Erdgeschichte(n) um 1800«. Näher vorgestellt werden darin die drei wichtigsten Exponenten, die in den Jahrzehnten vor und nach dieser Epochenschwelle tätig waren: Buffon, Georges Cuvier und Charles Lyell.

Eine glutflüssige, durch einen Kometen von der Sonne abgespaltene Masse stellte Georges-Louis Leclerc, Comte de Buffon (1708-1788), an den Anfang seines geologischen Narrativs; seither sei die Erde einem Abkühlungsprozess unterworfen (S. 51-57). Goethe schätzte die Werke des Grafen sehr, insbesondere die 1778 erschienenen *Epoques de la Nature* (vgl. WA IV, 4, S. 202). Buffons physikalisch erklärte Geschichte der Erde sei aber ebenso wenig wie die teleologische Erzählung der Bibel eine »Geschichte« im engeren Sinn, wie Schär mit Verweis auf den Geohistoriker Martin Rudwick[1] betont, weil ihr die Kontingenz fehle (S. 13 f.). Anders sei dies bei Georges Cuvier (1769-1832): Der französische Anatom und Begründer der Paläontologie konnte anhand von Fossilien eine vergangene Flora und Fauna rekonstruieren, der kein vorgegebenes Entwicklungsmodell zugrunde lag (S. 58-63).

Mit dem schottischen Geologen Charles Lyell (1797-1875) begann die neue Epoche der Geologie. Er stellte in seinem Werk *Principles of Geology* (1830-1833) eine Theorie mit unendlich sich wiederholenden Auf- und Abbauprozessen von Gesteinsschichten vor. Innerhalb eines solchen Zyklus sah er aber durchaus eine gerichtete Erdgeschichte, deren Epochen sich untersuchen und darstellen ließen (S. 63-68). Goethe hätte den ersten Teil von Lyells Werk theoretisch noch kennenlernen können, wofür es nach Schär aber keine Belege gibt (S. 113). Lyell verhalf dem Aktualismus zur allgemeinen Anerkennung, also jener Annahme, dass nur heute noch wirksame physikalische Kräfte zur Erklärung geologischer Phänomene berücksichtigt werden dürfen, während Cuvier Epochen ohne Bezug zur Gegenwart definierte, die durch erdhistorische Katastrophen getrennt waren (S. 49).

In Bezug auf Goethes letzten Roman greift Schär zwei Fragen auf, die in der bisherigen Forschungsliteratur kontrovers diskutiert wurden: Inwieweit hat Goethe eine dynamische Sicht der Erdgeschichte befürwortet – und in welchem Sinn können die *Wanderjahre* als Entwicklungsroman bezeichnet werden (S. 107 f.)? Dabei ist nach Schär zu unterscheiden zwischen Goethes geologischen Beschäftigungen vor und nach 1800. In die frühere Epoche seiner naturwissenschaftlichen Interessen fallen eigene Studien zum Granit und Goethes Versuche, Neptunisten und Vulkanisten im Basaltstreit zu versöhnen (S. 110). Mit der neuen Theorie der Entstehung der Gebirge durch plutonische und vulkanische Ereignisse, wie sie nach 1800 etwa Alexander von Humboldt vertrat, konnte sich Goethe nicht einverstanden erklären, obwohl er den von Abraham Gottlob Werner vertretenen Neptunismus als ein überholtes Konzept erkannte und es schließlich als »Dogmatismus« (FA I, 25, S. 642) bezeichnete (S. 111).

Bereits 1796 erwähnte Goethe zum ersten Mal eine Fortsetzung der *Lehrjahre*, ab 1807 arbeitete er daran (S. 118 f.). In beiden gedruckten Fassungen der *Wanderjahre* (1821 und 1829) beginnt der Roman mit Gesprächen zur Geognosie und Mineralogie, doch erst in der zweiten Fassung fügte Goethe das »Bergfest« ein, bei dem über Ursprung und Entstehung der Erde gestritten wird (S. 122). Schär benennt diese Abfolge als zwei »Wissensstufen«, die »den unterschiedlichen Entwicklungsstadien der Ausdifferenzierung der Disziplin entsprechen« (S. 123). Die von Jarno/Montan in vereinfachter Form an Wilhelm und dessen Sohn Felix vermittelten Informationen zum Granit und zu dem langen Prozess des Werdens, der sich der Landschaft ablesen lasse, führten zur zweiten Stufe des geologischen Wissens hin (S. 129). Schär sieht in den Gesprächen mit Felix den Wissensstand von *vor* 1790 dargestellt, doch nach der Szene im Riesenschloss müsse »erdgeschichtliches Wissen aus dem ersten Drittel des 19. Jahrhunderts hinzugezogen werden« (S. 131). Für diese Zeit stehe der Experte Jarno/Montan, dem sich neue, mit den bisherigen Hypothesen nicht vereinbare geologische Fragen stellten. So zeigte die Forschung immer deutlicher, dass die einfache Vorstellung einer

1 Vgl. Martin John Spencer Rudwick: *Bursting the Limits of Time. The Reconstruction of Geohistory in the Age of Revolution.* Chicago, London 2005.

gesetzlichen Folge der Gesteinsschichten unhaltbar war, dass etwa Basalt älter als Granit sein konnte (S. 138). Das verschlossene Kästchen, das Felix im Riesenschloss findet, versteht Schär demzufolge nicht allgemein als Metapher für das Buch der Natur, sondern spezifischer und aktueller für »das Buch der nicht lesbaren Geschichte der Erde« (S. 144).

Mit Verweis auf Cuviers Vorgehen zur Rekonstruktion der Erdgeschichte, dem Goethe in den *Wanderjahren* (in den *Betrachtungen im Sinne der Wanderer*) implizit Reverenz erweist, postuliert Schär, der Roman sei »als erdgeschichtliche Archivfiktion zu verstehen« (S. 183). Dem Erzählverlauf von Goethes Roman liege »ein ateleologisch-erdgeschichtliches Entwicklungskonzept zugrunde« (S. 203). So kommt die Autorin zu einem Schluss, der auch die zweite eingangs gestellte Frage zu den *Wanderjahren* beantworten soll: »Mittels der Zusammenführung des literarischen Texts mit einem erdgeschichtlichen Konzept lässt sich der Roman in die Tradition der Entwicklungsromane einordnen, wenn auch mit einem alternativen Erzählmuster« (S. 203).

Zur Interpretation des 1857 erschienenen *Nachsommer* zieht Schär die aktualistische Sicht Lyells auf die Erdoberfläche und ihre »Mikroveränderungen« heran (S. 266). In Stifters Roman, dessen Handlung »in den 10er- und 20er-Jahren des 19. Jahrhunderts« spiele, aber auch spätere geologische Konzepte aufnehme (S. 208 f.), wird der Protagonist Heinrich schließlich Geologe. Dabei ließ sich der Autor bekanntlich von den Leistungen des österreichischen Geographen und Alpenforschers Friedrich Simony inspirieren, doch war sein geologisches Wissen viel breiter, wie Schär darlegt (S. 211). So sei Stifter auch »zumindest mit den inhaltlichen Grundzügen von Lyells Forschung bekannt gewesen« (S. 215).

Wie im »Bergfest« der *Wanderjahre* gibt es im *Nachsommer* Passagen, in denen der Protagonist mit unterschiedlichen zeitgenössischen Meinungen zur Erdgeschichte konfrontiert wird. Die Autorin sieht auch in Stifters Roman einen Nachvollzug der Entwicklung der geologischen Wissenschaft; sie führe vom klassifizierend-beschreibenden Vorgehen, wie es Heinrich etwa durch die Lektüre von Humboldt kennenlernte (S. 224), hin zu einer Vorstellung von vergangenen Zeiten und der weiteren Entwicklung der Erde in der Zukunft. Ebendies lasse sich bei Lyell finden (S. 232).

Im Vergleich mit parallelen Stellen aus den *Principles of Geology* zieht die Autorin für Stifters Roman den poetologischen Schluss: »Die durchaus gewollten Wiederholungsstrukturen, die detaillierten Beschreibungen und die Handlungsarmut ahmen die Langsamkeit der erdgeschichtlichen Entwicklung mit Mikroveränderungen nach« (S. 273). – Diese als »innovativ und neuartig« (ebd.) benannte Erzählform Stifters findet sich allerdings bei ihm nicht nur im *Nachsommer*, sondern auch in Texten, denen keine explizit geologische Thematik zugrunde gelegt ist. Auf diese allfällige Übertragung geht die Autorin aber nicht ein. Auch versucht sie den Vergleich mit Lyell zu eng zu führen, indem sie dessen zyklisches Modell der Erdgeschichte auch im Roman aufsuchen will. Dies führt dann im abschließenden *Ausblick* zu etwas hilflosen Erklärungen:

> Das zyklische Erzählmodell für die Verlaufsform der Entwicklungsgeschichte Heinrichs konnte […] nicht explizit nachgewiesen werden. Nichtsdestotrotz ist das zyklische Erzählen im Roman evident. Es wäre demnach spannend, in Bezug auf den Erzählverlauf nach allfälligen Mischformen von teleologischen und zyklischen Mustern zu suchen. (S. 288)

Auch an der sprachlichen Form der Studie ist einiges zu bemängeln, so bei den zahlreichen ›Regieanweisungen‹, die ein wenig unbeholfen wirken: »Während der erste Abschnitt zeigt, wie die Krise der Hauptfigur durch das Nachdenken über Erdgeschichte ausgelöst wird, geht es im zweiten darum, verschiedene Formen der Dezentrierung des Subjekts herauszuarbeiten« (S. 227). – So erfährt die an sich sehr interessante Fragestellung leider keine souveräne Behandlung, und die an anregenden Details reiche Studie lässt doch manche Wünsche offen.

Margrit Wyder

Sylk Schneider: *Viagem de Goethe ao Brasil. Uma jornada imaginária.* Florianópolis: Editora Nave 2022, 256 S., 50,00 R$

Dass man in dem Lyriker, Dramatiker und Erzähler Johann Wolfgang von Goethe einen der größten Dichter der Weltliteratur hat, ist in Brasilien dank der verschiedenen Übersetzungen seiner Werke, insbesondere des Briefromans *Die Leiden des jungen Werthers* und des ersten Teils des *Faust*, seit dem 19. Jahrhundert hinlänglich bekannt. Weniger bekannt sind jedoch die vielfältigen Beziehungen des Dichters zu Brasilien, welche ein breites Spektrum an Wissensgebieten abdecken, wobei der Schwerpunkt auf der Mineralogie (im geowissenschaftlichen Museum der Universität von São Paulo wird das nach ihm benannte Erz »Goethit« ausgestellt) und der Botanik liegt.

Sehr fördernd für Goethes wissenschaftliche Beschäftigung mit Brasilien war sicherlich der Weimarer Gelehrtenkreis unter der Schirmherrschaft des Großherzogs Carl August, welcher ein sehr günstiges Umfeld für Studien eröffnete, die durch die Erforschung ferner Welten, darunter des südamerikanischen Kontinents, die Grenzen des damaligen Wissens erweitern sollten. Unter diesen wissenschaftlich neu zu erschließenden Orten erwies sich Brasilien als terra incognita für die Deutschen bzw. die Europäer und weckte in dem Dichter und Naturforscher aus Weimar während der letzten Jahrzehnte seines Lebens ein leidenschaftliches Interesse.

In den brasilianischen Goethe-Studien ist Goethes Hinwendung zum riesigen südamerikanischen Land jedoch, obwohl der Wissenschaft bereits bekannt, ein noch wenig erforschtes Terrain. Vor dem hier rezensierten Buch wäre vor allem auf den reichhaltigen Aufsatz von Jochen Golz *Goethes Südamerika-Erfahrungen im Spiegel seines Nachlasses* hinzuweisen, welcher in dem von Helmut Galle und Marcus Mazzari herausgegebenen Band *Faust und Lateinamerika* erschienen ist.[1] Die Lücke wird nun durch Sylk Schneiders Buch *Viagem de Goethe ao Brasil* mit einer großen Menge von Daten weiter geschlossen oder mindestens verkleinert.

Ansässig in Weimar, hat sich Sylk Schneider seit seinem Aufbaustudium in Recife, Hauptstadt des Bundesstaats Pernambuco, intensiv für Brasilien interessiert. Die deutsch-brasilianischen Beziehungen sind zu einem gewichtigen Gegenstand seiner Forschungen geworden, was dazu führte, dass Schneider diesen Beziehungen sowohl in Deutschland als auch in Brasilien eine Reihe von Artikeln, Vorträgen und Büchern gewidmet hat. 2008 veröffentlichte er *Goethes Reise nach Brasilien. Gedankenreise eines Genies.*[2] In diesem Werk untersucht er die Goethe'schen Beziehungen zu Forschungsreisenden, die sich in die Länder der Neuen Welt, und vor allem in die damalige portugiesische Kolonie, wagten. Da dieses Werk eine gewisse Bedeutung auch für Brasilien hat, wurde es im Verlag Nave (Florianópolis) durch Daniel Martineschen ins Portugiesische gebracht, dessen Übertragung des *West-östlichen Divan* ihm 2020 einen bedeutenden brasilianischen Übersetzerpreis einbrachte. Für die brasilianische Ausgabe seiner Studie hat Schneider den Originaltext nicht nur überarbeitet, sondern auch erheblich erweitert und darüber hinaus neue ikonografische Forschungen in der Herzogin Anna Amalia Bibliothek durchgeführt, die eine außerordentlich wichtige Sammlung seltener Werke zu Brasilien besitzt.

In einer halb chronologischen Folge widmet sich Schneiders Studie dem Interesse Goethes an Brasilien in einem komplexen Labyrinth aus Briefwechseln mit verschiedenen deutschen Wissenschaftlern und Forschungsreisenden. Zum Vorschein kommt ein riesiges, sehr beeindruckendes Netzwerk, dessen kritische Darstellung sich als keine leichte Aufgabe erweist,

1 Jochen Golz: *O contato de Goethe com a América do Sul à luz de seu espólio.* In: Helmut Galle, Marcus Vinicius Mazzari (Hrsg.): *Fausto e a América Latina.* São Paulo 2010, S. 109-128.

2 Sylk Schneider: *Goethes Reise nach Brasilien. Gedankenreise eines Genies.* Weimar: Weimarer Taschenbuch Verlag 2008.

da es aufgrund der Vielfalt der Goethe'schen Interessen zu Themenvermischungen kommt. Da es für den Leser ebenfalls schwierig ist, die Übersicht über die verschiedenen im Text erwähnten Namen zu behalten, stellen erläuternde Fußnoten diese Namen in den spezifischen Kontext ihrer wissenschaftlichen Beschäftigung mit Brasilien. Dadurch wird der Band *Viagem de Goethe ao Brasil* zu der hier dargelegten umfassenden Informationsquelle über die Beziehungen zwischen den beiden Ländern.

Schneider bezeichnet die Lektüre von Montaignes *Essais* als einen der ersten Kontakte des Dichters mit Brasilien. Das Thema der Kannibalen, das auch in Hans Stadens Volksbuch *Warhafftige Historia* von 1587 vertreten ist, veranlasste Goethe 1782 zur versifizierenden Bearbeitung von Prosastellen aus Montaignes *Essais*[3], deren jeweiliges ›lyrisches Ich‹ die Rolle indigener brasilianischer Sprecher übernimmt. In ihnen schimmert immer noch der Blick auf eine exotische Natur durch, welcher sich später ändern wird, aber damals die gängige Sicht Europas auf Brasilien darstellte. In den folgenden Jahren sollte die Lektüre neuer Veröffentlichungen über Brasilien, welche auch in wissenschaftlichen Vereinigungen diskutiert wurden, jene Vision über das vorwiegend als ›exotisch‹ wahrgenommene Land modifizieren. Und es sei in diesem Kontext noch darauf hingewiesen, dass Goethe nur drei Jahre nach dem Verfassen der brasilianischen Gedichte seine botanischen Studien begonnen hat.

Einen bedeutenden Teil seiner Abhandlung hat Schneider den Vorstellungen Goethes über die brasilianische Natur gewidmet. Dem Leser werden in diesem Zusammenhang verschiedene Facetten seines fruchtbaren Verhältnisses zu Alexander von Humboldt, dem wohl bedeutendsten Naturforscher des 19. Jahrhunderts, vorgestellt. Wie allgemein bekannt, ist Humboldt selber nie in Brasilien gewesen: seine Einreise wurde ihm nicht gestattet, weil man ihn in Portugal für einen französischen Spion hielt.

Die Installation des portugiesischen Hofes in Brasilien im Jahr 1808 und die daraus resultierende Öffnung der Häfen für die Nationen der Welt veränderten die Beziehungen des Landes zum europäischen Kontinent. Viele Naturforscher und Wissenschaftler fingen nun an, nach Brasilien zu reisen und danach Neuigkeiten über das ›exotische Land‹ nach Europa zurückzubringen. Mit einigen dieser Reisenden kam Goethe durch die Lektüre ihrer Berichte in Kontakt, so mit dem Engländer John Mawe und insbesondere mit dem hessischen Geologen Wilhelm Ludwig von Eschwege. Besondere Aufmerksamkeit schenkt Schneider dem Gedankenaustausch mit letzterem, dessen Arbeiten zur Mineralogie Goethe sehr interessierten. Eschweges Erkundungen führten zu einem in Weimar vom Verleger Bertuch prächtig gedruckten Band. Schneider würdigt gebührend die Rolle Bertuchs, der weitgehend im Auftrag des Großherzogs arbeitete und so verschiedene Veröffentlichungen über Amerika, insbesondere Südamerika, herausgegeben hat. Eine Vergleichstabelle (S. 54f.) liefert sehr wichtige Daten zur Veröffentlichung von Texten über Brasilien in Deutschland und betont dabei die außergewöhnliche Rolle von Weimar und Bertuch in wissenschaftlichen Diskussionen zwischen 1800 und 1832.

Anschließend stellt Schneider die Figur des Fürsten Maximilian zu Wied-Neuwied vor, durch den Goethes Interesse an Brasilien erneuert und erweitert wurde. Die Anknüpfung dieses neuen Kontakts fiel mit der Nachricht über die Unabhängigkeit Brasiliens und die daraus resultierenden Beziehungen zu europäischen Ländern zusammen. Schneider führt eine Bestandsaufnahme dessen durch, was über Goethes Position hinsichtlich des neuen brasilianischen Staats bekannt ist, und stellt eine neue Figur vor, die für das Brasilien-Bild des Dichters von größter Bedeutung war: Carl Friedrich Philipp von Martius.

Goethes Beziehung zu Martius war aufgrund der neuen familiären, ehelichen Verbindungen der Habsburger zu Brasilien Teil eines komplexen Kontexts der internationalen Beziehungen zwischen dem Großherzogtum Weimar und dem österreichischen Kaiserhof. Die

3 Vgl. *Liebes Lied eines Amerikanischen Wilden* (ID 162). In: *»Es ward als ein Wochenblatt zum Scherze angefangen«. Das Journal von Tiefurt.* Hrsg. von Jutta Heinz u. Jochen Golz. Unter Mitarb. von Cornelia Ilbrig, Nicole Kabisius u. Matthias Löwe. Göttingen 2011, S. 596f. u. 602.

habsburgische Erzherzogin Leopoldine, seit 1817 Ehefrau des portugiesischen Kronprinzen Dom Pedro, der 1822 Kaiser des nun von Portugal unabhängigen Brasilien werden sollte, war sowohl an Naturwissenschaften als auch an einer fortdauernden Verbindung zu Europa sehr interessiert. Sie ließ eine europäische Expedition nach Brasilien organisieren und in diesem Zusammenhang taucht neben Martius ein weiterer Name auf, den Schneider besonders hervorhebt: Es handelt sich um den Österreicher Johann Baptist Emanuel Pohl, Autor eines der beeindruckendsten Werke zur brasilianischen Flora, *Plantarum Brasilliae*. Der Verfasser stellt aufschlussreiche Verbindungen zwischen dem Werk Pohls und dem des Botanikers Martius her, dessen Stiche von Palmen bei Goethe eine langjährige Begeisterung für diese Pflanzen neu entfachten.

Ein ganz besonderes Kapitel in Schneiders Buch ist der Entscheidung von Martius und dem Botaniker Nees von Esenbeck gewidmet, eine nur in Brasilien vorkommende Malvaceen-Art mit dem Namen *Goethea* zu bezeichnen, eine Hommage, die den alten Dichter tief bewegt hat.

Zwei Aspekte des hier besprochenen Buches garantieren ihm einen herausragenden Platz im Rahmen der Goethe-Studien in Brasilien. Zum einen enthält es eine umfangreiche Recherche archivalischer Quellen: Briefe, Berichte und Gespräche werden sorgfältig transkribiert und übersetzt. Dieses reichhaltige Material ist in Brasilien schwer zugänglich, da viele Dokumente nur im Goethe- und Schiller-Archiv sowie in der Herzogin Anna Amalia Bibliothek vorhanden sind. Zweitens verdient der Ikonographie-Abschnitt in der brasilianischen Publikation besondere Erwähnung (S. 129-223). Hier findet der brasilianische Leser eine sorgfältige Auswahl Dutzender farbiger Illustrationen aus den von Goethe konsultierten Bänden. Einige dieser schwer zugänglichen Illustrationen sind zum ersten Mal in diesem Band gedruckt, wie zum Beispiel die Stiche Pohls.

Abschließend wäre das von Berthold Zilly, Übersetzer mehrerer brasilianischer Werke ins Deutsche, verantwortete Vorwort hervorzuheben, in dem die These entwickelt wird, dass Goethes Verhältnis zur Natur demjenigen ähnelt, das der ›Sertanejo‹ (eine Art Bauer) gegenüber dem ›Sertão‹ (Hinterland) empfindet – eine symbiotische Beziehung, die aus der Identifikation des Individuums mit der natürlichen Umwelt entsteht. Am Ende des Bandes bieten die Anhänge wichtige tabellarische Informationen über Goethes ›Brasilianische Bibliothek‹, seine persönliche Archivsammlung von Themen über dieses Land.

Schneiders Buch ist eine sehr angenehme, zum Nachdenken anregende Lektüre und stellt darüber hinaus einen bedeutenden Beitrag zur Erforschung der deutsch-brasilianischen kulturellen und wissenschaftlichen Beziehungen dar. Es wird sicherlich einen wichtigen Platz in der brasilianischen Goetheanistik als Informationsquelle und Anknüpfungspunkt für künftige Forschungen einnehmen.

Rafael Rocca dos Santos

Sophie Picard: *Klassikerfeiern. Permanenz und Polyfunktionalität Beethovens, Goethes und Victor Hugos im 20. Jahrhundert.* Bielefeld: transcript 2022, 484 S., 51,00 €

Anlässlich runder Geburts- und Todestage werden ›Klassiker‹ nicht nur geehrt, sondern gleichsam wiedergeboren, um kollektive Sichtweisen und Sehnsüchte ihrer Nachwelt zu spiegeln. In Gedenkansprachen, Ausstellungen und gedruckten oder multimedialen Publikationen fallen im Umgang mit ihnen – je nach Zeit und Kontext – neben Kontinuitäten immer wieder Aktualisierungen, Neuausrichtungen und teilweise sogar Widersprüche auf. Sophie Picard stellt in ihrer umfangreichen Studie, mit der sie 2019 an der Friedrich-Schiller-Universität Jena und der Sorbonne Université in Paris promoviert wurde, die grundsätzliche

Frage, wie das »Rätsel der Langlebigkeit« (S. 14) von Klassikern erklärbar sei. Dazu vergleicht sie den Umgang mit Goethe, Ludwig van Beethoven (1770-1827) und Victor Hugo (1802-1885) in ihren jeweiligen Jubiläumsjahren der Zwischen- und Nachkriegszeit im deutsch- und französischsprachigen Raum.

Die Untersuchung beginnt mit einem I. Teil (Kapitel 1 und 2), in dem die Verfasserin ihren methodischen Zugriff und zentrale Begriffe theoretisch begründet. Mit ihrer Ausgangsthese, dass die »Permanenz von Klassikern« (S. 14) vor allem durch deren »Polyvalenz« (S. 15) zu erklären sei, legt Picard das Ergebnis der gesamten Studie von Anfang an in groben Zügen fest. Das Phänomen der Klassikerfeiern betrachtet sie in ihrer Argumentation als »Laboratorium […], in dem sich Klassik als eine kulturelle Praxis beobachten lässt« (S. 72). Besonders überzeugend ist im theoretischen Teil die Systematisierung unterschiedlicher Klassikerdiskurse nach Gebrauchskontexten, die vom Kunstdiskurs über wissenschaftliche und kulturpolitische Spezialdiskurse bis zum Breitendiskurs reicht (vgl. z. B. S. 46). Darüber hinaus unterscheidet Picard einen »Klassiker-Metadiskurs«, in dem »der Umgang mit Klassikern in den unterschiedlichen gesellschaftlichen Praxisbereichen und den ihnen korrespondierenden Diskursivitaten reflektiert wird« (S. 56).

Die Kapitel in Teil II der Studie (Kapitel 3-5) widmen sich der Reihe nach den Klassikerfeiern der Zwischenkriegszeit (Beethoven 1927, Goethe 1932, Hugo 1935). Ausgehend von jeweils einem besonders aussagekräftigen »Schlüsseldokument« (z. B. S. 73) zeigt Picard, wie sich in den Jubiläumsjahren die unterschiedlichen Klassikerdiskurse zueinander positionieren und welche Funktionalisierungen sich dabei durchsetzen. Eines dieser Schlüsseldokumente ist die Festrede Romain Rollands auf Beethoven, die nach Picard entscheidend dazu beitrug, den Komponisten zum pazifistischen Universalklassiker zu erheben. Für 1932 greift die Verfasserin Thomas Manns vielbeachteten Essay *Goethe als Repräsentant des bürgerlichen Zeitalters*[1] als Schlüsseldokument auf, der sich im politisch krisenhaften Gedenkjahr gegen eine ideologische Vereinnahmung Goethes ausspricht. Trotz dieser Skepsis, so Picard, sei das Bild des Dichters als Nationalklassiker in der späten Weimarer Republik der entscheidende Referenzpunkt der Goethe-Verehrung geblieben. Victor Hugo sticht in der Reihe der Fallbeispiele heraus: So zeigt die Verfasserin, dass der Napoleon-Gegner in seinem Erinnerungsjahr 1935 auf kein dominierendes Klassikermodell festgelegt werden kann (vgl. S. 294); insbesondere sei er aber durch die politische Linke in Frankreich und deutschsprachige Exilliteraten vom populären »*grand homme* zum antifaschistischen Klassiker« (S. 255) stilisiert worden.

Im dritten Untersuchungsteil (Kapitel 6-8) beschäftigt sich Picard mit der Frage nach »der Brauch- bzw. Adaptierbarkeit« (S. 348) früherer Klassikermodelle nach der Zäsur von 1945. Dazu betrachtet sie zunächst das Goethejahr 1949, in dem abermals Thomas Mann als prominenter Festredner in Erscheinung trat. Mann trug seine *Ansprache im Goethejahr 1949* am 25. Juli 1949 in der Frankfurter Paulskirche, also bereits in der jungen BRD, und am 1. August 1949, kurz vor dem Gründungsakt der DDR, im Deutschen Nationaltheater in Weimar vor. Die Verfasserin arbeitet an diesem Schlüsseldokument heraus, inwiefern der doppelte Auftritt für zwei divergierende Tendenzen der Goethe-Rezeption stehen kann: Während das Nationalklassikermodell, das Mann in seiner Rede teilweise reaktiviere, »in der SBZ aus politisch-taktischen Gründen dankend angenommen« (S. 322) worden sei, habe es in der BRD kaum Beachtung gefunden: »Durch den nationalsozialistischen Klassikerdiskurs erscheint [in Westdeutschland] der nationalpolitische Klassikergebrauch überhaupt disqualifiziert« (S. 323). Dagegen habe es sich in der Nachkriegszeit auch durchgesetzt, Goethe als Teil der Weltliteratur und »in vielen Teilen der Welt wirkenden Globalklassiker«

1 Der Text wurde im März 1932 als Rede an der Berliner Akademie der Künste gehalten und kurz darauf in einem Goethe-Heft der *Neuen Rundschau* und auch als Buchausgabe gedruckt; vgl. Thomas Mann: *Goethe als Repräsentant des bürgerlichen Zeitalters. Ein Vortrag*. In: *Die Neue Rundschau* (1932), 4. Heft, S. 434-462.

(S. 350) zu betrachten. Das »Ende der Klassikermodelle« (S. 429) sieht Picard schließlich – auch bedingt durch Verdichtung der Massenmedien und eine damit verbundene Steigerung des kritischen Metadiskurses – im Beethoven-Jubiläum 1970 gekommen. Daraus folgert sie aber »eine größere Autonomie […] andere[r] Diskursformen« (S. 429) der Klassikerehrung, die seither größere Bedeutung erlangt hätten.

Die Studie schließt mit einem vierseitigen Schlussteil (Kap. 9), in dem Picard zentrale Befunde ihrer Betrachtungen nochmals knapp zusammenfasst.

Insgesamt erscheint Picards Untersuchung innovativ, indem sie durch die Auswahl der Beispiele den Forschungsstand zur Klassikerrezeption und auch zur Rezeptionsgeschichte der drei Künstler um neue interdisziplinäre und interkulturelle Perspektiven erweitert. Gerade mit Blick auf die beiden Goethe-Gedenkjahre stellt die Untersuchung eine große Bereicherung dar, da die Quellen in dieser Breite und Intensität bislang noch nicht untersucht wurden. Durch akribische Aufarbeitung der Materie gelingt es Picard, ihre These von der Polyvalenz als Voraussetzung für die Permanenz von Klassikern stichhaltig zu exemplifizieren. Womöglich hätte jedoch etwas mehr Offenheit in der Fragestellung noch weitere Befunde zu Tage fördern können. Um Zirkularität und Redundanzen zu vermeiden, wäre außerdem an manchen Stellen darauf zu verzichten gewesen, zentrale Ergebnisse schon zu Beginn einzelner (Teil-)Kapitel vorwegzunehmen. Weder die enorme Dokumentationsleistung der Arbeit noch die wertvollen Befunde werden aber durch diese geringfügigen Einwände maßgeblich geschmälert.

Abschließend ist hervorzuheben, dass Picards Untersuchung fruchtbare Anknüpfungspunkte für weitere Studien bietet, die sich z. B. späteren Epochen der Goethe- oder Klassikerrezeption widmen könnten. Auch weckt die Beschäftigung mit diesem Buch Neugier und Vorfreude auf künftige Klassikerfeiern: Das nächste Beethovenjahr erwartet uns bereits 2027, und auch Goethe wird in weniger als zehn Jahren sicher wieder gebührend gefeiert.

Michael Veeh

Wilfried Lehrke: *Die Weimarer Klassikerstätten als Nationale Forschungs- und Gedenkstätten der klassischen deutschen Literatur in Weimar (NFG). Ereignisse und Gestalten. Eine Chronik. 1962-1967.* Bucha bei Jena: quartus 2023, 484 S., 24,90 €

Seit dem Erscheinen des ersten Bandes der *Chronik* hat das Goethe-Jahrbuch die Arbeit des Chronisten begleitet und in Besprechungen dokumentiert.[1] Was bislang zu den Qualitäten dieser Buchreihe gesagt worden ist, gilt uneingeschränkt auch für den jetzt vorliegenden Band. Der Untertitel *Ereignisse und Gestalten* gibt zu erkennen, nach welchen Kriterien das reichhaltige Material, überliefert sowohl in Archiven als auch in Publikationen – unter denen Holtzhauers *Tagesnotizen*[2] besondere Relevanz besitzen –, ausgewählt und in Form von Regesten dargeboten worden ist. Als wichtigste Quelle erweisen sich das Verwaltungsarchiv der NFG und das Archiv der Goethe-Gesellschaft, beide im Goethe- und Schiller-Archiv aufbewahrt. Wertvolle Aufschlüsse gewähren überdies Bestände des Bundesarchivs und des

1 Vgl. GJb 2016, S. 236-239, GJb 2017, S. 362-364, und GJb 2019, S. 365-367.

2 Helmut Holtzhauer: *Weimarer Tagesnotizen 1958-1973*. Hrsg. u. mit Anmerkungen versehen von Martin Holtzhauer, Konrad Kratzsch u. Rainer Krauß. Hamburg 2017. Vgl. die Besprechung in: GJb 2019, S. 362-365.

Weimarer Hauptstaatsarchivs, weil sie die Binnenperspektive der NFG durch einen ›Blick von außen‹ ergänzen und erhellen.

An ›buchenswerten‹ Ereignissen war, blickt man auf die Geschichte der NFG, in den dokumentierten Jahren kein Mangel. Nach einer Phase vorläufiger Konsolidierung begann in Weimar eine Phase der Expansion. Die Dornburger Schlösser, seit 1954 im Eigentum der NFG, bildeten einen Schwerpunkt in der Bau- und Restaurierungstätigkeit. Das Interesse von Helmut Holtzhauer galt insbesondere dem Renaissanceschloss, das in seinem Sinne und nach seinem klassizistischen Geschmack restauriert wurde – was auch bedeutete, dass die von Carl August gewünschte neogotische Treppe abgerissen und durch eine andere ersetzt wurde. Im Weimarer Stadtschloss, dem Sitz der NFG, wurde die als ›Bachsaal‹ firmierende ehemalige Schlosskapelle zu einem mit Stahlregalen bewehrten Buchmagazin für die Zentralbibliothek der deutschen Klassik umgebaut. Wiedereröffnet wurde das Römische Haus, im Wittumspalais war ein Wieland-Museum entstanden. In den Blick der NFG gerieten sowohl das Goethe-Theater in Bad Lauchstädt wie das Schloss Großkochberg, beide in baufälligem Zustand. Während Lauchstädt Jahre später – bei laufenden Bauarbeiten – der Befugnis der NFG entrissen wurde, kamen die Arbeiten in Großkochberg langsam, aber stetig voran. In Weimar selbst waren einer Expansion Grenzen gesetzt. Im Stadtschloss hatten sowohl die Staatlichen Kunstsammlungen als auch ein Institut für Lehrerbildung ihren Sitz. Bis zum Jahre 1967 ist es Holtzhauer nicht gelungen, die Räume des Instituts für seine Institution zu gewinnen. Auch sein Versuch, die Kunstsammlungen in sein Klassik-Imperium zu integrieren, hatte keinen Erfolg.

Über all diese Vorgänge geben die im Band versammelten Dokumente umfassend Auskunft. Wenn bislang von Ereignissen die Rede war, so muss gleichermaßen von den Gestalten gesprochen werden, die mit den Ereignissen verbunden sind. Zentraler Akteur ist und bleibt Helmut Holtzhauer, dessen Arbeitsleistung wiederum Respekt und hohe Anerkennung verdient. Es ist beeindruckend, wie er – darin Goethe durchaus benachbart – Kleines wie Großes mit der gleichen Intensität behandelt, wie er sich ›unten‹ informiert, um dann ›oben‹ Entscheidungen gegen Widerstände durchzusetzen. Widerstand gab es auf allen Ebenen, von den zentralen Parteiinstanzen angefangen bis zur Parteibürokratie in Weimar und deren nachgeordneten Behörden in der Stadtverwaltung. Dokumentiert sind in Lehrkes *Chronik* groteske Querelen, wo längst nicht immer Holtzhauers Sachkenntnis und daraus resultierende vernünftige Argumentation sich durchsetzen konnten. Freilich muss auch angemerkt werden, dass die Gegenargumente nicht selten der ökonomischen Mangelsituation geschuldet waren und insofern ihre aus der Not geborene Berechtigung besaßen. Immer dann wurde Holtzhauer mit der ökonomischen Misere konfrontiert, wenn es um den Druck von Publikationen ging, Baumaßnahmen nicht in Gang kamen, Geräte nicht repariert werden konnten, Archive und Museen wegen Kohlemangel im Winter geschlossen werden mussten. Dieser graue Alltag wird in der Chronik sehr ausführlich, ich finde: im Übermaß dokumentiert. In einem bewusst gesetzten Gegensatz dazu stehen die hier wiedergegebenen Losungen zum 1. Mai, die das propagandistische Bild einer heilen Welt vermitteln. Holtzhauer nannte strategisches Denken sein eigen. Der Horizont seiner Ideen ist beeindruckend. Sein Plädoyer für eine angemessene Platzierung des Klassikstandorts Weimar national und international, sein Drängen auf Studien- und Vortragstätigkeit seiner Wissenschaftler jenseits der Grenzen nahm Entwicklungen voraus, wie sie erst Jahrzehnte später Realität werden sollten.

Auf dem Feld der Wissenschaft fällt die Bilanz dieser Jahre sehr gemischt aus. Holtzhauer war von seiner Entwicklung wie von seinem Wesen her eine Persönlichkeit, die als machtbewusster Politiker dachte und handelte, zugleich aber den Ehrgeiz besaß, in ähnlicher Weise auch in der Wissenschaft wirken zu können. Dass er sich seit seinem Antritt in Weimar die klassische Kultur im Selbststudium genauer erschloss, verdient Respekt. Dass er der Auffassung war, Voraussetzung für eine marxistische Klassikforschung sei vor allem Kenntnis ihrer historischen Quellen, kann nach wie vor als Maßstab wissenschaftlicher Arbeit gelten. Auf dieser Voraussetzung beruhten die *Regestausgabe* der an Goethe gerichteten Briefe und die

Neue Weimarer Ausgabe (NWA), beruhten das *Corpus der Goethe-Zeichnungen* und die Erschließung von Goethes Sammlungen zu Kunst und Natur in Gestalt von Katalogen. Sachliche Förderung wurde der *Nietzsche-Ausgabe* von Colli und Montinari zuteil. Holtzhauer selbst, Direktor des von ihm gegründeten Instituts für deutsche Literatur, gehörte der Arbeitsgruppe an, die als erstes großes Projekt der NWA eine neue Edition von Goethes Briefen vorbereitete. Deren Beratungen sind in der Chronik sehr ausführlich dokumentiert; dort (S. 433) findet sich die Notiz, dass von 1969 an jedes Jahr vier Bände erscheinen sollten. Bestenfalls war das ein Zeugnis ›revolutionärer‹ Ungeduld, denn kein einziger Band ist jemals herausgekommen. Insofern muss man sich fragen, ob die konzeptionellen Beratungen derart extensiv hätten dokumentiert werden müssen. An der Ungunst der Umstände scheiterte auch ein anderes, per se sehr sinnvolles Projekt, eine Zentralkartei der deutschen Handschriften, die Jahrzehnte später erst in der Datenbank *Kalliope* realisiert wurde. Es lag in Holtzhauers Natur, an sich selbst höchste Ansprüche zu stellen und diese auch anderen abzuverlangen, zugleich aber die ihm unterstellten wissenschaftlichen Mitarbeiter rigoros auf die eigene Klassik-Doktrin zu verpflichten. Aus dieser Melange resultieren negative Urteile über die ihm unterstellten Wissenschaftler in den *Tagesnotizen*; eine Aufzeichnung wie die vom 9. Oktober 1963, festgehalten als Ergebnis eines Kontrollgangs (»Desolater Zustand des Forschungsinstituts. Dr. Becker ist ›weggegangen‹, Frl. Gothe angeblich im GSA [...]«; S. 149), spricht Bände. Aus solchem Misstrauen konnte keine produktive Zusammenarbeit erwachsen.

Doch nicht nur im eigenen Haus sah sich Holtzhauer mit verdeckten Widerständen konfrontiert. Den Aktivitäten des Germanisten Hans-Günther Thalheim schrieb er es zu, dass die von ihm selbst gegründeten *Weimarer Beiträge* nach Berlin abwanderten und seinem Einfluss entzogen wurden. Thalheim – Schüler von Holtzhauers ungeliebtem Weimarer Vorgänger Gerhard Scholz – wurde von Holtzhauer mit Argwohn beobachtet, wenngleich er ihn im Vorstand der Goethe-Gesellschaft als prinzipiellen Verbündeten akzeptieren musste. Zugleich gab sich in dieser Kontroverse ein anderes Problem zu erkennen. Während die ›Scholz-Schule‹ für sich in Anspruch nahm, das Verhältnis von Geschichte und Gegenwart im Spiegel von Kunst und Literatur im Sinne einer (orthodox gehandhabten) marxistischen Dialektik zu reflektieren, plädierte Holtzhauer für eine unmittelbare Vorbildrolle der klassischen Kunst sowohl für die Entstehung der marxistischen Ideologie als auch für gegenwärtige Künstler. Immer wieder taucht in seinen Bekundungen der verschwommene Begriff eines klassischen »Quellbeckens« (z. B. S. 373) für den Marxismus auf. Für Holtzhauer war die »deutsche Arbeiterklasse der natürliche Erbe alles Großen, Fortschrittlichen und Humanistischen« (S. 154). In solchem Sinne konzipierte er die Ausstellung *Arbeiterbewegung und Klassik*. Im Lichte der Geschichte haben sich seine Postulate als Chimäre erwiesen.

Geriet Holtzhauer einerseits in Widerspruch zu den Scholz-Adepten, die in einigen Punkten differenzierter vorgingen, so musste er andererseits erleben, dass die in der DDR lebenden Künstler ihn überwiegend als das wahrnahmen, was er Anfang der 1950er Jahre einmal gewesen war, als doktrinäres Haupt der Kunstkommission. Diesen Ruf konnte er nicht abstreifen. In einer Diskussionsrunde im Weimarer Klub der Intelligenz habe ich erlebt, dass ein Theaterregisseur ihn konsequent mit »Herr Holzhammer« anredete. Charakteristisch auch, dass Holtzhauer sich am selben Abend über seine Mitarbeiter beklagte, die tagsüber Klassikforschung betrieben, abends aber Brecht, Joyce und Kafka läsen – eine unheilige Trinität, die zur selben Zeit auch in einem seiner Briefe an Wachsmuth (S. 286) auftaucht. Hier verschafft sich ein Erbübel von Repräsentanten der Goethe-Gesellschaft Geltung, ihr gebrochenes Verhältnis zur jeweiligen Kunst der Moderne. Es gehört zu den Eigentümlichkeiten der Gesellschaft, dass Holtzhauers imponierendes Engagement für das klassische Weimar ihm insbesondere im Bildungsbürgertum der Bundesrepublik – das mit ihm in puncto Moderne-Verständnis sympathisiert haben wird – Anerkennung eintrug.

Wenn also von Gestalten in Lehrkes *Chronik* die Rede ist, so richtet sich der Scheinwerfer nahezu unausgesetzt auf Helmut Holtzhauer. Zuweilen aber richtet er sich auch auf Andreas

Bruno Wachsmuth, den Präsidenten der Goethe-Gesellschaft, mit dem Holtzhauer im Zeichen leninistischer Bündnispolitik einvernehmlich zusammengearbeitet hat. Seiner Initiative verdankt sich die Festschrift zum 75. Geburtstag von Wachsmuth, nur durch ihn konnte ein Sammelband mit Aufsätzen Wachsmuths unter dem Titel *Geeinte Zwienatur* im Aufbau-Verlag zustande kommen. Für die Geschichte der Goethe-Gesellschaft bemerkenswert, ja in gewisser Weise lebensentscheidend waren Konflikte des Jahres 1967, dem Krisenjahr der Gesellschaft, deren ausführliche Dokumentation in der Chronik darum von besonderem Gewicht ist.[3] Auf die Bildung einer Großen Koalition in der Bundesrepublik unter Kiesinger reagierte die DDR mit rigoroser Absage an alle bisher noch wahrgenommenen ›gesamtdeutschen‹ Aktivitäten. Wachsmuth, dessen (hier abgedruckte) vertrauliche Briefe an Mitglieder der Gesellschaft in der Bundesrepublik stete Sorge um den Zusammenhalt der Gesellschaft dokumentieren, erkannte, dass das neue Staatsbürgerschaftsgesetz der DDR politische Sprengkraft besaß und die Gefahr der Spaltung näher rückte. Die Dinge spitzten sich zu, weil eine Hauptversammlung der Goethe-Gesellschaft bevorstand (die eigentlich turnusmäßig vorgesehene hatte 1966 infolge mangelnder Hotelkapazität nicht stattfinden können). Die Funktionäre des Kulturbunds, dem politischen Aufsichtsorgan für die Goethe-Gesellschaft in der DDR, wollten eine Goethe-Gesellschaft in der DDR gründen, die internationale Wirksamkeit Goethes durch ein Gremium auffangen, in dem Wachsmuth eine repräsentative Rolle übernehmen sollte. Dagegen opponierten Holtzhauer und Wilhelm Girnus. In der entscheidenden Sitzung des Politbüros der SED am 11. April 1967, zu der Holtzhauer geladen war, wurden die Weichen – zu dessen eigener Überraschung – in seinem Sinne gestellt. Die Goethe-Gesellschaft erhielt einen internationalen Status, die Hauptversammlung sollte 1967 – wie in der Vergangenheit auch – Mitgliedern weltweit zugänglich sein. Holtzhauer hat diese Entscheidung in seinen *Tagesnotizen* festgehalten. In einem persönlichen Schreiben hatte er sich wenige Tage zuvor direkt an Ulbricht gewandt. Während das Regestieren als konzentrierte Wiedergabe von Fakten prinzipiell sinnvoll und notwendig ist, hätte ich mir in diesem Fall den Abdruck des ganzen Briefes (das Regest S. 416f.) gewünscht, denn mit diesem Brief hat Holtzhauer neben taktischem Geschick Courage bewiesen – eine Eigenschaft, die er bei Mitarbeitern wie bei Funktionären oft schmerzlich vermisst, ihnen stattdessen »Untertanengeist« (S. 391) attestiert. Wie immer man im Nachhinein seine Motivation beurteilen mag, er vor allem hat die Goethe-Gesellschaft vor einer Spaltung bewahrt.

Mit diesem Band scheint ein Ende von Lehrkes Unternehmung erreicht, das nicht zuletzt dank einer Förderung durch den Freundeskreis des Goethe-Nationalmuseums realisiert werden konnte. So mögen Sätze am Schluss stehen, mit denen ich meine Besprechung von Band 4 im *Goethe-Jahrbuch* 2019 (dort S. 367) beendet habe; da die Deutsche Forschungsgemeinschaft ein Projekt zur Geschichte der Goethe-Gesellschaft nicht fördern wird, erhält der Wunsch nach einer Fortführung der *Chronik* zusätzliche Relevanz:

> Lehrke selbst möchte seine Chronik bis zum Jahr 1967 weiterführen. Danach stellt sich die Frage nach einer Fortsetzung des ebenso aufwendigen wie anspruchsvollen Unternehmens. Wenn es gelänge, für weitere Bände jüngere Wissenschaftler zu gewinnen und eine öffentliche Förderung zu erreichen, bestünde die Chance, das Projekt fortzuführen. Sein wissenschaftlicher Wert steht außer Frage.

Jochen Golz

3 Ergänzend vgl. Jochen Staadt: *»Auf den Zinnen der Partei«. Die SED-Führung plante 1967 eine Spaltung der Goethe-Gesellschaft.* In: *Goethe in Gesellschaft. Zur Geschichte einer literarischen Vereinigung vom Kaiserreich bis zum geteilten Deutschland.* Hrsg. von Jochen Golz u. Justus H. Ulbricht. Köln, Weimar, Wien 2005, S. 183-202.

Aus dem Leben der Goethe-Gesellschaft

In memoriam

Professor Dr. Anil Bhatti
3. August 1944–11. Oktober 2023

Am 11. Oktober 2023 ist Professor Dr. Anil Bhatti, ein renommierter indischer Germanist und hochangesehener Kulturwissenschaftler, im Alter von 79 Jahren in Neu-Delhi gestorben. Die Goethe Society of India bewahrt ihrem Ehrenpräsidenten und seiner Präsidentschaft von 1998 bis 2012 ein ehrendes Andenken. Anil Bhatti war von 1971 bis 2009 Fakultätsprofessor, Vorsitzender und Dekan, danach Professor Emeritus am Center of German Studies der School of Language, Literature and Culture Studies an der Jawaharlal Nehru University in Neu-Delhi. Er hat in seinen Schriften, Vorträgen und Kommentaren originell liberale, rigoros wissenschaftlich und poetologisch fundierte Ansichten vertreten und hat damit auf Tagungen, Seminaren und Gastprofessuren Generationen von indischen und ausländischen Germanistinnen und Germanisten in Europa, Asien, Afrika und Nordamerika begeistert und geprägt.

Anil Bhatti ist in Shimla am Fuße des Himalaja, einem Sommersitz des britischen Indiens, zur Welt gekommen. Schon in der dritten Klasse hat er bei den Schweizer Jesuiten auf der St. Vincent-Schule Deutsch gelernt. In Pune hat er zunächst das Fergusson-College und danach das staatliche Jammu College besucht, wo sein Interesse eher den Naturwissenschaften zu gelten schien. Von 1965 bis 1971 hat er an der Ludwig-Maximilians-Universität München Germanistik, Politik und Philosophie studiert und promovierte 1971 mit einer Arbeit über *Clemens Brentano und die Barocktradition*. 2021 hat die Philosophische Fakultät der Universität Zürich »sein Lebenswerk im Bereich der Neueren deutschen und vergleichenden Literatur- und Kulturwissenschaften zwischen Europa (Deutschland, Österreich, Schweiz) und Indien, der Postcolonial Studies sowie der politischen Ästhetik« mit der Verleihung des Ehrendoktorats gewürdigt.

Bhattis wissenschaftliche Leistungen sind international anerkannt und vielfach ausgezeichnet worden: mit der Präsidentschaft des Instituts zur Erforschung und Förderung österreichischer und internationaler Literaturprozesse (INST) in Wien 1996-2001; mit dem Jacob- und Wilhelm-Grimm-Preis des DAAD 2001; mit dem Bundesverdienstkreuz 2005 und dem Österreichischen Ehrenkreuz für Wissenschaft und Kunst 2011. Er war Fellow am Kulturwissenschaftlichen Kolleg der Universität Konstanz, Mitglied des Advisory Board des Instituts für Kulturwissenschaft und Theatergeschichte der Österreichischen Akademie der

Wissenschaften in Wien (2010 und 2011) und Träger des Forschungspreises der Alexander von Humboldt-Stiftung 2011/2012.

Anil Bhattis Interesse am kolonialen Diskurs und an postkolonialen Konstellationen, an den produktiven Möglichkeiten multilingualer, plurikultureller Studien verdankt sich einerseits der geteilten Geschichte und der erlebten Gegenwart Indiens, andererseits aber auch der eingehenden wissenschaftlichen Auseinandersetzung mit dem deutschsprachigen Europa. Der von ihm herausgegebene Band *Jewish Exile in India 1933-1945* (1999) behandelt nuanciert das Phänomen des jüdischen Exils im britischen Indien aus historischen, politischen, demographischen, publizistischen, biographischen und literarischen Perspektiven.

Im Vorwort zum *Yearbook of the Goethe Society of India* (2006/2007) unterstreicht Bhatti das Hauptziel der *GSI,* nämlich

> to promote scholarly research on the work of the great German Poet, Thinker, Administrator, and Scientist Johann Wolfgang von Goethe and on the classical German heritage together with its relationship to contemporary socio-cultural developments (die Förderung der wissenschaftlichen Erforschung des Werkes des großen deutschen Dichters, Denkers, Administrators und Wissenschaftlers Johann Wolfgang von Goethe sowie des klassischen deutschen Erbes und seinen Beziehungen zu aktuellen soziokulturellen Entwicklungen).

Während seiner akademischen Laufbahn hat der hervorragende indische Germanist zur Wertschätzung des klassischen deutschen Erbes im zeitgenössischen soziokulturellen Umfeld beigetragen. In seinem Aufsatz »*...zwischen zwei Welten schwebend...*«. *Zu Goethes Fremdheitsexperiment im »West-östlichen Divan«* (In: *Goethe. Neue Ansichten – Neue Einsichten.* Hrsg. von Hans-Jörg Knobloch u. Helmut Koopmann. Würzburg 2007, S. 103-122) untersucht er »kulturelle Verwandlungsmöglichkeiten« von west-östlichen Verbindungen und Aporien des plurikulturellen Bewusstseins. Dabei preist er Goethes heiteres, »implizit kolonialkritische[s]« Verknüpfungsmanöver »zwischen dem Orient und dem Okzident in weltliterarische[n] Zusammenhänge[n]« in einer Zeit, in welcher der Kolonialismus beide trennscharf ins Auge fasste, »und zwar in dem konkreten Sinne, den Goethe bevorzugt, um eine leere, nichtssagende Universalität zu vermeiden« (*Der Orient als Experimentierfeld. Goethes »Divan« und der Aneignungsprozess kolonialen Wissens.* In: GJb 2009, S. 115-128; hier S. 116.), »denn ja nur im Besondern erkennt man daß man Verwandte hat, im Allgemeinen fühlt man immer nur die Sippschaft von Adam her« (*Tag- und Jahres-Hefte* zu 1817; FA I, 17, S. 286). Das Besondere sei, so Bhatti in seinem Aufsatz *Die Sakuntala-Ouvertüre von Carl Goldmark im kulturhistorischen Kontext* (Wien 2022; S. 73-84; hier S. 79), dass »erstaunliche wissenschaftliche Energien bei der Rezeption und Aneignung des Wissens, das im Zusammenhang des Kolonialismus zugänglich gemacht wurde«, den deutschen Rückstand im europäischen Kolonialunternehmen kompensiert haben. Der sich im 19. Jahrhundert politisch verwirklichenden deutschen Nation sei es »um die Kontrolle über das Wissenskapital« gegangen, den Briten und Franzosen um das überlegene koloniale Handelskapital.

Anil Bhattis bedeutendster Beitrag bleibt die erkenntnisleitende Idee der Ähnlichkeit, die er dezidiert als »einen unscharfen relationalen Begriff«, als ein wegweisendes Konzept etabliert, und zwar zu einer Zeit, als die Kulturwissenschaft sich im verhängnisvollen Netz der absoluten Differenzen, Alteritäten und Identitäten verfangen hatte. Abseits der »disjointed heterogeneity« und der »unbewegliche[n] Mauern« findet er einen Weg zur Erkenntnis kohärenter und kongruenter Heterogenität, die teils Konsens, teils Dissens verträgt und die weder Assimilation noch Exklusion bedeutet. Seine Überlegungen haben sich einige Jahre später in dem Sammelband *Ähnlichkeit. Ein kulturtheoretisches Paradigma* (2015) auskristallisiert.

Zusammen mit seinem 2022 verstorbenen Kollegen Pramod Talgeri hat Anil Bhatti in den vier Jahrzehnten seiner Amtszeit an der Jawaharlal Nehru University in Neu-Delhi eine einzigartige liberale Gesprächskultur in der indischen Germanistik begründet; in aller Offenheit für Gleichberechtigung hat er Fixierungen durch Prozesshaftes, feste Identitäten durch »fuzzy identities« ersetzt – keine Selbstverständlichkeit für das hegemonie- und hierarchiebewusste Arbeitsethos in Indien. Er war für Sprachenvielfalt, demokratische »Ähnlichkeiten in Vielfalt«, für ›connectedness‹, Prozesshaftigkeit, Palimpseste und säkulare soziale Praxis. In den letzten Jahren hat ihn zwar vor allem, so seine Lebensgefährtin Margit Köves, die religiöse Fragmentierung des öffentlichen und privaten Lebens, ja der Bildung beschäftigt, aber er hat bis zuletzt exemplarisch tatkräftig und produktiv gelebt, mit Anmut und Würde; im Sinne Goethes wurde das Leben zum Kunstwerk. Wenn der »Geist, aus dem wir handeln, [...] das Höchste« ist, wie der Lehrbrief aus *Wilhelm Meisters Lehrjahren* uns wissen lässt, dann findet man in dem auf gleicher Augenhöhe waltenden plurikulturellen Schwebezustand der Goethe-Verse aus dem Kunstgedicht *Adler* den *ikigai* (Lebenssinn) Anil Bhattis:

> Von Pol zu Pol Gesänge sich erneun,
> Ein Sphärentanz harmonisch im Getümmel;
> Laßt alle Völker unter gleichem Himmel
> Sich gleicher Gabe wohlgemuth erfreun.
> (WA I, 4, S. 133, V. 13-16)

»Vor allem aber war er uns«, so Dorothee Kimmich in ihrem ehrenden Andenken an Anil Bhatti, »ein Vorbild, was wissenschaftliche Integrität, politischen Mut, Großherzigkeit und Humanität angeht«. Wir haben mit dem Tod von Prof. Anil Bhatti nicht nur einen hervorragenden Wissenschaftler, einen Leuchtturm der internationalen Germanistik verloren, sondern auch einen Experten, der mit seinen geistvollen Reden weltweit das Publikum hat bezaubern können. Wir trauern um den Verlust eines Kollegen und Weggefährten, um einen glanzvollen, lebensfrohen Weisen, der mit seiner freundlichen Auswirkung fasziniert hat.

Vibha Surana

Hilmar Dreßler
6. Februar 1927 – 13. Juli 2023

Wenige Tage vor seinem Tod habe ich mit Hilmar Dreßler noch telefonieren können. Eben aus dem Krankenhaus zurückgekehrt, berichtete er von den dort erfahrenen Behandlungen, ließ aber auch Zuversicht anklingen, wie er sie aus lebenslanger Beschäftigung mit den Künsten hat schöpfen können. Nichts war in seiner Stimme von Hinfälligkeit zu spüren, sie war ungebrochen kräftig wie in allen voraufgegangenen Gesprächen. Nun ist er »im höchsten Alter« dahingegangen.

Ob es Hilmar Dreßler schon an seiner Leipziger Wiege gesungen worden ist, dass er sich einmal ausdauernd und erfolgreich mit Goethe beschäftigen wird, ist nicht mit Bestimmtheit zu sagen. Soviel aber ist gewiss, dass ihn von Kindesbeinen an die Liebe zu den Künsten begleitet hat – nichts Ungewöhnliches für einen begabten jungen Menschen in einer Stadt wie Leipzig, die als Stadt des Buches und vor allem der Musik ein gutes Stück deutscher Kulturgeschichte mitgeschrieben hat. Hilmar Dreßlers Jugend aber ist keineswegs eine besonnte zu nennen. Wie so viele seines Jahrgangs musste er noch in den Krieg ziehen, konnte aber nach kurzer Zeit aus der Gefangenschaft entlassen werden – in seinen 2015 veröffentlichten Lebenserinnerungen hat er davon eindrucksvoll und bewegend berichtet.

Zu seinem eigenen Glück lag das Leben noch vor ihm. Zunächst war das Abitur nachzuholen. Danach wählte Dreßler, einem dringenden öffentlichen Anliegen entsprechend, den Weg in die Existenz als Neulehrer, bevor er ab 1948 an der Universität Leipzig Germanistik, Musikerziehung und Musikwissenschaft sowie Anglistik, parallel dazu an der Leipziger Musikhochschule Trompete und Bläsermethodik studieren konnte. Als Diplom-Musikpädagoge war er an Leipziger Musikschulen tätig, zuletzt als stellvertretender Direktor, hat daneben bis ins hohe Alter hinein komponiert – Werke ganz unterschiedlicher Genres insbesondere mit musikpädagogischer Intention, bestimmt zur Aufführung in geeigneten Spielstätten. Mit großer Freude hat er mir 2023 davon berichtet, dass eine Komposition aus seiner Feder jüngst erst in einer Leipziger Kirche uraufgeführt worden war.

Ein reiches geistiges Leben hat sich geschlossen, das seine Wirkung weit über den Raum der Leipziger Goethe-Gesellschaft entfalten konnte, deren Vorstand er von 1992 bis 2013 angehört hat. Hilmar Dreßler war ein Pädagoge aus Leidenschaft, der dieser Leidenschaft nicht nur als Musikpädagoge, sondern vor allem auch in seiner Publikationstätigkeit Geltung verschafft hat. Es entspricht dem ausgreifenden Radius seiner Bildungs- und Kunsterfahrungen, dass er sich Gebieten zugewandt hat, die von den Verfechtern einer strikt disziplinären Ausrichtung seltener beschritten worden sind. In einer Reihe von Untersuchungen, teils separat, teils in renommierten Organen der Goethe-Forschung veröffentlicht – genannt seien das *Jahrbuch der Österreichischen Goethe-Gesellschaft* und unser *Jahrbuch* –, hat er sich mit dem Farbe-Ton-Verhältnis bei Goethe beschäftigt, 2005 in einem eigenen Sammelband zusammengefasst. Es lag nahe, dass ein Musikwissenschaftler wie Hilmar Dreßler der von Goethe geplanten Tonlehre und der darin zu behandelnden Dur-Moll-Problematik Studien widmete, Goethes Interesse für die Klangfiguren des Akustikers Ernst Florens Friedrich Chladni und die Farbfiguren des Physikers Johann Thomas Seebeck seine Aufmerksamkeit schenkte, Goethe-Vertonungen von Johann Friedrich Reichardt und Carl Friedrich Zelter untersuchte und auch das Verhältnis von Goethe und Arthur Schopenhauer nicht unbeachtet ließ. Ein Zentrum seines Nachdenkens über Goethe bildet dessen 1810 erschienene *Farbenlehre*, die der Autor selbst für sein wichtigstes Werk gehalten hat. Welchen Anteil Schiller am Entstehen von Goethes *Farbenlehre* hat, ist von Hilmar Dreßler zum Gegenstand einer eigenen Untersuchung gemacht worden.

Doch dieses Bild von Hilmar Dreßler wäre unvollständig, wenn nicht auch der Vortragende vorgestellt würde. In zahlreichen Ortsvereinigungen, in Literaturvereinen, in Gymnasien und bei Lehrerfortbildungen hat er sein Wissen anschaulich, lebendig und nicht ohne Humor vermitteln können, stets handelnd nach dem Leipziger Musikliebhabern besonders vertrauten Motto Senecas: res severa verum gaudium (wahre Freude ist eine ernste Sache). Bei alledem hat eine Rolle gespielt, dass er schon in jungen Jahren in Martin Loesche, dem damaligen Vorsitzenden der Leipziger Goethe-Gesellschaft, ein Vorbild gefunden hatte, an dessen Maßgaben er sich orientieren konnte; zur Wiederkehr von Loesches hundertstem Geburtstag 1994 hat Hilmar Dreßler eine erinnernde Studie veröffentlicht. In Martin Loesche erblickte er jene Einheit von humanistischer Theorie und Praxis, der er selbst nachstrebte. Seinen Lebenserinnerungen hat er ein charakteristisches Motto vorangestellt, von dem seine Veröffentlichungen Zeugnis ablegen: »Mit Vergangenem im Blick versuchte ich vorwärts zu leben«. 2016 hat ihm der Vorstand unserer Gesellschaft in Würdigung seiner Verdienste die Ehrenmitgliedschaft verliehen.

Beeindruckend war die geistige Intensität, mit der Hilmar Dreßler sich als Leser, als Autor und Gesprächspartner bis zuletzt dem aktuellen Geschehen in Politik, Gesellschaft und Kultur zugewandt hat; er hatte einen unverstellten Blick für die menschengemachte Zerstörung unserer natürlichen Umwelt, beklagte den Verlust kultureller Werte, war von Sorge erfüllt über Putins Angriffskrieg gegen die Ukraine. Seine Daseinszuversicht blieb davon unberührt; sie war ihm auch aus familiärer Harmonie erwachsen.

Ein Satz aus Schillers *Wallenstein* kann auch auf Hilmar Dreßler bezogen werden: »Es ist der Geist, der sich den Körper baut«. Persönlichkeiten seines Profils sind selten geworden. In seinen Schriften und in unserem dankbaren Gedenken wird er weiterleben.

Jochen Golz

Prof. Dr. George Guţu
16. März 1944–3. September 2023

Die rumänische Germanistik trauert um Prof. Dr. George Guţu, den langjährigen Vorsitzenden der Gesellschaft der Germanisten Rumäniens (1990-2014), deren jüngere Geschichte mit der Persönlichkeit des angesehenen Professors an der Universität Bukarest eng verbunden ist. Der in Galatz geborene und in Leipzig promovierte Professor Guţu hat sich als Autor und als Übersetzer bei der Erforschung der rumäniendeutschen Literatur und der deutsch-rumänischen Kulturbeziehungen beachtliche Verdienste erworben. In diesem Kontext besonders hervorzuheben sind seine bahnbrechenden Monografien über den frühen bzw. den späten Paul Celan (1990 und 1994; Neuausgabe unter dem Titel *Celaniana* 2. 2 Bde. Frank & Timme: Berlin 2020) und seine Übersetzungen der Werke von Hermann Hesse, Hans Bergel, Matthias Buth, Rose Ausländer, Raymund Netzhammer und einigen anderen.
Als Doktorandenbetreuer an der Universität Bukarest oder im Rahmen der vielen von ihm im Drei-Jahres-Takt von 1994 bis 2015 veranstalteten Internationalen Kongresse der Germanisten Rumäniens machte Professor Guţu die reiche und bereichernde Erfahrung der Weitergabe seines Wissens an Kolleginnen und Kollegen, Nachwuchswissenschaftlerinnen und Nachwuchswissenschaftler, denen er stets als Vorbild galt. Diese Begegnungen im akademischen Alltag oder anlässlich der Highlights der akademischen Jahre boten auch den organisatorischen Rahmen für die Herausgabe germanistischer Printmedien, die von George Guţu schriftleitend betreut wurden: Die *Zeitschrift der Germanisten Rumäniens* (24 Einzel- und Doppelhefte), die Schriftenreihe *GGR-Beiträge zur Germanistik* (36 Bände) und *Transcarpathica – Germanistisches Jahrbuch Rumäniens* (11 Hefte).

Professor Guţu hat durch unermüdliche fachliche Kontakte Netzwerke aufgebaut, die von beachtenswerter Tragfähigkeit sind. Als Leiter des Instituts für Germanistik (1997-2011) und Direktor des von ihm ins Leben gerufenen Exzellenzzentrums »Paul Celan« an der Universität Bukarest hat Professor Guţu eine direkte und fruchtbare Beziehung zur Tätigkeit der Weimarer Goethe-Gesellschaft unterhalten, dessen rumänisches Pendant er 1998 durch die Gründungsversammlung der Rumänischen Goethe-Gesellschaft entstehen ließ. Dies hatte zum einen die Herausgabe des rumänischen *Goethe-Jahrbuchs* zur Folge und zum anderen die Vorbereitung einer neuen Ausgabe von Goethes *Ausgewählten Werken* in rumänischer Neuübersetzung, deren Erscheinen vom langjährigen Präsidenten der Weimarer Goethe-Gesellschaft Jochen Golz tatkräftig unterstützt wurde.

Auch die Zusammenarbeit von Professor Guţu mit dem Institut für deutsche Kultur und Geschichte Südosteuropas (IKGS) an der Ludwig-Maximilians-Universität München, dessen Gründungsmitglied er war, hat zur Entstehung vieler von ihm geleiteter Forschungsprojekte geführt, deren Höhepunkt zweifellos die gemeinsam mit Peter Motzan und Stefan Sienerth geleistete Herausgabe des Bandes *Die Buche. Eine Anthologie deutschsprachiger Judendichtung aus der Bukowina* (2009) war.

Genauso repräsentativ für sein Wissen und sein Engagement war George Guţus Wirken auf europäischer Ebene, in Rom und Frankfurt a.d. Oder, in Wien, Trier, München oder Weimar, wo er als Gastprofessor oder -wissenschaftler unterrichten und forschen durfte. In Anerkennung seiner besonderen Verdienste um die rumänische Germanistik wurden ihm von seinen ehemaligen Doktorandinnen, Doktoranden und Mitarbeitenden zwei Festschriften aus Anlass seines 60. (*Brückenschlagen*. München 2004) und seines 70. Geburtstages (*Kultivierte Menschen haben Beruhigendes…* 2 Bde. Ludwigsburg 2014) gewidmet. Auch wurden ihm der rumänische Kulturverdienstorden im Ritterrang (2011) und das Österreichische Ehrenkreuz für Wissenschaft und Kunst (2012) verliehen.

Sein Werk und die Erinnerung an einen der wichtigsten Vertreter der rumänischen Germanistik werden lebendig bleiben.

Gabriel H. Decuble

Prof. Dr. Galina Viktorowna Jakuschewa
6. Januar 1941–17. Dezember 2023

Im Jahre 1979 schloss sich unter dem Namen Goethe-Kommission an der Akademie der Wissenschaften in Moskau ein Kreis von Germanisten zusammen, der sich in Gestalt von Vorträgen und einer Publikationsreihe mit dem Titel *Goethe-Studien* dem Werk des Namenspatrons widmen wollte, der im Schaffen nicht weniger markanter russischer Poeten seine Spuren hinterlassen hat; der Name war Programm. Die Verstorbene gehörte der Kommission seit ihrer Gründung an.

Geboren wurde sie in der Universitätsstadt Saratow an der Wolga, studierte an der dortigen Philologischen Fakultät und siedelte 1963 nach Moskau über. 1969 wurde sie mit einer Arbeit über *Heinrich Mann als Literaturkritiker* an der Moskauer Staatsuniversität promoviert. Goethe-Forschung besitzt in der russischen Germanistik eine lange Tradition. Als einer ihrer Impulsgeber ist Viktor Schirmunski (1891-1971) anzusehen; dessen wissenschaftliche Methode hat sein Schüler Sergej Turajew (1911-2008) aufgenommen und weiterentwickelt; er war der erste Vorsitzende der Moskauer Goethe-Kommission und stand, solange es sein Augenlicht erlaubte, im Austausch mit unserem Präsidenten und späteren Ehrenpräsidenten Werner Keller. Bereits 1969 fand Galina Jakuschewa Zugang zum Kreis der etablierten Moskauer Germanisten, zu dem später Gelehrte wie der leider viel zu früh verstorbene Albert Karelski, Alexander Michailow und Nina Schirmunskaja gehörten; ihnen war sie freundschaftlich verbunden, stand ihnen fördernd zur Seite, widmete sich überdies der intensiven wissenschaftlichen Betreuung junger Wissenschaftler. Besonders vertrauensvoll war ihr Verhältnis zu Turajew, dessen Stellvertreterin in der Kommission sie wurde; 2003 wurde sie Ko-Vorsitzende und übernahm im Januar 2008, wie sie in ihren *Memoiren* schreibt, »den Staffelstab der von ihm gegründeten und gepflegten Goethe-Kommission«. Dieser Kommission verlieh sie ein besonderes Profil, indem sie in deren Tätigkeit Naturwissenschaftler, aber auch Philosophen und Musikwissenschaftler sowie Literaturkritiker, Sprachwissenschaftler und Übersetzer einbezog, die sie aus allen Regionen der Sowjetunion (dann aus Russland) als Referenten und Ideengeber zu gewinnen suchte.

Von der Vielseitigkeit der Verstorbenen, von ihrer Kontaktfreude wie von ihrer präzisen Arbeitsweise legt eine Tätigkeit Zeugnis ab, die nicht zu den klassischen Aufgaben einer Germanistin gehört. Mehr als dreißig Jahre lang war Galina Jakuschewa Chefredakteurin der *Großen Sowjetischen Enzyklopädie* (später der *Großen Russischen Enzyklopädie*) und schrieb selbst dafür mehr als tausend Artikel. Von 1984 bis 2008 hat sie überdies als Herausgeberin und Redakteurin die *Goethe-Studien* betreut.

Mit einer Arbeit über *Faust und Mephistopheles in der Literatur des 20. Jahrhunderts. Zum Problem der Krise des Aufklärungshelden* habilitierte sie sich 1998 und erhielt im Jahr darauf eine Professur an der Abteilung für Weltliteratur des Staatlichen Puschkin-Instituts für russische Sprache. Ihre Vorlesungen und Seminare zeichneten sich durch eine Vielfalt an Themen aus. Ihr wissenschaftliches Interesse galt der tausendjährigen Tradition östlicher Kultur ebenso wie der russischen Literatur in der Wahrnehmung des Westens, der japanischen Literatur ebenso wie der Literatur der ethnischen Minderheiten in der UdSSR und Russland. Anfang der 1960er Jahre hatte sie bereits auf den kirgisischen Schriftsteller Tschingis Aitmatow aufmerksam gemacht, lange bevor dieser zu Weltruhm gelangte.

Im Mittelpunkt der Forschungen von Galina Jakuschewa stand aber stets Goethe. 2005 kam ihre Untersuchung *Faust in den Versuchungen des XX. Jahrhunderts: Goethes Bild in der russischen und ausländischen Literatur* heraus, 2008 ihr Buch *Faust und Mephistopheles – gestern und heute*. Im *Goethe-Jahrbuch* 2000 erschien ihre Abhandlung *Goethe in der sowjetischen Literatur (1940er – 1980er Jahre)*.

Interessiert und kulturell aufgeschlossen, wie die Verstorbene war, zog sie ihrer wissenschaftlichen Beschäftigung keine engen Grenzen. Anfang des 21. Jahrhunderts begann sie am ältesten Theaterinstitut Russlands, der Michail-Schtschepkin-Theaterhochschule, zu unterrichten, bezog in ihre Tätigkeit Schauspieler und Regisseure ein, die sie in der Goethe-Kommission vorstellte und mit denen sie über Inszenierungen diskutierte. Ihr Gespür für Qualität ließ sie über die Grenzen ihres Heimatlandes hinausblicken. Peter Steins *Faust*-Inszenierung von 1999 wurde in der Goethe-Kommission diskutiert, andere deutsche Regisseure kamen in Interviews zu Wort.

Ein reicher, der Wissenschaft gewidmeter Lebenskreis hat sich geschlossen. Freunde, Studierende und Weggefährten trauern um Galina Jakuschewa. Die Fertigstellung des Tagungsbandes *Literatur und Kunst im Spannungsfeld Goethes*, an dessen Entstehen sie beteiligt war, hat sie nicht mehr erleben können. In Kürze wird er erscheinen und Zeugnis ablegen von einer wissenschaftlichen Haltung, die sich hoffentlich unabhängig von aller politischen Zerrissenheit unserer Gegenwart behaupten sowie wechselseitige Kontakte eines Tages wieder möglich machen wird.

Pjotr Abramow
Jochen Golz

Bericht über die 88. Hauptversammlung vom 31. Mai bis 3. Juni 2023

Goethe international. Seine Rezeption und Wirkung jenseits der deutschen Grenzen

Programm und Ablauf

31. Mai 2023

9.00-18.45 Uhr, Jugend- und Kulturzentrum mon ami
Symposium junge Goetheforschung
Konzeption und Leitung: Dr. Elisa Ronzheimer (Bielefeld), PD Dr. Matthias Löwe (Jena) mit folgenden Vorträgen: Alberto Merzari (Padua): Gestalt und Wandlung. West und Ost als Pole eines Formdiskurses in Goethes »West-östlichem Divan«. – Sarah A. Nienhaus (Bielefeld): Später Ruhm? Johann Wolfgang von Goethes »Die natürliche Tochter«. – Carmen Reisinger (Leuven): »an oak tree planted in a Chinese vase«. Wilhelm Meisters Shakespeare-Interpretation im Großbritannien des langen 19. Jahrhunderts. – Lina Sens (Braunschweig): Von Räumen und Beziehungen – Zusammenhänge der (Um)Ordnung in Goethes »Wahlverwandtschaften«. – Tingting Wu (Jena): Weiblichkeit in Goethes »Stella«.

19.30-21.00 Uhr, Jugend- und Kulturzentrum mon ami
Empfang für Studierende und junge Wissenschaftlerinnen und Wissenschaftler

1. Juni 2023

10.00-12.30 Uhr, congress centrum weimarhalle, Seminargebäude
Eröffnungsveranstaltung
Die musikalische Gestaltung übernahm das Vimare-Quartett (Johannes Kürschner, vl; Diana Kostadiniva, vl; Johann Pätzold, va; Franz Hofereiter, vc) mit Luigi Boccherini: Streichquartett in C-Dur (Op.2/6) – 1. Allegro con spirito. – Wolfgang Amadeus Mozart: Streichquartett Nr. 21 in D-Dur (KV 575) – 4. Allegretto.
Begrüßung durch den Präsidenten der Goethe-Gesellschaft Prof. Dr. Stefan Matuschek (siehe S. 15-17); Grußworte des stellvertretenden Ministerpräsidenten und Ministers für Umwelt, Energie und Naturschutz des Freistaates Thüringen Bernhard Stengele und des Oberbürgermeisters der Stadt Weimar Peter Kleine
Festvortrag von Prof. Dr. Bénédicte Savoy (Berlin): Goethe, Afrika und wir dazwischen (siehe S. 19-32)
Verleihung der Goethe-Medaille an Prof. Dr. Helena Cortés Gabaudan (Vigo) mit Laudatio von Prof. Dr. Marisa Siguan (Barcelona) und Dankeswort der Geehrten, an Prof. Dr. Maoping Wei (Shanghai) mit Laudatio von Prof. Dr. Thorsten Valk (Bonn) und Dankeswort des Geehrten sowie an Prof. Dr. Marcus Mazzari (São Paulo) mit Laudatio von Prof. Dr. Jochen Golz (Weimar) und Dankeswort des Geehrten (siehe S. 355-366)

12.30-13.30 Uhr, Jugend- und Kulturzentrum mon ami
Begegnungstreffen der Referentinnen, Referenten und Diskussionsleitung

14.00-17.30 Uhr, Jugend- und Kulturzentrum mon ami
Podium »Wie präsent ist Goethe? Seine Gegenwart in Schule, Theater, Kino, Medien und Buchhandel« (siehe S. 91-106)
mit Prof. Dr. Dorothee Wieser (Dresden), Dr. Jonathan Landgrebe (Berlin), Dr. Leif Göritz (Berlin) und Enrico Lübbe (Leipzig)

Moderation:
Prof. Dr. Frieder von Ammon (München)

19.00-20.30 Uhr, Bauhaus-Museum Weimar
Ausstellungsbesuch mit Führung

19.00-20.30 Uhr, Museum Neues Weimar
Ausstellungsbesuch mit Führung

19.30-21.30 Uhr, Hochschule für Musik Franz Liszt
»Connais-tu le pays…«
Studierende der Liedklassen der Hochschule für Musik Franz Liszt führten Vertonungen von Goethe-Texten in deutscher Sprache und Übersetzung auf. Zu hören waren unter anderem Lieder von George Bizet, Johannes Brahms, Franz Schubert, Robert Schumann, Peter Tschaikowsky und Giuseppe Verdi.

2. Juni 2024

9.00-12.30 Uhr, diverse Orte
wissenschaftliche Konferenz zum Thema »Goethe international. Seine Rezeption und Wirkung jenseits der deutschen Grenzen«

9.00-10.30 Uhr Arbeitsgruppen A-C (A: Fremde Ähnlichkeiten. Zur Rezeption Goethes in Westafrika, B: Die Bedeutung Goethes für die Viktorianer. Überblick und Analyse, C: Goethes »Über allen Gipfeln ist Ruh« in russischen Übersetzungen aus drei Jahrhunderten)

11.00-12.30 Uhr Arbeitsgruppen D-F (D: Von l'homme et l'œuvre zum champ littéraire. Goethe im/als Spiegel französischer Literaturtheorie, E: Ein unsichtbarer Nährboden der koreanischen Goethe-Forschung – anlässlich des 30-jährigen Jubiläums der koreanischen Goethe-Lesegruppe, F: Das Goethe-Jahr 1949. Umbruch und Kontinuität in der literarischen Überlieferung)
(siehe S. 19-89)

14.00-19.00 Uhr, Jugend- und Kulturzentrum mon ami
Ordentliche Mitgliederversammlung

1. Eröffnung und Begrüßung
2. Feststellung der Tagesordnung
3. Verleihung der Ehrenmitgliedschaften
   (siehe S. 367-374)
4. Tätigkeitsbericht des Präsidenten
   (siehe S. 347 f.)
5. Vorstellung der Kooperation mit der Klassik Stiftung Weimar
6. Geschäftsbericht des Schatzmeisters
   (siehe S. 349-353)
7. Bericht der Kassenprüfer
   (siehe S. 354)
8. Aussprache zu den Berichten
9. Antrag auf Entlastung des Vorstands
10. Verabschiedung der ausscheidenden Vorstandsmitglieder und Wahl des Ehrenpräsidenten
11. Antrag auf Entlastung der Kassenprüfer
12. Wahl von zwei Kassenprüfern für die Zeit von 2023 bis 2027
13. Vorstellung der Kandidatinnen und Kandidaten für die Wahlkommission und Wahl der Wahlkommission
14. Vorstellung der Kandidatinnen und Kandidaten und Wahl des Vorstands für die Zeit von 2023 bis 2027

15. Bekanntgabe der Wahlergebnisse (zu TOP 14)
16. Wahl des Präsidenten, der Vizepräsidentin und des Schatzmeisters durch den neugewählten Vorstand
17. Bekanntgabe der Wahlergebnisse (zu TOP 16)

20.00-0.00 Uhr, Dorint-Hotel Am Goethepark Weimar und Goethe-Nationalmuseum
Geselliger Abend mit Begrüßung durch den Präsidenten der Goethe-Gesellschaft, Festessen und Gesprächen über Goethe und die Welt.

3. Juni 2023

8.00-9.30 Uhr, Jugend- und Kulturzentrum mon ami
Sitzung von Vorstand und Beirat der Goethe-Gesellschaft

10.00-11.30 Uhr, Jugend- und Kulturzentrum mon ami
Wundersame Spiegelungen. Goethe-Übersetzer im Gespräch
Podiumsgespräch mit Prof. Dr. Helena Cortés Gabaudan (Vigo), Prof. Dr. Marcus Mazzari (São Paulo), Prof. Dr. Maoping Wei (Shanghai)
Moderation: Prof. Dr. Anne Bohnenkamp-Renken (Frankfurt a. M.)

Tätigkeitsbericht des Präsidenten

Liebe Mitglieder, liebe Gäste,

obwohl die Corona-Maßnahmen das größte Ereignis – die 87. Hauptversammlung im Mai 2021 – verhindert haben, war die Goethe-Gesellschaft in Weimar in den letzten vier Jahren sehr aktiv; aus eigenem Antrieb und auch gezwungenermaßen. Ein kleiner Eindruck dessen, was unter dem Titel *Goethe im Streit* für den Mai 2021 geplant war, ist immerhin in unserem Jahrbuch aufbewahrt und auf unserer Internetseite. Dort ist die Begrüßungs- und Eröffnungsrede abrufbar, die statt vor lebendigem Publikum leider nur vor der Kamera gehalten werden konnte.

Die erzwungene Aktivität betraf unsere Geschäftsstelle. Durch das gleichzeitige Ausscheiden von Frau Brendel und Frau Dr. Oberhauser musste sie im Mai 2022 neu besetzt werden. Auch musste sie wegen der Sanierung des Stadtschlosses umziehen. Mit unserer neuen Buchhalterin Frau Jessica Krey und unserem neuen Geschäftsführer Dr. Hannes Höfer ist der Übergang aufs Beste gelungen, was neben dem Engagement der beiden Neuen auch der Unterstützung von Frau Brendel und Frau Oberhauser zu danken ist. Herr Golz hat als eine Säule der Kontinuität diesen Prozess seinerseits stabilisiert. Mit einer kleinen Feier – Willkommen und Abschied – haben wir Frau Krey und Herrn Höfer begrüßt und zugleich Frau Brendels und Frau Oberhausers Schritt in den beruflichen Ruhestand begleitet – und zwar in unseren neuen Geschäftsräumen im sogenannten ›Roten Schloss‹, dem historischen Gebäude am Studienzentrum der Herzogin Anna Amalia Bibliothek. Die Klassik Stiftung hat uns alternativ auch größere Räume in etwas weiterer Entfernung angeboten, doch haben wir uns aufgrund der zentralen Lage für die kleineren Räume im Roten Schloss entschieden. Der Zugang zu ihnen liegt im Innenhof des Studienzentrums. Da sie für unsere Neujahrsempfänge zu klein sind, stellt uns die Stiftung für diese Anlässe andere, repräsentativere und ausreichend große Räume zur Verfügung. Mit unseren Dienstagabendvorträgen sind wir aus dem Goethe- und Schiller-Archiv in den Festsaal des Goethe-Nationalmuseums umgezogen. Auch wenn all dies gezwungenermaßen geschah, ist doch, was die Personalien betrifft, etwas Wünschenswertes dabei herausgekommen: die verdiente Entlastung der zwei Jahrzehnte lang für uns Tätigen sowie zwei ausgezeichnete Neubesetzungen. Die tragende Rolle und die Verdienste, die Frau Brendel und Frau Oberhauser für die Goethe-Gesellschaft haben, werden wir nicht vergessen.

Nun zu den eigenen Antrieben. An erster Stelle steht hier unsere Absicht, enger mit der Klassik Stiftung zusammenzuarbeiten. Wir verfolgen ja dasselbe Ziel. Einen ersten Schritt haben wir mit dem *Goethe-Jahrbuch* gemacht. Es bleibt das Jahrbuch unserer Gesellschaft, wird in Zukunft aber in Kooperation mit der Stiftung herausgegeben. Konkret bedeutet das, dass die Redaktion von einer Mitarbeiterin des Goethe- und Schiller-Archivs übernommen wird, von Frau Anne Fuchs, und dass der gegenwärtige Leiter der Forschungsabteilung der Stiftung, Herr Prof. Helmut Heit, in den Herausgeberkreis mit eintritt; Frau Zehm ist auf eigenen Wunsch aus Altersgründen ausgeschieden. Wir haben diese Vereinbarung zunächst für fünf Jahre getroffen, nach denen wir prüfen, wie glücklich wir mit dieser Entscheidung sind. Wir erwarten beide einen Gewinn in der Sache, und für die Seite der Goethe-Gesellschaft bedeutet es zudem eine spürbare Reduktion der laufenden Personalkosten. Im Blick auf unsere finanzielle Entwicklung ist das sehr beruhigend. Der aktuelle Band beweist, dass auch hier die personelle Erneuerung ohne alles Straucheln geglückt ist.

Auf Initiative von Herrn Höfer wenden wir uns der Lehrerfortbildung zu. Der erste Schritt ist die Beteiligung an den vom Bildungsforum Oßmannstedt und der Klassik Stiftung organisierten »Oßmannstedter Studientagen«, der zweite soll zur Kooperation mit der Lehrerfortbildung des Landes Thüringen führen. Daneben hat Herr Höfer mit der Produktion von kleinen Radio-Podcasts begonnen. Sie beantworten in jeweils fünf Minuten Goethe-Fragen, die vorher durch eine Postkartenaktion eingesammelt wurden. Die Antwortenden rekrutieren sich auch aus unseren Mitgliedern. Zur Weiterentwicklung dieser Idee werden wir mit dem MDR zusammenarbeiten. Die schon länger geplante und begonnene Erneuerung unserer Internetseite ist unter Herrn Höfers Betreuung nun am Ziel, und das Vierte, was unsere neue Geschäftsstelle gleich angepackt hat, ist die Neugestaltung unserer Mitgliedskarten. Sie haben nun das Scheckkartenformat, an das alle gewöhnt sind, und werden durch jährlich wechselnde Bildmotive aus Goethes Zeichnungen nicht nur kleiner, sondern auch schöner.

Unser Werner-Keller-Stipendienprogramm, das von seiner ursprünglichen Anlage her längst finanziell erschöpft sein müsste, läuft dank Bundeszuschüssen und privaten Spenden bis heute weiter und hat sich in den letzten vier Jahren erfreulich entwickelt. Zahl und Qualität der Bewerbungen haben zugenommen, und es werden immer mehr Länder in Ost und West, aus denen sie uns erreichen. Als Schwerpunkte der Förderung haben sich einerseits der wissenschaftliche Nachwuchs und andererseits literarische Übersetzungsprojekte aus dem Deutschen ergeben.

Die Corona-Pause, erfahren wir leider mit der diesjährigen Hauptversammlung, hat uns zwar nicht aus der Bahn geworfen, doch unsere Teilnehmerzahlen deutlich gedämpft. Wir überlegen, mit einem etwas strafferen und um neue Anreize veränderten Programm dieser Entwicklung entgegenzuwirken. Der geringere Zulauf frustriert. Der Verlauf der 88. Hauptversammlung aber ermutigt, sowohl im Blick auf die Qualität all derer, die dazu beitragen, als auch auf die Organisationsleistung unserer Geschäftsstelle. Hoffen wir, dass sich das herumspricht und neue Neugier und Weimar-Reiselust weckt.

Stefan Matuschek

Geschäftsbericht des Schatzmeisters für die Jahre 2019 bis 2022

Liebe Mitglieder und Freunde der Goethe-Gesellschaft,

nachdem die letzte Hauptversammlung in 2021 wegen Corona ausgefallen ist, darf ich heute über vier Geschäftsjahre, nämlich 2019-2022 berichten. Das Wichtigste ist, dass über diesen Zeitraum insgesamt ein Überschuss von 64.086,04 EUR erzielt wurde, der in erster Linie auf Spenden bzw. Vermächtnisse zurückzuführen ist. Dabei sind in den Jahren 2019 und 2020 größere Erbschaften/Spenden angefallen. Die Jahre 2021 und 2022 haben mit kleineren Verlusten von 8.832,80 EUR in 2021 und 2830,75 EUR in 2022 abgeschlossen, weil es in beiden Jahren keine außergewöhnlichen Zuwendungen gab.

Bei den Einnahmen sind die Mitgliedsbeiträge weiter gesunken von 105.303,40 EUR in 2019 auf 95.712,43 in 2022. Dies ist auf eine weiterhin sinkende Mitgliederzahl zurückzuführen. Während Anfang 2019 die Goethe-Gesellschaft noch 2.463 Mitglieder zählte, waren es Anfang 2023 noch 2.317 Mitglieder. Dahinter verbirgt sich ein Abgang meist bedingt durch Sterbefälle von jährlich ca. 100-150 und ein Zugang neuer Mitglieder von jährlich 50-100. Trotz vielfältiger Bemühungen ist es uns nicht gelungen, diesen Trend zu stoppen. Dagegen können wir auf weiterhin großzügige Einnahmen aus Spenden verweisen, die es uns ermöglichen, die Geschäftsstelle und zahlreiche Aktivitäten der Goethe-Gesellschaft zu finanzieren. An dieser Stelle möchte ich allen Spendern sehr herzlich danken.

Die jährlichen Ausgaben schwanken zwischen 220.000 EUR und 230.000 EUR, außer in den Jahren der Hauptversammlung. Bei der letzten Hauptversammlung in 2019 betrugen die Gesamtausgaben 295.593,81 EUR. Die Ausgaben von 71.930,49 EUR konnten mit zweckgebundenen Einnahmen für die 86. Hauptversammlung in Höhe von 69.467,64 EUR abgedeckt werden. Die Personalausgaben in 2022 betrugen 134.413,25 EUR, während es in 2019 noch 142.431 EUR waren. Die Einsparung ist auf die Neuausrichtung der Geschäftsstelle nach dem Ausscheiden von Frau Dr. Oberhauser und Frau Brendel zurückzuführen. Die beiden nächst größten Ausgabeposten sind das *Goethe-Jahrbuch* und die Stipendienprogramme, wobei die letzteren weitgehend mit zweckgebundenen Einnahmen gegenfinanziert sind und die Jahrbücher durch den zweckgebundenen Spendenfonds sowie durch den Freistaat Thüringen die Ausgaben von ca. 28.000 EUR ebenfalls mit bis zu 60 % Einnahmen kompensieren konnten. Insbesondere den Jahrbuch-Paten soll an dieser Stelle ein herzliches Dankeschön ausgesprochen werden.

Für die Zukunft wird es zur Stabilisierung der Finanzen der Goethe-Gesellschaft wichtig werden, den Mitgliederschwund weiter zu reduzieren, wenn nicht zu stoppen, und die Attraktivität der Goethe-Gesellschaft durch intensivierte alte und neue Aktivitäten für Spender und Mitglieder zu erhöhen.

Herzlichen Dank für Ihre Aufmerksamkeit.

Siegfried Jaschinski

Jahresrechnung vom 01.01. bis 31.12.2019 (in Euro)

	allg. Einnahmen		allg. Ausgaben
Mitgliedsbeiträge	105.303,40	Druckkosten/ Sachkosten Büro und Personalkosten	153.468,42
nicht zweckgeb. Spenden	80.391,10	Reisekosten (Vorstand, Beirat, Geschäftsstelle)	4.453,98
Erbschaften/Vermächtnisse	6.714,76		8.035,45
Anlagezinsen	9,26		
Zwischensumme:	**192.418,52**		**165.957,85**
	zweckgeb. Einnahmen		**zweckgeb. Ausgaben**
für Stipendien (Spenden, Schenkung, Bundesmittel)	28.113,00		28.174,84
für deutsche Ortsvereinigungen	4.206,70		–
für Goethe-Jahrbücher (Spendenfonds und Freistaat Thüringen)	16.645,00		26.100,22
für Goethe-Vortragsreihe	546,50		1.154,07
für 86. Hauptversammlung 2019	69.467,64		71.930,49
für Goethe Akademien	7.980,83		145,00
für Sonstiges	160,94		2.131,34
Zwischensumme:	**127.120,61**		**129.635,96**
Summe gesamt:	**319.539,13**		**295.593,81**
Gewinn	**23.945,32**		

Jahresrechnung vom 01.01. bis 31.12.2020 (in Euro)

	allg. Einnahmen		**allg. Ausgaben**
Mitgliedsbeiträge	101.695,50	Druckkosten/ Sachkosten Büro und Personalkosten	147.765,29
nicht zweckgeb. Spenden	51.526,41	Reisekosten (Vorstand, Beirat, Geschäftsstelle)	1.594,13
Erbschaften/Vermächtnisse	51.677,11		1.905,91
Anlagezinsen	4,78		
Zwischensumme:	**204.903,80**		**151.265,33**
	zweckgeb. Einnahmen		**zweckgeb. Ausgaben**
für Stipendien (Spenden, Schenkung, Bundesmittel)	24.590,00		17.865,60
für deutsche Ortsvereinigungen (Tagung)	3.420,00		340,25
für Goethe-Jahrbücher (Spendenfonds und Freistaat Thüringen)	23.251,00		29.041,28
für Goethe-Vortragsreihe	113,50		136,40
für 87. Hauptversammlung 2021	4.500,00		4.136,80
für Goethe Akademien	3.758,03		–
für Schriftenband	5.000,00		5.318,11
für Goethe-Büste Bad Alexandersbad	4.011,60		10.859,15
für Sonstiges	539,33		3.320,07
Zwischensumme:	**69.183,46**		**71.017,66**
Summe gesamt:	**274.087,26**		**222.282,99**
Gewinn	51.804,27		

Jahresrechnung vom 01.01. bis 31.12.2021 (in Euro)

	allg. Einnahmen		**allg. Ausgaben**
Mitgliedsbeiträge	100.516,20	Druckkosten/ Sachkosten Büro und Personalkosten	167.083,25
nicht zweckgeb. Spenden	57.403,60	Reisekosten (Vorstand, Beirat, Geschäftsstelle)	1.226,70
Erbschaften/Vermächtnisse	7.041,00		–
Anlagezinsen	1,21		–
Zwischensumme:	**164.962,01**		**168.309,95**
	zweckgeb. Einnahmen		**zweckgeb. Ausgaben**
für Stipendien (Spenden, Schenkung, Bundesmittel)	27.140,00		23.328,63
für Goethe-Jahrbücher (Spendenfonds und Freistaat Thüringen)	18.838,01		26.389,96
für Schriftenband	4.000,00		4.000,01
für Goethe-Vortragsreihe	81,00		730,37
für 87. Hauptversammlung 2021	3.050,00		2.167,89
für Goethe Akademien	2.556,50		–
für Modernisierung Website	1.000,00		–
für Sonstiges	80,00		5.613,51
Zwischensumme:	**6.745,51**		**62.230,37**
Summe gesamt:	**221.707,52**		**230.540,32**
Verlust	8.832,80		

Jahresrechnung vom 01.01. bis 31.12.2022 (in Euro)

	allg. Einnahmen		allg. Ausgaben
Mitgliedsbeiträge	95.712,43	Druckkosten/ Sachkosten Büro und Personalkosten	146.915,49
nicht zweckgeb. Spenden	51.566,00	Reisekosten (Vorstand, Beirat, Geschäftsstelle)	2.583,55
Erbschaften/Vermächtnisse	989,64		–
Anlagezinsen	1,21		–
Zwischensumme:	**148.269,28**		**149.499,04**
	zweckgeb. Einnahmen		**zweckgeb. Ausgaben**
für Stipendien (Spenden, Schenkung, Bundesmittel)	38.820,00		33.191,60
für deutsche Ortsvereinigungen	–		1.129,47
für Goethe-Jahrbücher (Spendenfonds und Freistaat Thüringen)	15.255,00		28.125,58
für Goethe-Vortragsreihe	319,90		501,13
für 88. Hauptversammlung 2023	2.500,00		–
für Goethe Akademien	5.087,56		–
für Sponsorentreffen	6.881,20		5.859,37
für Modernisierung Website	1.000,00		
für Sonstiges	85,18		2.842,68
Zwischensumme:	**70.048,84**		**71.649,83**
Summe gesamt:	**218.318,12**		**221.148,87**
Verlust	**2.830,75**		

Bericht der Kassenprüfer für die Jahre 2021 und 2022

Sehr geehrte Damen und Herren,
liebe Mitglieder der Goethe-Gesellschaft,

auch für die letzten beiden Jahre 2021 und 2022 fanden die jährlichen obligatorischen Kassenprüfungen in den Räumlichkeiten der Geschäftsstelle der Goethe-Gesellschaft in Weimar statt. Herr Hans-Günther Otto aus Rudolstadt musste dies ohne die Mitarbeit seines Kollegen Ekkehard Taubner bewerkstelligen; dieser war leider krankheitshalber verhindert.

Die Prüfberichte sind von jedem unserer Mitglieder in der Geschäftsstelle der Goethe-Gesellschaft einsehbar. Das Zahlenwerk ist überschaubar; die exakte und sorgfältige Buchführung unserer alten und neuen Buchhalterin (Frau Cornelia Brendel sowie Frau Jessica Krey) ermöglicht uns eine reale Übersicht über die derzeitige finanzielle Situation.

Wir überprüften auch diesmal (April 2022 und 2023) stichprobenartig die Geschäftsvorgänge der Jahre 2021 und 2022 einschließlich des Kassenbuches, mit den dazugehörigen Belegen. Die ebenfalls stichprobenartige Überprüfung aller Konten der Goethe-Gesellschaft ergab, dass die Einnahmen und Ausgaben der Goethe-Gesellschaft in Weimar im Sinne der Satzung unserer Gesellschaft erfolgten.

Wie Sie aus den Zahlenwerken ersehen können, wurde solide und zuverlässig gewirtschaftet. Die Reserven und die weiterhin großzügige Spendenbereitschaft vieler Mitglieder und Freunde der Goethe-Gesellschaft ermöglichen eine stabile finanzielle Situation ohne Erhöhung der aktuellen Mitgliedsbeiträge.

Die Unterstützung des *Goethe-Jahrbuchs* durch Patenschaften ist weiterhin erfreulich hoch. Um die Qualität des Jahrbuchs zu gewährleisten, wäre es jedoch gut, wenn sich noch mehr Paten finden und es unterstützen! Wer dies will und kann, sollte auch die lebenslange Patenschaft erwägen im Sinne dieser informativen und wichtigen Publikation.

Mit gewisser Sorge bewegt uns die Tatsache, dass die Mitgliederzahl unserer Goethe-Gesellschaft weiterhin eine abnehmende Tendenz zeigt; derzeit haben wir ca. 2.300 Mitglieder. Sicher stimmt uns der Beitritt zahlreicher junger Mitstreiter in den letzten Jahren auch optimistisch.

Wünschen wir uns auch weiterhin eine erbauliche und interessante Beschäftigung mit unserem Namenspatron bei stabilen finanziellen Verhältnissen.

Herzlichen Dank für Ihre Aufmerksamkeit.

Hans-Günther Otto
Ekkehard Taubner

Ehrung mit der Goldenen Goethe-Medaille

Laudatio auf Frau Prof. Dr. Helena Cortés Gabaudan

Herr stellvertretender Ministerpräsident des Freistaats Thüringen Bernhard Stengele,
Herr Oberbürgermeister Peter Klein,
Frau Präsidentin der Klassik Stiftung Dr. Ulrike Lorenz,
lieber Herr Präsident Professor Matuschek,
liebe Goethe-Freunde und -Freundinnen,
und vor allem, liebe Helena Cortés,

es ist eine glückliche Begebenheit, dass die Ehrung mit der Goldenen Goethe-Medaille an Helena Cortés Gabaudan bei dieser Hauptversammlung erfolgt, denn unser jetziges Thema, *Goethe International. Seine Rezeption und Wirkung jenseits der deutschen Grenzen*, entspricht auf vorzügliche Weise ihrer breiten und vorbildlichen Tätigkeit als Kulturvermittlerin, als Professorin und Vortragende, als Verlegerin, als Literaturkritikerin, aber ganz besonders als Übersetzerin von deutscher Literatur, und darin an erster Stelle von Goethe.

Helena Cortés wurde in Salamanca geboren, und so stellt sich gleich eingangs die Frage, wie sie dazu kam, Germanistik zu studieren, und nicht nur Goethe, sondern auch weitere Autoren wie Hölderlin, die Brüder Grimm, Rilke, Fontane oder Heidegger, unter anderen, zu übersetzen. Wenn man sie fragt, erzählt sie ihre Kindheit und den Zugang zur Literatur gern in Märchenform: Nicht umsonst hat sie die Märchen der Brüder Grimm in der Ausgabe von 1812 übersetzt und kommentiert herausgegeben. Ihre Kindheit spielt in einem Haus mit großer Bibliothek, wo es überall von Büchern wimmelt, in die sich die Eltern, beide Professoren an der Universität Salamanca, vertiefen. Sie haben die Tendenz, ihre fünf Kinder, von denen Helena die jüngste ist, tagelang zu vergessen, haben aber die fürsorgliche Gewohnheit, jeden Tag mit ihnen zu Mittag zu essen, sozusagen um sich zu vergewissern, dass alle noch da sind. Helena ist also von Anfang an auf sich selbst und die Bücher angewiesen, die sie in eine weite Welt führen. In dieser Welt ist die klassische Literatur (der Vater ist Professor für Romanistik) wie auch die französische Literatur (die Mutter, Französin, ist Professorin für Französische Literatur der Neuzeit) präsent. Um im Gebiet der Literatur zu bleiben, aber nicht das Gleiche wie ihre Eltern zu erforschen, kommt sie dazu, Germanistik in Salamanca, Altgermanistik und Nordistik in München zu studieren, und sie promoviert in Salamanca mit einer Arbeit über den Einfluss Wilhelm Heinses auf Hölderlins *Hyperion*. Damit steht sie schon in der Zeit, die sie fasziniert, der Sattelzeit, der sie sich anfangs widmet.

Wenn sie auch mit Hölderlin ihre Forschungs- und Übersetzungsarbeit beginnt, wird sie doch bald zu Goethe finden, der dann zum Wegbegleiter ihres professionellen Lebens wird. Die Professur, die sie seit 1997 an der Universität Vigo für Deutsche Sprache und Literatur innehat, gibt sie zwischen 2005 und 2014 auf, um die Cervantes-Institute in Bremen und Hamburg, zuletzt in München zu leiten. Als Gegengewicht zu der aufreibenden Verwaltungs- und Organisationsarbeit übersetzt und arbeitet sie hemmungslos weiter und begibt sich nun von Hölderlin, von dem sie den gesamten Briefwechsel und den *Archipelagus* übersetzt und herausgegeben hatte, zu den Sophokles-Tragödien, die sie in dreisprachiger Fassung herausgab, und schließlich zu Goethe, über den sie 2014 eine Biographie verfasste, die zur Biographie des Jahres gewählt wurde. Das wohl beeindruckendste Werk, das sie in dieser Zeit schafft, ist die Übersetzung von Goethes *Faust I* und *II* in Versen. Sie erscheint in einer zweisprachigen Ausgabe 2010. Es handelt sich um die erste ernsthafte versifizierte Übersetzung des *Faust* auf Spanisch, mit Kommentar und Anmerkungen versehen, vorzüglich rezensiert und auch inszeniert, 2019 in einer prachtvollen, zweibändigen, von Miquel Barceló illustrierten Ausgabe erschienen und damit auch zum graphischen Kunstwerk geworden; ein wichtiges Zeugnis zur heutigen Präsenz Goethes in Spanien. Dass Goethes Lyrik es ihr angetan hat, zeigt sich in den nächsten Jahren: Zuerst übersetzt sie die *Marienbader Elegie*, 2017 erschienen, und dann, in mehrjähriger Arbeit, den *Divan*. Er erscheint 2020 und wird gleich mit dem Nationalpreis für Übersetzung im Jahr 2021 ausgezeichnet. Wie auch bei *Faust* handelt es sich um die erste versifizierte Übersetzung des Werks ins Spanische. Helena Cortés hat auch Prosa übersetzt: Goethes *Wahlverwandtschaften*, ihr der liebste von Goethes Romanen, ist 2000 erschienen. Aber Lyrik zu übersetzen, ist ihr ein besonderes und eigenes Bedürfnis. Es ist auch eine Herausforderung, für die sie an erster Stelle die Suche nach einem sprachgerechten Ton setzt: Einem Ton, der dem Original gerecht wird und mit dem sie eine geeignete ästhetische Form findet. Es geht ihr dabei um einen Dialog zwischen Sprachen und Kulturen, zwischen Traditionen des Versifizierens, um die Suche nach entsprechenden lyrischen Formen in einer Sprache, dem Spanischen, deren Lyrik sich im Unterschied zum Deutschen hauptsächlich in Silbenmaßen und Reimen formt. Es geht Helena Cortés nicht darum – so sagt sie –, Wörter umzugießen, wie man Orangen ausführt (»trasvasar palabras como quien exporta naranjas«, vgl. *Entrevista a Helena Cortés Gabaudan, Premio Nacional a la Mejor Traducción 2021*. In: *La Linterna del Traductor* 23 (2021), S. 44-50; hier S. 47). Das heißt zum Beispiel im Falle der Übersetzung des *Divans* auch die persischen Texte zu lesen, die Goethe kannte und an denen er sich inspirierte, zu schauen, wie Goethe die persischen Gaselen ins Deutsche übernimmt, und sich zu überlegen, wie sie dann möglichst tongerecht ins Spanische übertragen werden können, ohne dass diese Spur verlorengeht. Zum literarischen Übersetzen hat sie übrigens gerade ein Buch im Druck. Dass vor drei Monaten von ihr eine Goethe-Biographie erschienen ist mit dem Titel *Goethe. Vivir para ser inmortal* (Leben, um unsterblich zu sein) zeigt, wie ihr Goethe zum Wegbegleiter geworden ist: Der essayistische, aber auch durchaus romanhafte Ton der Biographie hat den erklärten Zweck, Goethe einem breiteren und nicht unbedingt akademischen Publikum nahezubringen. 2018 wurde sie zum Mitglied der Deutschen Akademie für Sprache und Dichtung gewählt.

Unter den Feen, die Helena bei ihrer Geburt Gaben überbracht haben, muss ganz sicher eine gewesen sein, die ihr die Gabe, nicht schlafen zu brauchen, übergeben hat: Sonst ist es ziemlich unverständlich, wie sie all diese Leistungen, verbunden mit ihrer Arbeit an der Universität oder an den Cervantes-Instituten, im Laufe der Jahre zustande gebracht haben kann. Ganz herzlichen Glückwunsch, liebe Helena Cortés.

Marisa Siguan

Laudatio auf Herrn Prof. Dr. Marcus Mazzari

Verehrte Festversammlung, lieber Marcus,

wie nähert man sich als Goethe-Freund dem Land Brasilien, das in unserem kulturellen Bewusstsein immer noch eine marginale Rolle spielt? Einen soliden Zugang gewährt ein zu Unrecht ins Schattendasein zurückgetretenes Kompendium – das von Alfred Zastrau herausgegebene, Fragment gebliebene *Goethe-Handbuch* –, dessen zweifelhafter Ruf zunächst darauf beruhte, dass alle Welt auf den am Anfang stehenden Artikel *Aachen* Kurs nahm, dessen erster Satz lautet: »Aachen selbst hat Goethe nie besucht«. Ein in Zastraus Arbeitszimmer eingedrungener Kugelblitz soll dessen Vorarbeiten vernichtet und zum abrupten Ende des Projekts beigetragen haben. Soviel zur legendarischen Chronik dieses Unternehmens. Zu seiner Ehre aber sei gesagt, dass man dort den besten Artikel über Goethes Brasilien-Erfahrungen findet. Liest man ihn in Ruhe, dann gewinnt man den Eindruck, dass Goethes Interesse am amerikanischen Kontinent ebenso stark an Südamerika – speziell an Brasilien – wie an Nordamerika ausgerichtet war. Dieses Interesse wurde geweckt durch Goethes Korrespondenzpartner, den Universalgelehrten Alexander von Humboldt, der selbst Brasilien nie besucht hat, vor allem aber durch den Botaniker Karl Friedrich Philipp von Martius, 1817 Teilnehmer einer von Österreich und Bayern finanzierten Expedition in das

Land am Amazonas. Es spricht für Goethes wache Aufmerksamkeit, dass sich in seiner Bibliothek nicht nur Schriften von Humboldt und Martius, sondern auch Werke über Geologie, Mineralogie und Pflanzenwelt Brasiliens sowie Geschäftsberichte dort tätiger Bergwerksunternehmen finden. »Krieg, Handel und Piraterie, / Dreieinig sind sie, nicht zu trennen«, diese Maxime Mephistos könnte Goethe beim Wahrnehmen brasilianischer Entwicklungen in den Sinn gekommen sein.

Seither hat Brasilien eine wechselvolle Entwicklung durchlaufen, bei alledem aber eine reiche eigenständige Kultur entwickelt, für die ein starker Bezug auf die zentraleuropäische, nicht zuletzt auch auf die deutsche Kulturtradition charakteristisch ist. Die wissenschaftliche Laufbahn von Marcus Vinicius Mazzari, Professor für Komparatistik an der Universität von São Paulo, kann dafür als exemplarisch gelten.

Geboren 1958 in São Carlos im Bundesstaat São Paulo, hat er von 1977 bis 1981 Germanistik und Brasilianistik an der Universität von São Paulo studiert und legte dort 1988 eine Abschlussarbeit über die *Blechtrommel* von Günter Grass vor, die 1999 – damals wurde Grass Nobelpreisträger – unter dem Titel *Bildungsroman in historischer Perspektive* im Druck erschienen ist. Grass blieb er auch danach treu. Ein DAAD-Stipendium ermöglichte ihm 1989 den Wechsel an die Freie Universität Berlin, wo er 1994 mit der Studie *Die Danziger Trilogie von Günter Grass: Erzählen gegen die Dämonisierung deutscher Geschichte* promoviert wurde. Seine Betreuer waren Klaus Scherpe und Eberhard Lämmert, mit denen er in enger persönlicher Verbindung blieb. Lämmert schrieb ihm am 12. Dezember 1994, auf Mazzaris Übersetzung eines seiner Essays Bezug nehmend: »Brasilien, und auch wir in Deutschland, können viel davon gewinnen, wenn gute Germanisten über den Ozean und den Äquator hinweg zur gegenseitigen Verständigung das ihre tun«. Entstanden war diese Übersetzung für die Zeitschrift des Institute for Advanced Studies in São Paulo, für die Mazzari häufiger tätig war und u.a. ein Goethe-Dossier verfasst hat. Doch hier habe ich den Ereignissen vorgegriffen. In sein Heimatland zurückgekehrt, befasste er sich zunächst mit dem Schulthema in der modernen deutschen Literatur; daraus ging u.a. ein Essay mit dem Titel *Ein Abc des Terrors: Schulische Erfahrungen bei Thomas Bernhard* hervor. Seit 1996 am Lehrstuhl für Allgemeine und Vergleichende Literaturwissenschaft in São Paulo tätig, verteidigte Marcus Mazzari 2008 eine unserer Habilitation gleichzusetzende Studie, die 2010 als Buch erschien; deren Titel gibt eines seiner wissenschaftlichen Lebensthemen zu erkennen: *Faustischer Pakt, Bildungsroman und weitere Themen der vergleichenden Literaturwissenschaft*; untersucht wurden vor allem Romane von João Guimarães Rosa, Thomas Mann und Gottfried Keller. Für das Cover stellte Günter Grass eine seiner Zeichnungen zur Verfügung. Gastprofessuren nahm Mazzari 2004 am Lateinamerika-Institut der Freien Universität Berlin und 2014/15 an der Universität Paris 8, Vincennes-Saint-Denis, wahr. Dass er darüber hinaus zahlreiche Beiträge für Zeitschriften und Sammelbände veröffentlicht hat, auch als Herausgeber tätig war, sei zur vorläufigen Abrundung des Bildes hinzugefügt.

Doch dieses Bild wäre unvollständig, wenn nicht auch der Übersetzer, der Editor und Kulturpolitiker Marcus Mazzari in den Fokus träte. Texte von Goethe, Heine, Kleist, Chamisso, Gottfried Keller, Jeremias Gotthelf, Brecht und Walter Benjamin sind von ihm ins brasilianische Portugiesisch übersetzt worden, aber auch ein klassischer politischer Text wie das *Manifest der kommunistischen Partei* von Marx und Engels. Brasilien besitzt eine reiche Übersetzungstradition. *Wilhelm Meisters Lehrjahre* und der *Werther* haben gegenwärtig in Brasilien Konjunktur; allein der *Werther* liegt in mehr als zehn Übersetzungen vor. Den deutschen Germanisten freut es sehr, und zugleich macht es ihn beklommen, wenn er wahrnehmen muss, dass Autoren, die – wie Keller und Gotthelf – in Deutschland kaum noch bekannt sind, für ein Lesepublikum im fernen Brasilien erschlossen werden. Das Schweizer Übersetzungshaus Looren hat Marcus Mazzari 2012 für seine Übersetzung von Kellers Novelle *Romeo und Julia auf dem Dorfe* ihren Preis zuerkannt. Ein großes Verdienst hat sich Mazzari mit der wissenschaftlichen Betreuung zweisprachiger Ausgaben von *Faust I* und *Faust II* erworben; erstere, 2004 zuerst herausgekommen, ist 2020 bereits in siebenter, letztere, 2007 erstmals vorgelegt, 2021 in sechster Auflage erschienen und überdies mit den kongenialen Illustrationen von Max Beckmann ausgestattet. Zu beiden Editionen hat Marcus Mazzari Anmerkungen, Kommentare, Vor- und Nachworte beigesteuert sowie die vorliegende Übersetzung von Jenny Klabin Segall revidiert; dank seines Engagements hat auch der sogenannte ›Walpurgissack‹, von ihm übersetzt, Eingang in die Edition von *Faust I* gefunden. 2019 hat er ein Buch mit dem Titel *Die Doppelnacht der Linden. Geschichte und Natur in Goethes »Faust«* veröffentlicht. In Marcus Mazzari besitzen wir einen der klügsten *Faust*-Interpreten, zu dessen besonderen Qualitäten es gehört, *Faust*-Spuren in der modernen brasilianischen Literatur ausfindig zu machen. Gegenwärtig bereitet er eine Ausgabe von Goethes Briefen vor, von ihm ausgewählt, übersetzt und kommentiert. Dem wissenschaftlichen Nachwuchs gehört seine besondere Zuwendung. Mehrfach schon haben wir Stipendiatinnen aus São Paulo in Weimar empfangen; ihr Wissen, ihr Problembewusstsein haben uns stets beeindruckt – auch dies sind Früchte der Tätigkeit ihres akademischen Lehrers. Unter unseren Gästen darf ich eine ehemalige Stipendiatin sowie zwei Doktorandinnen aus São Paulo begrüßen.

Seit 2009 gibt es in Brasilien eine Goethe-Gesellschaft, der Mazzari von Anbeginn als Präsident vorsteht. Regelmäßig organisiert sie wissenschaftliche Tagungen unter internationaler Beteiligung; zweimal durfte ich zu Gast sein. Bei solchen Anlässen wird einem bewusst, dass in der Zeit des deutschen Faschismus ein demokratisches Brasilien nicht nur Stefan Zweig gastlich empfangen, sondern auch anderen deutschen Emigranten Zuflucht geboten hat, ja dass diese Tradition zu den geistigen Wurzeln der gegenwärtigen brasilianischen Germanistik gehört und nicht zuletzt auch ihre Position in der von politischen Konflikten zerrissenen Gegenwart des Landes bezeichnen kann; Bolsonaro-Anhänger glaube ich unter ihnen nicht zu wissen. Ein Detail sei nicht vergessen: Mittlerweile hat sich die Goethe-Gesellschaft in Weimar auf dem Felde der elektronischen Medien gut aufgestellt, wie die landläufige Wendung heißt. In gewisser Weise hätte uns die brasilianische Goethe-Gesellschaft Vorbild sein können, wo allein durch die Größe des Landes eine moderne mediale Kommunikation unerlässlich ist. Nur auf diese Weise habe ich dank Marcus Mazzaris Hilfe vom Wirken eines brasilianischen Goethe-Forschers erfahren können, der noch im höchsten Alter geistig tätig war.

Der Radius von Marcus Mazzaris Wirken ist damit noch nicht ausgemessen. So wie es zu den Aufgaben einer Goethe-Gesellschaft gehört, Brücken zu schlagen zwischen akademischer Forschung und den Bildungsinteressen der Gesellschaft, so sucht auch Marcus Mazzari als Gesellschaftspräsident wie als kulturpolitischer Akteur Zugang zum kulturellen Leben seines Heimatlandes. Er hat Workshops mit brasilianischen Theatergruppen veranstaltet, die z. B. Adaptionen von Goethes *Faust* inszenieren, er hat, das finde ich besonders bemerkenswert, einen Text über Grimms Märchen für eine Samba-Schule in Rio de Janeiro verfasst, der hundertvierzigtausendmal gedruckt und während des Karnevalaufzugs 2013 verteilt wurde – man kann es nur beschämt zur Kenntnis nehmen – und er hat für die Stadtbibliothek Mario de Andrade in São Paulo eine viermonatige Vorlesungsreihe über Bildungsromane aus verschiedenen Ländern koordiniert. Seit 2014 werden im Verlag Companhia das Letras in São Paulo Thomas Manns Romane und Erzählungen in neuen Übersetzungen veröffentlicht. Die Koordinierung dieses Projekts, eigene Nachworte zu Romanen und Erzählungen eingeschlossen, liegt in den Händen von Marcus Mazzari.

Wenn wir heute Marcus Mazzari mit unserer höchsten Auszeichnung ehren, ehren wir zugleich die Germanistik seines Heimatlandes, deren würdiger Repräsentant er ist. Herzlichen Glückwunsch, lieber Marcus! Das Leben jenes hochbetagten Goetheforschers, das Du mir bildlich nahegebracht hast, möge Dir stets im Sinne geistiger wie realer Nachfolge vorschweben.

Jochen Golz

Laudatio auf Herrn Prof. Dr. Maoping Wei

Vor hundert Jahren erschien Goethes *Werther* erstmals in einer chinesischen Übersetzung. Der Schriftsteller Guo Moruo, der diese Übersetzung 1922 vorgelegt hatte, ahnte zu diesem Zeitpunkt sicherlich nicht, welche Entwicklung er mit seiner Übertragung anstoßen sollte. Die Übersetzung erwies sich als sensationeller Erfolg: Allein bis 1930 erschienen in rascher Folge 15 Auflagen. Vor allem junge Chinesinnen und Chinesen begeisterten sich für Goethes Roman, denn sie sahen sich durch dessen Protagonisten in ihrem Kampf gegen überkommene Lebensformen und in ihrem Streben nach individueller Freiheit bestätigt. Angesichts seines unerwarteten Erfolgs fasste Guo bereits wenige Jahre später den Entschluss, neben verschiedenen Goethe-Gedichten auch den *Faust* in seine Muttersprache zu übertragen. Damit begründete er eine Tradition chinesischer Goethe-Übersetzungen, an die rund 60 Jahre später Maoping Wei anknüpfte, um sie fortzuschreiben und in eine neue Ära zu führen.

Der Dichter Goethe und Maoping Wei: Auch für diese Konstellation ging der initiale Impuls vom *Werther* aus. Zu Beginn der 1990er Jahre erhielt Maoping Wei die Einladung, Goethes Roman für einen renommierten chinesischen Verlag erneut zu übersetzen. Er erbat sich einige Tage Bedenkzeit und sagte schließlich zu, verband seine Einwilligung jedoch mit Auflagen. So bestand er zum Beispiel darauf, für den Titel des Romans eine aus seiner Sicht adäquatere Übersetzung als Guo Moruo wählen zu dürfen. Die im Jahr 1994 erschienene *Werther*-Übersetzung fand viele Leserinnen und Leser und wurde bis heute mehrfach nachgedruckt. Vor allem aber ließ die Übersetzung des *Werther* in Maoping Wei den Gedanken reifen, ein gänzlich neues Kapitel in der Tradition chinesischer Goethe-Übersetzungen aufschlagen zu müssen. Der entscheidende Impuls ging dabei von der Einsicht aus, dass nur die berühmten Werke vom *Werther* bis zum *Faust* immer wieder ins Chinesische übersetzt worden seien, was zu einem einseitigen Goethe-Bild geführt habe. Maoping Wei fasste den kühnen Plan, den ganzen Goethe ins Chinesische übersetzen zu lassen, also nicht nur den Romancier, nicht nur den Lyriker, nicht nur den Dramatiker Goethe, sondern auch den Verfasser naturkundlicher Schriften, den Kunsttheoretiker und Kunstkritiker, den Politiker und Staatsmann, den Briefeschreiber und den aufmerksamen Beobachter seines Zeitalters.

Im November 2014 wurde der von Maoping Wei entwickelte Projektantrag einer kritischen und kommentierten Goethe-Übersetzung vom Nationalen Planungsbüro für Philosophie und Sozialwissenschaften als groß angelegtes Forschungsprojekt in China bewilligt. Seither arbeiten mehr als hundert Germanistinnen und Germanisten an vielen verschiedenen chinesischen Universitäten unter der Leitung von Maoping Wei an einer Goethe-Edition, deren Grundlage die 40-bändige Gesamtausgabe des Deutschen Klassiker Verlags bildet. Wenn die von Maoping Wei verantwortete Edition in einigen Jahren abgeschlossen sein wird, dann liegt mit ihr die vermutlich vollständigste Goethe-Ausgabe in einer Fremdsprache vor – ein Meilenstein nicht nur für die chinesische Germanistik, sondern auch für die weltweite Goethe-Rezeption.

Der Weg, der Maoping Wei zum Werk Goethes führen sollte, war nicht nur lang, er wurde auch, wie so oft in einem bewegten Forscherleben, von unvorhersehbaren Wendungen geprägt: Als Maoping Wei, aus einer Arztfamilie in Shanghai stammend, 1972 die Schule abschloss, galten in China noch jene Gesetze, die im Rahmen der sogenannten Kulturrevolution erlassen worden waren. Schulabsolventen wurden entweder aufs Land geschickt oder verschiedenen Berufen im städtischen Umfeld zugewiesen. Eine Lehrerin von Maoping Wei wollte sich nicht damit abfinden, dass ihrem Schüler der Zugang zu einem Hochschulstudium verwehrt wurde, und so empfahl sie ihn ihrem Mann, einem chinesischen Germanisten. Bei ihm sollte er Deutsch lernen, soweit es die gleichzeitige Berufstätigkeit eben erlaubte. Nach zwei Jahren intensiven Lernens brach Maoping Wei seine Bemühungen ab, da auch weiterhin keine Aussicht auf ein Hochschulstudium bestand. Fortan konzentrierte er sich auf die Musik – und wäre fast ein Musiker geworden.

Als 1977 das chinesische Hochschulsystem reformiert und eine erste Öffnungspolitik eingeleitet wurde, brach für Maoping Wei ein neuer Lebensabschnitt an. Bereits im Folgejahr legte er die Aufnahmeprüfungen für ein geisteswissenschaftliches Studium ab und widmete sich fortan der deutschen Literatur. Nach einer ersten Lehrtätigkeit an der Shanghai International Studies University ging Maoping Wei 1986 nach Heidelberg und wurde an der dortigen Universität im November 1989 mit einer Arbeit über Günter Eich promoviert. Es folgte ein Leben zwischen zwei Kontinenten, zwischen zwei Städten und zwischen zwei Hochschulen: Nach einer erneuten Lehrtätigkeit an der Shanghai International Studies University kehrte Maoping Wei von 1994 bis 1996 als Forschungsstipendiat der Alexander von Humboldt-Stiftung an die Universität Heidelberg zurück. 1996 wurde er dann an der Shanghai International Studies University zum ordentlichen Professor ernannt.

Das wissenschaftliche Werk, das Maoping Wei in vier Jahrzehnten vorgelegt hat, lässt sich kaum anders als in Superlativen umschreiben. Ob in der universitären Ausbildung oder in der germanistischen Forschung – fast überall setzte er neue Standards. Vor allem aber vermittelte er mit seiner unermüdlichen Übersetzungsarbeit einem chinesischen Millionenpublikum deutsche Literaturgeschichte. Maoping Wei hat, um wenigstens eine kleine Auswahl zu nennen, die Werke von Gotthold Ephraim Lessing und E.T.A. Hoffmann, von Friedrich Nietzsche und Stefan Zweig ins Chinesische übersetzt. Ein besonderer Erfolg wurde seine Übersetzung des Romans *Ein springender Brunnen* von Martin Walser. Seine Liebe zu jungen Leserinnen und Lesern bewog ihn, auch einige Klassiker der Kinderbuch-Literatur wie Wilhelm Buschs *Max und Moritz* zu übersetzen. Ein Autor, dem sich Maoping Wei bis heute besonders verbunden fühlt, ist Rüdiger Safranski, von dem er sechs Bücher ins Chinesische übertrug – unter anderem auch die umfassende Goethe-Biografie, die in China ebenso wie in Deutschland ein breites Echo fand.

Mit seiner bewundernswerten und unerschöpflichen Tatkraft ist Maoping Wei zu einem Brückenbauer zwischen Asien und Europa geworden. Als Botschafter der deutschsprachigen Literatur in China hat er entscheidend zum wechselseitigen Verständnis der großen Kulturregionen beigetragen. Maoping Weis Weg zur deutschen Literatur und insbesondere zu Goethe hing von gesellschaftspolitischen und lebensgeschichtlichen Zufällen ab – daran kann kein Zweifel bestehen. Und doch scheint beim Rückblick auf dieses große Forscherleben vieles einer verborgenen Fügung und geheimen Konsequenz zu folgen. Wenn wir heute mit Sorge registrieren, wie überall auf der Welt das Bemühen um ein wechselseitiges Verstehen der Kulturen nachlässt und ein längst überwunden geglaubter Nationalismus in nahezu allen Regionen wieder aufkeimt, dann ermessen wir die immense Bedeutung jener Menschen, die wie Maoping Wei als Dolmetscher der Kulturen vor wachsender Sprachlosigkeit und kollektiven Kommunikationsabbrüchen bewahren. Wenn wir heute Maoping Wei mit der Goldenen Goethe-Medaille auszeichnen, so ehren wir einen Forscher, der sich um Goethes internationale Präsenz unermessliche Verdienste erworben hat.

Thorsten Valk

Die Goethe-Gesellschaft in Weimar
verleiht anlässlich ihrer 88. Hauptversammlung
Frau Prof. Dr. Helena Cortés Gabaudan,
der Germanistin und Übersetzerin an der Universität Vigo,
in dankbarer und respektvoller Anerkennung ihrer Maßstäbe
setzenden Übersetzungen und Kommentare zu Goethes Werken,
ihrer editorischen Arbeit und ihrer hohen Verdienste um
die Vermittlung der deutschen Literatur und Philosophie der
klassisch-romantischen Epoche in der spanischsprachigen Welt
die Goldene Goethe-Medaille.

Die Goethe-Gesellschaft in Weimar
verleiht anlässlich ihrer 88. Hauptversammlung
Herrn Prof. Dr. Marcus Mazzari,
dem Komparatisten an der Universität São Paulo,
dem aufrechten Wegbereiter Goethes und Thomas Manns
in seinem Heimatland, dem Editor des »Faust« und kundigen
Übersetzer in Würdigung seiner großen Verdienste um
den deutsch-brasilianischen Kulturaustausch
die Goldene Goethe-Medaille.

Die Goethe-Gesellschaft in Weimar
verleiht anlässlich ihrer 88. Hauptversammlung
Herrn Prof. Dr. Maoping Wei,
dem Germanisten an der Shanghai International Studies University,
in dankbarer und respektvoller Anerkennung seines beispiellosen
Projektes zur Übersetzung einer kommentierten Goethe-Gesamtausgabe
und seiner außergewöhnlichen Verdienste als Vermittler und intellektueller
Brückenbauer zwischen europäischer und chinesischer Kultur
die Goldene Goethe-Medaille.

Dank von Frau Prof. Dr. Helena Cortés Gabaudan

Sehr geehrter Herr Präsident der Goethe-Gesellschaft, Professor Matuschek,
liebe Marisa,
meine sehr verehrten Damen und Herren,

als ich mich, vor etwa 40 Jahren, als junge spanische Studentin der Germanistik das erste Mal mit Goethe zu beschäftigen begann, konnte ich überhaupt nicht erahnen, dass ich eines fernen Tages hier in Weimar, in der berühmten Goethe-Stadt, die Goldene Goethe-Medaille bekommen würde.

In Goethes *Lehrjahren* kann man aber folgendes Zitat lesen: »Die Welt ist undankbar, sagen viele; ich habe noch nicht gefunden, daß sie undankbar sei, wenn man auf die rechte Art etwas für sie zu thun weiß« (WA I, 21, S. 99).

Sie – meine Damen und Herren – haben nun entschieden, dass ich etwas für Goethe ›auf die rechte Art‹ zu tun wusste, und haben mich dafür belohnt, auf eine Weise, die mich mit Stolz und tiefer Dankbarkeit erfüllt. Aber auch mit Erstaunen, denn wenn ich aufrichtig sein darf, galt meine erste Liebe in der Germanistik nicht Goethe, sondern Hölderlin. Hölderlin widmete ich meine Doktorarbeit, meine erste wissenschaftliche Monografie, und schon sehr früh begann ich auch viele seiner Werke zu übersetzen. Und weil ich Hölderlin so liebte, hegte ich einen gewissen Groll gegen Goethe, weil er Hölderlin völlig verkannte, weil er sich über seine Sophokles-Übersetzungen lustig machte und weil er Schiller – anfänglich der väterliche Mentor Hölderlins – durch seine negativen Urteile dazu bewegte, sich von seinem Schützling abzuwenden. Ich dachte damals, Goethe sei ein ziemlich arroganter Besserwisser, und konnte mich deshalb nur schwer mit ihm versöhnen. Sie sollen, liebe Goethe-Verehrer, solche Denkweisen der Leidenschaft der Jugend verzeihen: Ich erkannte etwas später, dass zeitgenössische Genies sich ständig misskennen und einander verurteilen.

Einige Jahre nach meiner intensiven Beschäftigung mit Hölderlin kam von einem madrilenischen Verlag das Angebot, *Faust* ins Spanische zu übersetzen: Ich konnte dieser, für eine Germanistin so mächtigen Herausforderung nicht widerstehen, machte mich – etwa zwei Jahre lang – auf den Weg mit Goethe und wurde zum ersten Mal mit ihm ernsthaft vertraut. Und weil ich, so wie alle authentischen Übersetzer, von der Pathologie des Stockholm-Syndroms stark betroffen bin, kann ich es unmöglich unterlassen, meine schlimmsten literarischen Peiniger abgöttisch zu verehren. Deshalb wandte sich im Laufe meiner persönlichen ›Goethe-Zeit‹ das Blatt völlig und ich begann Goethe nicht nur zu verstehen, sondern allmählich zu bewundern und schlussendlich – ja – auch zu lieben.

Sie sehen es, es war keine Liebe auf den ersten Blick, aber dafür eine durchdachte und für immer geltende Bewunderung. Denn ich war im großen Unrecht gewesen. Goethe ist in der Tat eine wahre Geniefigur, eine solche, die nur selten in einem Land vorkommt. Sein *Faust* ist zu Recht eine mythische Figur der Universalliteratur geworden, denn nur in diesem genialen Werk kann man die Höhen und Tiefen des modernen Ichs plastisch dargestellt finden.

Nach *Faust* habe ich mich immer wieder mit Goethe beschäftigt. Es kamen vor allem die spanischen Ausgaben der *Marienbader Elegie*, der *Wahlverwandtschaften* und des *Divans* vor. Vor kurzem ist auch eine Goethe-Biografie von mir erschienen; dabei handelt es sich um keine Heiligenlegende, sie ist aber dennoch mit einer wahren Empathie für Goethe geschrieben: Sie zeigt das Bild eines echten lebendigen Mannes, mit einer unfassbaren intellektuellen Neugier, aber auch voller Widersprüche; eines Mannes mit einer zu bunten Persönlichkeit, der das Leben zu sehr genossen hat, als dass man ihn einseitig betrachten oder lediglich zu einer Erzfigur für die Dekoration unserer Städte werden lassen könnte.

In der Zukunft hoffe ich weiterhin vieles für Goethe »auf die rechte Art« zu tun zu wissen.

Für das große Glück, das mir heute widerfährt, möchte ich mich herzlich bedanken.

Dank von Herrn Prof. Dr. Marcus Mazzari

Sehr geehrte Damen und Herren,
sehr geehrter Herr stellvertretender Ministerpräsident und Umweltminister,
sehr geehrter Herr Oberbürgermeister,
lieber Herr Matuschek,

eine riesige, kaum in Worte zu fassende Ehre und Freude ist es für mich, bei dieser Eröffnungsveranstaltung an Ihrer Seite sein zu dürfen!

Herzlichsten Dank, lieber Jochen, für Deine so großzügigen Worte! Auch Dir ist es zu verdanken, dass die Goldene Goethe-Medaille in diesem Jahr zum ersten Mal nach Brasilien geht, dessen heutiges Kulturleben von Goethes Werk so stark mitgeprägt wird. Ich erinnere nur an Deine Mitwirkung, zusammen mit der Unterstützung vom damaligen Ehrenpräsidenten der Goethe-Gesellschaft Werner Keller, bei der Gründung unserer Goethe-Gesellschaft im Jahr 2009. Erinnern möchte ich ebenfalls an Deinen anregenden Beitrag über Goethes *Südamerika-Erfahrungen im Spiegel seines Nachlasses*, der ein Jahr zuvor im Rahmen unserer großen, von meinem Kollegen Helmut Galle und mir organisierten *Faust*-Konferenz in São Paulo vorgestellt wurde und dann im Jahr 2010 im Band *Fausto e a América Latina*, der 30 weitere Aufsätze umfasst, erschienen ist. An dieser *Faust*-Konferenz haben zwölf Gäste aus Deutschland teilgenommen, darunter Ernst Osterkamp, Oskar Negt und Michael Jaeger, mit dem ich seit vier Jahrzehnten in einem intensiven, vor allem um Goethe kreisenden Austausch stehe.

Mit dem Zustandekommen unseres Goethe-Kreises im Jahr 2009 hat sich aber auch ein sehr tragisches Ereignis verbunden, denn Izabella Furtado, die bei der Gründung mitgewirkt hatte, ist wenige Tage danach auf der Reise zur 81. Hauptversammlung der Goethe-Gesellschaft in Weimar beim Absturz des Air-France-Fluges 447 umgekommen.

Von diesem tragischen Ereignis soll aber nun zum heutigen, für die Geschichte der Rezeption Goethes in Brasilien so erfreulichen zurückgekehrt werden: Bestimmte Freuden – und dazu würde ich das Glücksgefühl rechnen, das vor anderthalb Jahren die Nachricht von der Goethe-Medaille in mir ausgelöst hat – können so überwältigend sein, dass man ihnen gegenüber »sich eher in's Gleichgewicht setzen müßte« (WA IV, 37, S. 27). Das schrieb Goethe im April 1823 an Nees von Esenbeck, als er erfuhr, dass dieser – zusammen mit seinem Kollegen Carl Friedrich Martius, den Goethe bald »den Brasilianer« nennen würde – eine Malvenart aus dem großen südamerikanischen Land *Goethea* getauft hatte.

Und vier Jahre später erhält von Esenbeck die folgenden, einen Text über Manzonis Werke begleitenden Worte aus Weimar: »Wie sehne ich mich nach Wirkung in die Ferne und aus der Ferne« (WA IV, 42, S. 154).

Der Ausdruck »Wirkung in die Ferne« begegnet sehr oft in den Briefen des alten »Merlin vom leuchtenden Grabe her« am Frauenplan (so nennt sich der Dichter in einem Brief vom 14. Dezember 1830 an Zelter, vgl. WA IV, 48, S. 42) und sicherlich war die Reichweite dieser Wirkung dem Zauberer selber nicht ganz bewusst. In Brasilien hatte sie – über portugiesische und französische Vermittlung – schon zu Goethes Lebzeiten eingesetzt und im September 1837 erscheint in der wichtigen *Jornal dos Debates* in Rio de Janeiro eine Gesamtwürdigung seiner Person und seines Werkes. Ein Jahr zuvor hat, mit dem Erscheinen des Bandes *Poetische Seufzer und Sehnsüchte* von Gonçalves de Magalhães, die brasilianische Romantik angefangen, in deren Verlauf die Rezeption seines Werks, mit *Werther* und *Faust* an vorderster Front, einen ersten Höhepunkt erreichen würde. Wenige Jahre danach betrat der Goethe-Verehrer Machado de Assis die literarische Bühne Brasiliens und seitdem hat sich diese Rezeption nur gesteigert, so dass es sehr viel Raum beanspruchen würde, wollte man der heutigen Fülle der Übersetzungen, Monographien und vielerlei Veröffentlichungen zu Goethe

Rechnung tragen. In diesem Zusammenhang dürfte ich vielleicht auch auf einen Beitrag aus dieser Stadt hinweisen, denn 2022 hat der Weimarer Sylk Schneider einen wunderschönen, reichbebilderten Prachtband über Goethes Gedankenreisen nach Brasilien (*Viagem de Goethe ao Brasil*) veröffentlicht.

Lang ließe sich auch über die Verwandlungen reden, die das Bild Goethes in Brasilien erfahren hat. Es sei nur angemerkt, dass das gegenwärtig bei uns vorherrschende Goethe-*Image* mit dem jener Deutschen verwandt ist, die Zuflucht vor dem Nationalsozialismus im »Land der Zukunft« (Stefan Zweig) gefunden haben, wie es sich z. B. in Vorträgen und Aufsätzen des damals in Rio de Janeiro lebenden Journalisten Ernst Feder bewundernswerterweise zeigt. Verwandt ist dieses Bild auch mit dem des jung verstorbenen Romantikers Castro Alves, der eine Gallionsfigur im Kampf gegen die Sklaverei gewesen ist und dementsprechend die – freilich sehr idealisierte – Vorstellung eines aufklärerischen, fortschrittlichen und – hierin nicht unähnlich Thomas Mann in seiner *Fantasie über Goethe* – immer nach ›mehr Licht‹ strebenden Goethe kultiviert hat, gemäß den Schlusszeilen des Gedichts *O Livro e a América*, in denen die Neue Welt, wie der sterbende Dichter, nach ›Licht‹ ruft.

Es ist ebenso das Bild eines Dichters, dessen ganzes Werk von Naturanschauungen durchdrungen ist, denen die Zerstörung des Amazonas-Waldes, wie sie sich in den letzten Jahren auf katastrophale Weise beschleunigt hat, diametral zuwiderläuft. Und so auch die Zerstörung anderer brasilianischer Ökosysteme, die der Dichter über den ›brasilianischen‹ Botaniker kennenlernen und in denen er sich »durchaus als anwesend und einheimisch« (Schlussworte der Rezension über Martius' Abhandlung *Genera et species palmarum*, vgl. GJb 1952, S. 176) fühlen konnte.

»Beim Zerstören gelten alle falschen Argumente«, lesen wir in einer Goethe'schen Maxime, »beim Aufbauen keineswegs. Was nicht wahr ist, baut nicht« (MA 17, S. 875). Die Wirkung Goethes im fernen Brasilien trägt auf ihre Weise viel zu den Bemühungen bei, den in den letzten Jahren hemmungslos – unter allerlei falschen Argumenten – betriebenen Zerstörungen Einhalt zu gebieten und eine bessere, auch den ökologischen Herausforderungen unserer Zeit gerechter werdende Gesellschaft aufzubauen.

Herzlichsten Dank für diese Medaille, die die fruchtbare, wirkungsvolle Anwesenheit Goethes in Brasilien so sehr ehrt!

Dank von Herrn Prof. Dr. Maoping Wei

Sehr geehrter und lieber Herr Professor Matuschek,
sehr geehrter und lieber Herr Professor Valk,
meine sehr geehrten Damen und Herren,

> Wem die Ehre zufällt, an dieser Stelle zu stehen, der muß sich prüfen, ob er dazu würdig ist. Es hilft ihm nicht, daß er seinen Namen andern angereiht sieht, deren Träger vor ihm in diese Prüfung kamen: ihn sehen die Augen Goethes an, und er muß wissen, ob er seinen Blick gegen diese Augen erheben darf.

Das sagte Wilhelm Schäfer bei der Verleihung des Goethe-Preises der Stadt Frankfurt a.M. am 28. August 1941 (*Goethesche Prüfung: Dankrede bei Verleihung des Goethe-Preises der Stadt Frankfurt am 28. August 1941*. München 1942).

An dieser Stelle, wo ich etwa 80 Jahre später die Ehre habe, eine Medaille auch in Goethes Namen annehmen zu dürfen, muss ich mir dieselbe Frage stellen: Ob ich vor Goethe den Blick erheben könnte? Um dies zu beantworten, muss ich kurz über Goethe-Übersetzungen in China berichten.

Goethes Hauptwerke wie *Werther* und *Faust* wurden schon vor etwa hundert Jahren ins Chinesische übersetzt. Danach ist die deutliche Tendenz festzustellen, dass die chinesischen Übersetzungen sich immer wieder auf einige wenige Werke von Goethe beschränkten, die längst übersetzt worden waren. Viele oder sogar die meisten Schriften Goethes sind in China noch unbekannt.

Unser »Projekt der chinesischen Übersetzung von Goethes Gesamtwerk«, das im November 2014 vom »National Planning Office of Philosophy and Social Science« in Beijing als Schwerpunktprojekt bewilligt wurde, hat die Ambition, diese Situation von Grund auf zu ändern.

Grundlage der Arbeiten ist die 40-bändige Goethe-Gesamtausgabe des Deutschen Klassiker Verlags, die sogenannte Frankfurter Ausgabe. Wir hoffen nun, Goethe nicht nur als Dichter-Fürsten, sondern auch als Staatsmann und Naturwissenschaftler, nicht zuletzt auch als einen verantwortungsbewussten Übersetzer zu präsentieren. Dazu ein Beispiel. Bei der Übersetzung von *Leben des Benvenuto Cellini* hat Goethe neben einem umfangreichen Anhang zur Lebensbeschreibung von Cellini noch eine Tabelle *Stammtafel des Hauses Medici* hinzugefügt, was selbst in der heutigen Computer-Zeit eine große Herausforderung wäre. Goethes Bemühung, seine Übersetzungen dem Publikum verständlich zu machen, ist vorbildlich.

Mehr als 100 Germanisten aus ganz China sind an diesem Projekt beteiligt, mit Hilfe einiger deutscher Kollegen. Hier eine kleine Bilanz unserer Arbeit: Im Jahre 2016 gab die Shanghai Foreign Language Education Press, in Zusammenarbeit mit dem Deutschen Klassiker Verlag, eine Reprint-Ausgabe der Frankfurter Goethe-Ausgabe heraus, zu der ich selbst ein chinesisches Vorwort beisteuern durfte. Und von den insgesamt 40 Bänden der Frankfurter Goethe-Ausgabe wurden bis Ende letzten Jahres sechs Bände in chinesischer Sprache herausgegeben. Mehrere Bände sind zur Zeit druckfertig, und die übrigen Übersetzungen liegen auch zum großen Teil als Manuskript vor. Die Goethe-Rezeption in China wird also in absehbarer Zukunft ein ganz neues Kapitel aufschlagen. Und diese Ausgabe könnte, wenn sie fertig ist, die vollständigste Goethe-Ausgabe in einer Fremdsprache sein, was nicht nur für die chinesische Germanistik, sondern auch für die Goethe-Rezeption in der Welt einen Meilenstein bedeuten würde.

Nun komme ich zurück zu meiner Frage am Beginn meiner Rede. Angesichts des oben angesprochenen Beitrags, den wir für die Goethe-Übersetzung geleistet haben und fortsetzen werden, habe ich, als Leiter dieses Projekts und Herausgeber dieser chinesischen Ausgabe von Goethes Gesamtwerk, mit dem gesamten Team im Rücken, doch den Mut, gegen die Augen Goethes meinen Blick zu erheben.

Ich bedanke mich sehr für die langjährige Unterstützung aus Deutschland, die ich seit meiner Studienzeit in Heidelberg in den 80er Jahren des letzten Jahrhunderts bis heute bekomme, auch die von meinen Kolleginnen und Kollegen dieses Übersetzungsprojekts. Die heutige ehrenvolle Auszeichnung gilt in diesem Sinne nicht mir allein, sondern uns allen, die ich in diesem Augenblick unter der Flagge Goethes versammelt sehe. Vielen Dank!

Verleihung der Ehrenmitgliedschaft

Laudatio auf Adelheid Friedrich (Altenburg)

Meine sehr verehrten Damen und Herren, insbesondere aber: liebe Frau Friedrich,

wenn man, das *Goethe-Jahrbuch* zur Hand nehmend, in den Chroniken der Ortsvereinigungen blättert und sich dort die Berichte aus Altenburg vornimmt, findet man am Schluss immer wieder den Vermerk »Jahresausklang« und dazu einen Namen: Adelheid Friedrich. Was sich im Einzelnen dahinter verbirgt – gewiss aber sorgfältige Vorbereitung und heitere Geselligkeit, wie sie auch unser Namenspatron liebte –, kann ich nur vermuten. Da ich selbst einmal im Hause Friedrich zu Gast sein durfte, möchte ich annehmen, dass die Begabung von Adelheid Friedrich als Gastgeberin auch den jeweiligen Jahresausklang geprägt hat.

Gegründet wurde die Ortsvereinigung der Goethe-Gesellschaft in Altenburg im Jahre 1986, zu einer Zeit also, als in der DDR auf nahezu allen Gebieten ein Niedergang wahrzunehmen war. Ob die Gründung damals im Zeichen eines ›Trotz alledem‹ stattfand, entzieht sich meiner Kenntnis. Gewiss aber geschah sie in dem Bewusstsein, dass Altenburg es gewissermaßen seiner großen kulturellen Tradition schuldig ist, auch das Andenken des größten deutschen Dichters lebendig zu erhalten, der mit dem Herzogtum Sachsen-Gotha und Altenburg (seit 1826 Sachsen-Altenburg) in mannigfacher Weise verbunden war. Wenn man weiß, dass Goethe der Malerei der italienischen Renaissance großes Interesse entgegenbrachte, kann man eine Brücke schlagen zu der wundervollen Sammlung, die das Lindenau-Museum sein Eigen nennt und die in den kommenden Jahren baulich neu gefasst und zusammen mit der ebenfalls bemerkenswerten Moderne-Sammlung präsentiert werden wird. Doch nicht damit allein kann Altenburg punkten. Die Stadt besitzt ein Schloss mit einer berühmten Orgel, sie verfügt über eine kostbare Altbausubstanz und kann stolz sein auf eines der schönsten deutschen Renaissancerathäuser.

Doch der Niedergang, von dem ich sprach, hat vor allem nach 1990 Altenburg in Mitleidenschaft gezogen. Seines ökonomischen Hinterlands beraubt – des Abbaus von Braunkohle und Uran –, konfrontiert mit dem Erlöschen städtischer industrieller Produktion, blieb am Ende als ein weithin sichtbares Signal des Überlebens die Spielkartenfabrikation und damit verbunden die Existenz des Skatgerichts. Es wäre erfreulich zu hören, wenn inzwischen eine Wendung zum Besseren eingetreten ist. In Gesprächen mit dem Ehepaar Friedrich ist mir die Altenburger Situation des Öfteren nahegebracht worden.

Vielleicht aber war es gerade die Intention, einem schleichenden Verfall Paroli zu bieten, die Adelheid Friedrich dazu bewogen hat, im Zusammenhang mit dem Goethejahr 1999 den Vorsitz der Altenburger Goethe-Gesellschaft zu übernehmen – vorher hatte sie die Vizeposition eingenommen –, getreu dem Satz aus dem Lehrbrief in *Wilhelm Meisters Lehrjahren*: »Der Geist, aus dem wir handeln, ist das Höchste«. Jeder neue Ortsvorsitzende ist gut beraten, wenn er nicht mit der Devise ›Hoppla, jetzt komme ich‹ antritt, sondern bestrebt ist, an vorhandene Traditionen produktiv anzuknüpfen und zugleich neue Akzente zu setzen. So war es auch in Altenburg. Alle Ortsvereinigungen in den sogenannten neuen Bundesländern standen vor dem Problem, aus der teils fördernden, teils überwachenden Obhut des Kulturbundes entlassen zu sein, ohne schon eine eigene Struktur und vor allem ein stabiles finanzielles Fundament zu besitzen. Altenburg machte da keine Ausnahme. So galt es klug zu planen, mit den eigenen bescheidenen finanziellen Ressourcen sparsam umzugehen, zugleich aber den Kontakt zu den Förderinstitutionen am Ort aufzubauen. Hier hat das Ehepaar Friedrich, Juristen ihres Zeichens, Beispielhaftes geleistet, und es war sicher kein Nachteil, dass Peter Friedrich als Bundestagsabgeordneter der SPD Unterstützung leisten konnte. Gleichwohl blieb sparsames Wirtschaften oberstes Gebot. Entsprechend wurden Referenten vorwiegend aus dem thüringisch-sächsischen Raum ausgewählt; Ausnahmen wie der Bamberger Germanist Heinz Gockel bestätigten die Regel. Germanisten der Universität Leipzig traten ans Pult – Gelehrte der älteren Generation wie Horst Nalewski, Klaus Petzold oder das Ehepaar Maria-Verena und Bernd Leistner, um nur einige Namen zu nennen –, aber auch die nachfolgende wie Ludwig Stockinger, Dieter Burdorf oder Dirk Oschmann, letzterer jüngst zu ganz speziellem Ruhm gelangt. Hilmar Dreßler, unser Ehrenmitglied, vor wenigen Monaten mit 96 Jahren verstorben, war mehrfach in Altenburg zu Gast. Wissenschaftler aus Jena oder aus der Klassik Stiftung Weimar haben das Wort ergriffen. Angelika Reimann hat oft über Goethe-Themen referiert und auch mehrere Exkursionen organisiert und geleitet. Wolfgang Holler und mein Archiv-Nachfolger Bernhard Fischer haben hier gesprochen, ich selbst bin mehrfach in Altenburg zu Gast gewesen und habe mich immer über ein aufgeschlossenes und wissbegieriges Publikum gefreut. Vergessen sei nicht, dass beide Friedrichs auch als Vortragende hervorgetreten sind, Adelheid Friedrich sich Texten Goethes, Peter Friedrich sich dem Juristen und Politiker Goethe gewidmet hat.

Es zeichnet die Altenburger Programme aus, dass Goethe nicht der alleinige Schwerpunkt war und ist. In den Berichten begegnet man Alexander Puschkin und Heinrich Heine, trifft man auf deutsche Romantiker, begegnet man Thomas Mann und Hermann Hesse, Gertrud Kolmar, Albert Camus, Peter Hacks, Martin Walser, Max Frisch und Wolfgang Hilbig. Auch das geographisch benachbarte Frohburg rückte in den Fokus. Dessen literarischer Porträtist Guntram Vesper war zu Lesung und Gespräch eingeladen; zudem widmete sich ein Vortrag von Bernd Landmann Vespers voluminösem Roman. Was überdies ins Auge fällt, sind literarisch-musikalische Veranstaltungen; gern hätte ich einmal selbst erlebt, wie sich zur Hakenharfe gesungene Gedichte ausnehmen. Beethoven, Richard Wagner, Robert Schumann, Felix Mendelssohn Bartholdy und Hugo Wolf waren eigene Vorträge gewidmet. Dass Altenburg selbst eine große kulturelle Tradition besitzt, wird beileibe nicht vergessen: Überflüssig der Hinweis, dass das Lindenau-Museum nicht nur den Vorträgen Gastrecht gewährt, sondern auch seine Sammlungen den Altenburger Goethe-Freunden nahegebracht hat. Die bildende Kunst der Goethezeit hat vor allem in den Vorträgen von Dieter Gleisberg Gestalt angenommen. Es ehrt die Goethe-Gesellschaft in Altenburg, dass sie die Dichterin Erika von Watzdorf-Bachoff, Ehrenbürgerin der Stadt, in Erinnerung gerufen hat. Außerdem wurde der Romantikerin Sophie Mereau als einer Altenburgerin Reverenz erwiesen. Detlef Ignasiak unternahm den bemerkenswerten Versuch einer Altenburger Literaturgeschichte.

Wie so manche andere Ortsvereinigung auch, strebt Altenburg über die Mauern der Stadt hinaus. Hatte sich die Exkursionstätigkeit zunächst nur auf die nähere thüringisch-sächsische Umgebung erstreckt – parallel dazu gab es thematisch abgestimmte Vorträge –, so wagte man sich später auch an fernere Ziele wie das böhmische Marienbad. Welche mühevolle Vorbereitung sich mit der Ausrichtung von Exkursionen verbindet, kann im Grunde nur der beurteilen, der selbst einmal so etwas organisiert hat.

Das alles aber, meine Damen und Herren, soll den Blick auf die Persönlichkeit lenken, die mehr als zwanzig Jahre die Geschicke der Altenburger Goethe-Gesellschaft gelenkt und geleitet hat. Ein Vierteljahrhundert gelebtes Leben für Goethe, das ist in vieler Hinsicht buchenswert. Es spricht für Adelheid Friedrichs vielseitige kulturelle Interessen, es spricht für ihre Bildung, dass sie über viele Jahre hin Programme mit hohem Anspruch gestalten und auch für das nötige finanzielle Fundament sorgen konnte. Solche Programme sind ein Spiegelbild der Persönlichkeit, die sie – gemeinsam mit dem Vorstand – konzipiert und ins Werk gesetzt hat. Sie können aber auch nur Erfolg haben, wenn eine Gemeinschaft von Goethe-Freunden existiert, die ein anspruchsvolles Programm bereitwillig aufnehmen und sich des jeweiligen Themas in anschließenden Gesprächen versichern. Insofern seien Sie alle für ihre stetige Treue bedankt. Der Gefahr, das Amt des Vorsitzenden für ein lebenslanges Erbamt anzusehen, hat Adelheid Friedrich klug vorgebeugt. Zur rechten Zeit hat sie sich nach einer Nachfolgerin umgesehen und in Luise Krischke die rechte und richtige gefunden. Dass dadurch die Verbindung zwischen Goethe-Gesellschaft und Lindenau-Museum noch inniger geworden ist, sei nicht verschwiegen. Ich selbst bin sehr froh, dass in Altenburg ein guter

Übergang gelungen ist. Doppelt froh aber bin ich, Adelheid Friedrich heute als Ehrenmitglied der Goethe-Gesellschaft auszeichnen zu können. Herzlich sei Ihnen, liebe Frau Friedrich, für ihr Wirken im Zeichen von Goethe hier in Altenburg gedankt. Ihr Interesse an Kunst und Literatur ist unverändert groß, in der literarischen Gesellschaft von Karl Koch – auch er in Altenburg schon zu Gast gewesen – sind wir uns jüngst wieder begegnet. Möge Ihnen, damit sei geschlossen, die Göttin der Gesundheit stets zur Seite stehen.

Jochen Golz

Laudatio auf Herrn Peter Krüger-Wensierski (Köln)

Liebe Mitglieder, verehrte Gäste,

soll man Wesen und Erscheinungsbild einer Ortsvereinigung unserer Gesellschaft beschreiben, welche Metaphern stehen einem zur Verfügung? Nahe liegt der Vergleich mit einem kostbaren Musikinstrument. Wie ein solches will eine Ortsvereinigung pfleglich behandelt werden; ein Instrument muss sorgfältig aufbewahrt und bei Gebrauch gestimmt werden, harte Eingriffe von außen verträgt es nur schlecht. Geduld, Spürsinn und glückliche Hände sind notwendig, damit so etwas wie eine innere Balance zwischen dem gespielten Instrument und denen entsteht, für die das Instrument zum Klingen gebracht wird. Sucht man nach Parallelen in anderen Lebensbereichen, so stellt sich der Vergleich mit gärtnerischer Sorgfalt in schwierigen Zeiten ein. An ein Brecht-Gedicht aus seiner Exilzeit – sein Titel: *Frühling 1938* – sei erinnert, wo ein Vater und sein »junger Sohn [...] / Schweigend [...] einen Sack / Über den frierenden Baum« legen. Und noch eine andere Assoziation stellt sich ein. Brechts Jahrhundert-Gedicht mit dem Titel *Legende von der Entstehung des Buches Taoteking auf dem Weg des Laotse in die Emigration* mündet in die Zeilen: »Aber rühmen wir nicht nur den Weisen / Dessen Name auf dem Buche prangt! / Denn man muß dem Weisen seine Weisheit erst entreißen. / Darum sei der Zöllner auch bedankt: / Er hat sie ihm abverlangt«.

Dass Peter Krüger-Wensierski einmal seiner Kölner Goethe-Gesellschaft pflegerische Sorgfalt widmen, anderen ihre Weisheit abverlangen wird, war nicht von vornherein abzusehen. Geboren, dies sein eigener Hinweis, am Tag der Währungsreform, dem 21. Juni 1948 in Berlin-Zehlendorf, hat er den größten Teil seiner Schulzeit in Baden-Baden zugebracht, wo er 1970 das Abitur ablegte. Die folgenden Lebensjahre standen im Zeichen des Aufbruchs von 1968, die den Studenten der Politologie und Geschichte eigenen Worten zufolge zu einem »Avantgardisten der Unterdrückten« werden ließ und ihn einmal auch in das Gefolge des nachmaligen Dr. phil. Rudi Dutschke führte – so steht es auf seinem Grabstein an der Annenkirche in Berlin-Dahlem. Kleine Anmerkung eines ehemaligen DDR-Bürgers: Rudi Dutschkes Wirken hatte die DDR-Funktionäre in ein Dilemma gestürzt. So sympathisch ihnen sein antikapitalistisches Engagement sein musste, so sehr bereitete es ihnen Probleme, dass er seiner freiheitlichen Gesinnung wegen seine brandenburgische Heimatstadt Luckenwalde verlassen hatte. Offenbar, so mussten sie insgeheim zugeben, bot die DDR keinen Raum für persönlichen Einsatz im Zeichen von Freiheit und Gerechtigkeit.

Seine politischen Erfahrungen resümierend und kritisch reflektierend, legte Krüger-Wensierski die Politologie beiseite, um sich von 1975 an dem Studium von Germanistik und Geschichte in Köln zuzuwenden, das er 1978 mit Auszeichnung abgeschlossen hat. Sein wichtigster germanistischer Lehrer war Karl Otto Conrady, vielen von ihnen als Autor einer monumentalen Goethe-Monographie und Herausgeber einer maßstabsetzenden Lyrik-Anthologie bekannt. Nach dem Referendariat trat Krüger-Wensierski in den nordrhein-westfälischen Schuldienst ein, aus dem er 2012 im Range eines Oberstudienrats in den Ruhestand verabschiedet wurde.

Dass er sich von 2013 bis 2021 in den Dienst der Kölner Goethe-Gesellschaft stellte – als Geschäftsführer wie als stellvertretender Vorsitzender –, sehe ich als logische Konsequenz aus einer inneren Entwicklung an, deren produktiver Konsequenz mein großer Respekt gehört. Aus seinen empörungsbewegten Jugendjahren ist ihm ein genaueres Verständnis für historische Prozesse und daraus erwachsende soziale Bewegungen geblieben, nicht zuletzt auch für all das, was sich jenseits bundesrepublikanischer Grenzen im anderen deutschen Staat abgespielt hat. Zeugnis seines chronikalischen Gewissens sind die *Fundstücke*, die er regelmäßig veröffentlicht und deren Lektüre sich jedes Mal lohnt. Erst durch ihn bin ich darauf hingewiesen worden, dass sich in der einstmals Stalinallee getauften Berliner Prachtstraße an einer Hauswand eine Tafel mit dem so oft zitierten und ebenso oft missbrauchten Vers 11580 aus dem *Faust* befindet: »Auf freiem Grund mit freiem Volke stehn« – in dieser Gestalt Zeugnis einer Legitimationsideologie der DDR. Geblieben ist Peter Krüger-Wensierski ein waches Interesse für deutsch-deutsche Geschichte, nicht zuletzt auch für die Geschichte der Goethe-Gesellschaft.

Zu Goethe aber hat ihn letztlich die aus dem Studium des Dichters wie aus eigener Lebenserkenntnis gewonnene geschichtliche Einsicht geführt, dass Veränderungen in der Gesellschaft eher durch reformerische Aktivität im Kleinen wie im Großen als durch revolutionären Aktionismus herbeigeführt werden können. Im Sinne von Selbstbescheidung und Selbstermutigung hat er seine Arbeit in der Kölner Goethe-Gesellschaft verstanden. Ihm war daran gelegen, nicht nur die an vielen Orten bewährte Praxis fortzusetzen – Vortragsreihen zu veranstalten und Exkursionen zu attraktiven Zielen zu organisieren –, sondern auch neue Wege zu beschreiten, z.B. den in Köln stattfindenden Filmmatineen ein neues Profil zu geben oder Veranstaltungsorte zu wählen, die nicht nur die eigenen Mitglieder ansprechen, sondern die auch das Stammpublikum jener Orte attraktiv findet. Darüber hinaus aber, und das halte ich ganz wesentlich für das Innenleben einer Ortsvereinigung, hat Peter Krüger-Wensierski ein feines Gespür für das Mikroklima in ›seiner‹ Gesellschaft bewiesen, hat Stimmungsbewegungen registrieren und dafür plädieren können, dass eine Vortragstätigkeit auf hohem Niveau nicht nur die germanistisch Gebildeten, sondern auch Goethe-Freunde mit breiteren Interessen erreichen muss. Er war, wie ich mich in zahlreichen Gesprächen überzeugen konnte, so etwas wie ein Seismograph für die kleinen Wellen im Inneren einer Gesellschaft, hat sich darum leidenschaftlich für andere Wege der Vermittlung und ein Klima offener, gesprächsbereiter Geistigkeit eingesetzt. Wohltätige Folgen seines Wirkens haben sich eingestellt – es gleicht, um im Eingangsbild zu bleiben, dem Betreuen eines Instruments, dem man Pflege und vorausschauende Fürsorge zuteilwerden lässt. Dafür gebührt ihm unser großer Dank.

Besondere Erwähnung aber verdient sein tätiges Engagement bei der Überführung der Privatbibliothek von Werner Keller von Köln in die chinesische Universitätsstadt Chengdu, wie es unser ehemaliger Ehrenpräsident zu Lebzeiten verfügt hatte. Hohe bürokratische Hürden in China brachten Frau Dr. Keller, seine Witwe, an die Grenzen ihrer Hilfsbereitschaft. Hier hat Peter Krüger-Wensierski in idealer Weise vermitteln können. Sein schönster Lohn war der Dank unseres ehemaligen Stipendiaten Mo, heute Germanistikprofessor in Chengdu, der schließlich von der festlichen Präsentation der Bücher in Chengdu berichten konnte.

Peter Krüger-Wensierskis Abschied aus dem Vorstand der Kölner Goethe-Gesellschaft ist keineswegs ein Abschied von Goethe. Dessen Leben und Werk, hinzugerechnet die historischen Exkursionen in den *Fundstücken*, werden ihn weiter beschäftigen. Gesunde Lebenskraft sei Ihnen, lieber Peter Krüger-Wensierski, für eine produktive Zukunft gewünscht.

Jochen Golz

Laudatio auf Herrn Dr. Burkhard Leimbach (Nordenham)

Unabhängig davon, wo man ihnen begegnete: Bei Hauptversammlungen in Weimar oder den Treffen der Vorstände der Ortsvereinigungen – stets freute man sich, das gutgelaunte und freundliche, immer hilfsbereite Trüppchen von der Waterkant zu treffen, aus Nordenham, nahe Bremerhaven an der Mündung der Weser. Gemeinsam reisen sie an, als befreundetes Team, was wohl das Geheimnis ihrer erfolgreichen Arbeit war und ist. Mittendrin und unübersehbar ihr Vorsitzender Dr. Burkhard Leimbach.

Seit 1994 leitet er die Ortsvereinigung und ist aus gutem Grund stolz auf deren Entwicklung: Sie sei, berichtet er gern, »mit rund 300 Mitgliedern die zweitgrößte Goethe-Gesellschaft in Deutschland«. Das will etwas heißen in einer Zeit, in der literarische Vereinigungen über abnehmende Akzeptanz klagen.

Dass es ihn in den Landkreis Wesermarsch von Niedersachsen, in das Oldenburger Land, verschlagen könnte, hätte sich der gebürtige Bad Hersfelder als Jugendlicher kaum vorstellen können. In Marburg und Leeds in England studierte er, bevor er in Fulda sein Referendariat absolvierte und in Kassel freier Mitarbeiter des Hessischen Rundfunks war. Auf beruflichen Umwegen als Gymnasialdirektor und (nach der Pensionierung) einem Lehrauftrag an der Universität Oldenburg, um angehende Lehrer im Bereich der Literaturdidaktik zu unterrichten, verschlug es ihn nach Nordenham. Auch andere Interessen neben der Pädagogik blieben ihm wichtig, sein Boot liegt in der Schlei. »Die Segeltörns ersetzen mir den Therapeuten«, scherzt er.

»Goethe war nie hier, hat sich nie über die Wesermarsch geäußert und nimmt uns die Chance, auf des Dichters Spuren zu wandeln und einen Devotionalienhandel zu betreiben, wie in anderen Städten durchaus üblich«, hatte Burkhard Leimbach einmal nüchtern festgestellt. Bei so manchem Besucher der Stadt, so Leimbach weiter, löse die Präsenz einer solch starken und rührigen Goethe-Gesellschaft vor Ort deshalb Verwunderung aus.

Richtig ist, dass Goethe sich nicht über die Wesermarsch äußerte. Allein, den Bau des Hafens in Bremerhaven gegenüber von Nordenham verfolgte Goethe mit Interesse und notierte im Tagebuch: »Verschaffte mir Weser-Karten, um die mitgetheilten Nachrichten über die neuen Bauten bey Geestendorf und dem Leher Hafen besser einzusehen« (WA III, 12, S. 21), was prompt zu Spekulationen führte, ob denn Bremens Hafenbau an der Unterweser in seinen *Faust* eingeflossen sein könne? Andererseits: Goethes Interesse an Deutschlands Norden war überschaubar, bezeichnete er doch Städte der Region als »Sumpf- und Wassernester« (Brief an Friedrich Heinrich Jacobi vom 12. Juni 1796, vgl. WA IV, 11, S. 86), freilich meinte er damit eher Orte im heutigen Schleswig-Holstein.

Oft wurde Ungewohntes serviert, wie *Dr. Faust* als altes Puppenspiel des Theaters Spunk aus Ottersdorf, *Anna Amalia und die klugen Männer* als literarische Collage mit Gedichten, Balladen und Geschichten, *Goethe ist ein cooler Typ* über das Geniewerden eines jugendlichen Lebenskünstlers oder ein kulinarischer Abend *Zu Tisch mit Goethe*, gekocht nach Originalrezepten. Ausstellungen, z. B. *Faust auf dem Theater* sowie Filme zu Goethes Biografie oder zu seinen Werken ergänzten das Vortragsprogramm. Auf großes Interesse stießen auch die musikalischen Angebote.

Wichtig war Burkhard Leimbach soziales Engagement: Dem Arbeitslosenzentrum und dem Verein für interkulturelle Arbeit Refugium Wesermarsch e. V. wurden jeweils Kontingente an Eintrittskarten für Konzerte geschenkt, und auch Studenten brauchen nicht zu bezahlen. Kostenfreien Eintritt haben übrigens auch Kinder. Für Erwachsene, die sie begleiten, gilt ein ermäßigter Preis. Das geht zurück auf eine Empfehlung von Stefan Tönjes, er unterrichtete »Streicherklassen«.

Als ungewöhnliches Highlight haben die anderen Ortsvereinigungen das Jahr 2003 in Erinnerung, damals lud Nordenham zum Treffen der Vorstände ein. Alle, die damals teilnehmen konnten, werden sich gern an diese Begegnung erinnern. Sogar den Bahnhof hatten die Nordenhamer Kollegen »runderneuert«, wie damals gescherzt wurde: gereinigt und auf Vordermann gebracht.

Nach 26 Jahren und einem Tag im Amt erklärte Burkhard Leimbach am 12. Januar 2020 seinen Rücktritt. Er und sein Team haben sich bemüht, eine Gratwanderung zu leisten zwischen dem Versprechen, die Tradition zu wahren, und dem Vorsatz, Experimente zu wagen. Mit großem Erfolg: 331 Mitglieder zählt die Nordenhamer Goethe-Gesellschaft. Gelungen ist Burkhard Leimbach und seinem Team auch die besonders wichtige Leistung, für die Nachfolge eine Partnerin zu gewinnen, die die bisherige Sieges-Serie in bewährter Weise fortsetzen kann: die Juristin Stefanie Seyfarth.

Detailliert nachlesen lässt sich die Erfolgsgeschichte der Ortsvereinigung in der Festschrift, sie wurde anlässlich des 75-jährigen Bestehens veröffentlicht. Darin findet sich auch der Hinweis, dass die Ortsvereinigungen Bremen und Nordenham seit Jahrzehnten kollegial und freundschaftlich kooperieren. Deshalb freuten wir Bremer uns besonders, bei unserer Geburtstagsfeier zum 80-jährigen Jubiläum Stefanie Seyfarth und Christian Müller begrüßen und mit ihnen auf die nächsten Jahrzehnte anstoßen zu können.

Auch wenn Burkhard Leimbachs Feststellung »Goethe war nie hier...« in Bezug auf die Wesermarsch nicht von der Hand zu weisen und leider nicht mehr revidierbar ist, so bleibt doch festzuhalten, dass es ihm überzeugend gelungen ist, den Dichter als Bürger h.c. in Nordenham willkommen zu heißen – postum quasi einzubürgern. Allein die Anzahl der Goethe-Freunde in der Ortsvereinigung legt davon ein beredtes Zeugnis ab. Herzlichen Dank!

Andreas Rumler

Laudatio auf Frau Beate Schubert (Berlin)

Eigentlich könnte ich mir an dieser Stelle jedes Wort sparen. Schließlich hat Beate Schubert bereits in gebundener Form eine überzeugende Leistungsbilanz ihrer Arbeit vorgelegt: Mit ihrer umfangreichen und üppig illustrierten Festschrift *»Nun! man kommt wohl eine Strecke.« – 30 Jahre Goethe-Gesellschaft Berlin e. V.* Allein, würde das unserem Namenspatron gerecht? Eher nicht. Erlauben Sie mir also ein paar Ergänzungen.

Verdient gemacht hat Beate Schubert sich in besonderem Maße um den Zusammenhalt der Goethe-Freunde in Ost und West, weil es ihr gelang, erfolgreich Brücken zu schlagen nach 1989, als sie eine deutsche Wiedervereinigung auf Vereinsebene in Berlin gestalten konnte. Dort gab es seit 1981 eine Ortsvereinigung in Ostberlin, damals der Hauptstadt der DDR, und wenige Jahre später, ab 1987, eine im Westen der Stadt. In Berlin fungierte Beate Schubert von 1987 bis 1999 als stellvertretende Vorsitzende, um diese Aufgabe dann von 1999 bis jetzt selbst zu übernehmen.

Die Weimarer Muttergesellschaft war gesamtdeutsch geblieben. Das auch für Berlin umzusetzen nach 1989, dürfte aus verschiedenen Gründen nicht ganz einfach gewesen sein. Von 1995 bis 1999 war Beate Schubert Mitglied des Vorstandes der internationalen Muttergesellschaft in Weimar. Gern erinnern sich bis heute viele Teilnehmer daran, dass Beate Schubert und die Berliner Goethe-Freunde 2001 die Vorstände der Ortsvereinigungen nach Berlin einluden. Eine Gelegenheit für die Goethe-Freunde aus Ost und West, einander kennenzulernen auf gemeinsamem Terrain; salopp gesagt: Hier wuchs zusammen, was zusammengehörte.

Geboren wurde sie und aufgewachsen ist Beate Schubert in Berlin. Für ihren weiteren Bildungsweg wählte sie Städte, in denen Ortsvereinigungen der Goethe-Gesellschaft aktiv sind. So besuchte sie in Heidelberg die Dolmetscherschule und verließ sie als staatlich geprüfte Übersetzerin der Sprachen Englisch und Französisch. Ganz im Geist Goethes, der ja auch in mehreren Sprachen korrespondierte und übersetzte. Anschließend nahm sie ein Studium an der Ludwig-Maximilians-Universität in München auf und widmete sich den Fächern Germanistik, Politik und Publizistik, um ihre Bemühungen mit dem Magister zu beenden.

Doch auch dieser neue Schritt reichte ihr noch nicht, und so erweiterte sie ihren Bildungshorizont an der Deutschen Journalistenschule in München, um sich zur Redakteurin ausbilden zu lassen. So schön München ist, so gern man dort leben mag – und zahlreiche Münchner beweisen das täglich –, so sehr wollte Beate Schubert zurück in heimatliche Gefilde. Deshalb beschloss sie, ihre Kenntnisse und ihr Wissen als Lokalredakteurin in den Dienst der *Berliner Morgenpost* zu stellen.

Allein, auch hier zog es sie wieder zu neuen Ufern, und Beate Schubert wandte sich deshalb als Reporterin und Moderatorin dem RIAS und dem SFB zu. Bundesweit bekannt wurde sie durch Filme im ZDF-Magazin *Kennzeichen D*. Daneben blieb sie Berlin treu und produzierte auch für die SFB-Sendung *Stadtgespräch* eine Reihe von Magazin-Beiträgen.

In Berlin erlebte sie zwei politische und historische Ereignisse, die Europas und Deutschlands Entwicklung veränderten: den Mauerfall und die Wiedervereinigung – nahezu ideale Themen für eine ambitionierte Journalistin. So entstand der Film *Ein Volk sprengt seine Mauern – Ode an die Freiheit* sowohl in einer deutschen als auch einer internationalen Fassung. Und 1990 war sie die Autorin des offiziellen Films der Bundesregierung zum Thema »Wiedervereinigung«: *Der Weg in die Einheit*

Inzwischen betreibt sie seit 1992 ihre eigene PENTAGRAMM-Filmproduktion – womit wir nach einem weiten Umbogen wieder direkt bei Goethe angelangt wären; in Fausts hohem gotischen Zimmer und vor seinem Gartenhaus befinden sich ja fünfzackige Sterne. Apropos Garten: Beate Schuberts kleines florales Paradies soll sich als gastliche Stätte für Teilnehmer von Veranstaltungen der Ortsvereinigung bewährt haben. Aus Kreisen von Experten hört man, für Berliner Goethe-Freunde habe er eine ähnliche Bedeutung erlangt wie das Theater am Schiffbauerdamm für Anhänger eines anderen Stücke-Schreibers. Goethe, der ja Gartenfreund war, hätte daran gewiss seine Freude gehabt.

Natürlich beschrieb Beate Schubert auch den Weimarer Kosmos in detaillierten filmischen Dokumentationen: *Goethe und sein Haus am Frauenplan* und *Charlotte von Stein. Goethes unsterbliche Geliebte* – beides ausführliche, fast abendfüllende Projekte.

Um auf die Festschrift zurück zu kommen: Auf immerhin 320 Seiten ist mit zahlreichen Abbildungen dokumentiert, was die Berliner Ortsvereinigung in den vergangenen drei Jahrzehnten seit ihrer Neugründung – bereits 1919 gab es vorübergehend eine »Ortsgruppe Berlin« der seit 1885 bestehenden Weimarer Goethe-Gesellschaft – geleistet hat und wer hier aufgetreten ist.

Neben Werken von Goethe ging es um die Auseinandersetzung einzelner Künstler mit ihm, wie etwa Thomas Mann, oder besonders herausragende historische Ereignisse wie die Französische Revolution. Szenische Lesungen finden sich im Angebot oder Filmvorführungen. An Lichtbildvorträge lassen Abschnitte denken, die einzelnen Exkursionen gewidmet sind, wie etwa nach Straßburg und ins Elsass. Einzelne Aufsätze, wie der von Katharina Mommsen: *Goethes und Schillers Bündnis im Spiegel ihrer Dichtungen*, geben dem Band den Charakter eines gewichtigen, fast schon wissenschaftlichen Kompendiums.

»Wer vieles bringt«, wusste Goethe, »wird manchem etwas bringen« (*Faust I*, Vers 97). Das trifft offenbar nicht nur auf diese Festschrift aus Berlin zu, sondern auch und in besonderem Maß auf ihre Herausgeberin, ganz offensichtlich hat sie das Vereinsleben nicht nur der Berliner Goethe-Freunde bereichert. Herzlichen Dank!

Andreas Rumler

Die Goethe-Gesellschaft in Weimar
verleiht anlässlich ihrer 88. Hauptversammlung
Frau Adelheid Friedrich,
der langjährigen, hochverdienten Vorsitzenden
der Goethe-Gesellschaft in Altenburg, für ihr ideenreiches und
engagiertes Wirken im Zeichen Goethes
in Dankbarkeit
die Würde eines Ehrenmitglieds.

Die Goethe-Gesellschaft in Weimar
verleiht anlässlich ihrer 88. Hauptversammlung
Herrn Peter Krüger-Wensierski,
dem langjährigen Geschäftsführer der Kölner Goethe-Gesellschaft,
für sein inspiriertes und engagiertes Wirken zu Nutz und
Frommen der Kölner Goethe-Freunde
in Dankbarkeit
die Würde eines Ehrenmitglieds.

Die Goethe-Gesellschaft in Weimar
verleiht anlässlich ihrer 88. Hauptversammlung
Herrn Dr. Burkhard Leimbach,
dem langjährigen Vorsitzenden der Ortsvereinigung
der Goethe-Gesellschaft Nordenham, für seine 26 Jahre und
einen Tag bis 2020 währende Leitung der Ortsvereinigung, für
seine innovative und fantasiereiche Programmgestaltung, Reisen
und Begegnungen auf höchstem Niveau sowie für die unermüdliche
Vermittlung der Kenntnis des Weimarer Klassikers
in Dankbarkeit
die Würde eines Ehrenmitglieds.

Die Goethe-Gesellschaft in Weimar
verleiht anlässlich ihrer 88. Hauptversammlung
Frau Beate Schubert,
der Journalistin und langjährigen Vorsitzenden
der Ortsvereinigung Berlin, für abwechslungsreiche
Vortragsprogramme, Exkursionen und andere Angebote
auf höchstem Niveau sowie für ihren engagierten Einsatz
zur Pflege und Verbreitung des Werks von Goethe
in Dankbarkeit
die Würde eines Ehrenmitglieds.

Veranstaltungen der Goethe-Gesellschaft im Jahr 2023

17. Januar 2023
Neujahrsempfang der Goethe-Gesellschaft im Goethe-Nationalmuseum
mit Prof. Dr. Stefan Matuschek (Jena), Präsident der Goethe-Gesellschaft in Weimar e. V.
Neue Verbindungen – Rückblick auf das Jahr 2022 und Vorschau auf das Jahr 2023
im Anschluss Empfang im Foyer des Goethe-Nationalmuseums

21. Februar 2023
Helene Kraus (Heidelberg)
Über »die absolute Aufhebung aller Anonymität in Druckschriften«. Goethes Anonymitätspolitik

21. März 2023
Prof. Dr. Georg Schmidt (Jena)
Goethe – vom Landespolitiker zum Kritiker der Moderne

23.–26. März 2023
Goethe Akademie
Goethe und die Romantik. Eine Entdeckungsreise – veranstaltet in Frankfurt a. M.
(gemeinsam mit der Thomas-Morus-Akademie Bensberg)

18. April 2023
Prof. Dr. Jutta Linder (Messina)
»Noch nie bin ich so unentschieden gewesen«. Zu Goethes Reise nach Sizilien

16. Mai 2023
Prof. Dr. Stephan Pabst (Halle)
»Zwischen uns und Weimar liegt Buchenwald«. Goethe in den Texten Buchenwaldüberlebender

31. Mai–3. Juni 2023
88. Hauptversammlung der Goethe-Gesellschaft
Goethe international. Seine Rezeption und Wirkung jenseits der deutschen Grenzen

29. August 2023
Präsentation des neuen Goethe-Jahrbuchs der Goethe-Gesellschaft
mit Melanie Hillerkus (Jena)
Ein glücklicher Fund – Schillers Bühnenbearbeitung von Goethes »Stella«
im Anschluss Empfang im Foyer des Goethe-Nationalmuseums

19. September 2023
Dr. Markus Schwering (Köln)
Briten in Pumpernickel. Das Weimar der späten Goethezeit in Thackerays Roman »Vanity Fair«

17. Oktober 2023
Prof. Dr. Wolfgang Bunzel (Frankfurt)
Goethe als literarische Figur in der deutschsprachigen Gegenwartsliteratur

19.–22. Oktober 2023
Goethe Akademie
»Der scherzenden, der ernsten Maske Spiel«. Goethe und Schiller als klassische Dramatiker
(gemeinsam mit der Thomas-Morus-Akademie Bensberg)

21. November 2023
Dr. Christiane Holm (Halle)
Goethes Handarbeiten. Alltagsobjekte und Textmodelle

Stipendienprogramm im Jahr 2023

Folgenden Damen und Herren konnte die Goethe-Gesellschaft im Jahr 2023 ein – zumeist dreimonatiges – Stipendium gewähren:

Prof. Dr. Sam-Huan Ahn (Südkorea)
Aufenthalt im Rahmen eines Humboldt-Stipendiums

Dr. Konstantine Bregadze (Georgien)
Goethes Tragödie »Faust« – Symbolik und Poetik

Prof. Dr. Woo-Ho Cho (Südkorea)
Woo-Ho Cho: Schiller-Code. Libelle und Rose (Übersetzung aus dem Koreanischen ins Deutsche)

Prof. Dr. Isabel Hernández González (Spanien)
Goethe und Cervantes (Zweite Hälfte des Stipendiums von 2022)

Gulmira Sattorova (Usbekistan)
Herta Müller: »Herztier« (Übersetzung ins Usbekische)

Marhabo Sattorova (Usbekistan)
Herta Müller: »Atemschaukel« (Übersetzung ins Usbekische)

Dennis Schäfer (USA)
Manuscript and Medium – The Amanuenses of the Age of Goethe

Tamari Somkhishvili (Georgien)
Stilistische Besonderheiten in der Novelle »Die wunderlichen Nachbarskinder« von Johann Wolfgang Goethe

Dank für Zuwendungen im Jahr 2023

All jenen, die im Jahr 2023 durch eine kleinere oder größere Spende die Tätigkeit der Goethe-Gesellschaft unterstützt haben, sei an dieser Stelle herzlich gedankt.

Unser besonderer Dank gilt Herrn Dr. Michael Albert, München, Herrn Dr. Thomas Emde, Frankfurt a. M., Frau Dr. Renate Grumach, Berlin, Herrn Prof. Dr. Peter Gülke, Weimar, Herrn Dr. Siegfried Jaschinski, Stuttgart, Herrn Kaspar Kraemer, Köln, Herrn Richard Kriegbaum, Böblingen, Herrn Ulrich Lichtenberg, Königstein i. TS, Herrn Dr. Gustav Seibt, Berlin-Treptow, Herrn Nikolaus von Taysen, Baierbrunn, und der Stadt Weimar.

Für die finanzielle Unterstützung unserer Konferenz »Goethe international. Seine Rezeption und Wirkung jenseits der deutschen Grenzen« im Rahmen unserer 88. Hauptversammlung danken wir der Deutschen Forschungsgemeinschaft, Bonn, der Beauftragten der Bundesregierung für Kultur und Medien sowie der Mutschler Holding AG, Zürich.

Für namhafte Spenden und Zuwendungen zur Sicherung des Werner-Keller-Stipendienprogramms gilt unser herzlicher Dank Frau Dr. Mechthild Keller, Köln, Herrn Dr. Florian Fischer, Koblenz, der Beauftragten der Bundesregierung für Kultur und Medien sowie der Dohrmann Grundbesitz- und Beteiligungsgesellschaft mbH, Remscheid.

Für die Förderung des *Goethe-Jahrbuches* sei dem Freistaat Thüringen sowie Ursula Löfflmann, Ramosch (Schweiz), im Besonderen gedankt.

Für die Entstehung der neuen Podcastserie »5 Minuten Goethe« danken wir der Arbeitsgemeinschaft Literarischer Gesellschaften und Gedenkstätten e. V. und der Beauftragten der Bundesregierung für Kultur und Medien.

Nachfolgend möchten wir namentlich jenen Damen und Herren danken, die der Goethe-Gesellschaft eine Spende ab 50 Euro zuteilwerden ließen:

Dr. Pjotr Abramow, Moskau (Russland)
Klaus-Dieter Affeldt, Berlin
Dr. Michael Albert, München
Martina Allisat, Köln
Dr. Christina Althen, Frankfurt a. M.
Roland Andreas, Leipzig
Dieter Anger, Berlin
Prof. Dr. Dietrich Babel, Marburg
Ingrid von Bahder, Berlin
Dr. Ulrich Baur, Neuss
Helga Beck, München
Rainer Beck, Eschwege
Ulrich Bennewiz, Weimar
Dr. Wilfried Bergmann, Zimmern
Prof. Dr. Thomas Berndt, Zollikon (Schweiz)
Hartmut Bertram, Eschwege
Volkmar Birkholz, Erfurt
Gabriele Bloess, Kerpen
Hildegard Bock, Nürnberg
Prof. Dr. Martin Bollacher, Tübingen
Klaus-Jürgen Bräunig, Dortmund
Hermann Bünten, Krailling
Prof. Dr. Nikolina Burneva, Veliko Tarnovo (Bulgarien)
Erika Danckwerts, Berlin
Dr. Hans-Jürgen Danzmann, Bad Säckingen
Willfried Denker, Bergisch Gladbach
Dr. Hans-Helmut Dieterich, Ellwangen
Gisela Dobbelstein-Krings, Herzogenrath
Dohrmann GmbH, Remscheid
Hilmar Dreßler (†), Leipzig
Hartwig Dück, Coburg
Franz Dudenhöffer, Speyer
Dagmar Ebel, Lüneburg
Prof. Dr. Udo Ebert, Jena
Dr. Manfred & Marlies Eckstein, Schleiz
Dr. Gerd Eidam, Burgwedel
Dr. Thomas Emde, Frankfurt a. M.
Dr. Arne Eppers, Hamburg
Uwe Ertel, Berlin
Peter Ewert, Mönchengladbach
Dr. Sieglinde Fechner, Leipzig
Dr. Florian Fischer, Koblenz

Klaus Martin Finzel, Köln
Werner Fleig, Ludwigsburg
Sigrid Freisleben, Nürnberg
Ulrich Frewel, Insingen
Bernd Frilling, Vechta
Torsten Gerber, Gera
Renate Gesigora-Semrau, Köln
Dr. Jens Giesdorf, Lasel
Ulrich Gliem, Köln
Dietrich Gneist, Bonn
Goethe-Gesellschaft Vest Recklinghausen
Dr. Udo Große Wentrup, Hamm
Dr. Renate Grumach, Berlin
Dr. Volker Güldener, Oberursel
Prof. Dr. Peter Gülke, Weimar
Thomas Gurt, Osterbruch
Andrea Haarnagel, Ludwigshafen
Elke Hammer, Salzatal
Dr. Dorothee von Hellermann, Berlin
Jürgen Heinrich, Cottbus
Marion Heise, Halle/Saale
Christoph Henning, Schönebeck
Dr. Alexander Hildebrand, Wiesbaden
Prof. Dr. Walter Hinderer, Princeton (USA)
Dr. Christian Hintz, Waldhausen
Dr. Othmar Höfling, Paderborn
Brunhild Höhling, Oranienbaum-Wörlitz
Hans-Jürgen Holzmann, Heidelberg
Ekaterine Horn, Düsseldorf
Hans Ibels, Duisburg
Dr. Mathias Iven, Potsdam
Dr. Siegfried Jaschinski, Stuttgart
Wolfgang Jehser, Rotenbek
Ulrich Jordan, Dortmund
Kristina Kaiser, Berlin
Wilhelm Kaltenborn, Berlin
Horst Kappel, Leipzig
Berthold Kastner, Gundelfingen
Dietrich Kauffmann, Wangen/Allgäu
Dr. Mechthild Keller, Köln
Dr. Stephan Kinnemann, Bonn
Frank Klein, Brühl
Manfred Klenk, Mannheim
Joachim Klett, Wertheim-Hofgarten
Liselotte Klingsch-Alswede, Remscheid
Prof. Dr. Wolfram Klingsch, Remscheid
Udo Kniep, Wetter
Kristina Knothe, München
Eva Komas, Leipzig
Prof. Dr. Lothar Köhn, Senden
Mario Kopf, Dessau-Roßlau
Irmgard Körner, Erkrath
Dr. Sylvia Kowalik, Jokkmokk (Schweden)
Kaspar Kraemer, Köln
Gabriele Kralinski, Weimar
Dr. Joachim Krause, Gladbeck
Richard Kriegbaum, Böblingen
Helmut Krumme, Bonn
Prof. Dr. Paul Laufs, Stuttgart
Dr. Gert Legal, München
Beate Leichsenring, Weimar
Dr. Irene Leidner, Bad Elster
Ulrich Lichtenberg, Königstein im Taunus
Ursula Löfflmann, Ramosch (Schweiz)
Christina Lüdtke-Dittmar, Ilsenburg
Dr. Bernd von Maltzan, Bad Homburg
Martin Marr, Erfurt
Ute Mayer, München
Christian Mertens, Bonn
Prof. Dr. Dieter Metzler, Münster
Herbert John Meyer, Weimar
Karin Meyer-Mitterhauser, Weimar
Prof. Dr. Norbert Miller, Berlin
Dieter Mlynek, Hannover
Prof. Dr. Manfred Mörl, Schiffdorf
Dr. Karl-Peter Müller, Marl
Prof. Dr. Klaus-Detlef Müller, Tübingen
Manfred Müller, Berlin-Pankow
Hannes Mürner, Hamburg
Uta Regine Nellen, Rastorf
Dr. Klaus Nerenz, Göttingen
Winfried Neumann, Erfurt
Rainer Niermeyer, Rösrath
Dr. Petra Oberhauser, Weimar
Hans-Günther Otto, Rudolstadt
Heidrun Paudtke, Cottbus
Dr. Wolfram Peitzsch, Baldham
Dr. Ruth Peuckert, Erfurt
Michael Plett, Dortmund
Dr. Dr. Dieter Pocher, Güstrow
Hannelore Pollert, Augsburg
Johannes Popp, Leipzig
Dr. Tino Prell, Jena
Devalpally Balakrishma Rao, Hannover
Dr. Alexander Reitelmann, Meckenheim
Rolf Renken, Bad Salzuflen
Armin Richter, Murnau
Prof. Dr. Karl Richter, St. Ingbert
Dr. Mark D. Roth, Erndtebrück
Dr. Bastian Röther, Halle/Saale
Dr. Wolfgang Saalfrank, Wallhalben
Heinrich van de Sandt, Düsseldorf
Jürgen Santori, Essen

Prof. Dr. Gerhard Sauder, St. Ingbert
Brigitte Schäferling, Gammertingen
Wilhelm Scheidgen, Bergisch-Gladbach
Dr. Martin Schencking, Welschneudorf
Else Schill, Syke
Dr. Rosemarie Schillemeit, Braunschweig
Irene Schlögel, Schrobenhausen
Willi Schmid, Rosenheim
Dr. Thomas Schmitt, Fulda
Dr. Vera Schöne, Münster
Dr. Brigitte Seebacher, Rothenbach
Dietrich Seele, Porta Westfalica
Dr. Gustav Seibt, Berlin-Treptow
Dr. Siegfried Seifert, Weimar
Detlev Spangenberg, Radebeul
Dr. Angela Spelsberg, Münster
Frank Sperrhacke, München
Holger Spies, Frankfurt a. M.
Gertrud Staffhorst, Karlsruhe
Monika Steffens, Köln
Prof. Dr. Matthias Steinhart, Würzburg
Gabriele Stenger, Hanau
Dr. Hans-Peter Stöckmann, Wernigerode
Martin Strauch, Ilmenau
Ilse Streit-Dewald, München
Eleonore Stückroth, Berlin
Ekkehard Taubner, Bergen/Vogtland
Nikolaus von Taysen, Baierbrunn
Lothar Thomas, Hannover
Heide Tongers, Hannover
Stefan Tönjes, Nordenham
Dr. Hans-Jürgen Ulonska, Erfurt
Hannelore Wagenknecht, Hildesheim
Dr. Markus Wallenborn, Worms
Kristina Wandt, Leipzig
Kimberley Wegner, Gremersdorf
Prof. Dr. Reinhard Wegner, Heidelberg
Ingrid-Ilse Weingärtner, Bonn
Siegfried Werner, Sanitz
Prof. Dr. Reiner Wild, Heidelberg
Friedrich Wolf, Essen
Hagen Wolff, Celle
Alf Henryk Wulf, Tübingen
Klaus Zeller, Bad Wörishofen
Gerd Ziegler, Weimar
Alexander von Zweidorff, Hamburg

Dank für langjährige Mitgliedschaften in der Goethe-Gesellschaft im Jahr 2023

An dieser Stelle gilt unser herzlicher Dank all jenen Mitgliedern, die der Goethe-Gesellschaft in Weimar seit Jahrzehnten angehören und ihr treu verbunden sind.

Im Jahr 2023 waren 70 Jahre Mitglied der Goethe-Gesellschaft:

Prof. Dr. Katharina Mommsen, Palo Alto (USA)
Prof. Dr. phil. Manfred Windfuhr, Kaarst

Im Jahr 2023 waren 65 Jahre Mitglied der Goethe-Gesellschaft:

Berthold Deckert, Cottbus
Dr. Gertraud Stelzig, Bensheim

Im Jahr 2023 waren 60 Jahre Mitglied der Goethe-Gesellschaft:

Goethe-Wörterbuch Arbeitsstelle Hamburg
Ingeborg Lorenz, Rostock
Steffen Schmeller (†), Dortmund

Im Jahr 2023 waren 55 Jahre Mitglied der Goethe-Gesellschaft:

Dr. med. Ulrike Buchda, Jena
Dr. med. Götz Buchda, Jena
Prof. Dr. Heinz Hamm, Halle
Johanna Ullner, Michendorf-West

Im Jahr 2023 waren 50 Jahre Mitglied der Goethe-Gesellschaft:

Eva Beck, Weimar
Prof. Dr. Bianca Cetti-Marinoni, Verona (Italien)
Grabbe-Gesellschaft e.V, Detmold
Dr. Rainer-Maria Jacobi, Aue
Reinolde Kurtz (†), Marienthal
Dr. Irmtraut Schmid, Weimar
Theodor-Storm-Gesellschaft, Husum
Dr. phil. Karin Unsicker, Weimar-Niederweimar
Reinhard Weisbach, Würzburg
Wilhelm-Busch-Gesellschaft, Hannover

Im Jahr 2023 waren 45 Jahre Mitglied der Goethe-Gesellschaft:

Volkmar Birkholz, Erfurt
Prof. Dr. Dieter Borchmeyer, München
Gisela de Pagter, Herford
Susann Falter, Bergisch Gladbach
Prof. Dr. Dr. h.c. Volkmar Hansen, Neuss

Dietrich Kammeyer, Plau am See
Peter Matkei, Tübingen
Eckbert Opitz, Weinheim
Dr. Peter Pfaff, Heidelberg
Dr. Erhard Scherner, Potsdam
Heide Schödl, Sondershausen
Dorothea Schwabe, Berlin
Dr. Peter Schwarzer, Berlin
Prof. Dr. Gert Völkl, Augsburg

Im Jahr 2023 waren 40 Jahre Mitglied der Goethe-Gesellschaft:

Roland Andreas, Leipzig
Ulrich Bennewiz, Weimar
Prof. Dr. Hans Richard Brittnacher, Berlin
Siegfried Bülow, Bochum
Elke Hammer, Salzatal/OT Lieskau
Dr. Walter Hettche, München
Dr. Fritz Heuer, Heidelberg
Dr. Sybille Hubach, Heidelberg
Dr. Mathias Iven, Potsdam
Dr. med. habil. Manfred Jähne, Schneeberg
Dr. Wolfgang Klötzer, Kiel
Kathrin Krautheim-Verzino, Cottbus
Dr. Gabriele Landmann, Köln
Matthias Mesletzky, Berlin
Dr. Christoph Michel, Freiburg
Prof. Dr. Horst Nizze, Rostock
Dr. Vera Schöne, Münster
Gisela Schuhr, Nordenham
Sigrid Schuster, Gummersbach
Klaus-Werner Seyfert, Pattensen
Dr. Ulrike Stöckmann, Wernigerode
Dr. Hans-Peter Stöckmann, Wernigerode
Dr. Peter Stolze, Dortmund
Ekkehard Taubner, Bergen/Vogtland
Dr. med. Gerlinde Weise, Magdeburg
Karsten Witte, Bad Doberan

Tätigkeitsberichte der Ortsvereinigungen für das Jahr 2022

Aachen (gegr. 1990)

Vorsitzender: Prof. Dr. Helmut Schanze, Laurentiusstr. 69, 52072 Aachen; stellv. Vorsitzende: Helga Schulz, Wiesenweg 49, 52072 Aachen. – Dr. Gerhard Vigener (Aachen): *Goethes Sprachansicht*. – Elisabeth Matthay-Wussow (Aachen): *»… die Sehnsucht in mir, mein Leben in einer bleibenden Form auszusprechen«. Karoline von Günderrode*. – Goethes Namenstag im Garten. – Vera Botterbusch (München): *Glücklich will ich sein oder Die Kunst zu leben. Caroline Schlegel-Schelling*. Einführung und Film. – Dr. Thomas Schmuck (Weimar): *Goethes Naturansicht*. – Prof. Dr. Thorsten Valk (Bonn): *Margarete singt. Szenen aus Goethes »Faust«. Vertonungen von Franz Schubert, Richard Wagner und Hector Berlioz*. – Matinee: *Goethe und Novalis: Musikalische Tag- und Nachtseiten*. Novalis-Lieder von Anno Schreier (Uraufführungen) und Werke der musikalischen Romantik von Schubert, Chopin und Schumann mit Soowon Han (Bariton), Matthias Rein (Klavier).

Altenburg (gegr. 1986)

Vorsitzende: Luise Krischke, Lindenaustraße 30, 04600 Altenburg, post@goethe-altenburg.de; stellv. Vorsitzender: Steven Ritter, ritter@goethe-altenburg.de. – Reinhard Griebner (Berlin): *Bettine von Arnim und Goethe*. – Dr. Barbara Heuchel, Edith Baars (Sondershausen): *Die unbekannten Verwandten. Was Kirchenbücher verraten – genealogische Forschung zur Familie Göthe in Nordthüringen*. – Dr. Annette Seemann (Weimar): *Das Leben der vielfach begabten Corona Schröter*. – Prof. Dr. Hans-Joachim Kertscher (Halle/Saale): *Der Briefschreiber Johann Wilhelm Ludwig Gleim*. – Dr. Clemens Heydenreich (Erlangen): *Goethe in Entenhausen – über deutsche Sprachkultur in den Comic-Übersetzungen von Erika Fuchs*. – Bernd Kemter (Gera): *Goethe und die polnische Romantik*. – Dr. Roland Krischke (Altenburg): *Nicht nur zur Goethezeit unterwegs zu Altenburgs literarischen Schauplätzen*. – *»Hyazinth und Rosenblüth« nach Novalis*. Papiertheater mit Lesung, Gesang und Hakenharfe mit Ulrike Richter. – Altenburger Buchquartett zu Gast in Dobitschen. Buchvorstellung und Diskussion mit Dr. Kristin Jahn, Birgit Seiler, Dr. Roland Krischke. – Altenburger Buchquartett zu Gast in Löbichau. Buchvorstellung und Diskussion mit Dr. Kristin Jahn, Birgit Seiler, Dr. Roland Krischke und Marian Riedel.

Aue-Bad Schlema (gegr. 1983)

Vorsitzender: Konrad Barth, Richard-Friedrich-Str. 3, 08301 Bad Schlema; stellv. Vorsitzender: MR PD Dr. med. habil. Manfred Jähne, Seminarstr. 22e, 08289 Schneeberg. – Peter Stimpel (Schneeberg): *Historisches zur Renovierung des ehemaligen Gasthofes »Zum Ring«*. – Prof. Dr. Dr. h.c. Jochen Golz (Weimar): *»Königliche Hoheit« – »Mein bester Freund«. Goethe und Carl August – Eine freundschaftliche Beziehung*. – Erhard Kühnel (Bad Schlema): *Bergbau im alten Schlematal*. – MR PD Dr. med. habil. Manfred Jähne (Schneeberg): *300 Jahre Brüdergemeine Herrnhut und ihre Verbindung zum jungen Goethe sowie Jung-Stilling*. – Dr. Thomas Frantzke (Leipzig): *»Dieser Mensch, dieser Goethe ist mir einmal im Wege« – Schiller über Goethe*. – MR PD Dr. med. habil. Manfred Jähne (Schneeberg): *Goethes Beziehungen zur Medizin*. – Zum Jahresausklang – Mitgliederversammlung – Literarisches Treffen mit Abendessen. Die Gesellschaft musste zum Jahresende 2023 ihre Tätigkeit einstellen.

Augsburg (gegr. 2005)

Vorsitzender: † Dr. Wolfgang Pollert, Prof.-Messerschmidt-Str. 30B, 86159 Augsburg; stellv. Vorsitzender: Dr. Ulrich Hohoff, St.-Lukas-Str. 26, 86169 Augsburg, ulrich.hohoff@bibliothek.uni-augsburg.de; Neuwahl des Vorstands im Dezember 2022: Vorsitzender: Dr. Ulrich Hohoff; stellv. Vorsitzender: Michael Lemster, Ortlerstr. 81 d, 86163 Augsburg, michaellemster@gmail.com. – Prof. Dr. Helmut Koopmann (Augsburg): *Goethes Werther ein Psychopath? – Auguste Stolberg soll helfen.* – Dr. Rolf Schmidt (Augsburg): *Vergessene Italienbücher in Goethes Nachfolge.* – Prof. Dr. Christoph Wingertszahn (Düsseldorf): *Goethe und Großbritannien.* – Prof. Dr. Peter Hofmann (Augsburg): *Goethe als heimliches Vorbild für den späten Karl May.* – Goethes 273. Geburtstag, Feier zusammen mit der GG Ulm/Neu Ulm im Heimat- und Bauernkriegsmuseum »Blaue Ente« in Leipheim. Barbara Kiem (Freiburg i. Br.), Jörg Stuttmann (Aystetten): *Johann Gottfried Herders Betrachtungen zur Musik.* – Prof. Dr. Hans-Joachim Kertscher (Halle/Saale): *»Nach Innen geht der geheimnisvolle Weg«. Novalis – Ein kurzes Leben zwischen Bergbau und Poesie.* – Prof. Dr. Mathias Mayer (Augsburg): *Goethe oder Die Poesie des Kindes.* – Dr. Ulrich Hohoff (Augsburg): *E. T. A. Hoffmann und Goethe.*

Bad Harzburg (gegr. 1947)

Vorsitzender: Wilfried Eberts, Hopfenstr. 6, 38667 Bad Harzburg, eberts.wilfried@gmail.com; stellv. Vorsitzende: Marliese Raschick, Bismarckstr. 41, 38667 Bad Harzburg, marliese.raschick@ffs-online.de. – Prof. Dr. Anne Bohnenkamp (Frankfurt a. M.): *Goethe und das Deutsche Romantik-Museum in Frankfurt/Main.* – Prof. Dr. Cord-Friedrich Berghahn (Braunschweig): *Zwischen Schlossplatz und großem Weghaus – Lessings Wolfenbütteler Verhältnisse.* – Dr. Dr. h. c. mult. Manfred Osten (Bonn): *Die Welt, »ein großes Hospital«.* – Dr. Bertold Heizmann (Essen): *»Eigentlich ein Hund, dieser Goethe«.* – Prof. Dr. Hans-Jürgen Schrader (Genf): *»Da ist das Liebchen doppelt gefährdet«. Emblematische Reflexe im »West-östlichen Divan«.* – Katja Nordmann-Mörike (Bad Harzburg): *Jean Paul – Humor, Politik und Liebe.* – Dr. Sophia Wege (Halle/Saale): *Fontane, Schopenhauer und die Luft.* – Hans Sarkowicz (Gelnhausen): *Goethes unbekannter Großvater.* – Prof. Dr. Stefan Höppner (Weimar): *Goethes Bibliothek.* – Elke Strauchenbruch (Börssum): *Luthers Weihnachten.*

Berlin (gegr. 1919, Neugründung 1987)

Vorsitzende: Beate Schubert, Fischottersteig 7, 14195 Berlin, Beate_schubert@t-online.de; stellv. Vorsitzender: Prof. Dr. Uwe Hentschel, Dahmestr. 115, 16341 Panketal, uwe.hentschel@phil.tu-chemnitz.de. – Jahresthema: *Opponent und Vorbild – Goethe in der Auseinandersetzung.* – Dr. Dr. h. c. mult. Manfred Osten (Bonn): *Goethes Opposition gegen alle lebensfeindlichen Tendenzen seiner Zeit.* – Philipp Restetzki (Görlitz): *Goethes Verhältnis zu Spinoza unter besonderer Berücksichtigung des »Faust«.* – Beate Schubert (Berlin): *Der Kriegsminister Goethe in Opposition zu Friedrich dem Großen.* – Prof. Dr. Rainer Holm-Hadulla (Heidelberg): *Goethes unkonventionelle Frauenbeziehungen.* – Prof. Dr. Uwe Hentschel (Berlin/Chemnitz): *Goethes Kritik an profaner Nützlichkeit und Arbeitsteilung.* – Prof. Dr. Dr. h. c. Jochen Golz (Weimar): *Goethes Blicke auf seinen künstlerischen Widersacher Jean Paul.* – Dr. Dr. h. c. mult. Manfred Osten: *Goethe – ein Gegner der kranken Lazarettpoesie der Romantiker.* – Prof. Dr. Uwe Hentschel: *Goethe und die Unterhaltungsliteratur.* – Prof. Dr. Ernst Osterkamp (Berlin): *Goethe – ein Weltbürger in den Zeiten des Nationalismus.* – Goethes 273. Geburtstag: Bedlam-Theater: *Fülle des Lebens. Gedichte – Balladen – Szenensplitter.* – *Die Schwiegertochter – Ottilie von Goethe.* Lesung mit Dagmar von Gersdorff.

Bonn (gegr. 1993)

Vorsitzender: Helmut Krumme, Ferdinandstr. 17, 53127 Bonn, helmut-krumme@t-online.de; stellv. Vorsitzender: Prof. Dr. Georg Schwedt, Lärchenstr. 21, 53117 Bonn, Georg.Schwedt@t-online.de. – Dr. Dr. h.c. mult. Manfred Osten (Bonn): *Die Welt, »ein großes Hospital«. Goethes Prophetie und seine Therapie-Vorschläge.* – Dr. Angelika Dierichs (Bonn): *Perseus – Benvenuto Cellini: Bildwerk und Biographie.* – Prof. Dr. Michael Wetzel (Bonn): *Mignon – die romantischste Figur im Werk Goethes.* – Dr. Gisela Bensch (Bonn): *Thomas Manns Goethe-Rezeption.* – »Romantik«-Exkursion nach Winkel und Frankfurt a.M.

Bremen (gegr. 1941)

Vorsitzender: Prof. Dr. Gert Sautermeister, Hans-Thoma-Str. 22, 28209 Bremen; stellv. Vorsitzender: Andreas Rumler, Wörther Str. 32, 28211 Bremen. – Benedikt Vermeer (Bremen): *Rezitation zu Goethes »Faust«. Zum heiteren Ende: Ringelnatz und andere moderne Poeten.* – Prof. Dr. Dieter Richter (Bremen): *Schüsse in der Ewigen Stadt. Wolfgang Koeppens Nachkriegs-Roman »Der Tod in Rom«.* – Prof. Dr. Hans Kloft (Bremen): *Parodien – Gegengesänge. Ein literarisches Florilegium von der Antike bis zur Gegenwart.* – Andreas Rumler (Bremen): *Unbekannte Aspekte der Bremer Geschichte. Wandernde Häfen, Bacchus und Roland* (mit Lichtbildern). – Angelika Tilsner (Leipzig): *Moderne Zugänge zum Märchen. Mit einer beispielhaften Rezitation für Kinder, Eltern und Erzieher.* – Gennady Kuznetsov (Bremen): *Neuentdecktes Bremen. Filmische Impressionen von unbekannten Seiten und Geheimnissen unserer Stadt.*

Chemnitz (gegr. 1926)

Vorsitzender: Siegfried Arlt, Hüttenberg 13, 09120 Chemnitz. – *»Literarische Wanderung durch Mitteldeutschland (von Goethe bis Rathenau)«.* Autorenlesung mit Johannes Eichenthal (Niederfrohna). – *»Sächsische Bergbaukunst im 18.Jahrhundert auf dem Weg nach Russland«.* Autorenlesung mit Prof. Dr. Friedrich Naumann (Chemnitz). – Mathias Mertens (Berlin): *»Reineke Fuchs«, Theater im Salon* – Dr. Dr. h.c. mult. Manfred Osten (Bonn): *Die Welt, »ein großes Hospital«. Goethe und die Erziehung des Menschen zum »humanen Krankenwärter«.* – Franz Josef Wiegelmann (Siegburg/Bonn): *Goethe in der Kunst – Heinrich Kolbes Bild in der Kritik seiner Zeit: Goethe als Dichter und Künstler vor dem Vesuv.* – Evelin Thieme, Hans-Peter Thieme (Haselbach): *Goethe feiert Geburtstag und wir feiern mit, ein Rosenfest im Grünen.* – Dr. Barbara Heuchel, Edith Baars (Sondershausen): *Die unbekannten Verwandten. Goethes Vorfahren und Verwandte in der Kyffhäuserregion.* – Dr. Bertold Heizmann (Essen): *Im Schatten Goethes – August von Kotzebue. – Der Dichtung muntre Schattenwelt.* Theater im Salon mit Cora Chilcott (Berlin). – Jahreshauptversammlung 2022 und Veröffentlichung des Jahresprogramms 2023, mit Siegfried Arlt (Chemnitz).

Dessau-Roßlau – Anhaltische Goethe-Gesellschaft (gegr. 1925, Neugründung 2008)

Vorsitzender: Joachim Liebig, Bauhausstr. 14, 06846 Dessau-Roßlau, liebig.dessau@gmx.de; stellv. Vorsitzender: Dr. Steffen Kaudelka, Mainstr. 14, 06846 Dessau-Roßlau, steffen.kaudelka@gmx.de. – Nadine Willing-Stritzke (Dessau-Roßlau): *Grotes Blick auf Goethe in politisch unruhigen Zeiten.* – Prof. Dr. Dr. h.c. Jochen Golz (Weimar): *»Meine Harmonie mit der Ihrigen verbunden«. Beethoven und Goethe.* – Uwe Quilizsch (Wörlitz): *Wedgwood. 250 Jahre Englische Keramik.* – Ruben Rebmann (Dessau-Roßlau): *Gemälde der Goethe-Zeit in der Anhaltischen Gemäldegalerie.* – Peter Kuras (Dessau-Roßlau): *Goethe, Schiller, Wilhelm Tell und die Schweiz.* – *Freunde Goethes.* Vorstandsmitglieder lesen. – *Luisium: Der Garten der Empfindsamkeit,* mit Ines Gerds (Wörlitz).

Dresden (gegr. 1926)

Vorsitzender: Dr. Jürgen Klose, Lahmannring 29, 01324 Dresden; stellv. Vorsitzende: Liane Schindler, Kipsdorfer Str. 192, 01279 Dresden. – Prof. Dr. Harald Marx (Dresden): *Traugott Leberecht Pochmann. Ein unbekannter Dresdner Maler und Zeitgenosse Kügelgens.* – Dr. Marianne Beese (Rostock): *Die Familie Eggers. Bürger- und Künstlerleben in Rostock und Berlin zwischen 1830 und 1860.* Vortrag und Lesung. – Dr. Dorothee von Hellermann (Berlin): *Neue Funde zu Gerhard von Kügelgen.* – Lutz Reike (Dresden): *»Ein Mann von seltener Herzensgüte«. Aus dem Leben des Malers Gerhard von Kügelgen.* – *H[einrich] H[ubert] Houben: Der polizeiwidrige Goethe (1932).* Kommentierte Lesung mit Dr. Jürgen Klose (Dresden). – Lutz Reike, Dr. Romy Donath (Dresden): *»Von Orangenblüten und blauen Blumen«. Zum 250. Geburtstag von Novalis.* Rezitation und Vortrag. – *»Hyazinth und Rosenblüth«. Zum 250. Geburtstag von Novalis.* Spiel, Harfe, Gesang mit Ulrike Richter (Leipzig). – Dr. Romy Donath (Dresden): *Carl von Brühl. Theaterintendant, Goethe-Liebling und Kunstförderer. Zum 250. Geburtstag.* – *Eine Frau im Frack bringt Heinrich Heine kompakt: »Ich rief den Teufel, und er kam …«.* Szenische Lesung mit Margrit Straßburger (Berlin). – *»Der Vampyr« von Heinrich Marschner und Wilhelm August Wohlbrück. (K)eine Oper – das Libretto als Drama.* Theater vom Grundkurs Darstellendes Spiel, Jahrgangsstufe 12 des Vitzthum-Gymnasiums (Dresden); Leitung: Dr. Jürgen Klose. – *Adelbert von Chamisso, E. T. A. Hoffmann, Karl Wilhelm Salice-Contessa, Friedrich de la Motte Fouqué: Der Roman des Freiherrn von Vieren (1815/1926).* Lesung mit Annabell Strobel (Bayreuth/Dresden) und Mathis Strobel (Dresden); mit einer Einführung von Dr. Jürgen Klose und Musik von E. T. A. Hoffmann. – *E. T. A. Hoffmann: Das Fräulein von Scudery.* Lesung mit musikalischer Umrahmung von Elisabeth Richter-Kubbutat, Susanne Ehrhardt, Maximilian Ehrhardt (Berlin). – Dr. Vitus Froesch (Dresden): *E. T. A. Hoffmann und sein musikalisches Schaffen.* – *Mein Paganini. Herbstreise.* Lesung und Konzert mit Florian Meyer (Dresden). – Prof. Dr. Dr h. c. Walter Schmitz (Dresden): *Entseelte Natur. Goethe und Tieck über das »überhandnehmende Maschinenwesen«. Ludwig Tiecks Dresdner Novelle »Der Alte vom Berge« als Antwort auf Goethe.* – Prof. Dr. Hans John (Dresden): *E. T. A. Hoffmanns Bedeutung für das Dresdner Musikleben.* – Prof. Dr. Uwe Hentschel (Berlin/Chemnitz): *Die Utopie von der vernünftigen Lust. Zur erotischen Literatur des 18. Jahrhunderts.*

Eisenach (gegr. 1979)

Vorsitzender: Gerhard Lorenz, Am Hängetal 05, 99817 Eisenach; stellv. Vorsitzender: Eberhard Kruse, Bohngartental 07, 99834 Marksuhl. – Unter dem Eindruck der Corona-Pandemie mussten die geplanten Veranstaltungen für die Monate Januar und Februar 2022 abgesagt werden. Die Mitglieder wurden in monatlichen Abständen mit Briefen über die weitere Vereinsarbeit informiert. Den Mitgliederbriefen waren thematische Abhandlungen des Ehrenvorsitzenden der Goethe-Gesellschaft Eisenach, Volkmar Schumann, beigelegt. – Dr. Kathrin Kunze (Ilmenau): *Bergrat Mahr und Goethe als Sammler fossiler Pflanzen.* – Ostermatinee: *»Hyazinth und Rosenblüth«. Papiertheater mit Liedern zur Hakenharfe nach dem Märchen von Novalis*, mit Ulrike Richter (Leipzig). – Dr. Annette Seemann (Weimar): *Von der fürstlichen Zeichenschule bis zum Bauhaus. Frauen als Künstlerinnen in Sachsen-Weimar-Eisenach.* – Dr. Dieter Strauss (Offenbach): *Beinahe beste Freunde – Alexander von Humboldt und Johann Wolfgang von Goethe.* – *»Warum in die Ferne schweifen…« – ein heiter-besinnliches Programm*, mit Mitgliedern der Goethe-Gesellschaft Eisenach. – *»Singet nicht in Trauertönen«.* Goethe-Geburtstagsmatinee mit Liedern und Zitaten nach Goethe-Texten mit Sybille Tancke, Christian K. Franck (Weimar). – Jahreshauptversammlung. – Dr. Dr. h. c. mult. Manfred Osten (Bonn): *Goethes Prophetie der Welt als »großes Hospital« im Lichte unserer Klima-und Pandemie-Krisen.* – Prof. Dr. med. Volker Hesse (Berlin): *Neugierde und Begeisterung – Goethes Interesse an der* *naturwissenschaftlichen Entdeckung Südamerikas.* – Weihnachtsfeier. – Auszeichnung der besten Abituraufsätze der Eisenacher Gymnasien bzw. der Realschulprüfung an der Goethe-Schule Eisenach durch den Vorsitzenden der Goethe-Gesellschaft Eisenach.

Erfurt (gegr. 2014)

Vorsitzender: Bernd Kemter, Aga Lindenstr. 20, 07554 Gera, ankebeke@hotmail.com; stellv. Vorsitzender: Dieter Schumann, Pergamentergasse 37, 99084 Erfurt, schumann-dieter@web.de. – Richard Dollinger (Gera): *Sigmund Freud – »Der Witz und seine Beziehung zum Unbewussten«.* – Prof. Dr. Klaus Vieweg (Jena): *Zwei mächtigen Erdensöhnen – Ein Doppelfest für Goethe und Hegel.* – Dr. Egon Freitag (Weimar): *Wenn man kein Liebchen erwartet, gibt's keine Nacht mehr.* – Dr. Bertold Heizmann (Essen): *Kraftgenies im Kastratenjahrhundert – Wandlungen des künstlerischen Selbstverständnisses.* – Dr. Dieter Strauss (Offenbach): *Beinahe beste Freunde – Alexander von Humboldt und Johann Wolfgang von Goethe.* – Dr. Ariane Ludwig (Weimar): *Goethes »Märchen« – Es ist an der Zeit.* – Dr. Annette Seemann (Weimar): *Maria Pawlowna – eine russische Zarentochter in Weimar.* – Bernd Kemter (Gera): *Goethe und die polnische Romantik.* – Besichtigung von Gut Holzdorf bei Weimar und Konzert »Die Winterreise«. – Goethe-Adaption »Wandrers Nacht« mit Schauspielerin/Sängerin Cora Chilcott (Berlin) im Rundschloss Oberpöllnitz bei Triptis. – *Auf den Spuren der Romantik.* Exkursion nach Marbach, Frankfurt a.M., Aschaffenburg; Kabarett mit Urban Priol. – Besuch des Schiller-Museums in Bauerbach.

Erlangen (gegr. 2000)

Vorsitzende: Dr. habil. Tanja Rudtke, Schwander Str. 7, 91126 Rednitzhembach; Geschäftsführerin: Gertraud Lehmann, Wöhrstr. 6a, 91054 Erlangen. – Dr. habil. Tanja Rudtke (Rednitzhembach): *»Der Herr wünscht zu speisen?« Ein Streifzug durch die Gasthäuser der Literatur von Goethe bis zur Gegenwart.* – Mitgliederversammlung mit Neuwahl des Vorstands. – *Immer der Nase nach. Führung durch den Aromagarten der Friedrich-Alexander-Universität Erlangen-Nürnberg.* Kulturspaziergang mit Dr. Elke Puchtler. – Prof. Dr. Christine Lubkoll (Erlangen-Nürnberg): *»Ein zusammengewürfeltes Durcheinander«. E.T.A. Hoffmanns »Kater Murr« – zwischen Romantik und Moderne.* – Tagesfahrt zum Romantik-Museum in Frankfurt a.M. – *Zwischen Walfisch und Saugraben. Erlanger Altstadtgeschichten von der Goethezeit bis heute.* Kulturspaziergang mit Dr. Clemens Heydenreich. – Prof. Dr. Theo Elm (Erlangen-Nürnberg): *›Literatur‹ und ›Technik‹. Zum Verhältnis zweier Kulturen.* – Prof. Dr. Frieder von Ammon (München): *Goethes Fluchten.* – Herbstfest: *Dadü dada, der Weltuntergang ist nah. Lyrik und Prosa der Moderne – gesprochen, gesungen und gezwitschert.* Lesung mit Lea Schmocker. – *»Schläft ein Lied in allen Dingen«. Gedichte der Romantik.* Seminar mit Dr. habil. Tanja Rudtke.

Essen (gegr. 1920)

Vorsitzender: Dr. Bertold Heizmann, Gewalterberg 35, 45277 Essen; stellv. Vorsitzender: Dr. Hans-Joachim Gaffron, Listerstr. 11, 45147 Essen; stellv. Vorsitzende seit Juni 2022: Renate Schulte, Semperstr. 10, 45138 Essen. – Dr. Bertold Heizmann (Essen): *Kraftgenies im Kastratenjahrhundert. Über den Wandel des dichterischen Selbstverständnisses im 18. Jahrhundert.* – Ekaterine Horn (Düsseldorf): *Erotische und homosexuelle Elemente bei Thomas Mann.* – Prof. Dr. Christof Wingertszahn (Düsseldorf): *»Weg, du Traum! So gold du bist«. Goethe und die Träume.* – Dr. Bożena Anna Badura (Moers): *Nationale Selbst- und Fremdbilder in ausgewählten Romanen des 19. Jahrhunderts.* – *Goethes »Reineke Fuchs«.* Soloprogramm mit Mathias Mertens (Stralsund). – Lisa Lambrecht-Wagenitz (Essen): *Kunst am Moltkeplatz.* Mit Führung. – Dr. Markus Schwering (Leverkusen): *Goethe aus der Sicht von Marx und Engels.* – Prof. Dr. Guido Fuchs (Hildesheim): *»Man könnte dich ein*

Mädchen schelten«. Der schöne Knabe in der Literatur. – Bernd Kemter (Gera): *Goethe und die polnische Romantik.* – PD Dr. Sabine Wienker-Piepho (Freiburg i. Br.): *»Ein fingerlanges Greisengeschlecht...« – Zur Mystik der Alraune in der Literatur.* – Dr. Egon Freitag (Weimar): *»Tropftest Mäßigung dem heißen Blute«. Über Charlotte von Stein.* – *»Goethes Freunde«.* Liederabend mit Knut Schoch (Tenor) und Carsten Linck (Gitarre). Lieder von P.C. Kayser, J.F. Reichardt, C.F. Zelter u.a. – *123 Sommertage. Goethe in Wetzlar 1772.* Aufführung des StattTheaters Wetzlar, in Zusammenarbeit mit dem Augustinum Essen. – Prof. Dr. Christoph Cremer (Heidelberg): *Vom Homunculus zu ALEXA. Zu Geschichte und Perspektiven der Künstlichen Intelligenz.*

Freiburg i. Br. (gegr. 1999)

Vorsitzender: Prof. Dr. Rudolf Denk, Am Birkenrain 21, 79271 St. Peter; Geschäftsstelle: Clemens Kleijn, Am Schaienbuch 26, 78054 Schwenningen, goethe-freiburg@gmx.de. – *Zwischen Wunschkonzert und Literaturoper: Ambroise Thomas und seine Mignon.* Leserunde im kleinen Kreis mit Prof. Dr. Rudolf Denk (Freiburg i. Br.). – PD Dr. Christopher Meid (Freiburg i. Br.): *»Wilhelm Meisters Lehrjahre« als politischer Roman.* – Dr. Christoph Michel (Freiburg i. Br.): *Goethe und San Filippo Neri: Porträt eines »humoristischen Heiligen«.* – Prof. Dr. Wolfgang Bunzel (Frankfurt a. M.): *Goethe als literarische Figur in der deutschsprachigen Gegenwartsliteratur.* – Treffen aus Anlass der 273. Wiederkehr von Goethes Geburtstag: *»Die neue Melusine« aus Goethes »Wanderjahren«.* Einführung und Kommentar mit feministischer Lesart von Barbara Kiem, Zwischentexte und Zusammenfassungen von Christel Denk, szenische Lesung durch Alexa Rudolph und Rudolf Denk, beschlossen mit einer launigen Klavier-Improvisation von Reinhard Buhrow. – Prof. Dr. Peter Philipp Riedl (Freiburg i. Br.): *Gelassene Teilnahme. Formen urbaner Muße in Goethes »Italienischer Reise«.* – Dr. Annette Seemann (Weimar): *Die Verkörperung des klassischen Weimar: Corona Schröter (1751-1802).* Vortrag mit Darbietung ausgewählter Liedkompositionen von Corona Schröter durch Ramona Laxy (Sopran), Rafael Plesa (Gitarre). – *»Mignon's Sehnsucht«.* Konzert mit Ramona Laxy (Sopran), Jonas Bruder (Tenor), Reinhard Buhrow (Klavier), Barbara Kiem (Moderation und Konzeption). – Prof. Dr. Rudolf Denk (Freiburg i. Br.): *Peter Handke, Wim Wenders und andere: Ausgewählte Adaptionen von Goethes Wilhelm-Meister-Romanen im intermedialen Vergleich.*

Fulda (gegr. 2019)

Vorsitzender: Reinhard Schwab, Akazienweg 2, 36157 Ebersburg, reinhard.schwab@t-online.de; stellv. Vorsitzender: Helmut Sämann, Brüsseler Str. 9, 36039 Fulda. – Prof. Dr. Dirk von Petersdorff (Jena): *Goethe und die Religion.* – Prof. Dr. Anne Bohnenkamp-Renken (Frankfurt a. M.): *Goethe und das Geld.* – drei »Verweile doch«-Treffen. – Tagesfahrt nach Ilmenau.

Gera (gegr. 2006)

Vorsitzender: Bernd Kemter, Aga Lindenstr. 20, 07554 Gera, ankebeke@hotmail.com; stellv. Vorsitzende: Elke Sieg, Zum Wiesengrund 3, 04626 Schmölln, elke.sieg@t-online.de. – Richard Dollinger (Gera): *Sigmund Freud – »Der Witz und seine Beziehung zum Unbewussten«.* – Prof. Dr. Klaus Vieweg (Jena): *Zwei mächtigen Erdensöhnen – Ein Doppelfest für Goethe und Hegel.* – Dr. Egon Freitag (Weimar): *Wenn man kein Liebchen erwartet, gibt's keine Nacht mehr.* – Dr. Bertold Heizmann (Essen): *Kraftgenies im Kastratenjahrhundert – Wandlungen des künstlerischen Selbstverständnisses.* – Dr. Dieter Strauss (Offenbach): *Beinahe beste Freunde – Alexander von Humboldt und Johann Wolfgang von Goethe.* – Dr. Ariane Ludwig (Weimar): *Goethes »Märchen« – Es ist an der Zeit.* – Dr. Annette Seemann (Weimar): *Maria Pawlowna – eine russische Zarentochter in Weimar.* – Bernd Kemter (Gera): *Goethe und die polnische Romantik.* – Besichtigung von Gut Holzdorf bei Weimar und Konzert »Die Winterreise«. – Goethe-Adaption »Wandrers

Nacht« mit Schauspielerin/Sängerin Cora Chilcott (Berlin) im Rundschloss Oberpöllnitz bei Triptis. – *Auf den Spuren der Romantik.* Exkursion nach Marbach, Frankfurt a.M., Aschaffenburg; Kabarett mit Urban Priol. – Besuch des Schiller-Museums in Bauerbach.

Gotha (gegr. 1985)

Vorsitzende: Kerstin Brauhardt, Waltershäuser Str. 71, 99867 Gotha, goethe-gesellschaft-gotha@web.de; stellv. Vorsitzende: Marion Merrbach, Mönchelstr. 3, 99867 Gotha. – Prof. Dr. Stefan Matuschek (Jena): *Goethe und die Mythologie.* – Prof. Dr. Rudolf Helmstetter (Erfurt): *Entfernte Zeitgenossen – Theodor Fontane und Gottfried Keller.* – Uwe Adam (Waltershausen): *Annäherung an Arkadien.* – Dr. Francesca Müller-Fabbri (Weimar): *Adele Schopenhauer und Ottilie von Goethe: Wege zur Selbstbestimmung und Mut zum Chaos.*

Gunzenhausen (gegr. 1998)

Die Goethe-Gesellschaft Gunzenhausen musste 2022 ihre Tätigkeit einstellen, der Verein wurde 2023 aufgelöst.

Güstrow (gegr. 1982)

Vorsitzende: Dr. Elisabeth Prüß, Seidelstr. 5, 18273 Güstrow; stellv. Vorsitzende: Anneliese Erdtmann, Prahmstr. 28, 18273 Güstrow. – Dr. Magdalena Ohm (Güstrow): *Der Lübecker Museumsdirektor Heise und Ernst Barlach.* – Dr. Volker Probst (Wentorf): *Der Maler Alfred König: Leben und Werk.* – Festveranstaltung zum 40. Jahrestag der Goetheortsvereinigung Güstrow. – Führung zu den Denkmalhäusern in Güstrow mit Dr. Volker Probst (Wentorf). – Dr. Reinhard Witte (Waren/Müritz): *Heinrich Schliemann: Zum 200. Geburtstag des Troja-Entdeckers.* – Exkursion zum Kloster Rehna, zum Historischen Bahnhof Gadebusch und zum Schloss Wiligrad unter der Leitung von Inge Randow (Güstrow). – Gisela und Manfried Scheithauer (Güstrow): *Vom Hoftheater im klassischen Weimar.* – Prof. Dr. Dr. h.c. Jochen Golz (Weimar): *Die Geschichte der Goethe-Gesellschaft in Weimar.* – Ausstellung von Grafiken in der Galerie 21 in Güstrow mit Manfried Scheithauer (Güstrow). – Besuch und Führung in der Kunstmühle Schwaan zum 150. Geburtstag des Mecklenburger Malers Rudolf Bartels mit Dr. Gudrun und Dr. Joachim Schumann (Bützow). – Angelika und Prof. Gunter Rambow (Güstrow): *Literaturplakate.*

Halle (gegr. 1947, Neugründung 1964)

Vorsitzender: Prof. Dr. Hans-Joachim Kertscher, Spitze 4a, 06184 Kabelsketal; Geschäftsführerin: Dr. Heidi Ritter, Dölauer Str. 54, 06120 Halle (Saale). – Das Jahresthema: *»Wir heißen euch hoffen.«* – Prof. Dr. Albert Meier (Kiel): *Diese charakteristische Kunst – Goethes Straßburger Ästhetik.* – Prof. Dr. Gunnar Berg (Halle/Saale): *»Arzneykunde […] als Naturwissenschaft im großen Styl betrachtet« – Johann Christian Reil.* – Dr. Julia Ronge (Bonn): *Der Höfling und der Misanthrop. Begegnungen zwischen Goethe und Beethoven.* – Dr. Heidi Ritter (Halle/Saale): *Die Biographie Rahel Varnhagens (1771-1833) aus Sicht der jüdischen Philosophin Hannah Arendt (1906-1975).* – Dr. Christian Drobe (Halle/Brno): *Altes Weimar – Neue Kunst. Ludwig von Gleichen-Rußwurm und der deutsche Impressionismus.* – Prof. Dr. Hans-Joachim Kertscher, Dr. Hans-Henning Schmidt (Halle/Saale): *Ein kurzes Leben für den Bergbau und die Poesie – Novalis (1771-1802).* – Prof. Dr. Stefan Matuschek (Jena): *Der Erfinder des Fantastischen – E.T.A. Hoffmann zum 200. Todestag.* – Jennifer-Patricia Suter (Halle/Saale): *Weihegesang an Psyche – Caroline Flachsland (1750-1809) im Spiegel ihrer Briefe.* – Prof. Dr. Heiner Lück (Halle/Saale): *Goethe im Werk der halleschen Rechtshistorikerin Gertrud Schubart-Fikentscher (1896-1985).* – *Attraktion der griechischen Antike*: *Die zwei Mecklenburger Johann Heinrich Voß und Heinrich Schliemann.* Dreitägige Exkursion nach Penzlin, Ankershagen und Neubrandenburg. – Jahresabschlussveranstaltung und Mitgliederversammlung.

Hamburg (gegr. 1924)

Vorsitzende: Ragnhild Flechsig, Gustav-Falke-Str. 4, 20144 Hamburg; stellv. Vorsitzender: Heinz Grasmück, Grindelallee 139, 20146 Hamburg. – Dr. Volker Hage (Hamburg): *Werther oder »Die freie Liebe«*. – Volker Wolter (Hamburg): *Die Welt bewohnbar finden. Venedig-Reisen und das Haus Goethe*. – Dr. Michael Grus (Frankfurt a. M.): *Caspar David Friedrich und die romantische Dichtung*. Mit Musik von Duo Sonoro. – Dr. Annette Seemann (Weimar): *»Die schöne große Cousine« und die »Großmutter der Doktrinäre« – Heine und sein Verhältnis zu George Sand und Madame de Staël*. – Prof. Dr. Annelore Engel (Hamburg): *Geschichten von den Rändern Europas*. – 24. Klassik-Seminar: *Romantik*. Mit: Prof. Dr. Stefan Matuschek (Jena): *Romantik als zweiter Impuls der europäischen Moderne*; Prof. Dr. Thomas Wortmann (Mannheim): *Abgründe. Eichendorffs romantische Lyrik;* Dr. Helmut Hühn (Jena): *Romantische Entdeckungen der Nacht;* Prof. Dr. Claudia Liebrand (Köln): *Automatenmensch und Menschenautomat. E. T. A. Hoffmanns Nachtstück »Der Sandmann«*. – Dr. Sebastian Dohe (Weimar): *Cranach und Weimar – zur neuen Ausstellung »Cranachs Bilderfluten«*.

Hannover (gegr. 1925)

Vorsitzende: Elke Kantian, Ferdinand-Wallbrechtstr. 64, 30163 Hannover; stellv. Vorsitzender: Dr. Jonas Maatsch, Akademie der Wissenschaften zu Göttingen, Theaterstr. 7, 37073 Göttingen. – Prof. Dr. Jochen Hörisch (Mannheim): *Hände – Goethes Leitmotiv*. – Jürgen Kaube (Frankfurt a. M.): *»Ich mag nichts Näheres von der Hegelschen Philosophie wissen, wiewohl Hegel selbst mir ziemlich zusagt«*. – Prof. Dr. Alexander Košenina (Hannover), Sabine Appel (Berlin): *Wegbereiter der Demokratie – Caroline Schlegel-Schelling und Freiherr Adolph von Knigge*. – Prof. Dr. Berbeli Wanning (Siegen): *Friedrich Schlegel zum 250. Geburtstag*. – Sonja Anders (Hannover): *»Das Publikum wird es euch doch zerpflücken«*. – Dr. Renate Hücking (Hamburg): *»Ich schwimme in Rosen und blühenden Bohnen«*. – Prof. Dr. Stefan Matuschek (Jena): *Friedrich Schlegels romantische Schönheit*. – Prof. Dr. Tom Becker (Hannover): *Mein Goethe*. – PD Dr. Michael Jäger (Berlin): *Goethes »Faust« und die Utopie der Moderne*. – Dr. Jonas Maatsch (Göttingen): *Novalis und die Frühromantik*. – Peter Meuer (Hannover): *Wie Goethe aus ›Vier Frauen‹ ›Auserwählte Frauen‹ machte*. – Hanjo Kesting (Hamburg): *Erfahren, woher wir kommen. Große Erzählungen der Weltliteratur*. Aus folgenden Erzählungen lasen: Frank Arnold: *Arthur Conan Doyle: »Sherlock Holmes und der blaue Karfunkel«*. – Sonja Beißwenger: *Anton Tschechow: »Die Dame mit dem Hündchen«*. – Wolfdietrich Sprenger: *Alfred Andersch: »Der Vater eines Mörders«*. – Henning Nöhren: *Jules Barbey D'Aurevilly: »Der karmesinrote Vorhang«*. – Siegfried W. Kernen: *Iwan Bunin: »Der Herr aus San Francisco«*. – Sonja Beißwenger: *Thomas Mann: »Die Betrogene«*. – Exkursion zum Deutschen Romantik-Museum Frankfurt a. M. – Exkursion auf den Spuren Goethes in Florenz.

Heidelberg (gegr. 1967)

Vorsitzende: Dr. Letizia Mancino-Cremer, Mombertplatz 23, 69126 Heidelberg; stellv. Vorsitzender: Prof. Dr. Dieter Borchmeyer, Osterwaldstr. 53, 80805 München. – Ordentliche Mitgliederversammlung. – Anne Steiner-Graczol, Wolfgang Graczol (Heidelberg): *»Lotte in Weimar«*. – Dr. Monika Sobotta (Heidelberg): *Goethes Einfluss auf kreative Frauen aus der anglophonen Welt*. – Prof. Dr. Dieter Borchmeyer (Heidelberg/München): *Goethes Utopie der Weltliteratur*. – Ulrike Wälde (Heidelberg): *»Schöpft des Dichters reine Hand, Wasser wird sich ballen«*. – Dr. Enno Krüger (Heidelberg): *»Komm und wecke mir all die geflügelten Geister« – Goethe und die Musik*. Mit Musik von Sarah-Marie Knipping (Flöte), Anouk Lammer (Klavier), Lysann Runde (Harfe). – *100 Jahre Goethebank – »O wie* *selig ward mir«.* Bläsermusik-Konzert mit Heiner Grombei, Lothar Blüm, Viktor Hamann, Klaus Viktor, Stanislaf Klimow (Heidelberg). – Prof. Dr. Uwe Steiner, Prof. Dr. Christoph Cremer (Heidelberg): *»Das Ewig-Weibliche / Zieht uns hinan«. Literarische und naturwissenschaftliche Perspektiven.* – Humanismus im Wasserturm (Hockenheim): *Künstliche Individualität.* Mit Werner Heussinger (Lindenberg): *Zwischen Digitalisierung und Posthumanismus: Was bleibt von der Würde des Menschen?* – Prof. Dr. Hans-Peter Meinzer (Heidelberg): *Künstliche Intelligenz: Entsteht ein neuer Glaube an Götter, die wir selbst erschaffen haben?* – Prof. Dr. Christoph Cremer: *Vom Homunculus zu Alexa.* – Prof. Dr. Dieter Borchmeyer, Prof. Dr. Christoph Cremer und Prof. Dr. Ernst Peter Fischer (München / Heidelberg): *Goethe und die moderne Naturwissenschaft.*

Ilmenau (gegr. 1963)

Vorsitzender: Prof. Dr. Hans-Peter Schade, Herderstr. 43, 98693 Ilmenau, hpschade@gmx.de; stellv. Vorsitzender: Martin Strauch, Am Markt 5, 98693 Ilmenau, mbruno.strauch@web.de. – Vicki Spindler, Jutta Hoffman (Berlin): *Jammern gilt nicht – Ein spätes Gespräch der Johanne Eckermann mit Christiane von Goethe.* – *»Als Deutschland noch nicht Deutschland war – Reise in die Goethezeit«.* Lesung mit Bruno Preisendörfer (Berlin). – *»...ruhest Du auch« – Goethes Zenit. Literarisch-musikalisches Memento aus Anlass des 190. Todestages von Johann Wolfgang von Goethe,* mit Christine und Heinz Ewald, Martin Strauch. – Ausstellungsbegleitung Goethemuseum Stützerbach zum Internationalen Museumstag mit Gudrun Mueller und Martin Strauch. – Heumahdfest mit 12 Schnittern auf 5 ha Bielers Wiesen der Liegenschaft Goethehaus Stützerbach. – *HEUTE- BILDZEICHEN IN ACRYL.* Ausstellung mit Peter Brösing. – 273. Goethe-Geburtstag: *»mit bewundernswerthem Genie« – Goethe über Beethoven über Goethe.* Konzert und Lesung mit Martin Strauch und dem Hans-Vieweg-Quartett. – *»Kosmos«.* Ausstellung mit Walter Lipfert. – *Gretchen 89 ff.* Theaterpersiflage vom Theater LeiterTheater mit Kay Gürtzig, Ronja Schlichting, Daniel Hoff, Stefan Seidel. – *Toni & The Holy Rollers – Gospel & BluesBand.* Konzert mit Toni Lorenzo, Jürgen Adlung, Matthias Köhler.

Jena (gegr. 1922)

Vorsitzende: Prof. Dr. Alice Stašková, Friedrich-Schiller-Universität Jena, Institut für Germanistische Literaturwissenschaft, Fürstengraben 18, 07743 Jena; stellv. Vorsitzender: Prof. Dr. Klaus Manger, Sonnenbergstr. 9, 07743 Jena; stellv. Vorsitzende: Melanie Hillerkus, Friedrich-Schiller-Universität Jena, Institut für Germanistische Literaturwissenschaft, Fürstengraben 18, 07743 Jena. – Prof. Dr. Stephan Pabst (Halle-Wittenberg): *Der Weg zu Goethe. Goethe-Rezeption in Texten über das Konzentrationslager Buchenwald.* – Prof. Dr. Georg Schmidt (Jena): *Vom Witwenmusenhof zum Ereignis Weimar-Jena. Mit Schönheit und Geselligkeit gegen die Revolution.* – Dr. Alexandra Willkommen (Berlin): *Goethe in guter Gesellschaft. Alternative Lebensformen in Weimar um 1800.* – Prof. Dr. Bernhard Groß (Jena): *Goethe und die Filmpolitik der Alliierten nach 1945: Lob des Mittelmaßes.* Vortrag mit Filmvorführung im Rahmen der Reihe »Goethe im Kino«. – Prof. Dr. Stefan Matuschek (Jena): *Der gedichtete Himmel. Eine Geschichte der Romantik.* – *»Mut zum Chaos – Ottilie von Goethe«.* Führung durch die Ausstellung im Goethe- und Schiller-Archiv Weimar mit Dr. Francesca Müller-Fabbri (Weimar). – Dr. Francesca Müller-Fabbri (Weimar): *Ottilie von Goethe – Leserin, Sammlerin, Autorin.* – Dr. Jens Ole Schneider (Jena): *Der Blick des Künstlers und die Masken des Hofes. Zu Goethes »Torquato Tasso«.*

Karlsruhe (gegr. 1960)

Vorsitzender: Dr. Gerhard Friedl, Mahlbergstr. 21, 76307 Karlsbad; stellv. Vorsitzende: PD Dr. Beate Laudenberg, Moldaustr. 10 a, 76149 Karlsruhe. – Steffi Böttger (Leipzig): *»Ein glühend Herz zagt nicht beim wilden*

Rauschen«. Die ersten wilden Jahre der deutschen Romantik. – Dr. Gerhard Friedl (Karlsruhe): *Die Metamorphose von Goethes »Faust«. Ein literaturdidaktischer Vorschlag zur Lektüre entlang der Entstehungsgeschichte.* – *»Gespensternarben«. Lesung zu Hölderlins, der Dodos und anderer Gedenken.* Lesung mit Mikael Vogel (Berlin). – Prof. Dr. Dietrich von Engelhardt (Karlsruhe/Lübeck): *Goethe als Patient im Urteil des romantischen Arztes, Naturphilosophen und Malers Carl Gustav Carus.* – Studienfahrt nach Frankfurt a. M.: Besuch des Deutschen Romantik-Museums und des Goethe-Hauses. – *»Gemütlichste Gespräche« im Kaffeehaus.* – Günther Diehl (Bietigheim): *Goethe und Frau von Stein – eine schwierige Beziehung.* – *Harzreisen im Vergleich – Texte von Goethe, Eichendorff, Heine und Andersen.* Lesung mit Stephan Schäfer (Köln). – Prof. Dr. Holger Jacob-Friesen (Karlsruhe): *Bernhard Strigels Marienretabel für Kloster Salem. Ein Hauptwerk der deutschen Renaissance.*

Kassel (gegr. 1949)

Vorsitzender: Andreas Krämer, Neue Bahnhofstr. 34, 34621 Frielendorf, goethe-gesellschaft-kassel@web.de; stellv. Vorsitzender: Prof. Dr. Stefan Greif, Universität Kassel, Neuere deutsche Literaturwissenschaft, Kurt-Wolters-Str. 5, Raum 3028, 34125 Kassel, greif@uni-kassel.de. – Prof. Dr. Marco Werle (São Paulo): *Goethes Meister und Hegels Phänomenologie, vermittelt durch Schiller.* – Dr. Karl Traugott Goldbach (Kassel): *Louis Spohrs Beziehung zu Goethe.* – *Goethe und Schiller – Die Heroen. Eine Freundschaft.* Szenische Lesung mit Aljoscha Langel, Bernd P.R. Winter (Kassel). – Dr. Gerrit Brüning (Weimar): *Goethe und Schiller – Ungleiche Gleichgesinnte.* – Dr. Thomas Schmuck (Weimar): *Goethe und Alexander von Humboldt.* – PD Dr. Hamid Tafazoli (Bielefeld): *»Hier sitz ich, forme Menschen / Nach meinem Bilde«. Goethes Religionsbilder im »West-östlichen Divan«.*

Kiel (gegr. 1947)

Vorsitzender: Dr. Malte Denkert, Geibelallee 4, 24116 Kiel; stellv. Vorsitzende: Liebgard Buchholz, Spreeallee 204, 24111 Kiel. – *Goethes »West-östlicher Divan«.* Lesung mit Kerstin Thomsen und Gerd Erdmann (Kiel). – Donald von Frankenberg (Kiel): *Mein Goethe.* – Prof. Dr. Jörn Bockmann (Flensburg): *Doktor Faustus, der Verdammte. Zur Vor-und Nachgeschichte von Goethes Faust-Gestalt.*

Köln (gegr. 1984)

Vorsitzender: Prof. Dr. Rudolf Drux, Märchenstr. 1, 51067 Köln; stellv. Vorsitzender: Dr. Markus Schwering, Max-Liebermann-Str. 1, 51375 Leverkusen. – Prof. Dr. Jörg Wesche (Göttingen): *Schwierige Geschichte. Bilder der frühen Neuzeit in Goethes Werk.* – Prof. Dr. Rudolf Drux (Köln): *Kalkulierte Unmittelbarkeit. Zur Darstellung des »Originalgenies« in Goethes Sturm und Drang-Hymnen.* – Dr. Petra Maisak (Bad Homburg): *»Ich binn ietzt ganz Zeichner habe Muth und Glück«. Der junge Goethe und die bildende Kunst.* – Dr. Arata Takeda (Berlin): *Selbstgespräch in Briefen. Goethes »Werther« als monologischer Roman.* – Jahreshauptversammlung der Kölner Goethe-Gesellschaft; im Anschluss daran Dr. Markus Schwering (Leverkusen): *»Alles Vergängliche / Ist nur ein Gleichnis« – Goethes »Chorus mysticus« in Vertonungen von Schumann, Liszt und Mahler.* – Prof. Dr. Petra Kindhäuser (Koblenz): *Musik und Lyrik in Schuberts Goethe-Liedern.* – *»Die ich rief, die Geister / Werd ich nun nicht los«. »Der Zauberlehrling« – Goethes Ballade (1797), ihre Vertonung durch Paul Dukas (1897) und Verfilmung in Walt Disneys Fantasia (1940). Ein intermedialer Tripelvortrag,* mit Prof. Dr. Rudolf Drux, Dr. Markus Schwering, PD Dr. Rolf Füllmann (Köln). – Prof. Dr. Stefan Matuschek (Jena): *Die Weimarer Klassik als Teil der europäischen Romantik.* – Exkursion nach Mannheim und Heidelberg. – *Faust – eine deutsche Volkssage (1926).* Film-Matinee. – *Von der Wirklichkeit des Fantastischen: E.T.A. Hoffmanns*

Erzählungen. Herbstakademie unter der Leitung von Prof. Dr. Rudolf Drux. – Prof. Dr. Helmut Schmiedt (Koblenz): *Wenn der Baron im besten Mannesalter stirbt. Zum Verhältnis zwischen ersten und letzten Sätzen in Goethes Romanen.*

Leipzig (gegr. 1925)

Vorsitzender: Michael Pahle, Blüthnerstr. 1, 04179 Leipzig; stellv. Vorsitzende: Dr. Maria-Verena Leistner, Brockhausstr. 61, 04229 Leipzig. – Dr. Ulrich Kaufmann (Jena): *Goethe und Mickiewicz – Louis Fürnberg als Mittler zwischen Klassik und den slawischen Literaturen.* – Prof. Dr. Hans-Joachim Kertscher (Halle/Saale): *Der Briefschreiber Johann Wilhelm Ludwig Gleim (1719-1803).* – Prof. Dr. Anne Bohnenkamp-Renken (Frankfurt a.M.): *Das Frankfurter Goethe-Haus. 70 Jahre Wiederaufbau im Jahr 2021 – mit Lichtbildern.* – Prof. Dr. Dieter Burdorf (Leipzig): *Goethe und Hölderlin.* – Prof. Dr. Oliver Lubrich (Bern): *Lord Hamilton und der Vulkanismus.* – Dr. Katrin Henzel (Oldenburg/Kiel): *Universitätsmamsell, Muse, »Madame Luzifer« – Caroline Schlegel (1763-1809) im (Zerr-)Spiegel der Literaturgeschichte.* – Dr. Manuela Köppe (Berlin): *Die Beziehungen zwischen Johann Wolfgang Goethe und Friedrich Heinrich Jacobi.* – Dr. Maria-Verena Leistner (Leipzig): *»Geduld, Überlegung und Muth, das sind die besten Waffen im Kampfe des Lebens«. – Zu Leben und Wirken des Fürsten Nikolaus Abramowitsch Putjatin.* – Veranstaltung zum Goethe-Geburtstag im Schumann-Haus: *Wandrers Nachtlied.* Schauspiel-Solo mit a-capella-Gesang mit Cora Chilcott (Berlin). – Tagesfahrt nach Stolberg (Harz), Questenberg und Schwenda. – *Novalis und Heinrich Schütz.* Exkursion nach Weißenfels.

Ludwigsburg (gegr. 1998)

Vorsitzender: Werner Fleig, Hoferstr. 25, 71636 Ludwigsburg, werner.fleig@web.de; stellv. Vorsitzende: Christel Rabe, Marbacher Str. 213, 71642 Ludwigsburg, info@goethegesellschaft-ludwigsburg.de. – Dr. Werner Heil (Ludwigsburg): *»Faust«-Vortrag 1: Faust und Mephistopheles.* – Dr. Werner Heil: *»Faust«-Vortrag 2: Faust und Gretchen.* – Dr. Werner Heil: *»Faust«-Vortrag 3: Fausts Naturerkenntnis und die Walpurgisnacht.* – Prof. Dr. Dr. h.c. Jochen Golz (Weimar): *Goethes »West-östlicher Divan« im Dialog der Kulturen.* Der Vortrag wurde musikalisch umrahmt von der Ludwigsburger Gruppe Serhane mit klassischer türkischer Musik. – Dr. Dr. h.c. mult. Manfred Osten (Bonn): *»Die Welt – ein großes Hospital«. Goethe und die Erziehung des Menschen zum »humanen Krankenwärter«.* – Vier-Tages-Reise nach Weimar und Jena auf den Spuren Goethes und Schillers mit Museumsbesuchen, Vorträgen, Besichtigungen, Führungen und Theateraufführung. – Feier zu Goethes Geburtstag mit einem Menü nach Goethes Goût, Musik und Darbietung: *»Komische Lyrik«.* Rezitation und Kabarett mit Dr. Rolf Breuer und Justin Hodorkovski. – *Bekannte und unbekannte Vertonungen von Goethe-Liedern.* Liederabend mit Johannes Wedeking (Bass) und Leonhard Völlm (Klavier). – *»Erlkönigs Tochter«.* Schauspiel-Solo mit a-capella-Gesang mit Cora Chilcott (Berlin).

Mannheim Rhein-Neckar (gegr. 2010)

Vorsitzender: Dr. Jens Bortloff, Krautgartenweg 12, 68239 Mannheim, stellv. Vorsitzende: Liselotte Homering, Neue Heimat 21, 68305 Mannheim. – Stephan Schäfer (Köln): *Das Römische Carneval.* – Dr. Dr. h.c. mult. Manfred Osten (Bonn): *Goethe, der Konfuzius von Weimar?* – Führung durch die neue Ausstellung des Mannheimer Schlosses mit Uta Coburger (Mannheim). – Dr. Dieter Strauss (Offenbach): *Die Treffen Goethes mit den berühmten Reiseforschern seiner Zeit und seine Gedankenreise nach Lateinamerika und in die Südsee.*

München (gegr. 1917)

Vorsitzender: Prof. Dr. Rolf Selbmann, Institut für Deutsche Philologie, Schellingstr. 3, 80799 München, rolf.selbmann@germanistik.

uni-muenchen.de; stellv. Vorsitzender: Dr. Johannes John, Bayerische Akademie der Wissenschaften, Alfons-Goppel-Str. 11, 80539 München, ndl.john@ndl.badw.de. – 2. Teil des Vortragszyklus *Goethes italienische Reise – neu betrachtet*: PD Dr. Michael Jaeger (Berlin): *Reisen als Therapie – Goethes »Italienische Reise«*. – Prof. Dr. Hubertus Günther (München): *Goethe begegnet Palladio*. – Prof. Dr. Andreas Bässler (Stuttgart): *Goethe meets Cagliostro. Geheime Obere, ihre Emissäre und das Arkanum*. – Dr. Claudia Keller (Zürich): *Der eigene Blick. Marie Luise Kaschnitz' »Liebe beginnt« im Dialog mit Goethes »Italienischer Reise«*. – Dr. Johannes John (München): *Familienbande. Die Goethes in Italien: zu einer Typologie des Reisens*. – 1. Teil des Vortragszyklus *Konstellationen des Weiblichen in Goethes Dramen*: Prof. Dr. Hendrik Birus (München): *»Das Ewig-Weibliche / Zieht uns hinan«. Goethes Frauengestalten im Rückblick*. – Prof. Dr. Rolf Selbmann (München): *Vom »Doppelsinn des Weiblichen«. Goethes »Torquato Tasso«*. – PD Dr. Katja Mellmann (München): *»Die verdauerte Liebe«. Die Figur der Stella in Goethes »Schauspiel für Liebende«*. – *Frauen in Goethes Dramen*. Lesung nach Textauswahl von Dr. Johannes John mit Konzert, mit Julia Cortis (Vortrag) und Birgitta Eila (Klavier).

Naumburg (gegr. 1988)

Vorsitzende: Dr. Irene Traub-Sobott, Berbigstr. 8D, 06628 Naumburg, traub-sobott@outlook.com; stellv. Vorsitzende: Susanne Kröner, Lepsiusstr. 9, 06618 Naumburg, susanne_kroener@web.de. – Prof. Dr. Detlef Jena (Rockau): *Goethe und die Kinder – Das Tagebuch Fritz von Steins über seine Reise von Weimar nach Dieskau im Jahre 1795*. – Heidemarie Stein (Naumburg): *Augusta von Sachsen-Weimar und Eisenach (1811-1890) – Deutschlands erste Kaiserin*. – Prof. Dr. Dr. h.c. Jochen Golz (Weimar): *»Alle Weiber sind Ware« – Goethes erotische Epigramme*. – Dr. Jens-Fietje Dwars (Jena): *Ofterdingen vs. Wilhelm Meister. Novalis im Clinch mit Goethe*. Vortrag bei der Novalis-Gesellschaft in Weißenfels anlässlich des 250. Geburtstags von Novalis. – Dornburger Schlösser und Goethe-Gedenkstätte. Exkursion mit Führung.

Nordenham (gegr. 1946)

Vorsitzende: Stefanie Seyfarth, Seedorfstr. 5, 26954 Nordenham, stefanie.seyfarth@icloud.com; stellv. Vorsitzender: Stefan Tönjes, Goethestr. 5, 26954 Nordenham, toenjes.stefan@t-online.de. – Dr. Stefanie Rehm (Oldenburg): *Jenseits von Goethe – J. H. W. Tischbeins Bildwelten*. – Prof. Dr. Georg Kamphausen (Bayreuth), Markus Römer (Oldenburg): *Wanderjahre – Erlebnisse von Handwerkerinnen und Handwerkern auf der Walz*. – Dr. Dieter Strauss (Offenbach): *Beinahe beste Freunde – A. v. Humboldt und J. W. v. Goethe*. – Prof. Dr. Volker Schürmann (Köln): *Sport als Spiegel der Gesellschaft*. – Michael Sommer (München), Jonas Hennicke (Oldenburg): *7,5 Zentimeter Größenwahn – Großes Theater (»Faust« und »Hamlet«) in der Playmobilwelt*. – *Wandrers Nacht – eine musikalisch-literarische Reise rund um des »Wandrers Nachtlied« von Johann Wolfgang von Goethe*, mit Cora Chilcott (Berlin / Dresden). – *Tango Sensations – Astor Piazzolla und der Tango Nuevo*. Konzert mit Friedemann Wuttke (Gitarre) und William Sabatier (Bandoneon). – *Venedig ca. 1700. Albinoni, Reali, Gentili, Vivaldi u. a.* Konzert mit *Trio Scaramuccia*: Inés Salinas (Violoncello), Javier Lupianez (Violine), Patricia Vintém (Cembalo). – *Liederabend. Lieder und Duette von Mozart, Strauß u. a.* Konzert mit Verena Tönjes (Mezzosopran), Michael Daub (Bariton), Daria Tudor (Klavier). – *Journey of Life – eine musikalische Lebensreise*. Konzert mit Ingenium Ensemble. Vokalsextett aus Slowenien. – *Klassik und Folklore trifft auf Blues und Rock*. Konzert mit *Lilo-Kraus-Quartett*: Lilo Kraus (Harfe), Chris Schmitt (Bluesharp), Norbert Meyer-Venus (Kontrabass). – *Grobe Schnitzer*. Konzert mit *Wildes Holz*: Tobias Reisige (Blockflöten), Markus Conrads (Kontrabass, Mandoline), Djamel Laroussi (Gitarre).

Nürnberg (gegr. 1995)

Vorsitzende: Dr. Claudia Leuser, Maxplatz 30, 90403 Nürnberg; stellv. Vorsitzender: Dr. Günther Kraus. – Prof. Dr. Dr. h. c. Jochen Golz (Weimar): *»In tausend Formen magst Du Dich verstecken«. Goethe und die Weltreligionen.* – Dr. Heike Spies (Düsseldorf): *Bibel – Sprache – Wahrhaftigkeit. Goethe und Luther.* – Prof. Dr. Frieder von Ammon (München): *Goethes Fluchten.* – *»Tiefere Wonne weiß ich nicht auf Erden, als im Weiten unterwegs zu sein« (Hermann Hesse).* Fahrt an den Bodensee (Konzeption und Leitung: Dr. Günther Kraus). – Tagesausflug nach Frankfurt a. M. mit Besuch des Deutschen Romantik-Museums (Leitung: Dr. Claudia Leuser, Dr. Günther Kraus). – Stephan Schäfer (Köln): *Schulbankgeschichten.* Mit Texten von Goethe, Ringelnatz, Kästner und Canetti. – *»Erlkönigs Tochter«.* Balladenprogramm mit Gesang und Schauspiel mit Cora Chilcott (Berlin). – *Mitglieder lesen für Mitglieder.* Adventsfeier mit Texten (nicht nur) rund um die Advents- und Weihnachtszeit.

Oldenburg (gegr. 1987)

Vorsitzende: Dr. Katrin Henzel, Universitätsbibliothek der Christian-Albrechts-Universität zu Kiel, Leibnizstr. 9, 24118 Kiel; stellv. Vorsitzende: Kristin Eilert, Haareneschstr. 88, 26121 Oldenburg. – Karl Koch (Nordhorn): *Weimar oder Von der Magie der nächsten Straßenecke.* – Prof. Dr. Dieter Lamping (Mainz): *Der »Abschluß von Jahrtausenden«. Karl Jaspers als Leser und Kritiker Goethes.* – Dr. Silke Pasewalck, Dieter Neidlinger (beide Oldenburg): *Der estnische Homer. Jaan Kross als Chronist der deutsch-estnischen Geschichte.* – Dr. Claudia Bamberg (Trier): *»Mit einem Male ist nur mehr das Bild da«: Hugo von Hofmannsthals produktive Auseinandersetzung mit Goethe.* – Prof. Dr. Urte Helduser (Oldenburg): *Goethes »Wahlverwandtschaften« und das Monströse um 1800.* – Sommerfest: *Feiern an Goethes Geburtstag.* – Besuch der Buchbinderwerkstatt der Oldenburger Landesbibliothek. – Die Gesellschaft musste zum Jahresende 2023 ihre Tätigkeit einstellen.

Plauen (gegr. 1946)

Vorsitzende: Dr. Barbara Pendorf, Wagnerstr. 45, 08523 Plauen; stellv. Vorsitzende: Sabine Schott, Reißiger Str. 83, 08525 Plauen. – Prof. Dr. Klaus Manger (Jena): *Goethe und Padua.* – Prof. Dr. Wolfgang Holler (Dresden): *Käthe Kollwitz trifft Johann Wolfgang von Goethe.* – Dr. Bertold Heizmann (Essen): *Nie gehörte Töne – Caroline Jagemann von Heygendorff.* – Exkursion zu den Dornburger Schlössern. – Dr. Dieter Strauss (Offenbach): *Thomas Mann und seine drei Töchter.* – Sabine Schott (Plauen): *Der Klassiker Goethe – mehr als nur ein Wegbereiter der Romantik.* – Prof. Dr. Rüdiger Bernhardt (Bergen): *Mythos und Zivilisation im Schaffen Christoph Heins.* – Dr. Heidi Ritter (Halle/Saale): *Clara Schumann – Pianistin, Ehefrau, Mutter.* – *Weihnachtliches Programm,* mit Lars Jung, Cornelia Schumann und Thomas Mahn (Dresden).

Pößneck (gegr. 1983)

Vorsitzender: Michael Modde, Hohe Str. 64, 07381 Pößneck, michael.modde@poessneck.de; stellv. Vorsitzende: Manuela Wawrzik, E.-Thälmann-Str. 17, 07381 Pößneck, manuelawawrzik@web.de. – Dr. Annette Seemann (Weimar): *»Ich habe die Blüthenzeit meines Lebens noch einmal durchlebt, während ich schrieb«. Caroline v. Wolzogen, Schriftstellerin, Reisende, Liebende und Salonnière.* – Dr. Egon Freitag (Weimar): *›…ein wahrer Geniestreich‹ – Schillers Reise nach Berlin und sein Plan für eine Übersiedlung.* – Dr. Thomas Frantzke (Leipzig): *Luthers Bibelübersetzung – eine Neubetrachtung.* – Jahreshauptversammlung mit Neuwahl des Vorstands. – Lesung, mit Otti Planerer (Gera). – Tagesexkursion nach Dornburg. – Goethe-Geburtstagsfeier in Bodelwitz. – Jahresabschluss.

Ravensburg (gegr. 2012)

Vorsitzender: Dr. Franz Schwarzbauer, Gebhard-Fugel-Weg 31, 88214 Ravensburg; stellv. Vorsitzende: Renate Igel-Schweizer,

Liebenhofen 25, 88287 Grünkraut. – *Apèro Goethe.* – Mitgliederversammlung der Goethe-Gesellschaft Ravensburg e.V. – Dr. Stefan Bollmann (München): *Der Atem der Welt. Über Goethe und seine Erfahrung der Natur.* – *Schiller: »Der Verbrecher aus verlorener Ehre«.* Lektürekurs mit Renate Igel-Schweizer (Grünkraut). – Prof. Dr. Thomas Schmidt (Marbach): *»Wo er sein selbst allein bedarf«. Goethe und die Kulturgeschichte des Schwimmens.* – *Auf den Spuren von Hermann Hesse.* Ganztags-Exkursion nach Gaienhofen/Höri – mit Bus, Bahn und Schiff. – Über Farben, ihre Herstellung und Wirkung. Halbtags-Exkursion nach Aichstetten. – *Beziehungsstatus: offen. Kunst und Literatur am Bodensee.* Ausstellungsbesuch. – PD Dr. Michael Jaeger (Berlin): *Goethes Italienreise. Auf der Suche nach einem authentischen Dasein.* – *Adelbert von Chamisso: »Peter Schlemihls wundersame Geschichte«.* Lesemarathon.

Rosenheim (gegr. 1999)

Vorsitzender: Ulrich Noltenhans, Schillerstr. 22a, 83024 Rosenheim; stellv. Vorsitzende: Dr. Barbara Mütter, Rehleitenstr. 3, 83098 Brannenburg. – Prof. Dr. Dr. h.c. Jochen Golz (Weimar): *Reinigen und Bereichern. Goethes Verhältnis zur deutschen Sprache.* – *»Am Götterbaum«.* Autorenlesung mit Hans Pleschinski (München). – Prof. Dr. Stefan Matuschek (Jena): *Goethe, Schiller und Knigge über den politischen Wert der Höflichkeit.* – Hanskarl Kölsch (Sauerlach): *Genie und Welt – Welt und Genie.* – *»Herzzeit«.* Lesung aus dem Briefwechsel zwischen Paul Celan und Ingeborg Bachmann mit Martin Pfisterer (München). – Dr. Michael Schmidt (Bad Endorf): *Friedrich Schiller, »Wilhelm Tell« 1804.* – PD Dr. Michael Jaeger (Berlin): *Goethes »Faust«: Eine Analogie der Moderne.* – Simon Hausstetter (Rohrdorf): *Friedrich von Matthisson (1761–1831) und sein Netzwerk der Freundschaft.* – Dr. Joachim Seng (Frankfurt a.M.): *Wider das Gesetz von der Erhaltung des Schmerzes. Paul Celans Freundschaft mit Klaus Demus.* – *Julius Mayr – sein Leben und sein Schaffen.* Autorenlesung mit Prof. Dr. Dietmar Hundt (Rosenheim). – Literarische Exkursion nach Leipzig. Leitung: Ulrich Noltenhans und Dr. Barbara Mütter.

Rudolstadt (gegr. 1975)

Vorsitzender: Hans-Günther Otto, Ahornweg 55, 07407 Rudolstadt, goethe-rudolstadt@web.de; stellv. Vorsitzender: Burkhard Grüner, Höhenblick 1, 07426 Dröbischau. – Christian Hofmann (Rudolstadt/Weimar): *Das Schillerhaus Rudolstadt: Fakten, Ziele und Visionen.* – Jahresversammlung mit Vorstandswahlen. – Tobias Zober (Rudolstadt): *»Die schöne Schwärmerin«. Beliebte Romane in Rudolstadt um 1800 aus der Historischen Bibliothek.* – Dr. Annette Seemann (Weimar): *»Ich habe die Blüthenzeit meines Lebens noch einmal durchlebt, während ich schrieb«. Caroline v. Wolzogen: Schriftstellerin, Reisende, Liebende, Salonnière.* – Gisela Maul (Weimar): *»Ich habe nichts dagegen, wenn man die Farbe sogar zu fühlen glaubt«. Goethes Farbenlehre. Theorie und Experiment.* – Prof. Dr. Stefan Matuschek (Jena): *Goethe, Schiller und Knigge über den politischen Wert der Höflichkeit.* – Prof. Dr. Hans-Joachim Kertscher (Halle/Saale): *Begegnungen mit der Antike. Der Kampf um den Hexameter.* – Exkursion in die ehemalige Residenzstadt Altenburg. – Feier zum 273. Geburtstag von J.W. Goethe in den Bauernhäusern von Rudolstadt. – Exkursion zu Schlössern und Burgen an Südböhmens Moldau. – Dr. Thomas Frantzke (Leipzig): *»und keine christliche Zensur verhindert diese Machwerke des Satans«. Der junge Goethe im Konflikt mit Kirche und Aufklärung.* – Dr. Jens-Fietje Dwars (Jena): *»Bin so in Lieb zu ihr versunken, als hätt ich von ihrem Blut getrunken«. Der verstümmelte Klassiker: Goethes Erotica.* – Geselliger Jahresausklang.

Saalfeld (gegr. 1966)

Vorsitzender: Dr. Stefan Efler, Mozartstr. 12, 07318 Saalfeld, stefan.efler@gmx.de; stellv. Vorsitzender: Martin Picard, Schillerstr. 18, 07318 Saalfeld, sabinebujack@aol.com. – Dr.

Markus Schwering (Köln): *Goethe aus der Sicht von Marx und Engels.* – Prof. Dr. Daniel Fulda (Halle/Saale): *Seit wann spricht man von deutschen Klassikern? Eine Spurensuche, die nach Wien führt.* – Dr. Ariane Ludwig (Weimar): *Charlotte von Schiller – eine Biografie in Büchern, ein Leben in Lektüren.* – Dr. Thomas Frantzke (Leipzig): *»Dieser Goethe ist ein gemeiner Kerl« (Graf Goertz) – Das Urteil der Zeitgenossen.* – Dr. Wim Peeters (Hagen): *Was ist Deine Erfolgsgeschichte? Die Frühgeschichte der Erfolgsratgeberliteratur in Deutschland.* – *Goethe: »Die Mitschuldigen«.* Theaterbesuch Schloss Großkochberg.

Siegburg (gegr. 2000)

Die Gesellschaft musste Ende 2022 ihre Tätigkeit einstellen.

Sondershausen (gegr. 1973)

Vorsitzende: Dr. Barbara Heuchel, Wilhelm-Külz-Str. 7, 99706 Sondershausen; Geschäftsführerin: Heide Schödl, August-Bebel-Str. 77, 99706 Sondershausen. – Dr. Dieter Strauss (Offenbach): *Beinahe beste Freunde – Alexander von Humboldt und Goethe.* – Dr. Ulrike Bischof (Weimar): *»Euer Excellenz übersende ich anliegend…« Briefe an Goethe und ihre Beilagen.* – *»Hälfte des Lebens« (Hölderlin).* Filmvorführung. – Dr. Francesca Müller-Fabbri (Weimar): *Adele Schopenhauer.* – Dr. Bertold Heizmann (Essen): *Eichendorffs entfesselte Romantik.* – Dr. Heidi Ritter (Halle/Saale): *Zum 200. Todestag von E. T. A. Hoffmann.* – *»Der Inder«.* Lesung mit Dr. Stephan Elbern (Bad Frankenhausen).

Ulm und Neu-Ulm (gegr. 1997)

Vorsitzender: Ernst Joachim Bauer, Wacholderweg 8, 89150 Laichingen, goethe-ulm@gmx.de; stellv. Vorsitzender: Olaf Krischker, Schaffnerstr. 5, 89073 Ulm, olafkrischker@t-online.de. – *Goethes Römische Elegien.* Eine kommentierte Lesung mit Walter Frei (Ehingen). – Ulrich Vogt (Paderborn): *Goethe profan. Goethe als Objekt auf Sammelbildchen, Briefmarken, Postkarten etc.* – Christine Lammel, M.A. (Blaustein): *Eros und Sexus in Goethes Werk.* – Adelbert Schloz-Dürr (Ulm): *»Musikalische Katastrophen« am Beispiel J. J. Frobergers.* – Mathias Mertens, Vicki Spindler (beide Berlin): *Goethes geliebte Frauen.* – Walter Frei (Ehingen): *Ilse Aichinger. Eine größere Hoffnung.* – *Auf den Spuren Goethes in Straßburg.* Dreitägige Reise nach Staufen, Straßburg und Emmendingen. – Goethes Geburtstag. Besuch des Bauernkriegsmuseum »Blaue Ente« in Leipheim.

Vest Recklinghausen, Sitz in Marl (gegr. 1999)

Vorsitzender: Dr. Hans-Ulrich Foertsch, Römerstr. 38, 45772 Marl; stellv. Vorsitzende: Hedda Bruckendahl, Im Bueschken 1, 45659 Recklinghausen.

Waldshut-Tiengen (gegr. 1993, Neugründung 2000)

Vorsitzende: Gerry Meyer-Schierholz, Amthausstr. 1a, 79761 Waldshut-Tiengen, meyer_schierholz@hotmail.com; stellv. Vorsitzender: Dr. Friedrich Schlegel, Saderlacherweg 3b, 79761 Waldshut-Tiengen, pedalocho@aol.com. – Reise zu Goethes Geburtshaus und Besuch des Deutschen Romantik-Museums. – *Goethe am Gotthard.* Ausstellungsbesuch. – Goethes 273. Geburtstagsfeier im Garten des Restaurants Rheintal mit Eiern und Grüner Soße: *Goethe hat schon wieder Geburtstag.* Lesung mit Adelheid Kummle (Waldshut-Tiengen). – Jahreshauptversammlung mit Neuwahlen und Autorenlesung von Eva Berberich-Ayren (Höchenschwand): *»Goethe, ein Mängelexemplar. Gespräche von Hüben nach Drüben«.*

Wetzlar (gegr. 1973)

Vorsitzende: Angelika Kunkel, Silhöferstr. 14, 35578 Wetzlar; stellv. Vorsitzender: Oliver

Meyer-Ellendt, Helgebachstr. 55, 35578 Wetzlar. – *Auf den Spuren der Familie Brentano.* Exkursion nach Aschaffenburg. – *123 Sommertage – Goethes Aufenthalt in Wetzlar.* Szenisch-musikalische Lesung mit dem StattTheater Wetzlar (Regie und Text: Oliver Meyer-Ellendt) und dem Gitarren-Duo Peter Haagen und Jörn Martens (Gießen). – *Sehnsucht und Drama: der junge Goethe und die Romantik.* Konzert mit Nicole Tamburro (Gesang), Hermann Wilhelmi (Klavier), Harald Pfeiffer (Wort). – Jahreshauptversammlung für das Geschäftsjahr 2021 mit Vortrag: Dr. Marlies Obier (Siegen): *»Wilhelm Meisters Lehrjahre…das Romantische geht darin zu Grunde – auch Naturpoesie, das Wunderbare« (Novalis).* – Literarischer Geburtstagskaffee mit Spaziergang in die Out-Door-Galerie des Leitzparks mit Fotografien von Michael Agel zum Thema: *Goethe der Umweltpoet.* – *Frau von Goethe – literarisches Chorkonzert.* Autorenlesung mit Beate Rygiert (Schwarzwald) und dem Chor »Reine Frauensache« (Leitung: Jochen Stankewitz). – *»Dem Notwendigen einen Scherz abgewinnen«.* Eine goethisch-literarische Begegnung in Zusammenarbeit mit dem Literarischen Zentrum Gießen (1 Tag in Wetzlar und 1 Tag in Gießen) anlässlich 250 Jahren Goethe in Wetzlar. – Dr. Carsten Lind (Marburg): *Goethe war hier – Gießen in den 70er Jahren des 18. Jahrhunderts.*

Freundeskreis des Goethe-Nationalmuseums

Vorsitzender: Dieter Höhnl, Friedensgasse 3a, 99423 Weimar; stellv. Vorsitzender: Dr. Alf Rößner, Karl-Liebknecht-Str. 5, 99423 Weimar. – Prof. Dr. Jan Philipp Reemtsma (Hamburg): *1772 – Wieland und der Beginn der Weimarer Klassik.* Eröffnungsvortrag zum Wielandjahr 2022. – Dr. Jan Mende (Berlin): *»Schön behaglich warm« – Weimarer Öfen der Goethezeit.* – Prof. Dr. Arno Schmid (Korbach): *»Ich brauche Wiegengesang, und den habe ich in seiner Fülle gefunden in meinem Homer«. Die Heimkehr des Odysseus. Geschichten und Reflexionen.* – Prof. Dr. Gunther Nickel (Mainz), Dr. Matthias Oehme (Berlin): *»Ein Briefwechsel bewahrt schon besser die Stufen eines freundschaftlichen Fortschritts…« Woher kommt die viele Dummheit? Peter Hacks' Briefe an Hansgeorg Michaelis.* Buchvorstellung. – Xueqi Jiang (Berlin): *Die zwei chinesischen Besucher Goethes im Jahre 1822 und ihre abenteuerliche Lebensgeschichte.* – Dr. Hans-Peter Nowitzki (Jena): *Koxkox und Kikequetzal oder über das mexikanische Alphabet der Liebe.* – *Wieland in Weimar.* Führung durch die Ausstellung mit Dieter Höhnl (Weimar). – *»Sprachexplosionen«.* Führung durch den Parcours in Schiller- und Goethehaus mit Petra Lutz (Weimar). – Petra Lutz (Weimar): *Vorstellung erster Überlegungen zur künftigen Präsentation des Ensembles Goethe-Wohnhaus.* – Prof. Dr. Klaus Manger (Jena): *Wielands »Oberon«.* – Feierliche Enthüllung der Gedenktafel für Wielands erste Weimarer Wohnung an der Scherfgasse 2. – Mitglieder stellen ihre Bücher vor, mit Günther Preuße (Basdorf), Ulrich Dryander (Weimar). – Helmut Schröer (Trier): *Partnerstadt Trier: Hier war Goethe auch – 1792: Campagne in Frankreich.* – Feier zu Goethes Geburtstag in seinem Garten am Frauenplan: *»…mittags mit dem Glockenschlage zwölf…«.* Abendprogramm mit Regine Heintze, Heike Meyer und Detlef Heintze (alle Weimar): *Vier Frauen und ein Dichterfürst. Dicke Luft im Hause Goethe.* Eine Alltagshumoreske von Walter Hesse. – *»Auf zum Ritt ins alte romantische Land!« Rambergs Oberon-Album.* Dramatische Lesung mit Maria-Elisabeth Wey (Erfurt), Jürg Wisbach (Bern). – Dr. Dr. h.c. mult. Manfred Osten (Bonn): *Goethe – der Konfuzius von Weimar? Zur Aktualität des Goetheschen Chinaverständnisses.* – Führung durch die Teeausstellung mit Dr. Jens-Jörg Riederer (Weimar). – *»Ich kann mein Glück nirgends finden als darinnen, Mensch zu sein«. Aus Knebels Schreibkalender und Briefen der Jahre 1791-1797.* Buchvorstellung mit Dr. Ronny Teuscher (Altenburg), Dr. Jens-Jörg Riederer (Weimar). – Prof. Dr. Stephan Oswald (Bologna): *August von Goethe.* – Dr. Egon Freitag (Weimar): *Wielands Stellungnahme und Verhältnis zur bürgerlichen Gesellschaft.* – Christian Hill (Dornburg): *Warten auf Elise. Ein Lustspiel mit frivolen Gedichten in einem Akt.*

Freies Deutsches Hochstift
Frankfurter Goethe-Museum

Direktorin: Prof. Dr. Anne Bohnenkamp-Renken, Großer Hirschgraben 23-25, 60311 Frankfurt a. M. – Ausstellungen: *Dreaming Romantic Europe – Das Digitale Museum Rêve.* – *»Als wäre ich selbst dabei gewesen«. Die erste Sammlung Karl Ströhers aus dem Vermächtnis Ulrike Crespos.* – *»Ich liebe deine Liebe«. Der Briefwechsel zwischen Friedrich Schlegel und Friedrich von Hardenberg (Novalis).* – *Zeichnen im Zeitalter Goethes.* – *»Warum soll der Mensch anders sein, als er ist?« Auf Entdeckungsreise durch die Handschriften Karoline von Günderrodes.* – *Unheimlich fantastisch – E. T.A. Hoffmann 2022.* – Veranstaltungen: Dr. Ulrike Leuschner (Darmstadt): *Das »Empyräo des Intellektuellen« – Zum Abschluss der Merck-Edition.* Buchvorstellung. – *Renaissancen. Über ein Muster der Aneignung von Tradition.* Buchpremiere und Podiumsdiskussion mit Prof. Dr. Vivian Liska (Antwerpen), Prof. Dr. Friedrich Wilhelm Graf (München), Dr. Albrecht von Kalnein (Bad Homburg), Prof. Dr. Jürgen Fohrmann (Bonn) (Eine Veranstaltung der Krupp Reimers Forschungsgruppe Bad Homburg-Essen in Kooperation mit dem Freien Deutschen Hochstift). – *»Geschichten vom Franz« von Christine Nöstlinger.* Kinderbuchlesung mit Pirkko Cremer (Frankfurt a. M.). – *»Dachs und Stinktier« von Amy Timberlake.* Kinderbuchlesung mit Uwe-Michael Gutzschhahn (München). – *Zum Abschluss der Kritischen Hofmannsthal-Ausgabe.* Zoom-Konferenz mit Redebeiträgen von Prof. Dr. Anne Bohnenkamp, Antje Contius, Prof. Dr. Heinz Rölleke, Dr. Ina Hartwig, Prof. Dr. Alexander Honold, Dr. Siv Bublitz, Dr. Konrad Heumann, Dr. Katja Kaluga. – Andrea Hensgen (Frankfurt a. M.): *Der erste Satz – ein literarisches Gespräch über Romananfänge.* – *Wie man aus der Mühle des Magiers entkommt. Ein Abend zu Otfried Preußler.* Lesung und Vortrag mit Tilman Spreckelsen (Frankfurt a. M.), Christian Brückner (Berlin). – Prof. Dr. Anne Bohnenkamp: *»Faust«: Lesung und Interpretation* (Teil 2). – Dr. Kalterina Latifi (London), Prof. Dr. Silvio Vietta (Hildesheim): *Warum ist die Romantik kulturgeschichtlich so bedeutsam? Zur Begründung der neuen Romantik-Zeitschrift »Serapion«.* – Prof. Dr. Anne Bohnenkamp: *»Faust«: Lesung und Interpretation* (Teil 3). – *»Urmel aus dem Eis« von Max Kruse.* Kinderbuchlesung mit Pirkko Cremer. – Prof. Dr. Heinrich Detering (Göttingen): *Der Kampf gegen das Meer. Ökologisches im »Faust II«.* – Dr. Joachim Seng (Frankfurt a. M.): *Hatten die Romantiker Humor?* – *»Eine Woche voller Samstage« von Paul Maar.* Kinderbuchlesung mit Pirkko Cremer. – *»Gelobt sey uns die ewge Nacht«. Eine literarisch-musikalische Annäherung an Novalis aus Anlass seines 250. Geburtstags.* Vortrag und Rezitation mit Prof. Dr. Dieter Borchmeyer (München), Hedayet Jonas Djeddikar, Klavier (Frankfurt a. M.). – *Die blaue Stunde. Ein Theaterstück für Kinder zum Mitmachen.* Kindertheater mit Pirkko Cremer, Cristina Szilly (Frankfurt a. M.). – *Die Brüder Grimm, Steinau und die Romantik.* Exkursion, mit Prof. Dr. Wolfgang Bunzel, Dr. Joachim Seng. – *Goethe-Annalen: 1822.* Gespräch mit Prof. Dr. Anne Bohnenkamp, Prof. Dr. Ernst Osterkamp, Dr. Gustav Seibt (beide Berlin). – Dr. Claudia Bamberg (Trier), Dr. Cornelia Ilbrig, Dr. Stefanie Konzelmann (beide Frankfurt a. M.): *Unerhört! Literaturskandale.* – *Der Wolf und die sieben Geißlein, Theater der Dämmerung, am Internationalen Museumstag.* Schattenspieltheater mit Friedrich Raad (Leichlingen). – *Sprachgewalt – Sprachgerechtigkeit: Ein Thema der Romantik?* Gespräch mit Prof. Dr. Jochen Bär (Vechta), Prof. Dr. Anne Bohnenkamp, Prof. Dr. Frederike Middelhoff (Frankfurt a. M.) (im Rahmen der Kooperationsveranstaltung Frankfurter Hausgespräche). – *Traditionelle Folkmusik* (Nachholtermin an Stelle der ausgefallenen Nacht der Museen). Konzert mit Die Hayner. – Michael Quast (Frankfurt a. M.), Dr. Joachim Seng: *»Soll ich mich des Grünen freuen?« Goethe und die Natur.* – *E. T.A. Hoffmann: »Meister Floh«.* Lesung und Gespräch mit Prof. Dr. Roland Borgards, Prof. Dr. Frederike Middelhoff (beide Frankfurt a. M.), Stefan Wilkening (München). – Dr. Katja Kaluga (Frankfurt a. M.): *Atelier Hofmannsthal. Das Inspizientenbuch zum Lustspiel »Der Schwierige«.* – *Von Brentanos Lyrik inspiriert. Junge Lied-Duos zum Abschluss der* *ersten Brentano-Akademie.* Konzert mit Julian Prégardien und 3 jungen Lied-Duos. – *Auf den Spuren von James Joyce in Frankfurt.* Spaziergang mit Reinhard Pabst (Montabaur). – *Lichte Nacht der Iris.* Eröffnung der permanenten Lichtinstallation von Ingo Nussbaumer (Wien) mit Prof. Dr. Anne Bohnenkamp, Prof. Dr. Olaf L. Müller (Berlin). – *»Nevermore« von Cécile Wajsbrot.* Buchvorstellung und Gespräch mit Prof. Dr. Daniel Göske (Göttingen), Anne Weber (Paris). – *Zauberwort und Blaue Blume. Aktionstag im Deutschen Romantik-Museum.* Vorträge, Lieder, Konzerte, Fotoausstellung, Rezitationen, Zeichnen mit der Volkshochschule Frankfurt, Musikschule Frankfurt, Hochschule für Musik und Darstellende Kunst. – *»Der Tod ist ein Meister aus Deutschland«. Paul Celan.* Konzert mit Sofia Pavone (Mezzosopran), Theodore Browne (Tenor), Hedayet Jonas Djeddikar (Klavier). – *»Aber genug – behalten Sie mich nur ein bißchen lieb«. Friedrich von Hardenberg (Novalis) und Friedrich Schlegel im Gespräch mit Briefkorrespondentinnen.* Workshop mit Prof. Dr. Frederike Middelhoff (in Kooperation mit dem Freien Deutschen Hochstift). – *Atelier Novalis.* Einblicke in die Ausstellung mit Dr. Konrad Heumann (Frankfurt a.M.). – *Beethovens romantischer Impuls.* Gesprächskonzert mit Michael Gees (Klavier und Gespräch), Dr. Ulrike Kienzle (Moderation). – *Zeichnen im Zeitalter Goethes.* Ausstellungseröffnung mit Prof. Dr. Anne Bohnenkamp, Dr. Mareike Hennig, Dr. Neela Struck. – *Feiern zu Goethes Geburtstag.* Vorträge, Musik, Führungen mit Prof. Dr. Anne Bohnenkamp, Dr. Mareike Hennig, Dr. Neela Struck, Ensemble InCoincidenza. – Dr. Neela Struck (Frankfurt a.M.): *»Ich klebte mit Giesel am Album«. Die Zeichnungen der Familie Arnim-Brentano im Bestand des Freien Deutschen Hochstiftes.* – Reinhard Pabst: *Vier Raubdrucke und ein Todesfall. Bibliophile Exkurse zu Goethes »Wahlverwandtschaften«.* – Dr. Martina Wernli (Frankfurt a.M.): *Womit wurde in der Romantik geschrieben? Einblicke ins Federzeitalter – eine Buchvorstellung.* – *Auf Entdeckungsreise durch die Handschriften Karoline von Günderrodes.* Ausstellungseröffnung mit Dr. Joanna Raisbeck (Oxford). – *»Rico, Oskar und das Mistverständnis« von Andreas Steinhöfel.* Kinderbuchlesung mit Andreas Steinhöfel (Battenberg). – *»Heimreisen. Goethe, Italien und die Suche der Deutschen nach sich selbst«.* Buchvorstellung und Gespräch mit Dr. Golo Maurer (Rom). – Dr. Joachim Seng: *»Es war einmal…«. Zur Editionsgeschichte der Kinder- und Hausmärchen.* – *Korrekt? Vom Umgang mit sensiblen Inhalten und Objekten.* Fachtagung des Aski, mit öffentlicher Podiumsdiskussion mit Prof. Dr. Daniel Hess (Nürnberg), Dr. Dirk Pörschmann (Kassel) und weiteren Gästen (Medienpartnerschaft mit dem Hessischen Rundfunk). – Dr. Nicoletta Torcelli (Berlin): *Forough Farrochsad: Dichterin und Rebellin – Radikal im Dichten und im Leben* (Eine Veranstaltung der Stiftung Ostwestpassagen in Kooperation mit dem Freien Deutschen Hochstift). – *»Lord Jim« von Joseph Conrad.* Lesung und Gespräch mit Prof. Dr. Daniel Göske (Kassel), Michael Walter (München). – *»Nelson Tigertatze« von Lena Frölander-Ulf.* Kinderbuchlesung mit Pirkko Cremer. – *Fünf Goethe-Gedichte in ausgewählten Vertonungen.* Konzert mit Benjamin Appl (Bariton), Kit Armstrong (Klavier). – Katharina Schaaf (Frankfurt a.M.): *Salonspiele der Romantik.* – *Eine Liebeserklärung an die deutsche Sprache.* Lesung und Gespräch mit Prof. Dr. Roland Kaehlbrandt (Frankfurt a.M.), Prof. Dr. Anne Bohnenkamp. – Dr. Anja Heuß (Frankfurt a.M.): *Die Stiftung Robert Heuser-Covaz.* – *»Der kleine Herr Jaromir« von Martin Ebbertz.* Kinderbuchlesung mit Martin Ebbertz (Offenbach). – *»Goethe. Die Erfindung der Moderne. Eine Biographie«.* Lesung und Gespräch mit Prof. Dr. Jeremy Adler (London), Prof. Dr. Andreas Fahrmeir (Frankfurt a.M.). – *Blind Date mit zwei literarischen Fährtensuchern.* Gespräch mit Dr. Konrad Heumann (Frankfurt a.M.), Reinhard Pabst. – *»Die Taunusreise« und andere Orte des Erzählens.* Lesung und Gespräch mit Dr. Mareike Hennig (Frankfurt a.M.), Prof. Dr. Günter Oesterle (Gießen), Stefan Wilkening (München); Moderation: Prof. Dr. Roland Borgards (Frankfurt a.M.). – *»Klapperzahns Wunderelf« von Eduard Bass.* Kinderbuchlesung mit Christoph Haacker (Wien). – *Unheimlich fantastisch – E.T.A. Hoffmann*

2022. Ausstellungseröffnung mit Prof. Dr. Wolfgang Bunzel, Dr. Christina Schmitz (Berlin), Dr. Bettina Wagner (Bamberg) u. a. – *»Die Elixiere des Teufels« von E. T. A. Hoffmann.* Hörspielkonzert mit Midnight Story Orchestra, mit Andreas Wiersich u. a. – *Hoffmanns Geschöpfe. Kapellmeister Kreisler, Klein Zaches und Undine. Zum 200. Todestag von E. T. A. Hoffmann.* Konzert mit Nora Friedrichs (Sopran), Michael Porter (Tenor), Burkhard Bastuck (Klavier und Rezitation). – Dr. Jasmin Behrouzi-Rühl (Frankfurt a. M.): *Otfried Preußler: »Die Flucht nach Ägypten«.* – *»Die Katze mit Hut« von Simon und Desi Ruge.* Kinderbuchlesung mit Pirkko Cremer.

Goethe-Museum Düsseldorf
Anton-und-Katharina-Kippenberg-Stiftung

Direktor des Goethe-Museums und Vorstand der Anton-und-Katharina-Kippenberg-Stiftung: Prof. Dr. Christof Wingertszahn, Goethe-Museum, Schloß Jägerhof, Jacobistr. 2, 40211 Düsseldorf. – Ausstellungen: *»Luxus & Lifestyle. Weimar und die weite Welt. Das »Journal des Luxus und der Moden« (1786-1827).* – *Goethe und Beethoven.* – *Erinnerungen an Düsseldorf. Das Originalalbum der Königin Stephanie von Portugal (1858).* – *»Aufbewahren« – Architekturmodelle für ein Archivgebäude als Erweiterungsbau des Goethe-Museums.* – *»Goethes jüngerer Bruder« – Karl Philipp Moritz.* – Veranstaltungen: *Die Welt, »ein großes Hospital«: Goethe und die Erziehung des Menschen zum »humanen Krankenwärter«.* Lesung und Gespräch mit Dr. Dr. h. c. mult. Manfred Osten (Bonn), Prof. Dr. Christof Wingertszahn. – *Deutsche und polnische Lieder der Romantik.* Konzert mit Łukasz Knieczny (Gesang), Wolfgang Wiechert (Klavier). – *Odessa.* Jazzkonzert mit Vadim Neselovskyi (Klavier). – Prof. Dr. Karl-Josef Kuschel (Tübingen): *Goethe und der Koran.* – *Goethes Verhältnis zur Musik.* Lesung mit Dietlinde Küpper (München). – *Beethoven: Kanon »Edel sei der Mensch«:* Konzert mit Schülern und Lehrern des Marie Curie-Gymnasiums Düsseldorf. – *Wer noch kein Grau gedacht hat. Eine Farbenlehre.* Lesung und Buchvorstellung mit Prof. Dr. Peter Sloterdijk (Berlin), Dr. Dr. h. c. mult. Manfred Osten (Bonn). – Prof. Dr. Heinz Rölleke (Wuppertal): *Goethe und der Wein.* – *Karl Philipp Moritz: Reisen eines Deutschen in Italien in den Jahren 1786 bis 1788.* Lesung mit Kilian Ponert (Düsseldorf). – Peter Baumgärtner & Friends. Konzert. – Włodek Pawlik Trio: *JAZZ im Goethe-Museum.* Konzert. – *Händel – Berio – Beatles.* Konzert mit dem Ensemble Musiklabor unter der Leitung von Dr. Frederike Möller (Düsseldorf). –*Die Schwiegertochter. Das Leben der Ottilie von Goethe.* Lesung mit Dagmar von Gersdorff (Berlin). – *Solidaritätslesung des PEN-Zentrums Deutschland: Verfolgte Autoren, die in der Bundesrepublik Deutschland im Exil leben,* mit Stella Gaitano, Farhad Johanbeigi, Astrid Vehstedt- – *Kafka. Der Mann aus Prag.* Lesung mit Christiane Lemm (Düsseldorf), Kalle Kubik (Bonn). – Prof. Dr. Helmut Koopmann (Augsburg): *Hochgebirge und Sumpflandschaft – Spuren wirklicher Reisen in Goethes »Faust« und anderswo.* – *»Von Goethe zu den Fortschrittsdebatten unserer Zeit«. Zur aktuellen 5G / Mobilfunk-Diskussion: Risiken und Perspektiven.* Internationale Tagung der Kompetenzinitiative zum Schutz von Mensch, Umwelt und Demokratie e. V. – *Einweihung des Bechstein-Flügels.* Konzert mit Dr. Wolf Doldinger (Saxofon), Michael Weiss (Piano), Prof. Dr. Ulrich Lehner (Kontrabass). –*Die »Aktion Rheinland«.* Buchvorstellung mit Karl-Heinz Keldungs (Düsseldorf). – *»In den wunderbaren Zeichen, die wir Schrift nennen«. Der Briefwechsel zwischen Arnim und Bettine, nach den Handschriften neu gelesen.* Lesung mit Dr. Renate Moering (Wiesbaden). – *»Musik verbindet Europa«.* Matinée mit dem Klavierduo Grecu – Fabris. – *5. Klavierkonzert mit Gedichten von Goethe.* Konzert in Zusammenarbeit mit dem Klavierstudio Koyama. – *KLASSIK im Goethe-Museum. Klarinettenquintette von Johannes Brahms und Krzystof Meyer.* Konzert mit Dorothea Becker (kl), Seunghae Kürten (vl), Aki Komiyama (vl), Doris Funke (va), Mitsuru Morita-Uno (vc). – *Das Weihnachtsbuch.* Lesung mit Prof. Dr. Heinz Rölleke (Wuppertal).

Casa di Goethe Rom

Direktor: Dr. Gregor H. Lersch, Via del Corso 18 (Piazza del Popolo), 00186 Roma. – *Berlinomanien und Italiens schwierige Schönheit – am Beispiel des ligurischen Komplexes.* Einführungsveranstaltung für den neuen Direktor Gregor H. Lersch, mit Diskussion mit Mario Fortunato (Rom), Hannah Baader (Florenz), Stefan Schlak (Berlin); Moderation: Alexander Cammann (Hamburg). – Claudia Nordhoff (Rom): *Goethe. Una vita a Weimar. – Schatten über den Anfängen der ›documenta‹: Werner Haftmann in Italien 1936-1945.* Diskussion mit Julia Voss, Carlo Gentile, Thomas Gruber. – Treffen deutsch-italienischer Kulturinstitutionen, mit Uwe Becker, Michele Valensise, Dr. Christiane Liermann Traniello, Dr. Nino Galetti, Dr. Tobias Mörschel, Silke Schmitt, Markus Woelke, Stefano Milia, Andrea De Petris, Lorenzo Trapassi. – *Die Luftwurzeln der Poesie.* Lesung und Gespräch mit Prof. Dr. Young-Ae Chon (Seoul), Gregor H. Lersch. – *Goethe und die Kunstrestitutionen. »Ueber Kunst und Alterthum in den Rhein und Mayn Gegenden«. Ein Reisebericht und seine Folgen.* Buchpräsentation und Gespräch mit Prof. Dr. Gabriella Catalano, Prof. Dr. Giovanni Sampaolo (beide Rom). – *»Lyrischer Dialog«.* Lesung und Gespräch mit Max Czollek (Berlin), Laura Pugno (Rom).

Ausschreibungstext zur Vergabe von Werner-Keller-Stipendien

Die Goethe-Gesellschaft in Weimar fördert durch Stipendien, die wir überwiegend privaten Spenden von Mitgliedern und Freunden unserer Gesellschaft verdanken, wissenschaftliche Projekte, die der Erforschung von Leben und Werk Goethes und der Zeit der deutschen Klassik dienen, die Rezeption des Dichters und seiner Epoche zum Gegenstand haben oder sich einer entsprechenden Übersetzung widmen.

Besondere Verdienste um das Stipendienprogramm hat sich der 2019 verstorbene Ehrenpräsident der Goethe-Gesellschaft Prof. Dr. Werner Keller, von 1991 bis 1999 deren Präsident, erworben, so dass das Stipendienprogramm seit 2010 Werner-Keller-Stipendienprogramm heißt.

Bedingungen

Voraussetzung für die Bewerbung um ein Werner-Keller-Stipendium ist die Arbeit an einer akademischen Abschlussarbeit, Dissertation, Habilitation oder Übersetzung.

Das Stipendium beträgt 1000 € monatlich. Vergeben werden im Allgemeinen dreimonatige Stipendien. Regelungen zur Übernahme der Reisekosten werden individuell vereinbart.

Die Goethe-Gesellschaft vermittelt den Stipendiaten ein Einzelzimmer. Der vom Stipendiaten zu begleichende Mietanteil beträgt je nach der vermittelten Unterkunft 100 bis 200 €. Unabdingbar ist eine gültige Auslandskrankenversicherung, die vom Stipendiaten rechtzeitig vor der Reise im Heimatland abzuschließen ist.

Die Goethe-Gesellschaft ermöglicht die Publikation besonders qualifizierter Abhandlungen im Goethe-Jahrbuch. Von den Stipendiaten wird ein kurzer Abschlussbericht über ihre Tätigkeit erwartet. Gebeten sei zudem, bei einer Publikation der Ergebnisse auf die Förderung durch die Goethe-Gesellschaft hinzuweisen.

Arbeitsmöglichkeiten

Stipendiaten der Goethe-Gesellschaft können im Goethe- und Schiller-Archiv, im Goethe-Nationalmuseum und in der Herzogin Anna Amalia Bibliothek arbeiten. Zudem stehen die Bestände des Landesarchivs Thüringen – Hauptstaatsarchivs Weimar, der Hochschule für Musik Franz Liszt und der Bauhaus-Universität Weimar (Sammlungen, Bibliotheken) für Forschungsarbeiten zur Verfügung.

Bewerbungen

Anträge für die Vergabe des Werner-Keller-Stipendiums sind zu senden an:

Dr. Hannes Höfer
Geschäftsführung Goethe-Gesellschaft
Burgplatz 4
99423 Weimar

Telefon: 03643 – 202050
e-mail: info@goethe-gesellschaft.de www.goethe-gesellschaft.de

Die Bewerbungsunterlagen sollten bestehen aus einer ausführlichen Projektbeschreibung, einem kurzen Lebenslauf, der die wissenschaftliche Entwicklung erkennen lässt, zwei Beurteilungen und einer Publikationsliste.

Die Bewerbung ist bis zum 31. August für das jeweils folgende Jahr einzureichen.

Die Mitarbeiter dieses Bandes

Prof. Dr. Sam-Huan Ahn, Seoul National University, Department of German Language and Literature, Gwanakro 1, 08826 Seoul, Korea
samhahn@snu.ac.kr

Prof. Dr. Frieder von Ammon, Ludwig-Maximilians-Universität München, Institut für Deutsche Philologie, Schellingstraße 3, 80799 München
frieder.vonammon@germanistik.uni-muenchen.de

Dr. Jan Behrs, Tulane University, Department of German and Slavic, 305 Newcomb Hall, 70118 New Orleans, LA, USA
jbehrs@tulane.edu

Prof. Dr. Dr. Gunnar Berg, Anhalter Str. 12, 06108 Halle
gunnar.berg@physik.uni-halle.de

Dr. Anna Bers, Georg-August-Universität Göttingen, Seminar für Deutsche Philologie, Käte-Hamburger-Weg 3, 37073 Göttingen
anna.bers@phil.uni-goettingen.de

Dr. habil. Gloria Colombo, Università Cattolica del Sacro Cuore, Dipartimento di Scienze Linguistiche e Letterature Straniere, Via Necchi 9, 20123 Milano, Italien
gloria.colombo@unicatt.it

Prof. Dr. Mark-Georg Dehrmann, Humboldt-Universität zu Berlin, Institut für deutsche Literatur, Dorotheenstraße 24, 10117 Berlin
dehrmann@hu-berlin.de

Dr. Katja Deinhardt, Landesarchiv Thüringen – Hauptstaatsarchiv Weimar, PF 2726, 99408 Weimar
katja.deinhardt@la.thueringen.de

Jun. Prof. Dr. Davide Di Maio, Università di Verona, Dipartimento di Lingue e Letterature Straniere, Via S. Francesco 22, 37129 Verona, Italien
davide.dimaio@univr.it

PD Dr. Astrid Dröse, Eberhard-Karls-Universität Tübingen, Deutsches Seminar, Wilhelmstr. 50, 72074 Tübingen
astrid.droese@uni-tuebingen.de

Dr. Arne Eppers, Carl-von-Ossietzky-Universität Oldenburg, Institut für Germanistik, Postfach, 26111 Oldenburg
arne.eppers@uni-oldenburg.de

Anne Fuchs, Klassik Stiftung Weimar, Goethe- und Schiller-Archiv, Burgplatz 4, 99423 Weimar
anne.fuchs@klassik-stiftung.de

Prof. Dr. Daniel Fulda, Martin-Luther-Universität Halle-Wittenberg, Germanistisches Institut, Ludwig-Wucherer-Str. 2, 06099 Halle
daniel.fulda@germanistik.uni-halle.de

Prof. Dr. Dr. h.c. Jochen Golz, Goethe-Gesellschaft in Weimar e.V., Burgplatz 4, 99423 Weimar
goethe-gesellschaft@klassik-stiftung.de

Dr. Christian Hain, Klassik Stiftung Weimar, Goethe- und Schiller-Archiv, Burgplatz 4, 99423 Weimar
christian.hain@klassik-stiftung.de

Prof. Dr. Helmut Heit, Klassik Stiftung Weimar, Stabsreferat Forschung/Kolleg Friedrich Nietzsche, Burgplatz 4, 99423 Weimar
helmut.heit@klassik-stiftung.de

Dr. Hannes Höfer, Goethe-Gesellschaft in Weimar e.V., Burgplatz 4, 99423 Weimar
hannes.hoefer@goethe-gesellschaft.de

Dr. Johannes John, Bayerische Akademie der Wissenschaften, Neuere deutsche Literatur, Alfons-Goppel-Straße 11, 80539 München
ndl.john@ndl.badw.de

Prof. Dr. Hubert Kalf, Ludwig-Maximilians-Universität München, Mathematisches Institut, Theresienstr. 39, 80333 München
kalf@math.lmu.de

Dr. Thomas Ketelsen, Schevenstraße 19a, 01326 Dresden
Thomas.Ket@outlook.de

Assistenzprof. Dr. Bryan Klausmeyer, Virginia Tech, Department of Modern and Classical Languages, 220 Stanger St., Major Williams Hall 310, 24060 Blacksburg, VA, USA
klausmeyer@vt.edu

Prof. Dr. Juliane Köster, Friedrich-Schiller-Universität Jena, Institut für Germanistische Literaturwissenschaft, Fürstengraben 18, 07743 Jena
juliane.koester@uni-jena.de

Dr. des. Helene Kraus, Freie Universität Berlin, Institut für Deutsche und Niederländische Philologie, Habelschwerdter Allee 45, 14195 Berlin
helene.kraus@fu-berlin.de

Dr. Jonathan Landgrebe, Suhrkamp Verlag

Dr. Charlotte Lee, Murray Edwards College, Cambridge CB3 0DF, UK
cll38@cam.ac.uk

Dr. Ulrike Lorenz, Präsidentin der Klassik Stiftung Weimar, Burgplatz 4, 99423 Weimar
praesidentin@klassik-stiftung.de

Enrico Lübbe, Schauspiel Leipzig, Bosestr. 1, 04109 Leipzig
intendanz@schauspiel-leipzig.de

Petra Lutz, Klassik Stiftung Weimar, Büro der Präsidentin, Projektleitung und Abteilungsleitung Goethe-Nationalmuseum, Burgplatz 4, 99423 Weimar
petra.lutz@klassik-stiftung.de

Dr. Petra Maisak, Am Elisabethenbrunnen 1, 61348 Bad Homburg
pb.maisak@gmail.com

Prof. Dr. Stefan Matuschek, Friedrich-Schiller-Universität Jena, Institut für Germanistische Literaturwissenschaft, Fürstengraben 18, 07743 Jena
stefan.matuschek@uni-jena.de

Prof. Dr. Albert Meier
info@albert-meier.de

Prof. Dr. Andrea Meyer-Fraatz, Friedrich-Schiller-Universität Jena, Institut für Slawistik und Kaukasusstudien, Ernst-Abbe-Platz 8, 07743 Jena
andrea.meyer-fraatz@uni-jena.de

Dr. Sophie Picard, Aix-Marseille Université, Faculté des arts, lettres, sciences humaines, Département d'études germaniques, 29 avenue Robert Schuman, 13621 Aix-en-Provence, Frankreich
sophie.picard@univ-amu.fr

Oliver Plate, Universität Hamburg, Fakultät für Geisteswissenschaften, DFG-Graduiertenkolleg 2008. Interkonfessionalität in der Frühen Neuzeit, Sedanstr. 19, 20146 Hamburg
oliver.plate@uni-hamburg.de

Rafael Rocca dos Santos, Universidade de São Paulo, Brasilien
rafaelrocca@gmail.com

Prof. Dr. Carsten Rohde, Sun Yat-sen University, School of Foreign Languages, German Department, 135 West Xingang Road, 510275 Guangzhou, VR China
rohde@mail.sysu.edu.cn

Dr. habil. Nadjib Sadikou, Europa-Universität Flensburg, Institut für Germanistik, Auf dem Campus 1, 24943 Flensburg
nadjib.sadikou@uni-flensburg.de

Prof. Dr. Gerhard Sauder, Universität des Saarlandes, Philosophische Fakultät, Fachrichtung Germanistik, Postfach 151150, 66041 Saarbrücken
Privat: Albert-Weisgerber-Allee 148, 66386 St. Ingbert
gersaweis@gmx.de

Prof. Dr. Bénédicte Savoy, Technische Universität Berlin, Institut für Kunstwissenschaft und Historische Urbanistik, Straße des 17. Juni 150 – Sekr. A 56, 10623 Berlin
benedicte.savoy@tu-berlin.de

Dr. Thomas Schmuck, Klassik Stiftung Weimar, Museen, Kustode Naturwissenschaftliche Sammlungen, Burgplatz 4, 99423 Weimar
thomas.schmuck@klassik-stiftung.de

Dr. Siegfried Seifert, Abraham-Lincoln-Str.10, 99423 Weimar
seifertsiegfried@web.de

Dr. Michael Veeh, Ludwig-Maximilians-Universität München, Institut für Germanistik, Schellingstraße 3, 80799 München
michael.veeh@germanistik.uni-muenchen.de

Prof. Dr. Dorothee Wieser, Technische Universität Dresden, Institut für Germanistik und Medienkulturen, 01062 Dresden
dorothee.wieser@tu-dresden.de

Dr. Margrit Wyder, Friedhofstraße 50, 8048 Zürich, Schweiz
margrit.wyder@hispeed.ch

Siglen-Verzeichnis

AS	*Goethes Amtliche Schriften*. Veröffentlichung des Staatsarchivs Weimar. Bd. I: *1776-1786*. Hrsg. von Willy Flach. Weimar 1950. Bd. II. Bearbeitet von Helma Dahl. 1. Halbbd.: *1788-1797*. Weimar 1968. 2. Halbbd.: *1798-1819*. Weimar 1970. Bd. III: *Erläuterungen zu den Schriften 1788-1819*. Bearbeitet von Helma Dahl. Weimar 1972. Bd. IV: *Register*. Bearbeitet von Helma Dahl. Weimar 1987.
BuG	Goethe: *Begegnungen und Gespräche*. Hrsg. von Ernst Grumach u. Renate Grumach. [Ab Bd. III:] Begründet von Ernst Grumach u. Renate Grumach. Hrsg. von Renate Grumach. Berlin 1965 ff.
DWb	*Deutsches Wörterbuch*. Begr. von Jacob und Wilhelm Grimm. 33 Bde. Leipzig 1854-1962. Nachdruck München 1984.
FA	Johann Wolfgang Goethe: *Sämtliche Werke. Briefe, Tagebücher und Gespräche*. 40 Bde. (in 45). Hrsg. von Friedmar Apel u. a. Frankfurt a. M., Berlin 1985-2013 [Frankfurter Ausgabe].
GB	Johann Wolfgang Goethe: *Briefe. Historisch-kritische Ausgabe*. Hrsg. im Auftrag der Klassik Stiftung Weimar / Goethe- und Schiller-Archiv. [Ab 2017:] In Verbindung mit der Sächsischen Akademie der Wissenschaften zu Leipzig u. der Mainzer Akademie der Wissenschaften und der Literatur hrsg. von Georg Kurscheidt, Norbert Oellers u. Elke Richter. [Ab 2021:] In Verbindung mit der Sächsischen Akademie der Wissenschaften zu Leipzig u. der Mainzer Akademie der Wissenschaften und der Literatur hrsg. von Frieder von Ammon, Jutta Eckle, Georg Kurscheidt u. Elke Richter [Ab 2022:] In Verbindung mit der Sächsischen Akademie der Wissenschaften zu Leipzig u. der Mainzer Akademie der Wissenschaften und der Literatur hrsg. von Frieder von Ammon, Jutta Eckle, Yvonne Pietsch u. Elke Richter. Begründet von Georg Kurscheidt, Norbert Oellers u. Elke Richter. Berlin 2008 ff. Berlin, Boston 2014 ff.
Goethe-Handbuch	*Goethe-Handbuch*. 5 Bde. Hrsg. von Bernd Witte, Theo Buck, Hans-Dietrich Dahnke, Regine Otto und Peter Schmidt. Stuttgart, Weimar 1996-1999. Supplemente: Bd. 1: *Musik und Tanz in den Bühnenwerken*. Hrsg. von Gabriele Busch-Salmen unter Mitarbeit von Benedikt Jeßing. Stuttgart, Weimar 2008; Bd. 2: *Naturwissenschaften*. Hrsg. von Manfred Wenzel. Stuttgart, Weimar 2012; Bd. 3: *Kunst*. Hrsg. von Andreas Beyer u. Ernst Osterkamp. Stuttgart, Weimar 2011.
GJb	*Goethe-Jahrbuch* (auch für alle anders lautenden Titel des Jahrbuchs). Weimar 1880 ff.
Gespräche	*Goethes Gespräche. Eine Sammlung zeitgenössischer Berichte aus seinem Umgang*. Auf Grund der Ausgabe und des Nachlasses von Flodoard Freiherrn von Biedermann ergänzt und hrsg. von Wolfgang Herwig. 5 Bde. (6 Teilbde.). Bd. 1-3: Zürich, Stuttgart 1965-1972. Bd. 4-5: Zürich, München 1984-1987.
GT	Johann Wolfgang Goethe: *Tagebücher. Historisch-kritische Ausgabe*. Im Auftrag der Klassik Stiftung Weimar hrsg. von Jochen Golz unter Mitarbeit von Wolfgang Albrecht, Andreas Döhler und Edith Zehm. [Ab Bd. VI:] Im Auftrag der Klassik Stiftung Weimar hrsg. vom Goethe- und Schiller-Archiv. [Ab Bd. IX:] In Verbindung mit der

	Sächsischen Akademie der Wissenschaften zu Leipzig u. der Mainzer Akademie der Wissenschaften und der Literatur hrsg. von der Klassik Stiftung Weimar/Goethe- und Schiller-Archiv. Bd. I ff. Stuttgart, Weimar 1998 ff.
GWb	*Goethe-Wörterbuch*. Hrsg. von der Berlin-Brandenburgischen Akademie der Wissenschaften, der Akademie der Wissenschaften in Göttingen und der Heidelberger Akademie der Wissenschaften. Bd. 1 ff. Berlin, Stuttgart 1978 ff.
HA Briefe	*Goethes Briefe*. 4 Bde. Hrsg. von Karl Robert Mandelkow und Bodo Morawe. Hamburg 1962-1965.
HA Briefe an Goethe	*Briefe an Goethe*. 2 Bde. Hrsg. von Karl Robert Mandelkow unter Mitarbeit von Bodo Morawe. Hamburg 1965-1969.
LA	Goethe. *Die Schriften zur Naturwissenschaft*. Vollständige mit Erläuterungen versehene Ausgabe im Auftrage der Deutschen Akademie der Naturforscher (Leopoldina) zu Halle begr. von Karl Lothar Wolf und Wilhelm Troll. Hrsg. von Dorothea Kuhn, Wolf von Engelhardt. [Ab 2005:] Hrsg. von Dorothea Kuhn, Wolf von Engelhardt u. Irmgard Müller. [Ab 2012:] Hrsg. von Dorothea Kuhn, Wolf von Engelhardt, Irmgard Müller u. Friedrich Steinle. Abt. I: *Texte*. 11 Bde. Weimar 1947-1970. Abt. II: *Ergänzungen und Erläuterungen*. 10 Bde. (18 Teilbde.). Weimar 1959-2011. Abt. III: *Verzeichnisse und Register*. 2 Bde. Weimar 2014-2019 [Leopoldina-Ausgabe].
MA	Johann Wolfgang Goethe: *Sämtliche Werke nach Epochen seines Schaffens*. Münchner Ausgabe. 21 Bde. (33 Teilbde.). Hrsg. von Karl Richter in Zusammenarbeit mit Herbert G. Göpfert, Norbert Miller, Gerhard Sauder u. Edith Zehm. München 1985-1998 [Münchner Ausgabe].
RA	*Briefe an Goethe. Gesamtausgabe in Regestform*. Hrsg. von Karl-Heinz Hahn, Redaktor Irmtraut Schmid. [Ab Bd. 6:] Hrsg. von der Stiftung Weimarer Klassik/Goethe- und Schiller-Archiv. [Ab Bd. 8:] Hrsg. von der Klassik Stiftung Weimar/Goethe- und Schiller-Archiv. [Ab Bd. 9:] In Verbindung mit der Sächsischen Akademie der Wissenschaften u. der Mainzer Akademie der Wissenschaften und der Literatur hrsg. von der Klassik Stiftung Weimar/Goethe- und Schiller-Archiv. Bd. 1 ff. Weimar 1980 ff.
SchrGG	*Schriften der Goethe-Gesellschaft*. Weimar 1885 ff.
SNA	*Schillers Werke. Nationalausgabe*. 1940 begründet von Julius Petersen. Fortgeführt von Lieselotte Blumenthal, Benno von Wiese, Siegfried Seidel. Hrsg. im Auftrag der Klassik Stiftung Weimar und des Schiller-Nationalmuseums in Marbach von Norbert Oellers. 40 Bde. Weimar 1943 ff.
WA	*Goethes Werke*. Hrsg. im Auftrage der Großherzogin Sophie von Sachsen. 143 Bde. Weimar 1887-1919. Nachdruck München 1987. [Nebst] Bd. 144-146: *Nachträge und Register zur IV. Abt.: Briefe*. Hrsg. von Paul Raabe. 3 Bde. München 1990 [Weimarer Ausgabe].

Abbildungsnachweis

Abhandlungen

Beitrag Astrid Dröse

Abb. 1:	GSA 40/XXXIII,2,2. Vgl. Francesca Fabbri: *Ottilie von Goethes Nachlass in Weimar – Schätze aus dem Goethe- und Schiller-Archiv*. In: dies: *Ottilie von Goethe. Mut zum Chaos*. Wiesbaden 2022, S. 9-74; hier S. 32.
Abb. 2:	Titelleiste des *Chaos* im Druck. GSA 40/XXXIII,2,1 (1829-1830).
Abb. 3:	*Chaos* 15 (1829). GSA 40/XXXIII,2,1.
Abb. 4.1:	GSA 40/XXXII,5,12, Bl. 5.
Abb. 4.2:	*Chaos* 52 (1830). GSA 40/XXXIII,2,1.

Beitrag Jochen Golz / Sebastian Schlegel

Abb. 1:	Goethe- und Schiller-Archiv. Bildarchiv Klassik Stiftung Weimar.
Abb. 2:	Stadtarchiv Weimar, 60 10-5/2.
Abb. 3:	Bayerische Staatsbibliothek München / Bildarchiv.
Abb. 4:	Goethe- und Schiller-Archiv. Bildarchiv Klassik Stiftung Weimar.
Abb. 5:	Stadtarchiv Weimar, 63 1-F/1.
Abb. 6:	gemeinfreies Digitalisat der Universitätsbibliothek J. C. Senckenberg, Frankfurt a. M. 2014.
Abb. 7:	Goethe- und Schiller-Archiv. Bildarchiv Klassik Stiftung Weimar.
Abb. 8:	Foto Sebastian Schlegel.

Goethe philologisch. Neue (und ältere) Projekte)

Beitrag Christian Hain

Abb. 1:	PROPYLÄEN. Goethes Biographica. Meilensteine: https://goethe-biographica.de/projekt/meilensteine.html (zuletzt aufgerufen 7.2.2024).
Abb. 2:	PROPYLÄEN. Goethes Biographica.: https://goethe-biographica.de/ (zuletzt aufgerufen 7.2.2024).
Abb. 3:	PROPYLÄEN. Goethes Biographica. Volltextsuche: https://goethe-biographica.de/recherche/suche.html?tx_hisodat_search%5Baction%5D=searchresult&tx_hisodat_search%5Bcontroller%5D=Sources&tx_hisodat_search%5BitemsPerPage%5D=50&tx_hisodat_search%5BsearchMode%5D=10&cHash=ff5ef51930f705c4bd78f3c4c59487a6#hisodat- (zuletzt aufgerufen 7.2.2024).
Abb. 4:	GSA 29/264,I,1, Bl. 26a. ©Klassik Stiftung Weimar, Goethe- und Schiller-Archiv
Abb. 5:	PROPYLÄEN. Goethes Biographica. Online-Edition: RA 1, Nr. 7. In: https://goethe-biographica.de/id/RA01_0007_00008 (zuletzt aufgerufen 7.2.2024).

Dokumentationen und Miszellen

Beitrag Siegfried Seifert

Abb. 1:	Scan privat

Beitrag Anna Bers

Abb. 1a und 1b:	Kunst- und Auktionshaus Kastern GmbH & Co. KG: *Kunstauktion Hannover 3./4.3.2023, Auktion* No. *195*, S. 142-145, Auktionsnummer 0703.
Abb. 2:	Ebd.
Abb. 3:	GSA 25/W374.

Beitrag Thomas Ketelsen

Abb.1:	Kupferstich, 294 × 263 mm, Inv.-Nr. GGr/Sch.I.044/0399. ©Klassik Stiftung Weimar, Direktion Museen
Abb. 2:	Feder und Pinsel, laviert, 383 × 379 mm. Inv.-Nr. GGr/Sch.I,044, 0406.11. ©Klassik Stiftung Weimar, Direktion Museen
Abb. 3:	Vorzeichnung in Graphit, Feder in Braun, grau und braun laviert, durchgegriffelt, 216 × 378 mm, Inv.-Nr. GHz/Sch.I,302,0808 ©Klassik Stiftung Weimar, Direktion Museen
Abb. 4:	Vgl. Abb. 2 u. 3

In memoriam

Abb. 1:	Foto Margit Köves
Abb. 2:	Foto privat
Abb. 3:	Mit freundlicher Genehmigung der rumänischen Botschaft in Berlin
Abb. 4:	Pressedienst des Puschkin-Instituts

Manuskripthinweise

1 Manuskripte (Zeilenabstand 1,5, Schrifttyp Arial, Schriftgröße 12 Punkt, einseitig beschrieben) senden Sie bitte per E-Mail an:

goethe-jahrbuch@klassik-stiftung.de

Abhandlungen sollten 30.000 Zeichen (inkl. Leerzeichen) nicht überschreiten. Bei Rezensionen wird der gewünschte Umfang dem Autor bei Vergabe der Rezension mitgeteilt.

Bitte beachten Sie, dass Teile aus Dissertationen nicht im Jahrbuch veröffentlicht werden.

2 Der Name des Verfassers steht bei Abhandlungen in Versalien über der Hauptüberschrift, bei Rezensionen kursiv unter dem Text.

3 a Absätze werden durch Einzug gekennzeichnet, größere Sinnabschnitte durch eine Leerzeile.

3 b Vers- und Prosazitate (Primär- und Sekundärliteratur) von vier und mehr Zeilen werden in der Regel durch Einrückung hervorgehoben. Anführungszeichen entfallen dann.

4 Titel von Büchern, Aufsätzen, Zeitschriften, Zeitungen, auch Kapitelüberschriften, werden im Text und in den Anmerkungen kursiv und ohne Anführungszeichen wiedergegeben. Ausnahme: Anführungszeichen werden benötigt bei Zitaten oder Titeln im Titel – Beispiel: Herman Meyer: *»Zarte Empirie«. Studien zur Literaturgeschichte.* Stuttgart 1963. Vgl. auch die Beispiele unter Punkt 12.

5 a Kürzere Zitate werden im Text und in den Anmerkungen durch »Anführungszeichen« kenntlich gemacht.

5 b Zitate innerhalb von Zitaten werden durch ›einfache Anführungszeichen‹ gekennzeichnet.

5 c Goethe-Zitate, die mit im Siglenverzeichnis des *Goethe-Jahrbuchs* genannten Werkausgaben belegt werden können, werden im Anschluss an das Zitat im Haupttext nachgewiesen; alle anderen Zitate werden in den Anmerkungen nachgewiesen. Andere Werkausgaben als die im Siglenverzeichnis aufgeführten werden im *Goethe-Jahrbuch* nicht zitiert.

6 a Stellen, die der Autor eines Beitrags hervorheben möchte, sind zu kursivieren. Sie erscheinen dann auch in der Druckfassung kursiv.

6 b Sind Hervorhebungen in einem Zitat im Original durch Sperrung gekennzeichnet, bleibt die Sperrung auch in der Druckfassung erhalten. Bitte kennzeichnen Sie diese Stellen im Manuskript durch eine unterbrochene Linie.

7 Auslassungen in Zitaten werden durch eckige Klammern […] gekennzeichnet.

8 a Die Anmerkungen erscheinen im Jahrbuch als Fußnoten, im Manuskript als Endnoten. Die Anmerkungszahlen sind automatisiert einzufügen. Sie werden hochgestellt, nicht mit Klammern versehen.

8 b Eine Anmerkungszahl, die sich auf einen Satz oder Teilsatz bezieht, steht nach dem jeweiligen Satzzeichen (Punkt, Komma etc.). Eine Anmerkungszahl, die sich auf ein Wort oder eine Wortgruppe innerhalb eines Satzes bezieht, steht unmittelbar hinter dem Wort oder der Wortgruppe.

8 c Absätze in den Anmerkungen sollten möglichst vermieden werden; stattdessen kann ein neuer Abschnitt durch einen Gedankenstrich vom vorherigen abgesetzt werden.

8 d Die Anmerkungen beginnen mit einem Großbuchstaben und enden mit einem Punkt. Namen von Autoren, Herausgebern oder Bearbeitern werden nicht hervorgehoben.

9 Allgemeine bibliographische Begriffe werden abgekürzt (z.B.: Bd., Diss., Hrsg., hrsg. von, Jb., Jg., Nr., S., V., Zs. usw.).

10 Die verwendete Goethe-Ausgabe wird mit der entsprechenden Sigle im direkten Zitatanschluss nachgewiesen (z.B.: WA I, 5.1, S. 100; vergleichbar wird verfahren bei FA, LA, MA). Die Auflösung der Siglen erfolgt generell über das Siglen-Verzeichnis am Ende des Jahrbuchs.

11 Wird ein Titel wiederholt zitiert, erscheint lediglich der Nachname des Autors mit Verweis auf diejenige Stelle, an der er vollständig genannt ist:

Vulpius (Anm. 10), S. 132f.

12 Für die Zitierweise in den Anmerkungen gelten folgende Beispiele:

Belagerung von Maynz (MA 14, S. 517-557).

René Jacques Baerlocher: *Nachwort.* In: *»Das Kind in meinem Leib«. Sittlichkeitsdelikte und Kindsmord in Sachsen-Weimar-Eisenach unter Carl August. Eine Quellenedition 1777-1786.* Hrsg. von Volker Wahl. Mit einem Nachwort von René Jacques Baerlocher. Weimar 2004, S. 331-504.

Katharina Mommsen: *Goethe und die arabische Welt.* Frankfurt a.M. 1988, S. 86f.

Vgl. Reinhart Koselleck: *Goethes unzeitgemäße Geschichte.* In: GJb 1993, S. 27-39; hier S. 28.

Margarethe Beckurts: *Zur Bedeutung der Novelle in Goethes »Wahlverwandtschaften«.* In: *Zs. für deutsche Philologie* 103 (1984), Sonderheft, S. 75f.

Peter Michelsen: *Fausts Erblindung.* In: *Aufsätze zu Goethes »Faust II«.* Hrsg. von Werner Keller. Darmstadt 1992, S. 345-356.

Heinrich Voß an Charlotte von Schiller, 12.11.1809; zit. nach: Härtl (Anm. 4), S. 73.

Bitte verwenden Sie statt der Angabe ff. stets die konkreten Seiten- bzw. Verszahlen. Anstelle von »a.a.O.« verwenden Sie bitte den Hinweis »Autorname bzw. Kurztitel (Anm. xx)«.

13 Die Autoren erhalten eine PDF-Datei des gedruckten Beitrags.

Goethe-Gesellschaft in Weimar e.V.
Herrn Prof. Dr. Stefan Matuschek
Präsident der Goethe-Gesellschaft
Burgplatz 4
99423 Weimar

Jahrbuch-Pate

Ich möchte die Goethe-Jahrbücher 2024, 2025 und 2026 mit einer Patenschaft fördern. Dafür dankt die Goethe-Gesellschaft den Jahrbuch-Paten namentlich am Anfang eines jeden geförderten Jahrbuchs.

Name, Vorname: ______________________________

Adresse: ______________________________

____

Hiermit ermächtige ich die Goethe-Gesellschaft in Weimar bis auf Widerruf, von meinem Konto mittels SEPA-Lastschrift den angekreuzten Betrag abzubuchen:

☐ 300,– € zum 31.3.2025 (eine Spendenbescheinigung geht Ihnen zu)

☐ jeweils 100,– € zum 31.3.2025, zum 31.3.2026 und zum 31.3.2027

☐ Bitte senden Sie mir jährlich eine Spendenbescheinigung.

Meine Kontoverbindung lautet:

Kreditinstitut: ______________________________

IBAN: ______________________________

BIC: ______________________________

______________________ ______________________

Ort, Datum Unterschrift

Wir bitten zu beachten:

Voraussetzung für die Lieferung des *Goethe-Jahrbuchs* ist die Entrichtung des Mitgliedsbeitrags von 60 € (Schülerinnen und Schüler, Studentinnen und Studenten, Arbeitssuchende, Lebenspartnerinnen und Lebenspartner eines Mitglieds 20 €).

Der Mitgliedsbeitrag ist bis zum 31. März des jeweiligen Kalenderjahres fällig. Es wird gebeten, ihn auf folgendes Konto zu überweisen:

Sparkasse Mittelthüringen
IBAN: DE37 8205 1000 0301 0040 48
BIC: HELADEF1WEM

oder per Bankscheck an die Geschäftsstelle der Goethe-Gesellschaft in Weimar.

Spenden für die Tätigkeit der Goethe-Gesellschaft erbitten wir auf das obengenannte Konto.

Wir bitten Sie, jede *Anschriftenänderung* der

Geschäftsstelle der Goethe-Gesellschaft
Burgplatz 4
99423 Weimar
Telefon: 03643 – 202050
E-mail: info@goethe-gesellschaft.de

mitzuteilen.

Anträge auf Mitgliedschaft können formlos an die Geschäftsstelle gerichtet werden. Jede Goethefreundin und jeder Goethefreund ist herzlich willkommen!

Bitte informieren Sie sich auch über unsere Gesellschaft unter
www.goethe-gesellschaft.de
und abonnieren Sie dort unseren kostenlosen Newsletter.